Für
Rainer –

Jan S...
10. III.
2014

Jan Seghers

Die Akte Rosenherz

Kriminalroman

Rowohlt
Taschenbuch
Verlag

In der Nacht vom 26. auf den 27. Januar 1966 wurde die
Prostituierte Helga Matura in ihrer Wohnung in Frankfurt am
Main ermordet. Die Ermittlungsakten zu diesem Fall waren der
Ausgangspunkt für den vorliegenden Roman. Dennoch
sind alle Figuren und Ereignisse frei erfunden.

3. Auflage 2013

Veröffentlicht im Rowohlt Taschenbuch Verlag,
Reinbek bei Hamburg, September 2011
Copyright © 2010 by Rowohlt Verlag GmbH,
Reinbek bei Hamburg
Motto S. 5 aus: Thomas Pynchon, «Gegen den Tag»
Copyright © 2008 by Rowohlt Verlag GmbH,
Reinbek bei Hamburg
Umschlaggestaltung any.way, Hamburg,
nach einem Entwurf von PEPPERZAK BRAND
(Abbildungen: akg-images; plainpicture/LP)
Satz Janson Text PostScript (InDesign)
bei Pinkuin Satz und Datentechnik, Berlin
Druck und Bindung CPI – Clausen & Bosse, Leck
Printed in Germany
ISBN 978 3 499 24672 2

Vielleicht ist dies nicht die Welt,
aber mit ein, zwei kleinen Änderungen
könnte sie es sein.

THOMAS PYNCHON

Als ich geboren wurde
Als die Tage Glück waren
Als das Leben zerrann
Als der Tod zu mir kam

Für Ingrid Kolb und Hermann Peter Piwitt

Als ich damals am Tatort ankam und sah, was geschehen war, bereute ich zum ersten Mal, Polizist geworden zu sein. Niemand, der in der Kirchnerstraße war, wird den Anblick jemals wieder vergessen. Es gab hartgesottene Kollegen, die mir erzählten, dass sie noch Jahre später nachts aus dem Schlaf aufschreckten und das Bild der Toten vor sich sahen. Es war der Abend eines heißen Tages Anfang August 1966, als wir in das Haus in der Frankfurter Innenstadt gerufen wurden. In der Wohnung im dritten Stock hatte man die Leiche einer Frau entdeckt. Es stellte sich heraus, dass es sich bei dem Opfer um Karin Niebergall handelte, die aber in Wirklichkeit Karin Rosenherz hieß. Ihr Körper und ihr Hals waren mit Stichwunden übersät. Offensichtlich hatte es einen Kampf gegeben. Überall in der Wohnung fanden wir Blutspuren, an der Tapete, auf den Teppichen, im Bett, an der Kleidung. Karin Rosenherz war – wie man damals sagte – eine stadtbekannte Lebedame. Und natürlich brach sofort die Hölle über uns herein. Alle dachten an den Nitribitt-Mord, der neun Jahre zuvor geschehen war. Die Ähnlichkeiten waren nicht zu übersehen – das mondäne Auftreten der Rosenherz, ihr weißer Mercedes, die gehobene Kundschaft. Aus der gesamten Republik reisten die Reporter an. Sie quartierten sich in den umliegenden Hotels ein, versuchten Kolleginnen, Verwandte und Freunde des Opfers aufzuspüren. Und wie schon im Fall Nitribitt warf man uns auch bei Karin Rosenherz vor, wir hätten nicht ordentlich ermittelt, wir hätten Prominente geschont, hätten Verdächtige gedeckt und Unterlagen verschwinden lassen.

Aber all das sind haltlose Unterstellungen. Wir haben den Fall nicht gelöst, das ist wahr. Aber glauben Sie mir, niemand leidet darunter mehr als meine Kollegen und ich selbst.

Aus einem Zeitungsgespräch mit dem Frankfurter Kriminaloberrat Herbert M. anlässlich seiner Verabschiedung aus dem Polizeidienst im Februar 1992

Erster Teil

EINS Lange Zeit war sie spät schlafen gegangen. Manchmal, nachts, wenn sie endlich wieder alleine war, lag sie noch wach und dachte: Ich muss jetzt schlafen. Dann nahm sie ein Buch, las eine Seite oder zwei, bis ihre Gedanken abschweiften und das eben Gelesene sich vermischte mit den Dingen, die sie erlebt hatte – gestern, vor ein paar Wochen oder in ihrer Kindheit. Dann war sie selbst die unglückliche Ehebrecherin aus ihrem Roman, der kleine Junge, der auf einen Kuss seiner Mutter wartete, oder eine Schiffsreisende, unter deren Blicken die Flussufer vorüberglitten wie zwei breite, sich abrollende Bänder.

Heute war Mittwoch, der 3. August des Jahres 1966. Als Karin Niebergall gegen Mittag langsam erwachte, schien ihr die Sonne durch den Spalt zwischen den Vorhängen ins Gesicht, und die junge Frau merkte, dass etwas anders war als sonst. Sie hatte den undeutlichen Eindruck, mit der Nacht auch ihr altes Leben hinter sich lassen zu müssen. Noch war sie zu müde, um zu entscheiden, ob sie diesen Gedanken mochte oder ob sie ihn rasch verwerfen sollte. Sie schaute auf die Uhr, schloss erneut die Augen und drehte sich auf die andere Seite.

Erst als sie hörte, wie einer der jungen Männer aus dem Nachbarhaus seinen Motorroller auf dem Bürgersteig parkte, stand sie auf, reckte sich ausgiebig, ging hinüber zum Büfett und schaltete das Radio ein. Während sie sich im Bad die

Zähne putzte, hörte sie, wie Cliff Richard *Rote Lippen soll man küssen* sang.

Ihr letzter Kunde war gegen drei Uhr gegangen, hatte aber schon kurz darauf schnaufend wieder im dunklen Hausflur vor ihrer Wohnung gestanden und sie gebeten, noch einmal mit hinunterzugehen und ihm die Eingangstür aufzuschließen. An den Namen des Mannes erinnerte sie sich nicht mehr. Obwohl sie das Fenster in der Nacht gekippt hatte, roch es noch immer nach dem Rauch seiner Zigarre.

Als sie die Vorhänge öffnete und nunmehr die Straße mit den grünen Kronen der Bäume, dem bunten Gewimmel der Passanten und den glänzenden Schaufenstern im vollen Sonnenlicht liegen sah, war es, als würde sie zugleich einen Blick in ihre Zukunft werfen. Unwillkürlich musste sie lächeln bei der Vorstellung, vielleicht selbst bald zu jenen Frauen dort unten zu gehören, die am Arm ihrer Ehemänner durch die Stadt schlenderten, ihre Kinder von der Schule abholten, um gemeinsam in den Zoo zu gehen, hinterher Eis zu essen und den Abend vor dem Fernseher zu verbringen. Vielleicht würde sie, wie schon öfter geplant, ein kleines Geschäft eröffnen, eine Modeboutique, einen Schreibwarenladen oder einen Schönheitssalon. Sie würde sich zeitig schlafen legen, zweimal im Jahr Urlaub machen, ein paar Pfund zunehmen und nur mit dem Mann ins Bett gehen, den sie liebte. Die Vorstellung kam ihr verlockend vor. Verlockend und zugleich ein wenig fad.

Sie schaute sich um. Auf dem kleinen Rauchtisch zwischen den beiden Sesseln standen die Gläser, die sie in der Nacht benutzt hatten. Ihres erkannte sie an den Lippenstiftspuren. Die halbvolle Whiskey-Flasche stand offen daneben. Den Aschenbecher hatte sie noch geleert, aber nicht mehr ausgewischt. Auf dem Boden lagen ihr Slip und die Würste der aufgerollten Perlonstrümpfe. Die rote Perücke hatte sie, kurz bevor ihr die Augen zufielen, neben das Bett auf den Boden gleiten lassen. Sie seufzte. All dies erweckte den Eindruck von Trostlosigkeit.

Sie kam am Flurspiegel vorüber und blieb stehen. Noch immer nackt, blies sie die Wangen auf, streckte den Bauch nach vorne, schnitt eine Grimasse und zeigte ihrem Spiegelbild die Zunge.

Doch, dachte sie noch einmal, mein Leben muss sich ändern. Aber schon wenig später, als sie geduscht, sich gekämmt und im *Café Kranzler* angerufen hatte, um ein Frühstück zu bestellen, auf das sie nun wartete, hatte sie den Vorsatz bereits wieder vergessen. Um sich die Zeit zu verkürzen, nahm sie eine der kleinen Sektflaschen aus dem Kühlschrank, goss sich ein Glas ein, leerte es in einem Zug und füllte es sogleich aufs Neue. Im Radio spielten Ernst Mosch und sein Orchester die *Ambosspolka*. Sie drehte den Ton leiser.

Als es klingelte, drückte sie den Öffner, ließ die Wohnungstür angelehnt und ging zurück in die Küche, um Kaffee aufzubrühen. Aus dem Treppenhaus hörte sie Schritte, die sich näherten.

«Leg die Sachen vor die Tür», rief sie, «ich zahle morgen.»

«Ich habe etwas für Sie», antwortete die Stimme eines jungen Mannes.

Sie huschte ins Schlafzimmer, zog sich den Kimono über und ging zur Tür.

Der Bote des *Kranzler*, der ihr zwei-, dreimal in der Woche gegen Mittag das Frühstück brachte, streckte ihr beide Hände entgegen. In der einen hielt er die Tüte mit den belegten Brötchen, in der anderen einen blauen Briefumschlag.

Karin Niebergall sah den Jungen an. Er trug eine Uniform und hatte rosige Wangen. Unter der Mütze sah man sein krauses rotblondes Haar.

«Danke», sagte sie. «Ich zahle morgen.» Und als der Junge keine Anstalten machte zu gehen: «Sonst noch was?»

Er schaute zu Boden. «Ich soll Ihnen den Brief geben. Ein Mann steht unten und wartet. Ich soll ihm sagen, ob Sie kommen.»

«Ob ich komme? Ob ich *wohin* komme? Und warum kommt dieser Mann nicht selbst hoch, wenn er etwas von mir will?»

Der Junge zuckte mit den Schultern.

Karin Niebergall seufzte, riss den Umschlag auf und sah als Erstes den Hundertmarkschein. Dann zog sie die bedruckte Karte hervor und las: *Philipp Lichtenberg würde sich freuen, Sie am 3. August 1966 um 16 Uhr auf seiner Geburtstagsparty im Haus seiner Eltern begrüßen zu dürfen. Um Antwort wird gebeten.*

Sie schüttelte den Kopf. «Aber das ist ja heute. Unmöglich! Sag dem Mann, so kurzfristig kann ich keine Termine annehmen.»

Der Junge sah sie unschlüssig an, dann nickte er. Er hatte sich bereits abgewandt, um zu gehen, als sie ihn wieder zurückrief. «Nein, warte! Hast du heute Nachmittag schon was vor?»

«Wer? Ich?»

«Sonst noch jemand hier?»

«Bis drei muss ich arbeiten …»

«Willst du mich begleiten? Hast du Lust, mit mir auf eine Party in Sachsenhausen zu gehen?»

Die Wangen des Jungen glühten. Er suchte die Antwort zwischen seinen Füßen.

Karin Niebergall legte ihm eine Hand auf den Oberarm und zwang ihn, sie anzuschauen. «Sag mal, du hast ja richtig Muskeln … Wie heißt du?»

«Hartmut.»

«Gut, Hartmut. Sei um vier Uhr hier, ja? Hast du schon deinen Führerschein?»

Der Junge schüttelte den Kopf. «Aber ich kann fahren.»

«Gut. Also dann ... bis vier. Abgemacht? Und sag dem Mann, dass ich da sein werde. Aber verrat nicht, dass du mitkommst.»

Lange stand sie vor dem Schrank und überlegte, was sie anziehen sollte. Schließlich lächelte sie und griff nach dem knielangen gestreiften Sommerkleid, das Jean Seberg in der gesamten zweiten Hälfte von *Außer Atem* getragen hatte. Karin Niebergall hatte ihren Schneider in den Film geschickt und ihn gut dafür bezahlt, dass er ihr eine genaue Kopie dieses Kleides anfertigte. Inzwischen war es ein wenig aus der Mode gekommen, wirkte zwar immer noch adrett, aber mit seinem breiten, hochgeschlossenen Kragen keineswegs verführerisch. Dennoch ahnte die junge Frau, dass ihr genau deshalb die Aufmerksamkeit der Geburtstagsgäste gewiss sein würde.

Sie hatte gelernt, das Interesse an ihrer Person immer aufs Neue zu wecken, indem sie sich anders verhielt, als man erwartete. Sie änderte ihr Aussehen durch neue Kleider, Hosen, Schuhe, Frisuren und Perücken und scheinbar zugleich sich selbst – wie eine Verwandlungskünstlerin, der es gelang, bei ihrem Publikum jedes Mal die Illusion zu erzeugen, nicht ein neues Kostüm stehe vor ihm, sondern ein neuer Mensch. Mal war sie die herrische Generalin, die ganze Armeen von Männern mit einer fast unmerklichen Bewegung ihres Kopfes zu willenlosen Marionetten machte, dann wieder konnte sie ängstlich die Augen aufreißen und so hilflos an ihrem Zeigefinger knabbern, dass nur der allergröbste Klotz in der Lage gewesen wäre, ihr nicht schützend den Arm um die Schultern zu legen.

Sie erzählte Geschichten über ihre Herkunft, die sich vollständig widersprachen und die sie doch, hielt man ihr die Ungereimtheiten vor, immer miteinander zur Deckung zu bringen versuchte. Mal entstammte sie einer Familie ostpreußischer Gutsbesitzer, dann war sie ein entlaufenes Heimkind, das sich – halbnackt und barfuß wie im Märchen vom Sterntaler – quer durch Europa auf die Suche nach seinen Eltern begeben hatte. Ja, gewiss, ihr Vater sei ein jüdischer Bariton gewesen, der es als Emigrant auf dem Broadway zu Ruhm und Reichtum gebracht habe und der ihr bis heute monatlich einen Brief mit hundert Dollar schicke. Wie er dann aber gleichzeitig ein hoher Offizier der deutschen Wehrmacht gewesen sein könne, der mal von griechischen Partisanen getötet worden, mal in einem sibirischen Lager verschollen war? Ja also bitte, dann habe man ihr eben nicht aufmerksam genug zugehört! Der eine sei ihr Vater, der zweite ihr Ziehvater gewesen, den ihre Mutter nach Scheidung und Flucht des ersten geheiratet … Ob man dergleichen nie gehört habe? Kein Widerspruch war zu groß, als dass sie ihn nicht lässig hätte ausräumen, keine Lüge zu dreist, als dass sie sie nicht im Nu wie die reine Wahrheit hätte aussehen lassen können. Sprach man sie hingegen auf ebenjene Mutter an, wurde Karin Niebergall einsilbig und wechselte rasch den Gegenstand des Gesprächs.

Ob all diese Geschichten auch nur einen Funken Wahrheit enthielten, ob sie gänzlich frei erfunden oder aus den Illustrierten, die sie wie eine Süchtige verschlang, zusammengeklaubt waren – niemand wusste es, und kaum jemand schien es wissen zu wollen. Erst recht nicht die Männer, die sie stets so zahlreich umgaben und die bei ihr vieles suchten, zu allerletzt aber gewiss die Wahrheit. Und so war bald unter den wechselnden Masken ein wahres Gesicht, wenn es denn je ein solches gegeben hatte, nicht mehr auszumachen – am wenigsten wohl für sie selbst.

Und wer sie irgendwann aus guten Gründen für ein verschlagenes Luder hielt, dem konnte sie beim nächsten Zusammentreffen als Inbegriff der Treuherzigkeit erscheinen, immerhin aber als eine schuldlos Gefallene, die unausweichlich das Bedürfnis weckte, ihr beizustehen und sie auf den rechten Weg zurückzuführen. Oder wenn sich das – wie nicht anders zu erwarten – als aussichtslos erwies, wenigstens von ihrer Verruchtheit zu naschen.

Im Treppenhaus öffnete sich die Tür der Wohnung, die sich unter ihrer eigenen befand. Ein kleiner Junge streckte den Kopf heraus und sah Karin Niebergall durch seine Brille erwartungsvoll an. Abrupt hielt sie inne.

«Mensch, Timo», sagte sie, «hast du mich jetzt erschreckt.»

Der Junge lachte. «Gar nicht», sagte er. «Du tust nur so. Du tust immer nur so.»

«Heißt das, dass ich lüge?», fragte sie mit gespielter Strenge.

«Nee, aber du flunkerst.»

«Pass nur auf, du kleiner Naseweis! Wenn du weiter so frech bist, werde ich mit deiner Mutter sprechen müssen.»

«Die arbeitet.»

Karin Niebergall kramte in ihrer Handtasche, um nach einem Bonbon zu suchen, fand aber keines. «Leider», sagte sie, «heute hab ich nichts für dich.»

Er zuckte mit den Schultern, als sei es ihm egal, blieb aber stehen und sah sie weiter unverwandt an.

«Weißt du was, ich werde nachher noch ein paar Gummibärchen besorgen, die leg ich dir am Abend auf die Stufen. Ist das in Ordnung?»

Er nickte. Dann schloss er die Tür.

Als sie die Straße betrat, legte Karin Niebergall für einen

Moment den Kopf in den Nacken und ließ ihr Gesicht von der Sonne bescheinen. Im dritten Stock des gegenüberliegenden Hauses sah sie den Kunststudenten am Fenster stehen und zu ihr hinunterschauen. Sie lächelte und nickte ihm zu. Dann setzte sie ihre Sonnenbrille auf. Von der Polizei befragt, würde der junge Mann später angeben, sie an diesem Tag um kurz nach sechzehn Uhr zum letzten Mal gesehen zu haben. Er selbst habe bald darauf das Haus verlassen, sei zum Bahnhof gegangen und mit dem Zug nach Mannheim gefahren, wo er sich eine Ausstellung angesehen habe.

Hartmut stand auf der anderen Straßenseite. Er trug schwarze Schuhe, einen Anzug, dessen Hosenbeine zu kurz waren, und ein weißes Oberhemd. Sein Kopf schien in Flammen zu stehen.

Karin Niebergall lachte. «Du siehst aus wie eine Karotte», sagte sie. «Wie eine Karotte im Konfirmandenanzug. Wirst du jedes Mal rot, wenn eine Frau dich ansieht?»

Sie gingen zum Parkhaus in der Nähe der Hauptwache, wo Karin Niebergall einen Stellplatz gemietet hatte.

«Der da ist es», sagte sie, als beide an dem weißen Mercedes 220 SE angekommen waren. Sie warf dem Jungen den Wagenschlüssel zu und wartete, dass er ihr die Beifahrertür öffnete.

«Soll ich … wirklich?», fragte Hartmut.

«Ich sitze nie am Steuer, wenn ein Mann mich begleitet, es sei denn, es ist ein Kunde. Merk dir das. Und sollten wir mal zusammen ausgehen, bist du es, der zahlt. Ich gebe dir das Geld, aber du zahlst.»

Der Junge nickte, als wisse er Bescheid.

An der Ausfahrt mussten sie warten, bis der Parkwächter ihnen die Schranke öffnete. Er beugte sich herunter. Als er die Halterin des Wagens erkannte, legte er die Fingerspitzen salutierend an seine Schildmütze.

Auf der Gutleutstraße fuhren sie in Richtung Basler Platz. Als sie die Friedensbrücke überquerten, merkte sie, dass der Junge unruhig wurde.

«Was ist?», fragte sie.

«Hinter uns ist ein Polizeiwagen.»

Karin Niebergall lachte. «Keine Angst», sagte sie. «Die tun uns nichts. Die kennen mich, und die kennen meinen Wagen. Aber mir scheint, *du* hast keine Ahnung, wer ich bin, oder?»

Der Junge zögerte. Offensichtlich wollte er nichts Falsches sagen: «Ich weiß, wie Sie heißen.»

«Ja», sagte sie, «vielleicht. Das heißt immerhin, dass du lesen kannst. Schließlich steht ja ein Name auf dem Klingelschild. Aber wenn du mehr nicht wissen willst, soll's mir recht sein.»

«Ich würde aber gerne etwas wissen ...»

«Nämlich?»

«Haben Sie keinen ...?»

«Keinen was? Keinen Freund, keinen Verlobten, keinen Mann?»

Der Junge nickte.

«Ich habe einen Verlobten. Aber der hat sich seit zwei Tagen nicht blicken lassen. Und wenn er nicht bald wieder auftaucht, war's das. Für heute bist *du* mein Verlobter ... einverstanden? Ich heiße übrigens Karin. So darf mich nicht jeder nennen.»

Hartmut warf ihr einen kurzen Seitenblick zu, dann schaute er wieder angestrengt auf die Straße.

«Hauptsache, du verliebst dich nicht in mich», sagte Karin Niebergall. «Klar?»

«Klar!», sagte der Junge eifrig.

Hinter den Bahngleisen bogen sie ab in die Richard-Strauss-Allee und erreichten das kleine Villenviertel, das hier

verborgen zwischen dem Stadtwald und der großen Ausfall-
straße lag, die keine drei Jahre zuvor, kurz nachdem der amerikanische Präsident in Dallas ermordet worden war, dessen
Namen erhalten hatte. Sie parkten den Wagen am Rand der
Fahrbahn und gingen den restlichen Weg zu Fuß.

«Ich weiß es», sagte Hartmut plötzlich, als sie auf dem
Bürgersteig vor der Villa Lichtenberg standen.

«Was weißt du?»

«Ich weiß, was Sie sind.»

«Nichts weißt du», erwiderte Karin Niebergall.

«Doch. Sie sind … Du bist eine Nutte.»

Sie schaute ihn sekundenlang an, ohne etwas zu sagen.
Sie holte aus und schlug ihm mit der flachen Hand auf die
Wange.

Dann hakte sie sich bei ihm unter und steuerte auf den
Eingang zu.

ZWEI Als sich Fausto Albanelli am frühen Morgen des 4. August 1966 auf den Weg zur Arbeit machte und an der Wohnung seiner Nachbarin vorbeikam, hielt er einen Moment
inne. Die Tür war nur angelehnt, doch als er nun anklopfte
und den Namen der Frau rief, meldete sich niemand.

«Signora Niebergall», rief er noch einmal, nun schon
etwas lauter, aber auch diesmal erhielt er keine Antwort. Er
drückte auf den Klingelknopf und erschrak vor dem schrillen
Geräusch, das er verursacht hatte. Albanelli überlegte, ob
er einfach hineingehen und nach dem Rechten sehen sollte,
dann schaute er auf die Uhr und merkte, dass er schon jetzt
viel zu spät dran war. Eilig lief er die Treppen hinab, stieß
die Tür zur Straße auf und hatte, als er kaum zwei Minuten
später den *Frankfurter Hof* erreichte, jenes große Hotel, wo er

seit gut einem Jahr als Zimmerkellner arbeitete, seine Nachbarin schon wieder vergessen.

Fausto Albanelli war zwanzig Jahre alt und kam, wie die beiden anderen jungen Männer, mit denen er sich die Dachwohnung in der Frankfurter Kirchnerstraße teilte, aus Pietrabruna, einem kleinen Ort in den Bergen Liguriens.

Es war sein Freund Guido, der ihn Stunden später, als sie alle gemeinsam im Aufenthaltsraum saßen und ihr Mittagessen zu sich nahmen, wieder an den Vorfall erinnerte.

«Bei deinem Fräulein stand die Tür offen», sagte er, «vielleicht hat sie dich erwartet.»

«Sie ist nicht mein Fräulein», erwiderte Fausto, «und sie hat mich nicht erwartet.»

«Aber du warst schon mal bei ihr und willst nicht drüber reden, das ist verdächtig genug. Warum willst du eigentlich nicht drüber reden?», fragte Dario.

«Weil es lustiger ist, wenn ihr euch eure Gedanken macht.»

«Ich habe neulich mit Paola am Telefon darüber geredet; sie fand es jedenfalls gar nicht lustig.»

Fausto, der gerade seine Gabel mit einer Ladung Makkaroni zum Mund führte, hielt mitten in der Bewegung inne: «Du hast … mit Paola …?»

«Natürlich», sagte Dario. «Auch ich bin mit ihr befreundet. Sie soll schließlich wissen, was für ein Strolch ihr Zukünftiger ist. Ich musste ihr die Wahrheit sagen. Dafür sind Freunde da.»

Seit zwei Jahren waren Fausto und Paola ein Paar. Die junge Frau stammte aus demselben Dorf wie er, arbeitete inzwischen als Kindergärtnerin in Imperia und lebte somit neunhundert Kilometer von ihrem Geliebten entfernt, worüber dieser allabendlich klagte. Die beiden hatten sich am Tag vor seiner Abreise verlobt, wechselten seitdem regelmäßig Briefe und beteuerten auch bei den seltenen, aber jedes Mal viel zu teuren Telefonaten, wie sehr sie einander vermissten.

Fausto legte seine Gabel nieder, stand langsam auf, beugte sich über den Tisch und packte Dario am Kragen. Erst als er das breite Grinsen auf Guidos Gesicht sah, merkte er, dass er einem Scherz seiner Freunde aufgesessen war. «Na, wisst ihr …», stammelte er, «nein, wirklich.»

«Also? Was ist nun? Was wolltest du bei Signora Niebergall?»

«Sie hat mich gebeten, drei Bilder an die Wand zu hängen. Dann hat sie mir eine Tasse Kaffee und ein Stück Kuchen angeboten.»

«Und du hast angenommen?»

«Ja, warum nicht?»

«Aber Paola hast du davon natürlich nichts erzählt.»

«Nein, verdammt, ihr wisst doch, wie eifersüchtig sie sein kann.»

«Das ist alles?»

«Nein. Ich habe ihr mal den Stecker ihres elektrischen Damenrasierers repariert und einmal, als ich sie zufällig in der Stadt getroffen habe, eine Cola mit ihr getrunken. Seid ihr jetzt zufrieden?»

«Und was ist mit der kleinen Mariele?», fragte Guido mit Blick auf die große Uhr, die über der Tür hing.

«Was hat Mariele damit zu tun?»

«Sie wartet bestimmt, dass du ihr das Mittagessen aufs Zimmer bringst.»

Mariele war ein elfjähriges Mädchen, das einmal im Monat mit seinen Großeltern aus Westfalen für ein paar Tage in den *Frankfurter Hof* kam. Die Kleine saß im Rollstuhl, hatte sich gleich bei ihrem ersten Aufenthalt mit Fausto Albanelli angefreundet und bestand seitdem darauf, ausschließlich von ihm bedient zu werden.

«Verdammt», sagte Fausto, «das habe ich völlig vergessen.» Er stand auf, schob seinen Teller zur Seite und eilte zur Tür. «Gut, dass ihr mich daran erinnert.»

«Keine Ursache», sagte Dario. «Wir räumen auch noch dein Geschirr weg. Dafür sind Freunde da.»

Gegen sechzehn Uhr am Nachmittag desselben Tages war der Arbeitstag der drei jungen Italiener beendet. Während Dario und Guido sich vor dem Ausgang des Hotels eilig verabschiedeten, weil sie sich im Bahnhofskino einen Western von Sergio Leone anschauen wollten, machte sich Fausto direkt auf den Heimweg. Er öffnete die Haustür, nahm im Treppenflur immer zwei Stufen auf einmal, hielt aber schon auf dem ersten Absatz inne und lief noch einmal nach unten, um nachzuschauen, ob Post von seiner Verlobten gekommen war. Ein wenig enttäuscht schloss er den leeren Briefkasten wieder und machte sich erneut an den Aufstieg, im Kopf nun schon ein paar scherzhafte Ermahnungen an Paola formulierend, die er aber sogleich mit zahlreichen Liebesschwüren abmildern würde.

Als er im dritten Stock an der Wohnung von Karin Niebergall vorbeikam, sah er, dass die Tür noch immer offen stand. Seine Beunruhigung vom Morgen wich nun der Gewissheit, dass hier etwas nicht stimmen konnte. Wieder klopfte er an, wieder rief er den Namen seiner Nachbarin, wieder meldete sich niemand.

Das Innere der Wohnung war dunkel. Mit der Fußspitze schob er die Tür ein wenig weiter auf, machte einen Schritt nach vorne und drückte auf den Schalter für die Dielenlampe.

Nichts. Es blieb dunkel. Er senkte seine Stimme zu einem Flüstern: «Signora Niebergall, sind Sie zu Hause? Geht es Ihnen gut?»

Es war, als habe er Angst, das Unglück, das hier geschehen sein mochte, durch seine Stimme erst hervorzurufen.

«Ihr Licht ist kaputt? Soll ich nachschauen?»

Er ging einen Meter weiter, dann sah er den Fleck an der Wand. Sofort war er sicher, dass es sich um Blut handelte. Auch auf dem Boden waren dunkle Flecken zu sehen. Fausto Albanelli schloss die Augen und wich mit pochendem Herzen zurück bis zur Wohnungstür.

Er wollte gerade den Hausflur wieder betreten, als er das Geräusch von Schritten hörte. Mit angehaltenem Atem blieb er stehen. Jemand kam die Treppe herauf, ein Schlüssel klapperte, in einer der unteren Etagen wurde eine Tür geöffnet und gleich darauf wieder geschlossen.

Dann war es still.

Eilig huschte der junge Mann aus Karin Niebergalls Wohnung, lief so leise er es vermochte bis ins Dachgeschoss, vermied dabei, auf die knarrende vorletzte Stufe zu treten, und atmete erleichtert auf, als er endlich in seinem Zimmer saß und überlegen konnte, was zu tun war.

Jedenfalls würde er nicht zur Polizei gehen. Obwohl er selbst noch keine Erfahrungen mit deutschen Polizisten gemacht hatte, war immer wieder zu hören, dass man als «Spaghetti» schlecht behandelt wurde. Außerdem musste er an die Ermahnungen seiner Patentante denken, jener legendären Faustina, einer stattlichen Frau, von der es hieß, sie habe als Partisanin im Kampf gegen die Deutschen wahre Wundertaten vollbracht. So wurde erzählt, dass sie noch in den letzten Tagen des Krieges einen deutschen Offizier, der ihr auf unschickliche Weise nahe gekommen war, zu Tode gebracht habe, indem sie ihn zunächst betrunken gemacht und sich dann auf das Gesicht des Soldaten gesetzt habe und so lange sitzen geblieben sei, bis der schmächtige Unhold aufgehört habe zu zappeln und schließlich auch zu atmen.

Es war eine jener Geschichten, wie sie auf allen Dorf- und Familienfesten ein ums andere Mal erzählt und bei jeder Wiederholung weiter ausgeschmückt wurden, bis die Heranwachsenden, die ihnen eben noch mit heißen Ohren zugehört hatten, schließlich die Augen verdrehten und das Weite suchten.

Dass er nach Frankfurt gehen würde, hatte er seiner Tante erst einen Tag vor der Abreise gestanden. Nie vergessen würde er Faustinas Rede über das Wesen der Deutschen, vor denen sich zu hüten er ihr hoch und sogar heilig hatte versprechen müssen. Die «Crucchi», so hatte sie mit erhobenem Zeigefinger gepredigt, seien ebenso verschlagen wie kulturlos, sie könnten nicht kochen, hätten keine Lebensart, seien mal unterwürfig wie geschlagene Hunde, würden einem aber gleich darauf, ohne mit der Wimper zu zucken, die Kehle durchbeißen. Ja, darin sei dem dicken Churchill zuzustimmen: Entweder habe man die Deutschen zu Füßen oder man habe sie am Hals. Er, Fausto, solle zusehen, ihnen aus dem Weg zu gehen, vor allem dann, wenn sie Uniformen trügen oder Beamte seien, er solle sich mit keiner deutschen Frau einlassen, solle darauf achten, genug Pasta zu essen, nach einem schweren Essen einen Amaro nicht zu verschmähen, seine Mutter zu ehren und seine Madrina nicht ganz zu vergessen. Dann hatte sie ihn an ihre Brust gepresst, eine Träne verdrückt und war ohne ein weiteres Wort gegangen.

Was man allerdings machen sollte, wenn man als italienischer Zimmerkellner in Frankfurt lebte und einen Blutfleck hinter der offenen Wohnungstür seiner deutschen Nachbarin entdeckt hatte, davon war in Faustinas Anweisungen nicht die Rede gewesen.

Weder würde er zurückgehen, um Karin Niebergalls Wohnung genauer zu inspizieren, noch würde er jemanden aus der Nachbarschaft alarmieren, er würde keinen Arzt benachrichtigen, und schon gar nicht würde er die Polizei rufen. Er würde einfach warten, bis seine Freunde aus dem Kino kamen, um dann gemeinsam mit ihnen zu beratschlagen.

Aber mit jeder Minute, die er tatenlos verstreichen ließ, wuchs seine Nervosität. Und obwohl er ein reines Gewissen hatte, wurde das Gefühl, sich schuldig zu machen, immer stärker. Jetzt, da er auf Dario und Guido wartete, schien die Zeit nur im Schneckentempo vergehen zu wollen. Er zwang sich, nicht allzu oft auf die Uhr zu schauen, tat es dann aber doch wieder und sah enttäuscht, dass seit dem letzten Mal gerade zwei Minuten vergangen waren.

Um sich abzulenken, begann Fausto Albanelli den geplanten Brief an seine Verlobte zu schreiben. Dreimal setzte er an, dreimal zerriss er das Blatt wieder, bis er schließlich aufgab und stattdessen anfing, das wenige Geschirr abzuwaschen, das noch vom Frühstück auf der Spüle stand. Als das Radio lief, konnte er sich weder auf die Musik noch auf die Beiträge konzentrieren. Schließlich ging er ins Badezimmer, zog sich aus und legte sich in die Wanne.

Er versuchte, an Paola zu denken, er versuchte, an seine Eltern zu denken, und er versuchte, an Mariele zu denken, aber immer wieder schweiften seine Gedanken ab und landeten bei dem Fleck an Karin Niebergalls Wand.

Schließlich traf er eine Entscheidung, die ihm so ungeheuerlich wie unausweichlich schien. Er würde nicht warten, bis der Film, den sich Guido und Dario anschauten, zu Ende war. Er würde zum Bahnhof gehen und verlangen, dass man seine Freunde aus dem Kino holte.

In dem Kassenhäuschen saß ein älterer Mann über seiner Zeitung und rauchte. Er blickte nicht einmal auf, als Fausto direkt vor ihm stand und vorsichtig gegen die Scheibe pochte.

«Film läuft schon», sagte der Kassierer, ohne die Zigarette aus dem Mund zu nehmen. «Nächste Vorstellung um neun.»

«Ich weiß», sagte der junge Mann, «aber meine Freunde sind drin. Sie müssen ihnen Bescheid sagen, dass sie rauskommen.»

Langsam blätterte der Alte seine Zeitung um. «Ich muss gar nix. Ich muss sterben», sagte er.

«Hören Sie, es ist wichtig. Es ist wirklich jemand gestorben, es geht um einen Todesfall.»

Der Kassierer schniefte. Er ließ endlose Sekunden vergehen, dann drückte er sorgfältig seine Zigarette aus. Endlich blickte er Fausto an. «Nix gibt's. Hätt ich ja viel zu tun, wenn ich jedes Mal den Film stören wollte, wenn jemand gestorben ist.»

Dann begriff Fausto Albanelli. Er zog sein Portemonnaie hervor, nahm ein Zweimarkstück heraus und schob es unter der Scheibe hindurch.

Der Alte wackelte eine Weile mit dem Kopf, als sei er unschlüssig, wie er auf diese neuerliche Unverschämtheit des Störenfrieds reagieren solle, ließ dann aber die Münze mit einer raschen Bewegung verschwinden und erhob sich umständlich von seinem Stuhl. Als er sein Kassenhäuschen verlassen hatte, gab er dem Jungen einen Wink, ihm zu folgen. Während Fausto vor Ungeduld zappelte, schlurfte der Kassierer mit schwerfälligen Schritten vor ihm her in Richtung der steilen Treppe, die zum Kinosaal führte. Alle zwei, drei Stufen blieb er stehen, um zu verschnaufen.

Als er die Tür erreicht hatte, drehte er sich zu Fausto um, schaute ihn aus feuchten Augen an und begann zu kichern: «So was Blödes», sagte er, «ein Todesfall. Hat man so was Blödes schon mal gehört. Die Namen?»

«Dario und Guido.»

«Was?»

«Dario und Guido», wiederholte Fausto. «So heißen meine Freunde.»

Mit offenem Mund starrte ihn der Kassierer an, dann schüttelte er wieder den Kopf. «Itaker!», sagte er. «Glaubt man's denn. Ich störe wegen zwei Itakern die Vorstellung.»

Keine halbe Stunde später standen die drei Freunde, jeder mit einer brennenden Kerze in der Hand, im Treppenhaus der Kirchnerstraße 2 vor der dunklen Wohnung Karin Niebergalls. Sie schauten einander unschlüssig an, bis Fausto kurz nickte und vorging.

Während seine Freunde in der Diele warteten, öffnete er die Tür, von der er wusste, dass sich dahinter das Wohnzimmer der Nachbarin befand, schaute sich kurz um, konnte aber nichts Auffälliges entdecken.

«Leer», sagte er flüsternd und ging zum nächsten Raum.

Er hatte ihn kaum betreten, als er mit seinem rechten Fuß gegen einen weichen Gegenstand stieß. Er ging in die Hocke, leuchtete mit seiner Kerze den Boden ab, sah etwas, das wie ein Büschel Haare aussah, und erkannte, dass es sich um eine Perücke handelte. Nicht weit davon lag eine Weinflasche, die auf dem Teppich ausgelaufen war.

Er wandte sich zu den beiden anderen um, die hinter ihm im Türrahmen standen.

«Ich glaube, hier ist es», sagte er mit belegter Stimme.

Dario und Guido kamen näher. Zu dritt standen sie nebeneinander und hielten ihre Kerzen in die Höhe. Auf dem Boden lagen herausgerissene Schubladen, verstreute Papiere und Kleidungsstücke.

Fast gleichzeitig sahen sie im schwachen, flackernden Licht die Beine der Frau, die zwischen dem Bett und einem Sessel hervorschauten.

Fausto atmete durch, dann ging er ein paar Schritte weiter, bis er neben dem zerwühlten Himmelbett stand.

«O, dio», sagte er, als er den zusammengekrümmten Körper Karin Niebergalls auf dem Boden liegen sah.

Dario machte einen Schritt nach vorne, aber im selben Moment wandte Fausto sich um und breitete die Arme aus. Sein Gesicht war bleich: «Mein Gott, nein», stammelte er. «Bleibt, wo ihr seid. Das ... das wollt ihr nicht sehen.»

DREI Für die beiden Schutzpolizisten Ernst Wendtland und Rüdiger Heinemann hatte der Abend ruhig begonnen. Sie kamen gerade von einem Einsatz, bei dem sie die Personalien einer Zechprellerin aufgenommen hatten. Die alte Frau hatte in einem Café auf der Zeil ein Glas Sekt getrunken, dann aber gemerkt, dass sie kein Geld eingesteckt hatte, was ihr, wie sie angab, so peinlich gewesen sei, dass sie versucht habe, durch den Hinterausgang zu entwischen, wo sie von einer Kellnerin gestellt worden war. Als die beiden Polizisten eingetroffen waren, war die Dame in Tränen ausgebrochen, hatte ihre Dummheit umgehend zugegeben und mehrfach beteuert, dass sie so etwas noch nie zuvor getan habe. Bereitwillig hatte sie ihren Ausweis gezeigt, aber dringend darum gebeten, ihre Tochter von dem Vorfall nicht in Kenntnis zu setzen. Als die Frau versprochen hatte, ihre Zeche sofort am nächsten Vormittag zu begleichen, war der Inhaber des Cafés bereit gewesen, von einer Anzeige Abstand zu nehmen.

«Hunger?», fragte Rüdiger Heinemann, als er wieder neben seinem Kollegen auf dem Beifahrersitz des Streifenwagens – eines VW Käfer – saß.

Ernst Wendtland nickte.

«Rindswurst?»

Erneutes Nicken.

«Gref-Völsing?»

«Gref-Völsing!»

Es war ein Dialog, der sich, wenn die beiden gemeinsam Spätdienst hatten, so unweigerlich wie ihr abendlicher Appetit einstellte. Obwohl sich die Verkaufsstelle der Metzgerei *Gref-Völsing* an der Hanauer Landstraße befand und damit außerhalb ihres Reviers, leisteten sich die beiden regelmäßig dieses kleine Dienstvergehen, weil es erwiesenermaßen nirgendwo bessere Rindswürste gab. Und wenn man sie erwischen würde, wollten sie behaupten, einen Autofahrer, der sich verdächtig benommen hatte, hierher verfolgt zu haben.

Sie stellten den Wagen auf dem Parkstreifen neben der Fahrbahn ab, ließen die Beifahrertür offen und betraten das Geschäft.

Die Verkäuferin in ihrer Kittelschürze seufzte. «Immer auf den letzten Drücker, die Herren von der Polizei. Ich bin schon am Aufräumen.» Sie zeigte auf die große Uhr, die über der Eingangstür hing; es war sieben Minuten vor sechs.

«Geht schnell», erwiderte Wendtland. «Wir sind gleich wieder weg.»

«Wie immer?»

Die Polizisten nickten. Die Frau stellte zwei Pappteller auf die Theke, packte auf jeden ein Brötchen, fischte zwei Rindswürste aus dem heißen Wasser und legte sie dazu.

«Senf nehmt euch selbst», sagte sie. «Ich geh wieder nach hinten.»

Der Funkspruch kam um siebzehn Uhr sechsundfünfzig. «Leblose weibliche Person in der Kirchnerstraße 2, dritter Stock, Wohnung Niebergall. Wahrscheinlich äußere Gewalteinwirkung. Sofort überprüfen.»

Rüdiger Heinemann hatte seine Rindswurst fallen lassen, war zum Streifenwagen gerannt und hatte die Meldung entgegengenommen. Jetzt winkte er seinem Kollegen zu, der ebenfalls die Metzgerei verließ und auf den Fahrersitz sprang.

«Kirchnerstraße 2», sagte Heinemann.

«Weißt du, was passiert ist?», fragte Wendtland, der den Wagen bereits gewendet hatte und nun mit eingeschaltetem Martinshorn in Richtung Innenstadt raste.

«Ja: leblose Person, wahrscheinlich …»

«Nein», unterbrach ihn sein Kollege, «das meine ich nicht. Wir sind da gerade rausgerannt und haben vergessen, unsere Zeche zu bezahlen.»

Keine zehn Minuten später hatten sie die Kirchnerstraße erreicht. Vor der Wohnung im dritten Stock wurden sie von einem Mann erwartet. Auf den Treppenstufen zum Dachgeschoss saßen die drei jungen Männer.

Der Mann nickte den beiden Polizisten zu: «Sie ist tot. Wahrscheinlich erstochen. Wie es aussieht, mit einem spitzen Gegenstand …»

«Was reden Sie da? Wer sind Sie?», fuhr Wendtland ihn an.

Der Mann hob die Augenbrauen und ließ einen Moment vergehen, bis er mit einem Lächeln antwortete: «Mein Name ist Dr. Gerlach, ich bin Arzt. Meine Praxis befindet sich im Erdgeschoss. Diese drei jungen Herren haben mich vor etwa einer halben Stunde benachrichtigt, dass Frau Niebergall in ihrem Blut auf dem Boden liegt. Ich habe nachgesehen und ihren Tod festgestellt.»

«Sie haben sie gefunden?», fragte Wendtland in Richtung der Freunde.

Die nickten.

«Dann bleiben Sie hier sitzen und rühren sich nicht von der Stelle. Wir gehen rein und sehen nach.»

«Nehmen Sie das hier mit», sagte Dr. Gerlach und reichte den Polizisten eine große Taschenlampe. «In der gesamten Wohnung scheint der Strom ausgefallen zu sein. Und …»

«Was ‹und›?», fragte Rüdiger Heinemann.

«Ja», sagte der Arzt. «Ich bin ja einiges gewohnt, aber das, was Sie dort drin erwartet, ist kein schöner Anblick. Ich wollte Sie nur warnen. Sie liegt im Schlafzimmer, zweite Tür rechts.»

Heinemann schluckte. Dann nickte er dem Arzt zu und betrat als Erster die Wohnung. Als Wendtland seinem Kollegen folgen wollte, hielt Dr. Gerlach ihn zurück. «Ich denke, es sind bereits genug Leute durch die Wohnung getrampelt. Ihre Kollegen von der Kripo werden froh sein, wenn nicht noch mehr Spuren zerstört werden.»

Einen Moment lang sah es aus, als wollte Ernst Wendtland sich die Belehrungen des Arztes verbitten, dann aber senkte er den Blick, dankbar für den Grund, sich den Anblick der toten Frau ersparen zu können.

Es dauerte keine Minute, bis Rüdiger Heinemann zurückkam. Aus seinem Gesicht war jede Farbe gewichen. Seine Lippen bebten. Er schien kurz davor, sich übergeben zu müssen.

An die Wand des Treppenhauses gelehnt, sah er mit flackernden Lidern in Richtung seines Kollegen.

«Hol die Kripo», stieß er hervor. «Die ganze Besetzung.»

Dann ließ er sich an der Wand hinabgleiten und blieb am ganzen Körper zitternd auf den hölzernen Dielen sitzen.

Staatsanwalt Traugott Köhler saß am Esstisch seines Wohnzimmers und nahm sein Abendbrot zu sich. Es bestand aus einer Scheibe Schwarzbrot und einem Schälchen mit Rote-Bete-Salat, den er sich am Abend zuvor zubereitet hatte. Dazu trank er, nach einem Rezept seiner über neunzigjährigen Großmutter, ein Glas Rotwein, das mit Traubenzucker und einem rohen Ei verquirlt war. Traugott Köhler war Anfang dreißig, durchtrainiert und hatte zu seinem Leidwesen bereits graues Haar, das er nach Art der amerikanischen Soldaten kurzgeschnitten trug. Er galt als scharfer Hund und wurde im engeren Kreis seiner Kollegen Terry genannt, was ihm durchaus gefiel – nicht nur wegen seines Faibles für alles Amerikanische, sondern auch, weil dieser Spitzname auf jene Hunderasse verwies, der er sich im Innersten verwandt fühlte. Terry Köhler hatte klare Vorstellungen, wie sein berufliches und privates Leben verlaufen würde. Vier Generationen lang hatte seine Familie begnadete Juristen hervorgebracht, und auch er hatte sein Studium als Bester seines Jahrgangs abgeschlossen und einige aufsehenerregende Artikel in der juristischen Fachpresse veröffentlicht. Dennoch war er unzufrieden. Er wollte mehr, als nur in Fachkreisen bekannt zu sein, er wollte mehr als beruflichen Erfolg.

Terry Köhler mochte die Oper. Er ging gerne zu Ausstellungseröffnungen, besuchte Ballettaufführungen und sah sich jede neue Inszenierung im Schauspielhaus an. Vor allem liebte er den Applaus nach der Vorstellung, die flammenden Blitzlichter auf den Premierenfeiern. Er konnte nicht malen, spielte kein Instrument, und seine Versuche zu singen klangen erbarmungswürdig. Er war ein ganz und gar unkünstlerischer Mensch. Aber er liebte die Künstler. Er liebte sie, manchmal verachtete er sie, vor allem aber beneidete er sie. Wenn man ihnen zujubelte, wenn man sie interviewte und fotografierte, wünschte er, selbst ein Künstler zu sein. Berühmt zu sein, stellte er sich als Inbegriff des Glücks vor.

Terry Köhler war unverheiratet, beabsichtigte dies auch noch eine Weile zu bleiben, und begnügte sich stattdessen mit gelegentlichen Affären, bei denen er stets darauf achtete, sie rechtzeitig zu beenden. Den Zeitpunkt, sich eine Frau zu nehmen und eine Familie zu gründen, würde er sich weder vom Zufall noch von irgendwelchen Konventionen diktieren lassen.

Über seinem Schreibtisch hing ein Foto von John F. Kennedy.

Wie jeden Donnerstag hatte Terry Köhler auch heute zeitig Feierabend gemacht, um im Fernsehen die alten Kurzfilme mit Stan Laurel und Oliver Hardy sehen zu können, anschließend seine tägliche Gymnastik zu treiben, zu duschen und hinterher noch ein paar Akten zu bearbeiten. Umso ärgerlicher reagierte er, als ausgerechnet jetzt das Telefon läutete.

Am anderen Ende meldete sich Kriminaldirektor Gerling. Der Staatsanwalt und er kannten sich seit einigen Jahren, waren nicht nur dienstlich miteinander verbunden, sondern traten auch als Tennisspieler im 1. TC Eschersheim einmal pro Woche gegeneinander an.

«Terry, lass dein Essen stehen, schalt die Mattscheibe aus und sieh zu, dass du so schnell wie möglich herkommst. Die Niebergall ist umgebracht worden. Wir müssen …»

«Du meinst *die* Niebergall?»

«Ja. Hier sieht es aus wie in einem Schlachthaus. Wahrscheinlich ist sie in ihrem Himmelbett erstochen worden. Wir müssen sofort einen Plan aushecken; in Kürze wird es hier von Reportern nur so wimmeln. Du weißt, was jetzt auf uns zukommt.»

Terry Köhler lächelte. Sein Ärger war mit einem Schlag verflogen. Er wusste, was jetzt vor allem auf ihn selbst zukommen würde. Und es erfüllte ihn mit Genugtuung. Genau darauf hatte er gewartet: auf seinen ersten wirklich spektakulären Fall.

Er würde noch mehr arbeiten müssen als jetzt schon. Er

würde fotografiert werden und Interviews geben. Und seine Karriere würde, wenn alles gut lief, einen deutlichen Schub bekommen. Der Mord an Rosemarie Nitribitt war neun Jahre her, aber allen Mitarbeitern bei Polizei und Justiz noch gut in Erinnerung. Und die Presse würde jetzt dafür sorgen, dass der Öffentlichkeit jedes Detail wieder ins Gedächtnis gerufen würde. Auch wenn es im Fall Nitribitt nie zu einer Verurteilung gekommen war, auch wenn man den Hauptverdächtigen hatte laufenlassen müssen – der Tod Rosemarie Nitribitts war zu einer Legende geworden, von der alle, die damals mit dem Fall befasst waren, noch immer zehrten. Die Ermordung Karin Niebergalls hatte das Zeug, ein zweiter Fall Nitribitt zu werden. Ein Fall, der, wenn man keinen entscheidenden Fehler machte, einen Staatsanwalt bis an das Ende seiner Laufbahn und darüber hinaus begleiten würde. Und er hatte Glück, dass Urlaubszeit war, sich viele seiner Kollegen noch in den Ferien befanden und er, Terry Köhler, zur rechten Zeit am rechten Ort war.

Er war Karin Niebergall nie begegnet, wusste aber um den Ruf, den sie bei Eingeweihten genoss. Und er würde dafür sorgen, dass nun, da sie tot war, dieser Ruf ins Unermessliche wuchs. In Kürze würde es niemanden geben, der ihren Namen nicht kannte. Alles hing davon ab, wie geschickt er die Ermittlungen lenkte. Und davon, dass der Fall nicht allzu schnell gelöst würde. Wenn der Täter nur nicht ein tölpelhafter Freier war, der sie aufgrund eines Streits getötet hatte und sich zwei Tage später erwischen ließ. Wenn es nur nicht, wie bei 95 Prozent aller Tötungsdelikte, eine langweilige Beziehungstat war. Je größer das Rätsel, umso mehr würde die Neugier der Öffentlichkeit angeheizt. Je dunkler die Tat, desto heller würde er im Licht stehen. Er sah die Schlagzeilen bereits vor sich: «Tod im Himmelbett: das traurige Ende von Deutschlands raffiniertestem Freudenmädchen. Exklusivinterview mit Staatsanwalt Traugott ‹Terry› Köhler».

Die Meute der Reporter würde es sich nicht nehmen lassen, Karin Niebergalls Leben und Sterben vor den Lesern auszubreiten. Man würde ihre Familie und ihre Freunde aufspüren, man würde Fotos veröffentlichen und über mögliche Motive und Täter spekulieren. Und Terry Köhler würde dafür sorgen, dass sein Name jedes Mal genannt wurde. Er war es, der Informationen weitergeben oder zurückhalten konnte. Er war es, der die hungrigen Mäuler stopfte oder sie noch gieriger nach der Beute schnappen ließ.

Als der Staatsanwalt kurz nach neunzehn Uhr am Tatort eintraf, glich das alte Bürgerhaus in der Kirchnerstraße 2 einem Bienenstock. Man hatte den Eingang abgesperrt. Kein Unbefugter durfte das Haus betreten. Dennoch wimmelte es von Männern – manche in Uniform, die meisten in Zivil –, die treppauf, treppab liefen und den Unmut Terry Köhlers hervorriefen.

Er bahnte sich einen Weg in den dritten Stock und wies den dort postierten Schutzpolizisten an, Kriminaldirektor Gerling ins Treppenhaus zu bitten.

«Gut», sagte Gerling, als er im Türrahmen erschien, «wird Zeit, dass du hier Ordnung reinbringst.»

«Worauf du dich verlassen kannst. Wie viele Leute sind drin?»

«Zu viele. Aber alle sehr, sehr wichtig!»

«Wer?»

«Fünf Leute der MK1, fünfmal Erkennungsdienst, die Rechtsmedizin in Person von Professor Fassbinder samt Assistentin. Und … der PP.»

Köhler schaute ungläubig: «Der Polizeipräsident? Du machst Witze!»

«Von wegen Witze. Die Sache wird schon jetzt ganz hoch gehängt. Alle sind völlig aus dem Häuschen. Du kannst dir denken, was hier los ist, wenn ...»

«Wenn hier bekannte Namen ins Spiel kommen, meinst du? Wenn sich auf ihrer Kundenliste die Telefonnummern von Prominenten finden?»

Gerling nickte. «Unter den Kollegen wird schon jetzt gemunkelt. Von Politikern ist die Rede, von Wirtschaftsleuten ...»

Köhler winkte ab: «Same procedure as every time. Lass sie munkeln.»

«Wir wissen noch nicht mal, wie wir den Fall nennen sollen.»

«Wie das?»

«Bei der Polizei ist niemand mit dem Namen Niebergall aktenkundig. Im Melderegister steht der Name Karin Rosenherz. Das ist ihr Geburtsname. Anscheinend war sie irgendwann mit einem Herrn Niebergall verheiratet, ist später geschieden worden und hat nach der Scheidung ihren Geburtsnamen wieder angenommen. Für ihre Freier war sie aber immer noch die Niebergall.»

«Obwohl Rosenherz ja viel passender geklungen hätte ... bei ihrem Gewerbe», sagte der Staatsanwalt.

Gerling lachte. «Tja. Aber wahrscheinlich hat sie den Namen ihrer Familie genau damit nicht in Verbindung bringen wollen. Also hat sie sich weiter Niebergall genannt. Was den Verflossenen wohl nicht gerade begeistert haben dürfte ...»

«Wenn er davon wusste. Jedenfalls ist ihr richtiger Name Rosenherz?»

Gerling nickte.

«Perfekt», sagte Köhler. «Dann ist das der Name, den sie ab sofort in allen offiziellen Schriftstücken, Protokollen und

Presseerklärungen tragen wird. Und jetzt ... will ich sie endlich sehen.»

Irritiert schaute der Polizist den Staatsanwalt an. «Du weißt, dass du dir das nicht zumuten musst.»

Terry Köhler grinste: «So schlimm wird's schon nicht werden. Ich muss wissen, mit was wir es hier zu tun haben.» Und als er merkte, dass der Kriminaldirektor immer noch zögerte: «Beißen kann sie mich jedenfalls nicht mehr.»

Gerling nickte. Dann ließ er Köhler an sich vorbei ins Innere der Wohnung gehen.

Obwohl sich in jedem Zimmer Leute aufhielten, war kaum ein Laut zu hören. Stumm gingen die Beamten des Erkennungsdienstes unter den aufgestellten Scheinwerfern ihrer Arbeit nach. Es wurde vermessen und fotografiert. Auf dem Vertiko in der Diele befand sich eine grau lackierte Holzkiste, in der kleine Plastiktüten mit gesicherten Spuren verstaut wurden. Aus dem Schlafzimmer war Gemurmel zu hören.

Der Polizeipräsident stand mit dem Rücken zur Tür. Als er hörte, dass sich jemand von hinten näherte, drehte er sich um und gab Köhler wortlos die Hand.

Der Rechtsmediziner schaute auf, hielt kurz in seinem Gemurmel inne, grüßte ebenfalls und diktierte dann weiter. Seine Assistentin notierte seine Worte auf einen Block, der auf ein Schreibbrett geklemmt war.

Als der Polizeipräsident einen Schritt zur Seite trat, um den Blick auf die Tote freizugeben, bereute der Staatsanwalt die forsche Selbstverständlichkeit, mit der er eben noch verlangt hatte, den Leichnam zu sehen. Er hatte Mühe, beim Anblick der Toten die Fassung zu bewahren. Wenn er sich später an diesen Moment erinnerte, würde er immer das Gefühl haben, alle Einzelheiten dieses schrecklichen Mordes binnen einer Sekunde nicht nur mit den Augen, sondern mit jeder Faser seines Körpers erfasst zu haben.

Karin Rosenherz, wie er sie nun bei sich bereits nannte, lag auf der Seite.

Im gesamten Bereich um die Leiche herum war der Teppich durchtränkt mit Blut, das bereits getrocknet war.

Ihr Körper war nackt bis auf eine Art Büstenhalter, der aber nur den unteren Teil ihrer kleinen Brüste bedeckte, während der obere Teil und die Brustwarzen frei lagen. Die Beine waren leicht angewinkelt, die Arme verdreht und beide Hände zu Fäusten verkrampft.

Unterhalb des Kehlkopfs konnte man eine deutlich klaffende Wunde erkennen.

Der gesamte Nacken war übersät mit Stichverletzungen. Es sah aus, als habe der Täter seine Waffe immer wieder mit voller Wucht in ihren Hals gerammt.

Der Mund der Toten war halb geöffnet, ebenso die Augenlider. Die Pupillen waren nach oben gerichtet, der Blick gebrochen. Es sah aus, als habe sie in den letzten Sekunden ihres Lebens und noch bei vollem Bewusstsein in den Abgrund des bevorstehenden Todes geschaut und verstanden, dass nichts und niemand ihr mehr helfen würde.

«Geht es?», fragte der Rechtsmediziner, der Terry Köhler besorgt anschaute. «Soll ich Ihnen etwas zur Beruhigung geben?»

Der Staatsanwalt schluckte. Dann schüttelte er den Kopf. Am meisten überraschte ihn, wie klein, wie schmal Karin Rosenherz gewesen war. «Etwas so Verlorenes habe ich noch nie gesehen», sagte er leise.

«Ob Sie es glauben oder nicht», erwiderte Professor Fassbinder, «mir geht es genauso. Der Täter hat diese Frau terrorisiert. Man meint, die Panik noch in ihren toten Augen zu erkennen.»

Als Staatsanwalt Köhler sich jetzt umschaute, stellte er fest, dass nicht nur in der direkten Umgebung des Leichnams, sondern überall im Zimmer Blutspuren zu sehen waren. Verschmierte Flecken auf dem Parkett, Spritzer an den Wänden, auf der zerwühlten Bettwäsche, an der Tür ein verwischtes Muster, das aussah, als habe jemand versucht, sich mit einer blutigen Hand dort abzustützen.

Auch der Oberkörper der Leiche war zum Teil mit Blut verschmiert. Das Haar lag wirr um den Kopf; eine Strähne klebte auf der Wange. Die Haut der Toten war farblos. Umso größer wirkte der Kontrast ihres dunklen Schamhaars und der rosa lackierten Fußnägel.

Terry Köhler versuchte, wieder halbwegs ins Gleichgewicht zu kommen, indem er sich so routiniert wie möglich verhielt: «Können Sie schon etwas zu Zeitpunkt und Ursache ihres Todes sagen?»

Professor Fassbinder legte den Kopf in den Nacken und fuhr sich mit der Hand über das Gesicht. «Geben Sie mir noch ein paar Minuten, dann bin ich mit der ersten äußeren Leichenschau durch. Ich rufe Sie, wenn ich so weit bin.»

Ohne zu antworten, wandte der Staatsanwalt sich um. Er war nicht erpicht darauf, sich die Leiche noch einmal anzusehen. Hinter ihm setzte das Gemurmel des Rechtsmediziners wieder ein.

An der Schlafzimmertür blieb Köhler stehen und schaute noch einmal zurück. Der Raum sah aus, als sei ein Sturm hindurchgefegt. Die Türen des großen Kleiderschranks standen offen. Schubladen waren herausgerissen worden, der Inhalt auf dem Boden verteilt. Auf dem Teppich lagen zerknitterte Kleidungsstücke. Ein kleiner Beistelltisch war umgekippt, ebenso ein mit Plüsch bezogener Hocker. Daneben sah man zwei Perücken liegen, eine schwarze, eine rotblonde. Einer der schweren Vorhänge vor dem Fenster war halb heruntergerissen.

Als Köhler die Diele betrat, stand dort ein stämmiger Mann

in Zivil, den er nie zuvor gesehen hatte. Der Mann rauchte und ließ die Asche seiner Zigarette achtlos zu Boden fallen.

«Wer sind Sie, was haben Sie hier zu suchen?», fuhr der Staatsanwalt ihn an.

Verdutzt schaute ihn der Fremde an, dann grinste er: «Himstedt. Peter Himstedt. Mir gehört dieses Haus; die Tote war meine Mieterin.»

Köhler platzte der Kragen: «Was fällt Ihnen ein, hier zu rauchen? Woher wissen Sie, dass es hier eine Tote gibt? Wie kommen Sie auf die Idee, hier herumlungern zu dürfen? Wer hat Sie überhaupt hereingelassen?»

Ohne auf eine Antwort des Mannes zu warten, schob der Staatsanwalt den Hausbesitzer aus der Wohnungstür, dann drückte er dem dort postierten Schutzpolizisten einen Bleistift und einen Zettel in die Hand: «Schreiben Sie mir Ihren Namen und Ihre Dienstnummer auf!»

Der Uniformierte sah ihn fragend an.

«Tun Sie, was ich sage! Ich werde dafür sorgen, dass Sie die nächsten drei Jahre Gummiknüppel polieren.»

Kurz sah es so aus, als wolle der Polizist protestieren, dann zog er jedoch den Kopf ein und tat, was man ihm befohlen hatte.

«Und jetzt gehen Sie runter und holen einen Kollegen, der mindestens drei Gramm Hirn im Kopf hat. Das heißt: wenn es einen solchen gibt und sofern Sie das beurteilen können.»

Köhler lief zurück in die Wohnung. Er stürmte durch alle Zimmer: «Raus!», brüllte er. «Jeder, der hier nichts zu tun hat, verlässt sofort den Tatort! Egal, welche Abteilung, egal, welcher Dienstgrad. Das ist ein Befehl! Sammelt euch auf der Straße. Wir kommen gleich runter und verteilen die Aufgaben.»

Nacheinander drückten sich ein paar der Männer an ihm

vorbei. Der Unmut, sich vom Staatsanwalt herumkomman-
dieren zu lassen, war ihnen anzumerken. Dennoch wussten
sie, dass er recht hatte. Egal, wie eng sie später in die Ermittlungen eingebunden würden, jetzt war jeder Polizist, der
nicht unbedingt am Tatort gebraucht wurde, einer zu viel.

VIER Vor dem Haus hatten sich fast zwanzig Ermittler versammelt. Der Platz rund um den Kaiserbrunnen war abgesperrt. Inzwischen hatte sich herumgesprochen, was in
der Kirchnerstraße 2 passiert war. Neben den zahlreichen
Neugierigen, die an der Absperrung versammelt waren, versuchten nun auch die ersten Reporter, sich Zugang zu verschaffen.

Köhler und Gerling standen ein wenig abseits. Mit gesenkter Stimme redete der Staatsanwalt auf den Kriminaldirektor
ein. «Ich will, dass du deine Truppe besser im Griff hast»,
sagte er. «Nichts von dem, was wir dort oben gesehen haben,
darf nach außen dringen. Ist das klar?»

Gerling wiegte den Kopf: «Terry, bei aller Liebe, du musst
mir nicht meinen Beruf erklären. Ich kann mich auf meine
Leute verlassen. Aber du weißt, dass es unmöglich ist, eine
solche Ermittlung vollständig geheim zu halten. Ich werde es
versuchen, aber ...»

«Nein», unterbrach ihn Köhler, «kein Aber! Das ist in
diesem Fall die falsche Einstellung. Wir werden eine Ver-
schwiegenheitserklärung formulieren, die jeder unterschreiben muss, der am Tatort war. Nicht nur der Arzt aus dem
Haus, nicht nur die drei Italiener und der Hausbesitzer, auch
die Beamten ...»

«Nein», widersprach Gerling.

«Doch, genau so werden wir es machen.»

«Was soll das? Unsere Leute sind sowieso zur Verschwiegenheit verpflichtet. Sie wissen, dass sie nicht plaudern dürfen. Wenn du sie jetzt zwingst, so etwas zu unterschreiben, demonstrierst du ihnen dein Misstrauen. Damit würden wir die Ermittlungen schon am Anfang unnötig belasten.»

Der Staatsanwalt rückte seine Krawatte zurecht und beugte seinen Kopf ein wenig weiter zu Gerlings Ohr. Obwohl er leise sprach, hatte seine Stimme eine deutlich vernehmbare Schärfe angenommen: «Sie *werden* unterschreiben! Alle! Und du wirst dafür sorgen! Niemand sagt zu irgendwem ein Wort. Keinesfalls dürfen irgendwelche Einzelheiten an die Presse durchsickern. Niemand wird sich in der Öffentlichkeit äußern, mich ausgenommen. Niemand! Hast du das verstanden?»

Resigniert nickte Gerling. Seine Lippen waren schmal. Er wandte sich ab, um zu den wartenden Ermittlern hinüberzugehen.

«Und noch was …», sagte Köhler.

Gerling drehte sich zu ihm um: «Nämlich?»

«Du wirst ebenfalls unterschreiben!»

Vor Überraschung war der Kriminaldirektor drei Sekunden lang sprachlos. Aus schmalen Augen sah er sein Gegenüber an. «Terry!», sagte er schließlich. «Terry, weißt du, dass ich bis vor kurzem dachte, wir könnten nicht nur Tennispartner sein, sondern auch Freunde werden?»

«Und?»

«Jetzt weiß ich es besser. Jetzt weiß ich, dass es stimmt, was viele über dich sagen.»

«Und was sagen sie?»

«Dass du ein Arschloch bist.»

Terry Köhler verzog keine Miene. Er ging zügig an Gerling vorbei und auf die Beamten der Mordkommission zu. Dann klatschte er in die Hände: «Meine Herren, ich bitte um Ihre Aufmerksamkeit.»

Über einige Gesichter huschte ein verstohlenes Lächeln.

«Sie alle wissen inzwischen, um wen es sich bei der Toten handelt, Sie wissen auch, welchen Beruf sie ausübte und dass sie ihre Kundschaft nicht gerade im Rinnstein aufgelesen hat. Karin Rosenherz – so hieß das Opfer und so werden wir es künftig auch nennen – hatte vermutlich Kontakt zu den eher gehobenen Kreisen unserer Gesellschaft. Das heißt keinesfalls, dass dort auch der Täter zu suchen ist. Es heißt jedoch, dass wir unsere Ermittlungen mit größter Diskretion durchführen. Wir werden mit vollkommener Verschwiegenheit vorgehen. Das heißt, Sie reden mit niemandem über irgendetwas, das Sie im Laufe der Ermittlungen erfahren. Mit *niemandem*! Nicht mit der Presse, nicht mit Ihren Freunden, nicht Ihren Frauen und schon gar nicht mit Ihren Müttern.»

Köhler wartete, bis das kurze Gelächter bei den Umstehenden verebbt war. Dann fuhr er fort: «Auch gegenüber Kollegen, die mit dem Fall nichts zu tun haben, wird Ihr Mund verschlossen bleiben! Alle Informationen gehen zuerst an mich! Ich will vor jeder relevanten Zeugenbefragung informiert werden. Ich sagte: *vor*. Und ich sagte: vor *jeder*. Sollte sich bei einem Zeugen auch nur der leiseste Verdacht ergeben, dass er als Täter in Frage kommt, werde ich unverzüglich hinzugezogen! Meine Sekretärin wird Ihnen allen einen Zettel mit meiner Dienst- und mit meiner Privatnummer zukommen lassen. Ich bin ab sofort für Sie alle jederzeit erreichbar. Und wenn ich sage jederzeit, dann heißt das jederzeit: Tag und Nacht und am Wochenende. Es gibt also keine Ausreden.»

Während er sprach, schaukelte Terry Köhler immer wieder leicht mit dem Oberkörper, eine Geste, die er für ebenso eindrucksvoll wie lässig hielt, nachdem er in einem amerikanischen Spielfilm gesehen hatte, dass ein erfolgreicher Anwalt dadurch seinen Worten Nachdruck verliehen hatte.

«So, und jetzt gehen wir an die Arbeit. Rollen Sie das gesamte Umfeld der Toten auf! Ich will wissen, wo sie herkommt, was sie für Eltern und Verwandte hatte, wer ihre Freunde, wer ihre Kunden und wer möglicherweise ihre Feinde waren. Tauchen Sie ein ins Milieu, aber tauchen Sie bitte nicht ungebührlich tief ein!»

Erneutes Gelächter.

«Sollten unter den Asservaten Tagebücher, Adressverzeichnisse, Visitenkarten, Terminkalender und Briefe auftauchen – wahrscheinlich ist dergleichen sogar schon gesichert worden ...»

Er warf einen fragenden Blick in die Runde. Einer der Erkennungsdienstleute hob die Hand und nickte.

«... Ich sehe, das ist der Fall – dann kommen diese Unterlagen zuerst auf meinen Schreibtisch. Versuchen Sie alles über den Tagesablauf des Opfers herauszubekommen. Befragen Sie ihre Kolleginnen, sprechen Sie mit Kellnern und Taxifahrern. Ich will einen Zeitplan, aus dem ersichtlich ist, wo Karin Rosenherz sich in den letzten Wochen aufgehalten hat. Für die achtundvierzig Stunden vor ihrem Tod sollte dieser Zeitplan möglichst lückenlos sein. Ach ja, und finden Sie bitte auch heraus ...» Köhler hielt inne und hob nun die Hand, um jede zur Schau getragene Belustigung schon im Vorfeld zu unterbinden, «... finden Sie auch heraus, wer ihr Frauenarzt war. Kurz und gut, ich will alles über Karin Rosenherz wissen! Einzelheiten der jetzt anstehenden Aufgaben besprechen Sie bitte mit Kriminaldirektor Gerling, der mein volles Vertrauen hat und den ich nicht nur als hervorragenden

Polizisten, sondern auch als phantastischen Tennisspieler und treuen Freund schätzen gelernt habe.»

Terry Köhler drehte sich auf dem Absatz um und ging auf den Hauseingang zu. Bei seinen letzten Worten hatte er selbst Mühe gehabt, nicht zu lachen.

Professor Fassbinder empfing ihn in der Küche. Der Mediziner hatte den Kopf gesenkt, seine Arme hingen schlaff herab. Er sah müde aus.

«Ich nehme an, Sie legen keinen Wert darauf, die Tote noch einmal zu sehen», sagte er.

Köhler winkte ab. «Machen wir es kurz. Wichtigster Punkt: Haben Sie eine Ahnung, wann die Frau umgebracht wurde?»

«Rigor mortis und Livores sind im Normalfall …»

«Okay, okay», unterbrach ihn der Staatsanwalt. «Wir haben beide Latein lernen müssen, meine Stärke war es allerdings nie, also bitte!»

«Die Leichenstarre ist bereits voll ausgebildet, das heißt, die Frau ist mindestens vierzehn bis achtzehn Stunden tot. Leichenflecken finden sich aufgrund der starken Ausblutung nur spärlich, deshalb taugen sie in diesem Fall nicht als Indikator.»

«Verstehe. Können wir das weiter eingrenzen? Wie lange kann sie höchstens tot sein?»

«Bei den momentanen Außentemperaturen würde sich die Leichenstarre aufgrund der Zersetzungsvorgänge im Körper nach vierundzwanzig bis dreißig Stunden wieder lösen. Da dies noch nicht der Fall ist, kann ihr Tod also frühestens gestern am späten Nachmittag eingetreten sein. Wenn Sie es noch genauer wissen wollen, müssen Sie entweder warten, bis wir alle Ergebnisse haben, oder einen Zeugen auftreiben, der sie kurz vor ihrem Tod noch lebend gesehen hat.»

«Das werden wir tun; darauf können Sie sich verlassen», sagte Köhler. «Todesursache?»

«Sie haben die große Wunde in der Nähe des Kehlkopfs gesehen. Ein Einstich, der möglicherweise die Luftröhre verletzt und eine Embolie verursacht hat. Könnte aber auch sein, dass sie verblutet ist. Ich habe insgesamt sechzehn Stichwunden gezählt, viele davon am hinteren Hals und am oberen Rücken.»

«Ein Messer?»

Fassbinder wiegte zweifelnd den Kopf. «Es sieht aus, als seien zwei Waffen benutzt worden: eine dünnere, spitze und eine breite, stumpfe. Beide Werkzeuge können nicht sehr lang gewesen sein. Deshalb hat der Täter wohl so oft und mit so großer Kraft zugestochen. An ein paar Stellen sieht es aus, als habe er die Waffe im Körper des Opfers gedreht, um eine größere Wirkung zu erzielen.»

«Sechzehn Stiche?»

Professor Fassbinder nickte. «Was auch immer hier geschehen ist, die Frau ist … nicht schnell gestorben. Mehr über den Charakter der Wunden und damit über die mögliche Tatwaffe weiß ich erst, wenn wir die Leiche gewaschen haben und …»

«Okay … Gehen Sie davon aus, dass das Opfer versucht hat, sich zu wehren?»

«Das ist sicher. Ich habe sämtliche Fingernägel geschnitten und werde sie heute Abend noch im Labor untersuchen lassen. Aber so viel kann ich schon jetzt sagen: Unter einigen befanden sich nicht nur Wollfasern, sondern auch Hautpartikel. Ein deutliches Zeichen dafür, dass ein Kampf stattgefunden hat, dass sie den Angreifer gekratzt und verletzt hat. Irgendwo sollte also auch beim Täter eine Wunde zu finden sein. Und ich vermute, eine nicht ganz kleine Wunde.»

«Was ja auch heißt: Das Ganze kann eigentlich nicht ohne Lärm abgegangen sein.»

Der Mediziner nickte. «Der Zustand des Zimmers, die Blutflecken, die sich an den Türen, an den Wänden und auf dem Boden in verschiedenen Teilen der Wohnung finden, lassen auf einen längeren Kampf schließen, der keineswegs geräuschlos vonstatten gegangen sein dürfte.»

«Irgendwer im Haus sollte also etwas gehört haben.» Köhler zog einen kleinen Taschenkalender aus seinem Jackett und machte sich eine Notiz.

«Ob sie allerdings noch hat schreien können, ist fraglich. Sie hat ausgeprägte Strangulationsmale, ihr Hals ist wahrscheinlich stark angeschwollen gewesen.»

«Sie meinen, man hat möglicherweise versucht, sie zu erdrosseln?»

«Nein. Aufgrund der Spuren würde ich eher sagen, dass man sie mit bloßen Händen gewürgt hat.»

«Könnte es sich um mehrere Täter gehandelt haben?»

«Vielleicht ja, vielleicht nein. Zwei Waffen heißt nicht unbedingt: zwei Täter. Aber um mehr dazu sagen zu können, will ich mir die Wundränder und die Stichkanäle genauer anschauen. Das kann ich nicht hier machen. Dazu muss ich sie auf dem Tisch haben.»

«Ein Triebverbrechen?», fragte der Staatsanwalt.

Professor Fassbinder zögerte. «Fragen Sie mich etwas Leichteres!», sagte er schließlich. «Ich habe solch einen Tatort noch nie gesehen. Wahrscheinlich hatte Karin Rosenherz vor ihrem Tod mit einem oder mehreren Männern Geschlechtsverkehr. Aber was heißt das schon bei diesem Beruf. Ich habe einen Mund- und einen Scheidenabstrich durchgeführt. Auch das geht heute noch ins Labor. Von einem Abstrich des Afters habe ich absehen müssen, da dieser vollkommen mit Kot verschmiert war.»

Terry Köhler war ans Fenster getreten und schaute schweigend nach draußen. «Sonst noch was?», fragte er schließlich.

Der Rechtsmediziner schüttelte den Kopf. «Alles andere morgen im Laufe des Tages. Sobald wir obduziert und das Protokoll getippt haben, bekommen Sie es auf den Schreibtisch. Sie können aber auch gerne dabei sein, wenn wir sie ...»

Köhler hob abwehrend die Hände: «Nein», sagte er, «egal, wann Sie obduzieren, ich habe bereits etwas anderes vor.»

«Finden Sie den Täter!», sagte Professor Fassbinder mit leiser Stimme. «Wer auch immer das getan hat, er gehört hinter Gitter. Kein Wesen hat verdient, was diese Frau in der letzten halben Stunde ihres Lebens hat durchmachen müssen. Das kann Gott nicht gewollt haben, wo immer er war, als das hier geschah.»

Zweiter Teil

EINS Es war Dienstag, der 9. August 2005. Hauptkommissar Robert Marthaler hatte seinen Wagen in der Schwarzburgstraße am Bordstein geparkt. Er saß hinter dem Steuer und starrte unverwandt auf das Fenster der Kellerwohnung im Haus gegenüber, wo der Verdächtige sich aufhielt. Die Augen des Polizisten waren bei der Sache, seine Gedanken mussten es nicht sein.

Marthaler war müde und glücklich. Für den späteren Abend hatte er mit Tereza ein gemeinsames Essen verabredet, auf das er sich umso mehr freute, als seine Freundin am nächsten Morgen in aller Frühe zum Flughafen musste. Sie würde für ein paar Tage nach Budapest fliegen, um an der Eröffnung einer Ausstellung teilzunehmen.

Schon am Wochenende hatte Marthaler eine Geflügelterrine zubereitet, zu der es frischen Wildkräutersalat geben sollte und geröstetes Brot. Er würde eine Flasche «Roi Fainéant» öffnen, die er alleine trinken musste. Tereza war im vierten Monat schwanger.

Die Zeit, nachdem sie erfahren hatten, dass sie bald ein Kind haben würden, war die bislang schönste ihres gemeinsamen Lebens. Tereza war skeptisch gewesen, ob sich sein Beruf mit einem Kind vertragen würde, und Marthaler hatte begriffen, dass er sie nicht einfach beschwichtigen durfte. Er hatte mit Charlotte von Wangenheim, der Leiterin beider Mordkommissionen, gesprochen und darum gebeten, in den

Innendienst versetzt zu werden. Sie hatten lange beraten, aber schließlich hatte sich alles gefügt. Das Landeskriminalamt, wo es bereits eine Abteilung für alte, ungeklärte Fälle gab, hatte das Frankfurter Polizeipräsidium aufgefordert, dort ebenfalls eine kleine «Cold Cases Unit» aufzubauen. Seine Chefin hatte ihn gefragt, ob er sich vorstellen könne, diese Aufgabe zu übernehmen. Marthaler hatte sofort zugesagt. Sie hatten beschlossen, die neue Abteilung der Ersten Mordkommission anzugliedern. So war er deren Leiter geblieben, ohne mit den Tagesaufgaben befasst zu sein. Tereza hatte noch am selben Abend bei Charlotte von Wangenheim angerufen, um ihr zu danken.

Marthaler hatte sein Büro im Weißen Haus behalten können. So nannten er und seine Kollegen das schöne alte Bürgerhaus in der Günthersburgallee, in das sie mit der MK I umgezogen waren. Die neue Abteilung bestand aus Marthaler und seiner Sekretärin. Bei Bedarf, so hatten sie vereinbart, konnte der Hauptkommissar Verstärkung beantragen. Aber noch war er dabei, sich einzuarbeiten und die Akten der alten Fälle zu sichten.

Als sich das Kellerfenster im Haus gegenüber öffnete, wurde Marthaler aus seinen Gedanken gerissen. Um nicht entdeckt zu werden, rutschte er ein wenig tiefer in den Fahrersitz. Aber der Mann schnippte nur eine Zigarettenkippe auf die Straße, dann schloss er das Fenster wieder.

Sie hatten kein Recht, den Mann zu observieren, trotzdem taten sie es. Sie hofften, dass er sie irgendwann zu der Beute führen und damit seine Schuld verraten würde. Einige der Kollegen, die damals in der Sonderkommission gewesen waren, hatten sich bereit erklärt, ihre Freizeit zu opfern und sich an der Aktion zu beteiligen. In den sechs Wochen, seit er wieder draußen war, hatten sie abwechselnd das Haus des Verdächtigen überwacht, waren ihm gefolgt, wenn er einkaufen gegangen war, einen Arztbesuch machte oder einen Termin bei seinem Bewährungshelfer hatte. Bislang war nichts passiert, was sie ihrem Ziel auch nur einen Schritt näher gebracht hätte. Langsam stellten sich in der Truppe die ersten Ermüdungserscheinungen ein.

Am 12. Mai 2001 war die zwölfjährige Yasemin auf dem Nachhauseweg von der Schule entführt worden. Sie war die Tochter eines wohlhabenden türkischen Geschäftsmannes, der mit seiner Familie seit vielen Jahren in Frankfurt lebte. Noch am Mittag des Entführungstages hatte er einen Anruf erhalten, in dem ein Unbekannter eine Million D-Mark Lösegeld forderte. Der Vater hatte zwei Tage gebraucht, den verlangten Betrag zu besorgen, dann war er nachts zu der vereinbarten Stelle am Mainufer gegangen und hatte das Geld dort deponiert. Erst als Yasemin auch am folgenden Tag nicht wieder auftauchte, ging Ali Ülmaz zur Polizei. Die sofort eingeleitete Suchaktion verlief ergebnislos. Am Montag der darauffolgenden Woche meldete sich ein Mann bei der Polizei und gab an, auf dem Grundstück seines verwilderten Kleingartens in der Nähe des Bornheimer Friedhofs eine Kinderleiche gefunden zu haben. Der Mann hieß Bernd Kirchhoff und war bereits wegen mehrerer kleiner Delikte vorbestraft. Wie sich herausstellte, war das Mädchen wahrscheinlich noch am Tag der Entführung ermordet worden. Die Ermittler waren überzeugt, dass es sich bei Kirchhoff um den Täter handelte. Er wurde in Untersuchungshaft genommen und unzählige Male verhört, stritt aber jede Beteiligung an der Tat ab. Da sein Alibi sich als wacklig erwies, kam es zum Prozess, bei dem Kirchhoffs Anwälte sowohl die Staatsanwaltschaft als auch die als Zeugen geladenen Ermittler nach allen Regeln der Kunst auseinandernahmen. «Die haben euch filetiert», sagte damals einer der Gerichtsreporter zu Marthaler. Der Prozess endete mit einem Freispruch für den Angeklagten. Wenige Tage danach war Kirchhoff allerdings erneut festgenommen worden, als er versucht hatte, am nördlichen Ende des Grüneburg-parks eine Frau zu vergewaltigen. Diesmal war er schuldig gesprochen worden. Er hatte seine Haftstrafe abgesessen und das Gefängnis vor sechs Wochen wieder verlassen. Seitdem hatten sie ihn keine Minute aus den Augen gelassen. Der Mann hauste in einer winzigen Wohnung im ausgebauten Keller eines alten Bürgerhauses im Frankfurter Nordend. Er hatte keine Arbeit und keine Aussicht, welche zu bekommen. Finanziell pfiff er aus dem letzten Loch. Irgendwann, so hoff-ten sie, würde er sie zu der Beute führen. Und dann würden sie ihn sich schnappen.

Hauptkommissar Robert Marthaler hatte sich einen Ter-min geben lassen, war dann zum zuständigen Richter ge-gangen und hatte ihn gebeten, einer längerfristigen Über-wachung Bernd Kirchhoffs zuzustimmen. Das Gegenteil hatte er bekommen. Der Richter hatte ihn geduldig ange-hört und dann mit großer Bestimmtheit Nein gesagt. Als Marthaler auch nach dem zweiten Nein noch nicht auf-geben wollte, war der Richter laut geworden: «Was wollen Sie, Marthaler? Der Mann ist freigesprochen worden. Sie haben nichts, was Sie nicht damals schon beim Prozess ge-habt hätten. Keine neue Spur, keinen neuen Hinweis, keine neue Aussage. Weil Sie den besten Verdächtigen dem Ge-richt nicht präsentieren konnten, haben Sie den zweitbesten genommen. Wollen Sie sich ein weiteres Mal blamieren? Was den Fall Yasemin angeht, ist der Mann so sauber wie der Arsch eines Engels. Sie werden ihn nicht überwachen. Nicht einen Tag, nicht zwei Tage und schon gar nicht über mehrere Wochen. In diesem Land sind es immer noch die Gerichte, die sagen, was Recht und was Unrecht ist. Nicht die Staatsanwaltschaft, nicht die Anwälte und schon gar nicht die Polizei. Und wenn das Gericht sagt, dass er unschuldig ist, dann ist er unschuldig! Ich untersage Ihnen und Ihren Leuten, sich dem Mann auf mehr als fünfzig Meter zu nähern! Haben Sie das verstanden?»

Marthaler hatte einen letzten Versuch gemacht zu widersprechen. Der Richter war mit rotem Kopf aufgesprungen, hatte die Tür seines Büros aufgerissen und seinen Besucher angebrüllt: «Kein Wort mehr! Raus jetzt! Und zwar sofort!»

Als in Bernd Kirchhoffs Kellerwohnung auf der gegenüberliegenden Straßenseite wie jeden Abend um diese Zeit die Deckenlampe eingeschaltet wurde und die Silhouette des Mannes hinter den Gardinen erschien, gestand sich Marthaler zum ersten Mal ein, dass der Richter womöglich recht gehabt hatte, dass das Ganze mit einer erneuten Niederlage enden könnte, dass sie den Fall vielleicht niemals lösen würden. Trotzdem starrte der Hauptkommissar weiter auf das erleuchtete Fenster, als könne er dadurch seine Verzagtheit Lügen strafen.

Dann warf er einen Blick in den Rückspiegel und sah, wie sich seine Kollegin Kerstin Henschel dem Wagen näherte. Sie trug Jeans, schwarze Nikes und eine helle Jacke, unter der sich das Holster ihrer Dienstwaffe verbarg. Nachdem sie zur Begrüßung aufs Autodach getippt hatte, öffnete sie die Tür und setzte sich auf den Beifahrersitz.

«Und?»

«Nichts», antwortete Marthaler.

«Wie immer.» Sie warf einen Blick auf das Kellerfenster. «Du glaubst nicht, wie mir dieser Typ zuwider ist. Immer wenn ich ihn sehe, muss ich an unsere Verhöre denken. Diese weichen, langsamen Bewegungen, so ein schmieriger Schleicher ...»

«Kerstin, ich frage mich, wie lange wir das noch durchhalten. Ich merke jedenfalls, dass ich während der Dienstzeiten immer müder und unkonzentrierter werde. Ich fürchte, unsere Aktion fliegt irgendwann auf. Jede Woche zwei, drei Extraschichten zu machen, das kann auf Dauer nicht gutgehen.»

«Täuscht mich mein Gedächtnis, oder warst du es, der diese Aktion vorgeschlagen hat? Der gesagt hat, wir müssen ihm auf den Fersen bleiben, um den Mord an Yasemin doch noch aufzuklären?»

«Schon, aber …»

«Und wir alle fanden es richtig. Wir haben gesagt, dass wir so lange weitermachen, bis wir ihn haben. Und wir werden ihn kriegen … Ach, Scheiße, Robert!»

«Was?»

«Eigentlich wollte ich dir heute mal die Ohren volljammern, um mir ein paar Streicheleinheiten zu holen. Jetzt bist du mir zuvorgekommen, und nun bin *ich* es, die *dich* aufmuntern muss. Außerdem hast du jetzt sowieso Feierabend. Also sieh zu, dass du Land gewinnst.»

Marthaler lachte. «Das werde ich tun. Dann hol jetzt deinen Wagen; ich werde den Parkplatz so lange blockieren und direkt vor dir rausfahren.»

Plötzlich fasste ihn seine Kollegin am Unterarm: «Sag mal, Robert, ist das nicht …»

Marthaler sah es im selben Moment. Zwei Häuser weiter waren ein Mann und eine Frau aus dem Eingang getreten. Die Frau war Tereza. Die beiden unterhielten sich. Tereza lachte.

Gerade als Marthaler die Autotür öffnen und Tereza begrüßen wollte, legte der Mann eine Hand auf ihre Schulter. Tereza ließ es geschehen.

Kerstin Henschel schaute Marthaler prüfend an: «Was ist mit dir?»

«Nichts, ich meine ... Was machen die da?»

Seine Kollegin lachte: «Ich glaub's nicht. Du bist ja richtig eifersüchtig. Wie süß!»

Der Mann beugte seinen Kopf ein wenig nach vorne und schien Tereza etwas ins Ohr zu flüstern. Wieder sah man sie lachen.

«Findest du das normal?»

«Robert, bitte! Es ist überhaupt nichts passiert. Sie scheinen sich zu mögen. Sieht nicht übel aus, der Knabe. Kennst du ihn?»

«Nie gesehen!»

Tereza schlang ihre Arme um den Hals des Mannes. Die beiden sahen einander scheinbar endlos lange in die Augen.

Marthalers Unruhe wich einem zunehmenden Ärger. Am liebsten wäre er ausgestiegen und hätte Tereza zur Rede gestellt. Am liebsten hätte er dem Mann seine Faust ins Gesicht gestoßen, wie er es vor Jahren schon einmal mit einem vermeintlichen Nebenbuhler getan hatte. Es war, als habe ein Tier in Robert Marthaler geschlafen, das jetzt langsam erwachte, die Müdigkeit abschüttelte und sich erhob.

«Bleib ruhig, Robert», ermahnte ihn Kerstin Henschel.

«Von wegen: bleib ruhig!» Er schlug mit der Hand aufs Lenkrad. «Wie soll ich da ruhig bleiben? Wollen die eigentlich nie mehr aufhören? Und du findest das richtig, ja?»

«Na ja», gab Kerstin Henschel jetzt zu, «es wirkt schon sehr ... vertraut.»

Tereza löste ihre Arme vom Hals des Mannes, aber nur, um gleich darauf die Hände auf seine Wangen zu legen, seinen Kopf zu sich herunterzuziehen und ihm einen Kuss auf den Mund zu geben.

«Verdammter Mist, den Typen kauf ich mir», stieß Marthaler hervor.

Er war bereits im Begriff, die Wagentür zu öffnen, als ihn Kerstin Henschel mit aller Kraft am Oberarm packte. «Das wirst du nicht tun. Du wirst ganz brav hier sitzen bleiben.»

Der Griff seiner Kollegin war so fest, dass Marthaler vor Schmerz zusammenzuckte. Gleichzeitig versuchte sie, beruhigend auf ihn einzureden. «Bleib sitzen und atme durch, Robert.»

Tereza hatte sich jetzt von dem jungen Mann abgewandt und den Bürgersteig betreten. Sie lächelte. Sie war schön, und sie wirkte glücklich.

Der Mann rief ihr etwas nach.

Im Gehen hob sie die Hand und winkte, ohne sich noch einmal umzudrehen.

Marthalers Haut war grau. Sein Magen verkrampfte sich. Er war wütend, aber mehr und mehr begann die Enttäuschung Oberhand zu gewinnen.

Der Mann schloss einen der Briefkästen auf, die neben der Eingangstür angebracht waren, nahm die Post heraus, sah noch einmal in die Richtung, in der Tereza verschwunden war, und ging dann zurück ins Innere des Hauses.

«Kannst du mir sagen, was Tereza da treibt?», fragte Marthaler seine Kollegin. «Ist das normal, ja? Machen das Frauen so?»

«Red keinen Unsinn, Robert!», sagte Kerstin Henschel. «Frag sie! Sprich mit Tereza!»

«Was ist das für ein Verhalten? Das kann mir doch niemand erzählen, dass der Typ einfach ein guter Bekannter ist, von dem ich zufällig nichts wusste. Ich hab doch Augen im Kopf. Ich meine, wir bekommen in ein paar Monaten ein Kind, und ...» Marthaler unterbrach sich selbst. «Sag mal ...»

«Was ist? Was hast du?»

«Ich dachte gerade: Und was, wenn das Kind gar nicht von mir ist?»

«Robert, bitte, jetzt mach mal halblang!»

«Ja, du hast recht», sagte er. «Das kann gar nicht sein.»

Ziellos fuhr Marthaler durch die Stadt. Schließlich bog er ab auf die Friedberger Landstraße, reihte sich ein in den Feierabendverkehr und nahm die B3 in Richtung Bad Vilbel. Oben auf der Höhe steuerte er den Wagen auf den kleinen Parkplatz vor dem Jüdischen Friedhof am Berger Galgen. Als er gerade ausgestiegen war, klingelte sein Mobiltelefon.

Er schaute auf die Nummer und sah, dass es Tereza war. Marthaler schaltete das Handy aus und steckte es wieder ein. Er wollte nicht mit ihr reden. Was hätte er ihr auch sagen sollen? Und er hatte Angst, dass sie ihn belügen würde, wenn er Fragen stellte.

Marthaler ging an den Kofferraum und nahm seine Laufschuhe heraus. Kaum hatte er sie angezogen, trabte er los. Nach hundert Metern merkte er, dass er vergessen hatte, das Holster mit seiner Dienstwaffe abzuschnallen, wollte aber nicht noch einmal umkehren. Seine Gedanken und Gefühle spielten verrückt. Er nahm sich vor, vom Schlimmsten auszugehen, so würde er für die Wahrheit gewappnet sein: Tereza hatte sich neu verliebt; sie wollte sich von ihm trennen.

Er fragte sich nur, warum sie es ihm nicht sagte. Warum sie ihn im Glauben ließ, zwischen ihnen sei alles in Ordnung. Vielleicht hatte sie sich nur noch nicht getraut. Vielleicht hätte sie ihm heute Abend, wenn er zwei Gläser Wein getrunken hatte, alles erzählt. Dann wäre sie nach Budapest geflogen und hätte ihn mit seiner Enttäuschung alleine gelassen.

Aber vielleicht bildete er sich das alles nur ein. Seine Eifersucht ließ ihn vermutlich Gespenster sehen. Tereza hätte ihn nicht darum gebeten, sich versetzen zu lassen, wenn sie nicht bleiben und das Kind gemeinsam mit ihm aufziehen wollte.

Für den Vorfall in der Schwarzburgstraße gab es eine ganz und gar harmlose Erklärung.

Bloß welche?

Auf einem abschüssigen Weg lief er in den Wald hinein, geriet schon nach ein paar Metern ins Straucheln, merkte, dass es bereits zu dunkel war, und bog bei nächster Gelegenheit wieder ab ins Freie. Schon von ferne sah er auf dem Weg zwischen den Feldern die Silhouette des Mannes unter den riesigen Masten der Überlandleitungen, dann die beiden Hunde, die aus einem Graben kletterten und nun auf ihn zugerannt kamen.

Langsam trabte er weiter. Jetzt hörte er, dass der Mann nach den Hunden rief. Die Tiere ließen sich nicht irritieren. Sie kamen mit unverminderter Geschwindigkeit auf Marthaler zu.

Als sie nur noch zehn Meter entfernt waren, hielt er abrupt an und schrie: «Stopp! Halt! Aus!»

Kurz vor ihm kamen die Hunde zum Stehen. Es waren Mischlinge in der Größe von Schäferhunden. Sie stemmten ihre Pfoten auf den Boden und begannen zu knurren. Dann schlug das ältere Tier einen leichten Bogen und versuchte, sich seitlich von Marthaler zu positionieren.

Er machte eine rasche Bewegung nach vorne, als wolle er die Hunde angreifen. Sie wichen ein wenig zurück, begannen aber sofort wieder, die Zähne zu fletschen, und umkreisten ihn.

Er tastete nach seinem Holster, zog die Waffe hervor und entsicherte sie.

Endlich näherte sich der Hundebesitzer. Schon von weitem rief er Marthaler zu: «Sind Sie verrückt geworden? Was machen Sie denn da? Stecken Sie gefälligst die Pistole ein!»

Stattdessen klappte Marthaler seine Brieftasche auf und zeigte seinen Dienstausweis: «Polizei. Rufen Sie die Hunde zurück und leinen Sie sie augenblicklich an, sonst werde ich sie erschießen.»

Tatsächlich gehorchten die Tiere jetzt. Kopfschüttelnd legte der Mann ihnen die Leinen an, dann zog er schimpfend ab.

Marthaler lief weiter. Nach einer halben Stunde kehrte er um und nahm den gleichen Weg zurück zum Auto. Wahrscheinlich saß Tereza jetzt vor der Geflügelterrine und wartete auf ihn. Er wollte ihr heute nicht mehr begegnen, hatte Angst, einen Fehler zu machen. Er würde erst nach Hause kommen, wenn er sicher sein konnte, dass sie schlief.

Er stieg in seinen Wagen und fuhr zurück in die Stadt. Als er in Sachsenhausen angekommen war, merkte er, dass er Hunger hatte.

In der Nähe des Südbahnhofs fand er einen Parkplatz. Er lief die Textorstraße entlang, wo sich einige der alten Apfelweinwirtschaften befanden. Ohne zu überlegen, steuerte er auf die *Germania* zu, jenes Restaurant, wo sie an dem Abend, als Tereza bei ihm eingezogen war, gemeinsam gegessen hatten.

Am Rand einer der langen Bänke im Hof fand er einen freien Platz. Marthaler nickte seinem Nachbarn wortlos zu und setzte sich. Er wollte signalisieren, dass er keine Gesellschaft suchte, dass man sich nicht um ihn kümmern sollte. Als der Kellner kam, bestellte er einen Schoppen und ein gegrilltes Rippchen. Bevor sein Essen gebracht wurde, hatte er bereits zwei Gläser geleert. Dann stieg er um auf Pflaumenschnäpse, zwang sich aber, langsam zu trinken. Er wollte das Lokal mit einem Rausch verlassen, aber es sollte nicht zu schnell gehen.

Um kurz nach eins bat ihn der Kellner zu zahlen. Marthaler wankte auf die Straße. Schnaufend schleppte er sich den Großen Hasenpfad hinauf. So leise wie möglich öffnete er die Wohnungstür. Er lugte ins Schlafzimmer. Tereza lag im Bett und rührte sich nicht. Sie atmete gleichmäßig und tief.

Er zog sein Jackett und seine Hose aus, dann holte er eine Wolldecke und legte sich im Wohnzimmer auf die Couch.

Wenige Augenblicke später war auch er eingeschlafen.

ZWEI Um Viertel vor vier Uhr klingelte Terezas Wecker. Sie hatte Mühe, wach zu werden. Bis um elf hatte sie auf Marthaler gewartet, dann hatte sie den Tisch abgeräumt und war ins Bett gegangen, um wenigstens noch ein paar Stunden zu schlafen. Als sie ihn nun im Nebenzimmer schnarchen hörte, lächelte sie.

Sie musste sich beeilen. Ihr Taxi würde in zehn Minuten vor der Tür stehen. Das Flugzeug ging um zwanzig nach sechs. Das Frühstück würde sie aufschieben müssen. Sie hoffte, vor dem Abflug noch Zeit für einen Kaffee und ein Sandwich zu haben.

Schon vor Monaten war sie nach Budapest eingeladen worden, um dort an der Vorbereitung einer Ausstellung mitzuwirken. Die ungarischen Museumsleute hatten ihre Kollegen vom Städel um eine besonders wertvolle Leihgabe gebeten: Tereza sollte das berühmte *Paradiesgärtlein* des Oberrheinischen Meisters mitbringen, jenes kleine Gemälde eines unbekannten Malers, das zu den großen Schätzen des Frankfurter Museums gehörte und in das sich Marthaler sofort verliebt hatte, als sie ihn das erste Mal auf das Bild aufmerksam gemacht hatte. «Sollten wir je ein eigenes Haus haben», hatte er gesagt, «werden wir einen solchen Garten anlegen. Mit Gänseblümchen und Erdbeeren, mit Malven, Klee und Veilchen.» – «Ja», hatte Tereza geantwortet, «Hauptsache, du setzt mir nicht eine Krone auf, wie sie Maria hier trägt.»

Eigentlich hatte sie Marthaler gestern Abend endlich von Ludwig Dormann erzählen wollen, ihrem ehemaligen Mitstudenten, den sie lange aus den Augen verloren, aber vor einigen Wochen in Frankfurt zufällig wieder getroffen hatte. Als sie gemeinsam in Prag studiert hatten, waren sie eine Zeitlang unzertrennlich gewesen, auch wenn Tereza es immer abgelehnt hatte, den Avancen Ludwigs nachzugeben. Er war ein gutaussehender junger Mann, und er wusste das. Seine Liebschaften wechselten häufig, weshalb Tereza ihm den Spitznamen «Schmetterling» gegeben hatte. Sie freute sich, dass Dormann jetzt seinen Posten als stellvertretender Direktor des Museums Giersch angetreten hatte und dass sie ihre Freundschaft wieder aufleben lassen konnten. Es würde ihr helfen, sich in Frankfurt heimischer zu fühlen. Dennoch hatte sie Scheu gehabt, ihren Lebensgefährten und ihren Studienfreund einander vorzustellen. Sie wusste, dass Marthaler öfter eifersüchtig war, als er zugab.

Zwar schmeichelte ihr, dass Ludwig, der von vielen Frauen begehrt wurde, sie noch immer umwarb, aber gestern hatte sie ihm unmissverständlich klargemacht, dass sie nur dann Freunde sein konnten, wenn er das unterließ. «Ja», hatte er geantwortet, «für einen Schmetterling wie mich bist du wohl wirklich zu schade». Sie hatte ihm einen Kuss gegeben und sich von ihm verabschiedet.

Heute Morgen würden sie sich bereits wiedertreffen. Der Kollege, der sie eigentlich begleiten sollte, war krank geworden, deshalb hatte sie Ludwig gebeten, mit ihr und den beiden Männern vom Sicherheitsdienst zum Flughafen zu fahren.

Ihre Reisetasche stand gepackt neben der Wohnungstür. Tereza warf einen letzten Blick in den Spiegel, richtete die noch feuchten Haare, zog die Jacke über und überprüfte, ob sie alles eingesteckt hatte: Reisepapiere, Kreditkarte, Handy, Schlüssel und die Notizen für den Vortrag, den sie bei der Ausstellungseröffnung halten sollte.

Im Wohnzimmer gab sie dem schlafenden Marthaler zum Abschied einen Kuss auf die Stirn. Dann ging sie noch einmal zurück in die Küche, suchte nach einem Bleistift und kritzelte hastig ein paar Worte auf einen Zettel: «Puh, Du schnarchst und stinkst, aber ich liebe Dich. Sehr. Wir beide freuen uns auf Dich. Wir lieben Dich! Tereza und das Baby».

Sie legte den Zettel neben die Espressomaschine.

Der Taxifahrer fluchte, als er in der noch leeren Gartenstraße abrupt bremsen musste, weil zwei Motorräder eine rote Ampel missachteten, ihm die Vorfahrt nahmen und gleich darauf in einer Seitenstraße verschwanden.

Wenig später hielt der Wagen am Städel an. Ludwig Dormann und die beiden Security-Leute warteten bereits vor dem Seiteneingang. Tereza zahlte den Taxifahrer, ließ sich eine Quittung geben und stieg aus. Sie lächelte Dormann zu, grüßte die beiden Wachmänner flüchtig, stellte ihre Tasche neben dem Kleintransporter ab und verschwand im Inneren des großen Gebäudes.

Keine zehn Minuten später kam sie mit einem Paket wieder heraus. Sie hatte das *Paradiesgärtlein* bereits gestern verpackt und dann über Nacht im Tresor ihres Büros eingeschlossen.

Einer der Wachleute saß am Steuer des umgebauten Mercedes Vito und hörte Radio. Er hatte die Scheibe heruntergelassen. In der Rechten hielt er einen Plastikbecher mit Kaffee. Neben ihm auf dem Beifahrersitz hatte Ludwig Dormann Platz genommen. Tereza sollte mit dem zweiten Wachmann im Laderaum bis zum Flughafen fahren. Dort wollte man den Kleintransporter im Parkhaus abstellen. Die drei Männer würden sie bis zum Gateway begleiten – so hatten sie es verabredet. Für das *Paradiesgärtlein* war ein eigenes Flugticket gelöst worden, sodass Tereza das Bild auf ihrem Nebensitz abstellen konnte.

«Von mir aus kann's losgehen», sagte sie und gab dem Fahrer ein Zeichen.

«Moment noch», sagte er und hob die Hand. Im Radio liefen die Verkehrsnachrichten. Dann schüttelte er den Kopf. «So ein Mist, wir müssen die Route ändern. Auf dem Zubringer hat ein Lkw die Leitplanken durchbrochen und ist auf die Autobahn gestürzt. Das Frankfurter Kreuz ist in alle Richtungen gesperrt.»

«Und jetzt?», fragte Tereza. «Was heißt Route ändern? Wir sind sowieso schon spät dran.»

«Ist nicht meine Schuld!», sagte der Fahrer. «Gibt's hier irgendwo einen Stadtplan?»

Tereza verdrehte die Augen. «Mist», sagte sie, «ich hole aus Büro. Passt auf das Bild auf!»

Sie fuhren die Uferstraße entlang, vorbei an den Universitätskliniken, ließen Niederrad links liegen, kamen unter der A5 hindurch und bogen hinter Goldstein links ab in die Rheinlandstraße.

Tereza saß auf ihrem Platz und hatte die Augen geschlossen. Als der Vito langsamer wurde und schließlich anhielt, schaute sie auf: «Was ist jetzt wieder?»

Der Wachmann ihr gegenüber packte einen großen zuckrigen Krapfen aus, riss ein Stück ab und hielt es ihr hin. Tereza schüttelte den Kopf.

«Noch müde?», fragte er.

Sie nickte. «Wieso halten wir?»

«Der Kollege muss tanken, war schon auf Reserve. Nicht sehr gepflegt, der Wagen.»

«Wir sind Museum, nicht Werkstatt. Soll er sich beeilen.»

«Ohne Benzin kommen wir gar nicht an.»

Sie hörte, wie das Zapfventil in den Tankstutzen eingehängt wurde, dann das Brummen der Zapfsäule, als der Treibstoff zu fließen begann.

«Sie sind eine schöne Frau», sagte der Wachmann.

Tereza sah ihn irritiert an. «Danke», sagte sie, ohne zu lächeln.

«Sie müssen sich nicht bedanken. Es ist einfach so. Sie können nichts dafür. Was transportieren wir?» Er wies mit dem Kopf auf das Paket, das neben Terezas Beinen stand.

«Ein Bild. Sie haben Interesse für Kunst?»

Er schaute sie an. «Kann man so nicht sagen. Aber dass es kein Klavier ist, hab ich mir gedacht.»

«Wieso fragen Sie dann?»

«Weil ich neugierig bin. Weil ich verblöden würde, wenn ich mich nicht mehr dafür interessierte, was wir fahren. Weil ich meinen Kindern nicht sagen kann, sie sollen die Augen und Ohren offenhalten, wenn mir selbst alles egal ist.»

Tereza, die gerne noch weitergedöst hätte, merkte, dass das Interesse ernst gemeint war. «Wie heißen Sie?»

«Dressler. Thomas Dressler.»

«Und wie viele Kinder haben Sie?»

«Bis jetzt zwei. Die Große ist sechs. Der Kleine wird im November fünf. Aber wir wollen noch mehr haben. Haben Sie Kinder?»

Reflexartig legte Tereza eine Hand auf ihren Bauch. «Bald», sagte sie lächelnd, «bald bekommen wir Baby.» Dann wechselte sie das Thema. «Was wollen Sie wissen? Ich meine … über das Bild. Wer gemalt hat, wie alt es ist?»

Dressler zuckte mit den Schultern: «Zum Beispiel. Aber wichtiger ist ja, was darauf zu sehen ist, oder?»

Tereza lachte. «Da haben Sie recht.»

«Erzählen Sie es mir!»

«Na ja, ist ganz schön viel zu sehen. Und einfacher wäre, Sie würden sich Bild anschauen, wenn es wieder in Städel hängt.»

«Aber charmanter ist es, wenn Sie es mir erzählen. Sie kommen nicht aus Deutschland, oder?»

«Nein, ich bin geboren in Prag.»

Tereza schaute aus dem Fenster. An der benachbarten Zapfsäule stieg ein Motorradfahrer von seiner Maschine. Er hatte eine weiße Lederkombi an und einen weißen Helm auf dem Kopf, dessen Visier heruntergelassen war.

«Also!», sagte der Wachmann.

«Also?»

«Also, erzählen Sie!»

«Wirkt sehr freundlich, friedlich, das Bild. Die Farben leuchten. Immer, wenn ich es sehe, denke ich an Frankreich, an Trikolore, an sonnigen Tag in die Provence. Blau und rot und weiß, das sind die Hauptfarben.»

«Aber was ist zu sehen?»

«Ach so, ja. Man sieht die heilige Maria in eine wunderschöne Garten voll mit Blumen und Vögel. Garten ist von weiße Mauer umgeben und wird von Himmel überwölbt, von samtblaue Himmel.»

«Was macht Maria?»

«Oh, ist sie nicht alleine. Sie liest in einem Buch, und Jesuskind spielt bei ihre Füße. Man sieht andere Frauen und Männer. Man weiß: sind Heilige, aber vergisst man sofort. Jemand pflückt Kirschen, jemand schöpft Wasser aus Brunnen. Es ist eine Gesellschaft, die genießt den Nachmittag.»

«Sie sind in Sicherheit.»

«Wer?», fragte Tereza.

«Die Leute auf dem Bild sind in Sicherheit. Die Mauer schützt sie, oder?»

«Ja, so kann man sagen. Ist vorbei alles Böse. Sie sind geschützt, nichts kann Frieden stören.»

In diesem Moment fuhr der Wagen an, nur um ein paar Meter weiter erneut zu halten. Der Fahrer stieg aus und begann, Luft in die Reifen zu füllen. Tereza schaute auf die Uhr. «Muss jetzt sein? Ich werde noch meine Flugzeug verpassen. Hoffentlich fährt nicht auch noch durch Waschanlage.»

«Wahrscheinlich ist es nötig ... Was ist das Besondere? Sie sprechen so liebevoll von diesem Bild. Warum mögen Sie ausgerechnet dieses Gemälde so gerne?»

Tereza überlegte eine Weile. «Ich glaube, liegt daran, dass alles wirkt so rein. Wie sagt man: so unschuldig. Aber nicht wie bei die Engeln oder Heiligen, sondern wie bei die wirklichen Menschen.»

Der Wachmann runzelte die Stirn. «Klingt fast zu schön, um wahr zu sein.»

Sie merkte, dass sie die Pläne für ihre Rede in Budapest über den Haufen werfen musste. Es hatte keinen Zweck, einen akademischen Vortrag zu halten, der nicht zuerst die einfachen Fragen wie die des Wachmanns beantwortete.

«Nein, warten Sie», sagte Tereza. «Die Menschen auf dem Bild sind alle mit ernste Gesichter. Niemand lächelt. Vielleicht sie haben erlebt Schlimmes, aber das ist vorbei. Sind sie gekommen zur Ruhe. Alles ist kräftig und wirklich auf dem Bild: Gesichter, Vögel, Blumen. Wirklich und trotzdem schön. Verstehen Sie, was ich meine?»

«Natürlich», sagte der Wachmann, «das ist nicht schwer zu verstehen. Und wer hat es gemalt?»

«Man weiß nicht. Der Maler ist unbekannt. Man weiß aber, dass es gemalt wurde um 1410.»

«Oje, das ist lange her.»

«Ja, gab es zu alle Zeiten dumme und kluge Menschen. Dieser Maler muss sehr klug gewesen sein!»

«Und ist es viel wert?»

Tereza lachte. «Es geht nicht zu verkaufen. Aber gibt es Sammler, würden sicher ein paar Millionen bieten dafür. Kommen aus die ganze Welt immer Leute nach Frankfurt, um *Paradiesgärtlein* zu sehen. Und sagen manche, sie sind geworden zu bessere Menschen davon.»

Der Wachmann nickte. «Wann kommt es zurück?»

«In drei Monate, wenn die Ausstellung in Budapest ist zu Ende. Wollen Sie sich anschauen?»

«Ja. Dann werde ich meine Familie mitbringen. Und ich werde nach einer schönen, jungen Frau fragen, die es uns zeigen soll. Würden Sie das machen?»

Tereza nickte.

Sie hatten die letzten Häuser von Schwanheim hinter sich gelassen und fuhren jetzt die lange Straße entlang, die durch das westliche Ende des Stadtwalds bis zum Flughafen führte.

«Das gefällt mir nicht», sagte der Wachmann plötzlich.

«Was gefällt nicht?»

«Der Motorradfahrer, der uns folgt. Ich glaube, es ist derselbe, den ich schon an der Tankstelle gesehen habe. Und zweihundert Meter weiter hinten fährt noch so eine schwere Maschine.»

«Was soll sein mit ihnen?»

«Ich weiß nicht. Es gefällt mir nicht.»

Er drehte sich um und klopfte an die Wand, die den Laderaum vom Führerhaus trennte. Es hörte sich an wie ein vereinbartes Zeichen: tock-tocktocktock-tock-tock.

Augenblicklich steuerte der Fahrer den Wagen an den rechten Straßenrand.

Der Motorradfahrer, der direkt hinter ihnen gewesen war, überholte und verschwand wenige Sekunden später hinter einer Kurve. Kurz darauf folgte ihm auch der zweite.

«Sehen Sie», sagte Tereza, «nichts war. Fahren wir weiter!»

«Gleich», sagte Thomas Dressler, «ich will mich nur rasch mit meinem Kollegen beraten.»

Tereza wollte protestieren, aber der Wachmann hatte bereits die Tür geöffnet und war ausgestiegen.

«Und?», fragte sie, als er eine Minute später zurückkam.

«Er ist der gleichen Meinung wie Sie. Ihm sind die beiden ebenfalls aufgefallen, aber er meint, es sei nichts.»

Sie fuhren weiter.

Kaum hatten sie die nächste Kurve passiert, hörten sie ein Motorengeräusch. Eines der Krafträder hatte hinter einem hohen Holzstapel auf sie gewartet, hatte sie vorbeifahren lassen, näherte sich jetzt mit großer Geschwindigkeit und folgte dem Transporter mit weniger als fünf Meter Abstand.

Das andere war nicht zu sehen.

Dressler war aufgesprungen. «Verdammt, was soll das?»

Plötzlich scherte das Motorrad nach links aus und überholte den Vito aufs Neue.

Fast im selben Moment riss der Fahrer des Transporters das Steuer nach rechts und fuhr den Wagen in einen unbefestigten Waldweg.

«Was ist los? Was ist passiert?», rief Tereza, die durch die Erschütterungen auf ihrem Sitz hin und her geworfen wurde.

«Gehen Sie in Deckung!», schrie Dressler, der an seinem Holster nestelte und die Gaspistole herauszog. «Der hat uns abgedrängt. Los, runter! Legen Sie sich auf den Boden!»

Mit einem lauten Krachen kam der Wagen zum Stehen. Tereza wurde gegen die Wand zum Führerhaus geschleudert. Noch im Fallen versuchte sie, nach dem Paket zu greifen, bekam es nicht zu fassen und sah, wie das *Paradiesgärtlein* über den Boden rutschte und an der Rückwand liegen blieb.

Dann ging alles sehr schnell.

Die Tür des Laderaums wurde aufgerissen. Der Mann mit der weißen Lederkombi und dem weißen Helm stand direkt vor ihnen. Das Visier war noch immer geschlossen. Er hatte eine Pistole in der Hand.

Er schoss sofort.

Dreimal hörte Tereza es knallen.

Der Wachmann Thomas Dressler ging zu Boden. Er hatte kein Gesicht mehr.

Beim vierten Knall hatte Tereza das Gefühl, jemand habe ihr mit einer Eisenstange vor die Brust geschlagen.

Es war das Letzte, was sie wahrnahm.

DREI Der Streifenwagen ließ ihn an der Kreuzung aussteigen, machte kehrt und fuhr zurück in Richtung Innenstadt. An der Einmündung zum Wald stand eine Reihe uniformierter Polizisten. Sie sprachen mit den Autofahrern und lenkten den Verkehr um. Ein Wagen der Spurensicherung wurde durchgewinkt.

Zwischen den Bäumen tauchte ein Rettungsfahrzeug auf. Es kam mit hoher Geschwindigkeit auf Marthaler zu. Er trat zwei Schritte zur Seite. Blaulicht und Martinshorn wurden eingeschaltet; der Wagen verschwand zwischen den Häusern.

Marthaler gähnte. Hinter der Absperrung sah er Charlotte von Wangenheim auf sich zukommen.

Der Anruf aus dem Präsidium hatte ihn geweckt: ein Einsatz im Stadtwald, keine weiteren Angaben, er solle sich beeilen, er werde abgeholt.

Marthaler hatte Kopfschmerzen. Er hatte keine Zeit gehabt, sich zu duschen. Nicht mal einen Kaffee hatte er trinken können. Er war in seine Schuhe geschlüpft, dann hatte es bereits an der Tür geläutet.

Er hob das rotweiße Absperrungsband an, aber Charlotte von Wangenheim winkte ihm zu: «Bleib, wo du bist. Ich komme zu dir!»

Irgendetwas in ihrer Stimme ließ ihn aufhorchen. Hinter ihr stand ein Krankenwagen. Der Mann am Steuer hatte die Fahrertür geöffnet. Ein Arztkoffer stand neben dem Wagen auf der Straße.

«Was ist passiert?», fragte Marthaler.

Charlotte von Wangenheim sah ihn prüfend an.

«Du siehst schrecklich aus», sagte sie. «Als ob du drei Nächte ...»

«Ich habe mich gestern Abend betrunken, mein Schädel dröhnt, mein Magen spielt verrückt, und ich habe extrem schlechte Laune.»

«Du hast dich betrunken?»

Marthaler sah seine Chefin an und grinste: «Stell dir vor, so etwas soll vorkommen. Sogar unter Polizisten. Leider hat man mich nicht ausschlafen lassen. Aber wenn du mir jetzt nicht sagst, was hier los ist, fahre ich nach Hause und lege mich wieder ins Bett. Schließlich bin ich für Altfälle zuständig, und die haben gewöhnlich etwas mehr Zeit.»

«Warum hast du dich betrunken?»

«Charlotte, bitte! Sind wir in einer Therapiesitzung oder an einem Tatort? Also rede! Oder lass mich einfach durch, damit ich mir selbst ein Bild machen kann.»

«Der Tatort ist anderthalb Kilometer von hier entfernt. Im Wald. Wir haben die gesamte Straße zwischen Schwanheim und Flughafen abgesperrt. Es hat einen bewaffneten Raubüberfall gegeben.»

«Und? Weiter!»

«Ein Kleintransporter ist überfallen worden.»

«Gibt es Verletzte, gibt es Tote? Wer sind die Opfer? Weiß man schon etwas über den Täter? Gibt es ein ersichtliches Motiv? Augenzeugen? Habt ihr eine Fahndung eingeleitet? Mensch, Charlotte, lass dir nicht jedes Wort aus der Nase ziehen!»

«Zwei Männer wurden außer Gefecht gesetzt, wahrscheinlich mit Pfefferspray, dann betäubt und mit Kabelbindern gefesselt. Ein Wachmann ist tot – erschossen. Und es gibt eine verletzte Frau – ebenfalls Schusswunde. Die Fahndung ist eingeleitet. Wir gehen von zwei Tätern aus, wahrscheinlich auf Motorrädern. Sie sind von mehreren Zeugen gesehen, aber von niemandem erkannt worden. Eine Flughafenangestellte, die auf dem Weg zur Arbeit war, hat sie wegfahren sehen. Sie war als Erste am Tatort, hat den Notruf gewählt. Jetzt wird sie ärztlich betreut. Sie hat einen schweren Schock erlitten.»

«Gut», sagte Marthaler, «dann zeig mir jetzt bitte, wo es passiert ist.»

«Nein, Robert. Das geht nicht.»

«Was geht nicht?»

«Du kannst nicht an den Tatort.»

Marthaler runzelte die Stirn, dann lachte er: «Sag mal, willst du mich veralbern? Du lässt mich wecken, schickst mir einen Wagen, willst, dass ich hierherkomme, und jetzt soll ich nicht …»

«Der Wagen, der überfallen wurde, ist ein Kleintransporter.»

«Das hast du bereits gesagt.»

«Es ist ein Wagen, der dem Städel gehört. Wir nehmen an, dass ein Kunstwerk transportiert wurde. Der Flughafenzubringer ist wegen eines schweren Unfalls gesperrt. Wahrscheinlich haben sie deshalb einen Umweg genommen.»

Charlotte von Wangenheim musste nicht weitersprechen.

Aus Marthalers Gesicht war jede Farbe gewichen. Sein Mund war trocken, seine Worte kaum zu verstehen.

«Die Frau, die angeschossen wurde ... Es ist ... Tereza, nicht wahr?», sagte er.

Charlotte nickte: «Ich wollte es dir persönlich sagen, nicht am Telefon. Deshalb wollte ich, dass du herkommst.»

«Ist sie schwer verletzt?»

Charlotte nickte erneut.

«Wie schwer?»

«Sehr schwer!»

Marthaler schaute seine Chefin mit regloser Miene an. Sie ging einen Schritt auf ihn zu. Sie streckte beide Arme aus. Als ihre Hände seine Oberarme berührten, wehrte er sie mit einer heftigen Bewegung ab.

Im selben Moment heulte er auf. Ein Laut, so durchdringend, dass er sich anhörte wie der Schrei eines verletzten Tieres.

Sofort war er von einigen Schutzpolizisten umringt. Zwei von ihnen hielten ihn fest. Er versuchte sich loszureißen, aber sie waren jünger und stärker als er.

«Lasst mich los», schrie er. «Ich will zu ihr! Lasst mich gefälligst los, ihr Idioten!»

Charlotte gab dem Mann im Krankenwagen ein Zeichen. Er griff nach seinem Arztkoffer und sprintete los.

Als Marthalers Widerstand einen Moment nachließ, gab ihm der Mann eine Spritze in den Oberarm. Sie brachten ihn zu einem der Streifenwagen und ließen ihn auf der Rückbank Platz nehmen.

«Du kannst nicht zu ihr», sagte Charlotte. «Sie ist mit dem Rettungshubschrauber abtransportiert worden. Sie wird jetzt sicher schon operiert. Wie es aussieht, wurde sie nur einmal getroffen. Aber der Schuss hat ihren Brustkorb verletzt.»

Marthaler sah seine Chefin flehend an: «Wird sie ...?»

«Robert, niemand kann im Moment etwas sagen. Auch die Ärzte nicht ... Sie lebt, aber sie ist schwer verletzt.»

Marthaler ließ seinen Kopf auf die Brust sinken. Er merkte, wie ihn jede Kraft verließ.

«Geh!», sagte er. «Bitte, geht jetzt! Ich muss alleine sein.»

Charlotte von Wangenheim winkte eines der Polizeimotorräder herbei und sprach kurz mit dem Fahrer, der ihr seinen Helm übergab. Sie setzte sich auf die Maschine, warf noch einen Blick auf ihren Kollegen, der mit leeren Augen auf der Rückbank des Streifenwagens saß, und fuhr in den Wald.

Eine halbe Stunde später stapfte Marthaler am Rand der Schwanheimer Bahnstraße in dieselbe Richtung, in die Charlotte nach seinen letzten Worten verschwunden war. Ab und zu kam ihm ein Einsatzfahrzeug zwischen den Bäumen entgegen, sonst war die Straße leer. Niemand hielt an, niemand fragte ihn etwas, niemand hielt ihn auf. Vom Flughafen her hörte er das Geräusch der startenden und landenden Maschinen.

Der Schmerz hatte ihn überwältigt. Er hatte nicht gedacht, dass ihn etwas noch einmal so tief treffen würde. Es war derselbe Schmerz, der ihn damals erfasst hatte, als Katharina bei einem Banküberfall in der Marburger Oberstadt angeschossen worden war. Kurz darauf war sie in der Klinik gestorben. Die Täter waren nie gefasst worden.

Marthaler hatte ebenfalls sterben wollen. Er war zu seinen Eltern gefahren, hatte sich ins Bett gelegt und sich seiner Trauer ergeben. Es hatte Jahre gedauert, bis er einer Frau gegenüber wieder mehr als Freundschaft empfinden konnte.

Tereza hatte es geschafft. Sie hatte nie versucht, ihn zu drängen. Ihre Fröhlichkeit hatte ihn angesteckt. Gleichzeitig war sie behutsam gewesen. Sie hatte gewusst, dass sie ihm seine

Frau nicht würde ersetzen können. Dass er weiter an Katharina denken und um sie trauern musste. Nach und nach war der Schmerz kleiner und seine Liebe größer geworden. Bis er sich ein Leben ohne Tereza nicht mehr vorstellen konnte.

Und jetzt hatte er das Gefühl, die Geschichte würde sich wiederholen. Tereza lag schwer verletzt auf einem Operationstisch. Er konnte ihr nicht helfen, und seine Hilflosigkeit machte ihn wütend.

Seit damals hatte er gelernt, dass es nur eine Möglichkeit gab, mit dem Schmerz umzugehen: Man durfte sich ihm nicht ergeben. Man musste etwas tun. Man musste handeln.

Katharinas Tod hatte in ihm den Entschluss reifen lassen, sein Studium abzubrechen und Polizist zu werden. Er hatte immer geglaubt, dass die Mörder seiner Frau gefasst worden wären, wenn er damals die Ermittlungen geleitet hätte. Marthaler wusste, wie viel Hochmut in diesem Gedanken steckte, dennoch war er überzeugt davon. Er würde nicht zulassen, dass es wieder so endete. Er würde dafür sorgen, dass die Täter diesmal gefunden wurden.

Marthaler blieb stehen und drehte sich einmal um die eigene Achse. Er war allein. Niemand konnte ihn sehen, niemand konnte ihn hören. Er legte seinen Kopf in den Nacken und schaute in den grauen Himmel. Seine Schultern strafften sich, dann öffnete er den Mund: «Ich bin nicht tot», brüllte er. «Ich bin noch nicht tot.»

Während die Spezialisten der Spurensicherung noch immer den Mercedes Vito untersuchten, Fotos machten, Abdrücke der Reifen- und Fußspuren anfertigten und jeden noch so kleinen Fremdkörper vom Waldboden aufsammelten, standen Marthalers Kollegen der MK I auf der Straße und beratschlagten.

Als Kerstin Henschel ihn kommen sah, wechselte sie mit

den anderen einen raschen Blick. Dann ging sie auf Marthaler zu.

«Robert … Es tut mir so leid. Wir haben eben von dir gesprochen. Wenn du Hilfe brauchst … du kannst dich an jeden von uns wenden. Wir alle hoffen, dass Tereza möglichst schnell wieder …»

Marthaler nickte: «Danke, Kerstin. Was Tereza angeht, müssen wir uns wohl auf die Ärzte verlassen. Mir helft ihr am besten, wenn ihr jetzt ganz bei der Sache seid. Ich will vor allem, dass dieser Fall schnell gelöst wird. Ich bin gleich bei euch. Ich werde nur rasch einen Blick auf den Tatort werfen, dann werden wir die nächsten Schritte besprechen.»

Marthaler wandte sich ab und ging auf den Transporter zu. Kerstin Henschel sah ihm ungläubig nach. «Nein, Robert! Das geht nicht! Bleib bitte hier! Ich glaube nicht, dass das eine gute Idee ist.»

Er drehte sich zu ihr um: «Was geht nicht, Kerstin? Was ist keine gute Idee?»

«Robert, du weißt genau, dass du nicht an den Tatort darfst.»

«Was willst du mir damit sagen, Kerstin? Dass ich mit diesem Fall nicht befasst sein werde? Dass ich hier nichts zu suchen habe? Dass ich meine alten Fälle bearbeiten oder nach Hause gehen und Däumchen drehen soll? Vergiss es!»

Sie schüttelte den Kopf. Ihr Gesicht glühte. Man sah ihr an, dass es ihr schwerfiel, Marthaler zurechtzuweisen. Er mochte jetzt eine andere Aufgabe haben, war aber immer noch ihr Vorgesetzter.

«Doch, genau das ist es, was ich dir sagen will. Du weißt selbst: Es ist eine eiserne Regel, dass kein Kollege selbst ermitteln darf, wenn er in irgendeiner Weise mit einem Fall zu tun hat.»

«Tereza und ich sind nicht verheiratet!»

«Hör auf, Robert! Das ist kein Argument, und das muss ich dir nicht sagen!»

«Verdammt, Kerstin! Ich weiß selbst, dass das kein Argument ist. Aber niemand muss wissen, dass ich ermittle. Seit wann hängen wir an die große Glocke, wer mit welchem Fall zu tun hat? Wenn ihr es nicht durchsickern lasst, wird es kein Mensch erfahren.»

«Es gab in den letzten Jahren ein paar spektakuläre Überfälle auf Sicherheitstransporte. Du erinnerst dich vielleicht an die Fälle in Neuss, in Alsfeld, in Heilbronn …»

«… in Offenbach, in Kassel, in Starnberg. Und so weiter, und so weiter!», sagte Marthaler. «Kerstin, was willst du?»

«Die Täter tauchten mit Maschinenpistolen und mit Panzerfäusten auf. Sie erbeuteten Schmuck, große Geldsummen oder wertvolle Kunstwerke. Fast alle diese Verbrechen wurden aufgeklärt. Und fast alle wiesen eine Gemeinsamkeit auf.»

«Es bestand eine Verbindung zwischen den Räubern und den Insassen der Transporter. Fast immer hatten die Täter einen Tipp bekommen, sie hatten Komplizen unter den vermeintlichen Opfern.»

«So ist es!»

Marthaler schaute seine Kollegin fragend an. Endlich begriff er, worauf sie hinauswollte. «Kerstin, das ist nicht dein Ernst. Du willst doch nicht andeuten, dass Tereza mit den Leuten unter einer Decke steckt, die sie angeschossen haben. Was du da sagst, ist so ungeheuerlich …»

«Robert, komm zur Vernunft! Ich will gar nichts andeuten. Ich will nur, dass du endlich begreifst.» Sie schaute sich hilfesuchend nach den anderen um. «Sven», rief sie, «würdest du bitte kurz rüberkommen.»

Sven Liebmann löste sich aus der Gruppe. Bevor er bei ihnen war und etwas sagen konnte, begehrte Marthaler auf:

«Was soll das? Wollt ihr mich in die Zange nehmen? Ob es euch passt oder nicht: Ich werde mich nicht aussperren lassen. Lieber lasse ich mich suspendieren. Niemand hat mehr Interesse als ich, diesen Fall zu lösen. Entweder arbeiten wir miteinander, oder wir arbeiten gegeneinander.»

Liebmann sah seinem Kollegen lange in die Augen. Er wusste, dass er nichts Falsches sagen durfte. Dass Marthaler sonst immer störrischer werden würde.

«Robert, hör mir einen Moment zu. Dann werde ich dir einen Vorschlag machen. Aber erst hörst du zu! Ist das klar?»

Marthaler hatte Mühe, seinen Ärger zu bändigen. Schließlich sah er ein, dass jeder weitere Streit seine Position nur schwächen würde. «Also bitte, dann rede!»

«Ich habe gerade einen Anruf unseres Pressesprechers erhalten. Er meinte, falls du hier auftauchst, sollten wir dich am besten in Schutzgewahrsam nehmen.»

«Sag mal …»

«Das war nicht ernst gemeint, ganz unrecht hat er damit aber nicht. Heute Morgen haben alle Agenturen ihre Reporter und Fotografen zum Frankfurter Kreuz geschickt, um über den Unfall zu berichten. Die Unfallstelle ist knapp 3000 Meter Luftlinie von unserem Tatort entfernt. Pech für uns. Denn inzwischen sind die Journalisten alle an unseren Absperrungen angekommen. Sowohl am *Steigenberger* als auch in Schwanheim stehen sie und warten darauf, endlich näher an den Tatort heranzukommen. Wir werden in Kürze die Straße öffnen müssen. Du weißt, was dann hier los sein wird. Und du weißt auch, dass du das Objekt ihrer Begierde bist.»

«Ich?»

«Denk nach, Robert. Es hat sich längst herumgesprochen, dass ein Transporter des Städel-Museums überfallen wurde. Die Meute weiß bereits, dass Tereza unter den Opfern ist. Ihr seid ein Paar, das ist kein Geheimnis. Die Reporter werden dich jagen, Robert. Sie wollen dich leiden sehen. Sie werden deine Geschichte bringen, ob du willst oder nicht. Sie werden in den Archiven wühlen und über den Tod Katharinas berichten. Und dann haben sie ihre Schlagzeile: ‹Der Polizist, bei dem das Schicksal zweimal zuschlug›. Sie werden Tränen hervorpressen und dich dann auffressen. Du bist eine öffentliche Person.»

Marthaler nickte. «Ja», sagte er, «so wird es wohl kommen. Und ich werde mich zu wehren wissen. Jetzt zu deinem Vorschlag!»

«Sie werden jeden Schritt, den du machst, verfolgen. Es ist also vollkommen ausgeschlossen, dass du dich an den Ermittlungen beteiligst. Ein einziger Meter in diese Richtung, und wir sind den Fall los. Dann wird das LKA übernehmen, und wir sind nicht nur blamiert, sondern haben auch nicht mehr die geringste Möglichkeit, Einfluss zu nehmen. Wenn du das willst, zieh deine Rambo-Nummer durch.»

«Und wenn nicht?», fragte Marthaler, nun schon deutlich kleinlauter.

«Wenn du vernünftig bist, tauchst du jetzt ab. Mach dich unsichtbar! Lass ein paar Tage vergehen! Dann werden wir weitersehen. Sollten wir bis dahin die Täter haben, musst du deinen Stolz runterschlucken und akzeptieren, dass es auch ohne dich ging. Sollten wir sie nicht haben, werden wir Möglichkeiten finden, dich über den Stand der Dinge zu informieren. Und dann werden wir froh sein, wenn du mitdenkst. Aber funk uns jetzt nicht dazwischen, gib uns diese eine Chance.»

«Gut», sagte Marthaler. «Ich habe verstanden. Vielleicht habt ihr recht. Aber eine Bitte habe ich: Lasst mich nicht verhungern. Lasst mich nicht zu lange ohne Informationen.»

«Versprochen!», sagte Sven Liebmann. «Und jetzt solltest du möglichst schnell und unauffällig von hier verschwinden.

Dass du so nah am Tatort warst, darf niemand erfahren. Also leg dich auf die Rückbank eines Streifenwagens, zieh dir eine Decke über den Kopf und lass dich an einen Ort fahren, wo dich niemand vermutet. Wenn du willst, gebe ich dir meine Wohnungsschlüssel.»

«Danke», sagte Marthaler. «Vielleicht komme ich darauf zurück.»

Er schaute sich um. Dann ging er auf einen der Streifenwagen zu.

Kerstin lief hinter ihm her: «Robert, eins noch. Du würdest es in Kürze sowieso erfahren …»

Marthaler hob den Kopf zum Zeichen, dass er ihr zuhörte.

«Der Knabe, den wir gestern in der Schwarzburgstraße mit Tereza gesehen haben …»

«Was ist mit ihm?»

«Er ist einer der beiden Männer, die betäubt und gefesselt wurden. Ich habe zwar nicht mit ihm gesprochen, aber ich habe ihn wiedererkannt.»

«Wo ist er jetzt?»

«Man hat ihn zur Untersuchung in die Klinik gebracht. Weder er noch der Wachmann waren vernehmungsfähig.»

«Weiß man schon, wer er ist? Arbeitet er ebenfalls im Städel?»

«Jedenfalls nehmen wir an, dass er ein Kollege von Tereza ist. Anders kann ich mir seine Anwesenheit in dem Transporter nicht erklären.»

Marthaler zuckte mit den Schultern. Er wollte, dass es so aussah, als sei ihm die Information gleichgültig.

«Jedenfalls gut, dass du es mir gesagt hast.»

«Übrigens: Du kannst auch bei mir wohnen, wenn du willst. Du könntest auf der Campingliege schlafen oder in der Badewanne. Such es dir aus!»

«Ja, danke. Wenn ihr so weitermacht, kann ich bald zu Hause untervermieten. Ich denke darüber nach, ja?»

«Unbekanntes Unfallopfer, weiblich?»

Der Pförtner am Haupteingang der Klinik hatte Marthaler über den oberen Rand seiner Halbbrille angeschaut.

«Wann eingeliefert?»

«Wahrscheinlich vor einer Stunde, vielleicht anderthalb.»

«Dann ist sie in der Chirurgie. Müssen Sie da fragen.»

Auf dem farbigen Lageplan hatte der Pförtner ein Gebäude angekreuzt, dann war er aufgestanden, um Marthaler den Weg zu zeigen.

In der Chirurgie hatte er sich durchfragen müssen. Sie hatten ihn sorgenvoll angeschaut. Die Stationsschwester war in seinem Alter. Sie war klein und stämmig und hatte sich sofort Zeit für ihn genommen. Nein, niemand konnte sagen, wie es Tereza ging. Ja, sie war noch im OP. Nein, es habe wenig Zweck zu warten. Wie lange die Erstbehandlung noch dauern werde, wisse man nicht. Es sei mit einigen Stunden zu rechnen. Wenn er seine Telefonnummer hinterlasse, werde man ihn benachrichtigen, sobald es etwas Neues gebe. Er müsse Geduld haben. Ja, es habe sich bereits herumgesprochen, dass sie schwanger sei. Ob er der Vater sei? Es werde alles nur Menschenmögliche für sie und das Baby getan. Die Klinik sei bekannt für ihre hervorragenden Notfallchirurgen. Wenn er so nett wäre, den Patientenbogen auszufüllen und bei seinem nächsten Besuch ihre Versichertenkarte mitzubringen ...

Er hatte sich ein Taxi genommen und war nach Hause gefahren. Auf der Straße standen ein paar Reporter. Er war noch nicht ausgestiegen, als die Fotografen bereits zu knipsen begannen.

Marthaler ging an den Journalisten vorbei, ohne auf ihre Fragen zu antworten. Er schüttelte den Kopf.

Als sich ihm ein junger Mann in den Weg stellte und ihm ein Mikrofon vor den Mund hielt, blieb Marthaler stehen und warf dem Reporter einen so verächtlichen Blick zu, dass dieser erschrocken Platz machte.

Als er den Schlüssel ins Schloss der Wohnungstür steckte, hörte er das Telefon läuten. Marthaler beeilte sich nicht. Er zog sein Jackett aus und hängte es an die Garderobe. Er kippte die Fenster und zog alle Vorhänge zu.

Das Telefon läutete noch immer. Er nahm den Hörer ab, ohne sich zu melden. Nichts. Das Freizeichen war zu hören. Es war bereits wieder aufgelegt worden.

Der Anrufbeantworter verzeichnete zwölf neue Nachrichten. Er hörte sie nicht ab.

Marthaler ging ins Wohnzimmer und schaltete das Hessen-Fernsehen ein. Es lief eine Sondersendung mit dem Titel «Brennpunkt Frankfurt». Man sah den Lkw, der auf die Autobahn gestürzt war. Für den Fahrer war jede Hilfe zu spät gekommen. Dann wurde umgeschaltet in den Stadtwald. Ein Reporter berichtete live vom Tatort. Er stand an derselben Stelle, wo Marthaler noch vor kurzem mit Kerstin Henschel und Sven Liebmann gesprochen hatte. Im Hintergrund sah man zwischen den Bäumen den Kleintransporter des Museums stehen. Die Sperrung der Schwanheimer Bahnstraße war inzwischen aufgehoben worden. Ein Schwenk auf die Leute der Spurensicherung, Streifenwagen, Blaulichter. «Wahrlich ein schwarzer Tag für die Mainmetropole», sagte der Reporter. Dann wurde ein Standbild gezeigt, ein Foto, das während eines Festes im Hof des Polizeipräsidiums aufgenommen worden war. Man sah Marthaler und Tereza an einem Tisch sitzen. Die Sonne schien. Beide lachten und hielten ihre Gläser dem Fotografen entgegen. Der Fernsehmann kommentierte: «Ein Bild aus glücklichen Tagen, an die der

Hauptkommissar heute wohl nur mit Schmerz und Wehmut denken kann. Seine Lebensgefährtin – hier links im Bild – befindet sich unter den Opfern des brutalen Überfalls, der in den frühen Morgenstunden im Wald zwischen Schwanheim und dem Rhein-Main-Flughafen einem Wachmann das Leben gekostet hat.»

Marthaler schaltete den Fernseher aus. Und das, dachte er, ist erst der Anfang. Sven Liebmann hatte recht gehabt. Sie würden ihn jagen. Sie waren bereit, ihn aufzufressen.

Wieder läutete das Telefon. Er drückte das Gespräch weg und wählte die Nummer seiner Eltern. Seine Mutter war sofort am Apparat. «Robert, endlich. Ich habe schon so oft versucht, dich zu erreichen. Wie geht es Tereza?»

«Also wisst ihr es schon?» Seine Stimme war belegt; er räusperte sich.

«Die Nachbarn haben gesagt, wir sollen den Fernseher einschalten. Ich wünschte so, ich könnte jetzt bei dir sein. Wie geht es ihr?»

«Niemand weiß etwas. Ich mag nicht reden, Mama. Ich wollte euch nur Bescheid geben.»

«Sollen wir kommen? Wir können in zwei Stunden in Frankfurt sein. Wenn du uns nicht in der Wohnung haben willst, nehmen wir uns ein Hotelzimmer.»

«Das ist lieb, Mama, aber bitte, nein, das möchte ich nicht. Grüß Papi. Ich melde mich, wenn ich etwas weiß. Entschuldige.» Dann legte er auf.

Er ging an den Wohnzimmerschrank und nahm eine halbvolle Flasche Cognac heraus. Er füllte ein Glas, nahm einen großen Schluck, füllte es noch einmal, dann ging er ins Bad. Er drehte das Wasser auf, setzte sich auf den Rand der Wanne und wartete, dass sie volllief. Denken konnte er jetzt nicht. Er fühlte sich wie abgestorben. Er zog sich aus und legte sich in die Wanne.

Der Alkohol begann zu wirken. Marthaler schloss die Augen und versuchte, sich zu entspannen.

Nach einer halben Stunde war seine Haut aufgeweicht. Er stieg aus dem Wasser, trocknete sich ab und zog seinen Bademantel über. Vom Wohnzimmer aus schaute er auf die Straße. Die Journalisten standen noch immer vor dem Haus.

Als es an seiner Wohnungstür läutete, stellte Marthaler die Klingel ab. Er wusste nicht, was er tun sollte. Unruhig lief er von einem Zimmer zum anderen.

Er goss das Glas noch einmal voll, aber als er trinken wollte, widerte ihn der Geruch an. Er schüttete den Inhalt in die Spüle.

Er wählte Sabatos Nummer im Weißen Haus. Kurz darauf hörte er die tiefe Stimme des Kriminaltechnikers. «Robert, ich hab es auch schon probiert. Wo bist du?»

«Zu Hause. Ich weiß nicht, was ich machen soll. Ich weiß nicht, wohin mit mir. Niemand kann mir sagen, was mit Tereza ist.»

«Du kommst zu uns», sagte Sabato. «Ich werde gegen Mittag hier Schluss machen, dann hole ich dich ab.»

«Geht das?»

«Wenn ich es tue, dann geht es.»

«Arbeitet ihr schon an der Sache im Stadtwald?»

«Ja, die Müllmänner von der Spurensicherung haben hier gerade ihre Säcke ausgekippt.»

«Ist was dabei? Gibt es schon Hinweise auf die Täter?»

«Robert!»

«Entschuldige, ich weiß …»

«Es ist zu früh, wir haben Reifenabdrücke, die wir auswerten müssen. Wir haben Fußspuren und Patronenhülsen. Und natürlich den ganzen üblichen Dreck, der sich an jedem Tatort im Freien findet. Aber wir können noch überhaupt keine Schlüsse ziehen. Wir haben gerade erst mit den Untersuchungen begonnen.»

«Das heißt aber, du wirst im Labor gebraucht.»

«Papperlapapp. Ich habe gute Leute. Pack ein paar Sachen und sieh zu, dass du die nächsten zwei Stunden überstehst, ich bin so schnell wie möglich bei dir.»

«Gut. Und ruf mich kurz auf dem Handy an, wenn du vor der Tür stehst. Das Haus wird von Journalisten belagert. Wir müssen damit rechnen, dass sie versuchen, uns zu folgen.»

«Keine Sorge», brummte Sabato. «Wenn der Chef dabei ist, hat die Meute keine Chance.»

Marthaler ging in die Küche und füllte Wasser in die Espressomaschine. Als der Kaffee in die Tasse lief, sah er Terezas Zettel. Das erste Mal las er ihn im Stehen. Dann setzte er sich an den Tisch. Er las die wenigen Zeilen wieder und wieder und musste lächeln. Plötzlich schämte er sich für seine Eifersucht und für sein Misstrauen. Wer immer der junge Mann war, den Tereza gestern geküsst hatte und der heute Morgen mit ihr überfallen worden war, sie hätte ihm diesen Zettel nicht geschrieben, wenn sie ihn nicht mehr liebte.

Er ging ins Schlafzimmer und setzte sich auf die Seite des Bettes, auf der Tereza schlief. Er nahm ihr Kissen in beide Hände und schaute es an. Dann vergrub er sein Gesicht darin und begann haltlos zu schluchzen.

VIER Carlos Sabato hatte seine massige Gestalt vor den Journalisten aufgebaut und beide Hände erhoben: «Ich weiß, ihr macht nur euren Job», begann er seine Rede mit dröhnender Stimme. «Mir passt euer Job oft genug nicht in den Kram, was euch egal sein kann. Nicht egal sein sollte euch, dass ich als äußerst cholerisch gelte, dass ich zwar Polizist bin, mir gewisse Vorschriften in gewissen Situationen aber ziemlich egal sind. Um es deutlich zu sagen: Ich schrecke vor körperlichen Auseinandersetzungen nicht zurück. Haben das alle verstanden?»

Einer der Reporter, die noch immer auf der Straße vor Marthalers Haus herumlungerten, wollte etwas sagen. Es war ein klein gewachsener Mittdreißiger mit einem spitzen Gesicht und zurückgegelten Haaren. Auf seinem Aufnahmegerät klebte das Logo eines privaten Radiosenders. Sabato brachte ihn umgehend zum Schweigen. «Warten Sie gefälligst, bis ich fertig bin, dann dürfen Sie reden, so lange und zu wem Sie wollen. Also: Ich möchte, dass ihr Folgendes kapiert: Ich habe nicht viele Freunde. Aber Robert Marthaler *ist* einer meiner Freunde. Und ich werde nicht zulassen, dass man ihn belästigt. Was als Belästigung gilt, lege *ich* fest. Niemand wird eine Frage an ihn richten, wenn er gleich aus dem Haus kommt, niemand wird ihn fotografieren! Und niemand wird auch nur den Versuch unternehmen, uns zu folgen, wenn wir wegfahren. Ist das bei allen angekommen?»

Die Journalisten murrten. Einige kicherten. Der Radiomann brachte sich in Stellung. «Was soll das? Wollen Sie uns drohen?»

Sabato grinste: «Wie kommen Sie darauf, dass ich Ihnen drohen will? Ich habe Ihnen nur etwas über mich und meine Freunde erzählt.»

«Sie wissen genau, dass Sie unsere Arbeit nicht behindern dürfen.»

Sabato ging einen Schritt auf ihn zu; der Mann wich zwei Schritte zurück.

«Sehen Sie», brummte der Kriminaltechniker, «Ihr Körper scheint schneller zu kapieren als Ihr Hirn. Sie plappern zwar noch dummes Zeugs, aber Sie haben schon Angst vor mir. Das heißt: Sie sind auf dem richtigen Weg. Sie sollten zu Ihrem Chefredakteur gehen und eine Beförderung beantragen.»

«Dürfen wir … dürfen wir das, was Sie … was Sie eben gesagt haben … dürfen wir das zitieren?», fragte eine junge Zeitungsjournalistin, die vor Aufregung begonnen hatte zu stottern.

«Dass ich eine Beförderung Ihres Kollegen gutheiße?»

«Nein … ich … ich meine, dass Sie … dass Sie gewalttätig sind?»

Sabato starrte sie einen Moment lang direkt an. Dann lächelte er. «Mein Gott, was seid ihr doch für Hasenfüße. Zitiert, was ihr wollt. Aber ein falsches, ein verdrehtes, ein aus dem Zusammenhang gerissenes Wort – und ich verlange eine Gegendarstellung. Ich bin nicht gewalttätig. Ich bin sanft wie ein Lamm, wenn man mich nicht reizt. Das dürfen Sie gerne schreiben.»

Marthaler kam aus der Tür und betrat den Bürgersteig. In der rechten Hand hielt er eine Reisetasche, in der linken sein Jackett. Seine Augen waren hinter einer Sonnenbrille verborgen. Niemand machte Anstalten, ihn zu fotografieren. Keiner stellte eine Frage.

Sabato zog ein Diktaphon aus der Tasche und zeigte es in die Runde: «Hier ist alles drauf, was eben gesprochen wurde, also versucht gar nicht erst, mir dumm zu kommen.»

Gemeinsam gingen die beiden Polizisten zu Sabatos Wagen.

«Was hast du ihnen gesagt?», fragte Marthaler, als der Kriminaltechniker den Motor startete.

«Dass sie brav sein sollen.»

«Und du hast euer Gespräch wirklich aufgezeichnet?»

«Quatsch. Es sind nicht mal Batterien in dem Ding.»

Marthaler drehte sich um und schaute durch das Heck-fenster. Die Journalisten standen auf der Straße und sahen ihnen nach.

«Wie Schafe im Regen.»

«Was?», fragte Sabato.

«Sie stehen da wie Schafe im Regen», sagte Marthaler. «Jedenfalls hätte Tereza es so formuliert.»

Marthaler hatte schon öfter in dem kleinen Gästezimmer im Haus von Carlos und Elena Sabato übernachtet. Er stellte seine Tasche aufs Bett, nahm den Waschbeutel heraus und brachte ihn ins angrenzende Badezimmer. Dann ließ er kaltes Wasser über seine Handflächen laufen und benetzte sein Gesicht. Er schaute in den Spiegel und schüttelte den Kopf. Seine Augen waren noch immer gerötet. «Mensch, Alter», sagte er leise zu sich, «was macht die Welt nur mit dir?»

Er ging nach oben und stellte sich in den Türrahmen. Froh, nicht alleine sein zu müssen, schaute er Sabato zu. Der stand am Herd, goss Öl in eine Pfanne und stellte sie auf die Gasflamme. Er ging an den Kühlschrank und nahm zwei große Steaks heraus.

«Für mich musst du dir keine Mühe machen», sagte Marthaler, «ich habe keinen Appetit.»

Sabato reagierte nicht. Er schwenkte das Fett und legte die Fleischstücke hinein. Er nahm einen großen Laib Brot aus dem Schrank und säbelte vier riesige Scheiben ab. Dann stellte er eine Schale mit Tomaten auf den Tisch.

«Alles ein bisschen improvisiert», sagte er. «Ich werde Elena anrufen, dass sie uns für heute Abend was Ordentliches mitbringt.»

«Carlos, wirklich ... beim besten Willen, ich kann jetzt nichts essen.»

Sabato drehte sich zu ihm um. «Es ist niemandem gedient,

wenn du zum Asketen wirst. Es hilft Tereza nicht, wenn du jetzt verhungerst.»

«Von verhungern kann keine Rede sein», sagte Marthaler. «Und dir würde es auch nicht schaden, mal wieder ein paar Pfund abzunehmen.»

Sabato fuchtelte mit der Fleischgabel vor Marthalers Gesicht herum: «Weißt du, was Paul Bocuse gesagt hat, als man ihn fragte, was er von der Diät-Küche hält? Seine Antwort: ‹Ich bin Koch, kein Arzt.› Und jetzt angele dir bitte den Korkenzieher aus der Schublade und mach uns eine Flasche Wein auf. Gläser stehen drüben im Schrank. Und das Besteck liegt auch noch nicht auf dem Tisch. Ich finde wirklich, du könntest dich ein bisschen nützlich machen, wenn du hier schon bekocht wirst.»

Für den Moment war Marthaler über das harmlose Geplänkel froh. Er wusste, dass Sabato ihn von seinen Sorgen ablenken wollte. Dennoch saß er zehn Minuten später am Tisch und stocherte lustlos in seinem Fleisch herum.

«Robert, ich kann nur ahnen, wie es dir geht. Du hast das Gefühl, aus der Welt gefallen zu sein. Im Moment können wir nur warten. Alles ist möglich, auch das Schlimmste. Was auch kommt, Elena und ich werden für dich da sein. Es gibt nur einen Rat, den ich dir geben kann …»

Marthaler sah ihn fragend an.

«Sitz nicht rum. Tu irgendwas. Stürz dich in die Arbeit. Lenk dich ab!»

Marthaler lachte. Aber es war ein bitteres Lachen. «Nichts würde ich lieber tun. Aber weißt du, was Kerstin Henschel und Sven Liebmann zu mir gesagt haben?»

Sabato wischte seine Frage mit einer Handbewegung beiseite: «Natürlich! Sie wollen dich nicht mitspielen lassen, und das kränkt dich. Du kommst dir abgeschoben vor. Aber sie haben recht damit. Sie können gar nicht anders. Wenn herauskäme, dass du in diesem Fall ermittelst, wäre die Hölle los …»

«Ich weiß, das haben die beiden auch gesagt … Und das LKA würde die Ermittlungen übernehmen.»

«Willst du das?»

«Natürlich nicht.»

«Na also!»

«Na also was?», sagte Marthaler. «Ich soll nicht rumsitzen, aber ich darf nichts tun. Ich soll mich in die Arbeit stürzen, aber ich habe Berufsverbot. Oder glaubst du im Ernst, dass ich im Moment die Geduld aufbringe, an irgendeinem alten, längst vergessenen Fall zu basteln? Ich will, dass die Täter aus dem Stadtwald gefunden werden. Ich will, dass dieser Fall so schnell wie möglich gelöst wird. Ich will, dass die, die Tereza das angetan haben, hinter Gitter kommen.»

Sabato war aufgestanden und lief jetzt unruhig in der Wohnküche auf und ab.

«Robert, deine Leute sind gut. Lass sie machen. Es sind allesamt hervorragende Ermittler. Vielleicht die besten, die wir in der Stadt haben. Und du hast sie dazu gemacht. Trotzdem …»

«Trotzdem?»

«Trotzdem solltest du dich nicht auf sie verlassen.»

Marthaler schaute Sabato irritiert an. «Ich soll mich nicht auf sie verlassen?»

«Das habe ich gesagt!»

«Aber ich soll ihnen auch nicht ins Zeug pfuschen?»

«Genau!»

«Entschuldige, aber jetzt verstehe ich gar nichts mehr. Was soll ich denn nun deiner Ansicht nach tun?»

«Es gibt nicht immer nur zwei Möglichkeiten. Du sollst nicht stillhalten. Aber genauso wenig sollst du mit dem Kopf durch die Wand. Die Wand ist diesmal stärker als dein

Kopf! Du musst dich schlau verhalten! Mach dich unsichtbar! Agier aus dem Hintergrund! Du weißt doch, wie man recherchiert! Sieh zu, was du über andere Kunstdiebstähle herausbekommst. Es wird Fälle geben, die ähnlich abgelaufen sind. Du kannst dich schlau machen. Du kannst den Kollegen Material an die Hand geben, das ihnen bei ihrer Arbeit helfen wird.»

«Du meinst, Hauptsache, ich stehe ihnen nicht im Weg herum. Hauptsache, ich bin beschäftigt.»

«Scheiße, Robert. Du willst es nicht verstehen.»

«Doch! Ich verstehe, dass ich mich verkriechen soll. Aber das bin ich nicht. Ich kann Zeugen vernehmen, Verdächtige verhören, Leute beschatten, Klinken putzen. Ich gehöre auf die Straße, nicht ins Büro.»

Sabato lachte. «Okay. Fangen wir anders an. Was weißt du über Kunstdiebstähle?»

Marthaler schüttelte verärgert den Kopf, gab aber keine Antwort.

«Ich weiß wenig darüber», sagte Sabato.

«Dann weißt du immer noch mehr als ich», erwiderte Marthaler.

«Was meinst du, warum jemand ein wertvolles Gemälde stiehlt?»

«Wahrscheinlich, weil er es verkaufen will.»

«Ja. Aber ein wertvolles Bild ist meist auch ein bekanntes Bild. Jeder, dem der Dieb es anbieten würde, wüsste sofort, dass es gestohlen ist. Inzwischen gibt es mehrere Datenbanken im Internet, die ständig über gestohlene Kunstwerke berichten. Kein Galerist, kein ernsthafter Sammler würde einen gestohlenen Picasso, van Gogh oder Monet kaufen. Es gibt praktisch keinen grauen Markt für bedeutende Diebeskunst.»

Marthaler überlegte. «Dann hat der Dieb wahrscheinlich einen Auftrag. Und ist damit nicht angewiesen auf den grauen Markt. Er muss nicht mit seiner Beute hausieren gehen, sondern handelt im Auftrag eines verschwiegenen, reichen Liebhabers, der genau dieses Bild haben will und der es sich dann in sein Schlafzimmer hängt.»

«Genau so stellen es sich die Filmleute vor. Aber das ist Kino, Robert! Es gibt ihn nicht, diesen Milliardär. Es gibt in der Geschichte der Kunstdiebstähle höchstens ein, zwei Fälle, bei denen man einen solchen Auftrag hat nachweisen können. Dennoch ist der Raub und Handel mit gestohlener Kunst ein florierendes Geschäft. Inzwischen geht man davon aus, dass es nach dem Menschenhandel und den illegalen Drogengeschäften der drittgrößte Zweig des internationalen Verbrechens ist.»

«Kann es sein, dass du mir etwas vorgespielt hast?», fragte Marthaler.

«Was meinst du?»

«Du scheinst dich besser auszukennen auf diesem Gebiet, als du zugeben willst. Langsam frage ich mich, ob die Bilder hier an den Wänden ...»

«Ja, witzig. Aber konzentrier dich, bitte! Also, wenn es weder einen grauen Markt gibt noch den kunsthungrigen Öl-scheich, dem es genügt, seine Beute als stiller Genießer zu bewundern, was sonst könnte immer wieder Kriminelle ver-anlassen, Gemälde, Statuen, Teppiche oder sonstige Antiqui-täten zu stehlen?»

«Woher soll ich das wissen? Vielleicht sind die Kunstdiebe einfach blöd. Vielleicht lassen sie sich blenden von den Sum-men, die oft genannt werden, wenn es um den Wert eines Kunstwerks geht. Sie hören, dass bei einer Auktion in Paris oder London ein Seerosen-Bild von Monet zehn Millionen Euro erzielt, und denken sich: Prima, dann fahre ich bei dem neuen Besitzer vor, hole das Bild raus, werfe es auf den Rück-sitz und bin um zehn Millionen reicher.»

Sabato lachte. «Vollkommen richtig. Bei einem großen Teil der Kunstdiebe handelt es sich um naive Idioten, unbedarfte, aber im Zweifelsfall brutale Gauner, die glauben, mit wenig Aufwand ans große Geld zu kommen. Was sie sich da ans Bein gebunden haben, merken sie erst, wenn sie versuchen, die heiße Ware zu verhökern. Am Ende sind sie oft froh, wenn sie von irgendeinem Hehler ein Zehntel oder sogar nur ein Hundertstel des offiziellen Marktwertes erhalten. Allerdings trifft das längst nicht auf alle zu. In der organisierten Kriminalität werden Kunstwerke immer öfter als Währung akzeptiert. Berühmte Gemälde werden benutzt, um schmutziges Geld zu waschen oder um Drogen zu bezahlen.»

«Das heißt aber: Ein gestohlener Picasso findet nicht einfach einen neuen Besitzer, sondern er kursiert, er geht in der Unterwelt von Hand zu Hand?», fragte Marthaler.

«Genau. Aber ich will auf etwas anderes hinaus. Es gibt noch eine weitere Methode, durch einen Kunstraub reich zu werden. Und diese Methode scheint für die Räuber immer lukrativer zu werden … Kommst du drauf?»

Marthaler verdrehte die Augen: «Carlos, bitte, lass mich nicht dauernd dumm dastehen. Sag einfach, was du weißt, ja!»

«Also: Man nennt diese Methode Artnapping. Kunstwerke werden gestohlen, um dann von den rechtmäßigen Besitzern oder von der Versicherung ein Lösegeld zu erpressen. Du erinnerst dich an die Geschichte in der Schirn im Sommer 1994?»

«Vage. Es war nicht mein Ressort. Ich weiß nur, dass damals drei oder vier wertvolle Gemälde gestohlen wurden.»

«So ist es. Zwei Männer hatten sich abends im Museum einschließen lassen. In der Nacht haben sie einen Wachmann überwältigt und drei Bilder von den Wänden abgeschraubt. Es waren zwei Gemälde von William Turner, die der Tate

Gallery gehörten, und ein Caspar David Friedrich aus der Hamburger Kunsthalle, alles drei äußerst wertvolle Leihgaben. Es war der einzige spektakuläre Kunstraub, mit dem ich zu tun hatte. Ich habe damals für Herrmanns Truppe die Spuren untersucht, die die Täter im Museum hinterlassen hatten.»

Marthaler verdrehte die Augen. «Du meinst Hans-Jürgen Herrmann?»

«Ja. Er leitete die Ermittlungen. Ziemlich bald konzentrierten sich unsere Nachforschungen auf fünf Männer, alles kleine Ganoven. Einer von ihnen war Messebauer von Beruf. Er hatte, so vermuteten wir, den eigentlichen Dieben die benötigten Schlüssel verschafft und sie über die Örtlichkeiten in Kenntnis gesetzt. Verhaftet haben wir schließlich einen Kurierfahrer, einen Obstverkäufer, der als Hehler fungiert haben soll, und einen Mann, der für die Alarmanlage zuständig war – für jeden von ihnen war der Raub ein paar Nummern zu groß.»

«Sonst hättet ihr sie vielleicht nicht erwischt.»

«Ja, aber es hat uns nichts genützt. Den Knaben wurde der Prozess gemacht, sie wurden verurteilt und sind ins Gefängnis gekommen. Aber niemand hat sie für die Drahtzieher gehalten. Wir waren uns immer sicher, dass sie nicht mehr waren als Handlanger. Dennoch haben sie geschwiegen. Kein Wort über die Hintermänner, kein Wort über den Verbleib der Kunstwerke.»

«Das war's dann also?»

«Nein, warte, die Geschichte fängt erst an. Das Ganze hat mich interessiert, weil ich nichts über diese Art von Verbrechen wusste. Und wirklich spannend wurde der Fall eigentlich erst Jahre später. Es gab nämlich ziemlich konkrete Hinweise darauf, dass die sogenannte Jugoslawien-Mafia in die Sache verwickelt war. Du erinnerst dich: Die Jugos hatten damals das gesamte Bahnhofsviertel fest im Griff. Ohne sie lief in der Frankfurter Unterwelt praktisch nichts. Immer wieder fiel der Name eines gewissen Stevo, der zum Umkreis von Rade Centa Caldovic gehörte ... Klingelt bei dir etwas?»

«Derselbe Centa, der 1997 von Mitgliedern eines anderen Clans getötet wurde?»

«Exakt! Er saß in Belgrad zusammen mit seiner deutlich jüngeren Begleiterin in einem Auto, als zwei Unbekannte auftauchten und die beiden mit ein paar Maschinengewehrsalven umbrachten. Diese Begleiterin war übrigens Trauzeugin bei Arkans Hochzeit.»

«Du spinnst ... du meinst nicht den Arkan, der diese paramilitärische Truppe angeführt hat?»

«Genau den! Arkan, der Gründer und Anführer von ‹Arkans Tigern›.»

«Also geht es um Stevo?»

«Genau. Stevo, ‹der alte Stefan›. Es war schnell klar, dass er etwas mit dem Raub der Bilder zu tun hatte. Wir haben verdeckte Ermittler eingesetzt, und es gab Versuche, die Bilder wiederzubeschaffen. Als unser Mann mit einer Million Mark im Koffer nach Marbella reiste, um sie dort einem Unterhändler von Stevo zu übergeben, wurde die Forderung plötzlich auf zweieinhalb Millionen erhöht. Die Sache wurde abgeblasen und Stevo am selben Abend vor seiner Frankfurter Stammkneipe verhaftet. Du kennst den Laden vielleicht; er heißt *Zur blauen Lagune* und ist in der Franziusstraße im Osthafen.»

Marthaler nickte. Inzwischen hatte er Feuer gefangen. Er machte eine Handbewegung, um Sabato zu zeigen, dass er fortfahren solle.

«Es kam zum Ermittlungsverfahren, aber Stevo hatte einen gewitzten Anwalt, einen distinguierten, kunstsinnigen Advokaten aus guter Familie, dem zugleich beste Verbindungen ins Jugo-Milieu nachgesagt wurden. Der Anwalt boxte Stevo raus, das Ermittlungsverfahren wurde eingestellt, und die Frankfurter Staatsanwälte legten den Fall zu den Akten.»

«Ende der Geschichte?»

«Zunächst mal ja. Inzwischen hatte die Tate Gallery von der Versicherung vierundzwanzig Millionen Pfund für die beiden Turner erhalten, damit waren die Eigentumsrechte an die Versicherung übergegangen. Aber nun passiert Folgendes: Sir Nicholas Serota, seines Zeichens Direktor der Tate, will seine beiden Schätzchen nicht verlorengeben. 1998 vereinbart er mit der Versicherung einen Rückkauf der Eigentumsrechte für acht Millionen Pfund.»

«Aber wozu? Die Sache war ausermittelt. Es gab eigentlich keine Chance mehr, wieder in den Besitz der Bilder zu kommen.»

«Das dachte sich die Versicherung auch. Lieber nahm man also die acht Millionen, als am Ende die volle Versicherungssumme abschreiben zu müssen.»

Marthaler hob sein Rotweinglas, schwenkte es und nahm einen Schluck. «Andererseits: Sollten die Bilder doch wieder auftauchen, hätte das Museum einen Gewinn von sechzehn Millionen Pfund gemacht.»

«Das war es, worauf Sir Nicholas Serota setzte. Er schmiedete einen Plan und sprach ihn mit dem High Court und Scotland Yard ab. Man setzte einen langjährigen Undercover-Agenten auf den Fall an: Detective Sergeant Jurek Rokoszynski, genannt Rocky. Der Mann reiste nach Deutschland und machte sich kundig. Er stellte ziemlich schnell fest, dass es nur einen Hebel gab, erneut Kontakt zu den Räubern aufzunehmen.»

«Du meinst: den Anwalt», sagte Marthaler.

«Wen sonst! Unser Anwalt ist an der Sache interessiert. Er erklärt sich bereit, den Rückkauf der Gemälde in die Wege zu leiten. Er vereinbart – natürlich rein informell – mit der Frankfurter Staatsanwaltschaft einen Deal. Um seine feinen Mandanten zu schützen und selbst nicht als Hehler belangt werden zu können, fordert er umfassendes Zeugnisverweigerungsrecht und keine Ermittlungen von Seiten der deutschen Behörden, während die Operation läuft.»

«Und darauf haben sich unsere Leute eingelassen?»

«Offenbar ja. Sie haben das zwar später bestritten, aber daran gehalten haben sie sich trotzdem.»

«Weiter!», sagte Marthaler. «Wie ging die Sache nun weiter?»

«Tatsächlich scheinen Stevo und seine Leute dem Anwalt zu vertrauen. Es wird eine Summe von fünf Millionen Mark für jeden der beiden Turner verlangt, allerdings soll zunächst nur eines der Bilder übergeben werden. Die Tate lässt sich darauf ein, und im Juli 2000 geht die Sache endlich über die Bühne. Auf einer Parkbank in Bad Homburg wird das Geld unter den Augen von Scotland Yard übergeben. Und weit und breit ist kein einziger deutscher Polizist zu sehen.»

«Unfassbar! Wir wussten Bescheid und haben die Sache einfach so laufen lassen?»

«Stopp!», sagte Sabato. «Ganz so war es nicht. Die Staatsanwaltschaft wusste Bescheid, nicht aber die Kripo. Auch das gehörte offenbar zum Deal, den der Anwalt mit den Frankfurter Juristen ausgekungelt hatte: Wir durften nicht einmal informiert werden. Wir hatten keine Ahnung, dass sechs Jahre nach dem Raub die Sache noch immer köchelte.»

Marthaler war aufgestanden. Er schaute aus dem Fenster und schüttelte ungläubig den Kopf. «Und du meinst, das stimmt alles so? Du meinst, unsere eigenen Staatsanwälte haben uns einfach kaltgestellt?»

Sabato zuckte mit den Schultern. «Bestätigen wird uns das niemand. Aber genauso scheint es gelaufen zu sein.»

«Und was wurde aus den anderen beiden Gemälden?»

«Erst mal gar nichts. Sie blieben verschwunden. Die britischen Behörden hatten wohl inzwischen Angst vor politischen Verwicklungen. Es gab ein paar Reporter, die auf eigene Faust recherchierten. Und juristisch war die Sache in England wie in Deutschland sowieso eine äußerst zweifelhafte Angelegenheit. Also sagte man den zweiten Kuhhandel ab. Zwar hat Sergeant Rocky gemeinsam mit einem Privatermittler im Auftrag der Tate noch eine Zeitlang versucht, auch den anderen Turner zurück auf die Insel zu holen, aber die beiden kamen nicht weiter und gaben schließlich auf.»

«Endgültiges Ende der Geschichte?», fragte Marthaler.

«No, Compañero!», erwiderte Sabato. «Zwei Jahre lang passiert gar nichts. Plötzlich, im Herbst 2002, erhält unser Anwalt Besuch von zwei windigen Figuren: dem Betreiber einer Autowerkstatt in der Waldschmidtstraße und einem Autoverkäufer aus Erlensee. Die beiden erzählen, dass Stevo ihnen den zweiten Turner und den Caspar David Friedrich zur Aufbewahrung überlassen habe. Jetzt seien sie beauftragt, auch diese Bilder anzubieten. Ob das so war oder ob die beiden auf eigene Rechnung gearbeitet haben, ist niemals geklärt worden. Aber unser Anwalt benachrichtigt aufs Neue die Tate Gallery, und auch dieses Geschäft geht über die Bühne. Der Anwalt bekommt den zweiten Turner und übergibt den Hehlern in einer Pension in Erlensee zwei Millionen Euro. Die beiden teilen sich das Geld und zischen umgehend und unbehelligt ab nach Kuba.»

«Bleibt noch der Caspar David Friedrich! Wie heißt das Bild übrigens?»

«*Nebelschwaden.* Ein kleines Gemälde, ungefähr so groß wie ein DIN-A3-Blatt. Da die Sache nun zweimal geklappt hat, wird auch die Kunsthalle wach. Jetzt hätten die Hamburger ihr Bild ebenfalls gerne zurück. Erneut kommt es zum

Kontakt zwischen den Hehlern und dem Anwalt. Aber inzwischen stehen die beiden offensichtlich unter Druck. Sie reisen aus Kuba an und wollen das Gemälde so schnell wie möglich loswerden, um wieder verschwinden zu können. Ob sie vor den Jugos oder vor den deutschen Behörden mehr Angst haben, bleibt unklar. Jedenfalls sinkt der Preis. Ganze 250000 Euro erhalten sie nun von dem Anwalt, der das Geld zunächst vorstreckt. Die Ganoven tauchen unter; der Anwalt versteckt die *Nebelschwaden* in seinem Klavier und wartet auf die Zahlung des Hamburger Museums. Dort aber ziert man sich. Man habe das Geld nun doch nicht, außerdem sei das ganze Geschäft illegal, man verlange eine kostenfreie Rückgabe. Man beantragt, die Räume des Anwalts zu durchsuchen. Die Frankfurter Staatsanwaltschaft lehnt das Ansinnen ab.»

«Das ist immerhin bemerkenswert», sagte Marthaler.

«Allerdings!», bestätigte Sabato. «Trotzdem gibt der Anwalt schließlich entnervt auf. Er klemmt sich das Bild unter den Arm, fährt mit einem Kollegen zur Schirn – du erinnerst dich, dort waren die drei Gemälde neun Jahre zuvor gestohlen worden –, ruft von seinem Handy aus den Verwaltungsdirektor an und übergibt dem verdutzten Mann die *Nebelschwaden*.»

«Ohne Gegenleistung?»

«Ohne Gegenleistung!»

Marthaler sah Sabato erwartungsvoll an. «Und? Was weiter?»

«Nichts weiter! Endgültiges Ende der Geschichte!»

«Der Anwalt hat also 250000 Euro verloren. Das Londoner Museum hat einen guten Schnitt gemacht, die Versicherung ist um einen großen Millionenbetrag erleichtert worden. Und von den Tätern fehlt jede Spur.»

«So ungefähr. Soviel ich weiß, klagt der Anwalt inzwischen gegen die Kunsthalle. Ich fürchte allerdings, dass ihm die beiden Hehler keine Quittung gegeben haben. Dennoch ist er sicher nicht leer ausgegangen: Von den Engländern dürfte ein saftiges Sümmchen als Vermittlungsgebühr geflossen sein.»

«Aber an uns ist das alles vorbeigegangen.»

«Si, Compañero!», sagte Sabato, trank sein Glas aus und wischte sich über die Lippen. «Und zwar komplett. Oder sagen wir: die zweite Hälfte der Geschichte.»

Marthaler nickte. Er öffnete die Terrassentür und trat ins Freie. Zum ersten Mal seit Stunden schaute er auf die Uhr. Inzwischen dämmerte es bereits. Im Westen sah man den Großen Feldberg mit seinem Aussichtsturm im Abendlicht liegen.

Er nahm sein Handy und wählte die Nummer der Klinik. Der Pfleger, mit dem er sprach, hatte gerade seinen Dienst angetreten. Es war niemand zu erreichen, der Marthaler Auskunft geben konnte.

Sabato schaute ihn fragend an. Marthaler schüttelte den Kopf. «Noch nichts Neues! Ich soll es später noch einmal versuchen … Lass uns weitermachen. Das heißt, die Hintermänner sind nie gefasst worden?»

«So ist es», brummte Sabato.

«Und du meinst, die beiden Fälle haben miteinander zu tun? Diese alte Geschichte und der Überfall heute Morgen im Stadtwald? Du denkst, dass auch diesmal wieder die Jugo-Mafia im Spiel sein könnte?»

«Das weiß ich nicht», sagte Sabato. «Ich weiß nicht einmal, ob es diese Gruppierung noch gibt. Ich wollte dir nur einen kleinen Crashkurs in Sachen Kunstraub geben. Dir klarmachen, dass es sich lohnt, wenn man Bescheid weiß. Dass es sich lohnt, dranzubleiben. Sogar über viele Jahre. Nimm dir ein Beispiel an Sir Nicholas Serota. Als alle längst aufgegeben hatten, hat er weiter daran geglaubt, seine Bilder zurückzubekommen.»

Marthaler nickte. «Was ich mich nur frage: Was war das Motiv der Jugos? Sie haben die Bilder stehlen lassen, drei Leute sind dafür ins Gefängnis gekommen, aber die Auftraggeber haben die Bilder einfach irgendwo abgestellt und gewartet.»

«Ja», sagte Sabato, «man könnte auf Gedanken kommen.»

FÜNF Um kurz nach halb sechs wachte Marthaler auf. Er merkte, dass er nicht wieder würde einschlafen können. Sofort waren seine Gedanken bei Tereza. Er hatte gestern noch ein weiteres Mal in der Klinik angerufen, aber wieder hatte man ihn vertröstet. «Kommen Sie morgen früh», hatte die Stationsschwester gesagt, «dann wissen wir sicher schon mehr.»

Er hatte mit Elena und Carlos den Abend im Freien verbracht. Sie hatten im Garten gesessen und Wein getrunken. Die beiden hatten versucht, ihn zu trösten und abzulenken, aber ihre Sorge war kaum kleiner als seine eigene. Es gab kein Thema, das ihn nicht an Tereza erinnerte. Plötzlich war alles ins Wanken geraten. Jeder Gedanke an morgen oder übermorgen war ihm unmöglich. Er konnte keine Pläne machen. Er konnte nur noch von Minute zu Minute leben.

Marthaler stand auf und ging ins Badezimmer. Er putzte sich die Zähne, dann stellte er sich lange unter die Dusche. Vor dem Spiegel bemerkte er, dass sich auf der Haut seiner Schultern und am Hals ein Ausschlag gebildet hatte. Er beugte sich vor, betrachtete die punktartigen Rötungen und beschloss, sie zu ignorieren.

Als er nach oben kam, stand Elena im Bademantel in der Küche und kochte Kaffee.

Sie sah ihn an. «Hast du geschlafen?»

«Ein wenig», sagte er.

«Magst du einen Toast?»

«Danke, nein!»

«Auch nicht mit sehr bitterer Orangenmarmelade? Eine Tante aus Sevilla hat sie selbst gemacht.»

Er schüttelte den Kopf.

Sie saßen zusammen am Küchentisch, ohne zu reden. Als er seinen Kaffee ausgetrunken hatte, bestellte er sich ein Taxi.

«Was hast du vor?», fragte Elena.

«Ich muss kurz nach Hause, um Terezas Versichertenkarte zu holen; dann fahre ich in die Klinik.»

«Grüßt du sie von uns, wenn ...»

«Wenn das schon geht, meinst du?»

Elena nickte.

«Natürlich.»

«Kommst du heute Abend?»

«Dürfte ich denn?»

«Du musst selbst entscheiden, aber wir würden uns freuen.»

Elena öffnete eine Schublade. Sie nahm einen Schlüssel heraus und gab ihn Marthaler. «Hier», sagte sie. «Jetzt kannst du kommen und gehen, wann immer du magst. Sei da oder nicht da. Niemand wird dich ausquetschen. Du bist immer willkommen. Doch wenn du nicht kommst, aber etwas aus der Klinik hörst, sag uns kurz Bescheid.»

Marthaler versprach es. Zum Abschied umarmte er Elena. «Grüß Carlos!»

Elena lächelte. «Der schnarcht wie ein Bär. Obwohl ich nicht einmal weiß, ob Bären wirklich schnarchen.»

«Wenn sie viel Wein getrunken haben, dann sicher», sagte Marthaler.

Der Bürgersteig war leer. Vor seinem Haus war niemand zu sehen.

Marthaler hatte sich in die Textorstraße bringen lassen, wo er seinen Wagen vorgestern Abend in der Nähe der *Germania* abgestellt hatte. Schon im Taxi hatte er sich immer wieder umgeschaut. Und auch als er mit seinem eigenen Wagen in den Großen Hasenpfad gefahren war, hatte er jedes andere Fahrzeug misstrauisch beobachtet.

Niemand war ihm gefolgt. Niemand wartete auf ihn. Entweder hatten die Journalisten aufgegeben, oder es war ihnen noch zu früh.

In der Wohnung schaltete er als Erstes den Videotext ein und brauchte nicht lange zu suchen. Die Nachricht stand an oberster Stelle und umfasste mehrere Seiten: «Im Zusammenhang mit dem brutalen Kunstraub im Stadtwald bei Schwanheim sind im Laufe des gestrigen Tages bei den Polizeibehörden zahlreiche Hinweise aus der Bevölkerung eingegangen. Eine heiße Spur scheint es allerdings bislang nicht zu geben. Die beiden Motorradfahrer, die verdächtigt werden, den Überfall ausgeführt zu haben, sind offensichtlich von mehreren Zeugen zur fraglichen Zeit in der Nähe des Tatortes gesehen worden. Zu einer Identifizierung der beiden Männer sei es noch nicht gekommen, betonte ein Polizeisprecher. Die Nummernschilder, die von der Überwachungskamera einer Tankstelle aufgenommen worden seien, hätten sich als gestohlen erwiesen. Allen Hinweisen werde nachgegangen, man zähle weiterhin auf die Mithilfe der Bevölkerung. Etwaige Zeugen könnten sich unter den bekannten Nummern des Präsidiums oder bei jedem Polizeirevier melden. Sämtliche Hinweise würden vertraulich behandelt.»

Marthaler schaltete den Fernseher wieder aus.

Im Schlafzimmer kramte er in Terezas Nachttischschublade, nahm ihre Versichertenkarte und steckte sie ein.

Als das Telefon läutete, schreckte er auf. Er schaute auf die Uhr. Es war kurz vor sieben. Er stürzte an den Apparat und nahm den Hörer von der Station: «Marthaler! – Gibt es etwas Neues?»

Am anderen Ende herrschte Schweigen.

«Spreche ich mit der Klinik?», fragte er.

«Nein! Hören Sie, Marthaler …»

«Mit wem spreche ich?»

«Ich sage es Ihnen, wenn Sie mir versprechen, nicht sofort aufzulegen.»

«Wer ist da, verdammt nochmal?»

«Grüter!»

Marthaler überlegte. Obwohl ihm der Name bekannt vorkam, konnte er ihn nicht sofort zuordnen.

«Was für ein Grüter? Wer sind Sie? Was wollen Sie von mir?»

«Arne Grüter, *City-Express*.»

Marthaler war so perplex, dass er für ein paar Sekunden nicht wusste, was er sagen sollte.

Arne Grüter war Chefreporter des größten Frankfurter Boulevard-Blattes. Marthaler war bereits mehrfach mit ihm aneinandergeraten. Es gab kaum einen Menschen, den er mehr verachtete. Es gab kaum jemanden, den er für verkommener hielt. Für eine aufsehenerregende Schlagzeile war Grüter bereit, alle Grundsätze des Anstands über Bord zu werfen. Für ein indiskretes Foto beging er jede Niedertracht. Die Wahrheit war ihm nur dann nicht egal, wenn sie Auflage brachte. Im Normalfall tat es die Lüge genauso gut. Und meistens besser.

«Marthaler, hören Sie, ich muss mit Ihnen sprechen. Es ist wichtig.»

Sofort begann Marthaler zu brüllen: «Was fällt Ihnen ein, Sie Idiot! Wagen Sie es nicht, noch einmal hier anzurufen, sonst werde ich Sie vor Gericht zerren. Haben Sie das verstanden?»

Wütend beendete er das Gespräch.

Als er in der Diele stand, läutete das Telefon abermals. Marthaler nahm nicht ab. Er steckte seine Schlüssel ein und zog die Tür hinter sich ins Schloss.

Die Schwester empfing ihn am Eingang zur Station. Es war dieselbe, mit der er gestern gesprochen hatte. Er schaute auf ihr Schild und las ihren Namen. Sie hieß Gerlinde Leutheuser.

«Sind Sie immer noch hier oder schon wieder?», fragte er.

Sie lächelte. «Schon wieder. Ich habe ein paar Stunden geschlafen. Es ist Urlaubszeit, und wir haben zu wenig Personal. Wir arbeiten alle mehr als sonst. Trotzdem müssen wir darauf achten, dass wir halbwegs ausgeruht sind.»

«Ich wollte Sie nicht kritisieren», sagte Marthaler.

«Ich habe es auch nicht so verstanden. Aber wir werden uns sicher noch häufiger sehen, deshalb möchte ich, dass Sie etwas wissen über unsere Arbeit.»

Marthaler nickte. «Wie geht es ihr?»

«Kommen Sie, ich bringe Sie in unser Angehörigenzimmer. Dr. Schaper wird gleich zu Ihnen kommen. Er ist unser Oberarzt und derjenige, der Ihre Fragen am besten beantworten kann.»

Sie führte ihn in einen kleinen schmucklosen Raum, in dem ein Tisch und vier Stühle standen. An der blassgrün gestrichenen Wand hingen eine Uhr und der Werbekalender eines großen Pharmaunternehmens. Im Papierkorb, der neben der Tür stand, steckte ein großer, verwelkter Blumenstrauß.

«Soll ich Ihnen etwas zu lesen bringen?», fragte Schwester Gerlinde.

«Nein», antwortete Marthaler und setzte sich auf einen

der Stühle. «Ich fürchte, ich kann mich sowieso nicht konzentrieren.»

«Was ist mit Ihnen? Warum kratzen Sie sich dauernd am Schlüsselbein?»

«Nichts, ich habe einen Ausschlag.»

«Darf ich bitte mal sehen!»

Marthaler zögerte. Es war ihm unangenehm, sein Hemd vor der fremden Frau aufzuknöpfen. Schließlich tat er, worum sie ihn gebeten hatte.

Die Schwester beugte sich kurz über ihn. Dann sah sie ihm mit strenger Miene in die Augen. «Nein, Herr Marthaler, das ist kein einfacher Ausschlag, das sind die Windpocken.»

«Und ... was heißt das?»

«Ich kann Ihnen eine Salbe mitgeben gegen den Juckreiz. Viel mehr kann man nicht dagegen tun. Aber Sie sollten einen Arzt aufsuchen. Es kann sein, dass Sie hohes Fieber bekommen. Vor allem aber heißt es, dass Sie auf keinen Fall Kontakt zu unserer Patientin haben dürfen.»

«Ich darf Tereza nicht sehen?»

«Vollkommen ausgeschlossen! Sie ist schwanger, und die Krankheit ist hochinfektiös.»

«Aber ich ...»

«Kein Aber, mein Herr! Ich hole jetzt Dr. Schaper.»

Marthaler sah der Schwester nach, die sich auf den leise quietschenden Sohlen ihrer Gesundheitsschuhe entfernte.

Der Oberarzt trug unter seinem weißen Kittel eine Jeans und Sportschuhe. Marthaler schätzte den Mann auf Mitte dreißig. Er sah sportlich aus und begrüßte Marthaler mit einem festen Händedruck. Seine Handflächen waren trocken.

«Behalten Sie Platz, Herr ...?»

«Marthaler.»

Er versuchte im Gesicht des Arztes zu lesen.

«Mein Name ist Andreas Schaper. Ich bin einer der Ärzte, die Frau Prohaska betreuen. Sie sind nicht mit ihr verheiratet?»

«Nein, aber wir sind ein Paar. Sie können mir Auskunft geben, wir …»

«Deshalb frage ich nicht. Ich wollte nur wissen, ob ich unsere Patientin als Ihre Frau oder als Ihre Partnerin bezeichnen soll.»

«Nennen Sie sie meine Frau!»

«Wie Sie wollen.»

«Wie geht es Tereza?»

Der Arzt hob die Brauen. Er sah Marthaler prüfend an, als wolle er herausfinden, was man ihm zumuten durfte.

«Sie hat einen Lungendurchschuss, der auf der rechten Seite zu einem Pneumothorax geführt hat. Das heißt, dieser Lungenflügel steht für die Atmung nicht mehr zur Verfügung. Außerdem hat sie sehr viel Blut verloren, das zum Teil in die Lunge gelaufen ist. Wir haben eine Drainage und eine Transfusion durchführen müssen.»

Marthaler sah den Arzt verständnislos an. Sowenig er von Medizin verstand, er begriff doch, wie bedrohlich Terezas Zustand war.

«Es geht ihr nicht gut, Herr Marthaler.»

«Aber sie wird nicht sterben, oder? Sie wird wieder gesund?»

Dr. Schaper zögerte. Im selben Moment fragte sich Marthaler, wie oft der Mann wohl in diese Situation kam, dass verzweifelte Angehörige vor ihm saßen, ihn flehentlich ansahen und nur eines hofften: dass er eine positive Prognose gab.

«Wir wissen es nicht. Dafür ist es noch zu früh. Trotzdem hat sie Glück gehabt. Sie ist schnell versorgt worden. Aber ihre Schwangerschaft macht es nicht leichter. Um sie zu entlasten, wird sie vorerst unter Narkose bleiben. Aber wir müssen bei der Medikamentierung und bei allem, was wir sonst tun, sehr vorsichtig sein.»

«Und das Baby?»

Dr. Schaper presste die Lippen zusammen. «Auch dazu kann ich Ihnen noch nichts sagen.»

«Und wann können Sie etwas sagen?»

«Es kann zu der Situation kommen, dass wir abwägen müssen.»

«Was heißt das: Sie müssen abwägen?»

«Es könnte passieren, dass wir zwar das Leben Ihrer … Ihrer Frau retten können, aber nicht das des Fötus.»

Marthaler fühlte sich wie betäubt. Er schloss die Augen und massierte mit allen zehn Fingerspitzen seine Stirn.

«Würde es etwas nützen, wenn ich versuche, mir Geld zu leihen, wenn sie in eine andere Klinik verlegt würde? Vielleicht gibt es irgendwo Spezialisten oder Geräte, die es hier nicht gibt.»

Der Arzt lächelte. «Nein», sagte er. «Wir sind bestens ausgestattet. Alles ist auf dem neuesten Stand. Vertrauen Sie uns, bitte. Wir sind gut ausgebildet und haben Erfahrung. Wir tun alles, was getan werden kann. Jeder Transport würde sie unnötig gefährden.»

«Aber wann wissen Sie etwas? Wann kann ich mehr erfahren?»

«Sie dürfen jederzeit kommen. Wir werden uns immer bemühen, Ihre Fragen zu beantworten.»

«Aber eigentlich würde ich nur im Weg herumstehen und die Leute hier von ihrer Arbeit abhalten?»

«So sehen wir das nicht.»

«Aber es ist so.»

«Wir haben viel zu tun. Wenn es Ihnen ausreichen würde, gelegentlich anzurufen, wäre das hilfreich für uns.»

«Danke», sagte Marthaler. «Danke, dass Sie so offen sind.

Gehen Sie wieder an Ihre Arbeit. Und nehmen Sie sich Zeit für Tereza.»

«Da dürfen Sie sicher sein.»

Marthaler war aufgestanden und hatte die Tür geöffnet. Noch einmal gab ihm der Arzt die Hand, drei Sekunden später war sein weißer Kittel bereits hinter einer anderen Tür verschwunden.

Die Stationsschwester rief Marthalers Namen. «Darf ich Sie noch einmal an Frau Prohaskas Versichertenkarte erinnern?»

«Entschuldigung, ja», sagte er. «Ich habe sie dabei.»

Gerlinde Leutheuser stellte eine Plastiktüte auf den Tresen.

«Was ist das?»

«Ihr Schmuck und ihre Kleidung. Wir haben ihr die Sachen ausgezogen. Ich dachte, sie wollen sie vielleicht mitnehmen. Die Salbe gegen den Juckreiz habe ich ebenfalls reingepackt.»

Marthaler stand vor der Stationsschwester und sah sie an. «Ich wünschte, ich könnte ihr helfen. Ich wünschte, ich könnte irgendetwas tun», sagte er.

«Denken Sie an sie!», sagte Gerlinde Leutheuser. «Denken Sie einfach oft an Ihre Frau!»

Marthaler ging über den Parkplatz zu seinem Wagen. Er schwitzte. In der Klinik war es angenehm kühl gewesen, aber hier reflektierte der Asphalt die Hitze der Mittagssonne. Es war fast windstill, die Luft war feucht. Für den Abend wurden Gewitter erwartet, aber die hatte der Wetterdienst auch schon für die letzten Tage angekündigt, ohne dass der Fall eingetreten war.

Marthalers Mobiltelefon läutete, als er gerade seine Jacke ausziehen wollte.

Er schaute auf das Display, aber es wurde keine Nummer angezeigt. Trotzdem nahm er das Gespräch an.

«Legen Sie jetzt nicht wieder auf, Marthaler. Es geht um die Sache im Wald; ich habe Informationen für Sie!»

Es war Grüter.

«Woher haben Sie meine Handynummer?» Marthaler sprach langsam und leise. Seine Stimme klang bedrohlich.

«Nein, hören Sie, das ist nicht die Frage. Es ist egal, woher ich Ihre Nummer habe. Wir müssen uns treffen. Es ist in Ihrem ...»

«Grüter, ich will wissen, wer Ihnen meine Handynummer gegeben hat!»

«Ich bin Journalist, Marthaler. Ihr Polizisten müsst nicht glauben, dass ihr die Einzigen seid, die in der Lage sind, Ermittlungen anzustellen.»

Grüter hatte recht. Es gehörte zum täglichen Handwerkszeug eines Reporters, eine geheime Telefonnummer herauszubekommen. Pech für Marthaler, dass es diesmal seine war.

«Ich habe Ihre Nummer schon lange», sagte Grüter. «Da ich bisher noch keinen Gebrauch von ihr gemacht habe, können Sie mir vielleicht diesmal vertrauen. Was ich Ihnen zu sagen habe, ist wichtig.»

Marthaler lachte. «Ihnen vertrauen? Sie machen wirklich Witze. Sie sind eine Ratte, Grüter. Sie haben mich schon einmal reingelegt, warum sollte ich Ihnen vertrauen? Und nichts, was Sie mir zu sagen haben, kann wichtig sein, da ich grundsätzlich davon ausgehe, dass Sie lügen, sobald Sie den Mund aufmachen. Und damit ist dieses Gespräch beendet.»

«Tereza», stieß Grüter hervor, als sei dies das Zauberwort, das Marthaler zwingen würde, ihm weiter zuzuhören. «Es geht um Tereza. Sie wollen, dass die Leute gefunden werden, die ihr das angetan haben, oder?»

«Grüter, Sie sagen mir jetzt augenblicklich, was Sie zu

sagen haben, sonst werde ich Sie wegen Unterschlagung von Beweismitteln drankriegen.»

«Werden Sie nicht, Herr Hauptkommissar. Diesmal läuft es nach meinen Bedingungen.»

«Wo sind Sie?»

«In der Redaktion.»

«Bleiben Sie dort. Ich werde zwei Leute vorbeischicken, die Sie abholen und aufs Präsidium bringen. Und dort werden wir Sie so lange in die Mangel nehmen, bis Sie auspacken.»

Grüter lachte. Mehrmals hörte Marthaler das Klicken eines Feuerzeugs. Grüter inhalierte den Rauch seiner eben angezündeten Zigarette und begann zu husten. «So dumm können Sie nicht sein, Marthaler. Sie sind raus aus dem Fall, stimmt's?»

Marthaler antwortete nicht.

«Man hat Ihnen gesagt, dass Sie mit den Ermittlungen im Stadtwald nichts zu tun haben, damit nichts zu tun haben dürfen. Liege ich richtig?»

Marthaler schwieg noch immer. Leider schien Grüter die richtigen Schlüsse gezogen zu haben.

«Gut, wenn Sie nicht reden wollen, erzähle ich die Geschichte eben alleine weiter», sagte Grüter. «Sie sollen sich fernhalten von dem Fall, und das stinkt Ihnen mächtig. So, wie Sie gestrickt sind, glauben Sie nämlich, dass ohne Sie der Laden nicht läuft, jedenfalls nicht so gut wie *mit* Ihnen. Also würden Sie am liebsten auf eigene Faust ermitteln. Aber Sie wissen nicht, wie. Sie haben keinen Ansatzpunkt. Die Kollegen lassen Sie momentan am ausgestreckten Arm verhungern. Und das ist Ihr Problem. Deshalb werden Sie den Teufel tun und mich aufs Präsidium schleppen lassen. Machen Sie mir nichts vor, Marthaler! Ich wette, Sie sind bereit, nach jedem Strohhalm zu greifen.»

Treffer, dachte Marthaler. Mit jeder seiner Vermutungen hatte Grüter recht.

«Wenn Sie mich verhaften lassen, haben Sie keinen Zugriff auf die Informationen, die ich Ihnen geben könnte. Denn es gibt *einen* Beamten, den man keinesfalls bei meiner Vernehmung dabei sein lassen würde. Und dieser eine sind Sie, Herr Hauptkommissar.»

«Also», sagte Marthaler, «spucken Sie es aus! Sagen Sie, was Sie mir zu sagen haben.»

Diesmal hatte Grüter einen stärkeren Hustenanfall. Als er endlich antwortete, war er kaum zu verstehen. «Nein», krächzte er, «nicht am Telefon.»

«Sondern?»

«Kennen Sie das Café auf dem Liebfrauenberg?»

«Natürlich.»

«Können Sie um siebzehn Uhr dreißig dort sein?»

«Ja.»

«Tun Sie genau, was ich Ihnen sage. Stellen Sie Ihren Wagen ins Parkhaus an der Hauptwache. Gehen Sie zu Fuß auf den Liebfrauenberg. Trinken Sie einen Kaffee oder was immer Sie mögen und warten Sie! Haben Sie das verstanden?»

«Grüter, ich bin nicht blöd.»

«Sprechen Sie mit niemandem darüber! Verstanden?»

«Verstanden!»

«Halten Sie Ihr Handy startklar! Ich werde Sie um Punkt siebzehn Uhr dreißig anrufen und Ihnen weitere Anweisungen geben.»

«Heißt das, Sie werden nicht im Café sein? So läuft das nicht, Grüter! Ich lasse mich von Ihnen nicht durch die Gegend jagen.»

Marthaler wartete auf eine Antwort, aber der Reporter reagierte nicht mehr. Arne Grüter hatte aufgelegt.

SECHS «Sind Sie da?», fragte Grüter.

«Allerdings bin ich da. Ich warte! Es ist Viertel vor sechs. Ich trinke bereits meine zweite Cola. Was soll das? Macht es Ihnen Spaß, mich nach Ihrer Pfeife tanzen zu lassen?»

Marthaler hörte ein heiseres Lachen. «Zugegeben», sagte Grüter, «es macht mir Spaß. Aber das ist nicht der Grund für meine Verspätung. Ich musste noch kurz mit meinem Verleger über ein kleines Budget verhandeln. Egal! Zahlen Sie jetzt Ihre Cola!»

«Schon passiert», sagte Marthaler.

«Gut, lassen Sie Ihr Handy eingeschaltet. Gehen Sie zum Westeingang der Kleinmarkthalle und achten Sie darauf, dass Ihnen niemand folgt.»

«Sie spinnen, Grüter. Wir sind nicht im Kino. Wer soll mir folgen? Es weiß niemand, dass ich hier bin.»

«Und das soll auch so bleiben. Ich glaube, es wäre im Moment weder für Sie noch für mich gut, wenn wir zusammen gesehen würden. Also tun Sie, was ich Ihnen sage.»

Marthaler stand auf. Er schaute sich um. Es war niemand zu sehen, der Notiz von ihm nahm.

«Okay», sagte er eine Minute später. «Wie weiter?»

«Ist die Luft rein?»

«Ja.»

«Gehen Sie zügig durch die Kleinmarkthalle.»

«Sie sind gut ... zügig. Hier ist Feierabendbetrieb.» Marthaler drängte sich durch die gut gekleidete Kundschaft, die hier zwischen den Ständen entlangschlenderte und scheinbar endlos viel Zeit hatte. Er wunderte sich zum wiederholten Mal, wie viele junge Leute es sich offensichtlich leisten konnten, die hohen Preise der Gemüse- und Feinkosthändler zu zahlen, die hier ihre Waren anboten. Er kam an der Treppe vorbei, die zu dem Fischhändler im Keller führte, dann hatte er den östlichen Ausgang erreicht.

«Weiter, Grüter! Ich bin da. Ich bin wieder draußen.»

«Gut.»

«Was soll ich tun?»

«Nichts! Bleiben Sie einfach einen Moment stehen. Schauen Sie sich die Auslagen der Buchhandlung an, oder wenn Ihnen das lieber ist, bewundern Sie das Schaufenster des Fahrradgeschäftes.»

«Wo sind Sie? Können Sie mich sehen? Sind Sie in der Nähe?»

«Gleich, Marthaler. Ich will mich nur vergewissern, dass Sie keinen Anhang mitgebracht haben … Auf der anderen Straßenseite steht ein dunkelroter BMW mit getönten Scheiben. Sehen Sie den?»

«Sind Sie das? Sie dürfen da nicht stehen.»

Grüter kicherte. «Das weiß ich. Wollen Sie mir einen Strafzettel verpassen? Kommen Sie jetzt zügig rüber!»

Marthaler beendete das Gespräch. Er überquerte die Straße, warf noch einmal einen Blick auf die Passanten, dann öffnete er die Wagentür und stieg ein.

Grüter war einen halben Kopf kleiner als Marthaler. Mit seiner gedrungenen Gestalt wirkte er wie ein Kirmesboxer. Er hatte eine Sonnenbrille auf und schaute Marthaler nicht an. Nachdem er seine Zigarette ausgedrückt hatte, steckte er sich sofort eine neue an.

«Verdammt, Grüter, wie halten Sie es hier drin nur aus? Machen Sie wenigstens die Fenster auf, wenn Sie schon zweihändig qualmen.»

Grüter startete den Wagen und wendete. Fast hätte er eine Fußgängerin angefahren. Die Frau blieb mit offenem Mund stehen, ohne etwas zu sagen. Ein Mann, der die Szene beobachtet hatte, kam auf den BMW zu und zeigte Grüter einen Vogel.

«Kennen Sie Mirko?», fragte der Reporter, als sie sich auf der Berliner Straße in den Feierabendverkehr einreihten.

«Wo fahren wir hin?», fragte Marthaler.

«Zu Mirko. Kennen Sie ihn?»

«Nein, verdammt, und er interessiert mich auch nicht. Was soll die Nummer? Wenn Sie etwas wissen, sagen Sie es! Wenn nicht, lassen Sie mich aussteigen.»

Grüter schaute weiter auf die Fahrbahn. Während er sprach, wippte die Zigarette in seinem Mundwinkel. «Marthaler, tun Sie mir einen Gefallen. Hören Sie auf, sich zu zieren wie eine Jungfrau vor dem ersten Beischlaf. Geben Sie mir zwei Stunden von Ihrer im Moment sowieso nicht sehr kostbaren Zeit, aber zicken Sie nicht dauernd rum. Wenn Sie nach diesen zwei Stunden das Gefühl haben, dass mein Handel Sie nicht interessiert – okay, dann fahre ich Sie zurück zu Ihrem Wagen. Sie steigen aus, und wir beide vergessen, dass wir miteinander gesprochen haben. Dann haben Sie nichts verloren als diese beiden Stunden, in denen Sie sowieso nicht gewusst hätten, was Sie tun sollen, in denen Sie sich wahrscheinlich nur wieder von Sabato hätten streicheln lassen …»

Grüter warf einen kurzen Seitenblick auf Marthaler. Als er dessen Gesicht sah, grinste er.

«Was wissen Sie über Sabato und mich?»

Kurzes Hüsteln. «Ich weiß, dass Sie befreundet sind. Ich weiß, dass Carlos Sabato sich schützend vor Sie stellt. Ich weiß, dass Sie die letzte Nacht in seinem Haus in Berkersheim verbracht haben. Und bevor Sie mich jetzt fragen, woher ich das weiß, sage ich es Ihnen noch einmal: Ich bin Reporter, kein beliebter, aber eben auch kein schlechter. Es ist mein Job, so etwas zu wissen. Und noch etwas …»

Marthaler warf Grüter einen fragenden Blick zu.

«Was ich Ihnen anzubieten habe, ist noch ziemlich vage. Also spielen Sie nachher nicht gleich wieder den wilden Mann, wenn Sie meine Geschichte hören. Andererseits ist es so vage, dass die Wahrscheinlichkeit, eine tatsächliche Spur zu verfolgen, ziemlich groß ist. Wenn mich meine Nase nicht trügt, haben wir den Anfang eines Fadens, an dem wir ziehen sollten. Und diesmal ziehen wir klugerweise beide am selben Ende.»

«Wer ist Mirko?», fragte Marthaler.

Arne Grüter grunzte zufrieden. Er steuerte den Wagen auf der Friedberger Landstraße in Richtung Norden. «Sagen wir: Mirko ist ein etwas ungewöhnlicher Gastwirt und ein begnadeter Koch. Sie werden es gleich selbst erleben. Er stammt aus der Slowakei, seine Eltern waren Albaner, aber er behauptet, dass er Österreicher ist. Mit seinen Landsleuten hat er offensichtlich keine guten Erfahrungen gemacht. Mirko hat eine reichlich bunte Vergangenheit und würde sicher keine Lizenz bekommen, um eine offizielle Gastwirtschaft zu betreiben. Also hat er einen Club gegründet, den er ‹Club Gourmet› nennt. Es gibt weder einen Eintrag im Handelsregister noch im Telefonbuch. Es kursiert lediglich eine Visitenkarte mit Mirkos Handynummer. Eigentlich darf er nur Gäste bedienen, die Mitglieder seines Clubs sind, allerdings nimmt er es damit nicht allzu genau. Ich vermute, er kann es sich nicht leisten. Man ruft ihn an, fragt, was es heute zu essen gibt, dann darf man vorbeikommen.»

«Wir sind angemeldet?», fragte Marthaler.

«So ist es!»

«Und was gibt es zu essen?»

«Gulasch, Serviettenknödel und Salat», sagte Grüter.

«Ein echtes Sommeressen. So ähnlich habe ich mir das Menü eines Gourmet-Restaurants vorgestellt.»

«Abwarten!»

Hinter der Friedberger Warte war Grüter auf die Homburger Landstraße abgebogen. Links lagen die ehemaligen Gebäude der US-Armee, in denen jetzt das amerikanische Generalkonsulat untergebracht war. Einen knappen Kilometer weiter kamen sie am Gefängnis vorbei. Als sie Alt-Preungesheim hinter sich gelassen hatten, fuhren sie unter der Autobahnbrücke hindurch und erreichten die Siedlung Frankfurter Berg. Hinter den drei großen Supermärkten setzte Grüter den Blinker nach rechts.

Inmitten des unwirtlichen Gewerbegebietes, wo sich eine große Glaserei, ein Möbellager, einige Autozubehörfirmen und zahllose kleinere Handelsbetriebe niedergelassen hatten, parkte Grüter den Wagen am Straßenrand.

«Auch die Gegend, wirklich nobel!», sagte Marthaler.

Mit dem Kopf zeigte der Reporter auf die gegenüberliegende Straßenseite. Man sah nichts außer einem zwei Meter fünfzig hohen Industriezaun, der die Sicht versperrte und hinter dem die Wipfel einiger Bäume hervorragten.

«Hier ist es!»

«Ja», sagte Marthaler, «wenn es noch hübscher wäre, hätte Mirko seinen Laden ‹Club Paradies› nennen müssen.»

In der Mitte des Zaunes befand sich ein zweiflügeliges Tor. Auf einem Schild war die Aufschrift zu lesen. «Nur für Club-Mitglieder. Bitte klingeln.»

Noch bevor Grüter auf den Knopf gedrückt hatte, begann das Tor, sich nach innen zu öffnen.

Marthaler legte seinen Kopf nach hinten. Nun sah er die kleine Videokamera, die auf dem rechten Torpfosten montiert war. Für einen Moment wurde ihm unbehaglich zumute. Unwillkürlich tastete er unter seinem Jackett nach der Dienstwaffe.

«Grüter, ich sage Ihnen, wenn Sie mich hier in irgendeine Scheiße gelockt haben …»

Grüter lachte sein Kohlenkastenlachen. «Marthaler, entspannen Sie sich. Gleich gibt's ein frisch gezapftes tschechisches Bier und lecker Essen. Machen Sie sich locker, Herr Kommissar.»

Als sich die beiden Flügel des Tores ganz geöffnet hatten, konnte Marthaler das Grundstück überblicken. Das Gelände war fast tausend Quadratmeter groß und nahezu leer: Eine zerrupfte Wiese mit ein paar Birken, einer großen Pappel und ein paar wuchernden Holunderbüschen. Links standen in der Nähe des Zauns die Wracks zweier Personenwagen und eines Motorrads. Nicht weit davon eine verrostete Badewanne, aus der ein paar wild wachsende Blumen und Gräser sprossen.

Marthaler wandte seinen Blick nach rechts. Was er dort sah, ließ ihn lächeln. Es war ein Gebilde, das ihn an den kleinen Zirkus erinnerte, der jedes Jahr einmal auf dem Festplatz seiner Heimatstadt gastiert hatte. Den Mittelpunkt bildete ein rundes Zelt mit einem spitzen Dach, über dem eine rotweiße Fahne wehte. Dahinter stand ein großer Bauwagen, dessen Fenster mit Scheibengardinen geschmückt waren. Zwei niedrigere, aber ebenfalls geräumige Zelte, deren Seitenplanen aufgerollt waren, bildeten den L-förmig angeordneten Gastraum. Als sie sich näherten, konnte Marthaler sehen, dass auf den langen Tischen kleine Vasen mit künstlichen Blumen standen. Ein steinerner Löwe und eine Kopie von Michelangelos David bewachten rechts und links den Eingang. Auch an den Spannschnüren der Zelte waren kleine rot-weiße Fähnchen angebracht. Über all dem schwebte eine Lichterkette mit bunten Glühbirnen, die von der Mittelstange des Rundzeltes bis zum Dach des bemalten Toilettenwagens reichte, der etwa zehn Meter entfernt an der Grenze des Grundstücks stand.

«Mirko, alte Socke, wo bist du?», rief Grüter.

Man hörte das Scheppern von Töpfen und das unverständliche Brummen einer Männerstimme. Kurz darauf kam ein winziger weißer Hund aus dem Inneren der Zelte auf sie zugerannt, der sie laut kläffend umkreiste. Eine Katze, die auf dem Deckel einer großen Mülltonne döste, öffnete kurz die Augen, um sie gleich darauf wieder zu schließen.

«Balou, komm zurück. Komm in dein Körbchen.»

«Er nennt den kleinen Köter Balou», meinte Grüter erklären zu müssen. «Witzig, oder?»

«Ja», sagte Marthaler, ohne eine Miene zu verziehen, «sehr!»

Dann erschien Mirko in der Tür des Bauwagens. Er war etwa eins achtzig groß, Marthaler schätzte ihn auf Anfang sechzig. Er trug eine Kochmütze und eine weiße Schürze, hinter der sich sein Bauch wölbte. Mit dem mächtigen Backenbart sah er aus wie das Ebenbild von Franz Joseph, dem österreichisch-ungarischen Kaiser, der als junger Mann seine gerade erst sechzehnjährige Cousine Elisabeth heiratete, die bald als Kaiserin Sissi Berühmtheit erlangen sollte. Und wie sein offensichtliches Vorbild trug auch Mirko eine rote Hose mit zwei goldenen Streifen an den Seitennähten.

«Kommt ihr ja richtich pünktlich, habt ihr hoffentlich Hunger oder was?», sagte Mirko. Seine Frage klang wie ein einziges genuscheltes Wort, und Marthaler hatte sofort den Verdacht, dass er hinter der undeutlichen Aussprache seinen slowakischen Akzent verbergen wollte.

«Müsst ihr nich rumstehn, kommt ihr rein.» Nach jedem Satz zwinkerte er mit dem linken Auge, warf die Stirn in Falten, als könne er auch etwas Falsches gesagt haben, und schüttelte kurz den Kopf. Marthaler ahnte, dass es sich um einen jener Ticks handelte, die sich fast jeder Mensch im Laufe seines Lebens angewöhnte und die nichts mehr zu bedeuten hatten, weil sie an keinen Anlass mehr gebunden waren.

«Trinkt ihr erst ma schön wasn Bierchen, zapft ihr euch selbst.»

Marthaler sah sich nach Grüter um. Der ging zur Zapfanlage, drehte den Hahn auf und ließ das braune Bier in zwei Gläser laufen. Währenddessen verschwand Mirko in seinem Wagen, wo ihn Marthaler durch die offene Tür am Herd hantieren sah.

Tatsächlich hing an der Außenwand des Bauwagens eine große Zeichnung der Kaiserin Sissi, daneben eine gerahmte Autogrammkarte mit dem Foto von Romy Schneider und ihrer Unterschrift. Ein anderes Bild, ebenfalls eine Handzeichnung, zeigte Mirko in vollem Habit, wie er eine Pfanne mit dampfenden Speisen servierte. Darüber die Zeile: «Unserem Kaiser Mirko, die treuen Mitglieder des ‹Club Gourmet›».

Mirko brachte zwei Schälchen mit Salat und forderte Marthaler auf, sich zu setzen. «Habt ihr noch schön 'nen halbes Stündchen Zeit, könnt ihr in Ruh noch was schwätzen un essen.»

«Was meinen Sie damit, dass wir noch eine halbe Stunde Zeit haben?»

«Nee machen wir nich mit Sie. Duzen wir uns hier alle. Bin ich der Mirko.» Er streckte Marthaler die Hand hin, was diesen so überraschte, dass er instinktiv einschlug und seinen Vornamen nannte.

«Halbes Stündchen, bis der Dings kommt, seid ihr noch unter euch. Hol ich ma rasch euer Gulasch.»

Während Mirko zurück in die Küche ging, stellte Arne Grüter die beiden Biere auf den Tisch und setzte sich Marthaler gegenüber.

«Wer kommt in einer halben Stunde?», fragte dieser. «Was soll das jetzt wieder?»

«Prost, Herr Hauptkommissar, jetzt spitzen Sie mal die Ohren!»

Marthaler hob sein Glas, stieß aber nicht mit Grüter an.

«Bei Mirko verkehren die unterschiedlichsten Typen. Leute aus dem Milieu genauso wie Leute aus der Justiz. Ich habe hier schon Vorstandsmitglieder der ‹Eintracht Frankfurt› gesehen, die mit dem Inhaber eines Wettbüros gegessen haben. Hier hocken Ihre Kollegen von der Sitte neben Nachtclubbesitzern; gelegentlich war auch schon die ein oder andere Dame dabei, und ich glaube nicht, dass alle immer getrennt nach Hause gegangen sind.»

«Und Sie sitzen unterm Tisch und schnappen nach den Krümeln?», fragte Marthaler.

Mirko kam, stellte das Essen auf den Tisch und verschwand sofort wieder.

Grüter lachte. «So ähnlich. Mirkos Club ist eine Nachrichtenbörse. Hier erfährt man Dinge, die einem kein Pressesprecher je erzählen würde. Und manchmal gehen für eine gute Information auch ein paar Scheine über den Tisch. Es gab Zeiten, da ging es hier hoch her. Im Moment ist ein bisschen Flaute, aber wird sicher auch wieder besser, the times they are a-changin'. Wenn so ein Ding wie gestern Morgen im Stadtwald passiert ist, sind alle erst mal vorsichtig. Da bleibt jeder für eine Weile auf der sicheren Seite.»

«Womit wir endlich zur Sache kommen können», sagte Marthaler.

Grüter drückte seine Zigarette aus, nahm ein Besteck und schob sich eine Gabel mit Gulasch in den Mund. Dann wartete er, bis Marthaler es ihm gleichtat, und schaute ihn erwartungsvoll an. «Und, was sagen Sie?»

Marthaler brummte zustimmend. Obwohl es ihm widerstrebte, mit Grüter einer Meinung zu sein, musste er zugeben, dass Mirko unbestreitbar ein hervorragender Koch war. Das Gulasch war aus zartem Kalbfleisch und auf den Punkt gegart. Es lag in einer leichten Weißwein-

Sauce mit Steinpilzen und Pfifferlingen. Im lockeren Teig der Serviettenknödel schmeckte man eine Spur frischer Kräuter.

«Gestern Abend rief Mirko mich an und erzählte, dass hier ein Typ vor seinem Bier sitzt, der als Schließer im Butzbacher Knast arbeitet. Der Typ wollte wissen, ob irgendwer an einem Tipp zu dem Kunstraub interessiert sei. Ich war interessiert, bin in mein Auto gestiegen und saß zwanzig Minuten später mit dem Mann an genau dem Tisch, an dem wir jetzt sitzen. Gundlach, so heißt der Knabe, ist ein ziemlich tougher Typ. Wie Sie wissen, sitzen in Butzbach ein paar richtig große Nummern. Und Gundlach hat es verstanden, sich mit den Knackis gutzustellen. Er besorgt ihnen, was sie brauchen, und natürlich tut er das nicht umsonst.»

«Also ist er selbst ein Krimineller!», sagte Marthaler.

«Sagen wir: Er weiß, wie der Hase läuft. Und offensichtlich hat er nicht viele Skrupel.»

«Und was hatte er Ihnen zu sagen?»

«Moment», sagte Grüter. «Jedenfalls haben wir eine Weile geredet, ohne dass er so recht mit der Sprache rauswollte. Einerseits war er scharf auf das Honorar, das ich ihm angeboten habe, andererseits meinte er, dass die Sache ziemlich heiß sei und er das Ganze besser seinen Vorgesetzten melden sollte, damit man ihn nicht wegen Mitwisserschaft drankriegt.»

«Und? Weiter!»

«Ich habe ihm gesagt, dass er zwei Fliegen mit einer Klappe schlagen kann. Ich habe ihm geraten, mit mir *und* mit der Polizei zu sprechen. Den Rest wird er Ihnen gleich selbst erzählen.»

«Das heißt, Gundlach kommt hierher?»

«Genau! Sie sind der Polizist, mit dem er spricht. Er sagt Ihnen, was er zu sagen hat, und damit hat er seine Pflicht getan. Damit ist er aus dem Schneider. Genial, oder?»

«Und was ist Ihre Rolle in diesem Stück?», fragte Marthaler.

«Ich bin der gute Geist, der zusammenbringt, was zusammengehört.»

«Wo Sie auftauchen, stinkt es nach Schwefel, Grüter. Wenn Sie ein guter Geist sind, dann gibt sich der Teufel demnächst als Messias aus.»

«Das tut er doch immer.»

«Da haben Sie recht … Und? Ihre Bedingung? Was wollen Sie von mir?»

«Können Sie sich das nicht denken?»

«Spucken Sie's aus! Ersparen Sie mir, mich in Ihr verkommenes Hirn zu versetzen. Ich nehme nicht an, dass Sie mich aus lauter Barmherzigkeit in Ihre Geschäfte einbeziehen.»

Grüter setzte sich in Positur. Er legte seine Gabel beiseite, schnippte eine Zigarette aus der Schachtel und steckte sie an.

«Die Geschichte, Marthaler. Was soll ein Reporter anderes wollen? Ich will die Geschichte, die Sie mir liefern werden.»

«Nehmen wir mal an, dieser Gundlach hat wirklich eine wichtige Information. Meinen Sie, dann lässt die Polizei einen Reporter als Begleithund bei den Ermittlungen mitlaufen?»

«Nicht die Polizei, Marthaler. Sie! Sie ganz alleine. Schon in Ihrem eigenen Interesse werden Sie Gundlachs Informationen mit niemandem teilen. Mit niemandem – außer mit mir!»

«Und was, wenn ich Ihnen jetzt das Blaue vom Himmel verspreche und mich später nicht daran halte? Wenn ich zwar ermittle, aber Sie nichts davon erfahren? Wenn ich Sie hintergehe? Was dann?»

«Dann habe ich auch eine Geschichte. Wahrscheinlich keine so gute, aber immerhin die von dem Polizisten, der sich auf finstere Geschäfte mit finsteren Reportern und finsteren Gefängnisangestellten einlässt, dabei seine Kollegen hintergeht und heimlich in einem Fall ermittelt, in dem er nicht ermitteln darf.»

«Ich sitze also in der Falle?», sagte Marthaler.

«Sagen wir: Sie haben die Wahl. Und bis jetzt ist ja noch nichts passiert. Sie können immer noch aussteigen. Solange wir nicht wissen, was Gundlach zu erzählen hat, können wir beide noch zurück. Aber das wollen wir nicht, stimmt's, Herr Hauptkommissar? Wir wollen das Ding durchziehen.»

Marthaler nickte. Und er hatte das Gefühl, durch dieses Nicken einen Pakt mit dem Teufel geschlossen zu haben.

Gundlach war jünger, als Marthaler ihn sich vorgestellt hatte. Er schätzte ihn auf Anfang dreißig. Er war groß und durchtrainiert; sein Händedruck fest. Er hatte die Schultern nach hinten gebogen, sodass sich seine Brustmuskulatur unter dem engen T-Shirt abzeichnete. Er wollte, dass man Respekt vor ihm hatte. Marthaler kannte diese Pose von vielen seiner Kollegen, vor allem von jenen, die Tag für Tag auf den Straßen unterwegs waren und nie wussten, mit wem sie es als Nächstes zu tun haben würden. Ihr Auftreten schüchterte ein, und genau das sollte es auch. Das Signal, das sie aussandten, hieß: Egal, wer mir in die Quere kommt, ich weiß mich zu wehren, ich nehme es mit jedem auf!

«Sie sind Polizist?», fragte Gundlach.

Marthaler nickte.

«Würden Sie mir Ihren Ausweis zeigen?»

Marthaler wunderte sich über diese Bitte, zog aber seine Brieftasche hervor und klappte sie auf. Gundlach notierte sich seinen Namen und die Dienstnummer.

«Ich kann mich also darauf verlassen, dass das, was ich

Ihnen jetzt erzähle, aktenkundig wird. Sie gehen der Sache nach. Es wird behandelt wie eine Anzeige.»

«Hören Sie, Gundlach. Sie sind ein cleveres Bürschchen. Sie wollen beim *City-Express* kassieren und gleichzeitig vor dem Gesetz gut dastehen. Einigen wir uns fürs Erste darauf, dass unser Gespräch nicht stattgefunden hat. Wahrscheinlich wird Sie nie jemand danach fragen. Sollten Sie dennoch irgendwann in Schwierigkeiten geraten, dürfen Sie meinen Namen verwenden, aber nur dann. Ich versichere Ihnen, wenn irgendwas dran ist an Ihren Informationen, werde ich der Sache nachgehen. Und jetzt will ich endlich hören, um was es überhaupt geht.»

Gundlach saß auf der Bank, Arme angewinkelt wie die eines Boxers. Bevor er anfing zu sprechen, rieb er sich ein paarmal mit dem gekrümmten Zeigefinger übers Nasenbein.

«Sagt Ihnen der Name Bruno Kürten etwas?»

Marthaler legte die Stirn in Falten. «Kommt mir bekannt vor, aber helfen Sie mir …»

«Er wird ‹der kleine Bruno› genannt, ist nur gut eins sechzig groß, aber ein echter Tausendsassa, jedenfalls war er das. Ein schlauer, gebildeter Typ und ein begnadeter Techniker. Man sagte über ihn, er könne aus einer leeren Zahnpastatube ein Transistorradio basteln. Er stand in dem Ruf, *der* Fachmann für Alarmanlagen zu sein. Schon Ende der fünfziger Jahre hatte er auf dem Sandweg ein Antiquitätengeschäft. Dort betrieb er im Hinterzimmer einen florierenden Handel mit gestohlenen Bildern, Teppichen und Juwelen. Der Laden galt als Zentrale für das gesamte Rhein-Main-Gebiet. Er machte den Ganoven gute Preise und hatte für alles seine Abnehmer. Eigentlich war der kleine Bruno zu gutmütig für das Milieu, in dem er sich bewegte. Und er hat sich immer wieder erwischen lassen. Ich weiß nicht, wie oft er in den letzten Jahren bei uns in Butzbach gesessen hat.»

«Ja», sagte Marthaler, «jetzt erinnere ich mich. Es gab den ein oder anderen Kollegen, der von ihm erzählt hat. Er galt als sehr umgänglicher Mensch.»

«Das ist er auch. Er war ein echt zäher Hund, aber immer freundlich, lustig, hatte gute Geschichten drauf. Im Knast hat er die Kunstgruppe geleitet und einen Elektronikkurs angeboten. Er war unter den Gefangenen derjenige, mit dem ich am besten auskam. Wir hatten uns sogar ein bisschen angefreundet. Allerdings ist die Haft nicht spurlos an ihm vorübergegangen. Er hustet ständig; sein Haar ist weiß, seine Haut grau geworden. Er sieht aus, als würde er immer weiter schrumpfen. Vor vier Monaten ist er entlassen worden, seitdem hatte ich ihn nicht mehr gesehen. Aber gestern ist er mir zufällig über den Weg gelaufen ...»

Mirko hatte sich genähert. Ein paar Meter entfernt blieb er stehen und trocknete seine Hände an der Schürze ab. «Wollt ihr vielleicht noch schön wasn Bierchen? Kleinen Slivovitz?»

Marthaler entschied für die beiden anderen mit: «Nein, keinen Alkohol mehr. Bringen Sie ... bring uns eine große Flasche Wasser! Und ... Mirko, das Essen ... war ganz vorzüglich.» Mirko zwinkerte, dann schüttelte er den Kopf. Seine Augen leuchteten kurz auf.

«Ich hatte Frühdienst», fuhr Gundlach fort. «Bin mittags von Butzbach mit dem Zug nach Frankfurt gefahren und hab mir unten im Hauptbahnhof einen Schoppen gegönnt. Plötzlich sah ich den kleinen Bruno durch die B-Ebene schleichen. Er sah ziemlich abgerissen aus, war wahnsinnig nervös und hat sich dauernd umgeschaut. Als er vorbeikam, hab ich von innen an die Scheibe geklopft. Er ist regelrecht zusammengezuckt vor Schreck. Ich hab ihm gewinkt, dass er reinkommen soll. Aber er wollte nicht. Also bin ich raus und hab ihn überredet, mit mir ein Gläschen zu trinken. Ich hab ihn gefragt, was er macht, wovon er lebt; wir haben über diesen und jenen gesprochen, aber Bruno war nicht bei der Sache. Egal, was ich gefragt habe, er ist ausgewichen. Vielleicht hatte er schon was getrunken; vielleicht auch irgendwas eingeworfen. So lange ich ihn kenne, hat er alles geschluckt, was er kriegen konnte.»

«Gut», sagte Marthaler, «bevor wir jetzt noch über seine Verdauung sprechen ...»

Gundlach hob die Hand und bedachte sein Gegenüber mit einem strengen Blick: «Lassen Sie mich ausreden! Ich bin gleich da, wo ich hin will. Bruno war also sowieso schon reichlich zappelig. Aber als ich auf den Überfall im Stadtwald zu sprechen kam, hat er jede Farbe verloren, hat regelrecht angefangen zu zittern. ‹Was ist, Bruno? Du hast doch nicht etwa was damit zu tun?›, habe ich ihn gefragt. Er hat heftig den Kopf geschüttelt. Dann hat er mir etwas ins Ohr geflüstert.»

«Was?», platzte Grüter heraus. Es war das erste Mal, dass sich der Reporter wieder zu Wort meldete. Er hatte schweigend daneben gesessen und sich eine Zigarette an der anderen angesteckt. Ab und zu hatte er ein paar Stichworte auf einen Block gekritzelt.

Auch Marthaler konnte seine Ungeduld kaum noch unterdrücken. Seine Haut begann zu prickeln. Jetzt würde sich herausstellen, ob die Information irgendetwas taugte oder ob sein Sündenfall umsonst gewesen war; ob er sich mit zwei Strolchen eingelassen hatte, ohne den Lohn dafür zu ernten.

Gundlach lehnte sich zurück und verschränkte die Arme vor der Brust. Er genoss die Aufmerksamkeit der beiden Männer. Seine Lippen zuckten vor Genugtuung.

«Los jetzt!», forderte Marthaler ihn auf. «Was hat Bruno Ihnen ins Ohr geflüstert?»

«Er hat gesagt: ‹Ich hab nix damit zu tun. Aber ich weiß, wer es war. Und die wissen, dass ich es weiß.›»

«Wer ‹die›?», fragte Marthaler. «Wer war es?»

Gundlach schüttelte den Kopf. «Tut mir leid. Das ist alles, was er gesagt hat: ‹Ich weiß, wer es war. Und die wissen, dass ich es weiß.› Danach ist er abgehauen. Hat seinen Schoppen stehenlassen und ist verschwunden. Hat sich nicht mal bedankt.»

«Und Sie sind sicher, dass sich seine Worte auf den Überfall im Stadtwald bezogen haben? Er kann nicht von irgendetwas anderem gesprochen haben?»

«Ganz sicher!», sagte Gundlach. «Darüber haben wir geredet.»

«Sie gehen also davon aus, dass der kleine Bruno die Täter kennt. Und dass die Täter wissen, dass er sie kennt?»

«Anders konnte man seine Worte nicht verstehen.»

«Wo kann ich Bruno finden?», fragte Marthaler. «Sie wissen, wo er wohnt?»

Gundlach zeigte seine leeren Handflächen: «Hab nicht den Schimmer einer Ahnung.»

«Aber er muss doch bei seiner Entlassung eine Adresse angegeben haben, unter der er künftig erreichbar ist.»

«Die meisten schreiben irgendwas in das Formular: die Wohnung, in der sie vor ihrer Verhaftung gewohnt haben, die Adresse von einem Verwandten oder Freund. Meistens ist das heiße Luft.»

«Aber Bruno hat eine Adresse angegeben?»

«Ja, hat er, ich habe heute in der Verwaltung nachgefragt. Auf dem Weg hierher bin ich dort vorbeigefahren. Es ist die Adresse vom Tierheim.»

«Vom Tierheim?»

«Ja, einer von Brunos Scherzen. Er hat immer gesagt: Jedem Hund geht es in diesem Land besser als einem ehemaligen Knacki. Also hat er die Adresse vom Tierheim angegeben.»

«Vielleicht hat er eine eigene Wohnung, vielleicht ist er

sogar irgendwo polizeilich gemeldet. Ich werde das sofort überprüfen», sagte Marthaler. Aber ein Blick in Gundlachs Gesicht nahm ihm jede Hoffnung, dass es so einfach sein würde.

«Vergessen Sie's, Herr Kommissar. Die Jungens, die bei uns entlassen werden, sind normalerweise ziemlich abgebrannt. Der kleine Bruno stand vor dem Nichts. Der hatte kein Geld, keine Aussicht auf einen Job und keine Menschenseele, die bereit gewesen wäre, ihn zu unterstützen. Der war am Ende. Und so, wie er gestern aussah und wie er gerochen hat, würde ich vermuten, dass er auf der Straße lebt.»

«Aber selbst dann muss er zu finden sein. Er muss irgendwo schlafen. Er muss irgendwas essen. Ab und zu muss er ein Bad nehmen. Es gibt Schlafplätze im Freien, die von den Wohnsitzlosen bevorzugt aufgesucht werden. Vielleicht hat er sich auf dem Sozialamt gemeldet. Was machen denn solche wie er normalerweise, wenn sie aus dem Gefängnis kommen?»

«Wie gesagt, manche kriechen irgendwo bei alten Freunden unter, vorausgesetzt, sie haben noch Freunde. Andere gehen eine Zeitlang in ein Männerwohnheim. Und manche drehen gleich das nächste Ding, werden geschnappt und haben für die nächsten Jahre wieder ihren mietfreien festen Wohnsitz bei uns.»

«Wenn er wirklich etwas weiß», sagte Marthaler mehr zu sich selbst als zu den beiden Männern, «dann muss ich ihn finden. Und dann *werde* ich ihn finden.»

Gundlach lächelte fast ein wenig mitleidig. «Dann wünsche ich Ihnen viel Glück, Herr Kommissar. Aber vergessen Sie nicht: Er hatte Angst. So wie er benimmt sich nur jemand, der sich auf der Flucht befindet. Der kleine Bruno hatte große Angst.»

Marthaler zog 50 Euro hervor und legte sie auf den Tisch,

aber Arne Grüter schob ihm den Schein wieder zu. «Das Essen geht aufs Spesenkonto», sagte er. «Sie beide waren Gäste des *City-Express*.»

«Nein, Grüter», erwiderte Marthaler, «das werden Sie nicht erleben, dass ich mir von einem wie Ihnen das Essen bezahlen lasse.»

Grüter zuckte mit den Achseln. «Soll ich Sie jetzt zu Ihrem Wagen bringen?»

Marthaler war aufgestanden. Er überlegte kurz. «Ich suche mir ein Taxi», sagte er.

Er nickte Mirko und den beiden anderen zu. Als er das Tor schon fast erreicht hatte, hörte er noch einmal Grüters kratzige Stimme.

«Herr Hauptkommissar!»

Marthaler drehte sich um.

«Denken Sie dran: Wir haben eine Abmachung. Ich erwarte Ihren ersten Anruf morgen früh zwischen neun und zehn Uhr.»

«Sonst?»

«Sonst erscheint mein erster Artikel ohne Rücksprache mit Ihnen.»

SIEBEN Arne Grüters letzte Worte hatten sich angehört wie die Drohung des Rumpelstilzchens aus dem Märchen der Brüder Grimm: Und übermorgen hol ich der Königin ihr Kind. Marthaler war sicher, dass der Reporter seinen Lohn einfordern würde, dass er darauf bestehen würde, über die Ermittlungen informiert zu werden.

Trotzdem hatte Marthaler nicht das Gefühl, einen Fehler begangen zu haben. Sicher war es bedenklich, sich mit jemandem wie Grüter einzulassen. Irgendwann bekäme man die Quittung dafür präsentiert. Aber eine andere Möglichkeit hatte es nicht gegeben. Ohne Grüter wäre er nicht auf Gundlach gestoßen, ohne Gundlach nicht auf den kleinen Bruno.

Er hatte seinen Wagen aus dem Parkhaus geholt, dann war er ins Weiße Haus gefahren. Der Eingang war abgeschlossen, alle Büros waren dunkel. Seine Kollegen hatten entweder längst Feierabend gemacht oder waren noch im Einsatz. Marthaler merkte, wie müde, wie erschöpft er war. Er ging in die Teeküche und machte sich einen doppelten Espresso. Er trank ihn im Stehen und verbrannte sich die Zunge.

Auf dem Schreibtisch in seinem Büro lag eine Notiz seiner Sekretärin: «Kann Dich telefonisch nicht erreichen. Mache mir Sorgen. Melde Dich! Elvira».

Er schaltete den Computer an und wartete, bis er hochgefahren war. Er gab den Namen Bruno Kürten ein, um zu sehen, was sie in POLAS über ihn hatten. Die Angaben deckten sich mit den Informationen, die ihm Gundlach bereits gegeben hatte. Marthaler schaute sich die Chronologie der Straftaten an, die der kleine Bruno begangen hatte. Als er das Jahr 1994 erreichte, stutzte er: «Beteiligung an einem Kunstraub, Frankfurt am Main» stand dort. Er klickte die Information an. Seine Vermutung wurde bestätigt. Der kleine Bruno war einer der Männer, die am 28. Juli 1994 die drei Ölgemälde gestohlen hatten, von denen Sabato erzählt hatte. Er war dafür verurteilt worden und ins Gefängnis gekommen. Weitere Informationen fand Marthaler nicht.

Die letzte vorhandene Adresse von Bruno Kürten war die des Tierheims. Niemandem war aufgefallen, dass sich der kleine Bruno bei seiner Entlassung aus dem Gefängnis einen Scherz erlaubt hatte.

Marthaler rief eine Suchmaschine auf und gab die Begriffe «Frankfurt» und «wohnsitzlos» ein. Nach einer halben

Stunde hatte er eine Liste mit Hilfsorganisationen und Häusern, die Übernachtungsmöglichkeiten für Menschen ohne eigene Wohnung anboten. Dann begann er zu telefonieren. Er sprach mit überarbeiteten Sozialarbeitern, die ihm sehr schnell klarmachten, dass sie um diese Uhrzeit anderes zu tun hatten, als mit der Polizei zu sprechen. Überall fragte er nach Bruno Kürten, überall teilte man ihm mit, dass keiner der Bewohner so heiße.

Als er fast die Hälfte seiner Liste abgearbeitet hatte, war Marthaler entmutigt. Ein Telefonat wollte er noch führen, den Rest würde er auf morgen verschieben. Er wählte die Nummer der Übernachtungsstätte im Ostpark. Er kannte das Containerdorf, das am südlichen Ende des Parks direkt an der Grenze zu den Bahngleisen errichtet worden war. Auf seinen Spaziergängen mit Tereza war er einige Male daran vorbeigekommen. In der Zeitung hatte er gelesen, dass es Beschwerden von den Besuchern des Parks gab, die sich durch die Obdachlosen belästigt fühlten.

Es meldete sich die Stimme eines jungen Mannes. Marthaler erklärte ihm, wer er war und was er wollte. «Ich bin nicht befugt, Auskunft über unsere Bewohner zu geben», sagte der Mann.

«Dann geben Sie mir jemanden, der befugt ist.»

«Außer mir ist niemand da!»

«Dann müssen Sie mir die Auskunft geben, obwohl Sie nicht befugt sind.»

«Ich glaube, das werde ich lieber nicht tun.»

«Hören Sie, ich habe Ihnen gesagt, dass ich Polizist bin; es geht um eine wichtige Ermittlung.»

«Und woher soll ich wissen, dass Sie wirklich Polizist sind?»

Marthalers Ton wurde schärfer. «Ich sage es Ihnen. Und wenn Sie Zweifel haben, können Sie mich gerne zurückrufen.

Dann wissen Sie, dass ich von einem Apparat der Kriminalpolizei telefoniere.»

Die Erwiderung des jungen Mannes ließ eine Weile auf sich warten, fiel aber umso trotziger aus: «Eigentlich ist es mir egal, ob Sie Polizist sind oder nicht. Die Polizisten, die ich kennengelernt habe, waren mir nicht besonders sympathisch.»

«Ich lege überhaupt keinen Wert darauf, Ihnen sympathisch zu sein. Sie sollen mir nur eine Antwort auf meine Frage geben.»

«Ich sagte bereits, dass ich Ihnen keine Auskunft geben werde.»

«Hören Sie zu, junger Freund ...», setzte Marthaler an, wurde aber sofort unterbrochen.

«Nein! Nein, ich möchte nicht, dass Sie mich so nennen. Es ist mir unangenehm.»

«Dann sagen Sie mir verdammt nochmal, wie Sie heißen, dann kann ich Sie bei Ihrem Namen nennen», herrschte Marthaler ihn an.

«Nein.»

«Wissen Sie was, ich habe die Nase voll von Ihnen! Wenn Sie mir jetzt nicht sofort sagen, ob Bruno Kürten bei Ihnen wohnt oder nicht, werde ich morgen einen Richter aufsuchen und mir einen Durchsuchungsbeschluss besorgen. Dann werden wir mit zwei Streifenwagen bei Ihnen anrücken, werden Ihre Unterlagen beschlagnahmen und Ihren Laden auf den Kopf stellen. Und wenn wir dann irgendetwas finden, das nicht den Vorschriften entspricht ...»

«Ja», sagte der junge Mann, «machen Sie das. Das halte ich für eine vorzügliche Idee. Ich glaube, es wäre die sauberste Lösung. Besorgen Sie sich so einen Beschluss! Die Leute, die hier übernachten, sind wohnungslos, aber sie sind nicht rechtlos.»

Marthaler wusste nicht weiter. Er war entnervt. Er war kurz davor aufzugeben. Gleichzeitig reizte ihn die Renitenz des Mannes, den er nicht als Sieger aus diesem Zweikampf hervorgehen lassen wollte.

«Hören Sie, ich weiß nicht, wie Sie ticken. Ich weiß nicht, was mit Ihnen los ist, es ist mir auch vollkommen egal. All Ihre Kollegen aus den anderen Unterkünften haben mir Auskunft gegeben. Manche nur widerstrebend, das gebe ich zu. Aber wenn ich ihnen erklärt habe, um was es geht, haben sie mir auf meine Frage geantwortet.»

Der junge Mann zögerte, sagte dann aber: «Ich habe gelernt, dass es nicht immer gut ist, dasselbe wie alle zu tun.»

«Ja», sagte Marthaler. «Ja, auch die Mehrheit kann sich irren. Sie haben vollkommen recht. Aber wie es aussieht, steckt Bruno Kürten in großen Schwierigkeiten. Wir wollen ihm helfen. Er schwebt in Gefahr, vielleicht sogar in Lebensgefahr.»

«Mir ist dieser Name nicht geläufig.»

Marthaler war überrascht, nun doch eine Antwort zu erhalten. «Heißt das, er wohnt nicht bei Ihnen?»

Der junge Mann schien zu überlegen. Aber Marthaler wollte ihm keine Gelegenheit zu einer weiteren ausweichenden Antwort geben. «Vielleicht kennen Sie ihn unter einem anderen Namen. Es scheint, als würde er sich gerne Scherze mit seinen Mitmenschen erlauben. Er benutzt manchmal falsche Namen. Aber sein Aussehen ist auffällig. Er hat weißes Haar. Er ist sehr klein, nur ungefähr ein Meter und sechzig groß. Man nennt ihn den kleinen Bruno.»

«Dieser Mann … ist nicht hier.» Wieder meinte Marthaler ein merkwürdiges Zögern in der Antwort des jungen Mannes zu hören.

«Aber vielleicht *war* er da. Vielleicht …»

«Ich möchte dieses Gespräch jetzt lieber beenden. Ich muss mich anderen Dingen zuwenden.»

Dann wurde aufgelegt.

Am liebsten wäre Marthaler sofort in den Ostpark gefahren, um sich den Mann vorzuknöpfen. Aber er war zu erschöpft. Er wusste, dass er in dieser Verfassung äußerst reizbar war, dass er zu Dummheiten neigte, die er später bereuen würde. Um weiter arbeiten zu können, musste er sich dringend erholen. Er brauchte Schlaf. Er beschloss, nicht nach Hause und auch nicht zu den Sabatos zu fahren. Er ging an den Wandschrank und zog aus dem untersten Fach eine Wolldecke und ein Kopfkissen hervor. Es gab öfter Situationen, in denen er bis nachts an seinem Schreibtisch sitzen und sehr früh am nächsten Morgen weiterarbeiten musste. Er klappte die rote Besuchercouch aus, deren Anschaffung man ihm im vorigen Jahr nur nach mehreren Nachfragen gestattet hatte. Zwei Formulare hatte er dafür ausfüllen und auf einem Extrazettel eine Begründung schreiben müssen.

Er zog sich bis auf die Unterwäsche aus und legte sich hin. Fast augenblicklich schlief er ein, schreckte aber immer wieder auf. Einmal hörte er in der Nacht durch das gekippte Fenster ein Geräusch von der Straße. Er stand auf und schaute nach draußen: ein Betrunkener, der unter einer Laterne stand und ein altes Kirchenlied sang. Er hatte eine Flasche in der Hand, aus der er ab und zu einen Schluck nahm. Marthaler erkannte ihn. Es war ein Mann aus der Nachbarschaft, der ihn vor ein paar Tagen angesprochen hatte. Er hatte sich beschwert über drei junge Frauen, die ihm gegenüber wohnten und bei offener Gardine nackt vor ihrem Fenster tanzten. Immer wieder könne er sie durch sein Fernglas bei ihrem Treiben beobachten. Wenn man ihm nicht glaube, sei er willens und in der Lage, Beweise vorzulegen;

er habe die drei nämlich mehrfach mit seiner Videokamera aufgenommen. Marthaler hatte ihm freundlich geraten, das zu unterlassen, wenn er sich nicht selbst eine Anzeige einhandeln wolle, woraufhin der Mann ihn als pflichtvergessenen Beamten beschimpft hatte, der die öffentliche Unzucht fördere und dafür von den Steuerzahlern mit einer dicken Pension belohnt werde.

Marthaler ging zur Toilette. Dann nahm er sich aus dem Kühlschrank in der Teeküche eine Flasche Bier. Er setzte sich auf den Rand der Bettcouch und trank die Flasche mit wenigen Schlucken leer. Kurze Zeit später schlief er wieder ein.

Im Traum sah er sich als kleinen Jungen hinter seinem Elternhaus im Sandkasten sitzen. Er hatte eine Burg gebaut, die von kleinen silbernen Plastikrittern bewacht wurde. Nicht weit vom Sandkasten stand eine große Trauerweide, an der eine Schaukel befestigt war. Auf der Schaukel saß eine lachende Frau im weißen Brautkleid. Jetzt erkannte er, dass es seine Mutter war. «Wo ist Tereza?», rief sie ihm zu. Er schaute sich um. «Da ist sie doch!», sagte er und wies auf ein Mädchen, das fünfzig Meter weiter in einem Rosenhag stand und seine Arme fest um eine schwarze Puppe geschlungen hatte. «Lauf zu ihr, Robert. Lauf schnell!», rief seine Mutter. Der Junge stand auf und rannte auf das Mädchen zu. Doch so schnell er auch lief, er kam Tereza keinen Schritt näher. Sie hatte die schwarze Puppe fallen lassen und ihre Arme ausgebreitet. Sie erwartete ihn. «Was soll ich machen, Mama?», rief er verzweifelt. «Renn, mein Junge, renn!», antwortete die Mutter von ihrer Schaukel herab. Bald war der Junge außer Atem. Er hatte Seitenstechen, der Schweiß rann an seinem Körper hinab. Tereza schaute ihn mit großen Augen an. Bald zeigte sich Enttäuschung in ihrem Blick. Sie schüttelte den Kopf und wandte sich ab. Langsam entfernte sie sich. Der Junge rief nach seiner Mutter, aber die Schaukel war jetzt leer. Er ließ sich zu Boden sinken. Dann legte er sich auf den Rücken, schaute in den Himmel und sah den Schmetterlingen zu. Das Mädchen hatte er bereits vergessen.

Als Marthaler aufwachte, hatte er Kopfschmerzen. Er schaute auf die Uhr. Es war kurz nach fünf. Er schloss die Augen wieder, merkte aber bald, dass er nicht wieder einschlafen konnte. Er hatte stark geschwitzt, sein Mund war trocken. Er fasste an seine Stirn, aber er hatte kein Fieber.

Am Waschbecken in der Teeküche putzte er sich die Zähne. Dann zog er sich an und wählte die Nummer der Klinik. Er ließ es lange klingeln. Er legte auf und versuchte es erneut, aber auch diesmal erreichte er niemanden.

Marthaler verließ sein Büro und schrieb Elvira einen Zettel, den er ihr auf den Schreibtisch legte: «Ich melde mich im Laufe des Tages, Gruß Robert».

Eine Minute später stand er auf der Straße. In den Häusern der Umgebung waren erst wenige Fenster beleuchtet. Auf der gegenüberliegenden Seite der Fahrbahn stieg ein Mann in sein Auto. Marthaler lief die Günthersburgallee hinauf und bog nach links in die Rohrbachstraße. Er klopfte an die Scheibe von *Harrys Backstube*. Kurz darauf wurde das beschlagene Fenster geöffnet, und der Kopf des Bäckers erschien. Als Harry erkannte, wen er vor sich hatte, verschwand das Lächeln von seinem Gesicht. «Lange nicht gesehen. Wie geht's? Ich ... ich hab im Fernsehen gehört, was passiert ist.»

Marthaler seufzte. «Die Leute aus der Klinik können mir nichts sagen, weil sie selbst nicht wissen, was wird. Man kann mir keine Hoffnung machen. Das ist im Moment das Schlimmste.»

Beide schwiegen. Schließlich fragte Harry: «Wie immer?»

«Ja, bitte.»

Der Bäcker verschwand kurz. Dann kam er wieder und hatte ein Maisbrötchen und ein Laugencroissant in der Hand. Beides verstaute er in einer Papiertüte, die er aus dem Fenster reichte.

«Schön fettig, wie immer …», sagte er.

Marthaler versuchte ein Lächeln.

«Wenn ich irgendwas tun kann …»

Es war eine hilflose, aber gutgemeinte Geste.

«Danke», sagte Marthaler, «aber ich muss jetzt abwarten. Kann ich später bezahlen? Ich habe mein Portemonnaie im Auto liegenlassen.»

«Kein Problem», sagte Harry.

Marthaler ging zurück zum Weißen Haus, wo er sein Auto geparkt hatte. Er stieg ein und blieb eine Weile sitzen. Dann öffnete er die Tüte und riss ein Stück von dem noch warmen Laugenhörnchen ab. Er dachte daran, wie Tereza reagiert hatte, als sie das erste Mal eines von Harrys Croissants probiert hatte: «Puhh», hatte sie gesagt, «muss ich einen Tag hungern jetzt. Aber schmeckt ferkelgut.» – «Es heißt saugut, nicht ferkelgut», hatte Marthaler lachend erwidert. – «Ich weiß», hatte Tereza gesagt, «aber wollte ich nicht so hart ausdrücken.»

Marthaler startete den Motor. Über die Saalburgallee fuhr er stadtauswärts. Inzwischen hatte der Berufsverkehr eingesetzt. Als sich ein Notarztwagen mit eingeschaltetem Martinshorn näherte, musste er am Fahrbahnrand halten. Kaum hatte das Rettungsfahrzeug überholt, drängten einige Pkw in die entstandene Schneise, um schneller voranzukommen.

Am Festplatz angekommen, bog er nach rechts in die Ostparkstraße. Auf dem Seitenstreifen stellte er den Wagen ab. Er überquerte die Fahrbahn und betrat den Park. Überall unter den Bäumen und auf den Rasenflächen hockten Kaninchen. Im Laufe der nächsten Stunde würden sie im Unterholz verschwinden. Drei Frauen in Sportkleidung begegneten ihm. Sie unterhielten sich lautstark und stießen die Spitzen ihrer Teleskopstöcke entschlossen auf den Boden. Kurz darauf wurde er von einem alten Mann überholt, der nur mit einer kurzen Jogginghose und Laufschuhen bekleidet war. Die Haut seines Oberkörpers war gebräunt und faltig. Der Alte schnaufte so laut, dass Marthaler verwundert den Kopf schüttelte.

Er kam an der Schwedlerbrücke vorbei, einer mächtigen, über hundert Jahre alten Stahlkonstruktion, die sich vom Ostpark bis auf die andere Seite der breiten Gleisanlagen der Güterbahn wölbte und nur von Fußgängern benutzt werden konnte. Auf den unteren Stufen der Brückentreppe saßen zwei Junkies, von denen sich der eine gerade den Arm abband, während der andere eine Spritze aufzog. Sie schauten nicht einmal auf, als Marthaler an ihnen vorbeiging.

Links neben dem Containerdorf befand sich ein Kiosk, dessen Rollläden noch heruntergelassen waren. Davor ein paar Tische und Stühle. Einige Männer hatten sich dort versammelt, sie hielten Bierdosen in den Händen und stritten miteinander.

Marthaler hatte den Eingang zum Gelände der Unterkunft erreicht und blieb stehen, um sich zu orientieren. Als sich plötzlich eine tiefe Stimme hinter ihm meldete, drehte er sich erschrocken um.

«Ich bin der Büffel.»

Marthaler trat einen Schritt zurück. Vor ihm stand ein fast zwei Meter großer Mann, der viel zu dick angezogen war. Sein Kopf wurde bedeckt von einer Fellmütze, unter der sein langes verfilztes Haar hervorschaute. Er trug ein Lederwams, eine fleckige schwarze Hose und an den Füßen schwere Arbeitsschuhe. In jeder Hand hielt er eine prall gefüllte Plastiktüte. Der Gestank, der von ihm ausging, nahm Marthaler den Atem.

«Ich bin der Büffel», sagte der Mann noch einmal. Dann machte er wankend einen Ausfallschritt.

Marthaler klopfte an eine Tür mit der Aufschrift «Büro». Als niemand ihn bat einzutreten, klopfte er noch einmal, nun schon heftiger, dann drückte er die Klinke. Die Tür war abgeschlossen.

«Was soll das?», rief eine wütende Stimme aus dem Inneren des Büros. «Ruhe, da draußen! Verschwindet gefälligst!»

Marthaler erkannte die Stimme des jungen Mannes, mit dem er am späten Abend telefoniert hatte.

«Machen Sie auf, Polizei!»

Durch den Wortwechsel angelockt, kamen ein paar der Berber herbeigeschlurft. Es waren dieselben, die sich vor dem Kiosk gestritten hatten. Bei ihnen war jetzt auch eine barfüßige junge Frau mit kahlgeschorenem Kopf, die Marthaler aufmunternd zunickte. Sie hatten sich hinter ihm in dem kleinen Innenhof postiert, hielten aber respektvoll Abstand, als fürchteten sie, sich ansonsten einen Rüffel einzufangen.

Marthaler wandte sich an die Gruppe: «Wie heißt der Mann dadrin?», fragte er.

Die Berber schauten sich an.

«Vöckler», sagte die Frau. Und nach kurzem Zögern: «Wir nennen ihn Fickler.»

Als sie Marthaler jetzt unsicher anlächelte, sah er ihre schadhaften Zähne. Die anderen feixten.

«Herr Vöckler, machen Sie bitte auf!»

Die Tür wurde einen Spaltbreit geöffnet. Marthaler hielt dem verschlafenen Mann seinen Ausweis vors Gesicht. Vöckler kniff die Augen zusammen. Anscheinend war er kurzsichtig und hatte seine Brille nicht zur Hand.

«Lassen Sie mich bitte rein!»

«Wer sind Sie? Was soll das?»

«Marthaler, Kriminalpolizei. Wir haben gestern Abend telefoniert.»

«Sie sind eine impertinente Person! Haben Sie das Papier von dem Richter?»

«Nein, das habe ich nicht! Trotzdem möchte ich, dass Sie mir jetzt umgehend meine Frage beantworten: Hat Bruno Kürten hier übernachtet?»

Vöckler öffnete die Tür ein Stück weiter, versperrte aber weiter den Eingang. Jetzt wandte er sich an die Gruppe der im Hof Stehenden: «Was lungert ihr da rum und glotzt? Verschwindet gefälligst in eure Zimmer.»

Die Berber wichen ein paar Schritte zurück. Marthaler drehte sich zu ihnen um: «Kennt jemand von Ihnen Bruno Kürten? Er wird ‹der kleine Bruno› genannt. Hat er hier übernachtet?»

Bevor ihm jemand antworten konnte, begann Vöckler erneut zu schreien: «Habt ihr nicht gehört, was ich gesagt habe, ihr sollt auf eure Zimmer verschwinden.»

Die Berber zogen die Köpfe ein, dann trollten sie sich. Einer nach dem anderen verschwanden sie in den Wohncontainern.

Vöckler wandte sich an Marthaler: «Und Sie verlassen jetzt bitte sofort das Gelände, sonst werde ich Ihre Kollegen benachrichtigen. Sie haben kein Recht, uns zu behelligen.»

Blitzschnell trat Vöckler einen Schritt zurück und zog die Tür zu. Im selben Moment wurde zweimal abgeschlossen.

Wütend pochte Marthaler noch einmal gegen die Tür. Dann ließ er die Arme sinken und wandte sich dem Ausgang zu. Er konnte den Mann nicht zu einer Aussage zwingen. Er hatte keine Handhabe, hier auf eigene Faust zu ermitteln. Und er durfte nicht riskieren, dass Vöckler tatsächlich die Polizei rief.

Ein paar Meter weiter, am Rand des alten Schulgartens, setzte er sich auf eine Bank. Er schloss die Augen und überlegte, was zu tun war. Es konnte nicht so schwer sein, herauszufinden, wo Bruno Kürten sich aufhielt. Jemand wie er, ein entlassener Häftling, der kein Geld und nur wenige Kontakte hatte, konnte nicht so leicht verschwinden. Sein Radius war klein. Es war unwahrscheinlich, dass er die Stadt verlassen hatte. Marthaler musste weiter an seiner Liste mit den Männerwohnheimen arbeiten. Er würde zurück ins Weiße Haus fahren und wieder telefonieren.

Dann merkte er, dass jemand vor ihm stand. Er öffnete die Augen und sah den großen Mann mit der Fellmütze.

«Ich bin der Büffel.»

«Ja, ich weiß», antwortete Marthaler, «das haben Sie schon gesagt.»

Ein paarmal ruckte der Kopf des Mannes vor und zurück. Die Plastiktüten, die er noch immer in den Händen hielt, schlenkerten hin und her.

«Warum nennen Sie sich Büffel?»

Der Mann setzte an, etwas zu sagen, aber statt einer Antwort kam nur ein unverständliches Röcheln. Auf seinen Lippen hatten sich kleine Speichelbläschen gebildet. Er ließ den Kopf hängen und schaute zu Boden. Marthaler stand von seiner Bank auf und ging ein wenig zur Seite, um dem Geruch auszuweichen.

Als der Mann keine Anstalten machte, erneut das Wort an ihn zu richten, wandte sich Marthaler ab, um zu gehen.

«Dann wünsche ich dem Büffel einen schönen Tag», sagte er.

Plötzlich spürte er, wie sich die Hand des Mannes um seinen Oberarm klammerte.

«Der kleine Bruno ...», sagte der Mann.

Augenblicklich bekam Marthaler eine Gänsehaut. «Was ist

mit dem kleinen Bruno? Kennen Sie ihn? Wissen Sie, wo er ist?»

Wieder ruckte der Büffelkopf. Es war nicht zu erkennen, ob es sich um ein Nicken handeln sollte. Marthaler befreite sich aus dem Griff des Mannes.

«Wenn Sie etwas wissen, sagen Sie es mir bitte. Ich will Bruno Kürten helfen. Und er muss mir helfen.»

Aus der Kehle des Mannes kam ein tiefes Brummen. «Der kleine Bruno …»

Marthaler wartete, dass er weitersprach. Er hatte das Gefühl, dem Büffel Zeit lassen zu müssen. Der aber starrte weiter wortlos zu Boden. Dann drehte er sich um und entfernte sich langsam mit ein paar schwerfälligen Schritten. Plötzlich blieb er unvermittelt stehen, drehte den Kopf und sah Marthaler direkt in die Augen: «War da … der kleine Bruno», brummte er aus sicherer Entfernung.

«Wo war er? Hier? In der Unterkunft?»

Das zottelige Haar des Büffels geriet in Wallung. «War da!»

«Gut. Er war also hier. Wissen Sie, wo er hin wollte? Haben Sie eine Ahnung, wo er sich aufhält?»

«Is weg, der kleine Bruno … Angst.»

«Er hat Angst gehabt? Vor wem hat er Angst gehabt? Sind Sie mit ihm befreundet?»

Zu viele Fragen, dachte Marthaler. Ich darf den Mann nicht verwirren, ich darf ihn nicht überfordern.

«Polizist», sagte der Büffel.

«Ja. Ich bin Polizist. Aber der kleine Bruno hat nichts getan. Ich will nur mit ihm sprechen.»

Heftig schüttelte der Büffel seinen Kopf. «Polizist», stieß er wütend hervor. «War da.»

Marthaler überlegte, was der Mann meinte. «War ein Polizist hier?»

Der Büffel grunzte nun sichtlich besänftigt.

«Und der kleine Bruno hat Angst vor diesem Polizisten gehabt?»

Erneutes Grunzen.

«Haben die beiden sich hier getroffen? Oder hat der Polizist nur nach ihm gefragt?»

«Gefragt!», erwiderte der Büffel mit der Andeutung eines Nickens.

«Und Bruno ist von hier abgehauen, weil er Angst vor dem Polizisten hatte, weil er ihn nicht treffen wollte?», fragte Marthaler.

Kopfnicken ohne Grunzen.

«Mit wem hat der Polizist gesprochen?»

Bevor der Büffel den Namen hervorstieß, versprühte er eine Speichelfontäne: «F… F… Fickler!»

«Der Polizist hat mit Vöckler gesprochen? Und als Bruno das gehört hat, ist er geflohen?»

«Streit. Schnell weg!», brummte der Büffel.

«Bruno hat mit Vöckler gestritten?»

Nicken.

«Wissen Sie, wo Bruno hin wollte?»

«F… F… F…»

«Zu Vöckler? Aber von dem kam er doch!»

Schnauben. Heftiges Kopfschütteln.

«F… F… Freundin.»

«Bruno hat eine Freundin?»

Der Büffel nickte.

«Wissen Sie, wie seine Freundin heißt?»

«Hagenstraße!»

«Sie wohnt in der Hagenstraße. Aber wie heißt sie?»

«Hagenstraße!», wiederholte der Büffel.

«Sie wissen ihren Namen nicht?»

«Hagenstraße, Hagenstraße, Hagenstraße!»

Marthaler dachte nach, was das zu bedeuten hatte. Er hatte

das Gefühl, diesen Straßennamen erst kürzlich gehört oder gelesen zu haben. Die Hagenstraße lag nicht weit von hier im Ostend am Rande des Hafengebietes. Es war eine kleine Straße, in der es nicht viele Wohnhäuser gab.

Dann fiel es ihm ein. Der Straßenname stand auf seiner Liste. Es gab dort eine Tagesstätte, wo Obdachlose sich aufhalten konnten, wo sie Getränke und Essen bekamen und sich duschen konnten. Dort hatte der kleine Bruno eine Freundin.

«Sie meinen die Tagesstätte in der Hagenstraße, nicht wahr?»

Der Büffel schnaubte wieder. Aber diesmal war es ein freundliches Schnauben, so, als wolle er seiner Erleichterung Ausdruck geben, dass Marthaler endlich verstanden hatte.

«Sie haben mir sehr geholfen. Kann ich Ihnen irgendwie eine Freude machen?»

Der Mann, der sich Büffel nannte, nickte.

«Würden Sie ein wenig Geld von mir annehmen?», fragte Marthaler.

Der Mann nickte wieder.

Marthaler zog sein Portemonnaie hervor und nahm einen Zwanzig-Euro-Schein heraus. Der Büffel hielt bereits seine Hand auf.

Marthaler gab ihm das Geld. Es war das erste Mal, dass er einen Büffel lächeln sah. Er überlegte noch, ob er ihn ermahnen sollte, sich keinen Alkohol davon zu kaufen. Dann schwieg er lieber.

«Ich wünsche dem Büffel nochmals einen schönen Tag», sagte er.

Dann wandte er sich rasch ab und steuerte auf den Ausgang des Parks zu. Er hatte es eilig. Trotzdem drehte er sich vor der nächsten Wegbiegung noch einmal um. Der Büffel stand in der Sonne und sah ihm nach.

Selten, dachte Marthaler, habe ich einen Menschen gesehen, der sich selbst einen treffenderen Namen gegeben hat.

ACHT Als Marthaler die Hagenstraße erreichte, öffnete die Tagesstätte für Wohnsitzlose gerade erst ihre Tore. Das war in diesem Fall wörtlich zu nehmen, denn der kleine Innenhof, in dem sich die Räume der Einrichtung befanden, wurde nachts von einem schweren Metalltor verschlossen.

Auf der Straße wartete bereits eine Gruppe von knapp zwanzig Männern und Frauen. Ein wenig abseits stand ein dünnes Mädchen, das drei Hunde an einer Leine hielt. Marthaler wurde misstrauisch beäugt. Es wurde kaum gesprochen. Ein Mann lag in seinem Schlafsack direkt vor dem Eingang. Er wurde von einem anderen unsanft geweckt. Für 50 Cent würden sie alle gleich ein Frühstück bekommen, das hier jeden Morgen ab kurz nach acht ausgegeben wurde.

Am sich öffnenden Tor erschien das breite Gesicht einer vielleicht fünfunddreißigjährigen Frau. Sie war mit Jeans und einem dünnen Pullover bekleidet. Sie lächelte ihren Kunden zu. Marthaler hörte unter den Obdachlosen ein zufriedenes Raunen: «Die Steffi hat Dienst.»

Er wartete, bis der erste Andrang vorüber war. Die Frau sah ihn neugierig an. «Kann ich Ihnen weiterhelfen?»

Als er sich vorgestellt hatte, streckte sie ihm ihre Hand entgegen und sagte: «Steffi.»

Marthaler nickte. «Ja, Sie sind offensichtlich beliebt. Ich habe Ihren Namen gerade schon gehört. Die Leute waren froh, Sie zu sehen.»

Steffi sah ihn erwartungsvoll an. Marthaler beschloss, ohne Umschweife zur Sache zu kommen. «Ich suche jemanden. Vielleicht kennen Sie ihn. Er wird der kleine Bruno genannt.

Ich war eben bereits im Ostpark. Dort habe ich erfahren, dass er hier eine Freundin haben soll.»

Steffis Augen blitzten. Ihre Miene zeigte eine Mischung aus Freude und Belustigung.

«Mit wem haben Sie gesprochen?»

«Zuerst mit einem Mann namens Vöckler. Ein … nun, sagen wir … ein etwas seltsamer Typ. Jedenfalls hat er sich hartnäckig geweigert, mit mir zu sprechen.»

Steffi wiegte ihren Kopf. «Vöckler ist nicht verkehrt. Aber er ist noch nicht lange dabei. Er ist jung und noch ziemlich unsicher. Er findet nicht immer den richtigen Ton. Hat Angst, etwas falsch zu machen, und begeht vielleicht gerade deshalb noch manche Fehler.»

«Das ist freundlich ausgedrückt», sagte Marthaler. «Dann habe ich mit einem Mann gesprochen, der sich ‹der Büffel› nannte. Er sagte, der kleine Bruno habe hier eine Freundin.»

«Kommen Sie», sagte Steffi, «lassen Sie uns ein paar Schritte durch die Sonne laufen. Solange hier gefrühstückt wird, werde ich nicht unbedingt gebraucht. Ich sage nur kurz drinnen Bescheid.»

Marthaler wartete auf der Straße. Nach seiner Erfahrung mit Vöckler war er froh, auf jemanden zu treffen, der weniger verstockt war.

Als Steffi wieder herauskam, hatte sie eine Baseballkappe aufgesetzt, unter der ihr Gesicht noch ein wenig runder wirkte. Nebeneinander spazierten sie langsam in Richtung Osthafen.

«Entschuldigen Sie, wenn ich ein wenig dränge», sagte Marthaler. «Aber es kann sein, dass der kleine Bruno in Gefahr schwebt. Ich muss ihn finden. Diese Freundin, die er hier haben soll …»

«Das bin ich», sagte Steffi.

Marthalers Verwunderung hätte nicht größer sein können: «*Sie* sind die Freundin des kleinen Bruno?»

«Was erstaunt Sie daran?»

«Nun ja, ich kenne Bruno Kürten zwar nicht, aber er hat lange Zeit im Gefängnis gesessen. Er ist ein Berufskrimineller. Soviel ich gehört habe, soll er in einer ziemlich schlechten Verfassung sein. Und wenn ich Sie anschaue ...»

«Ja?»

«Nun, Sie sind sicher dreißig Jahre jünger als er. Sie wirken so ... so frisch! Ich weiß nicht, wie ich es anders nennen soll.»

Steffi lachte. «Sie müssen es nicht anders nennen. Frisch ist ein schönes Wort. Was wollen Sie von Bruno?»

Marthaler zögerte. Er war ihr eine Erklärung schuldig, durfte aber nichts über den Hintergrund seiner Nachforschungen preisgeben. «Es geht um die Ermittlung in einem schweren Verbrechen. Bruno scheint etwas über die Täter zu wissen. Und wenn meine Informationen stimmen, fühlt er sich deshalb von ihnen bedroht.»

Das Gesicht der Sozialarbeiterin verfinsterte sich. «Geht es um den Überfall auf den Kunsttransport?»

Marthaler schwieg.

«Okay, ich verstehe», sagte sie. «Sie dürfen nichts sagen. Ich weiß über all das nichts. Dass ich seine Freundin bin ... nun, das ist ein Scherz zwischen uns. Bruno ist ein aufgeschlossener Typ; es ist leicht, ihn zu mögen. Er ist in den letzten Monaten, seit er aus dem Knast gekommen ist, öfter hier aufgetaucht, hat hier gegessen und sich geduscht. Schlafen kann man bei uns nicht; wir sind nur eine Tagesunterkunft. Ich war freundlich zu ihm; und er hat gesagt: ‹Steffi, du bist ein Schatz, du bist jetzt meine Freundin.› Mehr steckt nicht dahinter. Man hat nicht allzu viel zu lachen in meinem Beruf. Man ist froh, wenn man es mal mit einem Kunden zu tun hat, der weniger versehrt ist. Es war ein Scherz, den alle gerne mitgemacht haben.»

«Das heißt, Sie kennen ihn eigentlich gar nicht besonders gut?»

Unmerklich hatte Steffi die Richtung ihres Spazierganges bestimmt. Sie waren die Lindleystraße entlanggegangen, vorbei am Zollamt und an den langen Reihen der Lkw. Ein paarmal hatte Marthaler bemerkt, wie die Fahrer begehrliche Blicke auf die Frau in seiner Begleitung warfen. Irgendwann hatte Steffi ihn nach links gelenkt, auf die Hanauer Landstraße. Nun befanden sie sich bereits wieder auf dem Rückweg zur Hagenstraße.

«Nein. Nicht besser jedenfalls als die meisten anderen. Immerhin ist er redseliger, auch gewandter als der Durchschnitt. Wissen Sie, die Leute, die zu uns kommen, sind häufig misstrauisch und aggressiv. Sie haben selten gute Erfahrungen gemacht. Ein großer Teil ist körperlich und seelisch krank. Die meisten trinken Alkohol oder nehmen andere Drogen. Wo sie auch auftauchen, man begegnet ihnen mit Zurückweisung. Also werden sie selbst zurückweisend. Die meisten sind Einzelgänger; sie gehen sich auch gegenseitig aus dem Weg. Es ist oft schwer, ihr Vertrauen zu gewinnen. Die Welt will nichts mit ihnen zu tun haben; also wollen sie von der Welt in Ruhe gelassen werden.»

Steffi war stehengeblieben. Sie drehte ihren Kopf zu Marthaler und sah ihn an. «Meinen Sie, dass ihm etwas zugestoßen ist?»

«Nein, jedenfalls gibt es bislang keinen Anlass, das zu glauben. Aber wie gesagt: Er scheint Angst zu haben. Wenn Sie eine Idee haben, wo er sich aufhält, sagen Sie es mir.»

Sie seufzte. «Nein, ich weiß nicht, wo er ist. Ich weiß nicht, wo er Platte macht. Er wollte es nicht sagen.»

«Platte macht?», fragte Marthaler.

«So nennen sie es. Platte macht man dort, wo man seinen Schlafplatz hat, wo man wohnt. Das kann ein Zelt sein, eine Parkbank, unter einer Brücke oder im Eingang eines Gebäudes.»

«Ach so, ja. Jetzt erinnere ich mich, den Ausdruck schon gehört zu haben. Wann haben Sie Bruno zuletzt gesehen?»

«Vorgestern am Morgen. Er war hier und hat bei uns gefrühstückt.»

Marthaler dachte nach. Der Justizangestellte Gundlach hatte den kleinen Bruno ein paar Stunden später in der B-Ebene des Hauptbahnhofs getroffen. Zu diesem Zeitpunkt schien Bruno Kürten bereits panische Angst gehabt zu haben.

«Ist Ihnen da etwas aufgefallen an ihm? War er anders als sonst? Hat er irgendetwas gesagt, das Ihnen ungewöhnlich vorkam?»

Marthaler schaute die Sozialarbeiterin prüfend an. Sie wich seinem Blick aus. Sie senkte den Kopf, bis das Schild der Kappe ihre Augen verbarg.

«Er kam und hat mich begrüßt wie immer. Er war gut gelaunt. Er hat seinen Kaffee getrunken und gegessen.»

Marthaler wartete.

«Und?»

«Nichts!»

«Doch. Ich bin Polizist. Ich habe Tausende Zeugen vernommen und viele Verdächtige verhört. Ich merke, wenn sich der Ton einer Aussage ändert.»

«Also mache ich hier gerade eine Aussage? Wir reden nicht miteinander, sondern Sie vernehmen mich?»

«Nennen Sie es Aussage oder nennen Sie es Gespräch. Jedenfalls hat sich Ihr Ton gerade verändert. Sie haben gezögert wie jemand, der nicht lügen, der aber auch die Wahrheit nicht sagen will.»

«Ich habe nicht gelogen.»

«Doch», sagte Marthaler. «Ich habe Sie gefragt, ob der kleine Bruno vorgestern Morgen außer essen und trinken noch etwas anderes gemacht hat. Sie haben geantwortet: ‹Nichts!› Dieses ‹Nichts› war eine Lüge.»

Kurz sah es aus, als wolle sich Steffi zur Wehr setzen, als wolle sie protestieren gegen eine bösartige Unterstellung. Stattdessen gab sie ihm durch ihre Miene zu verstehen, dass seine Vermutung stimmte.

«Also war noch etwas?»

«Ja.»

«Sagen Sie es mir!»

«Ich weiß nicht … Muss ich denn?»

«Ja, Sie müssen.»

«Bruno vertraut mir. Bruno ist …»

Marthaler wurde laut: «Bruno ist vor allem eins: nämlich in Gefahr.»

«Wir saßen zusammen und haben gefrühstückt. Bis dahin war alles in Ordnung. Bruno hat Scherze gemacht. Es gab kurz Ärger, weil einer der Männer einen Flachmann auf den Tisch gestellt hat und sich weigerte, ihn wieder wegzupacken. Bruno hat es auf die charmante Tour geschafft, den Konflikt zu lösen. Ein Kollege hat das Radio eingeschaltet. Niemand hörte richtig hin. Dann kamen die Nachrichten mit der Meldung von dem Überfall. Bruno war sofort wie elektrisiert. Er ist aufgesprungen und hat die anderen ermahnt, ruhig zu sein. Er stand bewegungslos vor dem Apparat und hat zugehört. Danach war er regelrecht … ich weiß nicht, wie ich es nennen soll. Er war … verstört; so habe ich ihn noch nie gesehen. Ich muss weg, hat er gesagt. Ich muss sofort weg. Er ist nach draußen gelaufen, hatte aber seine Sachen vergessen. Ich bin ihm nachgerannt und hab ihn nach hundert Metern eingeholt. Er wollte nicht reden. Er wollte nicht sagen, was ihn so aufgeregt hat. Schließlich ist er aber nochmal mit zurückgekommen und hat sein Bündel abgeholt. Er wollte, dass wir zusammen ins Büro gehen.»

«Warum?»

«Er bat mich um ein Blatt Papier und um einen Briefumschlag.»

«Was wollte er damit?»

«Er hat etwas aufgeschrieben.»

«Was?»

«Ich weiß es nicht. Er tat sehr geheimnisvoll, verschwörerisch. Er wollte nicht, dass die anderen es mitkriegen. Obwohl er es sehr eilig hatte, hat er extra die Tür geschlossen.»

Inzwischen waren sie wieder vor dem Eingang der Tagesstätte angelangt. Steffi hatte ihre Stimme gesenkt. Auch sie schien verhindern zu wollen, dass ihr Gespräch von fremden Ohren gehört wurde.

«Das ist alles?», fragte Marthaler.

Die Sozialarbeiterin schüttelte heftig den Kopf. «Nein. Er hat den Zettel in den Umschlag gesteckt. Dann hat er den Umschlag zugeklebt.»

«Weiter! Bitte!», ermahnte Marthaler.

«Er bat mich, den Umschlag in meine Schreibtischschublade zu legen. Er hat darauf bestanden, dass ich die Schublade abschließe und den Schlüssel einstecke.»

«Und da ist der Umschlag noch? Das heißt, Sie haben ihn hier?»

Steffi seufzte. Dann nickte sie.

«Aber Sie wissen nicht, was er enthält? Was Bruno aufgeschrieben hat?»

«Nein. Er hat gesagt, wenn ich höre, dass ihm etwas zugestoßen ist, soll ich den Umschlag öffnen und damit zur Polizei gehen.»

«Holen Sie ihn! Worauf warten Sie noch? Öffnen Sie den Umschlag!»

«Sie haben selbst gesagt, dass nichts darauf hinweist, dass ihm etwas zugestoßen ist.»

«Ich weiß es nicht. Aber wir wollen verhindern, dass noch mehr passiert, nicht wahr? Also geben Sie mir diesen Umschlag.»

Die Lippen der Sozialarbeiterin wurden schmal. «Wissen Sie, was Sie von mir verlangen? Was das bedeutet? Wissen Sie, wie schwer es ist, nur ein winziges bisschen Vertrauen bei den Berbern zu erwerben? Es ist das A und O unserer Arbeit, dass unser Wort gilt, dass wir sie nicht hintergehen. Wenn sich herumspricht, dass ich ein Versprechen nicht halte, dann ...»

«Es wird sich nicht herumsprechen. Niemand muss erfahren, dass Sie mir den Umschlag gegeben haben.»

Aus dem Innenhof war die Stimme eines Mannes zu hören, der Steffis Namen rief.

«Sie hören ja selbst, das ist mein Chef. Ich kann nicht länger reden, ich werde gebraucht. Ich glaube, es ist besser, wenn Sie jetzt gehen.»

Marthaler legte seine rechte Hand auf ihren Unterarm. «Steffi, bitte, machen Sie sich nicht unglücklich! Wenn dem kleinen Bruno etwas zustößt, und wir hätten es verhindern können, dann werden wir uns ewig Vorwürfe machen.»

«Steffi, kannst du bitte kommen!» Der Ton ihres Chefs wurde drängender.

Sie sah Marthaler unschlüssig an. Dann schüttelte sie den Kopf. «Tut mir leid», sagte sie und entzog sich seinem Griff.

«Ich mache Ihnen einen Vorschlag: Öffnen Sie den Umschlag und zeigen Sie mir, was der kleine Bruno geschrieben hat. Dann verschließen Sie ihn wieder und legen ihn zurück in Ihre Schublade.»

«Sie lassen nicht so leicht locker, oder?»

«Nein», sagte Marthaler, «ich darf nicht lockerlassen. Es steht zu viel auf dem Spiel.»

Einer der Obdachlosen kam nach draußen geschlurft. Er wandte sich an die Sozialarbeiterin, ohne Marthaler zu beachten. «Steffi, der Norbert ruft. Du sollst kommen.»

«Gleich! Noch zwei Minuten, dann bin ich da. Geh wieder rein.» Sie wartete, bis der Mann verschwunden war. «Gut», sagte sie zu Marthaler. «Machen wir es so, wie Sie vorgeschlagen haben. Warten Sie hier. Ich bin sofort wieder da.»

Sie verschwand in dem Innenhof. Als sie zurückkam, hatte sie den Umschlag in der Hand. Ohne weitere Umstände riss sie ihn auf. Sie zog den Zettel heraus und las ihn.

«Vielleicht können Sie etwas damit anfangen», sagte sie. «Ich weiß nicht, was das zu bedeuten hat. Ich möchte, dass Sie mir ein Versprechen geben. Tun Sie alles dafür, dass dem kleinen Bruno nichts passiert. Kann ich mich darauf verlassen?»

Marthaler versprach es ihr.

Sie gab ihm den Zettel.

Es stand nur ein Wort darauf.

Er las es.

Es war das Wort «Rosenherz».

NEUN Vor dem Weißen Haus stand ein dunkelblauer Van am Straßenrand. Er merkte zu spät, dass es sich um den Wagen eines Fernsehteams handelte.

«Das ist er!», zischte die Frau, als sie Marthaler kommen sah. «Kamera ab!»

Der Kameramann und sein Tonassistent sprangen aus dem Wagen und postierten sich auf dem Bürgersteig.

Eilig ging Marthaler auf das Team zu. Er hob seine rechte Hand und hielt sie vor das Objektiv. «Ich gebe keine Erklärungen ab. Bitte haben Sie Verständnis! Gehen Sie wieder nach Hause; ich habe mit den Ermittlungen nichts zu tun.»

Er schob den Kameramann zur Seite und ging auf den Eingang des Weißen Hauses zu.

«Hier ist Gaby Heinze für *NewsTV*. Bei uns ist Hauptkommissar Robert Marthaler von der Kripo Frankfurt. Herr Hauptkommissar, stimmt es, dass Ihre Frau ... stimmt es, dass Tereza Prohaska schwanger ist?»

Marthaler wirbelte herum.

Die Frau lächelte. Sie war stark geschminkt und zeigte Marthaler ein blendend weißes Gebiss. Sie trug ein tadellos sitzendes Kostüm, eine dezent geschlossene Bluse und modische Schuhe mit mittelhohen Absätzen.

«Was fällt Ihnen ein, eine solche Frage zu stellen?»

«Wir können ihr helfen. Wir haben eine Benefiz-Aktion für Frau Prohaska und das Baby gestartet.»

«Sie haben *was*?»

«Wir haben Kontakt zu den größten Unternehmen der Pharma-Industrie, wir können Sponsoren finden. Es gibt hochspezialisierte Mediziner, auf deren Mitarbeit wir im Bedarfsfall rechnen können. Wir werden Geldspenden bei unseren Zuschauern einsammeln ... Es gibt bereits ein ‹Sonderkonto Tereza›.»

«Hören Sie ...!»

«Wenn nötig, werden wir auch zu Blutspenden und sogar zu Organspenden aufrufen.»

Marthaler schüttelte fassungslos den Kopf. «Und was ist Ihr Preis?», fragte er. «Wollen Sie Ihre Spezialisten vor laufender Kamera am offenen Herzen operieren lassen? Ich sage Ihnen was: Sie sind zum Kotzen. Alles, was Sie vorhaben, ist ein Dreck. Das dürfen Sie gerne über Ihren Sender laufen lassen. Ich hoffe, dass Ihre Eltern jetzt ins Grübeln kommen und sich fragen, was in der Erziehung falsch gelaufen ist, dass ein solch verkommenes Wesen aus ihrer Tochter werden konnte. Um es noch deutlicher zu sagen und damit es auch der dümmste Ihrer dummen Zuschauer begreift: Sie widern mich an. Sie können sich noch so sehr herausputzen: Sie sind ein Stück Dreck.»

Die Journalistin lächelte ungerührt. Die Kamera schwenkte auf ihr Gesicht; Gaby Heinze wandte sich direkt an ihr Publikum: «In ihrem Schmerz neigen viele Menschen zu Ungerechtigkeiten. Seien wir also nachsichtig mit Hauptkommissar Marthaler. Er steht unter Stress, seine Lebensgefährtin wurde schwer verletzt, sie und ihr Baby schweben in Lebensgefahr. Er hat unser ganzes Mitgefühl verdient.»

«Nein», sagte Marthaler. Er hatte seinen Arm gehoben und ging nun mit drohend ausgestrecktem Zeigefinger auf die Journalistin zu. Gaby Heinze stellte sich dicht neben den Kameramann, sodass es später im Fernsehen so aussehen musste, als würde Marthaler direkt auf die Zuschauer zukommen.

«Nein, das machen Sie nicht!», sagte er. «Sie kramen nicht in unserem Privatleben. Sie schalten jetzt die Kamera aus und verschwinden von hier!»

Gaby Heinze grinste. Marthaler begriff: Sie hatte alles, was sie brauchte. Es waren spektakuläre Bilder von einem Polizisten, der sich nicht im Griff hatte. Sie hatte einen O-Ton, den sie nicht einmal zu schneiden brauchte, damit Marthaler sich anhörte wie ein durchgeknallter Bulle auf Koks. Aber Gaby Heinze war noch nicht fertig mit ihm.

«Mir scheint, Sie messen mit zweierlei Maß, Herr Hauptkommissar.»

«Was wollen Sie damit sagen?»

«Dass nicht alle Journalisten von Ihnen so schlecht behandelt werden.»

Marthaler zuckte mit den Schultern. Er wusste nicht, worauf die Reporterin hinauswollte. Es war ihm egal.

«Man hört, dass Sie neue Freunde haben.»

Marthaler sah sie verständnislos an.

«Sie sind gesehen worden. Man sagt, Sie seien mit Arne Grüter essen gegangen. Es heißt, Sie hätten einen Vertrag mit dem *City-Express* geschlossen.»

Marthalers Hände wurden feucht. «Das ist eine Lüge», sagte er.

Gaby Heinze lächelte ihn noch immer an: «Kann es sein, dass Sie nur dann mit Journalisten reden, wenn man Sie dafür bezahlt?»

Er war kurz davor, handgreiflich zu werden. Im letzten Moment besann er sich. Er drehte sich um und ging auf den Eingang des Weißen Hauses zu. Als er den Schlüssel ins Schloss steckte, merkte er, dass seine Hände zitterten. Er fühlte sich nackt. Wie unsittlich berührt. Es kam ihm vor, als gebe es nichts, was man nicht über ihn wusste. Demnächst würde er die Rollläden herunterlassen müssen, sobald er nach Hause kam. Leute wie diese Reporterin kannten keine Grenzen. Es war ihnen egal, was sie anrichteten. Sie waren bereit, alles in den Schmutz zu ziehen.

Marthaler fragte sich, wie jemand so werden konnte. Er stellte sich vor, dass Gaby Heinze in den Kindergarten und zur Schule gegangen war. Sie hatte gespielt, getanzt und gelacht. Man hatte ihr Märchen vorgelesen, und sie hatte mit anderen Kindern Lieder gesungen. Im Religionsunterricht hatte sie gelernt, dass es einen Unterschied zwischen Gut und Böse gab. Sie hatte Gedichte gelesen und Bilder angeschaut.

Das alles hatte nichts genützt. Aus ihr war ein ganz und gar roher Mensch geworden. Die Verlogenheit war ihr zur zweiten Natur geworden. Vielleicht konnte sie längst nicht mehr unterscheiden zwischen Wahrheit und Lüge. Nicht umsonst hatte sie Arne Grüter erwähnt; sie gehörte zur selben Kategorie. Egal, was sie taten, diese Menschen waren im Reinen mit sich. Sie brauchten nicht einmal Befehle, um etwas Schlechtes zu tun. Sie taten es von sich aus, und sie taten es gerne.

Auf dem Flur begegnete ihm Kerstin Henschel.

«Robert! Wo hast du gesteckt? Keiner weiß, wo du dich rumtreibst. Wie geht's dir?»

Marthaler hob die Hand und ging an ihr vorbei. «Nicht jetzt», sagte er. «Später! Oder warte … Sagt dir das Wort ‹Rosenherz› etwas?»

Kerstin Henschel sah ihn an. Ihre Stirn lag in Falten: «Was soll das sein? Ein Duschgel?»

«Ich weiß es nicht. Mir ist, als hätte ich das Wort schon einmal gehört … im Zusammenhang mit unserer Arbeit. Ich zermartere mir den Kopf, aber ich komme nicht drauf.»

«Tut mir leid, Robert, wenn mir etwas einfällt, sage ich es dir.»

Er betrat das Vorzimmer seines Büros. Auch seine Sekretärin bekam nur eine kurze Antwort auf ihre besorgte Nachfrage. «Elvira, entschuldige, wenn ich dich im Telegrammstil abspeise. Es gibt nichts Neues von Tereza. Gegen Mittag werde ich noch einmal versuchen, in der Klinik jemanden zu erreichen. Mir selbst geht es nicht besonders gut, aber ich bin arbeitsfähig.»

Er stürmte in sein Büro und ließ sich in den Schreibtischsessel fallen. Er schaltete den Computer ein. Während er wartete, dass der Bildschirm sich aufbaute, wählte er die Nummer der Tagesstätte in der Hagenstraße. Steffi war sofort am Apparat.

«Sie schon wieder», sagte sie, als Marthaler sich meldete.

«Ja, ich habe noch etwas vergessen.»

«Machen Sie's kurz. Ich hab sowieso schon schlechte Laune.»

«Wegen mir?», fragte er.

«Nein, wegen mir. Ich hätte Ihnen keine Auskunft geben sollen. Jetzt habe ich ein schlechtes Gewissen. Aber es liegt an mir, nicht an Ihnen.»

«Wenigstens haben Sie ein Gewissen», sagte Marthaler, der an die Fernsehjournalistin dachte.

«Was wollen Sie?»

«Hat jemand nach dem kleinen Bruno gefragt, bevor ich vorhin bei Ihnen war?»

«Wer sollte nach ihm gefragt haben?»

«Ein Polizist.»

«Nein, außer mit Ihnen habe ich mit keinem Polizisten gesprochen.»

«Oder jemand, der sich als Polizist ausgegeben hat?»

«Nein, es war niemand hier.»

«Gut. Sollte sich noch jemand nach Bruno Kürten erkundigen, geben Sie bitte keine Auskunft. Und sagen Sie keinesfalls, dass ich bei Ihnen war. Haben Sie das verstanden?»

«Sonst noch etwas?»

«Nein. Aber es ist wichtig, dass Sie sich daran halten.»

«Ja», sagte sie. «Ich werde sowieso mit niemandem mehr über ihn sprechen.»

Sie legte auf.

Marthaler tippte das Wort «Rosenherz» in die Maske der Suchmaschine. Es wurden 48 000 Treffer gemeldet. Er überflog die Seiten mit den Suchergebnissen. Bevor die Meldung kam, dass es sich bei allen weiteren Treffern um Wiederholungen handelte, hatte er die Nummer 736 erreicht.

736-mal kam das Wort «Rosenherz» im Internet in wechselnden Zusammenhängen vor. Es war unmöglich zu sagen, welche dieser Nennungen etwas mit dem Zettel des kleinen Bruno zu tun hatte. Marthaler nahm einen Kugelschreiber und legte einen Stapel Schreibpapier neben das Keyboard. Dann begann er die ersten Seiten aufzurufen.

Kerstin Henschels spontaner Gedanke war so falsch nicht gewesen. Im Westerwald gab es einen Laden, der Natur-Kosmetika vertrieb und der den Namen «Rosenherz» trug. Er notierte sich den Namen der Inhaberin und die Adresse. Eine Volksmusikgruppe aus Österreich hatte sich ebenfalls so genannt. Er klickte die Homepage der Band an und schrieb die Kontaktdaten auf.

Als Nächstes geriet er an einige Internet-Foren, wo das Wort «Rosenherz» als Name einer Benutzerin vorkam. Ob es sich dabei immer um dieselbe Frau handelte, konnte er nicht erkennen; er würde es in einem späteren Durchlauf über-prüfen müssen.

Bei den Internet-Buchversendern wurde ein Buch an-geboten mit dem Titel: «Rosenherz – Esoterik und Liebe. Neue Wege zu einem erfüllten Sexualleben». Marthaler rief sein Konto bei Libri auf und bestellte das Buch über seine Buchhandlung. Wenn er das nächste Mal auf den Bornheimer Markt ging, würde er es dort abholen.

In Dresden gab es ein sogenanntes Wellness-Studio, das im Handelsregister eingetragen war: «Rosenherz – Massagen und mehr». Was dieses «mehr» zu bedeuten hatte, erfuhr er, als er die Seite besuchte. Offensichtlich handelte es sich um eine Art Bordell für die gehobene Kundschaft. Mehrmals wurde darauf hingewiesen, dass man großen Wert auf Hygie-ne und Diskretion lege.

Marthaler erfuhr, dass das Amtsgericht Nürnberg den Namen «Rosenherz» als weiblichen Vornamen abgelehnt hatte. Zur Begründung führte das Gericht an, dass ein Mädchen mit diesem Namen Gefahr laufe, fortwährenden Hänseleien im Freundeskreis und auf dem Schulhof ausgesetzt zu sein.

Er arbeitete drei Stunden lang, dann brannten ihm die Augen. Er hatte Elvira gebeten, keine Anrufe durchzustellen. Jetzt war er erschöpft. Seine Notizen waren auf mehrere Seiten angewachsen, dabei hatte er nicht einmal ein Zehntel der Treffer abgearbeitet. Wenn er all diesen Spuren wirklich nachgehen wollte, würde er Wochen, wenn nicht Monate brauchen. Resigniert legte er den Kugelschreiber beiseite. Wieder überlegte er, warum ihm das Wort «Rosenherz» vertraut vorkam; es fiel ihm nicht ein.

Als es an seiner Tür klopfte, schaute er auf.

«Entschuldige, Robert. Da ist ein Anrufer, der es bereits zum dritten Mal probiert. Er will sich nicht abweisen lassen.»

«Um was geht es?»

«Das will er nicht sagen. Er will nur mit dir persönlich sprechen. Sein Name ist Grüter.»

«O Gott, ja. Sag ihm, ich sei in einer Sitzung. Sag ihm irgendwas. Er soll es morgen wieder probieren ...»

Elvira verzog das Gesicht. Sie war bereits im Begriff, Marthalers Tür zu schließen, als er sie zurückrief: «Nein, warte! Egal! Stell ihn durch!»

Er wartete nicht ab, bis Grüter sich meldete. «Was soll das eigentlich, Sie Idiot? Als ich vorhin hier ankam, stand ein Fernsehteam vor der Tür. Die Reporterin wusste bereits, dass wir uns getroffen haben; und in Kürze wird es wahrscheinlich das halbe Land wissen.»

«Halten Sie die Luft an, Marthaler. Ich hab mit niemandem darüber gesprochen. Aber ich bin nicht der einzige Journalist, der seine Arbeit macht. Und spätestens, wenn mein erster Artikel erscheint, wird man sowieso wissen, dass wir in Kontakt sind. Also keine Panik, Mann! Ich bin nicht darauf aus, Sie reinzureiten. Diesmal jedenfalls nicht.» Wieder war Grüters heiseres Kichern zu hören. «Haben Sie vergessen: Wir haben eine Abmachung. Sie sollten sich bis spätestens zehn Uhr bei mir gemeldet haben.»

«Ja. Und ich habe es doch tatsächlich vergessen.»

«Das sollte Ihnen nicht zu oft passieren, Herr Hauptkommissar. Haben Sie herausgefunden, wo der kleine Bruno sich aufhält?»

«Nein, das nicht ...» Marthaler zögerte. Er überlegte, wie viel er Grüter sagen durfte.

«Aber?»

«Nichts aber. Ich weiß nicht, wo er ist.»

«Aber Sie haben etwas herausgefunden, also spucken Sie es aus.»

«Ja. Vielleicht können Sie mir helfen. Sie könnten ein Stichwort im Zeitungsarchiv nachschlagen.»

«Was für ein Stichwort?»

«Bevor Bruno Kürten verschwunden ist, hat er etwas aufgeschrieben. Er hat in einer Obdachloseneinrichtung einen Zettel hinterlassen.»

«*Was*, Marthaler! *Was* hat er aufgeschrieben?»

«Ein Wort, das offensichtlich mit seinem Verschwinden in Verbindung steht. Schauen Sie in Ihrem Archiv nach, ob Sie das Wort dort finden. Es heißt ‹Rosenherz›.»

Grüter schwieg einen Moment.

Dann hörte Marthaler, wie der Reporter leise durch die Zähne pfiff.

«Was ist? Sagt Ihnen das Wort etwas?»

«Allerdings! Und dafür muss ich nicht in unser Archiv schauen.»

«Also?»

«Nicht am Telefon! Kennen Sie das kleine Selbstbedienungs-Café im Günthersburgpark? Es ist gleich bei Ihnen um die Ecke.»

«Natürlich kenne ich das.»

«Dort treffen wir uns. In einer Viertelstunde, nein, sagen wir in zehn Minuten.»

ZEHN Der Schmerz traf ihn unerwartet und mit voller Wucht. Als er den Park betrat, wurden die Erinnerungen an Tereza wach.

Hier hatten sie, auf einer Bank sitzend oder auf einer Decke liegend, unter den alten, großen Bäumen einige Sommernachmittage verbracht. Manchmal hatte Tereza vor dem Weißen Haus mit einem Picknickkorb auf ihn gewartet, und sie waren gemeinsam die paar Schritte bis zum Park gelaufen, hatten sich einen Platz auf der Wiese gesucht, wo sie ihren Nudelsalat aßen und eine Flasche Cidre tranken. Einmal, es war zu Beginn dieses Frühjahrs gewesen, waren sie zu den Boule-Spielern gegangen und hatten gefragt, ob sie eine Runde mitspielen durften. Aus der einen Runde waren viele geworden, immer wieder waren neue Getränke herbeigeschafft worden, und als sie Stunden später nach Hause fahren wollten, hatten sie gemerkt, dass sie beide zu beschwipst waren, um sich noch ans Steuer zu setzen. Sie waren zurück ins Weiße Haus gegangen, wo sie eng aneinandergedrückt auf der roten Besuchercouch geschlafen hatten und am nächsten Morgen von Elvira überrascht worden waren.

Eine Zeitlang war Marthaler hier regelmäßig seine Runden gelaufen. Vor einigen Jahren, an einem kalten Wintermorgen, hatte Tereza plötzlich vor ihm gestanden. Wegen ihres dicken Mantels und der Pelzmütze hatte er sie nicht sofort erkannt. Sie war gerade erst aus Madrid zurückgekommen, und er hatte vergessen, sie vom Flughafen abzuholen. Er erinnerte sich, wie verwirrt und beschämt er gewesen war, als sie ihn mit traurigen Augen angeschaut hatte. Dann hatten sie sich zum ersten Mal ihre Liebe gestanden.

Marthaler sog den Geruch des frisch gemähten Rasens ein.

Überall auf den Wiesen lagen Leute in der Sonne. Es wurde Federball gespielt, Kinder flitzten mit ihren Fahrrädern über die Wege, und ein dünner Mann mit langen Haaren machte zwischen zwei Bäumen seine Yoga-Übungen. Rund um den Brunnen mit seinen wasserspeienden Figuren lagerten Mütter, die ihre planschenden Kleinen beaufsichtigten. Unter dem hölzernen Pilz hatte sich eine Gruppe Jugendlicher versammelt. Sie hörten Musik aus einem Ghettoblaster. Zwei Mädchen mit nabelfreien Tops hielten sich an den Händen und stießen im Tanz ihre Hüften gegeneinander. Marthaler hörte noch ihr Kichern, als er längst an ihnen vorbei war.

Alles schien erfüllt von Glück und Leichtigkeit.

Umso dunkler wurden seine Gedanken. Die Sorge um Tereza wog so schwer, dass er kurz das Gefühl hatte, keinen Schritt mehr weitergehen zu können. Für einen Moment kam er sich vor wie ein uralter Mann, dessen Zukunft nur noch Finsternis war, dem das Leben nichts mehr zu bieten hatte außer Schmerz, Verzweiflung und Einsamkeit.

Arne Grüter saß auf einem der Stühle vor dem Café und sah Marthaler an. Vor sich auf dem Tisch hatte er ein Glas Weizenbier stehen, das bereits zur Hälfte geleert war. Er drückte seine Zigarette aus und schüttelte eine neue aus der Packung.

«Mein Gott, Marthaler, was ist denn mit Ihnen los? Sie sehen aus, als wären Sie gerade dem Totengräber von der Schippe gehüpft.»

Marthaler bedachte Grüter mit einem vernichtenden Blick. Der Reporter schien zu merken, wie unpassend seine Bemerkung gewesen war. «Oh, sorry. Das ist mir nur so rausgerutscht. Haben Sie Nachrichten aus der Klinik?»

Marthaler schüttelte den Kopf. Er hatte Mühe, seine Tränen zurückzuhalten. Er wollte sich vor Grüter keine Blöße geben, dennoch war seine Erschütterung nicht zu übersehen.

«Also, was ist?», fragte Grüter. «Wollen wir das Ganze um einen Tag verschieben?»

«Nein», sagte Marthaler. «Aber vermeiden Sie gefälligst Ihre Witze! Schlucken Sie alle lockeren Sprüche, die Sie auf der Zunge haben, wieder runter. Ich bin nicht in der Verfassung ...»

Grüter war aufgestanden. «Gut!», sagte er. «Nehmen Sie Platz! Ich hole Ihnen was zu trinken. Die nächste Runde können Sie ja dann bezahlen ... ich meine, weil Sie von mir ja nichts annehmen wollen.»

«So machen wir es», sagte Marthaler. «Bringen Sie mir eine große Apfelsaftschorle.»

Grüter hatte seine Zigaretten auf dem Tisch liegen lassen. Marthaler nahm sich eine aus der Packung und steckte sie an.

«Sie rauchen?», fragte der Reporter, als er zurückkam. Er stellte das Glas vor Marthaler ab.

«Nein, ich paffe! Sagen Sie mir, was Sie über Rosenherz wissen.»

Über Grüters Gesicht huschte ein ironisches Lächeln. Dann schien er sich eines Besseren zu besinnen und wurde ernst. «An den Fall Nitribitt erinnern Sie sich?»

«Grüter, bitte!»

«Das ist das Seltsame: Alle erinnern sich an die Nitribitt, aber kaum jemand weiß noch etwas über den Fall Rosenherz.

Dabei hat die Sache damals kaum weniger Furore gemacht. Es war neun Jahre später, im August 66, in der Kirchnerstraße 2, keine hundert Meter vom *Frankfurter Hof* entfernt. Dort wurde Karin Rosenherz in ihrer Wohnung ermordet. Bekannt war sie allerdings vorher unter dem Namen Niebergall – jedenfalls in bestimmten Kreisen. Vielleicht sollte man statt bekannt lieber berüchtigt sagen. Die Dame war nämlich eine Prostituierte.»

Marthaler schlug mit der flachen Hand auf den Tisch. Von den umliegenden Plätzen schauten die Gäste zu ihnen herüber. «Verdammt, was bin ich für ein Idiot! Ich wusste es. Seit heute Morgen kreist dieses Wort in meinem Hirn wie eine gefangene Hummel. Ich wusste, dass es was mit meiner Arbeit zu tun hat. Tun Sie mir einen Gefallen und schreiben Sie das nicht!»

«Was soll ich nicht schreiben?»

«Dass der Kriminalpolizist, der in Frankfurt die alten, ungeklärten Fälle bearbeitet, nichts mit dem Namen Rosenherz anfangen konnte.»

Der Reporter lachte. «Keine Angst ... obwohl ... eine hübsche Pointe wäre es schon ...»

«Grüter, ich warne Sie!»

«Schon gut, schon gut! Ich hätte den Fall wahrscheinlich selbst längst vergessen, wenn ich mich nicht als junger Mann mal damit beschäftigt hätte. Es war Mitte der Siebziger. Ich war noch auf der Oberschule und habe in den Ferien meine ersten Sachen für den *City-Express* geschrieben. Wir hatten damals eine Serie: ‹Frankfurt kriminell›. Dort wurde über berühmte Kriminalfälle aus der Geschichte der Stadt berichtet. Da hat man dann die freien Mitarbeiter rangelassen. Keine große Sache; ich bin ins Archiv gegangen, habe mir die alten Artikel rausgesucht, ein paar Telefonate mit Staatsanwälten und Polizisten geführt und einen wahrscheinlich ziemlich wirren Text zusammengeschustert. So nach dem Motto: aus alt mach neu!»

Jetzt erinnerte sich Marthaler vage, dass einige seiner älteren Kollegen gelegentlich von der Mordsache Rosenherz erzählt hatten. Dennoch war ihm aus diesen Berichten kaum mehr als der Name des Opfers im Gedächtnis geblieben.

«Mit wem haben Sie gesprochen?», fragte er.

«Ich hatte Glück. Etwa zur selben Zeit haben sich Ihre Kollegen den Fall nochmal vorgeknöpft. Hans-Jürgen Herrmann war der Erste, den man zehn Jahre nach dem Mord nochmal einen frischen Blick auf die Sache hat werfen lassen.»

«Ausgerechnet ...», sagte Marthaler und verdrehte die Augen. «Aber Herrmann kann doch damals selbst kaum älter als Anfang oder Mitte zwanzig gewesen sein.»

Grüter lachte. «Wenn überhaupt. Aber er war ein ehrgeiziger Knabe. Und wer weiß, was noch aus ihm geworden wäre, wenn Sie ihn nicht zu Fall gebracht hätten.»

Marthaler winkte ab. «Das hatte er sich ja wohl selbst zu verdanken.»

Ende der neunziger Jahre war Hans-Jürgen Herrmann zum Leiter beider Mordkommissionen befördert worden und damit auch zu Marthalers Chef. Dass die beiden sich nicht mochten, war hinlänglich bekannt – spätestens seit sie sich während einer Pressekonferenz zur Freude der anwesenden Journalisten eine öffentliche Auseinandersetzung geliefert hatten. Eine Auseinandersetzung, die Arne Grüter provoziert hatte. Als Herrmann wenige Jahre später aus persönlichen Gründen die Ermittlungen in einem Mordfall behindert und Beweismaterial hatte verschwinden lassen, war es Marthaler gewesen, der dafür gesorgt hatte, dass sein Chef zunächst suspendiert und schließlich aus dem Polizeidienst entlassen wurde.

«Durch den Fall Rosenherz hat Herrmann seine Karriere aber noch nicht befördern können?», fragte Marthaler.

«Nein», antwortete Grüter. «Er hat die Akten sehr rasch wieder abgegeben. Wahrscheinlich hatte er den Eindruck, dass eine Wiederaufnahme der Ermittlungen aussichtslos war. Genaueres weiß ich allerdings auch nicht.»

«Jedenfalls wissen Sie mehr als ich», sagte Marthaler. «Der Mörder ist nie gefasst worden, nicht wahr?»

«Nein. Man war sich nicht einmal sicher, ob es sich um einen oder um mehrere Täter gehandelt hat. Die Frau ist erstochen worden. Man könnte auch sagen: Sie wurde abgeschlachtet.»

«Hat man die Tatwaffe gefunden?»

«Nein. Die Leiche wies sechzehn Einstiche auf. Über der Rosenherz wohnten im selben Haus ein paar junge Italiener, die die Leiche entdeckt haben. So kam zunächst das Gerücht auf, dass sie mit einem Stilett umgebracht wurde. Bei der Obduktion stellte man aber fest, dass ihr die Wunden wohl mit zwei verschiedenen Waffen beigebracht wurden. Entweder waren es zwei unterschiedliche, nicht allzu lange Messer oder, halten Sie sich fest: ein großes Pfeifenbesteck.»

Marthaler verzog das Gesicht.

«Ihr Verlobter, ein junger Typ, war Pfeifenraucher. Natürlich hat man ihn in die Mangel genommen; aber seine Eltern haben ihm ein Alibi gegeben. Außerdem sagte er aus, dass er Stanwell verabscheue.»

«Stanwell?»

«Ja, das war die Tabaksorte, von der man Reste in einem Aschenbecher im Schlafzimmer der Rosenherz gefunden hat. Erinnern Sie sich? ‹Drei Dinge braucht der Mann ...›»

Marthaler lachte. «‹Feuer, Pfeife, Stanwell.› Doch, ich erinnere mich. Es war ein Werbespot mit Hans-Joachim Kulenkampff.»

«Genau! Derselbe Kulenkampff, der sich später ziemlichen Ärger eingehandelt hat, als er über einen christdemokratischen Politiker sagtc, dieser sei ein schlimmerer Hetzer als Goebbels.»

«Manchmal muss man den Mut haben, sich Ärger einzuhandeln», sagte Marthaler.

Grüter hob die Brauen, sagte aber nichts.

«Gab es Verdächtige im Fall Rosenherz? Hatte man eine heiße Spur?»

Der Reporter zuckte mit den Schultern. «Soviel ich weiß, nicht. In die Akten hat man mich nicht schauen lassen, schließlich handelte es sich um einen ungeklärten Mord. Immerhin gab es das Phantombild eines unbekannten Mannes, von dem man annahm, dass er ihr letzter Freier und wohl auch ihr Mörder gewesen ist.»

«Das heißt aber doch, dass man Zeugen hatte, die diesen Mann gesehen haben.»

«Ja, es gab einen Kellner und einen Taxifahrer, die eine Aussage gemacht haben. Der eine will gesehen haben, wie dieser Mann in der Tatnacht an der Konstablerwache in ihr Auto gestiegen ist. Der andere hat ihn dann in der Nähe des Bahnhofs auf dem Beifahrersitz des Wagens bemerkt.»

«Aber ausfindig gemacht worden ist dieser Mann nicht?»

«Einer der Polizisten, die damals dabei waren, hat mir gegenüber ein wenig aus dem Nähkästchen geplaudert. Er sagte, einen Tag nachdem das Phantombild veröffentlicht wurde, sei die Hölle über die Ermittler hereingebrochen. Plötzlich habe es Hunderte von Hinweisen aus ganz Deutschland gegeben. Sogar in den Nachbarländern gab es Zeugen, die meinten, den Mann zu kennen.»

Marthaler nickte. «So ist es heute noch», sagte er. «Genau deshalb versucht man, so lange es geht, ohne ein Phantombild auszukommen. Man grast das Umfeld der Opfer ab, weil dort in den allermeisten Fällen der Täter zu finden ist. Aber wenn man nicht weiterkommt, muss man sich auf das schlechte Gedächtnis möglicher Zeugen verlassen. Dann wird ein subjektives Porträt erstellt, von dem niemand weiß, was es taugt. Plötzlich ist alles auf dieses Bild fokussiert. Und wenn es dann veröffentlicht wird, explodieren die Ermittlungen. Hatte man vorher fünf, sechs, vielleicht auch zehn Spuren, so sind es jetzt Hunderte. Und all diesen Spuren muss man nachgehen. Das heißt, nach der Veröffentlichung eines Phantombildes müsste die Zahl der Kollegen, die an einem Fall arbeiten, eigentlich verzehnfacht werden. Was natürlich nie geschieht.»

«Ja», sagte Grüter. «Echt ein harter Job. Sie haben mein ganzes Mitleid.»

«Was soll das?», blaffte Marthaler. «Wir können das Ganze auch beenden.»

«Hey, cool down!», sagte Grüter und hob beide Hände. «Es war nur ein Scherz. Machen Sie weiter!»

Marthaler warf Grüter einen strafenden Blick zu, dann fuhr er fort: «Man ackert Tag und Nacht. Man ertrinkt in einem Meer falscher Hinweise. Man schlägt sich mit gelangweilten Rentnern und eitlen Wichtigtuern herum. Ich kann mich aus meiner Laufbahn an keinen einzigen Fall erinnern, der aufgrund der Veröffentlichung eines Phantombildes gelöst worden wäre. Es ist ein Strohhalm, mit dem man meistens untergeht. Anstatt weiterzuschwimmen, klammert man sich daran und ertrinkt. So könnte es in der Mordsache Rosenherz auch gewesen sein. Vielleicht war man dem Täter schon ganz nah, stattdessen hat man alle Kräfte gebündelt und nur noch nach dem großen Unbekannten auf dem Bild gesucht.»

«Jedenfalls hat man den Mann nie gefunden», sagte Grüter. «Irgendwann wurde die Akte geschlossen. Alle paar Jahre haben ein paar Ihrer Kollegen nochmal einen Blick auf die Sache geworfen. Herausgekommen ist dabei nie etwas.»

«Ich frage mich nur», sagte Marthaler, «warum der kleine Bruno den Namen Rosenherz auf diesen Zettel geschrieben hat. Was hat dieser vierzig Jahre alte Mord mit dem Überfall im Stadtwald zu tun?»

Grüter breitete die Arme aus. In seinem Mundwinkel wippte eine brennende Zigarette. Er hatte die Augen zusammengekniffen. «Das ist die große Frage. Ich kann sie nicht beantworten. *Sie* sind der Polizist. *Sie* müssen es herausfinden. Und ich werde der Erste sein, der es erfährt. Was haben Sie jetzt vor?»

«Ich werde ins Präsidium fahren und mir die Akte Rosenherz ziehen. Damit werde ich in Klausur gehen. Ich fürchte, das kann dauern. Denn so, wie Sie die Ermittlungen schildern, wird die Akte mehr als hundert Seiten haben. Als Erstes werde ich schauen, ob der Name Bruno Kürten darin vorkommt. Wenn es wirklich einen Zusammenhang zwischen den beiden Fällen gibt, werde ich ihn finden. Und wenn ich die Akte zehnmal lesen muss.»

Grüter drehte sein leeres Glas in der Hand. Dann hob er es demonstrativ an den Mund und ließ sich ein letztes dünnes Rinnsal auf die Zunge laufen.

«Soll ich noch eine Runde holen?», fragte Marthaler.

Grüter grinste. «Genau so war es gemeint.»

Marthaler ging die paar Schritte zu dem kleinen Häuschen und wartete, dass er an die Reihe kam. Hinter der Durchreiche stand ein dunkelhäutiger Mann mit Rastalocken, der Getränke, Eis und kleine Speisen verkaufte. Er schob einen Hotdog in die Mikrowelle, holte ein paar Flaschen aus dem Kühlschrank und räumte eine Sekunde später bereits schmutziges Geschirr in die Spülmaschine. Zwischendurch warf er immer wieder einen Blick auf den kleinen Fernseher, der auf einem Regal über dem Waschbecken stand. Marthaler sah auf das Schriftband, das über den unteren Rand des Bildschirms lief: «*NewsTV* vor Ort: Hilfe für Tereza» war dort zu lesen. Dann sah er Gaby Heinze, die Journalistin, die ihm am Morgen mit ihrem Team vor dem Weißen Haus aufgelauert hatte. Sie zeigte ihre weißen Zähne. Was sie sagte, konnte Marthaler nicht verstehen. Aber das musste er auch nicht, er konnte es sich denken. Es wurde wieder das alte Foto von ihm und Tereza im Hof des Präsidiums gezeigt. Dann sah man Bilder von einer Entbindungsstation. Eine Frau, die entfernte Ähnlichkeit mit Tereza hatte, hielt irgendein Neugeborenes auf dem Arm. Kurz darauf wurde die Nummer eines Kontos eingeblendet, auf das die Zuschauer ihre Spenden überweisen konnten. Dann sah Marthaler sich selbst, wie er wütend und mit erhobenem Zeigefinger auf die Kamera zuging. Kurz darauf kam wieder Gaby Heinze ins Bild. Sie zog die Brauen hoch und schüttelte besorgt den Kopf. Wahrscheinlich er-klärte sie ihn gerade für verrückt. Man warf ihm sicherlich vor, dass er ausgerechnet auf jene losging, die Tereza und dem ungeborenen Baby helfen wollten. Man stellte Terezas Lage noch dramatischer dar, als sie ohnehin war, indem man ihn als das Monster an ihrer Seite zeigte.

Stumm zahlte er die beiden Getränke. Als er wieder zu Grüter an den Tisch kam, war ihm schlecht vor Wut. «Was haben Sie nur für einen Scheißberuf!», sagte er.

«Was ist denn jetzt wieder los? Ist das der Dank dafür, dass ich Ihnen Nachhilfe in Frankfurter Kriminalgeschichte gebe?»

Marthaler erzählte ihm, was er gerade gesehen hatte.

«Vergessen Sie es», sagte Grüter. «Das versendet sich. Übermorgen haben die Leute es schon wieder vergessen. Ich werde Sie rehabilitieren. Nicht auf einen Schlag, aber Schritt für Schritt.»

«Und wie stellen Sie sich das vor?»

«Ich werde eine Serie schreiben, in deren Mittelpunkt

Hauptkommissar Robert Marthaler und der Fall Rosenherz stehen. Der erste Teil wird morgen erscheinen.»

Marthaler schaute den Reporter fassungslos an. «Das können Sie nicht machen, Grüter, damit liefern Sie mich ans Messer.»

Grüter lächelte. «Keine Angst, Mann. Das Gegenteil wird geschehen. Ich werde Sie decken. Mein Artikel wird Ihnen den Rücken freihalten.»

«Sie müssen verrückt sein. Wie stellen Sie sich das vor?»

Grüters Lächeln ging in ein Grinsen über. Zwischen seinen schmalen Lippen wurden zwei Reihen großer, gelber Zähne sichtbar.

«Lassen Sie mich nur machen», sagte er. «Vertrauen Sie Ihrem neuen Freund.»

Dritter Teil

EINS Anna Buchwald hob den Kopf, als ein leises Pling ihres MacBook die Ankunft einer neuen E-Mail verkündete. Fast im selben Moment ertönte das gleiche Geräusch ein zweites Mal. Sie stand in der Kochnische ihres Einzimmerapartments in Hamburg-Barmbek und bereitete sich ein belegtes Brötchen zu. Sie strich auf beide Hälften eine Schicht fettarmen Frischkäse, belegte die untere Hälfte mit den Scheiben einer Salatgurke, würzte diese mit Pfeffer und Salz, ging zur Fensterbank, wo der Topf mit Schnittlauch stand, rupfte ein Paar Halme ab und legte sie darüber.

Anna Buchwald war vierundzwanzig Jahre alt und konnte sich noch immer nicht daran gewöhnen, dass man eine gewöhnliche Semmel hier Rundstück nannte. Als sie das erste Mal in Hamburg eine Bäckerei betreten hatte, man ihr drei «Grundstücke» anbot und sie auch nach der dritten Nachfrage nicht kapiert hatte, worum es sich handelte, war sie unverrichteter Dinge wieder gegangen. Genauso wenig hatte sie das Gelächter ihrer Mitstudenten verstanden, als sie an einem schönen Sommertag vorgeschlagen hatte, nach dem Seminar noch irgendwo «auf den Keller» zu gehen, um ein «Ungespundenes» zu trinken.

Anna Buchwald und ihre beiden Brüder waren am 5. März 1981 in der Frauenklinik Bamberg durch einen Kaiserschnitt zur Welt gekommen. Drei Monate später fand der Vater der

Drillinge einen Zettel seiner Frau: «Es tut mir leid, aber ich schaff das nicht. Such nicht nach mir! Birgit». Der Realschullehrer beschloss, mit den drei Kindern zurück in sein Heimatdorf zu ziehen, das nur zehn Kilometer entfernt lag, wo die Mieten billiger waren und wo seine Verwandten wohnten, die ihm bei der Betreuung der Kleinen helfen konnten. Anders als ihre Brüder fragte Anna immer wieder nach ihrer Mutter. Ihr Vater hatte nichts mehr von seiner Frau gehört und hielt sich an deren Wunsch, nicht nachzuforschen. Seinen Kindern gegenüber verlor Holger Buchwald nie ein böses Wort über Birgit. Während Anna aus ihrer Enttäuschung und später aus ihrer wachsenden Wut keinen Hehl machte, sagte ihr Vater immer denselben Satz: «Eure Mutter hat es auch nicht leicht gehabt.» Wenn Anna mehr wissen wollte, versteckte er sich dahinter, Birgit «ja so gut nun auch nicht gekannt» zu haben, schließlich seien sie einander erst ein knappes Jahr vor der Niederkunft zum ersten Mal begegnet. Sehr verschieden seien sie gewesen – er, der strebsame junge Lehrer, und sie, diese wilde Streunerin, die ihren Lebensunterhalt bestritt, indem sie in den Kneipen der Bamberger Altstadt arbeitete, und die kaum je über ihre Vergangenheit sprach. Schon nachdem sie das erste Mal miteinander geschlafen hatten, sei sie schwanger geworden. «Volltreffer» habe sie gesagt, nachdem ihr der Arzt mitgeteilt hatte, dass er nicht nur zwei, sondern drei unterschiedliche Herztöne gehört habe. Sie hätten eine Nacht lang geredet und dann beschlossen, es miteinander zu versuchen. «Ich hatte mich in sie verliebt, und sie hat wohl gehofft, durch mich ein wenig Ruhe in ihr unstetes Leben zu bringen», sagte Holger.

Was ihr Vater doch für ein guter Kerl sei – dieser Satz begleitete Anna während ihrer gesamten Kindheit und Jugend. Und bald schon mochte sie ihn nicht mehr hören. Alle sagten es, die Verwandten, die Leute im Dorf, ihre Freundinnen und Freunde. Sie hatte nie darüber nachgedacht. Ihr Vater war derjenige, der immer da war. Und er war, wie er war. Manchmal ging ihr seine Geduld, seine unerschütterliche Ausgeglichenheit auf die Nerven, dann versuchte sie ihn zu provozieren. Manchmal wachte sie nachts schreiend auf, weil sie geträumt hatte, auch er sei verschwunden. Dann kam er an ihr Bett und tröstete sie.

Anna galt als intelligent, gewitzt und ziemlich eigensinnig. Seit der fünften Klasse besuchte sie das Bamberger E.T.A. Hoffmann-Gymnasium, aber ihre schulischen Leistungen schwankten erheblich. Wenn sie nicht einsah, eine mathematische Formel, eine Reihe von Geschichtsdaten oder irgendwelche grammatikalischen Regeln auswendig zu lernen, dann weigerte sie sich mit geradezu renitenter Faulheit. «Ich kann nachschauen», sagte sie, «wir haben ein Lexikon zu Hause.» Erst wenn ihr Vater oder einer der Lehrer sie wieder mal ins Gebet nahm und ihr klarmachte, dass ihre Versetzung gefährdet war, eignete sie sich den verlangten Stoff binnen kürzester Zeit doch noch an und schrieb in den folgenden Klassenarbeiten bessere Noten als jene Mitschüler, die während des gesamten Schuljahres fleißig gelernt hatten.

Wenn sie hingegen Feuer fing, war sie kaum zu bremsen. Es gab Themen, in die sie sich geradezu verbiss. Dann traktierte sie ihre Lehrer mit immer neuen Nachfragen, bis diese entnervt zugeben mussten, selbst an ihre Grenzen zu stoßen. Sie ging dann in die Bibliothek und schleppte stapelweise Bücher nach Hause, las Tag und Nacht und vernachlässigte sämtliche anderen Pflichten.

Alle Nachrichten, die im *Fränkischen Tag* über die Fortschritte des Internet veröffentlicht wurden, verfolgte sie mit großer Aufmerksamkeit. Und als das weltweite Netz seinen Siegeszug in die Privathaushalte antrat, verlangte sie umgehend die Anschaffung eines Computers und eines Modems.

Ähnlich wankelmütig wie in ihren schulischen Leistungen zeigte sie sich auch in ihrem Sozialverhalten. Immer wieder wurde sie für ihren ausgeprägten Gerechtigkeitssinn gelobt. Wenn jemand zu Unrecht eines Vergehens beschuldigt wurde, ging sie auf die Barrikaden, bis die Sache zu ihrer Zufriedenheit gelöst war. Wurde eine neue Mitschülerin von den anderen abgewiesen und gehänselt, so war es Anna, die sich so lange mit ihr verabredete, sie ins Kino schleppte und zu ihren Geburtstagsfeiern einlud, bis «die Neue» dazugehörte. Gleichzeitig konnte sie auch bei Nebensächlichkeiten eine Verstocktheit an den Tag legen, dass alle in ihrer Umgebung die Köpfe schüttelten.

Mal war sie aufmerksam, freundlich und zuvorkommend, dann wieder zog sie sich aus unerfindlichen Gründen zurück, wurde mürrisch und gab allen, die sich ihr nähern wollten, zu verstehen, dass sie die unsichtbare Grenze nicht übertreten durften.

Anna Buchwald war von einer geradezu katzenhaften Unabhängigkeit.

Das bekamen auch jene Jungen zu spüren, die sich für sie interessierten. Selbst wenn sie sich scheinbar auf ihr Werben einließ, zeigte sie sich beim nächsten Treffen meist schon wieder so einsilbig und abweisend, dass sie unter ihren jugendlichen Verehrern schon bald als ebenso kokette wie launische Zicke galt, der man besser aus dem Weg ging, wollte man nicht seine Zeit vergeuden.

Anders war es mit Felix. Felix war ein Freund ihrer Brüder, und sie lernte ihn ein halbes Jahr vor dem Abitur kennen. Zwei Wochen lang wehrte sie sich dagegen, dann gestand sie sich ein, dass sie ihn liebte. Da sein Eigensinn kaum kleiner war als der ihre, musste sie zwei weitere Wochen all ihre Energie darauf verwenden, den Jungen zu überzeugen, dass ihre Liebe auf Gegenseitigkeit beruhte. Drei Monate lang waren Anna und Felix ein Paar, bis er sie verließ – «wegen einer Dünneren», wie sie es sich und ihren Freundinnen erklärte.

Felix war nach dem Abitur gemeinsam mit der Dünnen nach München gezogen, also hatte Anna sich einen Ort gesucht, der möglichst weit entfernt war. In Hamburg schrieb sie sich für das Studium der Rechtswissenschaften ein, machte nach vier Jahren ihr erstes juristisches Staatsexamen und hatte anschließend keine Lust mehr auf Paragraphen und auf jene, die sich tagein, tagaus mit ihnen beschäftigten. Da sie schon als Kind gerne gelesen und geschrieben hatte, bewarb sie sich an der Henri-Nannen-Schule und bekam unter zweitausend Bewerbern einen der dreißig Ausbildungsplätze. Die Leiterin der Schule, Ingeborg Kalz, eine ebenso kluge wie unerschrockene Journalistin aus Bayern, schloss Anna in ihr großes Herz und ermutigte sie und die anderen Schüler, nicht auf eine Karriere bei einer der großen Zeitungen zu schielen, sondern stattdessen ihren eigenen Stil zu entwickeln und sich einem widerständigen Journalismus zu verschreiben, der sich auf die Seite der Schwachen stellte und jenen Gehör verschaffte, die keine Stimme hatten. «Gewissenlose Schönschreiber», hatte Ingeborg Kalz bereits in ihrer ersten Rede gesagt, «gibt es in unserem Beruf genug, stromlinienförmige Arschlöcher ebenso. Und koksende Karrieristen können mir gestohlen bleiben. Wenn Sie nicht mehr wollen als schreiben und Geld verdienen, um sich irgendwann an einem Swimmingpool zu Tode zu saufen, haben Sie hier nichts verloren. Wenn Sie dagegen Mut und Kraft genug haben, den Mächtigen die Hosen runterzuziehen, wenn Sie sich nicht verbiegen lassen, sondern bei Verstand und anständig bleiben und notfalls bereit sind, Ihren Verleger in den Hintern zu treten, dann können Sie bleiben, dann will ich Ihnen gerne mein Wissen und meine

Erfahrung zur Verfügung stellen.» Sie hatte eine kurze Pause gemacht. «Und noch etwas: Schlafen Sie nur mit wem Sie schlafen wollen! Und wenn Sie einem Eckenpinkler begegnen, nennen Sie ihn einen Eckenpinkler! Aus welchem Film ist das?»

Anna hatte in die Runde geschaut und gewartet. Als niemand die Antwort wusste, hatte sie sich gemeldet: «Aus *Solo Sunny* von Konrad Wolf. DDR 1979. In der Hauptrolle Renate Krößner.»

Sie hatte den Film gemeinsam mit Felix dreimal in der Abendvorstellung gesehen. An jenem Nachmittag, als er ihr nach der sechsten Stunde verkündet hatte, dass er sie wegen der Dünnen verlassen werde, hatte Anna ihn einen Eckenpinkler genannt. Es war zu einem ihrer Lieblingsworte geworden.

Die Schulleiterin hatte gelächelt. «Gut … Irgendjemand im Raum, der sich nach meiner kleinen Rede lieber verabschieden möchte?», hatte sie schließlich gefragt.

Selbstverständlich war niemand gegangen. Und ebenso selbstverständlich hatte sich schon wenige Tage nach Unterrichtsbeginn herausgestellt, dass längst nicht alle das Zeug hatten, den Ansprüchen der Schulleiterin gerecht zu werden. Auch hier gab es Feiglinge, Anpasser und Eckenpinkler.

Anna wäre gerne schlank gewesen. Sie hätte gerne das gehabt, was in den Frauenzeitschriften ein Sportbusen genannt wurde. Stattdessen war sie «a little bit chubby», wie Mark bei ihrem ersten Rendezvous gesagt hatte. Mark war ein schmächtiger Mitschüler auf der Henri-Nannen-Schule, der in sie verliebt war. Er hatte es bewundernd gemeint, aber es war genau das gewesen, was sie nicht gerne hörte. Mark wollte seinen Fehler ausbügeln, machte aber stattdessen alles nur noch schlimmer. «Nein, warte», sagte er, und die Pickel in seinem Gesicht hatten begonnen zu glühen, «du bist toll. Ja genau, du bist voluptuous, ein bisschen üppig. Du siehst aus wie Monica Lewinsky. Du weißt schon, diese Praktikantin aus dem Oval Office, die Präsident Clinton …»

«Ich weiß, wer Monica Lewinsky ist und was sie gemacht hat», sagte Anna, «du meinst also, ich sei eine Schlampe?» Sie war aufgestanden und hatte Mark eine Ohrfeige verpasst. Dann hatte sie ihm gesagt, er solle sich von Monica Lewinsky einen blasen lassen. Ihre Zeche hatte Anna nicht bezahlt. Es hatte kein zweites Rendezvous mit Mark gegeben.

Trotzdem hatte er recht gehabt: Sie war ein bisschen mollig. Üppig. Voluptuous. Chubby. Sie hatte alles Mögliche probiert. Sie hatte wochenlang kein Fett und dann wieder wochenlang nur Fett gegessen. Sie hatte es mit und ohne Kohlehydrate versucht. War Atkins, Brigitte und den Weight-Watchers gefolgt, hatte Akupunkteure, Homöopathen und Hypnotiseure aufgesucht. Sie nahm wunderbar ab. Und sofort wieder zu. Sie trieb gerne Sport. Sie lief, sie schwamm und ging ins Studio. Aber wenn sie sich nach einem ihrer Ertüchtigungsexzesse auf die Waage stellte, war sie schwerer geworden statt leichter. Sie hatte Fett abbauen wollen und hatte Muskeln aufgebaut. Auch wenn sie nicht so aussah: Sie war schnell, stark und ausdauernd.

Anna schluckte den letzten Bissen ihres Gurkenbrötchens hinunter, wischte sich über den Mund und überlegte, was sie als Nächstes essen könnte. Um den Gedanken zu verscheuchen, ging sie rüber zu ihrem MacBook und öffnete die eingegangenen Mails.

Ihren Resthunger vergaß sie sofort.

Google Alerts teilte ihr mit, dass es im Netz zwei neue Einträge zu ihren Suchbegriffen gab.

Ihre Suchbegriffe lauteten: «Karin Niebergall» und «Karin Rosenherz».

Beide Mails verwiesen auf denselben Link. Es war ein Artikel in der Online-Ausgabe des Frankfurter *City-Express*. Der Artikel trug den Titel: «Ein Held unserer Stadt – Robert Marthaler, Kriminalist mit schwerem Schicksal. Von Arne Grüter, Chefreporter».

Anna Buchwald schloss die Augen, atmete mehrmals tief durch, dann las sie den Text im Stehen.

Alle Augen schauen auf diesen Mann: Robert Marthaler ist Hauptkommissar bei der Frankfurter MK I und für unsere Leser längst kein Namenloser mehr. Schon oft haben wir über ihn berichtet. Er ist einer der bekanntesten und erfolgreichsten Ermittler der Stadt; wenn er und sein Team einen Fall übernehmen, haben die Ganoven wenig zu lachen. Zwar gilt er als ebenso scharfsinnig wie zupackend, aber wenn ich ihn jetzt mir gegenübersitzen und an seiner Apfelschorle nippen sehe, hat er so gar nichts von jenen draufgängerischen Bullen, wie wir sie aus den Fernsehserien kennen. Robert Marthaler wirkt eher ernst, fast bedrückt. Der Grund dafür ist einfach: Seine Lebensgefährtin Tereza P. gehört zu den Opfern des Überfalls auf den Kunsttransport im Frankfurter Stadtwald, bei dem ein Wachmann erschossen wurde (der *City-Express* berichtete). Tereza P. wurde verletzt und schwebt noch immer in Lebensgefahr. Schon die erste Frau des tapferen Polizisten ist Opfer eines Verbrechens geworden: Katharina Marthaler geriet in einen Banküberfall, wurde angeschossen und starb wenig später an den Folgen ihrer Verletzung.

Allerdings lehnt Robert Marthaler es strikt ab, über sein Privatleben und seine Gefühle zu sprechen. Eine Bitte, die wir selbstverständlich respektieren. Zu Recht beklagt er sich über die Scharen von indiskreten Reportern, die ihn seit dem Überfall verfolgen und bedrängen. «Es ist auch so schwer genug. Außer mit meinen Freunden will ich mit niemandem darüber reden», sagt er. Um dann mit großem Nachdruck hinzuzufügen: «Ich will in Ruhe gelassen werden.»

Als sich vor einigen Jahren die Pannen im neuen Polizeipräsidium häuften, ist die Erste Mordkommission umgezogen. Seitdem residieren Marthaler und seine Kollegen in einem prächtigen, weiß gestrichenen Bürgerhaus in der Günthersburgallee – jenem inzwischen legendären Weißen Haus. Von hier aus machen sie Jagd auf Mörder und Totschläger, von hier aus versuchen sie, die Straßen der Stadt sicherer zu machen.

Ob es ihn nicht in den Fingern jucke, sich selbst an den Ermittlungen im Fall des Kunstraubs zu beteiligen, will ich von ihm wissen. Verständnislos schüttelt er den Kopf: «Als Befangener ist man von den Ermittlungen ausgeschlossen!» Und: «Das verbietet sich aus guten Gründen von selbst.» Damit ist dieses Thema für ihn erledigt.

Stattdessen erzählt er von seiner jetzigen Tätigkeit. Seit kurzem ist Marthaler Leiter und einziger Ermittler in Frankfurts neugegründeter Cold Cases Unit – einer Einheit für alte, unaufgeklärte Fälle, die der MK I zugeordnet ist. Natürlich wollen wir von ihm erfahren, an welchem Verbrechen er gerade arbeitet. Ein wenig widerstrebend verrät er es schließlich: Er versucht, den Mörder von Karin Rosenherz zu finden, die gewissen Männern auch unter dem Namen Karin Niebergall ein Begriff war. Dabei handelt es sich um jene Prostituierte, die vor fast vierzig Jahren in der Kirchnerstraße auf brutale Weise erstochen wurde und deren Schicksal man oft mit dem ihrer berühmten Kollegin Rosemarie Nitribitt verglichen hat.

Ob er sich wirklich Hoffnungen mache, nach so langer Zeit den Täter zu finden? Marthaler reagiert schroff: «Jedes Mordopfer hat es verdient, dass der Täter gefasst wird. Egal, wie lange das Verbrechen zurückliegt.» Und dann, schon fast bedrohlich: «Kein Täter sollte sich sicher fühlen. Sie alle haben Spuren hinterlassen. Und unsere Methoden, diese Spuren auszuwerten, sind deutlich besser geworden. Ich stehe erst ganz am Anfang, aber ich bin zuversichtlich.»

Wollen wir die Zuversicht des Kriminalisten teilen! Jedenfalls werden wir unsere Leser über den Gang der Ermittlungen im Fall Rosenherz auf dem Laufenden halten.

Hauptkommissar Marthaler lehnt es übrigens ab, als Held bezeichnet zu werden. Ein wenig spöttisch sieht er mich an. «Quatsch», sagt er. «Helden, das sind andere.»

Überlassen wir das Urteil unseren Lesern!

(Fortsetzung folgt.)

Als Anna Buchwald die Lektüre des Artikels beendet hatte, blieb sie einen Moment vor ihrem MacBook stehen. Sie merkte, dass ihr Herz schneller schlug.

Sie wusste noch nicht, welche Schlüsse sie aus dem eben Gelesenen ziehen sollte, aber sie würde Schlüsse daraus zu ziehen haben.

Der Artikel war weiß Gott kein Meisterwerk des Journalismus. Es war einer jener Texte, wie sie tagtäglich zu Tausenden in den Lokalzeitungen erschienen. Der Überfall im Frankfurter Stadtwald interessierte sie nicht. Das Schicksal des Frankfurter Hauptkommissars war ihr vollkommen egal.

Aber die Information, dass dieser Mann den alten Fall Rosenherz wieder aufrollen wollte, versetzte sie in einen Zustand so heftiger Erregung, wie sie es seit Jahren nicht mehr erlebt hatte.

Unruhig lief sie durch ihr kleines Apartment. Sie ging zum Kühlschrank und nahm eine Flasche Mineralwasser heraus. Dann öffnete sie eine Schublade, griff sich, ohne nachzudenken, eine Tüte fettarmer Kartoffelchips und ging zurück zum Schreibtisch.

Mit dem Fuß angelte sie ihren Stuhl und setzte sich. Sie starrte auf den Bildschirm, riss die Tüte mit den Chips auf, griff hinein und stopfte sich eine Handvoll in den Mund. Sie wischte die Hand an ihrem Hosenbein ab und schaltete den Drucker ein. Nachdem sie die Website auf ihrer Festplatte gesichert hatte, drückte sie auf «Print».

Anna wartete, bis der Drucker die fertigen Seiten ausgeworfen hatte.

Sie las den Artikel zwei weitere Male, dann wusste sie, dass ihr Leben sich ändern würde.

ZWEI Anna Buchwald rief eine Liste der Campingplätze in Frankfurt und Umgebung auf und hatte sich nach fünf Minuten entschieden: Das *Sandelmühlen Camp* warb damit, «im Herzen der Stadt» zu liegen und seinen Gästen einen leistungsstarken WLAN-Anschluss zu bieten.

Sie schaute sich die Preisliste an und rechnete die Kosten zusammen. Inklusive Stromversorgung, Duschmarke und Internetzugang würde sie für jede Nacht knapp zwanzig Euro zahlen müssen.

Anna wählte die angegebene Nummer und reservierte für drei Nächte.

Sie warf Unterwäsche, T-Shirts, zwei Jeans, einen Pullover, den Waschbeutel, ihre Laufklamotten, die Nikes, ein Paar Chucks, Ausweis, Führerschein und Kreditkarte in ihre Reisetasche und stellte sie neben die Wohnungstür.

Die Akte Rosenherz war in neun graue Kartons verpackt. Jeder Karton enthielt zwischen drei und sechs verschieden dicke Schnellhefter, die von einer Kordel zusammengehalten wurden. Insgesamt waren es über zehntausend Seiten.

Sie nahm die ersten drei Kartons, trug sie hinunter zum Parkplatz und schloss den Kofferraum ihres Wagens auf. Es war ein sechs Jahre alter Mazda MX-5 mit 140 PS. Er hatte eine moosgrüne Lackierung, die, je nachdem wie das Sonnenlicht darauf fiel, manchmal heller, manchmal fast schwarz wirkte.

Die Akte und der Mazda gehörten zusammen.

Auf den Fall Rosenherz war Anna gestoßen, als sie nach einem Thema für die Reportage gesucht hatte, mit der sie sich bei der Henri-Nannen-Schule bewerben wollte. Jedenfalls war das die Version, die sie dem freundlichen Archivar des Hessischen Hauptstaatsarchivs und später auch ihrer Schulleiterin erzählt hatte.

Sie war nach Wiesbaden gefahren, hatte sich in den Lesesaal gesetzt und darauf gewartet, dass man ihr die Akte brachte. Sie rechnete damit, einen dicken Ordner vorgelegt zu bekommen, den sie durchsehen wollte, um am Abend mit genügend Material für ihren Bewerbungstext nach Hamburg zurückzufahren. Stattdessen wurde ein Aktenwagen neben ihren Arbeitsplatz gerollt, auf dem die neun grauen Kartons standen. Sie öffnete den ersten, löste die Kordel und begann, in dem Schnellhefter zu blättern, der die handschriftliche Bezeichnung «Band I/1» trug. Den Umschlag mit den Tatort-Fotos legte sie zur Seite. Stattdessen las sie den Obduktionsbericht, die ersten Protokolle der Zeugenvernehmungen und die Anmerkungen der Ermittler, die die Alibis von möglichen Verdächtigen überprüft hatten.

Nach einer Stunde hatte Anna Buchwald alles vergessen, was um sie herum vorging. Sie hatte Feuer gefangen. Sie hatte das Gefühl, mit dieser Akte einen unheimlichen, einen schwarzen Schatz geborgen zu haben. Karin Rosenherz war tot. Aber in den Aussagen ihrer Freunde und Verwandten, ihrer Kolleginnen und Freier schien sie wieder lebendig zu werden. Mit jeder neuen Information wurde Annas Interesse an dieser Frau größer.

Als sie merkte, dass jemand neben ihr stand, schaute Anna auf. Alle anderen Arbeitsplätze waren verlassen. Es war bereits halb sechs. Sie, die es sonst kaum länger als eine Stunde in einem geschlossenen Raum aushielt, hatte acht Stunden im Lesesaal gesessen, ohne einmal auf die Uhr zu schauen, ohne etwas zu essen oder zu trinken, ohne auch nur einmal zur Toilette zu gehen. Die Aufseherin machte sie darauf aufmerksam, dass das Archiv jetzt schloss, dass sie aber alles so liegen lassen und morgen früh wiederkommen könne.

Anna ging zum Bahnhof und fuhr zurück nach Hamburg.

Am übernächsten Tag rief sie in Wiesbaden an und sagte, dass sie leider verhindert sei. Sie habe sich bei einem Fahrradunfall beide Beine gebrochen, ob man ihr die Akten nicht nach Hause schicken könne. Nein, sagte der freundliche Archivar, so leid es ihm tue, die Bestände dürften prinzipiell nur im Lesesaal eingesehen werden. Sie redete auf ihn ein, versuchte ihm klarzumachen, dass ihre Bewerbungsarbeit, ihre Aufnahme auf die Journalistenschule, ihre gesamte berufliche Zukunft davon abhänge.

Sie bettelte.

Sie spielte die Verzweifelte.

Als sie anfing zu weinen, kapitulierte er. «Hören Sie auf! Was soll's», sagte er schließlich. «Jetzt hat sich so lange niemand für die Akte interessiert … Aber *Sie* stehen mir dafür gerade, das Material vollständig und unversehrt wieder zurückzuschicken. *Sie* zahlen die Versicherung und die Transportkosten. Und zwar im Voraus! Und Sie schreiben gefälligst eine so gute Arbeit, dass Sie auf dieser verdammten Schule angenommen werden.»

Sie sagte zu allem ja. Sie bedankte sich. Sie überwies den Betrag noch am selben Tag.

Seitdem hatte sie die Akten. Es hatte nie wieder jemand danach gefragt. Das Hessische Hauptstaatsarchiv hatte Anna Buchwald und die Akte Rosenherz vergessen.

Sie brauchte eine Woche, um die zehntausend Seiten einmal querzulesen. Sie brauchte eine weitere Woche, um ein Dossier mit den wichtigsten Fakten anzufertigen. Dann hatte sie noch vierzehn Tage Zeit, um ihre Arbeit zu schreiben. Am Tag, als die Bewerbungsfrist ablief, betrat sie um siebzehn Uhr fünfundfünfzig das Postamt. Die Quittung des Einschreibens legte sie zu Hause unter ihre Schreibtischunterlage.

Anna war unzufrieden. Sie war der toten Frau nicht gerecht geworden. Sie hatte das Opfer eines Mordes für ihre Zwecke ausgenutzt. Das Gefühl, erst ganz am Anfang zu stehen, ließ sich nicht abschütteln. Sie hätte viel mehr Zeit gebraucht, um sich der Wahrheit zu nähern.

Nach vierzehn Tagen erhielt sie einen Anruf der Henri-Nannen-Schule. Eine Stunde später saß sie im Büro von Ingeborg Kalz.

«Was ist das? Was haben Sie da geschrieben?», fragte die Schulleiterin.

Anna Buchwald zuckte verzagt mit den Schultern. Sie wusste keine Antwort.

«Eine Reportage ist es jedenfalls nicht. Ein Feuilleton auch nicht. Ist es ein Ermittlungsbericht, ein Krimi, die Liebeserklärung an eine tote Frau? Oder eine Abrechnung mit ihr?»

«Ich … ich weiß nicht …», sagte Anna.

«Wenn Sie es nicht wissen, wer dann? Ich habe nicht den Schimmer einer Ahnung, was Sie da geschrieben haben. Ich weiß nur eins: Es ist gekonnt. Ach was, es ist einer der besten Texte, die hier je eingereicht wurden. Allerdings habe ich einen Verdacht …»

Anna schaute die Schulleiterin fragend an.

«Ich habe den Verdacht, dass Sie etwas getan haben, was kein Journalist, der in dieser Scheißbranche nach ganz oben will, tun darf: Sie haben mit Leidenschaft geschrieben. Sie sind nicht unbeteiligt geblieben. Sie haben sich anrühren lassen.»

«Was ist daran falsch?»

«Alles, mein Kind. Alles! Jedenfalls, wenn es nach der Lehrmeinung geht. Sie müssen eintauchen in ein Thema und genauso unberührt wieder daraus auftauchen. Das ist es, was man von Ihnen verlangen wird. Nur so werden Sie in diesem Job überleben. Anteilnahme und Leidenschaft dürfen bei einer Reporterin nur simuliert sein.»

Anna nickte.

«Dass Sie gegen diesen Grundsatz verstoßen haben, gefällt mir. Ich habe eine Bitte. Könnten Sie sich vorstellen, Ihren Text zur Veröffentlichung freizugeben? Ich möchte ihn gerne einem Freund beim *Stern* zeigen. Würden Sie mir das erlauben?»

«Ja, ich meine, warum nicht.»

Am übernächsten Tag kam der Anruf des *Stern*-Redakteurs. Der Mann erging sich in Lobeshymnen. Sie sei ein Naturtalent. Man vergesse beim Lesen, dass der Mord bereits vierzig Jahre zurückliege. Thrilling sei die Story, breathtaking. Ein seltener Glücksfall. «Kurz und gut; wir würden Ihre Geschichte gerne bringen.»

«Ja», sagte Anna.

«Ich denke, wir machen einen Zweiteiler draus. Ich kann Ihnen fünftausend Euro bieten. Einverstanden?»

Anna war zu verdutzt, um zu antworten. Sie hatte zwar schon als Oberschülerin gelegentlich kleinere Beiträge für den *Fränkischen Tag* geschrieben, dabei aber nie mehr als fünfzig Mark verdient.

«Fünftausend?», fragte sie.

«Hören Sie, Sie sind eine Anfängerin, das dürfen Sie nicht vergessen. Außerdem sitzt bei uns das Geld auch nicht mehr so locker wie noch vor Jahren.»

Er wartete, dass sie reagierte, aber Anna schwieg.

«In Herrgottsnamen, also gut: zehntausend», sagte er.

«Fünfzehn», sagte Anna. «Und ich brauche das Geld sofort!»

Jetzt war es der Redakteur, dem es die Sprache verschlug. Schließlich lachte er: «Na, Sie sind mir ja eine, also wirklich! Sie scheinen Ihren Wert ja zu kennen. Gut, das gefällt mir. Abgemacht: fünfzehntausend.»

Sie ließ sich das Geld auf ihr Girokonto überweisen, dann fuhr sie zu dem Mazda-Händler in der Steilshooper Straße, redete eine Stunde lang auf den Verkäufer ein, gab ihren alten Golf in Zahlung und bekam den moosgrünen MX-5, an dem sie seit Wochen mit sehnsüchtigen Blicken vorbeigelaufen war, für 5500 Euro und damit weit unter Marktwert.

Als ihr Text auch nach sechs Wochen nicht erschienen war, rief sie den Redakteur an. Sie fragte, ob man ihren Beitrag jetzt doch nicht mehr so gut finde.

«Nein, nein, ein tolles Stück. Und was das Beste ist: Man kann es gut schieben.»

Ihr Artikel wurde in der nächsten Woche nicht gedruckt und auch nicht in der übernächsten. Immer war ein aktuelles Ereignis dazwischengekommen. Mal waren kurz hintereinander zwei Flugzeuge abgestürzt, dann war ein Anschlag auf ein Hotel in Bali verübt worden, und schließlich wurde groß über die Erlebnisse von fünf deutschen Urlaubern berichtet, die im Jemen nach ihrer zweimonatigen Geiselhaft freigelassen worden waren.

Annas Text wurde nie gedruckt. Dennoch gehörten die Akte Rosenherz und ihr Mazda zusammen.

Noch zweimal ging sie zum Parkplatz, dann hatte sie alle neun Kartons verstaut. Der Kofferraum war voll. Das kleine Iglu-Zelt und die Isomatte holte sie aus dem Keller und packte beides zusammen mit der Reisetasche und dem Schlafsack auf den Beifahrersitz.

Sie ging noch einmal zurück, klemmte sich ihr MacBook unter den Arm, steckte die Dose mit Pfefferspray, die neben dem Bett stand, in ihren Rucksack, schloss die Wohnungstür ab und fuhr in die Stadt.

Ingeborg Kalz saß hinter ihrem Schreibtisch und sah ihre Lieblingsschülerin verwundert an.

«Anna, was kann ich für Sie tun?»

«Ich muss weg.»

«Sie müssen weg? Sie können nicht weg! Morgen fängt Ihr Praktikum an.»

«Es geht nicht. Ich kann die Stelle nicht antreten. Es ist etwas passiert.»

Die Schulleiterin legte ihre Stirn in Falten. Es dauerte eine Weile, bis sie begriff. «Der Fall Rosenherz?», fragte sie schließlich.

Anna nickte. «Die Ermittlungen sind wiederaufgenommen worden. Ich muss nach Frankfurt.»

«Was soll das, Anna? Sie haben einen wunderbaren Text über diesen Fall geschrieben. Dass er noch nicht erschienen ist, hat nichts zu sagen. Daran müssen Sie sich als Journalistin gewöhnen. Manches wird spät, manches wird nie gedruckt. Trotzdem muss man weitermachen. Man muss sich neuen Themen zuwenden.»

«Sie haben gesagt, dass ein guter Reporter an einer Sache dranbleibt und so lange nicht Ruhe gibt, bis er alle wichtigen Informationen hat, dass er sich von nichts und niemandem abhalten lassen darf, seine Geschichte zu Ende zu erzählen.»

«Ja, das habe ich gesagt. Aber Sie *haben* Ihre Geschichte erzählt. Kein Reporter, der damals über den Fall geschrieben hat, hatte so viele Informationen wie Sie. Sie waren die Erste und Einzige, die Einblick in die Akte hatte. Sie haben dem Opfer Gerechtigkeit widerfahren lassen.»

«Nein, das habe ich nicht. Ich habe Karin Rosenherz benutzt. Ich habe einen mittelmäßigen Text geschrieben. Ich bin auf halber Strecke stehengeblieben. Ich habe versucht, mehr herauszubekommen, aber es ist mir nicht gelungen.»

«Sie haben versucht, mehr herauszubekommen, als in der Akte steht?»

«Ja.»

«Das heißt, Sie haben auf eigene Faust ermittelt?»

«Ja», sagte Anna. «Ich habe ein paar Leute angerufen, hab versucht, Zeugen von damals aufzutreiben. Klar, viele sind inzwischen tot, aber einige leben auch noch. Nur: Mir fehlten die Möglichkeiten. Ich bin überall gegen Mauern gerannt. Ich hatte keine Handhabe, weder zur Personen- noch zur Wohnsitzfeststellung. Ich bin einfach nicht weitergekommen. Jetzt ermittelt die Polizei wieder, und ich will dabei sein.»

«Anna, entschuldigen Sie, Sie müssen verrückt sein. Sie sollen gute Geschichten schreiben, aber keine Mörder jagen. Das ist nicht unser Job.»

Anna schwieg. Sie hatte die Arme verschränkt und schaute aus dem Fenster. Ingeborg Kalz merkte, dass sie gegen die Hartnäckigkeit ihrer Schülerin nicht ankam.

«Und wie stellen Sie sich das vor?», fragte sie. «Sie fahren nach Frankfurt, marschieren zur Polizei und sagen: Hoppla, da bin ich; ich will jetzt bei euch mitspielen. Man wird Sie auslachen.»

«Ich brauche einen Auftrag.»

«Was?»

«Sie müssen mir etwas schreiben. Irgendwas Offizielles

mit Briefkopf und Stempel. Ich möchte die Ermittlungen begleiten.»

«Das wird die Polizei nicht zulassen.»

«Wir können es wenigstens versuchen!»

«Nein, Anna.»

«Bitte!»

Die Schulleiterin schüttelte resigniert den Kopf. Dann wandte sie sich zu ihrem Computer und begann zu tippen. Nach zehn Minuten war sie fertig. Sie druckte den Brief aus und gab ihn Anna zu lesen.

Anna Buchwald lächelte. «Gut», sagte sie.

«Schreiben Sie mir Ihre Handynummer auf. Und die Adresse, unter der ich Sie in Frankfurt erreichen kann. Ich will, dass Sie mich anrufen und auf dem Laufenden halten. Wie lange werden Sie brauchen?»

«Ich weiß es nicht.»

«Ich werde versuchen, Ihr Praktikum um zwei Wochen zu verschieben. Wenn Sie in genau vierzehn Tagen nicht wieder hier sind, war's das. Dann brauchen Sie gar nicht mehr hier aufzukreuzen. Dann sind Sie die längste Zeit Henri-Nannen-Schülerin gewesen. Ist das klar?»

Anna nickte. Sie schrieb ihre Telefonnummer und die Adresse des Campingplatzes auf einen Zettel und gab ihn der Schulleiterin.

DREI Am nächsten Morgen begegnete ihm Sabato auf dem Gang des Weißen Hauses. Sofort bekam Marthaler ein schlechtes Gewissen. Er hob die Hände: «Entschuldige, Carlos! Ich weiß, ich hätte euch längst Bescheid geben müssen.»

Sabato runzelte die Stirn, ohne etwas zu sagen. Er sah seinen Kollegen an und wartete. Also, fragte sein Blick, was hast du zu deiner Entschuldigung vorzutragen?

Marthaler war am Nachmittag zuvor in der Klinik gewesen. Durch eine Scheibe hatte man ihn in den Raum schauen lassen, in dem Tereza lag. Sie war an unzählige Schläuche und Geräte angeschlossen. Er hatte die Hand an die Scheibe gelegt und lange so dagestanden. Später war Dr. Schaper zu ihm gekommen und hatte ihn in sein Büro gebeten. Er hatte Marthaler einige Papierbögen gezeigt und ihm die Diagramme und Kurven erläutert. Er hatte ihm etwas von Terezas Blutwerten und der Herzfrequenz des Kindes erzählt. Marthaler hatte genickt, ohne etwas zu verstehen. Er hatte sich bemüht, war aber zu benommen. Es bestehe der Verdacht, dass Terezas Körper mit einem Schock auf den Blutverlust reagiere, hatte Dr. Schaper gesagt, und dass es dadurch zum Versagen lebenswichtiger Organe kommen könne. Eines hatte Marthaler begriffen: Man musste mit allem, auch mit dem Schlimmsten, rechnen.

«Wie geht es Ihren Windpocken?», hatte Schwester Gerlinde gefragt, als er ihr auf dem Gang begegnet war.

«Ich weiß nicht, es ist nicht schlimmer geworden. Ich habe kein Fieber.»

«Aber Sie waren auch nicht beim Arzt?»

«Nein.»

Sie hatte den Kopf geschüttelt und ihn noch einmal gebeten, das Hemd aufzuknöpfen.

«Sieht so aus, als hätte ich mich geirrt. Es sind wohl doch nur ein paar Hitzepickel.»

Niedergeschlagen hatte er die Klinik verlassen. Er war in den Großen Hasenpfad gefahren, hatte seine Sportkleidung angezogen und war zwei Stunden durch den Wald gelaufen. Wieder zu Hause angekommen, war seine Stimmung nicht besser geworden. Er hatte eine Flasche Wein geöffnet und dann noch eine. Irgendwann hatte ihn der Alkohol so müde gemacht, dass er eingeschlafen war.

«Ich kann dir noch immer nicht sagen, wie es Tereza geht. Es kann besser werden, aber auch noch schlimmer», sagte Marthaler jetzt zu Sabato.

«Immerhin», sagte der Kriminaltechniker, «für uns ist auch das eine Neuigkeit. Wenigstens das hättest du uns erzählen können. Um ehrlich zu sein, Elena hat dich verflucht.»

«Auch wenn das keine Rechtfertigung ist: Ich war zu deprimiert, um zu telefonieren. Und es ist nicht angenehm, immer nur erzählen zu können, dass man nichts zu erzählen hat, weil man nichts weiß.»

«Willst du heute Abend auf ein Glas zu uns kommen?», fragte Sabato.

«Danke. Im Moment ist es für mich besser, allein zu sein. Zu arbeiten oder allein zu sein. Außerdem trinke ich sowieso schon zu viel. Ich muss aufpassen ... Kannst du Elena für mich um Entschuldigung bitten?»

«Schon geschehen!», sagte eine Frauenstimme.

Marthaler drehte sich um. Elena stand in der Eingangstür des Weißen Hauses und lächelte ihn an. Sie trug mit beiden Händen eine abgedeckte Pfanne. «Außerdem hat Carlos gelogen. Er war es, der dich verflucht hat. Ich habe dich in Schutz genommen.»

«Dann hast du gehört, was wir gerade gesagt haben?»

Sie nickte. «Niemand macht dir Vorwürfe», sagte sie. «Da du uns ja keine Gesellschaft leisten willst ...» Sie reichte Marthaler die Pfanne. «Hier sind ein paar Reste von gestern. Und da ich sowieso auf dem Weg in die Stadt war ...»

Marthaler hob den Deckel. Darunter befand sich eine riesige, vollkommen unberührte Tortilla. «Von wegen Reste. Jetzt hast *du* gelogen.»

«Egal», sagte sie. «Ich hab es eilig. Ich hab einen Termin beim Friseur.»

Sie warf ihrem Mann einen Handkuss zu und war im nächsten Moment bereits verschwunden.

Sabato wartete, bis sich die Tür hinter Elena geschlossen hatte, dann wandte er sich an Marthaler. «Sag mal, Robert ...» Er trat von einem Bein aufs andere, ohne seinen Satz zu beenden.

«Carlos, bitte! Ich hab es ebenfalls eilig! Sag, was du sagen willst!»

«Wir sind doch Freunde, oder?»

«Carlos!»

«Meinst du, ich ...? Nein, verdammt, ich trau mich nicht.»

Endlich begriff Marthaler. «Du hast Hunger, nicht wahr! Du hast wahrscheinlich heute Morgen schon eine Ladung Rühreier mit Chorizos verputzt, aber hast schon wieder Hunger, stimmt's?»

Sabato nickte so verschämt wie Obelix nach dem dritten Wildschwein.

«Also stell deine Frage, verdammt nochmal.»

«Du weißt doch, was ich will.»

«Ja, aber ich möchte, dass du es aussprichst. Du willst mich fragen ...»

Sabato schlug die Augen nieder. «... ob ich wohl so ein kleines Häppchen von deiner köstlichen Tortilla probieren dürfte.»

Marthaler lachte. Er reichte Sabato die Pfanne. «Also gut, aber wirklich nur ein winziges Häppchen. Und danach bringst du die Pfanne in die Teeküche und stellst sie in den Kühlschrank. Und kleb bitte einen großen Zettel mit meinem Namen drauf!»

Obwohl noch immer Urlaubszeit war, reihte sich auf dem Alleenring Wagen an Wagen. Marthaler wechselte die Fahrbahn, um kurz darauf zu merken, dass er jetzt auf der anderen Spur schneller vorangekommen wäre. Er erschrak, als plötzlich neben ihm ein Motorrad auftauchte, das sich zwischen den beiden Reihen der Pkw hindurchschlängelte. Wütend drückte er auf die Hupe. Der Motorradfahrer drehte sich um und tippte mit dem Zeigefinger an seinen Helm. «Ja», dachte Marthaler, «du hast ja recht. Ich bin gereizt und benehme mich schon wie einer dieser zahllosen PS-Idioten.»

Als er am Präsidium ankam, hatte er fast eine halbe Stunde gebraucht. Er nahm sich vor, noch am selben Abend sein Fahrrad aus dem Keller zu holen und die Schläuche zu flicken.

Er nahm den Fahrstuhl und fuhr ins Archiv.

Eine Frau, etwas älter als er selbst, saß hinter ihrem Schreibtisch und ließ eine Zeitschrift in die Schublade gleiten, als sie ihn kommen hörte.

«Hallo, Gisela!», sagte Marthaler, «tut mir leid, wenn ich störe.»

Gisela Förster war eine erfahrene Ermittlerin des Drogendezernats, die man vor drei Monaten auf unbestimmte Zeit von der Straße in den Innendienst versetzt hatte. Seitdem wurde sie von Abteilung zu Abteilung geschickt und musste überall aushelfen, wo jemand krank oder im Urlaub war.

«Kannst du nicht anklopfen, verdammt nochmal!»

«Was hast du gerade gemacht?»

«Warst du es nicht, der mal gesagt hat, dass man die Leute am besten mit der Wahrheit verblüfft?», fragte sie.

«Stimmt. Also, was versteckst du vor mir?»

«Ich hab mir die Fotos in einem Männermagazin angeschaut.»

Marthaler lachte. «Weißt du, was man über das Präsidium sagt?»

«Spuck's aus!»

«Dass hier auf einen fleißigen Beamten zwei faule kommen.»

«Ja, witzig. Robert, ich hab's mir nicht ausgesucht. Ich hab längst die Nase voll davon, in fensterlosen Räumen Aktenstaub zu schlucken, während ihr draußen den Mädels auf die nackten Beine glotzt. Ich würde lieber heute als morgen die Straßen unserer Stadt wieder durch meine Anwesenheit verschönern.»

Gisela Förster hatte mit einem Kollegen in der Nähe des Zoos eine Gruppe junger Dealer festgenommen und sie aufs Präsidium verfrachtet. Als sie mit einem der Männer alleine im Vernehmungszimmer gewesen war, hatte der seinen Kopf gegen die Tischkante gestoßen und sich eine Platzwunde zugefügt. Anschließend hatte er behauptet, die Polizistin habe ihn mutwillig verletzt, um ein Geständnis zu erpressen.

«Lieber lass ich mich von drei Frauen schlagen als einen Typen zu verprügeln», hatte sie zu ihrem Dezernatsleiter gesagt, als der sie um eine Stellungnahme gebeten hatte. Ein Satz, der es sofort von null auf eins in der Hitparade der beliebtesten Bullensprüche gebracht hatte. Und wahrscheinlich hätte man den Anlass dafür längst vergessen, hätte Gisela Förster nicht das Pech gehabt, dass es sich bei dem festgenommenen jungen Mann um den Neffen eines Stadtrates handelte.

«Wann kommst du wieder raus?»

«Frag den Richter! Bestimmt nicht vor der Verhandlung. Aber ich nehme nicht an, dass du mit mir über das schwere Schicksal lesbischer Polizistinnen reden willst. Wie kann ich dich befriedigen?»

Marthaler verdrehte die Augen. «Ich suche eine Akte.»

Gisela Förster zeigte hinter sich, wo sich auf Hunderten Regalmetern Ordner an Ordner reihte. «Damit kann ich dienen», sagte sie. «Welcher Jahrgang?»

«1966», sagte Marthaler.

Gisela Försters Mund stand offen. «Nochmal! Und diesmal bitte in Worten!», sagte sie.

«Neunzehn … hundert … sechsundsechzig.»

«Sag mal, Robert, hast du was genommen?»

«Ich kann auch selbst nachschauen!», schlug Marthaler vor.

«Vergiss es», sagte Gisela Förster. «Hier stehen die letzten fünfundzwanzig Jahre. Hier kommen normalerweise Polizisten rein, keine Archäologen. Steinzeit haben wir nicht. Kriegen wir auch nicht wieder rein.»

«Und wer hat Steinzeit?»

«Wart's ab, ich grübel schon! Muss erst ein paar Spinnweben aus meinem Hirn pusten. Das ist nämlich ein Körperteil, den ich hier noch nicht gebraucht habe.»

«Und?», fragte Marthaler, als er ihr eine halbe Minute Zeit gelassen hatte.

«Ich hab's! Kennst du den Germania-Bunker? Dort hat man beim Umzug ins neue Präsidium ein paar Kellerräume angemietet. Soviel ich weiß, stehen da die Altlasten. Und irgendeine arme Assel hat man bestimmt dazu verdonnert, sie zu bewachen.»

«Der Germania-Bunker in der Germaniastraße? Das ist ganz in der Nähe des Weißen Hauses.»

«Du solltest glatt den Taxischein machen. Wer weiß, wofür es gut ist.»

«Dann hätt ich mir also die ganze Fahrerei sparen können. Jedenfalls danke für deine charmante Hilfe. Mach's gut, Gisela.»

«Du dir auch!» erwiderte sie.

Er ging zur Tür. Als er schon die Hand an der Klinke hatte, rief sie ihm noch einmal zu.

«Robert?»

Er schaute zurück.

«Schönes Loch im Ende!»

«Was?», fragte er.

«Schönes Wochenende! Ich nehme nicht an, dass wir uns vorher nochmal sehen.»

Auf dem Platz vor dem Germania-Bunker hockten drei junge Männer in der Sonne. Sie schwatzten und rauchten. An der Hauswand lehnten eine Gitarre und ein elektrischer Bass. Einer der Jungen hatte ein Paar Drumsticks in der Hand.

«Gehört ihr zum Bunker?», fragte Marthaler.

«Wie man's nimmt. Wir warten. Unser Probenraum ist noch besetzt. Wollen Sie ein Autogramm?», fragte der Drummer.

«Ich weiß ja nicht einmal, wer ihr seid.»

Der Junge zog einen Flyer aus der Tasche – *team korap* stand darauf.

«Das ist der Name eurer Band?»

Der Drummer grinste: «Wir spielen Ihnen was vor.»

Die anderen beiden sprangen auf und holten ihre Instrumente.

Sie stellten sich im Halbkreis vor Marthaler auf. Sie spielten ohne Verstärker, man hörte nur wenig. Der Drummer schlug mit seinen Stöcken in die Luft. Mit dem Mund ahmte er die Geräusche eines Schlagzeugs nach. Der Gitarrist sang mit leiser Stimme ein Lied, in dem es um Butterblumen ging. Marthaler gefiel es. Es war leicht, ohne dumm zu sein. Die Zuversicht der drei jungen Männer steckte ihn an. Auf einmal fühlte auch er sich ein wenig leichter.

Als sie fertig waren, bedankte er sich. «Und ihr gebt auch richtige Konzerte?», fragte er.

«Bald», sagte der Sänger, «Sie werden von uns hören.»

«Ich suche die Räume des Polizeiarchivs», sagte Marthaler.

Der junge Mann zeigte mit dem Kopf auf den Eingang des Bunkers. «Im Keller. Einfach die Treppe runter. Und ... nicht vergessen ...»

Marthaler lachte. Er hob seinen Flyer und winkte damit: «Ich weiß: *team korap*. Man wird von euch hören! Ich vergesse euch nicht.»

Am Fuß der steinernen Treppe stieß er auf eine schwere, verschrammte Metalltür, an der ein Schild angebracht war: «Der Polizeipräsident Frankfurt am Main: Archiv (Altbestände)». Darunter klebte ein Zettel: «Benutzung nur nach vorheriger Anmeldung». Wütend schlug Marthaler mit der Faust gegen die Tür.

Er wollte sich bereits wieder abwenden, als er hinter der Tür ein Geräusch hörte. Es waren schlurfende Schritte, die sich langsam näherten.

Schließlich wurde die Tür geöffnet und ein alter, sehr kleiner Mann erschien. Er trug eine Strickjacke und Lederpantoffeln. Sein Kopf war mit einem spärlichen weißen Flaum bedeckt. Einen Moment lang schaute er Marthaler mit finsterem Blick an, dann hellte sich seine Miene auf.

«Nun sieh mal einer an», sagte der Alte und wackelte mit dem Kopf.

«Kennen wir uns?», fragte Marthaler.

«Na freilich. Pölzig. Fritz Pölzig. Wir hatten mal das Vergnügen. Ist aber ewig her. Ein Leichenfund am Niddaufer.»

Tatsächlich erinnerte sich Marthaler jetzt. «Sie waren

Schutzpolizist in Praunheim. Es wurde ein toter Mann aus dem Wasser gezogen. Allerdings ein Unfall, kein Verbrechen. Aber Sie müssen doch längst pensioniert sein.»

«Bin ich, bin ich. Aber hier darf ich mir ein kleines Zubrot verdienen. Immer hereinspaziert!»

Der Alte führte ihn durch das kühle, spärlich beleuchtete Gewölbe an dem langen Tresen entlang bis zu einem Tisch, auf dem ein Schachbrett und eine Kaffeetasse standen.

«Spielen Sie? Haben Sie Lust auf eine Runde?»

«Leider», sagte Marthaler bedauernd, «ich bin ein wenig in Eile.»

Wieder wackelte der Alte mit dem Kopf. «Da haben Sie aber auch recht. Wär ja noch schöner, mit einem Zausel wie mir seine kostbare Zeit zu vergeuden.»

«So war es nicht gemeint. Ich bin auf der Suche nach einer sehr alten Akte».

«Jahrgang? Aktenzeichen?»

«Jahrgang 66. Keine Ahnung, welches Aktenzeichen. Es geht um die Mordsache Rosenherz.»

Fritz Pölzig schaute zu Marthaler auf. Ein paarmal zwinkerten seine wimpernlosen Lider. Dann nickte er. «Ich erinner mich. Große Sache damals. Ein Kumpel von mir war am Tatort. Hat ihn jedes Mal geschüttelt, wenn er davon erzählt hat. Jetzt schüttelt den nix mehr, ist längst unter der Erde. Dann wollen wir mal schauen.»

Er schlurfte zu einer Reihe von Karteischränken und blieb vor dem Buchstaben R stehen. Er nahm einen der Kästen heraus und trug ihn zum Tresen. Es sah aus, als reiche seine Kraft kaum aus, den schweren Deckel nach hinten zu klappen.

«Da haben wir's», sagte er und zog ein kleines Kärtchen hervor. «Hat aber mächtig lange keinen mehr interessiert. Sie können hier warten.»

Mit schweren Schritten schleppte sich der kleine Mann in einen der hinteren Gänge. Marthaler hörte ihn aus der Ferne vor sich hinbrabbeln.

Nach fünf Minuten schob sich Fritz Pölzigs Kopf für einen Augenblick zwischen den Regalen hervor, dann verschwand er wieder.

«Kann ich helfen?», rief Marthaler, erhielt aber keine Antwort.

Weitere zehn Minuten später kam Pölzig auf Marthaler zu. In der Hand hatte er nur die Karteikarte.

«Nee», sagte er, «nee!»

Marthalers Geduld hatte ihre Grenze erreicht: «Was heißt nee?», fragte er scharf.

«Die Akte hat der Himmel geholt.»

«Was?»

«Die hat der Himmel geholt.»

«Mann, Pölzig, sprechen Sie deutlich mit mir! Was meinen Sie damit?»

«Die Akte ist weg, verschwunden!»

«Hören Sie, die Akte kann nicht verschwunden sein. Es handelt sich um einen ungeklärten Mordfall.»

«Is aber so! Kommt immer mal vor.»

«Das ist nicht Ihr Ernst, oder? Es verschwinden doch keine Akten aus dem Archiv?»

«Beim Umzug aus dem alten Präsidium sind noch ganz andere Sachen verschwunden: Computer, Fotoausrüstungen, Labormaterial, sogar Dienstwaffen. Ist alles menschlich. Was soll man machen?»

Marthaler ballte beide Hände zu Fäusten. Er war kurz davor, den alten Mann am Revers seiner Strickjacke zu packen, um ihn durchzuschütteln.

Wieder zwinkerte der Archivar. Dann lächelte er und legte die Kuppe seines Zeigefingers unter das rechte Auge. «Keine

Panik! Der alte Pölzig hat eine famose Idee. Warum gehen Sie nicht zur Staatsanwaltschaft?»

«Um was zu tun?», herrschte Marthaler ihn an.

«Die haben bestimmt eine Kopie.»

Pölzig hatte recht. Fast immer führten die Ermittler ihre Akten doppelt. Ein Exemplar, die offizielle Version, ging irgendwann an die Staatsanwaltschaft, das andere behielten die Kripo-Leute im Präsidium, um jederzeit Zugriff darauf zu haben.

Marthaler drehte sich um. Ohne sich zu verabschieden, ging er am Tresen entlang in Richtung Ausgang. Er schaute sich nicht mehr um. Er öffnete die schwere Metalltür und lief die Treppe hinauf. Kurz darauf stand er im Freien und kniff die Augen zusammen. Die Sonne blendete ihn. Der Platz vor dem Bunker war leer. Die drei jungen Musiker und ihre Instrumente waren verschwunden.

«Da kommt er gerade», sagte Elvira in den Hörer, als Marthaler sein Vorzimmer im Weißen Haus betrat.

Sie hielt die Sprechmuschel zu und wandte sich an ihren Chef: «Robert, die Staatsanwaltschaft ist am Apparat. Sendler will dich unbedingt sprechen.»

«Danke, gleichfalls», sagte Marthaler.

Er nahm seiner Sekretärin den Hörer aus der Hand und meldete sich. «Perfekt, Sendler, Sie kommen mir wie gerufen. Sie müssen mir einen Gefallen tun.»

«Stopp, Marthaler, nicht so schnell!» Die Stimme des alten Staatsanwalts klang ungewohnt bedrohlich. «Können Sie mir erklären, was Sie da treiben?»

Ohne zu wissen, worauf Sendler anspielte, merkte Marthaler, dass Vorsicht geboten war. «Was ich *treibe*?», fragte er.

«Genau: Was ... Sie ... treiben! Wieso erfährt die

Staatsanwaltschaft aus der Presse, woran Sie gerade arbeiten?»

«Aus der Presse?»

«Mann, Marthaler! Wollen Sie mich auf den Arm nehmen? Jetzt spielen Sie nicht den Ahnungslosen. Der *City-Express* mag ein Drecksblatt sein und gehört gewiss nicht zu meiner Lieblingslektüre, dennoch erfahre ich immer, was dort über uns geschrieben wird. Oder dachten Sie, Sie könnten denen ein Interview geben, ohne dass es hinterher jemand liest?»

«Ich habe dem *City-Express* kein Interview gegeben; ich habe mit einem der Reporter gesprochen ...»

«Ein Gespräch mit einem Journalisten nennen die Menschen Interview ...»

«Sendler, bitte, Sie müssen mir glauben ...»

«Kusch, Herr Hauptkommissar, jetzt bin ich dran. Und Sie hören mir zu! Hier steht, dass Sie die Ermittlungen im Fall Rosenherz wiederaufgenommen haben. So etwas saugt sich nicht einmal Arne Grüter einfach aus den Fingern. Und ich möchte erfahren, wieso ich davon nichts weiß. Was sind das für Eigenmächtigkeiten? Ausgerechnet in einem Fall, der mich ein Jahr meines Lebens gekostet hat.»

Marthaler begriff, dass er jetzt schnell reagieren musste. Er brauchte eine gute Antwort, um das Misstrauen des Staatsanwalts zu beseitigen. Erst einmal versuchte er, Zeit zu gewinnen: «Sie kennen den Fall?», fragte er.

«Lenken Sie nicht ab. Ich will eine Antwort!»

Marthaler holte Luft. «Sie wissen, dass ich vor Jahren mit Grüter aneinandergeraten bin. Damals hat man mich für meinen Umgang mit der Presse gerügt. Auch Sie waren unter denen, die mich ermahnt haben. Jetzt wollte Grüter eine Homestory über mich schreiben; das habe ich abgelehnt. Ich habe ihm von der neugegründeten Cold Cases Unit erzählt. Er meinte, ich solle mir den Fall Rosenherz nochmal vornehmen. Er hat mir davon erzählt; ich fand die Sache interessant und habe ihm gesagt, dass ich mir die Akte anschauen werde. Das ist alles.»

Arthur Sendler schwieg. «Verstehe», sagte er schließlich.

Marthaler setzte nach: «Dass Grüter dann in seinem Artikel mehr draus gemacht hat, dafür kann ich nichts.»

«Verstehe», sagte der Staatsanwalt noch einmal. Er klang deutlich besänftigt. «Und warum wollten Sie mich sprechen?»

«Weil ich Sie genau darum bitten wollte: mir die Akte Rosenherz herauszusuchen, damit ich sie mir anschauen kann. Unsere Kopie ist nämlich verschwunden.»

«Wie bitte?»

«Sie haben richtig gehört.»

«Dann haben wir keine mehr», sagte Sendler.

«Sagen Sie das nochmal!»

«Mitte der siebziger Jahre haben wir uns den Fall wieder vorgeknöpft. Wir waren frisch. Keiner von uns hatte mit den ursprünglichen Ermittlungen etwas zu tun gehabt. Ich war jung und gerade erst nach Frankfurt gekommen. Wir waren entschlossen, den Täter doch noch zu finden. Zwölf Monate lang haben wir geackert. Nichts. Ohne Ergebnis. Wir sind immer in dieselben Sackgassen geraten. Schließlich haben wir die Ermittlungen endgültig eingestellt.»

«Okay», sagte Marthaler, «aber dennoch muss ja die Akte bei Ihnen im Keller liegen.»

«Nein, ich habe heute Morgen, als ich den Artikel im *City-Express* las, in unserem Archiv nachgefragt. Wenn ein Fall ausermittelt ist, werden die Akten irgendwann vernichtet.»

«Die Unterlagen zu einem ungeklärten Mordfall werden vernichtet?», fragte Marthaler entsetzt.

Das Blatt hatte sich gewendet. Nun war der Staatsanwalt in der Defensive. Es war deutlich zu spüren, dass Arthur Sendler

Schwierigkeiten hatte, den Vorgang zu erklären: «Sie müssen das verstehen, Marthaler. Vor zwanzig Jahren hat niemand geahnt, dass wir durch die neue Technik irgendwann die Möglichkeit haben würden, auch uralte Fälle zu lösen. Wir wussten nicht, dass es mal eine DNA-Analyse geben würde. Niemand wusste das. Nichts war digitalisiert. Die Archive platzten aus allen Nähten.»

«Also hat man die Arbeit einer ganzen Armee von Ermittlern in den Schredder geworfen?»

«Ganz so ist es nicht», sagte Sendler. «Es gibt noch eine Chance. Damals hat das Hessische Hauptstaatsarchiv Interesse an der Akte Rosenherz bekundet. Wir haben ihnen die Unterlagen geliefert. Sie wollten prüfen, ob das Konvolut einen kulturhistorischen Wert hat und deshalb zu Forschungszwecken archiviert wird, oder ...»

«Oder ob sie es endgültig in den Müll befördern», setzte Marthaler den Satz fort.

«So ist es. Wie auch immer: Ein wenig peinlich ist das Ganze schon. Und Zugriff auf die Sachen hätten wir auf keinen Fall mehr. Aber ich denke, es würde sich lohnen, in Wiesbaden nachzufragen.»

«Das werde ich tun», sagte Marthaler. «Und zwar umgehend.»

«Gut», sagte Sendler. «Ich befürworte das.»

«Das heißt, ich habe Ihre Unterstützung?»

«Die haben Sie. Aber schreiben Sie sich eins hinter die Ohren: Ich möchte informiert werden. Ich möchte nicht noch einmal aus der Presse erfahren, in welchen Fällen wir gerade ermitteln. Ist das klar?»

VIER Es war noch dunkel, als Anna Buchwald auf ihrer Iso-matte aufwachte. Aus dem Nachbarzelt hörte sie ein unter-drücktes Stöhnen, das offensichtlich von einer Frau stammte. Anna tastete nach dem Pfefferspray, das neben ihr auf dem Boden lag.

Sie rollte sich von der Matratze, kroch auf Knien zum Zelt-eingang und öffnete den Reißverschluss. Als sie im Freien war, richtete sie sich auf. Schemenhaft konnte sie die Umrisse des großen Hauszeltes ausmachen, das keine drei Meter von ihrem Iglu entfernt stand. Sie lauschte.

Die Frau wimmerte.

Dann kam das Stöhnen eines Mannes hinzu.

«Verdammt!», sagte Anna. «Könnt ihr nicht leiser vögeln?»

Für ein paar Sekunden herrschte Ruhe. Kurz darauf war aus dem Inneren des Zeltes ein zweistimmiges Kichern zu hören.

Anna legte sich wieder hin.

Nach ihrem Besuch bei Ingeborg Kalz hatte sie den Mazda aufgetankt und war in Rothenburgsort auf die Autobahn ge-fahren. Kurz vor Hannover hatte es einen Stau gegeben. Der Anhänger eines Lkw, der Spielzeugbälle geladen hatte, war in einer Kurve umgekippt. Überall auf der Fahrbahn und den angrenzenden Grünstreifen kullerten die bunten Gummibälle herum. Es hatte eine Stunde gedauert, bis sie weiterfahren konnte.

An der Raststätte Kassel hatte sie eine Pause eingelegt. Sie hatte ein halbes Hähnchen bestellt, das halbroh serviert wurde und das sie nach einem heftigen Wortwechsel mit der Serviererin hatte zurückgehen lassen. Sie hatte zwei Dosen Cola light gekauft und beide auf dem Parkplatz ausgetrunken.

Weil die Benzinanzeige des Mazda seit einigen Wochen kaputt war, hatte sie den Wagen an eine der Zapfsäulen gelenkt und sicherheitshalber noch einmal vollgetankt.

Am Gambacher Kreuz war sie erneut in einen Stau geraten. Bis sie in Frankfurt angekommen war, hatte es eine weitere Stunde gedauert.

Sie hatte sich in der Rezeption des *Sandelmühlen Camp* angemeldet und für drei Tage im Voraus bezahlt. Man hatte ihr eine kleine Parzelle am äußersten nördlichen Ende des Platzes zugewiesen, direkt an dem Zaun, der das Grundstück begrenzte und hinter dem sich die Wipfel einiger Bäume erhoben. Nachdem sie ihr Zelt aufgebaut und die Isomatte auf dem Boden platziert hatte, war sie eine Stunde lang durch die Gegend gelaufen.

Der Campingplatz lag am Rande des Stadtteils Heddernheim, direkt zwischen dem Flüsschen Nidda und einem riesigen modernen Gewerbegebiet. Es war ein merkwürdiger Ort: nicht weit vom Zentrum der Stadt, dennoch schon fast an deren Rand, umgeben von Wiesen und alten Bäumen, die den Flusslauf säumten; aber schon einen Steinwurf weiter schloss sich das Mertonviertel mit seinen Bürogebäuden an. Dennoch hatte Anna Buchwald alles, was sie brauchte. In der Nähe gab es einen Supermarkt, ein Schwimmbad und eine U-Bahn-Station. Dem *Sandelmühlen Camp* vorgelagert war ein riesiger Parkplatz, der zu einem Hotel mit großem Restaurant gehörte.

Sie war hineingegangen, hatte sich in eine Ecke gesetzt, hatte schaudernd die ebenso gigantische wie fleischlastige Speisekarte studiert und schließlich nur einen Salat und ein Pils bestellt. Jedes Mal, wenn der Kellner an ihr vorbeigekommen war, hatte er ihr zugezwinkert. Zurück im *Camp*, hatte sich Anna in ihr Zelt gelegt, war fast augenblicklich eingeschlafen, aber keine fünf Stunden später wieder aufgewacht, als Frau Stöhn und Herr Keuch sie zur Zeugin ihrer Liebe machten.

Jetzt hörte man aus dem Nachbarzelt nur noch das leise Schnarchen des Mannes.

Anna kramte ihren iPod aus der Tasche und startete das Programm mit den autogenen Übungen. Über dem sphärischen Geplätscher elektronischer Musik redete ihr die sonore Stimme eines Mannes ein, dass ihre Beine und Arme schwer würden, dass ihr Körper von Wärme durchflutet sei und ihr Herz ruhig und gleichmäßig schlage. «Schon gut, alter Säusler, ich glaub dir sowieso nichts», flüsterte sie.

Dann fielen ihr die Augen zu.

Die Mittagssonne schien bereits auf das Zeltdach, als sie wieder auf die Uhr schaute. Es war kurz vor zwölf. Sie schwitzte, und ihre Zähne fühlten sich stumpf an. Anna nahm ihren Waschbeutel und ging zu den Duschen.

Als sie zurückkam, saß die Nachbarin am gedeckten Frühstückstisch vor ihrem Zelt. Die Frau war Mitte dreißig und hatte dünnes, blondes Haar. Sie lächelte Anna zu, dann errötete sie. Sie trug eine rote Jogginghose und ein weißes T-Shirt mit der Aufschrift: «I love my dentist».

Kurz darauf erschien der Mann im Eingang des Zeltes. Auch er lächelte unsicher. Auch er hatte eine rote Jogginghose und ein weißes T-Shirt an. Auf seinem stand: «I'm the dentist».

Anna nickte den beiden zu. Sie ging an den Wagen und holte ihr Portemonnaie, das sie unter die Fußmatte gelegt hatte. Auf der Terrasse des Hotelrestaurants trank sie einen Cappuccino und aß ein Käsebrötchen. Anschließend bestellte sie noch ein Glas Orangensaft. Es bediente sie derselbe Kellner wie am Abend zuvor. Wieder zwinkerte er ihr zu.

Als sie zurückkam, sah sie von weitem einen Mann, der

sich in der Nähe ihres Iglus aufhielt. Sofort erwachte ihr Misstrauen. Sie überlegte, ihn zur Rede zu stellen. Stattdessen verbarg sie sich hinter einer Hecke, um abzuwarten, was passierte. Sie hatte den Mann nie zuvor gesehen, sie hatte keine Ahnung, wer er war und was er von ihr wollte. Aber er schien sie zu suchen.

Der Mann umrundete mehrmals ihr Zelt, dann sprach er mit dem Zahnarzt und seiner Frau, die noch immer am Tisch saßen und frühstückten. Ihre Nachbarn lächelten und schüttelten die Köpfe.

Anna merkte, wie ihre Nervosität wuchs. Niemand wusste, dass sie hier war. Außer Ingeborg Kalz hatte sie keinem Menschen gesagt, dass sie nach Frankfurt fahren würde. Sie hatte das deutliche Gefühl, dass dieser Mann eine Grenze übertrat, von der sie nicht wollte, dass sie übertreten wurde.

Einmal schaute der Fremde in ihre Richtung. Sie zog rasch den Kopf zurück. Als er keine Anstalten machte, sich ihr zu nähern, war sie überzeugt, dass er sie nicht bemerkt hatte.

Jetzt ging er zu ihrem Wagen und notierte sich die Autonummer.

Verdammt, was will der Typ von mir?

Schließlich schien er aufzugeben. Er ging noch einmal auf das Nachbarzelt zu. Dort zog er seine Brieftasche aus der Innentasche seines Jacketts und nahm etwas heraus. Es sah aus wie eine Visitenkarte. Er legte sie auf den Tisch. Wieder sprach er ein paar Worte mit der Frau und dem Zahnarzt. Die beiden lächelten und nickten. Zum Abschied nickte der Fremde ebenfalls.

Als er an der Hecke vorbeikam, war er keine zwei Meter von Anna entfernt. Sie hielt den Atem an und blieb reglos stehen. Nach einer halben Minute wagte sie sich aus ihrem Versteck. Sie ging auf den Ausgang zu und sah, wie der Mann das Schloss eines Fahrrads öffnete. Er stieg in die Pedale und fuhr davon.

Dass der Mann nicht mit einem Auto gekommen war, war bemerkenswert. Es machte die Sache umso seltsamer, zugleich kam ihr der Fremde dadurch weniger bedrohlich vor.

Als sie sich ihrem Iglu näherte, wurde sie mit verhohlener Neugier von ihren Nachbarn beäugt.

«Es war jemand für Sie da!», sagte der Zahnarzt.

«Für mich?», fragte Anna.

«Ja, ein Mann hat nach Ihnen gefragt.»

«Es muss sich um einen Irrtum handeln.»

«Aber er hat Ihren Namen gewusst.»

«Ein Mann, der meinen Namen wusste? Wie gesagt, wahrscheinlich eine Verwechslung.»

«Heißen Sie Buchwald? Anna Buchwald?»

Anna trat einen Schritt auf die beiden zu: «Okay», sagte sie. «Wer war der Mann?»

Das Paar schaute sich an. «Das … das wissen wir nicht. Er hat sich nicht vorgestellt.»

«Doch», sagte Anna. «Das hat er. Er hat Ihnen seine Visitenkarte gegeben. Wahrscheinlich hat er gesagt, Sie sollen ihn benachrichtigen, wenn ich wieder auftauche. Ich möchte Sie bitten, das nicht zu tun. Ich möchte Sie bitten, mir zu sagen, wer er war.»

«Marthaler», sagte eine Stimme hinter ihr.

Erschrocken fuhr Anna herum. Vor ihr stand der fremde Mann. Sie trat einen Schritt zurück und hatte kurz den Impuls, davonzulaufen.

Der Mann hatte ein freundliches Gesicht. Ein wenig erschöpft sah er aus, aber freundlich. Er streckte ihr die rechte Hand entgegen.

«Robert Marthaler, Kriminalpolizei Frankfurt.»

Als sie keine Anstalten machte, ihn zu begrüßen, ließ er

seine Hand wieder sinken. «Ich hoffe, Sie hatten eine gute Fahrt, Frau Buchwald.»

Sie hatte das Gefühl, als wanke der Boden unter ihren Füßen. Innerhalb weniger Minuten war sie von diesem Typen das zweite Mal überrumpelt worden und hatte noch immer keinen Schimmer, worauf das Ganze hinauslaufen würde.

«Was wollen Sie von mir?», fragte sie und versuchte, ihre Aufregung vor dem Polizisten zu verbergen.

«Ich muss dringend mit Ihnen reden!»

«Ich habe mir nichts zuschulden kommen lassen», sagte sie trotzig. «Ich wüsste nicht, was wir zu besprechen hätten.»

«Es scheint, als würden wir uns für denselben alten Kriminalfall interessieren ...» Er warf einen raschen Seitenblick zu den beiden Nachbarn, die so taten, als würden sie sich intensiv mit den Resten ihres Frühstücks beschäftigen. «Aber ich würde es für besser halten, das vielleicht an einem anderen Ort zu bereden.»

Anna starrte den Polizisten an. Sie merkte, wie eine dicke Schweißperle ihren Rücken hinunterlief. Sie überlegte fieberhaft, wie sie sich Robert Marthaler gegenüber verhalten sollte. Alles kam darauf an, was er über sie wusste. Und was er von ihr wollte.

Irgendwas lief hier falsch. Irgendwas passte nicht zusammen. *Sie* war es, die vorhatte, sich in die Ermittlungen der Frankfurter Polizei im Fall Rosenherz einzuklinken. Sie war es, die etwas von *ihm* wollte. Warum lief es jetzt umgekehrt? Warum kam dieser Bulle zu ihr?

Und woher, zum Teufel, wusste er, dass sie sich mit dem Fall beschäftigte? Wie hatte er sie hier auf diesem Campingplatz ausfindig machen können?

Es gab nur eine Antwort. Und als ihr diese klar wurde, bekam Anna Buchwald eine rasende Wut auf ihre Schulleiterin Ingeborg Kalz.

«Kommen Sie», sagte Marthaler und berührte sie leicht am Oberarm, «lassen Sie uns einfach ein paar Schritte an der Nidda entlanggehen. Dann haben Ihre Nerven Zeit, sich ein wenig zu beruhigen.»

Auch das noch, dachte sie. Nicht genug, dass er sie hier aufgespürt hatte, er hatte sie auch noch durchschaut. Sie musste sich in den Griff bekommen. Solange sie ihre Aufregung nicht unter Kontrolle brachte, war die Gefahr zu groß, dass sie einen Fehler beging, der ihr Vorhaben womöglich zunichtemachte.

Meine Arme und Beine sind schwer! Wärme durchflutet meinen Körper. Mein Herz schlägt ruhig und gleichmäßig.

«Schon gut, alter Säusler», sagte sie. «Ich glaub dir sowieso nichts.»

«Wie bitte?» Marthaler schaute sie verwundert an.

«Nichts! Ich meine nicht Sie! Ja, wir haben einiges zu bereden. Lassen Sie uns ans Wasser gehen.» Nun war sie es, die Marthaler ihrerseits am Oberarm berührte.

Sie war entschlossen, sich diesen Bullen gewogen zu machen. Davon würde abhängen, ob sie ihre Pläne verwirklichen konnte oder ob sie unverrichteter Dinge wieder würde abreisen müssen.

Wortlos bewegten sie sich auf den Ausgang zu. Anna drehte sich noch einmal um. Ihre Zeltnachbarn saßen am Tisch und schauten ihnen mit offenen Mündern nach. Anna hob die Hand und winkte den beiden zu.

«Es war Ingeborg Kalz, die Ihnen gesagt hat, wo ich zu finden bin.»

«Ja. Sie hat sich lange geweigert. Schließlich konnte ich sie überzeugen. Mir scheint, Ihre Schulleiterin kann Sie wirklich gut leiden. Sie hat Ihre Leistungen sehr gelobt.»

«Sie hat mich verraten.»

«Nein, indem sie mir gesagt hat, wo Sie sich aufhalten, hat

sie Ihnen geholfen. Hören Sie, Frau Buchwald, was Sie hier machen, ist kein Witz. Es ist gefährlich. Sie können nicht einfach in einem ungeklärten Mordfall ermitteln.»

«Ich bin Journalistin. Und solange ich keine Gesetze übertrete, kann ich machen, was ich will ... Wie sind Sie auf meinen Namen gestoßen? Wie haben Sie erfahren, dass ich mich mit dem Fall Rosenherz beschäftige?»

Marthaler lachte. «Ich weiß, dass Sie die Ermittlungsakten aus dem Hessischen Hauptstaatsarchiv in Wiesbaden ausgeliehen haben.»

«Und diese Information hat man Ihnen einfach so gegeben. Scheiß auf den Datenschutz, oder wie?»

«Nein. Ich musste erst einem freundlichen Angestellten und schließlich dem Archivleiter mit einer richterlichen Anordnung drohen. Und ich schwöre Ihnen, die hätte ich mir in kürzester Zeit auch besorgt ...»

«Gut, weiter!»

«Sie sind immer noch unter derselben Adresse gemeldet, die Sie im Hauptstaatsarchiv angegeben haben.»

«Trotzdem konnten Sie nicht wissen, dass ich jetzt die Journalistenschule besuche.»

«Ich habe Ihren Namen in eine Suchmaschine eingegeben. Wissen Sie, wie viele Anna Buchwalds es in Deutschland gibt?»

Sie zuckte mit den Achseln.

«Ganze sechs. Auf dem Jahrgangsbild der Henri-Nannen-Schule habe ich Sie gefunden. Eine Verwechslung war nicht möglich. Und da die Hamburger Kollegen Sie zu Hause nicht angetroffen haben, habe ich Ihre Schulleiterin angerufen. Den Rest kennen Sie ...»

Anna dachte nach. Tatsächlich konnte es so gewesen sein, wie der Polizist behauptete.

«Nicht schlecht», sagte sie.

«Es ist mein Beruf. Aber, ehrlich gesagt: Es geht nicht immer so schnell. Immerhin, ich weiß noch mehr über Sie.»

Anna runzelte die Stirn und wartete, dass er fortfuhr.

«Ich weiß, dass Sie als Dreizehnjährige einmal ein ganzes Wochenende verschwunden waren.»

Anna ging in Lauerstellung.

«Zunächst dachte man, Sie seien von zu Hause weggelaufen.»

Na los, Bulle. Bringen wir's hinter uns! Erzähl schon weiter!

«In Wirklichkeit waren Sie mit zwei älteren Schulkameraden in den Wald gegangen. Die beiden haben Sie in einen winzigen Bretterverschlag gesperrt. Es hat fast achtundvierzig Stunden gedauert, bis man Sie gefunden hat. Die beiden waren von Zeugen gesehen worden. Die Jungen wurden gefasst und haben ein Geständnis abgelegt, aber nichts zu ihren Motiven gesagt. Sie selbst haben sich geweigert, über den Vorfall zu sprechen.»

Anna hatte die Augen geschlossen.

«Und was wollen Sie von mir?», fragte sie.

«Die Akte», sagte Marthaler.

Nein, dachte Anna, kommt nicht in Frage. Nie und nimmer bekommst du diese Akte. Ich weiß noch nicht wie, aber ich werde einen Weg finden, sie dir nicht geben zu müssen.

«Wie bitte? Was wollen Sie mit einer Akte aus den Beständen eines öffentlich zugänglichen Archivs?»

«Das kann ich Ihnen nicht erklären. Aber ich brauche sie, und zwar umgehend. Sie wissen, dass man Ihnen dieses Material gar nicht nach Hause hätte schicken dürfen.»

«Dann verklagen Sie das Archiv!», sagte Anna.

«Ich will niemanden verklagen; ich will lediglich die Akte.»

«Und wenn ich sie Ihnen nicht gebe?»

«Dann werden wir Sie zwingen! Es handelt sich um wichtige Unterlagen in einem laufenden Ermittlungsverfahren. Aus heutiger Sicht hätten sie nie nach Wiesbaden abgegeben werden dürfen.»

Anna merkte, dass sie an einem Punkt angekommen waren, an dem sie ein gutes Argument brauchte, um dem Polizisten zu sagen, dass sie seinem Wunsch nicht folgen konnte.

Marthalers Ton wurde strenger: «Also: Haben Sie sich entschieden? Freiwillig oder unter Zwang?»

Anna schaute ihn mit betrübter Miene an: «Es ist mir unendlich peinlich ...»

«Was ist Ihnen peinlich?»

«Selbst wenn ich wollte: Ich kann Ihnen die Akte nicht geben.»

«Und ob Sie können! Sie werden sich wundern, wie schnell ...»

«Nein», unterbrach sie ihn. «Es ist, wie ich sage. Ich kann sie Ihnen nicht geben, weil ich die Akte nicht mehr habe.»

«Was soll das heißen? Sie haben sie ausgeliehen und den Empfang quittiert.»

«Ich habe sie nicht mehr, weil es sie nicht mehr gibt.»

«Es gibt sie nicht mehr?»

«Ich hatte sie im Keller gelagert. Vor ein paar Wochen gab es dort einen Wasserschaden, ein Rohr ist gebrochen. Das Ganze war eine Riesensauerei. Ich habe alles in den Müll werfen müssen.»

Marthalers Kopf rötete sich, dann begann er zu schreien: «Sind Sie völlig wahnsinnig? Ich werde Sie haftbar machen. Ich schwöre Ihnen ...»

Aber er wusste nicht, was er ihr schwören sollte. Er fühlte sich, als habe man ihm einen Schlag in den Magen versetzt.

«Wollen Sie mich jetzt verhaften?», fragte Anna.

Sie hatten eine kleine Fußgängerbrücke überquert und standen auf der anderen Seite der Nidda vor dem Eingang des Schwimmbads. Ein paar Badegäste, die ihren Wortwechsel gehört hatten, äugten misstrauisch zu ihnen herüber.

Marthaler wandte sich ab. Mit gesenktem Kopf ging er den Uferweg entlang. Er beschleunigte seine Schritte. Es sah aus, als habe er Anna Buchwald bereits vergessen. Schließlich blieb er stehen. Er setzte sich auf eine Bank, stützte beide Ellenbogen auf die Oberschenkel und vergrub sein Gesicht in den Händen.

Anna näherte sich ihm vorsichtig. Sie sah, dass er zitterte. Er tat ihr leid. Sie überlegte, ob sie einen Fehler gemacht hatte.

«Darf ich Sie etwas fragen?»

Marthaler hob den Kopf. Er schaute sie an, als habe er sie nie zuvor gesehen.

«Warum ist Ihnen diese Akte so wichtig?»

Sein Blick war leer. «Weil es … das einzige … noch existierende Exemplar war», sagte er stockend und mit fast tonloser Stimme.

Anna brauchte einen Moment, bis sie die ganze Tragweite dieser Information begriffen hatte. Dann machte es Klick in ihrem Kopf.

«Dann stimmt also gar nicht, was in der Zeitung stand? Sie haben die Ermittlungen im Fall Rosenherz noch gar nicht wiederaufgenommen? Sie hatten gar keine Möglichkeit dazu?»

Marthaler nickte.

«Sie wissen also eigentlich nichts über den Fall?»

Anna setzte sich auf das andere Ende der Bank und dachte nach. Es musste mehr dahinterstecken, dass der Polizist so erschüttert war. Seine Reaktion zeigte nicht nur die Enttäuschung eines Profis, der merkt, dass er mit seinen Nachforschungen nicht weiterkommt. Der Mann neben ihr wirkte zerrüttet.

«Der Mörder von Karin Rosenherz ist nie gefasst worden», sagte sie. «Aber es gibt viele alte Fälle, die nicht gelöst wurden. Sie können sich genauso gut eine andere Akte vornehmen. Eine, bei der die Chancen, den Täter doch noch zu finden, deutlich besser stehen.»

Marthaler reagierte nicht.

«Oder hat Ihr Interesse etwas mit diesem Kunstraub zu tun?»

Sie hatte versucht, ihre Frage möglichst beiläufig klingen zu lassen. Aber Marthaler hob abrupt den Kopf und schaute sie mit flackernden Augen an.

Treffer, versenkt!, dachte sie.

Sie schwieg eine Weile. «Der Mord ist vierzig Jahre her. Wahrscheinlich ist der Täter längst gestorben. Wahrscheinlich ist er vergammelt in irgendeinem Knast, wo er wegen einer anderen Sache gesessen hat.»

Marthaler schaute sie aufmerksam an: «Wie kommen Sie darauf?»

«Na ja, so unwahrscheinlich wäre das nicht.»

«Nein», sagte Marthaler. «Ich will wissen, wie Sie darauf kommen!»

Anna tat eine Weile, als würde sie sich zieren, dann erzählte sie. «Es gab damals eine ganze Reihe von Spuren, die darauf hinwiesen, dass ein Berufskrimineller die Tat begangen hatte. Und immer war es ein anderer, der von irgendwem beschuldigt wurde. Die meisten dieser Typen schafften es gar nicht auf die Liste der Verdächtigen, weil sie keine Ähnlichkeit mit dem Phantombild hatten. Aber einer war darunter, von dem die Zeugin sagte, dass er aussehe wie der Mann, den sie in der Mordnacht im Auto von Karin Rosenherz gesehen hatte. Der Mann hieß Karl-Walter Schmidt und war bereits wegen mehrerer Straftaten verurteilt worden. Er galt als brutal. Er wurde überprüft, aber seine Verlobte sagte aus, dass er in der Mordnacht bei ihr gewesen sei. Ein ziemlich dünnes Alibi, finde ich. Trotzdem hat man ihn unter den ‹erledigten Spuren› verbucht.»

Lange richtete Marthaler seinen Blick auf die junge Frau: «Sie scheinen die Akte ziemlich gut zu kennen.»

Anna zuckte mit den Schultern. Dann lachte sie. «Ich kann sie fast auswendig.»

«Ist das Ihr Ernst?»

«Ich habe sie wahrscheinlich zehnmal gelesen. Außerdem habe ich mir Notizen gemacht. Ich weiß, an welchen Stellen die Ermittler nachgehakt haben und wo sie müde geworden sind und geschludert haben.»

«Wie umfangreich waren die Unterlagen?»

«Sehr umfangreich. Aber … sagen Sie, Sie scheinen ja wirklich *gar nichts* zu wissen.»

«Das kann man so sagen. Ich weiß nicht einmal, welche Kollegen damals an den Ermittlungen beteiligt waren. Ich hatte gehofft, das alles aus den Unterlagen zu erfahren, die in Ihrem Keller ersoffen sind.»

«Ich habe eine Datei mit allen Namen», sagte Anna. «Polizisten, Staatsanwälte, Zeugen, Verdächtige, Verwandte, Freunde, Ärzte. Ich habe jeden Namen erfasst, auch wenn er nur einmal in der Akte genannt wurde.»

«Dann gibt es wohl niemanden, der mehr weiß über den Fall Rosenherz als Sie.»

«Ja», sagte Anna. «Das wird mir auch gerade klar.»

«Sie müssen mir helfen», sagte Marthaler.

Anna lächelte. «Auch das beginne ich zu begreifen.»

FÜNF Marthaler fuhr über die Maybach-Brücke in Richtung Innenstadt. Statt des Fahrradweges benutzte er die Straße. Mehrmals wurde er von Autofahrern angehupt.

Er kam am Präsidium vorbei, ohne einen Blick darauf zu werfen. Sein schlechtes Gewissen plagte ihn. Alles, was er gerade tat, durfte er nicht tun. Er hinterging seine Kollegen, er enthielt ihnen Erkenntnisse vor, er war dabei, eine fremde junge Frau in die Ermittlungen einzubeziehen. Und dennoch hatte er keine andere Möglichkeit, wenn er sich nicht selbst zur Untätigkeit verdammen wollte.

Nach einer halben Stunde hatte er fast das gesamte Stadtgebiet durchquert. Mit dem Wagen hätte er um diese Uhrzeit fast doppelt so lange gebraucht.

Er betrat seine Wohnung und ging durch alle Zimmer, um die Fenster zu kippen. Im Vorbeigehen schaute er auf den Anrufbeantworter. Es wurden zehn neue Nachrichten angezeigt.

Dann begann er aufzuräumen. Wie immer, wenn Tereza nicht da war, hatte er seinem Hang zur Unordnung nachgegeben. Er packte die schmutzige Wäsche in die Tonne, räumte das Geschirr in die Spülmaschine und machte die Waschbecken sauber.

Als er fertig war, zog er sich aus und stellte sich unter die Dusche. Die Badezimmertür ließ er offen, um die Klingel nicht zu überhören.

Nachdem er sich abgetrocknet und frische Wäsche angezogen hatte, ging er ins Wohnzimmer, holte zwei Teller aus dem Schrank und stellte sie auf den Tisch. Er legte Bestecke und Servietten dazu und stellte Gläser daneben.

Dann hörte er, dass es an der Wohnungstür klopfte.

Anna Buchwald stand im Treppenhaus und lächelte ihn an. Sie hatte sich ebenfalls umgezogen. In der Hand hielt sie ihren tragbaren Computer und eine kleine Aktenmappe.

«Warum haben Sie nicht geläutet?»

Sie drückte zweimal auf den Klingelknopf, ohne dass etwas zu hören war. «Zum Glück war die Haustür nur angelehnt ...»

«Verdammt, ja, ich habe die Türglocke abgestellt. In den letzten Tagen standen immer wieder Reporter vor der Tür ... Kommen Sie rein!»

Zögernd betrat die junge Frau die Wohnung. Sie schaute sich neugierig um. Es kam ihm vor, als würde sie Witterung aufnehmen. Als müsse sie das Terrain erkunden, um zu entscheiden, ob sie diesen Ort mochte oder nicht.

«Gibt es einen Balkon?», fragte sie. «Können wir die Tür öffnen?»

Er nickte. «Ich habe riesigen Hunger. Ich gehe rasch in den Keller und schaue nach, ob sich noch irgendwas in der Kühltruhe findet.»

«Prima Idee!», sagte sie.

Als er wieder hochkam, stand sie auf dem Balkon und rauchte. Marthaler hielt eine bunte, verschweißte Plastikpackung in die Höhe: «Tiefgefrorene Paella», rief er.

«Fettgehalt?»

Er schaute nach. «Zwei Komma drei Prozent.»

Sie lächelte. «Klingt okay!»

Er stellte eine Pfanne auf die Gasflamme, ließ ein wenig Olivenöl heiß werden und schüttete den Inhalt der Packung hinein.

«Haben Sie gut hergefunden?»

Vom Balkon wehte ein leises «Mmmh» herüber.

Sie gingen vorsichtig miteinander um. Beide waren sie befangen. Sie befanden sich in einer Zwangsgemeinschaft, in der keiner wusste, was er vom anderen zu halten hatte. Marthaler beschloss, diesen Zustand so schnell wie möglich zu beenden. Er wusste, dass sich solche Verspannungen am besten lösten, wenn man gemeinsam an einer Sache arbeitete. Dennoch mussten sie vorher einige Dinge klären.

«Für das, was wir hier machen werden, müssen wir uns gegenseitig vertrauen können», sagte er, als sie sich am Tisch gegenübersaßen.

Anna, die sich gerade ihre erste Gabel Paella in den Mund schieben wollte, hielt inne. Ihr Mund stand offen. Sie schaute Marthaler ungläubig an.

«Schöne Eröffnung, welcher Film?», fragte sie.

Er lächelte. «Nein, bitte, ich meine es ernst.»

Anna setzte sich in Positur. Den nächsten Satz sagte sie mit gespielt tiefer Stimme: «Vertrauen, Andy, ist der Glaube an etwas, für das wir keine Beweise besitzen.»

Marthaler wartete, dass sie ihm eine Erklärung gab.

«Irgendwer sagt das in *Philadelphia* zu Tom Hanks. Aber … ich habe Sie unterbrochen!»

Marthaler legte sein Besteck zur Seite und schaute Anna in die Augen. «Um herauszufinden, nach was wir eigentlich suchen, werde ich Ihnen Informationen geben müssen, die ich Ihnen eigentlich nicht geben dürfte. Wir werden zusammenarbeiten wie zwei Polizisten, obwohl Sie keine Polizistin sind. Das dürfen wir nie vergessen. Ich muss mich voll und ganz auf Sie verlassen können. Das heißt, es gibt ein paar Bedingungen, zu denen Sie Ja sagen müssen.»

«Moment, Moment!» Anna setzte sich aufrecht hin und bog ihre Schultern nach hinten. «War es nicht so, dass Sie *meine* Hilfe brauchen? *Wer*, bitte, stellt dann *wem* Bedingungen?»

Marthaler schob seinen Teller zur Seite und wischte sich mit der Serviette über den Mund. Er erhob sich und baute sich vor Anna auf. «Gut», sagte er, «dann war's das. Sie können noch aufessen, dann dürfen Sie gehen.»

Annas Augen wurden schmal. Sie legte beide Hände auf die Tischplatte und klammerte sich daran fest. Es sah aus, als wolle sie zum Sprung ansetzen.

Um die Situation zu entspannen, wich Marthaler ihrem Blick aus und wandte sich ab. Er ging in die Küche, um eine Flasche Mineralwasser zu holen.

Schließlich schien sich Anna beruhigt zu haben.

«Nennen Sie mir Ihre Bedingungen. Danach werde ich entscheiden», sagte sie.

«Niemand darf erfahren, dass wir zusammen an diesem Fall arbeiten. Sie sind eine Cousine, die in Hamburg studiert und die mich hier besucht.»

«Okay!»

«Ich weiß, dass Sie irgendwann über den Fall schreiben wollen. Aber solange er nicht gelöst ist, werden Sie keine Zeile veröffentlichen und zu niemandem ein Wort sagen. Nicht zu Ihren Eltern, nicht zu Ihren Freunden, auch nicht zu Ihrer Schulleiterin. Alles, was hier passiert, ist absolut vertraulich!»

«Einverstanden. Aber was ist mit diesem anderen Journalisten? Er hat eine Fortsetzung über den Fall Rosenherz angekündigt …»

«Arne Grüter? Den lassen Sie meine Sorge sein. Ich werde dafür sorgen, dass er uns nicht zu nahe kommt. Wenn nötig, werde ich ihn mit ein paar Placebos füttern.»

«Weiter!», sagte Anna.

«Sie werden zu keinem Zeitpunkt Ihre Befugnisse überschreiten. Sie sind eine Privatperson, und Sie werden sich entsprechend verhalten. Alles, was Sie tun, findet im Rahmen der Gesetze statt.»

Anna machte eine Kopfbewegung, die er als ein Nicken interpretierte. Er gab sich damit zufrieden.

«Fertig?», fragte sie. «Dann bin ich jetzt dran. Erstens: Ich werde kommen und gehen, wann ich will. Ich werde tun und lassen, was ich will. Sie sind nicht mein Vorgesetzter, wir sind ein gleichberechtigtes Team.»

«Im Rahmen der genannten Bedingungen», sagte Marthaler.

«Zweitens: Ich werde mich so selten wie möglich in geschlossenen Räumen aufhalten.»

Marthaler hob die Brauen, aber er sagte nichts.

«Drittens: Wir werden uns duzen.»

«Das tun Cousins und Cousinen normalerweise.»

«Viertens: Ich werde niemals, niemals mit Ihnen schlafen.»

Marthaler lächelte. «Tja», sagte er. «Niemals-Sex-Gelübde werden aber erst wieder ab neun Uhr morgens angenommen.»

Sie sah ihn verblüfft an. Dann begann sie laut zu lachen. «Scheiße», sagte sie, «Sie kennen den Film.»

«*As Good as It Gets* von James L. Brooks. Zwei Oscars, drei Golden Globes. Ich habe ihn mit Tereza im Fernsehen gesehen.»

Anna wurde ernst. «Das ist Ihre Frau, nicht wahr? Sie ist verletzt worden bei diesem Überfall …»

«Ja», sagte Marthaler. «Wir werden gleich darüber reden müssen. Übrigens wollten wir uns duzen … Was ist in deiner Aktenmappe?»

«Mein Dossier. Die Liste mit den Namen und die wichtigsten Spuren. Ich habe versucht, den ganzen Wust zu strukturieren. Ich habe mir Notizen gemacht. Wollen Sie … willst du es lesen?»

«Später», sagte Marthaler. «Ich will, dass du mir erzählst, was du weißt. Ich will deine Einschätzungen hören. Wir müssen so tun, als sei der Mord erst gestern geschehen. Trotzdem müssen wir damit rechnen, dass unsere Arbeit vergeblich sein wird. Wahrscheinlich haben die Kollegen damals genau so sorgfältig gearbeitet, wie es eine Mordkommission heute auch tun würde ...»

«Haben sie nicht», sagte Anna.

Marthaler sah sie fragend an.

«Sie haben nicht alle gleich behandelt. Manche Alibis haben sie überprüft, andere nicht. Wenn ein Beschuldigter einen Doktortitel hatte, waren sie wesentlich nachsichtiger. Wenn ein Geschäftsmann nicht wollte, dass seine Frau davon erfuhr, dass er Kunde bei der Rosenherz war, hat man sich damit begnügt, seinen Kalender zu kontrollieren, oder man hat mit seiner Sekretärin gesprochen. Es kam immer darauf an, welcher Polizist gerade eine Spur verfolgt hat. Manche sind drangeblieben, andere haben gekuscht. Ich glaube, das Problem war, dass am Ende niemand da war, der den Überblick behielt.»

«So ist es oft», sagte Marthaler. «Vor allem, wenn eine Ermittlung zu lange dauert und wenn zu viele Leute an ihr beteiligt sind.»

«Zum Beispiel die Italiener, die sie gefunden haben ...», sagte Anna.

«Was war mit ihnen?»

«Sie wurden in die Mangel genommen wie Verdächtige. Man hat sie regelrecht gegrillt.»

«Dann haben die Kollegen richtig gehandelt. Bei sehr vielen Tötungsdelikten stellt sich am Ende heraus, dass derjenige der Täter war, der die Polizei angerufen hat, um zu behaupten, er habe das Mordopfer gefunden.»

«Okay», sagte Anna, «aber diese drei jungen Kellner waren unschuldig. Und man hatte sie schon bei den ersten Vernehmungen so eingeschüchtert, dass sie hinterher als Zeugen nicht mehr zu gebrauchen waren.»

«Wie meinst du das?», fragte Marthaler.

«Weil sie Italiener waren, kam sofort das Gerücht auf, die Rosenherz sei mit einem Stilett erstochen worden. Und die Kripo-Leute, statt die Obduktion abzuwarten, haben sich diese These zu eigen gemacht. Man hat Kollegen und Vorgesetzte nach ihnen befragt, man hat die Wohnung der drei Männer auf den Kopf gestellt und hat ihre Spinde im *Frankfurter Hof* durchsucht. Von Rücksichtnahme und Diskretion keine Spur.»

Marthaler hob die Schultern: «Manchmal geht es eben nicht anders.»

«Gut. Aber in diesem Fall war es ein Fehler. Man hat sie stundenlang einzeln vernommen und unter Druck gesetzt. Man hat ihnen nahegelegt, den Mord zu gestehen. Man hat dem einen gegenüber behauptet, die anderen beiden hätten bereits gestanden, all solche Scheißtricks ...»

«Einverstanden, Anna, das sind vielleicht keine freundlichen Vernehmungsmethoden, aber wo liegt der kriminalistische Fehler?»

«Ich bin überzeugt, dass sie wichtige Zeugen gewesen wären. Sie kannten die Rosenherz. Sie haben lange mit ihr in einem Haus gelebt. Sie befanden sich in der Mordnacht direkt in der Wohnung über ihr. Aber angeblich haben sie nichts gesehen und nichts gehört. Wahrscheinlich haben sie dicht gemacht. Wahrscheinlich wollen sie nichts mehr sagen, nachdem man so mit ihnen umgesprungen ist.»

«Wie alt waren die drei damals?», fragte Marthaler.

«Um die zwanzig», antwortete Anna.

«Dann sind sie heute knapp sechzig Jahre alt. Wir können sie ausfindig machen. Wenn sie noch in Deutschland leben, ist das kein Problem. Sonst müssen wir die italienischen Kollegen um Hilfe bitten.»

«Einer ist vor Jahren bei einem Skiunfall gestorben. Der

zweite ist in den sechziger Jahren in die USA gegangen und hat irgendwo in Colorado ein kleines Lokal aufgemacht. Der dritte heißt Fausto Albanelli. Er lebt immer noch hier.»

Marthaler schaute Anna erstaunt an: «Das hast du ohne polizeiliche Hilfe herausgefunden?»

Sie zuckte mit den Schultern. «He, ich bin nicht blöd, Mann. Ich hab einfach ein bisschen telefoniert.»

«Gut, dann machen wir eine EMA!»

«Eine was?»

«Eine Anfrage beim Einwohnermeldeamt. Um herauszufinden, wo dieser Albanelli jetzt wohnt.»

Anna grinste. Ihre Augen glänzten vor Stolz. «Er ist kein Kellner mehr; er betreibt eine Fahrradwerkstatt in der Töngesgasse.»

«Nicht schlecht», sagte Marthaler. «Du ... hast schon mit ihm gesprochen?»

«Ja, ich habe ihn angerufen, als ich meine Geschichte über den Fall geschrieben habe. Aber er wollte nicht mit mir reden.»

«Wir werden es nochmal versuchen.»

Schweigend räumten sie den Tisch ab. Anna ließ Marthaler alleine in der Küche und ging wieder auf den Balkon. Als er die Spülmaschine eingeräumt hatte, ging er ebenfalls nach draußen und setzte sich zu ihr. Er hatte eine Flasche Wein und zwei Gläser mitgebracht.

«Du hast nach Tereza gefragt. Sie ist schwer verletzt, aber ich möchte nicht darüber reden. Deine Vermutung ist richtig: Es gibt einen Hinweis, dass der Überfall im Stadtwald und der Mord an Karin Rosenherz zusammenhängen. Kannst du nachschauen, ob der Name Bruno Kürten in deiner Liste vorkommt?»

Anna stand auf, um ihr MacBook zu holen. Sie schaltete es

an und wartete. Dann tippte sie den Namen ein. Sie schüttelte den Kopf. «Nein, in der Akte gibt es keinen Mann, der so heißt. Wer ist das?»

«Ein Krimineller, der kürzlich aus dem Gefängnis entlassen wurde. Er wird ‹der kleine Bruno› genannt. Wahrscheinlich ist er obdachlos. Er behauptet zu wissen, wer die Täter aus dem Stadtwald sind. Aus Angst ist er untergetaucht. Er hat einen Zettel hinterlassen, auf dem das Wort ‹Rosenherz› steht.»

«Das heißt, wir müssen ihn finden, um zu erfahren, was das eine mit dem anderen zu tun hat.»

«Ja», sagte Marthaler. «Und um zu verhindern, dass ihm etwas zustößt. Aber jetzt fang an mit deinem Bericht.»

Anna hob ihr Weinglas, ohne zu trinken. «Wo soll ich beginnen?»

«Egal. Erzähl einfach, was dir aufgefallen ist. Was war die Rosenherz für ein Mensch? In welchen Kreisen hat sie verkehrt? Welche Spuren gab es?»

Anna nagte an ihrer Unterlippe. Sie überlegte lange, dann brach es aus ihr heraus: «Sie war eine Schlampe. Sie muss auch andere Seiten gehabt haben, aber sie war eine Schlampe. Sie war selbstsüchtig, geizig und verlogen.»

Annas Wangen waren gerötet. Als Marthaler sie erstaunt anschaute, schlug sie die Augen nieder und fingerte eine Zigarette aus der Packung, legte sie aber wieder beiseite. «Sie hatte ein Kind, um das sie sich nicht gekümmert hat.»

«Sie hatte ein Kind?»

«Ja.»

Anna öffnete ihre Aktentasche und zog den Ordner mit ihrem Dossier hervor. Sie klappte ihn auf und entnahm ihm die Kopie eines Vernehmungsprotokolls.

«Direkt nach dem Mord haben die Ermittler ihren Exmann befragt. Das hier ist seine Aussage.»

Sie hielt Marthaler das Papier hin. Es waren drei zusammengeheftete DIN-A4-Seiten, die mit einer mechanischen Schreibmaschine getippt worden waren. Er nahm sie und begann zu lesen.

```
Frankfurt/M., den 5. 8. 1966
Betr.: Mord zum Nachteil der Prostituierten
Karin Rosenherz, gesch. Niebergall, geb.
3. 9. 1933 in Bad Orb, zuletzt wohnhaft in
Ffm., Kirchnerstr. 2, tot aufgefunden am
4. 8. 1966, gegen 18.00 Uhr in ihrer Wohnung.
Zur Befragung auf dem Präsidium erschienen
ist Heinrich Niebergall, geb. 17. 5. 1931 in
Duisburg, wohnhaft Dortmund, Magnolienweg 64.
Herr N. gab an, Karin Rosenherz im Februar 1957
auf einer Tanzveranstaltung in Bad Orb kennen-
gelernt zu haben, wo er beruflich zu tun hatte.
Er sei zu jener Zeit als Reisender für Spiel-
automaten unterwegs gewesen und habe häufig in
Hotels übernachtet. Er habe die Rosenherz in
den kommenden Monaten mehrmals getroffen, wenn
er in Bad Orb oder der weiteren Umgebung zu tun
hatte. Sie sei bei diesen Gelegenheiten mit in
sein Hotel gekommen, wobei es des öfteren zum
Geschlechtsverkehr gekommen sei. Herr N. er-
klärt, daß ihn die Rosenherz im Frühjahr oder
Sommer 1957 angerufen und ihm mitgeteilt habe,
daß sie schwanger sei. Sie habe ihm gesagt,
daß es sich bei dem Erzeuger nur um ihn han-
deln könne. Herr N. sei daraufhin nach Bad Orb
gefahren, um sich mit der Rosenherz zu beraten.
Man habe beschlossen zu heiraten und dies den
Eltern der Karin mitgeteilt. Die Hochzeit habe
```

im Spätsommer 1957 in Dortmund stattgefunden, wo man sich dann auch eine gemeinsame Wohnung genommen habe. Allerdings habe man schnell gemerkt, daß man nicht zueinander passe. Herr N. gab an, daß die Rosenherz (nunmehr Niebergall) zu jener Zeit als Modell für einen Photographen gearbeitet habe, eine Verbindung, die er selbst hergestellt hatte. Bei dieser Arbeit seien nur ihre Füße und Hände photographiert worden. Für die Hausarbeit sei die Karin nicht zu gebrauchen gewesen. Auch habe er des öfteren den Eindruck gehabt, daß sie, wenn er auf Reisen gewesen sei, Herrenbesuch empfangen habe. Noch bevor das Kind geboren worden sei, habe man sich geeinigt, getrennte Wege zu gehen.

Frage: Wann wurde das Kind geboren?

Antwort: An das genaue Datum kann ich mich nicht mehr erinnern. Es war um die Weihnachtszeit 1957. Es handelte sich um ein Mädchen, dem wir den Namen Birgit gegeben haben.

Frage: Sie können sich nicht an das Geburtsdatum Ihrer Tochter erinnern?

Antwort: Nein. Als sich herausstellte, daß die Karin mit dem Kind überfordert ist, haben wir beschlossen, die Kleine in ein Heim zu geben. Das war bereits im Sommer 1958. Weil wir sowieso kein Eheleben mehr führten und die Karin für meinen Geschmack auch viel zuviel Geld ausgab, habe ich darauf bestanden, daß sie auszieht. Da ich keine Zeit hatte, habe ich sie gebeten, das Kind zu besuchen. Soviel ich weiß, hat sie das nur einmal getan. Ich habe ihr deshalb Vorhaltungen gemacht.

Frage: Hatten Sie weiter Kontakt zu Ihrer
Frau?

Antwort: Die Karin ist dann nach Frankfurt
gezogen. Wir haben uns nicht gesehen. Manchmal haben wir telephoniert. Wenn es um das
Kind ging, haben wir fast immer gestritten.
Im Frühjahr 1959 hat die Karin mir erzählt,
daß das Kind an einer Lungenentzündung gestorben ist. An das genaue Todesdatum kann
ich mich nicht erinnern. Als es passierte,
war ich in Amerika. Auch der Beerdigung konnte ich nicht beiwohnen. Man kann sagen, daß
seit dem Tod des Kindes unser Streit aufgehört hat. Trotzdem habe ich darauf bestanden, daß wir uns scheiden lassen.

N. erklärt, daß er die Rosenherz immer mal
wieder angerufen habe, wenn er in Frankfurt
gewesen sei. Treffen in ihrer Wohnung habe sie
abgelehnt. Man habe sich in Hotels verabredet
und gemeinsam gegessen. Im Anschluß daran sei
es im Hotelzimmer manchmal zu intimen Handlun-
gen gekommen. Bezahlt habe immer er. Von ihrem
Beruf habe er bis zu ihrem Tod nichts gewußt.
Ihm gegenüber habe sie behauptet, daß sie
weiter als Photomodell arbeite. Ihre Kleidung
und ihr Schmuck seien immer sehr kostbar gewesen. Auch habe sie schöne Teppiche und Bilder
gemocht. Herr N. gibt an, die Rosenherz zuletzt
im März oder April 1964 gesehen zu haben. Man
sei gemeinsam zu einer Beatveranstaltung in
Gelnhausen gefahren. Man habe getanzt und anschließend im Roten Hahn übernachtet. Dabei sei
es zum Geschlechtsverkehr gekommen.

Frage: Hatte die Rosenherz beim Geschlechts-
akt ungewöhnliche Vorlieben?
Antwort: Während unserer Ehe ist mir nichts
dergleichen aufgefallen. Später schien sie es
allerdings zu mögen, wenn der Verkehr etwas
härter verlief.
Frage: Wollte sie geschlagen werden?
Antwort: Ja.
Frage: Wollte sie auch selbst schlagen?
Antwort: Ja.
Frage: Hatte die Rosenherz lesbische Neigun-
gen?
Antwort: Darüber kann ich keine genauen Angaben machen. Allerdings gibt es einen Vorfall,
an den ich mich erinnere. Bei einem meiner Besuche in Frankfurt waren wir zusammen in der
Atlantik-Bar, wo eine Jazzband spielte. Ein
Mädchen kam zu uns an den Tisch, die von der
Karin Melinda genannt wurde. Die beiden gerie-
ten wegen irgend etwas in Streit. Die Melinda
rannte weg, und die Karin ist ihr nachgelau-
fen. Als sie nach einer Weile nicht wiederkam,
bin ich ihr gefolgt und habe gesehen, daß die
beiden Frauen sich zärtlich umarmten.
Frage: Wußten Sie, daß die Rosenherz eine
Vorliebe für jüngere Männer hatte?
Antwort: Nein. Das heißt, ich habe es nach
ihrem Tod erfahren. Ich habe in der Hütten-
Bar einen Mann kennengelernt, der in ihren
Kreisen verkehrte. Er erzählte mir, daß sie
einen Spitznamen hatte.
Frage: Würden Sie uns diesen Spitznamen bitte
sagen.

Antwort: Man nannte sie Knabenleckerin.
Auf die Frage, wo er sich zur Tatzeit aufgehalten hat, gibt Herr N. an, daß er seine Eltern
in Duisburg (Adresse liegt vor) besucht habe.
Die Vernehmung ist laut diktiert worden. Mit
seiner Unterschrift bestätigt Herr N., daß er
dem Diktat beigewohnt hat, daß er seine Aussage
nach der Niederschrift selbst gelesen hat und
daß er die Niederschrift anerkennt.

Als Marthaler die Papiere beiseite legte, merkte er, dass Anna ihn aufmerksam anschaute. Sie wartete auf eine Reaktion.

«Na ja», sagte er, «ein Ausbund an Sympathie scheint Karin Rosenherz nicht gerade gewesen zu sein. Das Alibi ihres Mannes ist überprüft worden, nehme ich an?»

«Ja, seine Angaben stimmten. Was für ein Arsch, oder?! Wahrscheinlich hat er nur nicht gemerkt, wie perfekt er zu der Schlampe gepasst hat.»

Marthaler lächelte. Ihm gefiel Annas Art, sich sofort ein Urteil zu bilden und es unverblümt zu äußern. Als Polizist hatte er gelernt, seine Zu- und Abneigung zu verbergen. Er wusste, dass es freundliche Lügner gab und unangenehme Menschen, die im Recht waren. «Es darf uns nicht interessieren, ob sie ein Engel oder eine Schlampe war. Sie ist ermordet worden, und jedes Opfer muss gleich behandelt werden.»

«Amen!», sagte Anna. «Deswegen bin ich ja hier.»

«Deswegen?»

Anna nahm einen großen Schluck von ihrem Wein. «Weil ich … weil ich die Fotos vom Tatort angeschaut habe. Sie waren … das Schrecklichste, was ich je gesehen habe. Sie sah so hilflos aus, so schrecklich dünn …»

«Okay», sagte Marthaler. «Mach weiter! Ich weiß, dass sie einen Verlobten hatte …»

«Vergiss es. Der Typ hatte ein Alibi. Ein harmloses Bürschchen. Er war einer von den Knaben, von denen ihr Exmann erzählt hat und für die sie ihren Spitznamen bekommen hat. Er war zehn Jahre jünger als sie, hat für sie eingekauft, hat gekocht, hat das Geld, das sie nachts verdiente, auf ihr Konto eingezahlt. Sie hat ihn als Laufburschen benutzt. Wenn es Abend wurde und sie mit ihrem Mercedes durch die Gegend gekurvt ist, um Freier aufzugabeln, musste er verschwinden. Angeblich hat er nie bei ihr übernachtet. Und sie war wahnsinnig eifersüchtig, hat Annoncen aufgegeben und irgendwelche Studenten angeheuert, die ihn beschatten sollten. Schon verrückt, oder? Vögelt jede Nacht mit anderen Männern und hat Angst, dass ihr Verlobter sich mit einem Mädchen trifft.»

Anna trank ihren Wein aus und hob das leere Glas. «Schmeckt lecker!», sagte sie. «Wenn ich hier schlafen kann, nehme ich noch einen.»

Marthaler sah sie an. «Ja, du kannst dich im Wohnzimmer auf die Couch legen.»

«Nein, ich meine hier, auf dem Balkon. Hast du eine Matratze oder eine Isomatte?»

Marthaler nickte. Er nahm die Weinflasche und schenkte ihr nach. Inzwischen war es dunkel geworden. In den Wohnzimmern der umliegenden Häuser sah man das Flackern der Fernsehgeräte. Auf dem Balkon gegenüber stand ein Mann und telefonierte.

Marthaler ging ins Wohnzimmer und schaltete das Licht an. «Lass uns weiterarbeiten! Gab es Verdächtige, mit denen sich die Kollegen damals länger beschäftigt haben?»

Anna lachte. «Ja! Zum Beispiel das Kurtchen.»

«Das Kurtchen?»

«Ja. Fast alle Prostituierten, die damals befragt wurden, kannten das Kurtchen, aber keine wusste, wie der Mann richtig hieß oder wo er wohnte. Es wurde erzählt, er sei am Abend vor dem Mord beim Kaiserbrunnen in der Nähe von Karins Wagen gesehen worden. Nach dem Mord war er plötzlich verschwunden, obwohl er sonst jede Woche einmal im Milieu auftauchte.»

«Und?», fragte Marthaler. «Was ist daran lustig?»

«Na ja, das Kurtchen hatte einen Tick, einen Schweine-tick. Eigentlich hatte er Metzger werden wollen, aber seine Eltern hatten ihn gezwungen zu studieren. Er ging zu den Prostituierten, zahlte und bat sie dann, das Zimmer zu verlassen. Sie sollten sich bis auf BH, Slip und Schuhe ausziehen; er wollte nur ihre Beine sehen. Während das Mädchen drau-ßen war, räumte er die Zimmermitte frei, zog sich nackt aus und hockte sich auf alle viere. Wenn die Frau dann reinkam, krabbelte er grunzend über den Boden und rief: ‹Fang das Schwein, fang das Schwein!› Das Mädchen musste ihn fan-gen und ihm ein Band um den Hals legen, dabei hat er heftig gestrampelt. Dann ließ er sich mit einem Gummihammer, den er immer dabeihatte, auf den Kopf hauen und warf sich quiekend auf den Rücken. Wenn es so weit war, rief er: ‹Jetzt ist die Sau tot, jetzt muss sie ausbluten.› Dann begann er zu onanieren.»

Marthaler verdrehte die Augen. «Und dafür hat er Geld bezahlt?»

«Ja. Ein paar Wochen später hat ihn ein Polizist aufgrund der Beschreibungen auf der Straße erkannt. Zunächst hat er alles abgestritten, dann ist er in Tränen ausgebrochen. Er war Leiter einer kleinen Sparkassenfiliale in Langen. Man hat seine Wohnung durchsucht und seine Frau befragt, die vollkommen ahnungslos war. Sie sagte, ihr Mann habe einen wichtigen Posten und müsse einmal pro Woche abends nach Frankfurt auf eine Konferenz, sei aber immer spätestens um Mitternacht zu Hause. Man hat den Gummihammer gefunden und das Band, mit dem er sich fesseln ließ, aber keine belastenden Spuren, die ihn mit der Tat in Verbindung gebracht hätten. Man ging davon aus, dass er zwar am Abend vor dem Mord die Schweinenummer mit Karin Rosenherz gespielt hat, ansonsten aber unschuldig war.»

«Und welche Spuren gab es, denen man nachgehen konnte?», fragte Marthaler.

Anna grinste. «Entschuldige», sagte sie, «ich hatte einen Moment lang vergessen, dass du ja gar nichts weißt. Es gab in der Wohnung den blutigen Sohlenabdruck eines rechten Herrenschuhs der Größe vierundvierzig. Also schaute man sich die Schuhschränke der Verdächtigen an. Und man ging fest davon aus, dass der Täter im Besitz eines schwarz-grau genoppten Tweed-Jacketts sein musste. Der Mann, der zuletzt in Begleitung von Karin Rosenherz gesehen worden war, hatte ein solches an. Man suchte nach der Mordwaffe und nach blutigen Kleidungsstücken.»

«Hat aber nichts davon gefunden?»

Anna gähnte. «Nein. So blöd wird der Mörder wohl auch nicht gewesen sein ...»

«Weiter!», sagte Marthaler. «Du hast gesagt, es gab Verdächtige, die man vorschnell hat laufen lassen. Die sollten wir uns näher ansehen.»

«Können wir das nicht auf morgen verschieben?», fragte Anna. «Ich bin müde, ich kann nicht mehr.»

Marthaler schaute auf die Uhr. Inzwischen saßen sie seit vielen Stunden zusammen und sprachen über den Fall. Sie hatten zu zweit fast drei Flaschen Wein getrunken. Auch er war erschöpft. Gleichzeitig war er unzufrieden. Bei all dem, was er bis jetzt über den Fall Rosenherz erfahren hatte, gab es noch immer keinen Punkt, an dem sie ansetzen konnten. «Was meinst du, noch eine halbe Stunde?»

Anna schüttelte den Kopf. Wieder gähnte sie. «Nein»,

sagte sie. «Ich kann nicht mehr. Ich habe zu viel Wein getrunken, ich bin ein wenig müde. Außerdem muss ich dir etwas sagen.»

«Bitte sehr, raus damit!»

«Die Akte ist unten in meinem Wagen.»

«*Was?*»

«Die Akte ist nicht in meinem Keller ersoffen.»

Mit einem Schlag war Marthaler hellwach. «Du meinst, du hast …»

«Es gab keinen Wasserschaden. Ich habe das erfunden, damit du mir die Unterlagen nicht wegnimmst. Sie liegen im Kofferraum des Mazda.»

Marthaler schaute Anna entgeistert an. Er schwankte zwischen Wut und Freude. «Anna, das ist wirklich …»

«Entschuldige, Robert. Ich verspreche dir, dass so etwas nicht wieder vorkommt. Es war eine Lüge, aber du musst verstehen …»

Marthaler winkte ab. «Los, lass uns runtergehen. Ich will das Material sofort haben.»

Sie war aufgestanden. Ihre Lippen waren zusammengepresst. Sie hatte die Augen niedergeschlagen.

«Los, Anna! Worauf warten wir?»

«Ich möchte, dass du mir etwas versprichst.»

«Nämlich?»

«Versprich mir, dass du mich jetzt nicht ausbootest. Versprich mir, dass wir zusammenarbeiten, wie wir es verabredet haben. Auch wenn du die Akte selbst gelesen haben wirst. Okay?»

Marthaler überlegte einen Moment, dann verzog er den Mund zu einem Lächeln. «Jetzt ist es sowieso egal», sagte er. «Du weißt ohnehin schon viel mehr, als du wissen dürftest.»

Anna rümpfte die Nase. «Nur deshalb?»

«Was willst du denn hören? Dass ich ohne deine Hilfe

nicht auskomme? Dass ich dich gut leiden kann? Dass du die beste Partnerin bist, mit der ich bislang zusammengearbeitet habe?»

«Zum Beispiel!»

«Aber genau das wollte ich doch gerade sagen.»

«Ehrlich?», fragte Anna.

«Nein!», sagte Marthaler.

SECHS Als Anna die Augen aufschlug, sah sie über sich auf dem Balkongeländer eine Taube sitzen, die zu ihr herunter-äugte. Anna nickte dem Vogel zu. Die Taube nickte ebenfalls und flog mit lautem Flügelschlag davon.

Verschlafen drehte Anna sich um und tastete nach ihrem Handy. Es war kurz nach sechs. Sie hatte Kopfschmerzen. Erst hatte sie Marthaler geholfen, die Kartons mit der Akte aus dem Auto zu holen, dann hatten sie gemeinsam eine Matratze auf den Balkon gebracht. Anna hatte sich hingelegt und zehn Minuten später bereits fest geschlafen.

Sie stand auf, nahm eine Zigarette aus der Packung und steckte sie an. Sofort begann sie zu husten. «Scheiße», sagte sie leise und schnippte die Kippe auf die Straße.

Sie ging ins Wohnzimmer und schaute sich um. Überall standen die geöffneten grauen Kartons. Auf dem Tisch ein großer Stapel Schnellhefter. Wie es aussah, hatte Marthaler noch lange gearbeitet. Und Wein getrunken.

An der Wohnzimmerwand war ein großes umgedrehtes Ausstellungsplakat befestigt, auf dem untereinander fünf Männernamen standen. Anna kannte die Namen. Sie lächelte und schüttelte den Kopf.

Die Tür zum Schlafzimmer war angelehnt. Sie drückte sie mit dem Ellbogen ein Stück weiter auf und sah Marthaler auf seinem Bett liegen. Er schnarchte. Auf dem Boden lag ein weiterer Schnellhefter, der ihm offenbar aus den Händen geglitten war, als ihn der Schlaf übermannt hatte. Neben ihm auf dem Nachttisch stand ein halbvolles Weinglas.

Anna ging ins Bad und spülte sich den Mund aus. Sie benetzte ihr Gesicht mit Wasser, setzte sich auf den Rand der Badewanne und wusch sich die Achseln und die Füße. Dann zog sie sich an.

In der Küche öffnete sie den Kühlschrank. Sie nahm eine Tüte Milch heraus, roch an der Öffnung und verzog das Gesicht. Im Schrank fand sie eine verschlossene Flasche Orangensaft, die sie mit wenigen großen Schlucken bis zur Hälfte austrank.

Anna suchte das Kaffeepulver und wollte gerade Wasser in die Maschine füllen, als das Telefon läutete. Sie hielt inne und lauschte. Nach dem fünften Läuten schaltete sich der Anrufbeantworter ein. Es wurde aufgelegt.

Kurz darauf läutete es erneut. Anna ging in den Flur und stellte sich neben das Telefon. Sie nahm den Hörer ab, ohne sich zu melden.

«Marthaler? Spreche ich mit Hauptkommissar Marthaler?», fragte eine Männerstimme. Die Stimme klang gepresst.

Statt einer Antwort gab Anna nur ein leises Brummen von sich.

«Hier ist Kürten, Bruno Kürten. Sie wissen, wer ich bin, nicht wahr? Ich muss mit Ihnen reden. Ich … die sind hinter mir her. Kommen Sie zum Hauptfriedhof, Eingang Friedberger Landstraße! In einer Dreiviertelstunde, hören Sie: um Viertel nach sieben! Haben Sie mich verstanden?»

Anna wiederholte ihr Brummen und legte den Hörer auf die Station.

Sie ging zum Schlafzimmer. Marthaler hatte seine Stellung nicht verändert. Er atmete tief und gleichmäßig. Sie rief leise seinen Namen, aber er reagierte nicht. Als sie zu ihm ging und ihn an der Schulter berührte, gab er nur ein unwilliges Grunzen von sich, drehte sich um und schlief weiter.

«Also gut», sagte Anna Buchwald leise, «dann halt ohne dich.»

Sie zog die Chucks an, nahm ihren Rucksack, zog die Wohnungstür hinter sich ins Schloss und lief die Treppe hinab. Ihr Wagen war nur ein paar Meter entfernt am Straßenrand geparkt.

Sie fuhr über die Mörfelder Landstraße in den Wasserweg. Auf der Flößerbrücke überquerte sie den Main. Unterwegs schaute sie immer wieder auf den Stadtplan, der auf dem Beifahrersitz lag. Über den Alleenring gelangte sie zur Friedberger Landstraße. Sie hatte ihr Ziel fast erreicht. Auf der linken Seite sah sie die Schilder einer großen Mazda-Werkstatt. Sie nahm sich vor, später dort kurz zu halten, um einen Mechaniker nach der Tankuhr schauen zu lassen. Sie fuhr noch ein Stück weiter in Richtung Norden, umkreiste die Warte und musste ein paar hundert Meter zurückfahren, dann hatte sie den Seiteneingang des Friedhofs erreicht.

Dort stellte sie den Wagen auf den Parkstreifen und blieb sitzen.

Es war sieben Uhr zwölf. Sie war gut durchgekommen. Verglichen mit Hamburg war Frankfurt ein Nest. Sie hatte die Stadt von Süden nach Norden durchquert und nicht länger als eine halbe Stunde gebraucht.

Sie wartete. Außer ein paar Fußgängern, die neben ihr über den Bürgersteig eilten, war niemand zu sehen.

Sie hatte den Eingang im Blick.

Um sieben Uhr fünfzehn kam eine Frau, die eine kleine

Handkarre mit Blumen hinter sich herzog. Sie öffnete die Gittertür und bog kurz darauf nach rechts in einen der Wege zwischen den Gräbern ab.

Dann kam ein Mann, begleitet von zwei kleinen Kindern, die er an den Händen hielt. Auch diese drei betraten den Friedhof und waren kurz darauf aus Annas Blickfeld verschwunden.

Um sieben Uhr einundzwanzig verließ Anna den Wagen und ging zum Eingang. Sie lief ein paar Meter auf das Gelände, hielt in alle Richtungen Ausschau, aber weit und breit war niemand zu sehen, der aussah, als könne er Bruno Kürten sein.

Sie ging wieder nach draußen und steckte sich eine Zigarette an. Ein Mann auf einem Fahrrad näherte sich ihr und fuhr schnaufend an ihr vorbei. Kurz danach hörte sie die Bremsen des Rades quietschen.

Sie drehte sich um. Der Mann stieg aus dem Sattel, fummelte an der Innentasche seiner Jacke, nahm etwas in die Hand und schaute Anna an.

Sie ging einen Schritt auf ihn zu. «Sind Sie Bruno Kürten?», fragte sie.

«Was?»

«Schon gut», sagte Anna.

«Können Sie mir Feuer geben?»

«Wollen Sie auf dem Fahrrad rauchen?»

«Mach ich immer», sagte der Mann und hielt ein Zigarillo in die Höhe. «An der frischen Luft schmeckt's am besten. Hab nur mein Feuerzeug vergessen.»

Anna gab ihm Feuer und wartete, bis er hinter der Mauer verschwunden war.

Dann sah sie den Zettel. Ein kleines weißes Stück Papier, wahrscheinlich aus einem Taschenkalender gerissen, auf das jemand mit krakeliger Handschrift ein paar Worte notiert hatte.

Sie ging näher und las: «Marthaler, gehen Sie bis zum Ehrenmal. BK».

«Verdammt!», murmelte sie und schaute sich ratlos um. Sie pflückte den Zettel vom Gitter und steckte ihn in die Hosentasche.

Fünfzig Meter weiter sah sie einen Friedhofsarbeiter, der Kränze und Blumen von einem Grab entfernte und auf den Anhänger seines kleinen Traktors warf.

«Wo ist das Ehrenmal?», rief sie ihm zu.

Der Mann schaute auf. Als sie bei ihm angekommen war, fragte sie noch einmal. Er zeigte irgendwo in das Dickicht der hoch gewachsenen Bäume. «Dahinten!», sagte er und sah ihr verwundert nach, als sie jetzt losspurtete.

Anna lief an dem Feld mit den unzähligen roten Sandsteinkreuzen vorbei und erreichte einen großen, hässlichen Rundbau aus dunkelgrauem Stein, der durch einen breiten Durchbruch frei zugänglich war. Sie ging hinein, aber es war nichts zu sehen außer der riesigen schwarzen Figur eines gefallenen Soldaten.

«Herr Kürten», rief sie. «Herr Kürten, sind Sie hier irgendwo?»

Niemand antwortete.

Sie näherte sich der Statue. Auf der Brust des Soldaten lag, von einem Stein beschwert, ein weiterer Zettel. «Gehen Sie geradeaus in Richtung Haupteingang. Hinter dem weißen Engel rechts zum Mausoleum Gans. Gehen Sie rein. Ich warte. BK».

Was soll das, dachte sie, willst du mit mir Schnitzeljagd spielen?

Ein Schild zeigte ihr den Weg zum Haupteingang. Sie folgte der langen, geraden Straße.

Als sie das Grab mit dem großen, weißen Engel passiert hatte, sah sie hundert Meter weiter rechts auf einem freien Platz, von einer Rasenfläche umgeben, den kleinen runden Tempel stehen. Im ersten Moment traute sie ihren Augen nicht. Sie schüttelte den Kopf. Das Gebäude war die exakte Kopie des Tempietto di Bramante, jener Renaissance-Kapelle, die sie zehn Jahre zuvor während einer Romreise mit ihrem Vater und den Brüdern nicht nur einmal, sondern gleich dreimal hatte besichtigen müssen. Sie hatte fast alles vergessen, was ihr Vater damals über den Bau erzählt hatte, erinnerte sich aber an das Leuchten in seinen Augen, als er seine Kinder immer wieder verzückt auf kleine Details an den Säulen, der Kuppel und der Balustrade hingewiesen hatte. Ein Kalenderblatt mit einem Foto des Tempels hing bis heute über seinem Schreibtisch im Arbeitszimmer.

Langsam näherte sie sich dem Gebäude. Am unteren Rand der Kuppel stand in großen Lettern «Frankfurter Verein für Feuerbestattung». Sie stieg die wenigen Stufen hinauf und stand nun in dem von hohen Säulen umgebenen Außengang. Sie umrundete das Gebäude und schaute dabei immer wieder auf die umliegenden Gräber und in die von Bäumen und Sträuchern umgebenen Wege, die von hier aus sternförmig in alle Richtungen des Friedhofs führten. Außer einem älteren, bärtigen Mann mit grauen, kurzrasierten Haaren und einer goldumrandeten Brille war niemand zu sehen. Der Alte stand zwischen den Gräbern, hatte eine grüne Gießkanne in der Hand und äugte gelegentlich zu Anna hinüber. Als sie seinen Blick erwiderte, wandte er sich ab.

«Gehen Sie rein. Ich warte», hatte auf dem zweiten Zettel gestanden, der jetzt ebenfalls zusammengefaltet in der Tasche von Annas Jeans steckte.

Die große kupferbeschlagene Tür war geschlossen. Sie legte ihre Hand auf die Klinke. Bevor sie die Tür öffnete, schaute sie sich noch einmal um. Hinter einem der Büsche meinte sie eine Bewegung wahrgenommen zu haben.

Ihre Augen verengten sich. Dann schüttelte sie den Kopf. Sie hatte sich geirrt.

Mit angehaltenem Atem betrat sie das Mausoleum. Die Tür ließ sie offenstehen.

Das Innere wurde durch ein diffuses Licht schwach beleuchtet. Die weiße Büste des Stifters, Friedrich Ludwig von Gans, die auf einem Sockel an der Wand stand, wurde von einer kleinen Lampe angestrahlt. Darüber im Halbdunkel vier große schwarze Urnen, welche die Asche seiner engsten Familienangehörigen enthielten.

Es roch nach Feuchtigkeit und verwelkten Blumen.

Hinter einer Säule sah Anna die schmale, geschwungene Steintreppe, die in einen tiefer gelegenen Raum führte. Sie legte einen Arm um die Säule und lugte vorsichtig nach unten.

«Herr Kürten?», fragte sie mit gesenkter Stimme. «Sind Sie da unten, Herr Kürten?»

Sie glaubte, ein leises Geräusch zu hören, eine Art Kratzen oder Schaben, war sich aber nicht sicher, ob sie den Laut nicht selbst verursacht hatte.

«Herr Kürten, ich komme jetzt runter. Ich bin eine Mitarbeiterin von Hauptkommissar Marthaler.»

Langsam setzte sie einen Fuß vor den anderen. Ihre Hände berührten die Gitterstäbe des Treppengeländers. Schließlich hatte sie die letzte Stufe erreicht.

Der düstere Raum war niedrig, kaum höher als zwei Meter. Rundum, vom Boden bis zur Decke, waren in die Wände kleine Nischen für die Urnen eingelassen. Die meisten waren mit beschrifteten Grabplatten bedeckt, andere hatte man offen gelassen. Auf dem Boden standen Blumen.

«Herr Kürten?»

Anna wagte nur noch zu flüstern.

Sie ging drei Schritte weiter, wo es einen kleinen Bereich gab, der von der Treppe verdeckt wurde.

Sie zuckte zurück. Auf dem Boden lag ein Mann. Er war klein und hatte weißes Haar, das mit Blut verklebt war. Seine Lider flackerten.

Anna ging einen Schritt auf ihn zu. Sein rechter Fuß zuckte kurz. Der Absatz seines Schuhs schabte über den Boden. Es war das Geräusch, das Anna von oben gehört hatte.

Sie beugte sich zu ihm hinab. Er atmete nur noch schwach; aus seinem rechten Ohr lief ein schmales Rinnsal Blut. Sie sah die große Wunde an seinem Hinterkopf.

Jemand hatte dem kleinen Bruno den Schädel eingeschlagen.

«Herr Kürten, verstehen Sie mich?»

Wie zur Bestätigung schloss er für einen Moment die Augen, um sie dann wieder halb zu öffnen.

«Sie wollten uns etwas mitteilen», sagte Anna. «Sie wollten sich mit Hauptkommissar Marthaler treffen. Sie können mir alles sagen.»

Bruno Kürten bewegte seine Lippen, ohne einen Laut von sich zu geben.

Anna kniete sich neben den Mann. Es sah aus, als wolle er Kraft sammeln.

«Sterben …», sagte er leise.

«Ja, Herr Kürten», erwiderte Anna. «Ja, es kann sein, dass Sie sterben müssen. Aber, bitte, sagen Sie uns, was Sie wissen.»

Von dem kleinen Bruno kam ein kaum vernehmbares Röcheln.

«Rosenherz», sagte er.

«Was ist mit Karin Rosenherz? Was hat der Kunstraub mit ihr zu tun? Sie wissen, wer es war?»

Für einen Moment atmete der Mann wieder schneller. Anna sah, wie sich sein Brustkorb in kurzen Abständen hob und senkte. Wieder setzte er an, etwas zu sagen. Er bewegte die Lippen, aber Anna konnte ihn nicht verstehen. Sie beugte ihren Kopf tief zu ihm hinab und legte ihr linkes Ohr dicht vor seinen Mund.

«Bilder …», sagte er.

«Was haben Sie gesagt? Von welchen Bildern sprechen Sie? Bitte, Herr Kürten …»

«Karin Rosenherz … Es … ging … um die …»

Bruno Kürten gab ein tiefes Stöhnen von sich.

«… um die Bilder.»

Seine Stimme erstarb. Ein Zittern durchlief seinen Körper. Sein rechter Fuß schabte ein letztes Mal über den Boden.

Dann war der kleine Bruno tot.

Anna blieb für einen Moment neben ihm hocken. Sie wusste nicht, was sie tun sollte. Sie war noch nie dabei gewesen, wenn ein Mensch gestorben war, sie hatte noch nie einen Toten gesehen. Das einzige Gebet, das sie kannte, war das Vaterunser. Aber auch das hatte sie nie auswendig gelernt. Flüsternd sprach sie die paar Zeilen, an die sie sich erinnerte. Dann tat sie etwas, das sie immer wieder in Filmen gesehen hatte. Sie strich dem Toten mit der Hand über das Gesicht, um seine Augenlider zu schließen.

Als sie aufstand, sackte ihr das Blut in die Beine. Ihr wurde schwindelig. Sie ging zum Treppenabsatz, hielt sich am Geländer fest und schloss die Augen.

Plötzlich hatte Anna das Gefühl, beobachtet zu werden.

Sie legte den Kopf in den Nacken. Am oberen Ende der Treppe war ein Gesicht zu sehen. Es war das Gesicht des bärtigen Mannes mit der Gießkanne. Als der Mann seinen Kopf bewegte, blitzte seine goldumrandete Brille kurz in der Dunkelheit.

Anna begann zu schreien. Sie schrie vor Angst, vor Anspannung und vor Entschlossenheit.

Sie stieß ihre Füße vom Boden ab, nahm zwei Stufen auf einmal und rannte die steinerne Treppe hinauf. Sekunden später hatte sie das obere Stockwerk erreicht.

Als die schwere Tür des Mausoleums vor ihr ins Schloss fiel, blieb sie wie versteinert stehen.

Augenblicklich verließ sie jeder klare Gedanke. Sie merkte, wie ihr Herz raste und alle Kraft aus ihrem Körper wich.

Das Schlimmste war ihr widerfahren. Das, was nie wieder hatte geschehen dürfen: Sie war gefangen. Man hatte sie gemeinsam mit einem Toten in diese dunkle Gruft gesperrt.

Anna ließ sich auf den Boden gleiten und legte sich auf den Rücken. Sie versuchte, ihren Atem unter Kontrolle zu bringen. Sie begann, ihre Übungen zu machen.

Als sie sich ein wenig beruhigt hatte, fiel ihr auf, dass die Tür zwar ins Schloss gefallen war, sie aber nicht gehört hatte, wie ein Schlüssel herumgedreht wurde.

Anna stand auf und drückte die Klinke. Die Tür war unverschlossen. Sie stieß sie auf und ging ins Freie.

Der Mann mit der goldenen Brille war verschwunden.

SIEBEN «Scheiße, Scheiße, Scheiße!»

Anna stand neben ihrem Wagen und trat vor Wut gegen den Kotflügel. Zum zweiten Mal lief sie um das Auto herum, als könne sie es noch immer nicht glauben.

«So eine verfluchte Scheiße», rief sie.

Der Mazda stand auf den Felgen. Jemand hatte alle vier Reifen zerstochen.

«Shit happens!», sagte eine Stimme hinter ihr.

Anna fuhr herum. Fünf Meter weiter standen zwei Jugendliche und feixten ihr entgegen. Beide waren kräftig. Ihre Köpfe waren kahlgeschoren. Sie trugen Thor-Steinar-Jacken.

«Verzieht euch, ihr Eckenpinkler», fauchte sie den beiden entgegen. Dann wandte sie sich wieder ihrem Wagen zu.

«He, sag das nochmal, ja!»

Der Kleinere der beiden baute sich vor ihr auf.

Anna schaute ihm direkt in die Augen. «Ich habe gesagt, ihr Eckenpinkler sollt euch verziehen!»

«Glaubt man's denn, die fette Kuh will frech werden.» Er ging zwei Schritte auf Anna zu. Als er den rechten Arm nach ihr ausstreckte, um sie am Kragen zu packen, holte Anna aus und trat ihm mit voller Wucht zwischen die Beine. «Schönen Gruß an die Kinder!», sagte sie, während sich ihr Angreifer vor Schmerz krümmte.

Sofort war der andere bei ihr. Sie sah seine Faust auf ihr Gesicht zukommen, wich im letzten Moment aus, sodass der Schlag ins Leere ging. Bevor der Junge sich fangen konnte, hatte Anna ihn umrundet und trat ihm kurz hintereinander in beide Kniekehlen. Seine Beine knickten ein, er verlor das Gleichgewicht und schlug mit dem Hinterkopf auf den Bürgersteig.

«Probleme, schöne Frau?»

Neben ihr hatte der Kleinbus einer Baufirma angehalten. Im Inneren saßen fünf Männer in Arbeitskleidung. Der Fahrer hatte die Scheibe heruntergelassen und sah Anna an.

«Nein, ich glaube nicht», sagte sie. «Die Herren sind über ihre eigenen Füße gestolpert. Soviel ich weiß, wollten sie sich gerade auf den Weg nach Hause begeben, stimmt's?»

Der Kleinere schaute sie an und nickte eifrig. Er half seinem Freund auf die Beine.

«Gut», sagte der Fahrer, «so lange warten wir noch, das schauen wir uns an!»

Die beiden Glatzköpfe humpelten so rasch sie konnten davon. Der Größere zog das linke Bein nach und hielt sich den Hinterkopf. Der andere presste die Oberschenkel zusammen und ging leicht nach vorne gebeugt. Die Männer in dem Kleinbus lachten.

«Sieht aus wie im ‹Ministry of silly walks›. Kennen Sie den Sketch?», fragte der Fahrer.

«Klar!», erwiderte Anna. «Monty Python. Hab ich mindestens zehnmal gesehen.»

«Schönen Tag noch», sagte der Bauarbeiter, tippte sich an die Schläfe und startete den Motor.

«Ich brauche vier neue Reifen. Möglichst schnell, möglichst billig.»

Der Mann in der Mazda-Werkstatt rümpfte die Nase: «Sollen wir sie als Geschenk einpacken, oder wollen Sie sie in den Rucksack packen?»

«Mein Wagen steht zweihundert Meter weiter oben an der Friedhofsmauer. Ein moosgrüner MX-5. Wann kann ich ihn abholen?»

Er schaute in sein Auftragsbuch. Dann schüttelte er den Kopf. «Drei, vier Tage wird es dauern!»

Anna nahm ihr Portemonnaie aus dem Rucksack. Sie legte einen Zwanzig-Euro-Schein und die Autoschlüssel auf den Tresen. «Morgen Mittag!», sagte sie.

Der Mann schaute sich kurz um, ließ das Geld verschwinden und nickte.

«Bei der Gelegenheit können Sie auch gleich nach der Tankuhr schauen. Und jetzt rufen Sie mir bitte ein Taxi.»

Während Anna auf dem Hof wartete, versuchte sie, Marthaler zu erreichen. Sie musste sich mit ihm beraten. Er musste wissen, was auf dem Friedhof geschehen war und was der kleine Bruno vor seinem Tod gesagt hatte. Was auch immer es mit den Bildern auf sich hatte, von denen er gesprochen hatte, es musste etwas zu bedeuten haben.

Weder in der Wohnung noch auf seinem Mobiltelefon meldete Marthaler sich. Anna überlegte, dann fasste sie einen Entschluss.

Sie ließ sich zur Töngesgasse bringen. Weil sie auf keinem der Klingelschilder Fausto Albanellis Namen fand, ging sie in das kleine Café und fragte eine der Kellnerinnen.

«Fausto? Klar kenn ich den. Der trinkt hier jeden Abend seinen Chianti; haben wir extra für ihn auf die Karte genommen. Kommen Sie, ich zeig es Ihnen. Hoffentlich hat er gut geschlafen.»

Die Frau ging Anna voraus durch die Küche des Cafés und zeigte auf die offene Tür, die in einen kleinen Innenhof führte. «Velo Rapido – Dreimal klingeln!» stand auf dem handgeschriebenen Schild, das neben dem Eingang des zweistöckigen Hinterhauses hing.

Auch nach dem neunten Klingeln blieb die Tür verschlossen. Schließlich hörte sie, wie über ihr ein Fenster geöffnet wurde. Ein Mann mit grauen Locken und einem schmalen Gesicht schaute zu ihr herunter. «Wer sind Sie? Was wollen Sie?»

«Fausto Albanelli?», fragte Anna.

«Was willst du? Ich kenne dich nicht. Ich habe keine Termine frei.»

«Ich will ein Fahrrad kaufen.»

Ohne ein weiteres Wort schloss Albanelli das Fenster. Kurz darauf wurde der Türöffner betätigt.

Anna stand am Fuß einer langen, steilen Treppe, an deren oberen Ende nun die hagere Gestalt des ehemaligen Kellners erschien.

Albanelli machte einen Schritt zur Seite und ließ Anna eintreten. Als er die junge Frau musterte, blitzten seine Augen kurz auf.

Anna schaute sich um. Jeder Quadratzentimeter des verwinkelten Raumes wurde ausgenutzt. Überall standen gebrauchte Fahrräder, von der Decke hingen Rahmen und Laufräder. Die Wände waren bedeckt mit Kästen für Ersatzteile und Werkzeug. Am anderen Ende stand vor dem Fenster eine Werkbank, auf der ein Zentrierständer befestigt war. Ein zusammenklappbarer Campingtisch und ein winziger Hocker dienten als Büro.

Fausto Albanelli stand bereits wieder an seinem großen Montageständer und schraubte an einem verrosteten Damenrad.

«Haben Sie schlecht geschlafen?», fragte Anna.

Albanelli antwortete nicht. Er schaute von seiner Arbeit auf und lächelte Anna zu.

«Haben Sie ein Fahrrad für mich?», fragte sie.

«Kommt drauf an», sagte er.

«Worauf?», fragte Anna.

«Kommt drauf an, was du brauchst und wie viel Geld du ausgeben willst.»

«Warum duzen Sie mich?», fragte sie.

Wieder ging Albanelli nicht auf ihre Frage ein. «Schau dich um», sagte er. «Ob dir was gefällt.»

Anna streifte zwischen den Rädern umher. Sie ließ ihre Finger über den Lack der alten Stahlrahmen und über das Leder der Sättel gleiten. Sie merkte, dass Fausto Albanellis Augen ihr folgten.

«Wohnen Sie hier auch?», fragte sie.

Er deutete mit dem Kopf auf eine Tür, die sie bislang nicht bemerkt hatte.

«Dahinten ist meine Kammer», sagte er. «Ich brauch nicht mehr viel.»

Sie nickte, als wisse sie genau, was er meinte. Neben einem roten Rennrad blieb sie stehen. «Das ist hübsch», sagte sie.

Er nahm einen Lappen und wischte seine ölverschmierten Hände daran ab. Dann kam er zu ihr. Als er sich an ihr vorbeidrückte, berührten sich ihre Oberarme. «Ja, nicht wahr. Das ist ein Olmo. Es kommt aus meiner Heimat. Ich habe es gerade erst aufgebaut. Der Rahmen ist zwanzig Jahre alt. Du hast einen guten Geschmack.»

Seine Stimme klang weich, und seine Augen schwärmten.

«Wo ist Ihre Heimat?», fragte Anna.

«Da, wo ich schon lange nicht mehr war», sagte er. «In Ligurien.»

Er nahm das Rad und hob es in den schmalen Gang. Er legte eine Hand auf den Lenker, die andere auf den Sattel. «Magst du dich draufsetzen? Wollen wir sehen, ob es dir passt?», fragte er.

Anna lächelte. Sie schaute in sein Gesicht. Er hatte Falten, wirkte aber nicht wie ein sechzigjähriger Mann. Seine Locken gefielen ihr. Auch wenn er mürrisch tat, sahen seine Augen freundlich aus. Freundlich und ein wenig müde.

Ihr Blick verfing sich in seinen Locken.

«Also los», sagte er. «Ich halte dich fest.»

Sie hob ihr rechtes Bein und saß mit einem Schwung im Sattel. Das Rad schwankte einen Moment, dann hatte Albanelli es im Griff. Annas Schulter lehnte an seinem Brustkorb. Sie atmete tief ein.

«Hast du schon mal auf einem Rennrad gesessen?»

«Natürlich. Meine Brüder hatten welche.»

Durch den Stoff ihrer Hose spürte sie seine Hand, die das Sattelende umklammert hielt. Sie machte keinen Versuch, der Berührung auszuweichen.

«Wie fühlt es sich an?»

Für einen Moment war sie irritiert. Dann lachte sie. «Gut», sagte sie. «Sehr gut.»

Als er jetzt sprach, spürte sie seinen Atem an ihrem Ohr. Sie bewegte sich nicht.

«Soll ich das Rad runtertragen? Willst du eine Probefahrt machen?»

«Nein», sagte sie. «Später vielleicht.»

«Was willst du?»

Sie ließ einen Moment vergehen. «Ich will, dass du mir deine Kammer zeigst», sagte sie leise.

Noch immer schaute sie ihn nicht an. Sie starrte geradeaus, ohne etwas zu sehen. Sie wartete auf seine Antwort.

«Ich bin ein alter Mann», sagte er.

«Ich will dich ja auch nicht heiraten.»

Er ließ den Sattel los und legte einen Arm um ihre Taille. Das Rad kippte gegen seinen Oberschenkel. Er half ihr herunter, schaute ihr kurz in die Augen und stellte das Olmo auf seinen Platz.

«Bist du sicher?», fragte er.

Anna nickte.

Er ging voraus und öffnete die Kammertür.

Der Raum war nicht größer als fünfzehn Quadratmeter. Tatsächlich schien Fausto Albanelli nicht viel zu brauchen. Auf dem Boden lag eine breite Matratze. Es gab einen kleinen Tisch mit zwei Stühlen. An der Wand war ein Regal aufgestellt, das locker mit Büchern bestückt war. Davor standen ein kleiner Fernseher und eine Stereoanlage. In der hinteren Ecke des Zimmers hatte man, direkt neben einem schmalen Kleiderschrank, eine Duschkabine eingebaut.

«Hübsch», sagte sie, weil sie nicht wusste, was sie sagen sollte. «Und wo kochst du?»

Er räusperte sich. «Auf der anderen Seite der Werkstatt gibt es eine Teeküche mit einem Herd und einem Kühlschrank.»

«Und deine Wäsche?»

Er lachte. «Ich dachte, du wolltest mich nicht heiraten … Meistens gehe ich in den Waschsalon. Ab und zu lässt mich auch eine der Kellnerinnen aus dem Café bei sich waschen.»

«Ist sie deine Geliebte?»

«Manchmal», sagte er.

Anna ging zum Bücherregal und legte den Kopf schief. Aber es interessierte sie nicht wirklich, was Fausto Albanelli las. Sie wollte nur ihre nächste Frage so beiläufig wie möglich klingen lassen.

«Wollen wir zusammen duschen?»

Sie hob den Arm und griff nach einem Buch in einer der oberen Reihen. Unter ihrer Achselhöhle hindurch sah sie ihn an.

Er lächelte verlegen. Seine Arme hingen ein wenig hilflos an seinem Körper herab. «Wenn wir da zu zweit reinpassen.»

«So dick bin ich auch nicht!», sagte sie mit gespielter Empörung.

«Nein», erwiderte er. «Du bist schön. Wie heißt du?»

«Anna.»

«Anna», wiederholte er.

Er ging zu ihr und küsste sie.

ACHT Sie hatten lange unter der Dusche gestanden und sich gegenseitig gestreichelt. Dann waren sie auf die Matratze umgezogen. Sie hatten sich heftig geliebt, hatten eine wortlose Pause eingelegt und dann noch einmal miteinander geschlafen.

Erschöpft lagen sie nebeneinander. Beide auf dem Rücken, beide rauchend. Sie schauten an die Decke. Annas rechte Handfläche lag auf Fausto Albanellis linkem Handrücken.

Durch das gekippte Fenster hörten sie das Klappern des Geschirrs aus der Küche des kleinen Cafés.

«Woran denkst du?», fragte Anna.

«An dich», antwortete er.

«Lügner! Warum hast du keine Frau?»

Fausto nahm einen Zug aus seiner Zigarette, inhalierte tief und stieß dann den Rauch mit einem hörbaren Seufzer aus. «Ich war verlobt ... vor vielen Jahren. Paola war Italienerin. Es hat lange gedauert, bis ich sie überzeugt hatte, nach Frankfurt zu kommen. Aber sie fühlte sich nicht wohl in Deutschland. Sie hatte keine Arbeit, sie konnte die Sprache nicht, und sie hatte Sehnsucht nach ihrer Familie. Paola wurde immer blasser. Sie wurde traurig und krank. Hat mich angefleht, mit ihr zurück nach Italien zu gehen. Ich habe sie vertröstet. Noch ein Jahr, habe ich gesagt. Noch ein halbes Jahr. Lass mich noch ein bisschen Geld verdienen. Immer wieder habe ich sie hingehalten. Bis es zu spät war. Bis sie eines Tages ihre Sachen gepackt hat und verschwunden ist. Einmal hat sie sich noch bei mir gemeldet. Eines Tages brachte der Postbote einen Umschlag, in dem ihr Verlobungsring steckte. Sonst nichts. Kein Brief, keine Zeile, kein Wort. Sie hat jeden Kontakt zu mir abgelehnt. Drei Jahre später ist sie gestorben. Und ich habe mir die Schuld an ihrem Tod gegeben. Aber nicht nur ich.»

Anna ließ Albanellis Hand los, drehte sich auf die Seite und drückte ihre Zigarette aus. «Du hast sie nie mehr wiedergesehen?»

«Nein. Von einem Freund habe ich erfahren, wann ihre Beerdigung war. Ich habe mich in den Zug gesetzt und bin nach Italien gefahren. Hinter einer Mauer versteckt, habe ich gewartet, bis alle den Friedhof verlassen hatten. Dann bin ich an ihr Grab gegangen. Noch in derselben Nacht bin ich wieder nach Frankfurt gefahren. Seitdem war ich nie wieder in meinem Dorf.»

Anna stand auf, wickelte sich das Laken um den Körper, stellte sich ans Fenster und schaute in den Innenhof, wo ein Mann ein paar leere Getränkekisten aufeinanderstapelte.

«Was willst du, Anna?»

«Was meinst du?», fragte sie, ohne sich zu ihm umzudrehen.

«Meine Frage ist nicht misszuverstehen. Was willst du von mir?»

«Ich will ein Fahrrad kaufen.»

«Ja. Und was noch?»

Jetzt wandte sie sich um und sah ihm in die Augen. «Ich möchte mit dir über Karin Rosenherz sprechen.»

Er sah Anna an, ohne etwas zu sagen.

«Aber du musst mir glauben», sagte sie rasch, «das ist nicht der Grund, warum ich mit dir geschlafen habe.»

«Ich weiß», sagte er.

Nun stand auch er auf. Er öffnete den Schrank, nahm einen Bademantel heraus und zog ihn sich über. Er ging zum Fenster und legte seine rechte Hand auf Annas Hüfte. «Du bist Journalistin, nicht wahr? Du hast mich schon einmal angerufen und nach Karin Niebergall gefragt. Für meine Freunde und mich war sie immer Signora Niebergall.»

«Ja», sagte Anna, «ich habe dich angerufen. Aber du wolltest nicht mit mir reden.»

«Magst du einen Kaffee trinken? Wollen wir in die Küche gehen?»

«So? Nackt?»

«Warum nicht», erwiderte er. «Ich würde dich gerne noch ein wenig ansehen.»

Anna ließ das Laken fallen und folgte Fausto Albanelli auf dem Weg durch die enge Werkstatt. Als sie an dem roten Olmo vorbeikam, schnippte sie mit dem Nagel ihres Zeigefingers gegen das Oberrohr.

«Ich kannte sie nicht besonders gut», sagte er, während er den Kaffeetrester aus dem Sieb klopfte. «Sie war ein launischer Mensch. Manchmal begrüßte sie mich überschwänglich, als seien wir die besten Freunde, dann wieder tat sie, als hätten wir uns noch nie gesehen.»

Anna saß nackt auf ihrem Stuhl. Sie wunderte sich selbst, dass sie diesem fremden Mann gegenüber, der älter war als ihr Vater, nicht die geringste Scham verspürte. «Du bist verdächtigt worden damals, nicht wahr?»

«Ja. Ich und meine beiden Freunde. Wir waren Italiener und schon deshalb nicht sehr beliebt. Inzwischen hat sich vieles geändert, für uns ist es besser geworden. Jetzt sind es andere, die man hier nicht leiden kann: Russen, Polen, Rumänen, was weiß ich. Die Leute finden immer irgendwen, dem sie die Schuld für alles Schlechte geben können. Damals waren wir Spaghettifresser und Messerstecher, auch für die Polizei. Man war nicht gerade nett zu uns.»

«Stimmt», sagte Anna, «ich weiß, ich habe die Akten gelesen.»

«Und im Grunde hatte ich immer das Gefühl, dass uns auch das Fräulein Niebergall nicht wirklich über den Weg traute. Dass sie es mir nicht zeigte, lag wahrscheinlich nur daran, dass ich anders aussah.»

«Wie aussah?», fragte Anna.

«Nicht so sehr ... italienisch.»

«Das stimmt», sagte Anna. «Es gibt mehrere Zeugen, die ausgesagt haben, dass sie keinen Freier mitgenommen hat, der eine andere Hautfarbe hatte oder auch nur südländisch wirkte. Ist euch damals irgendetwas aufgefallen, das ihr der Polizei nicht erzählt habt?»

Albanelli stellte zwei Tassen Espresso auf den Tisch. Der Gürtel seines Bademantels hatte sich gelöst. Anna schaute ungeniert auf den Körper des Mannes, der ebenfalls keinerlei

Anstalten machte, seine Blöße zu bedecken. Er beugte sich zu ihr hinüber und gab ihr einen Kuss auf die Stirn.

«Was sollte das gewesen sein? Was hätten wir wissen sollen?», fragte er. «Die Polizei hat uns regelrecht ausgequetscht.»

«Trotzdem. Ihr habt lange mit ihr zusammengewohnt. Ihr wart in der Nacht im Haus, als der Mord geschehen ist. Vielleicht habt ihr irgendetwas gesehen oder gehört. Sie hat Stammkunden gehabt. Einige der Männer sind immer wieder in ihrer Wohnung gewesen.»

Albanelli griff in die Tasche seines Bademantels, holte Feuerzeug und Zigaretten heraus und hielt Anna die Packung hin. Sie winkte ab.

«Magst du etwas anderes?», fragte er. «Soll ich uns etwas zu essen machen? Ich hab noch eine Pizza im Eisfach, die kann ich in den Ofen legen.»

«Pizza? Um Gottes willen. Schau mal hier», sagte sie und griff sich an den Bauch.

«Che dici?», sagte er. «Vergiss es! Du siehst klasse aus.»

Anna hob die Brauen und lächelte. «Also gut, schieb das Ding rein!»

Er schaute sie verdutzt an. Als Anna merkte, was sie gesagt hatte, schlug sie eine Hand vor den Mund und gluckste.

Albanelli schaltete den Backofen an und holte Teller und Besteck aus dem Schrank. «Mir ist etwas aufgefallen damals», sagte er. «Allerdings nicht sofort. Als die Polizei uns verhört hat, war ich viel zu sehr in Panik. Wir waren Verdächtige, keine Zeugen. Wir hatten genug damit zu tun, unsere Unschuld zu beweisen. Aber später, als sich niemand mehr für uns interessierte, ist es mir wieder eingefallen.»

Anna saß kerzengerade auf ihrem Stuhl und schaute ihn aufmerksam an.

«Es gab einen Mann, den ich kurz hintereinander zweimal

gesehen habe. Das erste Mal stand er unten vor dem Haus. Das war am Tag vor dem Mord. Dann ist er mir noch einmal begegnet: in der Nacht, als das Fräulein umgebracht wurde.»

Anna runzelte die Stirn. «Aber in der Mordnacht habt ihr angeblich alle drei in eurer Wohnung über dem Tatort gelegen und geschlafen. In eurer Aussage steht, dass ihr nichts gesehen und nichts gehört habt.»

«Ja, aber das stimmt nicht ganz. Es gab einen Gast im *Frankfurter Hof*, um den ich mich besonders kümmern musste: Mariele, ein elfjähriges Mädchen, das im Rollstuhl saß. Wir hatten uns ein wenig angefreundet, und sie wollte nur von mir bedient werden. In der Nacht vom 3. auf den 4. August hat die Kleine plötzlich Magenkrämpfe bekommen. Sie ließ sich nicht beruhigen, bis man ihr versprach, nach mir zu schicken.»

«Und du bist hingegangen?»

Albanelli nickte. Er verschloss seinen Bademantel und zog den Gürtel wieder fest. Nachdem er die Temperatur des Backofens überprüft hatte, schob er die Pizza hinein. Er stellte zwei Gläser und eine Flasche Mineralwasser auf den Tisch. Aus dem Kühlschrank holte er ein Schälchen Oliven.

«Das heißt, du hast gar nicht die ganze Nacht in deinem Bett gelegen», sagte Anna. «Du hast die Polizei belogen!»

«Nein, hör mir einfach zu. Es war keine bewusste Lüge. Bei der ersten Vernehmung war ich so aufgeregt, dass ich es vergessen hatte. Jedenfalls bin ich ins Hotel gegangen, hab Mariele einen Tee gekocht und eine Wärmflasche gemacht.»

«Und dann?»

«Dann bin ich wieder in die Kirchnerstraße gegangen. Ich hatte gerade den Schlüssel in die Haustür gesteckt, als die Tür von innen geöffnet wurde und derselbe Mann vor mir stand, den ich noch am Vormittag auf der Straße gesehen hatte. Wir haben uns beide erschrocken.»

«Um wie viel Uhr war das?»

«Ich habe das später überprüft. Im Dienstbuch steht, dass ich um zwei Uhr fünfunddreißig das Hotel wieder verlassen habe. Bis zum Haus braucht man zwei, drei Minuten.»

«Man nimmt an, dass ihr Tod zwischen zwei Uhr und drei Uhr in der Nacht eingetreten ist. Das heißt, du bist mit einiger Wahrscheinlichkeit ihrem Mörder begegnet.»

Albanelli nickte.

«Was ist dann passiert?»

«Nichts. Ich bin hochgegangen, hab weitergeschlafen und hab das Ganze erst mal vergessen. Als es mir wieder eingefallen ist, bin ich ins Präsidium gefahren und habe meine erste Aussage korrigiert. Ich hatte Angst, dass sie mich wieder in die Mangel nehmen und mir vorwerfen würden, ich hätte mich in Widersprüche verwickelt, aber nichts dergleichen passierte. Sie waren nicht mehr an mir interessiert. Einer der Kommissare nahm meine Aussage auf. Ich habe ihm den Mann genau beschrieben. Ich habe das Protokoll unterzeichnet. Dann erschien in allen Zeitungen dieses Phantombild.»

«Sah der Mann, dem du begegnet bist, diesem Bild ähnlich?»

«Überhaupt nicht! Der Mann auf dem Polizeibild war dunkelhaarig, eher gesetzt, um die fünfzig. Der Typ, den ich gesehen habe, war blond, schlank, groß, jung.»

Anna spürte einen Luftzug auf ihrer Haut. Ein leichtes Zittern ging durch ihren Oberkörper. Sie fröstelte. «Ich glaube», sagte sie, «jetzt muss ich mir doch etwas überziehen.»

Als sie zurückkam, mit Jeans und T-Shirt bekleidet, aber immer noch barfuß, hatte Fausto Albanelli die Pizza geschnitten und auf einem Holzbrett in die Mitte des Tisches gestellt.

«Aber du kanntest den jungen Mann nicht?», fragte Anna.

Albanelli schüttelte den Kopf. «Nein, das nicht …»

«Aber …?»

«Aber … ich habe ein Foto von ihm.»

Anna, die sich gerade ein Stück Pizza in den Mund schieben wollte, hielt mitten in der Bewegung inne. Sie starrte Albanelli ungläubig an. «Kannst du das bitte noch einmal sagen?»

Wortlos ging er nach nebenan in die Werkstatt. Durch die offene Tür der Teeküche sah Anna, wie er eine Trittleiter vor das Magazinregal bugsierte. Er stieg hinauf und öffnete eine der Schubladen in der obersten Reihe.

Als er wieder vor ihr stand, hielt Fausto Albanelli einen dicken Umschlag in der Hand.

«Was ist das?»

«So drei Wochen nach dem Mord klingelt es an unserer Tür. Vor mir steht der Verlobte von Fräulein Niebergall. Er drückt mir diesen Umschlag in die Hand und bittet mich, ihn aufzubewahren. Es seien Unterlagen, die ihr gehört hätten – Privatkram, sagt er – und die ihr Vater bei mir abholen werde. Er selbst wollte mit der ganzen Sache nichts mehr zu tun haben.»

«Aber du hast ihn ihrem Vater nicht gegeben?»

«Er hat ihn nicht abgeholt. Einen Monat später war der Mann in Frankfurt, um die Wohnung auszuräumen. Ich bin ihm vor dem Haus begegnet und habe ihm gesagt, dass ich ein Päckchen für ihn hätte und dass ich es auf die Treppe legen würde. Das habe ich getan. Dann war er wieder verschwunden, die Wohnung war leer, aber der Umschlag lag immer noch dort. Irgendwann habe ich ihn wieder genommen. Zuerst habe ich ihn unter mein Bett gelegt, dann habe ich ihn in den Keller gebracht. Mir ging es wie dem Verlobten: Auch ich wollte mit der Sache nichts mehr zu tun haben. Es ist nie jemand gekommen, der das Päckchen haben wollte.»

«Also hast du es geöffnet?»

«Nein. Ich habe es all die Jahre mit mir herumgeschleppt. Immer, wenn ich umgezogen bin, fiel es mir wieder in die Hände. Ich habe den Inhalt nie angerührt. Bis Ende vorigen Jahres …»

Anna schluckte den Rest ihrer Pizza hinunter und wischte sich über den Mund. «Bis ich dich angerufen und nach Karin Rosenherz gefragt habe.»

«Ja.»

«Du hast den Umschlag geöffnet und ein Foto entdeckt, auf dem der junge Mann zu sehen ist, dem du in der Mordnacht an der Haustür begegnet bist.»

«Ja.»

«Aber du bist nicht zur Polizei gegangen, um ihnen das Foto zu zeigen. Um ihnen zu sagen: Das ist der Mann, der Karin Rosenherz umgebracht hat.»

Albanelli schaute sie an, als komme ihm allein die Vorstellung absurd vor. «Warum hätte ich das tun sollen? Sie haben sich damals nicht für meine Aussage interessiert, warum hätten sie mir jetzt, nach fast vierzig Jahren, mehr Glauben schenken sollen?»

«Dann zeig endlich her!», sagte Anna und nahm ihm den Umschlag aus der Hand.

NEUN «Unser Kind ist tot», sagte Marthaler, als Anna mit ihrem roten Rennrad vor seiner Wohnungstür stand. Sie schob das Olmo in die Diele und lehnte es an die Wand. Dann folgte sie Marthaler ins Wohnzimmer. Er stand mitten im Raum und schaute sie aus leeren Augen an. Seine Haut war grau, die Augäpfel gerötet.

Anna nahm ihren Rucksack ab und stellte ihn neben die

Akten, die sich noch immer auf der Couch stapelten. Sie ging zu Marthaler und nahm ihn in den Arm. Augenblicklich begann er zu schluchzen.

Es dauerte lange, bis er sich beruhigte. Schließlich wand er sich aus ihrer Umarmung. «Entschuldige. Ich komme gerade aus der Klinik, ich habe es eben erst erfahren.»

Anna nahm ihn bei der Hand und führte ihn auf den Balkon. «Setz dich», sagte sie, «ich mache uns einen Tee.»

Als sie mit der Kanne und zwei Tassen zurückkam, sah er sie mit einem schmerzlichen Lächeln an.

«Aber Tereza geht es besser. Zum ersten Mal haben sie gesagt, dass es bergauf mit ihr geht. Ihr Zustand hat sich stabilisiert. Sie glauben nicht mehr, dass sie ... Es besteht keine Lebensgefahr mehr.»

«Das ist schön», sagte Anna. «Willst du mir erzählen, was passiert ist?»

Marthaler schwieg lange. Er presste die Lippen zusammen. Er kämpfte mit sich. Mehrmals sah es so aus, als wolle er etwas sagen. Unruhig rutschte er auf seinem Stuhl herum. Schließlich senkte er den Blick und begann stockend zu sprechen.

«Sie haben es von Anfang an gesagt ... Es war immer die Gefahr, dass sie das Kind nicht würden retten können ... Die Sauerstoffversorgung hat nicht ausgereicht. Tereza ist die ganze Zeit künstlich beatmet worden. Aber für das ... für das Hirn des Kindes hat es nicht gereicht. Heute Nacht sind seine Herztöne schwächer geworden. Dann waren sie gar nicht mehr da ...»

Marthaler schaute an Anna vorbei in den Himmel. Seine Augen waren mit Tränen gefüllt. Er schüttelte heftig den Kopf.

«Dabei haben wir schon nach Namen gesucht. Wir haben uns Kinderwagen angeschaut. Wir waren manchmal so albern glücklich bei der Vorstellung ...»

Seine Stimme klang erstickt. Er nahm seine Tasse, hob sie ein paar Zentimeter an, stellte sie aber sofort mit zitternder Hand wieder ab.

«Aber Tereza wird leben! Was auch immer jetzt noch geschieht: Sie sagen, dass sie leben wird. Seit sie das Kind … geholt haben, geht es ihr von Stunde zu Stunde besser. Es war zu viel …»

In den nächsten neunzig Minuten änderte sich Marthalers Stimmung mehrfach. Auf die Freude folgte umgehend tiefe Trauer.

Anna wusste, dass sie ihn lassen musste. Es gab keinen Trost. Ihre einzige Aufgabe war es, da zu sein.

«Meinst du, dass du Tereza bald besuchen kannst?»

Er nickte heftig. In seinen Augen blitzte ein Fünkchen Glück auf. «Ja», sagte er. «Sie sagen, in ein oder zwei Tagen könnte sie so weit sein … Aber ich habe Angst, was sein wird, wenn sie erfährt …»

Anna legte ihm eine Hand auf den Unterarm.

Einmal ging er hinein und kam mit einer offenen Flasche Wein zurück. Sie schüttelte den Kopf und nahm sie ihm aus der Hand. Er ließ es widerstandslos geschehen.

«Du hast genug getrunken letzte Nacht», sagte sie. «Tereza wird dich brauchen. Und ich brauche dich auch.»

Er sah sie irritiert an. Dann versank er wieder in stummes Brüten. Er schien nicht einmal zu bemerken, dass jemand neben ihm saß.

«Kann ich etwas für dich tun? Soll ich irgendwen benachrichtigen?»

Er überlegte. «Ja, sei so gut. Ruf Carlos Sabato an. Seine Nummer ist gespeichert. Sag ihm, was geschehen ist. Er soll die anderen benachrichtigen. Er weiß dann schon, was zu tun ist.»

«Soll ich ihm sagen, dass ich deine Cousine bin?»

«Ja», sagte Marhtaler. «Mach das.» Dann stand er entschlossen auf: «Ich nehme ein Bad. Anschließend trinken wir einen starken Kaffee, und du erzählst mir, warum du mich brauchst.»

«Mach jetzt nicht schlapp, Alter», sagte Marthaler zu seinem Spiegelbild, als er vor dem Waschbecken stand und sich abtrocknete. «Du musst auf die Beine kommen.» Er schäumte sein Gesicht ein und rasierte sich. Dann holte er Unterwäsche und Socken aus dem Schrank. Während er eine frische Jeans anzog und das Hemd aus der Verpackung nahm, das ihm Tereza vor zwei Wochen von einem Einkaufsbummel mitgebracht hatte, hörte er Anna in der Wohnung hantieren.

In der Diele schaute er noch einmal in den Spiegel. Er nickte sich zu und versuchte ein Lächeln. «Schon besser!», murmelte er.

Als neben ihm das Telefon läutete, schrak Marthaler zusammen. Er nahm ab und sagte seinen Namen. Am anderen Ende meldete sich eine Frauenstimme. «*City-Express*, Moment, ich stelle durch zu Herrn Grüter.»

Marthaler war versucht aufzulegen, presste aber stattdessen den Hörer noch fester an sein Ohr. Er ahnte, dass Grüter neue Informationen verlangen würde, und machte sich bereit, dem Reporter eine Abfuhr zu erteilen.

Doch Arne Grüter war schneller. «Marthaler, was geht da vor? Wieso muss ich aus dem Polizeibericht erfahren, was heute Morgen auf dem Hauptfriedhof passiert ist? Haben Sie etwas mit der Sache zu tun?»

«Grüter, ich weiß nicht, von was Sie reden, und ich bin nicht in der Verfassung …»

«Hören Sie auf!», unterbrach ihn der Reporter. «Erzählen Sie mir keine Märchen! Das können Sie mir nicht weismachen. Halten Sie sich gefälligst an unsere Abmachung! Dass man die Leiche des kleinen Bruno gefunden hat, ist eine Information, die Sie mir umgehend hätten weitergeben müssen.»

Marthaler war zu überrascht, um sofort zu antworten. Er hörte Grüter husten. Dann meldete sich der Reporter wieder zu Wort. «Was ist, sind Sie noch dran, Marthaler?»

«Ja ... ich ... Ich hatte keine Ahnung ... Ich bin noch nicht lange aus der Klinik zurück. Und da Sie es ja sowieso erfahren werden, kann ich es Ihnen auch mitteilen: Unser Kind ist letzte Nacht gestorben.»

Marthaler hörte das Klicken eines elektronischen Feuerzeuges, Grüter inhalierte, dann ein erneutes Hüsteln. «Scheiße, Marthaler, das tut mir leid. Sie wissen also wirklich nicht ...»

«Erzählen Sie mir, was passiert ist!»

«Kennen Sie das Mausoleum Gans?»

«Sie meinen diesen Urnentempel?»

«Genau den!», sagte Grüter. «Ein Mitarbeiter des Friedhofs hat dort heute Morgen die Leiche eines Mannes gefunden. Es ist Bruno Kürten. Ihm wurde der Schädel zertrümmert, wahrscheinlich mit einer Flasche. Soviel ich gehört habe, geht die Polizei im Moment von einem Streit unter Obdachlosen aus.»

Marthaler ging ins Wohnzimmer und ließ sich auf einen Stuhl sinken. Er wusste nicht, was er sagen sollte. Sofort bekam er Schuldgefühle. Statt weiter nach dem kleinen Bruno zu suchen, hatte er sich mit der Information zufriedengegeben, die dieser auf seinem Zettel in der Tagesstätte hinterlassen hatte. Keinen Moment hatte Marthaler den Versuch unternommen, den Mann vor seinen Verfolgern zu schützen.

«Was für ein Mist!», stieß er hervor. «Was für ein gigantischer Mist!»

«Gut», sagte Grüter. «Ich glaube Ihnen, dass Sie keine Ahnung hatten, und ich werde ...»

«Es ist mir scheißegal, was Sie glauben und was Sie tun werden, Grüter ...»

«Ich wollte nur sagen: Ich werde Sie dann erst mal nicht weiter behelligen.»

Marthaler hielt den Hörer noch in der Hand, als der Chefreporter des *City-Express* längst aufgelegt hatte.

Anna stand in der Balkontür. «Dann weißt du es also schon?», sagte sie. Marthaler sah sie fragend an. «Wenn es um diesen Urnentempel ging, kann das nur heißen: Du weißt jetzt, dass der kleine Bruno tot ist.»

Sie erzählte ihm, was am Morgen geschehen war.

«Bist du auf dem Friedhof gesehen worden?», fragte Marthaler.

Anna hob die Schultern. «Ein Mann ist dort herumgeschlichen. Ich hatte das Gefühl, dass er mich beobachtet. Als ich das Mausoleum verlassen wollte, stand er plötzlich über mir und hat mich angeschaut. Ob er etwas mit dem Tod von Bruno Kürten zu tun hat, weiß ich nicht.»

Marthaler wollte ihr Vorhaltungen machen, aber sie ließ ihn nicht zu Wort kommen: «Ja, ja, ja!», sagte sie. «Ja, ich habe mich nicht an deine Befehle gehalten. Ja, ich habe eigenmächtig gehandelt. Aber weißt du was: Scheiß drauf! Wenn ich es nicht getan hätte, wären wir noch immer keinen Schritt weiter. Du hast nämlich noch deinen Rausch ausgeschlafen, als ich schon zwischen den Urnen herumgekrochen bin und mein Ohr an den Mund eines Sterbenden gedrückt habe. Der kleine Bruno hat vor seinem Tod noch etwas gesagt. Ich verstehe nicht, was er damit meinte, aber es muss etwas zu bedeuten haben.»

Sie schaute Marthaler an und wartete auf eine Reaktion.

«Anna, bitte! Spann mich nicht auf die Folter!»

«Du willst also eine Information haben, an die ich durch eine Maßnahme gelangt bin, die von dir nicht abgesegnet wurde.»

«Anna, verdammt!»

«Ich will nur verhindern, dass du mir weitere Vorwürfe machst. Ich will, dass du mich ernst nimmst. Ich bin nämlich nicht nur ein etwas molliges, sondern auch ein ziemlich großes Mädchen. Und, Robert: Ich weiß, was ich tue!»

«Welcher Film?», fragte er.

«Kein Film!», erwiderte sie. «O-Ton Anna!»

«Gut, ich habe verstanden», sagte er und wedelte mit der Hand zum Zeichen, dass sie fortfahren solle.

«Der kleine Bruno hat von Bildern gesprochen. Er sagte: ‹Karin Rosenherz – es ging um die Bilder.› Es war das Letzte, was er gesagt hat, dann ist er gestorben. Vielleicht kannst du etwas damit anfangen?»

Marthaler überlegte lange. «Das *Paradiesgärtlein*, das bei dem Überfall im Stadtwald geraubt wurde, ist ein Bild. Bruno Kürten behauptet, dass die beiden Fälle miteinander zu tun haben. Wieso es bei Karin Rosenherz um Bilder gegangen sein soll, weiß ich nicht. Wir müssen es bei unseren weiteren Ermittlungen im Kopf behalten.»

Anna drückte auf den Startknopf ihres MacBook, nahm den dicken Filzstift vom Tisch, ging zur Wohnzimmerwand und zeigte auf die Namen, die Marthaler in der Nacht, als er die Akte studiert hatte, auf das Ausstellungsplakat geschrieben hatte.

«Robert, entschuldige, aber die Namen, die du hier notiert hast, sind einfach Bullshit. Diese Männer sind entlastet. Sie hatten nichts mit dem Mord an Karin Rosenherz zu tun. Frag jetzt nicht, sondern glaub mir einfach, dass ich die Akte besser kenne als du!»

Sie strich alle fünf Namen durch.

Stattdessen schrieb sie:

«Es ging um die Bilder» (Bruno Kürten).

Welche Bilder?

Sie ging an ihr MacBook und tippte etwas ein. «Robert, sei so gut: In Band I der Akte im ersten Karton findest du ein Exemplar des Phantombildes, das die Polizei veröffentlicht hat. Such es bitte raus und bring es mir. Und wenn du in deinem Chaos ein paar Reißzwecken ausfindig machen könntest, wäre das fein.»

Marthaler schaute Anna spöttisch an, aber als sie seinem Blick standhielt, wagte er nicht zu protestieren, sondern tat, worum sie ihn gebeten hatte.

Sie heftete das Phantombild auf das Plakat.

«Würdest du mir diesen Mann bitte beschreiben!»

Marthaler lehnte sich zurück: «Er wirkt gedrungen, leicht korpulent, breites Gesicht, krauses, dunkles Haar, Mitte vierzig. Ich würde sagen: südländischer Typ.»

«Exakt», sagte Anna. «Dieses Bild war in allen Zeitungen. Es wurde angefertigt nach den Aussagen eines Kellners und eines Taxifahrers, die den Südländer zwischen ein Uhr dreißig und ein Uhr fünfundvierzig zusammen mit Karin Rosenherz gesehen haben wollen. Nach diesem Mann wurde in ganz Deutschland damals gesucht.»

Dann schrieb sie:

Aussage Albanelli – unbekannter Mann in der Mordnacht (ca. 2:40 Uhr): blond, schlank, jung, groß.

«Ich frage mich allerdings», sagte Anna und tippte auf das eben Geschriebene, «warum nach diesem Mann nicht gefahndet wurde, wenn er doch genau zum vermuteten Todeszeitpunkt von einem Zeugen im Hausflur der Kirchnerstraße 2 gesehen wurde.»

Sie schaute Marthaler erwartungsvoll an. Der zuckte mit

den Schultern. «Hilf mir, Anna! Ich habe die Akte heute Nacht nur einmal rasch durchgehen können. Ich kenne diese Aussage Albanellis nicht.»

Anna grinste triumphierend. «Du kannst sie nicht kennen, weil sie in der Akte nicht auftaucht.»

Marthaler versuchte, diese Information zu verarbeiten, kam aber zu keinem Schluss. «Wenn sie in der Akte nicht auftaucht, kannst du sie auch nicht kennen.»

«Doch, denn ich habe heute mit Albanelli gesprochen.»

«Du hast ...»

«Ich war bei ihm in seiner Werkstatt in der Töngesgasse. Er ist ein passabel aussehender Sechzigjähriger, der für sein Alter erstaunlich prächtig in Form ist. Du könntest dir durchaus eine Scheibe von ihm abschneiden.»

«Danke», sagte Marthaler. «Hört sich an, als wäret ihr euch nähergekommen.»

«So kann man es nennen.»

«Zur Sache ...», sagte Marthaler, der sich den Hinweis verkniff, dass ein Ermittler keine intimen Beziehungen zu seinen Zeugen unterhalten sollte.

«Fausto Albanelli sagt, dass er dieses Zusammentreffen zunächst vergessen habe. Als es ihm wieder einfiel, hat er es samt seiner Personenbeschreibung umgehend zu Protokoll gegeben. Jetzt frage ich dich: Warum hat man diese zweite Aussage nicht zu den Unterlagen im Fall Rosenherz genommen?»

«Und wenn Albanelli dich belogen hat?»

«Dazu hat er keinen Grund.»

Marthaler war aufgestanden. Er merkte, wie ein leichter Schauer über seinen Rücken lief. Er war hochkonzentriert. Sie waren dem Geschehen in der Mordnacht ein ganzes Stück nähergekommen. Langsam zeichneten sich die ersten Umrisse eines Bildes ab.

«Und wenn doch?», fragte Marthaler.

«Was: wenn doch?»

«Wenn er doch einen Grund hat zu lügen? Wenn es diesen unbekannten blonden Jüngling gar nicht gibt? Dann ist Fausto Albanelli derjenige, der übrigbleibt. Dann hat er, wenn ich recht verstehe, kein Alibi für die Zeit nach zwei Uhr vierzig.»

Anna grübelte. Für einen Augenblick schien ihre Überzeugung ins Wanken zu geraten. Dann schüttelte sie entschlossen den Kopf. «Alles Quatsch», sagte sie. «Dann wäre er damals nicht freiwillig ein zweites Mal zur Polizei gegangen. Dann hätte er mir nicht davon erzählen müssen. Er stand nicht mehr unter Verdacht. Er war raus! Keiner interessierte sich mehr für ihn.»

Marthaler wiegte den Kopf. «Aber du hast ihn aufgestöbert. Nach vierzig Jahren sind wir es, die sich wieder für ihn interessieren. Was, wenn er Gründe hat, uns in die Irre zu führen? Wenn es diese zweite Aussage von ihm nie gegeben hat und sie deshalb nicht in den Akten zu finden ist?»

Anna ging zu ihrem Rucksack. Sie zog den Umschlag hervor, nahm seinen Inhalt heraus und legte alles auf den Tisch.

«Was ist das?», fragte Marthaler.

«Papiere und Fotos. Ein paar alte Zeugnisse. Briefe, die Karin Rosenherz von ihren Eltern und Freunden erhalten hat. Postkarten von der Riviera und der Côte d'Azur, nicht eingelöste Rezepte, ihre Scheidungsurkunde, ein Taschenkalender aus dem Jahr 1961, Zeitungsausschnitte, alles unwichtiger Krempel. Sie hatte diesen Umschlag bei ihrem Verlobten deponiert, der wollte nach ihrem Tod nichts mehr damit zu tun haben und hat ihn Fausto Albanelli übergeben. Eigentlich hätte ihr Vater ihn dort abholen sollen. Das ist jedoch nie geschehen.»

Marthaler hatte den Impuls, sich die Unterlagen sofort anzusehen, stattdessen wartete er ab.

«Das Interessante sind die Fotos», sagte Anna. «Einige davon scheinen wenige Tage vor ihrem Tod aufgenommen worden zu sein, andere sind offensichtlich älter. Besonders ein Bild ist wichtig. Fausto Albanelli sagt, dass darauf jener Mann zu sehen ist, der ihm in der Mordnacht im Hauseingang begegnet ist.»

Marthaler nahm das kleine Farbfoto, das Anna ihm reichte. Im Vordergrund sah man Karin Rosenherz. Sie lachte in die Kamera. Sie trug ein weißes Sommerkleid und eine dünne Halskette. In der rechten Hand hielt sie ein gefülltes Sektglas, das sie in die Höhe hob, als wolle sie dem Fotografen zuprosten. Sie wirkte ganz und gar unbeschwert.

«Eine schöne Frau, nicht wahr?», sagte Anna und sah Marthaler prüfend an.

«Allerdings! Auf diesem Bild sieht sie aus wie Julia Roberts, findest du nicht?»

«Yep. Wie die junge Roberts in *Pretty Woman*. Derselbe riesige Mund, dieselben großen Augen. Und genauso dünn. Aber jetzt konzentrier dich auf den Typen.»

Das Foto war offensichtlich in einem Garten oder in einer Parkanlage aufgenommen worden. Ein blonder junger Mann stand vor einem hohen, blühenden Rhododendron. Sein Körper stand seitlich zur Kamera. Er trug einen legeren blauen Strickpullunder, weißes Hemd, Freizeithose. An den Füßen leichte Lederschuhe ohne Socken. Das Gesicht war dem Betrachter halb zugewandt, als habe ihn der Fotograf gerade aufgefordert, in das Objektiv zu schauen. Seine Augen zeigten Überraschung, vielleicht einen kleinen Unwillen, die Lippen waren zu einem spöttischen Lächeln aufgeworfen.

«Auch nicht schlecht, der Knabe, oder?», sagte Anna.

«Sieht aus, als habe er nicht damit gerechnet, fotografiert zu werden. Und als sei er nicht begeistert davon. Wie alt schätzt du ihn?»

«Höchstens zwanzig, eher jünger. Den Klamotten nach zu urteilen, würde ich sagen ...»

Plötzlich hob Marthaler die Hand, um Anna zum Schweigen zu bringen: «Warte, mir kommt gerade ein Gedanke: Der kleine Bruno hat von Bildern gesprochen. Vielleicht hat er gar keine Gemälde gemeint, vielleicht hat er diese Fotos gemeint. Vielleicht wusste der blonde Jüngling, dass Karin Rosenherz im Besitz dieses Fotos war. Vielleicht wollte er nicht, dass man sie beide gemeinsam sieht. Möglicherweise hatte sie ihn damit in der Hand.»

Anna zögerte. «Vielleicht», sagte sie. «Gedacht habe ich auch schon daran. Trotzdem kommt es mir unwahrscheinlich vor. Der Typ wirkt einigermaßen selbstbewusst. Er sieht nicht aus wie jemand, der sich für seine Bekanntschaft mit einer Prostituierten schämt.»

«Und Fausto Albanelli ist sich sicher, dass es dieser Mann war, den er in der Nacht gesehen hat?»

«Hundertpro!», sagte Anna. «Er sagt, es gibt keinen Zweifel.»

«Nur leider: Die Information ist wertlos, wenn wir nicht wissen, wer der junge Mann auf dem Foto ist.»

Anna sah Marthaler entgeistert an. Ihre Wangen hatten sich gerötet. Sie atmete ein paarmal tief durch, dann brach es aus ihr heraus: «Robert, du bist ein Esel! Ein riesengroßer, ignoranter Muffkopf. An einem einzigen Tag bin ich zu mehr neuen Erkenntnissen gekommen als du in der ganzen letzten Woche. Du könntest einmal ein Wort der Anerkennung von dir geben. Du könntest einmal sagen: Alle Achtung, Anna! Gar nicht so übel für eine kleine angehende Journalistin. Aber nein, du meckerst rum, du ziehst mich runter, du machst mich klein! Du schaust mich an wie ein magenkranker Cockerspaniel. Ich weiß, dass du Probleme hast, dass es dir im Moment nicht besonders gut geht. Aber tu mir und dem Rest deiner Umgebung einen Gefallen: Reiß dich ein wenig zusammen! Wenn deine Tereza wieder wach ist, wird sie nicht einen solchen Tränensack an ihrer Seite brauchen können. Sie wird jemanden brauchen, der ihr beisteht, der ihr Halt gibt. Andernfalls würde es mich nicht wundern, wenn sie dich irgendwann in die Wüste schickt. Denn, ehrlich gesagt, ich hab schon jetzt die Nase voll von dir.»

Bei ihren letzten Worten war Anna aufgestanden, hatte ihren Rucksack genommen und war in die Diele gegangen. Sie öffnete die Wohnungstür und schob ihr neues Rennrad in den Treppenflur. Marthaler war zu perplex, um sofort zu reagieren. Als er schließlich aufsprang, um ihr zu folgen, hatte sie bereits die Tür hinter sich ins Schloss geworfen.

ZEHN Ein paarmal versuchte er vergeblich, Anna auf ihrem Mobiltelefon zu erreichen, dann gab er auf. Er wurde den Verdacht nicht los, dass sie auch deshalb so wütend reagiert hatte, weil er Fausto Albanelli in den Kreis der Tatverdächtigen gerückt hatte.

Er räumte das Wohnzimmer auf, brachte die Akten wieder in die richtige Reihenfolge und legte sie zurück in die grauen Kartons. Er sammelte seine schmutzigen Kleidungsstücke ein und steckte sie in die Wäschetonne. Er saugte den Boden und wischte Staub.

Marthaler war froh, alleine zu sein.

Er hatte das Gefühl, nicht nur Ordnung in seine Wohnung bringen zu müssen, sondern auch in die Ermittlungen. Und in seine Gefühle.

Er setzte sich auf den Balkon, schloss die Augen und ließ sich die Sonne ins Gesicht scheinen. Sofort musste er an das tote Kind und an Tereza denken. Er dachte an den blonden

Jüngling, an den kleinen Bruno, an Karin Rosenherz und an Anna. Seine Gedanken fuhren Achterbahn. Immer wieder hatte er für Minuten das Gefühl, von einem schwarzen Strudel in die Tiefe gerissen zu werden. Dann wieder gab die Sonne seinem Herzen für einen Moment ein wenig Ruhe, und er freute sich darauf, Tereza bald in die Arme schließen zu können.

Anna hatte recht gehabt: Er hatte sich benommen wie ein Idiot. Ihm fehlte Tereza, und ihm fehlten seine Kollegen. Sie waren es, die ihn auf seine Schwächen hinwiesen und ihn korrigierten. Ohne sie ließ er seinen Launen und Marotten ihren Lauf. Ohne sie fiel es ihm schwer, sich wie ein Mensch unter Menschen zu benehmen: freundlich, rücksichtsvoll und aufmerksam.

Er ging zum Schreibtisch, nahm einen Bleistift, spitzte ihn an, holte einen Stapel weißes Papier und setzte sich an den Wohnzimmertisch.

Annas Dossier lag aufgeschlagen vor ihm. Sie hatte drei Listen mit Namen angefertigt und jeweils einen Titel darübergeschrieben:

Die Ermittler

Die Verdächtigen

Die Zeugen

Er nahm sich die erste Liste vor und ging die Namen durch. Mit manchen der Kollegen hatte er noch zusammengearbeitet, von einigen hatte er gehört, andere waren ihm völlig unbekannt. Keiner der Ermittler, die 1966 an dem Fall gearbeitet hatten, war noch im Dienst. Einige waren bereits gestorben, von den meisten wusste er nicht, was aus ihnen geworden war.

Er wählte die Nummer der Staatsanwaltschaft und hoffte, dass Arthur Sendler noch im Büro war. «Sie haben Glück», sagte die Sekretärin, «er hat seinen Autoschlüssel vergessen und ist gerade nochmal zurückgekommen.»

«Marthaler, was gibt's?», meldete sich Sendler. «Ich habe es eilig, können wir morgen telefonieren?»

«Nein, bitte, ich brauche nur eine kleine Information. Sagt Ihnen der Name Traugott Köhler etwas?»

«Machen Sie Witze, Marthaler? Köhler war der leitende Staatsanwalt im Fall Rosenherz. Natürlich kenne ich ihn. Ein fähiger Jurist! Allerdings ...»

«Was, allerdings?», fragte Marthaler.

«Warten Sie, ich will ihm nicht Unrecht tun: Er war schnell, sehr wendig und von einer Bestimmtheit, die manche als machthungrig bezeichnet haben. Ein ziemlich scharfer Hund. Er wurde Terry genannt, was ihm durchaus gefiel.»

«Wissen Sie, was aus ihm geworden ist?»

«Zwei Dinge sind ihm zum Verhängnis geworden. Seine Eitelkeit und sein Ehrgeiz. Mit dem Fall Rosenherz hatte er seinen ersten großen Auftritt, aber auch seine erste große Niederlage. Dass er die Sache nicht geknackt hat, hat ihm einen ziemlichen Stich versetzt. Danach war er angeschlagen. Aber statt nun einen Schritt zurückzutreten, ist er immer bissiger geworden. Er hat jedes Maß verloren. Er hat immer wieder seine Kompetenzen überschritten, hat Dinge angeordnet, die nicht mit den Richtern abgesprochen waren, hat sich dann vor Gericht aus der Verantwortung gestohlen und die Kollegen der Kripo ins offene Messer laufen lassen.»

«Und wo ist das Verhängnis?», fragte Marthaler.

«Irgendwann war er nicht mehr zu halten. Man hat ihn weggelobt – nach Wiesbaden ins Justizministerium. Dort hat er sich auch wieder mit den falschen Leuten angelegt, was dazu führte, dass man ihn ziemlich rasch kaltgestellt hat. Er ist in irgendeinem Büro versauert. Soviel ich weiß, hat er sich sehr bald frühpensionieren lassen.»

«Haben Sie eine Ahnung, wo ich ihn finden kann?»

«Soviel ich gehört habe, hockt er öfter in der *Eintracht* rum, einem Restaurant im Oeder Weg, das seit langem von einem Inder betrieben wird. Aber ... was wollen Sie um Gottes willen von Terry Köhler?»

«Ich will ihm eine Frage stellen, die ich Ihnen jetzt ebenfalls stelle ...»

«Aber hurtig, Marthaler!», drängelte Sendler. «Meine Schwiegermutter feiert ihren neunzigsten Geburtstag. Sie ist ein Drachen, meine Frau macht mir die Hölle heiß, wenn ich nicht pünktlich bin.»

«Sie wissen, wer Fausto Albanelli war ...»

«Sicher. Er war einer der drei jungen Kellner, die die Rosenherz ...»

«Genau», sagte Marthaler. «Erinnern Sie sich daran, dass dieser Albanelli seine ursprüngliche Aussage dahingehend korrigiert hat, dass er in der Mordnacht einen blonden jungen Mann gesehen haben will, den er sehr exakt beschrieben hat?»

«Das ist Quatsch!», erwiderte Sendler. «Die drei Italiener haben ausgesagt, dass sie während der Tatzeit geschlafen haben ...»

«Das heißt, Sie erinnern sich nicht an eine solche Aussage?»

«Ich erinnere mich nicht daran, weil es sie in der Akte nicht gab.»

«Da sind Sie sicher?»

«Todsicher.»

«Danke», sagte Marthaler, «das war schon alles.»

«Warten Sie ...! Was haben Sie vor? Was sollen diese Frage nach ...»

«Ich wünsche Ihnen viel Spaß mit der Schwiegermama», sagte Marthaler. Dann legte er auf.

Als er bereits zehn Minuten durch die umliegenden Straßen gekreist war und noch keinen Parkplatz gefunden hatte, stellte er den Wagen vor einer Bäckerei ins Halteverbot.

Die *Eintracht* war ein altes Lokal, das nach einem großen Frankfurter Sportverein benannt war, weil dessen Turnabteilung in dem Hinterhaus ihre Geschäftsstelle unterhielt. Als Marthaler sich dem Gebäude auf dem schmalen, umzäunten Fußweg näherte, kam ihm eine Gruppe Kinder entgegen, die ihre Sporttaschen umgehängt hatten und sich nun lärmend an ihm vorbeidrängten.

Unsanft stieß ein vielleicht vierzehnjähriger Junge das vor ihm gehende jüngere Mädchen beiseite, sodass die Kleine ins Straucheln geriet und gegen den Zaun fiel.

Marthaler blieb stehen.

«Was soll das?», sagte er zu dem Jungen. «Kannst du nicht aufpassen? Du bist nicht alleine auf der Welt.»

Die Kinder schauten ihn an. Auch der Junge drehte sich erstaunt zu ihm um. Er schien es nicht gewohnt zu sein, dass man ihn wegen seines Verhaltens zur Rede stellte. Er hob das Kinn und verzog den Mund zu einem Grinsen. «Was willst du, Alter? Willst du Ärger oder was?»

Marthaler ging einen Schritt auf den Jungen zu, der im selben Moment ein Messer in der Hand hielt.

Für einige Sekunden bewegte sich niemand. Die Situation schien wie eingefroren. Dann löste sich das Mädchen vom Zaun, ließ seine Tasche zu Boden gleiten und stellte sich zwischen Marthaler und den Jungen.

«Komm, Kevin, hör auf! Das ist doch doof», sagte sie und schaute dem Jungen direkt in die Augen. Sie streckte die Hand aus und legte sie auf seinen Unterarm. Kevins Gesichtszüge entspannten sich augenblicklich. Er senkte die Lider, steckte das Messer ein, drehte sich um und trottete davon. Das Mädchen schaute Marthaler an: «Alles okay?»

Marthaler nickte. Dann wandte er sich ab.

«Danke!», rief ihm das Mädchen nach.

Er drehte sich noch einmal um: «Ich habe zu danken», sagte er.

Der große Gastraum war noch leer. Aus der Küche hörte man das Klappern von Geschirr und das laute Summen der Dunstabzugshaube.

Hinter dem Tresen erschien ein kleiner, runder Inder mit kupferfarbener Haut. Sein Gesicht glänzte. Er machte eine ausholende Armbewegung: «Bitte schön!», sagte der Mann ohne den geringsten Akzent, «freie Platzwahl. Habe gerade erst aufgemacht. Noch nicht viel los im Moment.»

«Ich suche einen Mann, Traugott Köhler. Er soll öfter hier sein.»

«Was wollen Sie von ihm?»

Marthaler klappte seinen Dienstausweis auf und hielt ihn dem Mann vor die Nase. Der Inder wischte seine Hände am Hosenboden ab, nahm den Ausweis und begann, ihn mit ausgestreckten Armen zu studieren.

«Die Augen», sagte er. «Meine Lesebrille ist kaputt.»

«Sagen Sie mir einfach, ob Sie wissen, wo ich Köhler finden kann.»

Der Inder blinzelte. «Er ist ein guter Gast, ein sehr, sehr guter Gast. Er isst gut, er trinkt gut, und er zahlt gut.»

«Hören Sie, ich will Köhler weder zu einer Diät überreden, noch will ich ihn vom Trinken abhalten. Ich will ihm lediglich ein paar Fragen stellen.»

Der Wirt ließ ein kurzes, stoßartiges Kichern hören, dann wurde er wieder ernst und sagte noch einmal: «Ein sehr, sehr guter Gast.»

Marthaler trommelte mit den Fingern der rechten Hand auf den Tresen: «Also?»

Der Wirt hob den Kopf und schaute auf die Uhr, die an der gegenüberliegenden Wand hing. «Viertelstunde», sagte er. «Köhler kommt fast immer um fünf. Er ist gerne der erste Gast.»

«Gut», sagte Marthaler, «dann komme ich in einer Viertelstunde wieder. Und sagen Sie ihm bitte nicht, dass jemand nach ihm gefragt hat. Es soll eine Überraschung sein.»

Der Inder zog die Nase kraus, antwortete aber nicht.

«Haben Sie verstanden?», fragte Marthaler.

Der Inder öffnete den Mund. Es schien, als sei sein Geist stehengeblieben: «Überraschung?», fragte er schließlich.

Marthaler nickte.

«Ja, ja», erwiderte der Wirt jetzt eifrig, «ich habe verstanden.»

Verstanden hast du sehr wohl, dachte Marthaler, aber was ich gesagt habe, ist dir völlig egal.

Er ging zurück auf den Oeder Weg und überquerte die Fahrbahn. Am Adlerflychtplatz gab es einen neuen Imbiss, der den etwas einfallslosen Namen *Aroma* trug, wo man aber nach einhelliger Meinung seiner Kollegen die besten Falafel der Stadt bekam. Stattdessen bestellte Marthaler eine Portion Shawarma mit Krautsalat und Hummus. Dazu trank er eine Limonade mit Holundergeschmack.

Er setzte sich an einen der wackligen Bistrotische vor dem Häuschen und sah dem Treiben auf der Straße zu. Es war ein warmer Spätnachmittag. Die Angestellten aus den Büros der Innenstadt erledigten auf dem Heimweg ihre Einkäufe. Ein Stück weiter die Straße hinauf standen zwei Männer vor einem Kiosk, tranken Bier und schauten ungeniert einem Liebespaar zu, das eng umschlungen auf einer Bank unter den alten Bäumen des nahe gelegenen Kinderspielplatzes saß und sich küsste.

Auf dem Bürgersteig näherte sich eine junge Mutter, die einen Kinderwagen schob. Als sie auf Marthalers Höhe war, hielt sie an, beugte sich über den Wagen und lächelte dem Baby zu. Der Anblick versetzte Marthaler einen Stich. Rasch wandte er sich ab.

Als er aufgegessen hatte und seinen Teller in die Durchreiche stellte, sah ihn der Mann dahinter erwartungsvoll an. Marthaler zwinkerte ihm zu und hob den Daumen. Der Mann lachte.

Wie nah doch alles beisammen liegt, dachte Marthaler unvermittelt: dieser schöne Tag und unser totes Kind. Die Sonne und meine finsteren Gedanken. Die Ungewissheit darüber, was werden wird, und die vertrauten Straßen. Und plötzlich wusste er, dass er niemals an einem anderen Ort würde leben wollen. Als ob auch der Schmerz dazugehörte, sich ganz zu Hause zu fühlen.

Sofort, als er die Tür zum Gastraum öffnete, sah er den Mann, der alleine in der Ecke an einem Tisch vor einem Glas Apfelwein saß. Er war Anfang siebzig, trug kurzgeschnittenes graues Haar, hatte ein kantiges Gesicht und schaute Marthaler herausfordernd an.

«Herr Hauptkommissar», rief er, «was verschafft mir die Ehre? Haben Sie das Bedürfnis, einen Versager zu besichtigen?»

Marthaler bedachte den Wirt mit einem zornigen Blick, den dieser mit einem unschuldigen Lächeln beantwortete.

Er ging zu Terry Köhlers Tisch und zeigte auf einen der freien Stühle: «Darf ich?»

«Bitte sehr! Es passiert nicht oft, dass mir jemand freiwillig Gesellschaft leistet. Eher bin ich gewohnt, dass alte Bekannte die Straßenseite wechseln, wenn sie mir unverhofft begegnen.»

Marthaler setzte sich. «Aber wir sind keine alten Bekannten.»

Köhler lachte. «Nein, aber Sie werden von mir gehört haben. Denn ich mag zwar nicht sonderlich beliebt sein, aber so viel ist sicher: Ein Unbekannter bin ich noch immer nicht in Ihren Kreisen.»

«Von welchen Kreisen sprechen Sie?»

«Von welchen Kreisen sprechen Sie?», äffte Köhler ihn nach. «Von welchen wohl? Von Justiz und Polizei spreche ich. Von dem Apparat, für den Sie arbeiten und ich leider gearbeitet habe. Von diesem riesigen Haufen voller Luschen, Bluffer und Duckmäuser spreche ich. Von all diesen rückgratlosen Schwanzlutschern, die nach oben buckeln, um besser nach unten treten zu können.»

«Soviel ich gehört habe, waren auch Sie nicht besonders rücksichtsvoll in Ihrem Berufsleben.»

«Mit wem haben Sie gesprochen, Marthaler? Nein … warten Sie, sagen Sie nichts; ich komme selber drauf. Sie haben mit Sendler gesprochen. Mit Arthur Sendler, nicht wahr?»

Statt zu antworten, hob Marthaler nur seine Schultern.

«Sendler ist ein schlaues Kerlchen. Er war mir noch einer der liebsten unter den damals jungen Kollegen. Ganz anderer Charakter als ich: fein, zurückgenommen, bedächtig, aber schlau. Was hat er Ihnen über mich erzählt?»

«Dass Sie zum Opfer Ihrer Eitelkeit und Ihres Ehrgeizes geworden sind.»

«Perfekt!», sagte Köhler. «Schöner hätte ich es selbst nicht formulieren können. Nur dass es mir nie um Geld oder Titel ging. Es stimmt, ich wollte aufsteigen im Apparat, ich wollte Macht. Aber nur, um effektiv arbeiten zu können, ohne mir reinquatschen lassen zu müssen. Um nicht abhängig zu sein von irgendwelchen mittelmäßigen Kreaturen, die sich mir allein deshalb überlegen fühlten, weil sie meine Vorgesetzten waren. Wenn man mich gelassen hätte, Marthaler, glauben Sie mir, dann hätte ich die Staatsanwaltschaft zu einer schlagkräftigen Truppe ausgebaut, dann wäre sie nicht dieser lahme Haufen von pensionsberechtigten Sesselfurzern, der sie heute ist.»

Köhler hob sein leeres Glas und zeigte dem Wirt zwei Finger.

«Für mich nicht», sagte Marthaler. «Ich nehme ein Wasser.»

«Ein Wasser, auch gut … Schauen Sie sich doch um in der Stadt», fuhr Köhler fort. «Wo man hinguckt, herrscht Korruption. In allen Ämtern werden Aufträge an die Privatwirtschaft verschachert. Kaum ein Beamter, der sich nicht kaufen ließe. Die besten Steuerprüfer wechseln in die Großunternehmen. Engagierte Gewerkschafter lassen sich zu Personalchefs machen. Die Ärzte kassieren von den Pharmakonzernen. Und was machen die Staatsanwälte? Rennen Ladendieben hinterher und klagen, dass sie überarbeitet sind. Nullen, sage ich Ihnen, weit überschätzte Nullen.»

Marthaler fragte sich, wie lange er diese Suada noch über sich ergehen lassen musste. Aber dann war es Köhler selbst, der seinen Redefluss unterbrach und sein Gegenüber, als habe er dessen Gedanken gelesen, fast entschuldigend anlächelte.

«Sie haben ja recht! Hören Sie nicht auf mich! Ich bin ein alter, verbitterter Mann. Aber es kommt zu selten vor, dass noch jemand bereit ist, mir zuzuhören. Jetzt haben Sie die ganze Ladung abbekommen. Sie wollen mit mir über Karin Rosenherz sprechen, nicht wahr», sagte Köhler. Und als Marthaler ihn erstaunt anschaute: «Ich lese Zeitung, junger Mann … Also: Was wollen Sie wissen? Fragen Sie! Glauben Sie wirklich, den Fall noch zu lösen?»

Marthaler überlegte. Er hatte Angst, wenn er jetzt einfach mit Ja antwortete, den Hohn des ehemaligen Staatsanwaltes auf sich zu ziehen. Schließlich hatten vor vierzig Jahren weder er noch zehn Jahre später Sendler und seine Leute den Mörder gefunden.

Marthaler beschloss, dem Alten zu schmeicheln. «Ich weiß, dass die Chancen nicht gut sind», sagte er. «Deshalb brauche ich Ihre Unterstützung. Sie sind der Erste, mit dem ich spreche, der damals dabei war. Sie waren am Tatort. Es gibt wahrscheinlich niemanden, der so dicht dran war, der sich mit den Spuren in diesem Fall so gut auskennt wie Sie. Es wäre schön, wenn ich Sie überreden könnte, mir zu helfen.»

Köhler spitzte kokett die Lippen. Seine Augen leuchteten. Vor Aufregung rutschte er auf seinem Stuhl hin und her. Wahrscheinlich war ihm lange von niemandem mehr so viel Wertschätzung entgegengebracht worden.

«Allerdings muss ich Sie um größte Vertraulichkeit bitten», fuhr Marthaler fort. «Nichts von dem, was wir bereden, darf nach draußen dringen. Kann ich mich darauf verlassen?»

Köhler grinste. «Wahrscheinlich haben Sie eine falsche Vorstellung von meinem Sozialleben. Es existiert nicht! Es gibt niemanden, mit dem ich über irgendetwas rede. Wenn ich abends hier reinkomme, muss ich mich oft erst räuspern, um überhaupt meine Bestellung aufgeben zu können, weil ich den ganzen Tag noch mit niemandem gesprochen habe.»

«In Ordnung», sagte Marthaler. «Ich werde Ihnen vertrauen. Wie gut ist Ihr Gedächtnis?»

Köhler wiegte seinen Oberkörper hin und her und ließ sich mit der Antwort Zeit. «Nahezu fotografisch», antwortete er schließlich.

«Es gibt einen ernst zu nehmenden Hinweis, dass es bei dem Mord an der Rosenherz um irgendwelche Bilder gegangen ist. Wir wissen nicht, ob es sich dabei um Fotos oder um Gemälde handelt. Können Sie mit dieser Information etwas anfangen?»

Traugott Köhler starrte an Marthaler vorbei an die gegenüberliegende Wand. Manchmal warf er die Stirn in Falten oder schüttelte fast unmerklich den Kopf. Es sah aus, als lasse er die gesamten Ermittlungen noch einmal vor seinem inneren Auge Revue passieren.

Schließlich nickte er, ohne etwas zu sagen.

«Und?», fragte Marthaler.

«Zwei Sachen: Es gab die Aussage ihres geschiedenen Mannes. Dort hat er erzählt, dass die Rosenherz einen Hang zum Luxus hatte. Sie mochte Schmuck und teure Kleider. Außerdem habe sie eine Schwäche für Teppiche und Bilder gehabt.»

Marthaler hatte sein Notizbuch und einen Stift hervorgezogen und schrieb ein paar Stichworte auf. «Ja, ich erinnere mich, diese Aussage gelesen zu haben. Gab es Gemälde in ihrer Wohnung?»

Köhler runzelte die Stirn: «Verdammt nochmal: nein! Das ist ein Widerspruch. Es gab Teppiche, es gab massenweise teuren Schmuck, den sie an allen möglichen Stellen versteckt hatte, und es gab viele teure Kleider, Schuhe und Pelze. Aber es gab keine Bilder. Das ist mir nicht aufgefallen. Wir unterhalten uns seit einer Viertelstunde, und Sie haben bereits den ersten Fehler in meinen Ermittlungen gefunden!»

«Anders als ich hatten Sie aber auch niemanden, der Sie mit der Nase darauf gestoßen hat.»

«Trotzdem», sage Köhler, «so etwas darf nicht passieren.»

«Aber Sie haben von zwei Sachen gesprochen, die Ihnen eingefallen sind …»

«Ja. Es gab einen jungen Kunststudenten, der im Nachbarhaus gewohnt hat. Sein Name fällt mir nicht ein. Wir haben damals seine Telefonnummer bei den Unterlagen des Opfers gefunden. Wir haben den Mann aufs Präsidium bestellt und befragt. Er hat sich ein paarmal mit ihr getroffen, kannte sie aber nicht besonders gut. Sie hatte ihn gebeten, sie zu fotografieren, was er auch getan hat. Wir haben uns die Fotos angeschaut, aber sie waren unerheblich für unsere Ermittlungen. Mehr ist bei seiner Vernehmung nicht herausgekommen. In der Mordnacht war er nachweislich nicht in Frankfurt.»

«Um Gemälde ging es nicht bei der Befragung des Mannes?»

«Nein», sagte Köhler. «Nur um diese Fotos. Ich dachte, ich erwähne es, weil der Mann ja mit Kunst zu tun hatte und Ihnen vielleicht weiterhelfen kann.»

Marthaler atmete aus. Er hatte Mühe, seine Enttäuschung zu verbergen.

«Glauben Sie mir», fuhr Köhler fort, «die Narbe, die dieser Fall bei mir hinterlassen hat, schmerzt bis heute. Trotzdem bin ich auf eine Sache stolz: Ich hatte meine Leute im Griff. Wir haben es geschafft, während der gesamten Ermittlungen den Modus Operandi geheim zu halten. Zehn Jahre lang hat die Öffentlichkeit nicht erfahren, wie Karin Rosenherz umgebracht wurde. Niemand, der das Opfer gesehen hat, hat geplaudert. Das muss man uns heute erst mal nachmachen.»

Marthaler wusste, wie wichtig das war, was Köhler gerade gesagt hatte. «Das heißt, Sie konnten die falschen Geständnisse schnell aussortieren. Wenigstens die Trittbrettfahrer hatten keine Chance. Eine letzte Frage habe ich noch …»

«Warum so eilig?», unterbrach ihn Köhler. «Bleiben Sie ruhig noch ein wenig. Ich würde Sie gerne zum Essen einladen. Man bekommt hier ein köstliches Lamm-Tandoori, oder wenn Sie es lieber vegetarisch mögen …»

Marthaler winkte ab. «Vielen Dank, aber ich habe schon gegessen.»

Köhlers Miene zeigte Enttäuschung. «Ich sehe schon, Sie sind froh, wenn Sie das hier bald hinter sich haben und den alten Stinkstiefel wieder alleine lassen können. Bitte, stellen Sie Ihre Frage!»

«Fausto Albanelli – er war einer ...»

«Ich weiß, ich weiß. Was ist mit ihm?»

«Wir haben heute mit ihm gesprochen. Er behauptet, er habe damals zwei unterschiedliche Aussagen gemacht ...»

«Das ist richtig. Zuerst hat er behauptet, die ganze Nacht geschlafen zu haben. Später hat er sich erinnert, in den *Frankfurter Hof* gerufen worden zu sein. Als er wieder nach Hause kam, habe er einen Mann im Treppenhaus gesehen.»

«Also hat es diese Aussage wirklich gegeben ...»

«Natürlich», erwiderte Köhler. «Warum sollte es sie nicht gegeben haben?»

«Weil sie nicht in der Akte ist.»

Der Alte schaute Marthaler irritiert an. «Sie muss aber in der Akte sein. Ich war bei Albanellis zweiter Vernehmung dabei und habe das Protokoll unterschrieben.»

«Trotzdem ist es kein Bestandteil der Unterlagen. Und Sendler kannte es ebenfalls nicht.»

«Aber das ist unmöglich ... Ich habe penibel darauf geachtet, dass die Akten sorgfältig geführt wurden ...»

«Wie auch immer», sagte Marthaler. «Ich frage mich allerdings, warum Sie und Ihre Leute Albanellis Hinweis nicht nachgegangen sind.»

Plötzlich wurden Köhlers Augen schmal. Es dauerte lange, bis er wieder sprach.

«Das sind wir!», sagte er mit fast tonloser Stimme. «Selbstverständlich sind wir dem Hinweis nachgegangen.»

«Aber?», fragte Marthaler.

«Es gab einen Mann aus dem Bekanntenkreis von Karin Rosenherz, den wir bereits vernommen hatten. Der Mann hieß Philipp Lichtenberg. Karin Rosenherz war am Nachmittag vor ihrem Tod auf einer Gartenparty im Elternhaus dieses Mannes. Auf ihn traf die Beschreibung Albanellis in allen Punkten zu.»

Marthaler zog das Foto hervor, auf dem Karin Rosenherz mit jenem jungen Mann zu sehen war, den Fausto Albanelli am Hauseingang getroffen haben wollte.

«Ist er das?»

«Und ob er das ist. Wo haben Sie das her?»

«Egal! Erzählen Sie weiter!»

«Wir haben ihn uns nochmal vorgeknöpft, aber an seinem Alibi war nicht zu rütteln. Er sagte aus, er habe Karin Rosenherz überreden wollen, die Nacht in der Villa Lichtenberg zu verbringen. Als die Rosenherz abgelehnt hat, habe man sich zwei andere Mädchen bestellt.»

«So hat er das gesagt?»

«Ja.»

«Mit Mädchen hat er Prostituierte gemeint?»

Köhler hob die Brauen, ohne auf die Frage einzugehen: «Wir haben die beiden aufgesucht und befragt. Beide haben die Aussage des Mannes bestätigt. Damit hatten wir die Freunde von Philipp Lichtenberg und die beiden Mädchen, die bestätigt haben, dass er die Villa seiner Eltern nicht verlassen hat. Vier Zeugen gegen Albanelli.»

«Erinnern Sie sich noch daran, wie diese Zeugen hießen?»

«Natürlich», sagte Köhler. Marthaler ließ sich die Namen nennen und schrieb sie in sein Notizbuch.

«Und Sie haben den Aussagen der vier geglaubt? Sie haben nicht auf einer Gegenüberstellung mit Albanelli bestanden?»

«Genau das wollte ich! Aber ich bin zurückgepfiffen worden. Ich bekam einen Anruf aus dem Justizministerium. Die

Lichtenbergs waren eine angesehene Familie, mit der es sich niemand verderben wollte. Ich wurde ausgebremst.»

«Und Sie haben sich ausbremsen lassen.»

«So lief das damals, Herr Hauptkommissar. So lief es im Fall Nitribitt, und so lief es bei der Rosenherz. Und wenn Sie ehrlich sind, müssen Sie zugeben: Es läuft noch heute so.»

Marthaler hob die Hände, sagte aber nichts. Er wusste, dass Köhler recht hatte, wollte ihn aber nicht zu einer neuen Tirade verführen.

«Außerdem war die interne Fahndung mit dem Phantombild bereits angelaufen. Kurz darauf erschien es in allen Zeitungen, und die Anzahl der Spuren wuchs ins Unermessliche. Wir hätten volle Kraft zurückrudern müssen. Wir hätten uns komplett lächerlich gemacht.»

Marthaler schwieg. Er trank den letzten Schluck seines Mineralwassers und stellte das Glas auf den Tisch. Dann stand er auf.

«Das war ein großer Fehler», sagte er leise.

Der Alte schlug mit der flachen Hand auf den Tisch. Erschrocken schaute der Wirt zu ihnen herüber. «Verdammt, Marthaler, Sie haben keine Ahnung», schrie Köhler. «Sie wissen nicht, wie es damals ...»

Marthaler brachte ihn mit einer Handbewegung zum Schweigen. «Ich meine nicht Sie», sagte er. «Ich meine denjenigen, der die Protokolle dieser Ermittlungen aus den Akten genommen hat. Dieser Jemand hat einen großen Fehler gemacht. Er hat meinen Verdacht geweckt. Hätte ich dieselben Informationen wie Sie gehabt, wäre ich womöglich zu denselben Schlüssen gekommen und hätte das Ganze auf sich beruhen lassen. Das ist jetzt nicht mehr möglich. Durch dieses Loch in der Akte weht dem Täter ein ziemlich kalter Wind ins Gesicht.»

ELF Marthaler hatte den Hörer abgenommen und sich gemeldet, ohne seinen Namen zu sagen.

«Was heißt hier Hallo?», fragte die Stimme am anderen Ende. «Konrad Morell hier. Mit wem spreche ich, bitte?»

Marthalers Verwunderung hätte nicht größer sein können. Er hatte die Nummer der Offenbacher Kripo gewählt und um einen Rückruf gebeten. Offensichtlich hatte die Sekretärin zwar seine Nummer, nicht aber seinen Namen notiert.

«Morchel», rief er jetzt in den Hörer. «Ich glaub's nicht. Kurzes, dickes Morchel! Was machst du denn in Offenbach?»

Marthaler hörte, wie sein Gesprächspartner schnaufte. Anscheinend hatte ihn Morell noch immer nicht erkannt.

Sie hatten sich vor Jahren auf einem Fortbildungsseminar kennengelernt, hatten sich sofort gemocht und waren für die nächsten zwei Wochen unzertrennlich gewesen. Konrad Morell war klein, korpulent und litt unter zu hohem Blutdruck. Er stammte aus dem Odenwald und hatte lange für die Kripo in Darmstadt gearbeitet. Ein einziges Mal hatten sie in den vergangenen Jahren für kurze Zeit zusammen im selben Fall ermittelt, sich später aber wieder aus den Augen verloren. Umso mehr freute sich Marthaler, ihn nun am Apparat zu haben.

«Gütiger Gott, Marthaler, du bist erkannt! Aber wenn du nicht willst, dass ich sofort auflege, vergiss bitte diesen verdammten Spitznamen. Niemand hier in Offenbach kennt ihn, und ich werde alles dafür tun, dass das so bleibt. Nenn mich Konrad, nenn mich, wenn es denn sein muss, Konny, aber nenn mich nie wieder ... Dingsbums.»

«Egal, wie du genannt werden willst», rief Marthaler, «bleib, wo du bist, ich bin in zwanzig Minuten bei dir!» Bevor der andere widersprechen konnte, hatte Marthaler bereits aufgelegt.

Konrad Morell stand am Eingang seines Büros, wippte auf den Zehenspitzen und versuchte, ein strenges Gesicht zu machen.

«Hör mal, Alter, ich war schon fast auf dem Heimweg. Ich habe zwölf Stunden Arbeit hinter mir. Ich habe mich auf meine Hausschuhe, auf eine Pfanne Bratkartoffeln und auf ein kühles Bier gefreut. Dazu hätte ich mir gerne ein paar traurige alte Schlager angehört und mich meiner Altersschwermut hingegeben. Stattdessen kommt so ein Untoter aus meiner Vergangenheit und nennt mich ...»

«... und bittet um deine Hilfe! Morchel, du glaubst nicht, wie ich mich freue, dich zu sehen. Aber wie, um Himmels willen, hat's dich nach Offenbach verschlagen?»

Konrad Morell blies seine Wangen auf, schnaufte und schüttelte den Kopf. «Nee», sagte er, «nee, das willst du nicht wissen.»

«Und ob ich das wissen will! Und wenn du's mir nicht erzählst, werde ich deinen Spitznamen unten auf den Dienstparkplatz sprayen.»

Morell grinste. Dann wurde sein Gesicht ernst. «Komm», sagte er, legte eine Hand auf Marthalers Rücken, schob ihn ins Büro und schloss die Tür.

«Ob du's glaubst oder nicht: Es ging um eine Frau. Ich alter Hagestolz hatte mich verliebt in eine Kollegin. Ein halbes Jahr lang hab ich um sie geworben. Wir sind ein paarmal ausgegangen, haben uns bei mir oder bei ihr zum Essen getroffen, sind zusammen ins Konzert gegangen. Na ja, jetzt weißt du's ...»

«Was weiß ich?», fragte Marthaler. «Gar nichts weiß ich. Das war höchstens der Anfang einer Geschichte.»

«Ja», erwiderte Morell, «aber es war auch schon das Ende. Jedenfalls für sie. Eines Tages lag ein Brief auf meinem Schreibtisch. Es geht nicht, schrieb sie. Dass sie mir nicht weh tun will und so weiter.»

«Und?»

«Nun, sie hatte mir bereits weh getan. Und dass sie mich nicht liebte, hat leider nicht dazu geführt, dass meine Liebe zu ihr kleiner wurde. Jedenfalls habe ich es nicht mehr ausgehalten, sie jeden Tag zu sehen. Ich habe um meine Versetzung gebeten. Und da bin ich! Seit acht Wochen Leiter der Offenbacher Kripo.»

«Ist sie … attraktiv?», fragte Marthaler.

Konrad Morell sah ihn spöttisch an: «Und ob! Sie ist klein, dick und hat hinreißende Wurstfinger. Wenn sie lacht, fließen die Flüsse bergauf. Und wenn sie mich anschaut, gehe ich prompt in die Knie. Jetzt kann sie mich zum Glück nicht mehr anschauen, aber auf meine Genesung warte ich immer noch. Komm, ich mag nicht in der Wunde wühlen. Lass uns von etwas anderem sprechen. Wie geht es dir?»

«Du scheinst jedenfalls weder die Frankfurter Klatschpresse noch unsere Polizeimeldungen zu lesen …», sagte Marthaler.

Morell ruderte mit seinen kurzen Armen: «Alter, du hast keine Ahnung, was hier los ist. Ich arbeite jeden Tag zwölf bis vierzehn Stunden. Wenn Frankfurt von einer Flutwelle verschluckt würde, ich würde es nicht mitkriegen. Aber du bist meiner Frage ausgewichen …»

«Ja. Weil sie nicht so schnell zu beantworten ist. Wenn du mir versprichst, mich in vierzehn Tagen zu besuchen und mit mir eine Lammkeule zu verputzen, viel Rotwein zu trinken und auf meiner Besuchercouch zu übernachten, werde ich dir erzählen, wie es mir geht. Das heißt: Wenn ich es dann bereits weiß. Jetzt brauche ich deine Hilfe.»

Morells Gesicht glänzte. Er lächelte. Dann nickte er seinem Gegenüber aufmunternd zu.

«Ich bin auf der Suche nach zwei Zeuginnen, die vor knapp vierzig Jahren in einem Mordfall ausgesagt haben. Beide stammten aus Offenbach, und beide waren offensichtlich Prostituierte. Sie haben einem Mann ein Alibi gegeben, der eventuell der Täter ist. Ich würde gerne mit diesen beiden Frauen sprechen. Allerdings weiß ich nicht, ob sie noch hier wohnen. Ich weiß nicht einmal, ob sie noch leben. Es ist ein Schuss ins Blaue, aber ich wäre dir dankbar, wenn du mal nachschauen könntest, ob ihr was über die beiden habt.»

«Namen, Geburtstage?», fragte Morell.

Marthaler zog einen Zettel hervor und legte ihn vor Konrad Morell auf den Schreibtisch:

Margarete Hielscher, geb. 17. 1. 1948 in Offenbach.

Hannelore Wilke, geb. 24. 12. 1947 in Aschaffenburg.

Morell tippte die Angaben in seinen Computer und wartete einen Moment. Dann schaute er Marthaler über den Rand seiner Brille an: «Nichts. Jedenfalls nicht im System. Also müssen wir in den Keller.»

«Stopp!», rief Morell einer jungen Frau zu, die gerade dabei war, die Tür des Archivs von außen zu verschließen. Sie war schlank, hatte lange blonde Haare und trug eine enge Jeans. Morell und Marthaler wechselten einen raschen Blick.

Die Frau reagierte nicht; sie schien die Männer nicht einmal zu bemerken, die sich ihr jetzt durch den hell erleuchteten Kellergang näherten. Als die beiden direkt hinter ihr standen, fuhr sie erschrocken herum.

«Entschuldigen Sie», sagte Morell, «Sie waren wohl so in Gedanken, dass Sie uns nicht gehört haben.»

Die Frau starrte Morell an. Sie schaute ihm auf den Mund. «Nein, ich kann Sie nicht hören, ich bin taub.»

Morell senkte vor Verlegenheit den Kopf. «Wir müssen nochmal ins Archiv», nuschelte er, «tut mir leid, wenn wir Ihnen Umstände machen.»

Die junge Frau lächelte: «Sie müssen mich anschauen und deutlich sprechen, damit ich Sie verstehe», sagte sie.

Morell wiederholte seine Bitte.

«Sie sind Konrad Morell, nicht wahr? Mein Vater war Dozent auf der Polizeischule; er erzählte, dass Sie eines seiner Seminare besucht haben. Kann es sein, dass man Sie Morchel genannt hat?»

Morell wurde blass, sein Mund stand offen. Marthaler drehte sich weg und legte eine Hand vor den Mund. Er hatte Mühe, nicht laut loszuprusten.

Die Archivarin hielt Morell den Schlüssel hin. «Schließen Sie einfach zu, wenn Sie fertig sind, und geben Sie den Schlüssel beim Pförtner ab.»

Offensichtlich schien es ihr zu gefallen, dass sie die Männer, jeden auf seine Weise, aus der Fassung gebracht hatte. Sie schenkte beiden ein strahlendes Lächeln, wünschte ihnen einen schönen Abend und war wenige Sekunden später bereits verschwunden.

«Sehr charmant», sagte Marthaler, «findest du nicht auch?»

Morell verdrehte die Augen. Er schloss das Archiv auf und schaltete die Deckenbeleuchtung ein.

Sie brauchten zehn Minuten, bis sie sich zwischen all den Aktenschränken und Regalen zurechtgefunden hatten. Sie teilten die Karteikästen nach Jahrgängen auf, setzten sich nebeneinander an einen Tisch und begannen die Karten durchzusehen.

Sie arbeiteten wortlos und konzentriert. Nach einer Dreiviertelstunde wurde Marthaler fündig. «Hier», sagte er. «Margarete Hielscher. Das muss sie sein. Ein Verweis auf einen Vorgang im Jahr 1982. Anzeige wegen illegaler Wohnungsprostitution.»

Er schrieb das Aktenzeichen auf einen Zettel und schob ihn auf Morells Seite des Tisches. «Hast du eine Ahnung, wo sich diese Unterlagen befinden?»

Morell schnaufte. «Ich kenn mich hier genauso gut aus wie du», sagte er. «Nämlich gar nicht.»

Trotzdem nahm er den Zettel, stand auf und verschwand zwischen den Regalen. Kurz darauf kam er mit einer dünnen Mappe wieder. Er hatte sie aufgeschlagen und blätterte darin: «Ihr Vermieter hat sie angezeigt, ihr gleichzeitig die Wohnung gekündigt und das Türschloss ausgewechselt. Von einem Verfahren hat man unter der Bedingung abgesehen, dass sie der Kündigung nicht widerspricht. Sie erklärte sich einverstanden, da sie bereits eine neue Unterkunft hatte. Als künftige Adresse gab sie Marktplatz 10 an.»

«Gut», sagte Marthaler. «Das ist immerhin ein Ansatz. Suchen wir weiter!»

Morell gähnte: «Und wie lange noch?»

«Ich weiß nicht. Mach einfach weiter! Bitte! Noch eine halbe Stunde.»

Morell stöhnte. Er setzte sich wieder vor seinen Karteikasten, stützte den Kopf in die rechte Hand und blätterte mit der linken. Alle fünf Minuten schaute er auf die Uhr. Plötzlich hielt er inne und schnipste mit den Fingern vor Marthalers Gesicht: «Treffer!», sagte er. «Hier haben wir die andere Dame. Hannelore Wilke. Eine Vermisstenmeldung aus dem Jahr 1989.»

«Eine Vermisstenmeldung?»

Morell war bereits wieder im hinteren Teil des Archivs

verschwunden. Die Akte, die er diesmal zutage förderte, war umfangreicher als jene über Margarete Hielscher. Er legte sie auf den Tisch, setzte sich und begann zu lesen.

«Was ist?», fragte Marthaler ungeduldig.

Der andere hob die Hand: «Warte!»

Schließlich stand Marthaler auf und postierte sich seitlich hinter seinem Kollegen.

Morell drehte sich um und fuhr Marthaler an: «Wenn du selbst lesen willst, bitte! Wenn nicht, setz dich wieder auf deinen Platz und warte, was ich dir zu sagen habe. Aber schau mir nicht über die Schulter! Das kann ich ungefähr so gut ertragen wie Löcher in den Strümpfen!»

Marthaler suchte in seiner Hosentasche nach Kleingeld. Er verließ das Archiv und ging zu dem Kaffeeautomaten, den er auf dem Gang gesehen hatte. Er steckte den Stecker in die Dose und wartete, bis das Gerät aufgeheizt hatte.

Als er zurückkam, hatte er zwei Plastikbecher mit Kaffee in der Hand, von denen er einen neben Morell auf den Tisch stellte.

Morell klappte die Akte zu, nahm den Becher und hielt ihn mit abgespreiztem Finger in der Hand. Dann roch er daran: «Was ist das?»

«Was ist das, was ist das? Kaffee! Für dich!», sagte Marthaler.

Morell nippte an dem Getränk und verzog das Gesicht. «Scheußliche Brühe», sagte er.

«Mensch, Morchel, du bist ein riesengroßer, ignoranter Esel. Weißt du das? Und jetzt rede, bitte! Was ist mit der Vermisstenmeldung?»

Morell lehnte sich zurück und gähnte. «Also: Am 30. April 1989 ist die Tochter von Hannelore Wilke, damals wohnhaft in der Gerhart-Hauptmann-Straße 43a, aufs Revier gekommen, um ihre Mutter als vermisst zu melden. Sie gab an,

Hannelore Wilke sei zwei Abende zuvor, also am 28. April, mit dem Wagen in die Stadt gefahren, wo sie sich mit einem Mann verabredet hatte. Seitdem sei sie nicht mehr aufgetaucht. Auf mehrmaliges Nachfragen gab die Tochter zu, dass ihre Mutter weiterhin als Prostituierte gearbeitet habe.»

«Was wahrscheinlich heißt, dass man erst mal gar nichts unternommen hat?», fragte Marthaler.

«So ist es!», sagte Morell. «Nach einer verschwundenen Hure sucht die Polizei im Normalfall genauso eifrig wie nach einem gestohlenen Fahrrad.»

Er wartete, dass sein Kollege den gelungenen Vergleich würdigte, aber Marthaler forderte ihn mit einem Kopfnicken auf, weiterzuerzählen.

«Drei Wochen später beklagte sich ein Bauer aus Rumpenheim über einen Wagen, der seit einiger Zeit auf einem seiner Feldwege in der Nähe des Schultheisweihers stand. Es stellte sich heraus, dass es sich um das Auto von Hannelore Wilke handelte. Die Kollegen haben den Wagen abschleppen lassen, haben ihn sich angeschaut, aber nichts gefunden, was auf ein Verbrechen hindeutete.»

«Also hat man weiter stillgehalten?»

«So ist es! Schließlich hat die Tochter der Vermissten die Initiative ergriffen. Sie hat ein DIN-A4-Blatt mit dem Foto ihrer Mutter kopiert – so, wie es Kinder machen, denen die Katze entlaufen ist –, hat es an Bäume und Bushaltestellen befestigt, ist wochenlang durch Bürgel und Rumpenheim gestreift und hat nach Zeugen gesucht.»

«Alles vergeblich», vermutete Marthaler, der an einem der Karteischränke stand, die Arme aufgestützt hatte und eifrig in sein Notizbuch kritzelte.

«Nicht ganz», erwiderte Morell. «Tatsächlich hat sie zwei Leute aufgetrieben, die übereinstimmend aussagten, Hannelore Wilke am Abend des 28. April am südlichen Ufer des

Schultheisweihers gesehen zu haben. Beide gaben an, die Vermisste sei alleine gewesen, habe aber offensichtlich auf jemanden gewartet.»

«Und was ist der Schultheisweiher?», fragte Marthaler.

«Ein Kleinod, mein Lieber», sagte Morell und reckte sein Doppelkinn. «Ich war letzte Woche zum ersten Mal dort. Ein Baggersee im Mainbogen. Abseits der Stadt und wunderschön gelegen. Früher hat man Kies auf dem Gelände abgebaut. Seit den achtziger Jahren ist dort ein Naherholungs- und Naturschutzgebiet. Es gibt einen Sandstrand und Liegewiesen. Manchmal darf man baden, manchmal auch nicht. Und in den gesperrten Gebieten gibt es viele seltene Vögel: Haubentaucher, verschiedene Reiherarten, Wasserrallen, Schnatterenten ...»

Marthaler, der sich erst jetzt an Morells Faible für Naturkunde erinnerte, wehrte ab: «Lass gut sein, Konny. Bevor du mir jetzt noch Einzelheiten über das Brutverhalten erläuterst, erzähl mir lieber, was aus Hannelore Wilke wurde.»

«Nichts wurde aus ihr. Man hat eine Streife an den Schultheisweiher geschickt. Die Kollegen haben sich die Stelle angesehen, wo die Frau von den beiden Zeugen angeblich das letzte Mal gesehen wurde. Man hat nichts Verdächtiges entdeckt ... na ja ... und irgendwann wurde die Suche eingestellt.»

Marthaler schüttelte ungläubig den Kopf: «Du bist sehr nachsichtig mit deinen Vorgängern. Die Wahrheit ist: Nach der Frau ist niemals wirklich gesucht worden. Hannelore Wilke ist möglicherweise einem Verbrechen zum Opfer gefallen, aber niemand hat in dem Fall je ermittelt.»

Morell hob die Arme und ließ sie nach drei langen Sekunden wieder sinken: «Aber mir willst du deshalb hoffentlich keine Vorwürfe machen, oder?»

«Können wir rausfahren zu diesem See?»

«Gerne! Hab ich dich neugierig gemacht? Wie wäre es mit nächstem Sonntag? Das Wetter soll schön bleiben. Du solltest unbedingt ein Fernglas mitbringen. Ich pack uns einen Picknickkorb ...»

«Nein», sagte Marthaler, «nicht am Sonntag! Nicht zum Picknick! Ich meine: jetzt!»

Morell schaute Marthaler an, als habe er es mit einem Alien zu tun. «Sag mal, spinnst du? Weißt du, wie viel Uhr es ist?»

«Nein», sagte Marthaler, «das weiß ich nicht, aber ...»

«Es ist nach dreiundzwanzig Uhr. Ich bin todmüde. Es ist stockdunkel. Wir würden unsere Hand nicht vor Augen sehen. Der See liegt zwischen Feldern und den Mainwiesen; da stehen keine Straßenlaternen. Außerdem gibt es dort nur holperige Wirtschaftswege, das Gebiet ist für Autos gesperrt ...»

«Morchel, Konrad, Konny! Bitte!»

«Verdammt nochmal: nein!», sagte Morell. «Du benimmst dich wie ein ungezogenes Kind. Ich habe Nein gesagt, und dabei bleibt es! Kommt überhaupt nicht in Frage.»

Als er fünf Minuten später auf dem Parkplatz in seinem Wagen saß, merkte Marthaler, wie erschöpft auch er war. Seine Augen brannten; er hatte Kopfschmerzen. Morell hatte recht: Das Beste, was sie jetzt tun konnten, war, sich auszuruhen.

Marthaler startete den Motor. Im Radio spielte der Pianist Menahem Pressler mit zwei jungen Musikerinnen Schostakowitschs Trio in e-Moll. Ebenso geisterhaft wie schön war diese Musik.

Marthaler hatte Angst, nach Hause zu fahren und sich in der leeren Wohnung ins Bett zu legen. Er fürchtete, trotz seiner Müdigkeit nicht einschlafen zu können.

Er lenkte seinen Wagen auf die Berliner Straße, um zurück nach Frankfurt zu fahren. Dann überlegte er es sich anders.

Er wendete, fuhr zurück und bog nach rechts auf den Offenbacher Marktplatz. Der Platz war dunkel und leer. Aus einer Seitenstraße kamen ein paar Jugendliche, die johlend über die Fahrbahn liefen und ihre Bierflaschen schwenkten, als Marthaler an ihnen vorbeifuhr.

Er umrundete den Platz, dann hatte er das Haus mit der Nummer 10 gefunden. Es stand direkt an der Ecke. Es war ein schlichtes Gebäude am Ende einer langen Häuserzeile. Im Erdgeschoss befand sich eine Buchhandlung.

Marthaler parkte den Wagen am Straßenrand und stieg aus. Er schaute auf die Klingelschilder, aber der Name Margarete Hielscher war nicht dabei. Er ging zu dem Schaufenster des Buchladens, legte die Stirn an die Scheibe, schirmte seine Augen mit den Händen ab und schaute hinein. In einem der hinteren Räume brannte Licht. Marthaler meinte, eine Bewegung wahrzunehmen.

«Die haben schon geschlossen», sagte eine Stimme.

Marthaler drehte sich um. Nicht weit von ihm stand in einem Hauseingang eine alte Frau, die sich auf die Griffe ihres Rollators stützte. Sie trug ein Nachthemd und dicke Wollsocken.

«Ja», sagte er, «das denke ich mir. Aber was ist mit Ihnen? Warum liegen Sie nicht im Bett?»

Die Frau antwortete nicht. Sie sah ihn an und wackelte mit dem Kopf.

Marthaler klopfte zaghaft an die Schaufensterscheibe. Er hatte Angst, möglicherweise eine Alarmanlage auszulösen. Als sich im Inneren des Ladens nichts rührte, klopfte er noch einmal. Diesmal etwas lauter.

Eine Tür wurde geöffnet, ein Lichtschein fiel in den Verkaufsraum, gefolgt von einem Schatten, der sich in die Silhouette eines Mannes verwandelte.

Der Mann kam zum Schaufenster, hielt zwei Finger an seine Ohrmuschel und hob fragend die Augenbrauen. Marthaler zeigte auf den Eingang.

Der Mann drehte den Schlüssel und öffnete die Glastür einen Spalt. Er wirkte erstaunt, dennoch furchtlos und freundlich.

«Sie arbeiten aber lange», sagte Marthaler.

«Buchhaltung», sagte der andere. «Dafür nehm ich mir nächste Woche einen Tag frei.»

«Ich bin Polizist. Vielleicht können Sie mir helfen. Ich suche nach einer Frau. Sie heißt Margarete Hielscher.»

Die Stirn des Buchhändlers legte sich in Falten. «Sagt mir irgendwas, aber ...»

«Sie hat wahrscheinlich mal hier im Haus gewohnt.»

Die Miene des Buchhändlers hellte sich auf: «Ach so, klar! Im ersten Stock. Wir konnten später die kleine Wohnung billig übernehmen. Wir nutzen sie jetzt als Lager und Packraum.»

«Das heißt, Frau Hielscher wohnt nicht mehr hier?»

«Nein, sie ist gestorben. Sie hatte Leukämie.»

Marthaler presste die Lippen zusammen und schnaufte. «Wann war das?»

«Warten Sie ... 1984 haben wir den Laden eröffnet, ein, nein, zwei Jahre später ist das Lager dazugekommen. Also muss es 1986 gewesen sein. Frau Hielscher ist im Sommer 1986 gestorben.»

«Wissen Sie, was aus ihrer Hinterlassenschaft geworden ist?»

«Hinterlassenschaft?» Der Buchhändler verzog den Mund. «Die Wohnung war ein einziger Dreckstall, völlig verwahrlost. Die Frau hatte offensichtlich keine Angehörigen, jedenfalls haben wir niemanden ausfindig machen können. Na ja, sie war wirklich eine arme Haut. Wir haben einen großen Container bestellt und das ganze Gerümpel abtransportieren lassen. Das ist es, was von einem Leben übrigbleibt: ein Container voller Müll, der irgendwo verbrannt wird. Grauenhaft, oder?»

Marthaler nickte. «Und Hannelore Wilke? Sagt Ihnen dieser Name etwas? Sie scheint eine Freundin von Frau Hielscher gewesen zu sein.»

Der Buchhändler schüttelte den Kopf. Er sah in Marthalers enttäuschtes Gesicht.

«Tut mir leid», sagte er. «Das war wohl alles nicht das, was Sie hören wollten?»

«Nein», sagte Marthaler, «aber der Tag hat schon so angefangen. Warum sollte er anders enden?»

ZWÖLF Am nächsten Morgen klingelte um sechs Uhr der Wecker, und Marthaler war sofort wach. Er stand auf, ging in die Küche, bereitete ein Müsli zu, brühte sich seinen doppelten Espresso und setzte sich an den Tisch.

Als er in der Nacht nach Hause gekommen war, hatte er das Band des Anrufbeantworters abgehört. Dr. Schaper teilte ihm mit, dass er heute am späteren Vormittag in der Klinik erwartet werde. Vorher wollte er eine Runde laufen und ein paar Einkäufe erledigen. Vor allem aber wollte er noch mit Anna sprechen. Er hoffte, dass sie sich inzwischen beruhigt hatte und bereit war, weiter mit ihm zusammenzuarbeiten.

Er zog das Trikot und seine kurze Laufhose an, schlüpfte in die Sportschuhe und zog die Tür hinter sich ins Schloss. Er wusste, dass seine Form nicht gut war, also zwang er sich, langsam zu laufen. Er bog nach links in den Sachsenhäuser Landwehrweg, überquerte die Darmstädter Landstraße, passierte die lange Mauer des Südfriedhofs und lief weiter geradeaus durch das Wohngebiet. Nach gut einer Viertelstunde hatte er den Goetheturm erreicht. Er war außer Puste und hatte Seitenstechen. Er machte eine Pause, stemmte die Arme in die Hüften, ließ den Rumpf kreisen und schaute dabei zur Spitze des hölzernen Turms. Vor einigen Jahren hatte sich, während er und sein Team hier unten standen, ein junger Mann von der Aussichtsplattform gestürzt. Bis heute schreckte Marthaler manchmal nachts auf, weil er glaubte, wieder das Geräusch gehört zu haben, mit dem der Körper zwischen den Koniferen aufgeschlagen war.

Langsam trottete er weiter in den Wald hinein. Eine Gruppe schnellerer Läufer überholte ihn. An ihren Trikots erkannte er, dass sie zu einem Verein gehörten. Zwei Mountainbiker fuhren mit hoher Geschwindigkeit und viel zu dicht an ihm vorbei. Er unterdrückte den Wunsch, ihnen einen Fluch hinterherzuschicken.

Am Oberräder Waldfriedhof machte er eine weitere Pause. Als er sich ein wenig erholt hatte, kehrte er um und lief denselben Weg zurück. Vor der Haustür im Großen Hasenpfad schaute er auf die Uhr. Alles in allem war er eine gute Stunde unterwegs gewesen. Er war auf angenehme Weise erhitzt. Seine Lungen hatten sich geweitet. Trotz seiner Erschöpfung fühlte er sich frisch.

Nachdem er zehn Minuten geduscht hatte, stellte er das Wasser ab. Er nahm ein frisches Handtuch aus dem Schrank und begann, seine Haare zu frottieren.

Plötzlich hielt er inne. Er hatte ein Geräusch gehört, das er nicht einzuordnen wusste. Es hörte sich an, als gehe jemand leise in der Wohnung auf und ab.

Reglos stand Marthaler in der Mitte des Badezimmers und lauschte.

Für einen Moment war alles ruhig. Dann nahm er das Geräusch von Neuem wahr. Schritte, ein Stuhl wurde gerückt, wieder Schritte, dann Stille.

Langsam bewegte er sich in Richtung Badezimmertür. Seine nassen Füße hinterließen kleine Pfützen auf den Fliesen. Vorsichtig drückte er die Klinke nach unten. Lautlos öffnete er die Tür einen winzigen Spalt.

Die Schritte kamen aus seiner Küche. Jemand füllte Flüssigkeit in ein Glas, dann hörte man den Stuhl knarren.

Nackt wie er war, kniete Marthaler sich auf den Boden. Seine Dienstwaffe befand sich im Holster, das er gestern Abend unter sein Jackett an die Flurgarderobe gehängt hatte. Er öffnete die Tür ein Stück weiter und krabbelte wie ein Kleinkind langsam auf allen vieren in die Diele.

Er wagte kaum zu atmen. Schließlich hatte er den Fuß der Garderobe erreicht. Er richtete seinen Oberkörper auf.

«Robert, was ist los mit dir? Bist du das nackte Kurtchen mit dem Schweinetick?»

Marthaler fuhr herum.

Anna stand im Türrahmen und schaute grinsend auf ihn herunter. Sie hatte ein Glas Milch in der Hand.

Marthaler sprang auf und hielt die rechte Hand an sein Herz. Gleich darauf ließ er sie wieder sinken und versuchte, seine Blöße zu bedecken.

«Verdammt, Anna. Willst du mich umbringen?»

Er drückte sich an ihr vorbei und verschwand im Schlafzimmer. Um sich zu beruhigen, setzte er sich für einen Moment auf die Bettkante, dann zog er sich langsam an.

Als er ins Wohnzimmer kam, sah Anna ihn schuldbewusst an. «Ich wollte dich nicht erschrecken. Ich dachte, du hättest mich gehört.»

«Scheiße, Anna, mach das nie wieder! Ich habe jemanden gehört. Ich dachte, es ist ein Einbrecher. Ich wollte gerade meine Pistole holen. Wie bist du überhaupt reingekommen?»

«Ich habe geklingelt. Als niemand aufgemacht hat, bin ich außen am Regenrohr hochgeklettert.»

«Du bist über die Hauswand in meine Wohnung eingedrungen?»

«Jetzt hab dich nicht so, die Balkontür stand offen. Übrigens …»

«Übrigens was?», fragte Marthaler.

«Du brauchst dich nicht vor mir zu schämen. Ich habe schon öfter nackte Männer gesehen, auch ältere nackte Männer.»

«Danke für den älteren Mann. Aber ich bin es nicht gewohnt, mich vor fremden Frauen nackt zu zeigen. Und ich will mich auch nicht daran gewöhnen.»

«Tja», sagte Anna. «In der Beziehung tickt wohl jeder ein bisschen anders.»

Marthaler fragte nicht, was sie damit meinte. «Jedenfalls gut, dass du gekommen bist», sagte er. «Wir müssen dringend reden.»

Annas Augen blitzten spöttisch. «Ah ja? Heißt das, ich bin doch nicht so nutzlos, wie du mir zu verstehen gegeben hast?»

«Ich wollte diesen Eindruck nicht erwecken, aber ich weiß, dass ich mich tatsächlich wie ein Esel benommen habe. Und dafür möchte ich mich bei dir …»

«Vergiss es!», unterbrach ihn Anna. «Um was geht's?»

Marthaler ging in den Flur und holte sein Notizbuch. «Schreib!», sagte er, als er wieder neben ihr stand. «Es gibt neue Namen.»

Anna nahm den dicken Filzstift und stellte sich vor die Wandzeitung.

«Tatsächlich wären wir ohne deinen Besuch bei Albanelli noch immer keinen Schritt weiter. Und jetzt wissen wir sogar schon, wer der junge Mann auf dem Foto ist. Er heißt Philipp Lichtenberg.»

Anna schrieb den Namen auf. «Und wie hast du das herausbekommen?»

«Ich habe dein Dossier benutzt und mir die Namen angeschaut. Ich habe mich mit dem Staatsanwalt getroffen, der damals die Ermittlungen geleitet hat.»

«Traugott Köhler.»

«Ja», sagte Marthaler, «genannt Terry. Er hat sich an Albanellis zweite Aussage erinnert. Er sagt, er habe selbst das Protokoll unterschrieben. Zehn Jahre später, als sich ein neues Team den Fall nochmal vorgenommen hat, war der gesamte Vorgang aus der Akte verschwunden. Arthur Sendler, der Mitte der Siebziger das neue Team geleitet hat, hatte keinen blassen Schimmer, von was ich rede, als ich ihn darauf angesprochen habe. Irgendwann in diesen zehn Jahren ist die Akte also manipuliert worden.»

«Hammer!», sagte Anna.

Marthaler lachte. «Das kannst du wohl sagen. Aber warte, es kommt noch besser. Irgendwer aus dem Justizministerium hat Köhler zurückgepfiffen, als er eine Gegenüberstellung von Albanelli und Philipp Lichtenberg durchführen wollte.»

«Dann müssen wir uns den Typ vorknöpfen.»

«Das wird nicht so einfach sein. Er hatte vier Zeugen, die bestätigt haben, dass er in der fraglichen Nacht mit ihnen zusammen war. Zwei Prostituierte und zwei Freunde. Auch deren Namen habe ich von Terry Köhler erfahren. Die Freunde heißen Hubert Ortmann und Klaus-Rainer Stickler. Die Namen der beiden Prostituierten lauten Margarete Hielscher und Hannelore Wilke.»

Anna schrieb die Namen untereinander an die Wand. Dann ging sie zu ihrem MacBook und tippte sie in ihre Datei.

«Bevor wir uns diesen Philipp Lichtenberg näher anschauen, müssen wir sein Alibi knacken», sagte Marthaler. «Wenn er und seine vier Zeugen damals gelogen haben, werden wir das herausfinden. Was mit Ortmann und Stickler ist, weiß ich noch nicht. Aber möglicherweise wurden die beiden Frauen für ihre Aussage bezahlt. Margarete Hielscher ist tot. Sie hatte Leukämie und ist 1986 gestorben.»

Anna malte ein Kreuz hinter den Namen der Frau. «Nützt uns also nichts mehr», sagte sie.

«Nein. Auch Hannelore Wilke werden wir wohl nicht befragen können. Sie ist am 28. April 1989 verschwunden und seitdem nicht mehr aufgetaucht.»

«Was heißt verschwunden?»

«Sie ist mit ihrem Wagen von zu Hause losgefahren, um sich mit einem Freier zu treffen. Als sie zwei Tage später immer noch nicht zurückgekehrt war, hat ihre Tochter sie als vermisst gemeldet. Einige Zeit danach ist ihr Wagen auf einem Feldweg in der Nähe eines Badesees entdeckt worden. Die Tochter ist immer noch in Offenbach unter ihrer alten Adresse gemeldet. Sie heißt Katja Wilke und wohnt in der Gerhart-Hauptmann-Straße 43a. Ich möchte, dass du dich mit ihr triffst.»

«Um *was* von ihr zu erfahren?», fragte Anna.

«Ich weiß es nicht. Frag sie nach Philipp Lichtenberg und den beiden anderen Männern. Frag sie, ob ihre Mutter über den Mordfall Rosenherz gesprochen hat. Vielleicht gibt es noch irgendwelche Unterlagen von Hannelore Wilke: Tagebücher, Briefe, was weiß ich.»

Anna rieb sich mit den Spitzen beider Daumen ihre Schläfen. «Mir schwirrt der Kopf», sagte sie. «Zuerst hatten wir nichts. Jetzt werden es immer mehr Namen, die auf unserer Liste stehen. Und wir wissen noch immer nicht, was das alles mit dem kleinen Bruno und den Bildern zu tun hat, von denen er gesprochen hat.»

«Ja», sagte Marthaler. «Und es kommt ein weiterer Name

hinzu. Erinnerst du dich, in der Akte etwas über einen Sebastian Haberstock gelesen zu haben?»

Anna legte die Stirn in Falten. «Kommt mir so vor, aber ehrlich gesagt …»

«Ein junger Kunststudent, der im Nachbarhaus von Karin Rosenherz gewohnt hat …»

«Ja», sagte Anna, «ich weiß wieder. Aber er kannte sie wohl nur flüchtig. Ich glaube, er war zur Tatzeit nicht einmal in Frankfurt.»

«Das ist richtig», sagte Marthaler. «Aber wir sollten trotzdem versuchen, ihn ausfindig zu machen. Immerhin hat er ausgesagt, dass er Karin Rosenherz fotografiert hat. Vielleicht hat dieser Haberstock eine Idee, was es mit den Bildern auf sich haben könnte. Und wir sollten ihm die Fotos zeigen, die Albanelli dir gegeben hat.»

Anna warf den Filzstift auf den Wohnzimmertisch. Dann nahm sie ihre Zigaretten, wandte sich ab und ging auf den Balkon.

«Was ist los?», fragte Marthaler.

Sie steckte sich eine Zigarette an, nahm einen tiefen Zug und stieß den Rauch aus. Sie stand mit dem Rücken zu Marthaler und schaute auf die Straße. «Scheiße, Robert! Du glaubst immer noch, dass Fausto Albanelli etwas mit dem Mord zu tun hat, nicht wahr?»

«Anna, bitte! Es ist egal, was ich glaube. Aber ich werde die Möglichkeit nicht deshalb ausschließen, nur weil du mit diesem Mann geschlafen hast. Woher willst du wissen, dass er dich nicht benutzt hat?»

Anna lachte. «Mich benutzt? Ich war es, die mit ihm schlafen wollte …»

«Anna, sei nicht kindisch! Ich meine nicht, dass er dich *sexuell* benutzt hat. Aber kannst du dir wirklich sicher sein, dass er dich nicht auf eine falsche Spur lenken wollte?»

Obwohl sie erst ein paarmal daran gezogen hatte, drückte Anna ihre Zigarette aus, drehte sich um, sah Marthaler kurz an und senkte sogleich wieder den Blick. Ihre Wangen waren gerötet. Sie schüttelte den Kopf: «Nein», sagte sie, «das kann ich nicht.»

«So ist es immer: Die meisten Verdächtigen erweisen sich am Ende als unschuldig. Aber sicher können wir erst sein, wenn wir den Täter haben. Hast du das verstanden?»

Sie reagierte nicht.

«Anna!»

«Ja?»

«Sieh mich an!»

Sie hob den Kopf.

«Wir arbeiten gut zusammen. Ich bin froh, dass du bei diesen Ermittlungen hilfst.»

«Aber?»

Er griff in seine Hosentasche, zog ein kleines Schlüsselbund hervor und hielt es ihr hin. «Aber ich möchte nicht, dass du noch einmal über meinen Balkon kletterst, um in die Wohnung zu kommen.»

Dr. Schaper kam ihm auf dem Gang entgegen. Als er Marthaler erkannte, lächelte der Arzt. «Schön, dass Sie da sind», sagte er und schüttelte ihm die Hand. «Das wird unserer Patientin guttun! Kommen Sie, lassen Sie uns für einen Moment in mein Büro gehen.»

«Heißt das, Tereza ist wach?», fragte Marthaler. Mit einer Handbewegung forderte Schaper ihn auf, Platz zu nehmen.

«Nicht, was Sie sich darunter vielleicht vorstellen. Wir lassen sie langsam aufwachen. Sie ist noch sehr benommen. Eine angeregte Unterhaltung werden Sie noch nicht führen können. Aber es geht mit großen Schritten aufwärts.»

Marthaler war nervös. Er fühlte sich so befangen, wie er

sich immer vor der ersten Begegnung gefühlt hatte, wenn Tereza von einem ihrer langen Auslandsaufenthalte nach Frankfurt zurückgekehrt war. Jedes Mal war es eine Mischung aus Freude und banger Aufgeregtheit gewesen. Er hatte nie die Furcht ganz unterdrücken können, dass in der Zwischenzeit etwas passiert war, das sie voneinander entfernt haben könnte. Und auch jetzt war in wenigen Tagen so vieles geschehen, von dem Tereza noch nichts wusste.

«Weiß sie schon, dass unser Kind …?»

Dr. Schaper sah ihn an. «Nein! Im Moment ist sie nur minutenweise wach. Sie muss sich erst einmal orientieren. Das Letzte, was sie bewusst erlebt hat, ist der Überfall. Sie muss jetzt erst einmal begreifen, dass sie in Sicherheit ist, dass sie nichts mehr zu befürchten hat.»

«Und wann wollen wir es ihr sagen?»

«Lassen Sie mich das bitte machen! Ich werde entscheiden, wann der richtige Zeitpunkt dafür gekommen ist. Sind Sie damit einverstanden?»

Marthaler nickte.

Dr. Schaper sah ihn prüfend an. «Und wie geht es Ihnen?»

Für einen Moment fürchtete Marthaler, die Fassung zu verlieren. Er atmete mehrmals tief durch, dann antwortete er stockend: «Es ist eine Achterbahnfahrt. Ich versuche mich abzulenken und nicht daran zu denken. Ich habe viel gearbeitet in den letzten Tagen und zu viel getrunken. Ich weiß nicht, wie es mir geht. Am meisten Sorgen mache ich mir darüber, wie Tereza es aufnehmen wird.»

Der Arzt rieb seine Nasenwurzel. Er wirkte angespannt und erschöpft. Trotzdem schien er ganz bei der Sache zu sein. «Es wird schlimm für sie sein. Es gibt für die meisten Frauen nichts Schlimmeres, als so etwas erleben zu müssen. Trotzdem wird sie es verkraften, auch wenn es lange dauern kann. Für Sie beide wird das sicher keine ganz einfache Zeit werden. Es kann sein, dass Ihre Beziehung auf die Probe gestellt wird. Es kann aber auch sein, dass der Schmerz Sie beide zusammenschweißt. Und manchmal kann beides zur selben Zeit passieren.»

Marthaler war verwundert, wie offen und mit welcher Sicherheit der Arzt über diese Dinge redete. Trotzdem hatte er genau das ausgesprochen, was Marthaler in den letzten Tagen durch den Kopf gegangen war.

Dr. Schaper stand hinter seinem Schreibtisch auf. «Kommen Sie, ich bringe Sie zu ihr.»

Marthaler wartete, bis der Arzt den Raum verlassen hatte, dann setzte er sich auf den Stuhl neben Terezas Bett. Er versuchte, die Schläuche und Leitungen, an die sie noch immer angeschlossen war, zu ignorieren.

Sie lag auf dem Rücken und hatte die Augen geschlossen. Sie atmete gleichmäßig. Ihr Gesicht wirkte entspannt. Marthaler legte seine Hand auf ihre und streichelte mit den Fingerspitzen ihre Haut.

«Tereza? Hörst du mich?», fragte er.

Sie schlief weiter.

Er blieb neben ihr sitzen und wartete.

Einmal stand er auf und zog die Gardine ein wenig zu, damit das hereinfallende Sonnenlicht Tereza nicht blendete. Er strich ihr über die Haare, beugte sich zu ihr hinab und küsste sie auf die Stirn.

Als er bemerkte, dass sie trockene Lippen hatte, bat er eine der Schwestern um eine Creme.

Dann merkte er, dass ihre Lider zu flattern begannen. Sie schlug die Augen auf und sah ihn direkt an. Für ein paar Sekunden schien sie verwirrt zu sein, dann erkannte sie ihn.

Sie lächelte.

Lautlos formten ihre Lippen seinen Namen: «Robert!»

«Ja», sagte er leise, «ich bin's. Du musst nicht sprechen, Tereza. Ich bin bei dir. Du bist müde und schwach. Aber du bist gut versorgt.»

Sie hatte die Augen bereits wieder geschlossen. Ihr Atem ging jetzt ein wenig schwerer. Schon dieser kurze Moment hatte sie angestrengt.

Als er ihre Hand nahm, merkte er, dass sie seinen leichten Druck erwiderte.

Wieder begann er zu flüstern. Er redete einfach drauflos, leise und mit beruhigender Stimme. Er rief sich einen gemeinsamen Urlaub ins Gedächtnis, den sie an der spanischen Atlantikküste verbracht hatten. Er erzählte ihr von der Sonne und dem Sand und den Wellen. Wie sie zu dem kleinen Riff hinausgeschwommen waren, wie sie sich Taucherbrillen und Schnorchel gekauft hatten, um die Fische zu beobachten. Während er redete, kam er sich vor wie ein Lügner.

Als er schon nicht mehr damit rechnete, sah sie ihn wieder an. Diesmal lächelte sie nicht. Ihr Blick war verschattet. Sie bewegte die Lippen und wartete. Dann, unter größter Anstrengung, wiederholte sie die Worte, die er erst jetzt verstand.

«Wo bin ich?», hatte sie gefragt, ohne einen Laut von sich zu geben.

«Du bist im Krankenhaus, Tereza. Du bist verletzt. Aber es geht dir schon fast wieder gut. Der Arzt sagt, dass du bald wieder gesund bist. In ein paar Tagen kannst du vielleicht wieder nach Hause kommen. Und weißt du was: Dann werde ich zur Feier des Tages eine Geflügelterrine machen.»

Sie hatte die Augen wieder geschlossen. Von ihrer Stirn löste sich ein Schweißtropfen.

Marthaler hörte, wie hinter ihm die Tür geöffnet wurde. Eine Schwester steckte den Kopf herein: «Ich denke, das reicht für heute», sagte sie. «Wir wollen ihr nicht zu viel zumuten.»

Marthaler stand auf.

Noch einmal beugte er sich zu Tereza hinab. Er küsste sie auf den Mund.

Bevor er den Raum verließ, drehte er sich um und winkte ihr mit einer hilflosen Geste zu.

DREIZEHN Als Anna das Haus im Großen Hasenpfad verließ und auf die Straße trat, schien ihr die Sonne ins Gesicht. Sie trug ein enges Tank-Shirt mit einem Aufdruck der Rolling-Stones-Zunge. Sie hatte eine Jeans und ihre Chucks an.

Im Erdgeschoss des gegenüberliegenden Hauses lehnte eine Frau im offenen Fenster und schaute auf die Straße. Sie hatte Lockenwickler im Haar. Sie rauchte und hatte sich ein Kissen unter die Arme gelegt. Aus dem Inneren der Wohnung hörte man die Stimme von Bugs Bunny.

Anna nickte der Frau zu, erhielt aber keine Reaktion.

Das rote Olmo hatte sie am Gitter neben den Mülltonnen angeschlossen. Ein paar Meter weiter stand ein Taxi am Straßenrand. Es war ein Mercedes der C-Klasse. Der Fahrer saß hinter dem Steuer, er hatte das Fenster heruntergelassen und las Zeitung. Auf der Rückbank meinte Anna eine zweite Person zu erkennen.

Sie öffnete das Fahrradschloss und stopfte es in ihren Rucksack.

Sie stieg in die Pedale und rollte die steile Straße hinunter. Hinter ihr startete ein Automotor.

Vor der nächsten Seitenstraße bremste sie ab, um ein von rechts kommendes Fahrzeug vorzulassen. Das Taxi war drei Meter hinter ihr.

Als sie am unteren Ende des Großen Hasenpfades angelangt war, bog sie nach rechts in die Mörfelder Landstraße. Obwohl genügend Platz war, machte der Mercedes keine Anstalten zu überholen.

An der nächsten Ampel mussten sie halten. Sie drehte sich um und versuchte, einen Blick auf die Rückbank zu werfen. Aber der Winkel war ungünstig, und sie konnte nur erkennen, dass dort jemand saß, der seinen Kopf abwandte. Sie war sicher, dass es sich um einen Mann handelte.

Vor der Tankstelle bog sie nach links in die Siemensstraße. Sie überquerte die Schienen der Straßenbahn und fuhr auf das Main-Plaza zu. Anna stellte sich kurz in die Pedale, um ihr Handy aus der Hosentasche zu ziehen.

Sie fuhr langsam in der Mitte der Fahrbahn. Einige der nachfolgenden Wagen begannen zu hupen und wichen auf die linke Spur aus. Der Mercedes blieb hinter ihr.

Sie lenkte das Olmo nach rechts und blieb abrupt am Straßenrand stehen. Der Taxifahrer bremste und hielt direkt neben ihr. Sie hob das Handy, fixierte die hintere Seitenscheibe und drückte auf den Auslöser der Kamera.

Dann riss sie das Vorderrad hoch, hievte das Olmo auf den Gehweg und fuhr über die Pflastersteine den breiten holperigen Gehweg zum Main hinunter. Der Mercedes konnte ihr nicht folgen. Vom Flussufer aus schaute Anna nach oben und konnte sehen, wie sich der Wagen über die Flößerbrücke entfernte.

«Arschloch», sagte Anna und wunderte sich, dass der Vorfall sie nicht stärker beunruhigte.

Sie fuhr am Mainufer entlang, passierte die Ruder-Clubs, kam an einem großen Ausflugslokal vorbei und hatte zehn Minuten später das Gebiet des Offenbacher Hafens erreicht. Auf *Google Maps* hatte sie sich den Weg von Marthalers

Wohnung bis nach Tempelsee angeschaut und sich die Route eingeprägt. Sie musste noch einmal nach rechts abbiegen und dann immer geradeaus auf der langen Waldstraße bleiben, die das gesamte Stadtgebiet durchquerte.

Als sie das Ende der Bebauung erreicht hatte, verließ sie die Straße und bog in einen kleinen Weg, der zwischen den letzten Häusern und dem Wald entlangführte. Zwei Mädchen kamen ihr entgegen, denen ein weißer Spitz vorauslief, der alle paar Meter stehen blieb, um sich nach den beiden umzusehen.

Die Siedlung war alt. Die schmutziggelb verputzten Doppelhäuser hatten jeweils zwei Stockwerke und boten Platz für vier Familien. Sie sahen aus, als stammten sie aus der ersten Hälfte des vorigen Jahrhunderts. Die Fenster waren klein, und von den Rahmen blätterte die Farbe ab.

Vor der Gerhart-Hauptmann-Straße 43 blieb Anna stehen. Ein Mann in Unterhemd und kurzen Hosen hatte die Motorhaube seines Wagens geöffnet. Er hielt den Ölstab und einen Lappen in der Hand. Neugierig äugte er zu Anna herüber.

«Kann man helfen?», fragte er.

«Ich suche die Nummer 43 a», sagte sie. «Ich möchte zu Katja Wilke.»

Die Miene des Mannes verfinsterte sich. «Schlampe», sagte er.

«Wie bitte?», fragte Anna.

«Die Wilke ist eine Schlampe, hab ich gesagt, und das sag ich ihr auch ins Gesicht. Ihre Mutter war eine Schlampe, und sie ist auch eine.»

Anna sah, dass dem Mann ein Eckzahn fehlte. «Und wo kann ich Frau Wilke finden?»

Er steckte den Ölstab zurück in den Tank, wischte seine Hände an dem Lappen ab und ließ die Motorhaube zufallen. Dann ging er langsam auf Anna zu. Er machte eine vage Kopfbewegung. Er grinste.

«Hinten, an den Garagen vorbei …», sagte er. Dann beugte er sich so weit zu Anna herüber, dass sie seinen Atem roch. «Aber du bist doch ein sauberes Mädel. Willst du nicht lieber mit mir einen Kaffee trinken, statt dich mit der blöden Fotze abzugeben?»

Anna war zu verdutzt, um etwas zu erwidern. Sie schüttelte nur den Kopf. Sie drehte sich um und ließ den Mann stehen. Er schickte ihr ein hohes Keckern nach.

Sie durchquerte den Garagenhof und erreichte ein verrostetes Gartentor. Von dem Grundstück dahinter war nichts zu sehen; es war von einer hohen Ligusterhecke umgeben. Es gab weder ein Namensschild noch eine Klingel.

Anna drückte die Klinke und öffnete das Tor, das sich quietschend in seinen Angeln bewegte.

Sie schob ihr Fahrrad durch einen Hohlgang, der rechts und links von Brombeerbüschen überwuchert war, die einen natürlichen Tunnel bildeten. Ein paar Meter weiter öffnete sich ihr Blick auf einen großen, völlig verwilderten Garten, an dessen Ende ein niedriger Flachbau stand, eine Art kleiner, heruntergekommener Bungalow, dessen vorgelagerte Terrasse mit Gerümpel vollgestellt war.

Anna lehnte das Olmo gegen eine Regentonne, die zur Hälfte mit stinkendem, grünlichem Wasser gefüllt war. Sie stapfte durch das tiefe Gras auf das Haus zu, blieb aber augenblicklich stehen, als nicht weit von ihr die Stimme eines jungen Mannes zu hören war.

«Aber hoppla, wen haben wir denn da?», fragte die Stimme.

Anna stellte sich auf ihre Zehenspitzen und sah den Jungen hinter ein paar Büschen im Schneidersitz auf einem Handtuch in der Sonne sitzen. Er hatte eine Zeitschrift in der Hand, über deren Rand er Anna entgegensah.

Er war schlank. Anna schätzte ihn auf fünfzehn, vielleicht sechzehn Jahre. Er trug nichts außer einer Badehose und einem altmodischen Pepita-Hut. Aus seinem Gesicht ragte eine große Nase. Seine vollkommen unbehaarte Haut war gerötet.

«Passen Sie auf; Sie werden sich einen Sonnenbrand holen», sagte Anna. «Mein Name ist Anna Buchwald. Ich möchte zu Katja Wilke.»

Der Junge stand auf und legte sich das Handtuch um die Schultern. Er bewegte den Kopf, und seine Nasenspitze zeigte auf das Olmo. «Schönes Rad!» Dann ging er auf Anna zu und streckte ihr die Hand entgegen. «Stefan», sagte er. «Mal gucken, ob sie schon wach ist.»

Er schlüpfte in ein Paar Flip-Flops, raffte das Handtuch über seiner kahlen Brust zusammen und schlurfte vor Anna her.

«Pass auf, dass du nicht stolperst», sagte er. «Wir sind schon länger nicht zum Aufräumen gekommen.»

Anna hatte Mühe, nicht laut zu kichern. Das ganze Anwesen befand sich in einem solchen Zustand der Verwahrlosung, dass allein die Vorstellung, hier sei es mit «Aufräumen» getan, ebenso rührend wie lächerlich wirkte.

Im Inneren des Hauses sah es nicht anders aus. Durch die Terrassentür betraten sie einen etwa zwanzig Quadratmeter großen Raum, den Anna aufgrund der Couchgarnitur und des riesigen Fernsehers als Wohnzimmer identifizierte.

Die Teppiche waren verschmutzt und ausgefranst. An den Fenstern gab es keine Gardinen. Überall auf dem Boden standen Kartons, in denen sich Bücher und Zeitschriften stapelten. Die Tapeten waren mit Stockflecken übersät und hatten sich an vielen Stellen von den Wänden gelöst. Die wenigen

Möbel, die in dem Raum standen, passten nicht zueinander. Sie sahen aus, als habe sie jemand vom Sperrmüll geholt.

«Mama», rief der Junge ins Haus. «Mama, bist du schon wach?»

Stefan schaute sich unsicher lächelnd zu Anna um. «Schläft wahrscheinlich noch», sagte er. Dann rief er noch einmal. «Mama, aufwachen! Du hast Besuch!»

«Soll ich später nochmal wiederkommen?»

«Nein», sagte der Junge, «warte einfach hier. Ich schau mal nach ihr.»

Er verschwand in dem unbeleuchteten Flur. Anna hörte, wie an eine Tür geklopft wurde.

Sie ging nach draußen auf die Terrasse. Sie nahm einen der weißen Monoblock-Stühle, drehte ihn in die Sonne und setzte sich. Sie steckte sich eine Zigarette an.

Ein paar Minuten später tauchte eine schlanke, etwa fünf-unddreißigjährige Frau in der Terrassentür auf. Sie war mit einer schwarzen Jeans und einer weißen Bluse bekleidet. Sie hatte kurzgeschnittenes blondes Haar, das sich dicht an ihren schön geformten Kopf schmiegte. Aus müden Augen schaute sie Anna forschend an.

«Sieht übel aus hier, hm?», sagte sie unvermittelt.

«Na ja», sagte Anna, «wenn es Ihnen gutgeht dabei.»

«Geht es uns gut, Stefan?», fragte sie.

Ihr Sohn stand neben ihr, hatte einen Arm um die Hüfte seiner Mutter und seinen Kopf an ihre Schulter gelegt. «Mir schon, Mama», sagte er.

«Wir kriegen's einfach nicht hin», sagte Katja Wilke. «Na-türlich haben wir wenig Geld. Aber das ist nicht der Grund. Wir kriegen's nicht hin. Es sieht hier immer aus wie im Sau-stall.»

Anna nickte, als würde ihr das als Erklärung genügen. Katja Wilke löste sich aus der Umarmung ihres Sohnes und strich ihm übers Haar. «Machst du uns einen Kaffee, Schatz?», sagte sie. Stefan lächelte, dann nickte er eifrig.

«Ich würde gerne mit Ihnen über Ihre Mutter reden», sagte Anna.

Katja Wilke nahm sich ebenfalls einen Stuhl und setzte sich Anna gegenüber. Sie sah die junge Frau lange an. «Das habe ich mir gedacht», sagte sie. «Ich habe mir gedacht, dass irgendwann jemand kommen und diesen Satz sagen wird.»

«Die Frankfurter Polizei ermittelt in einem alten Mordfall. Sagt Ihnen der Name Karin Rosenherz etwas? Oder Karin Niebergall?»

Katja Wilke schüttelte den Kopf.

«Die Frau ist 1966 ermordet worden.»

«Da war ich noch nicht einmal auf der Welt. Ich bin erst drei Jahre später geboren.»

«Das heißt, Sie waren zwanzig, als Ihre Mutter ... als sie verschwunden ist.»

«Ja», sagte Katja Wilke. «Es war mein zwanzigster Geburtstag. Ich hatte mit Freunden reingefeiert. Den Tag selbst wollte ich mit meiner Mutter verbringen. Wir wollten abends gemeinsam essen gehen. Dann bekam sie diesen Anruf. Ich habe sie gebeten, nicht noch einmal wegzufahren. Sie hat gesagt: ‹Ich beeile mich. Wir brauchen das Geld.› Das sind die letzten Worte, die sie zu mir gesagt hat. Danach habe ich sie nie wieder gesehen.»

«Ihre Mutter hat 1966 einem Mann im Mordfall Rosenherz ein Alibi gegeben. Der Mann heißt Philipp Lichtenberg.»

Auch diesen Namen hatte Katja Wilke nie gehört.

«Klaus-Rainer Stickler?»

Kopfschütteln.

«Hubert Ortmann?»

«Nein. Wer sind diese Männer?»

«Angeblich war Ihre Mutter in der Mordnacht mit ihnen zusammen. Jedenfalls hat sie das der Polizei gegenüber behauptet. Es könnte sein, dass sie nicht die Wahrheit gesagt hat.»

Katja Wilke hatte den Kopf in den Nacken gelegt und schaute in den Himmel. Sie schwieg lange. Dann schüttelte sie entschlossen den Kopf: «Es ist zu spät», sagte sie. «Ich habe lange gehofft, dass die Polizei etwas tut, dass sie mir Fragen über meine Mutter stellt, dass sie anfängt, nach ihr zu suchen. Es ist nie geschehen. Meine Mutter war eine Prostituierte, und entsprechend ist man mit dem Fall umgegangen. Man hat es mir nicht so deutlich gesagt, aber so war es. Ich habe gehofft, dass sie wiederkommt. Aber diese Hoffnung habe ich schon vor langer Zeit aufgegeben. Jetzt ist es zu spät. Es hat Jahre gedauert, bis ich mit all dem fertiggeworden bin. Aber irgendwann hatte ich damit abgeschlossen. Meine Mutter ist tot. Wahrscheinlich war mein zwanzigster Geburtstag ihr Todestag.»

«Das glauben Sie?», fragte Anna.

«Davon bin ich seit vielen Jahren überzeugt.»

«Sie wissen nicht, mit wem sie sich am Tag ihres Verschwindens treffen wollte?»

«Nein, natürlich nicht. Sie hat nie mit mir über ihre … Arbeit gesprochen. Und ich habe nie gefragt. Sie hat Geld verdient und mir ermöglicht, ein Studium anzufangen. Als sie weg war, war auch das Geld weg. Ich musste sehen, wie ich mich durchschlage. Sie wollte nicht, dass ich so leben muss wie sie. Und ich wollte es auch nicht.»

Stefan brachte zwei Becher mit Kaffee und gab sie den Frauen. Er wechselte mit seiner Mutter einen liebevollen Blick, dann ging er wieder ins Haus.

«Sie sind berufstätig?», fragte Anna.

Katja Wilke lachte. «Was man so nennt … Ich mache hin und wieder ein paar Übersetzungen. Viel ist dabei nicht zu verdienen. Aber Stefan ist Epileptiker. Er braucht mich. Und wir kommen klar.»

«Eine Frage habe ich noch», sagte Anna. «Hat Ihre Mutter Briefe geschrieben? Gibt es Notizen von ihr? Hatte sie ein Adressbuch? Oder hat sie vielleicht sogar Tagebuch geschrieben? Gibt es noch irgendwelche persönlichen Unterlagen, die ich mir ansehen dürfte?»

Katja Wilke hatte ihre Tasse auf den Boden gestellt und war aufgestanden. «Viel ist es nicht», sagte sie. «Aber es gibt noch ein paar Sachen. Kommen Sie mit!»

Anna folgte der Frau ins Innere des Hauses. Katja Wilke holte aus der Schublade eines kleinen Büffets eine Taschenlampe und schaltete sie ein. Sie gingen durch den dunklen Flur und stiegen über eine steile Treppe hinab in den Keller. Der Raum war eng und niedrig. Sofort wurde es Anna unbehaglich. Sie merkte, wie ihre Hände kalt und feucht wurden. Schnell rief sie sich ein paar ihrer Entspannungsübungen ins Gedächtnis. Während Katja Wilke sich an einem alten Büroschreibtisch zu schaffen machte, blieb Anna an der offenen Tür des Kellerraums stehen.

Katja Wilke kam zu ihr und reichte ihr einen zerdrückten Karton, der mit einer Kordel verschnürt war. «Hier», sagte sie, «da ist alles drin. Sie können es mitnehmen, wenn Sie wollen.»

Als sie wieder im Freien waren, stopfte Anna den Karton in ihren Rucksack. Dann bedankte sie sich: «Ich bringe Ihnen die Sachen zurück, sobald ich sie durchgesehen habe.»

«Nicht nötig», sagte Katja Wilke und tippte sich unter die linke Brust. «Meine Mutter lebt hier; nicht in diesem alten Plunder.»

Anna verabschiedete sich. Nach ein paar Schritten drehte sie sich noch einmal um. Stefan stand wieder neben seiner Mutter. Beide schauten ihr nach.

Katja Wilke machte eine Handbewegung: «Auch wenn es hier schrecklich aussieht ... ich habe es geschafft.»

«Was haben Sie geschafft?», fragte Anna.

«Ich habe es geschafft, nicht dasselbe tun zu müssen wie meine Mutter.»

VIERZEHN

Anna überquerte den Parkplatz des Hotels. Der Kellner, der sie am ersten Tag bedient hatte, stand vor dem Eingang und rauchte. Als sie an ihm vorbeikam, zwinkerte sie ihm zu.

Sie stieg aus dem Sattel und schob ihr Rad durch das Tor des *Sandelmühlen Camps*. Am Fenster der Rezeption hing ein großes Schild mit der Aufschrift: *Belegt!*

Die Tür der Rezeption wurde geöffnet, ein kleiner fetter Mann kam heraus und lief schnaufend auf sie zu.

«He, Sie da!», rief er.

Anna blieb stehen. «So heiße ich nicht!», sagte sie.

Der Mann baute sich vor ihr auf. Er schwitzte. Das zerknitterte Hemd hing ihm an einer Seite aus der Hose. Er zog einen Kamm aus der Tasche und verteilte sein spärliches Haar über der glänzenden Kopfhaut. Er sah aus wie Heinz Erhardt, nur nicht so lustig.

«Egal, wie Sie heißen, Sie müssen den Platz räumen.»

Anna sah ihn schweigend an.

«Da gibt es nichts zu grinsen», sagte er. «Sie müssen den Platz räumen.»

«Ich habe Sie verstanden», sagte Anna. «Außerdem habe ich nicht gegrinst, sondern gelächelt. Ich bemühe mich, ein freundlicher Mensch zu sein. Sogar, wenn ich Leute wie Sie vor mir habe.»

«Jedenfalls müssen Sie weg!»

«Ich habe reserviert und bezahlt», sagte Anna. «Und ich werde noch bleiben.»

«Ihre Zeit ist um», sagte der Dicke. «Sie haben nur für drei Tage bezahlt.»

«Ich verlängere», sagte Anna. «Das Geld kann ich Ihnen sofort geben.»

«Das geht nicht. Wir haben Voranmeldungen. Wir brauchen jeden Platz. Es ist mein Auftrag, Ihnen zu sagen, dass Sie Ihr Zelt abbauen müssen.»

«Und wer hat Ihnen diesen Auftrag erteilt?»

Der Mann wedelte mit seiner rechten Hand durch die Luft. Dann wischte er sich nervös über die Stirn. «Die Chefin, wer denn sonst?»

«Dann möchte ich bitte mit Ihrer Chefin sprechen», erwiderte Anna.

«Das geht nicht.»

«Doch, ich glaube schon, dass das geht. Und ich werde ihr sagen, dass ich Sie gestern zum zweiten Mal dabei beobachtet habe, wie Sie durch die Waschräume der Damen geschlichen sind. Sie scheinen immer dann dort etwas Dringendes zu tun zu haben, wenn ein paar Mädchen zum Duschen gehen.»

Der Mann pumpte. Schnaufend kam er einen Schritt auf sie zu. Sein Gesicht war gerötet: «Das ist eine Lüge», krähte er. «Sie sind eine gottverdammte Lügnerin. Und ich werde …»

Anna blieb ruhig. Sie trat einen Schritt zurück. «Sie werden gar nichts», sagte sie. «Weil ich die Wahrheit sage. Und weil ich Sie dabei fotografiert habe.»

Der Dicke schaute sie entgeistert an. Er wurde bleich. Plötzlich wirkte sein Gesicht wie ein Ballon, aus dem alle Luft entwichen war.

«Sie haben …?», fragte er kaum hörbar.

Anna hatte gelogen. Sie hatte ihn nicht fotografiert. Aber sie hob die Brauen und nickte.

Der Mann schwieg. Er schaute betreten zu Boden. «Wie lange?», fragte er schließlich.

«Heißt das, ich kann noch bleiben?»

«Wie lange?», fragte er noch einmal.

«Noch drei Tage. Fürs Erste. Vielleicht muss ich danach noch ein, zwei Nächte dranhängen. Ich denke, das sollte kein Problem sein, oder?»

«Nein, ich …»

«Gut», sagte Anna. «Und wenn ich Sie nochmal erwische, werde ich die Fotos ins Internet stellen. Haben Sie verstanden?»

Wieder schnaufte er. Dann drehte er sich um und lief mit kurzen, stampfenden Schritten zurück zur Rezeption.

«He, Sie da …», rief Anna ihm nach.

Der Dicke drehte sich um.

«Ihr Schlitz ist offen!»

«Hä?»

«Ihr Hosenschlitz ist offen.»

Auch das war eine Lüge.

Der Mann schaute an sich herunter. Dann bedachte er Anna mit einem wütenden Blick.

Anna schloss das Olmo am Zaun hinter ihrem Zelt an. Sie holte ein Handtuch und den Badeanzug aus ihrer Reisetasche und verstaute beides über dem Karton in ihrem Rucksack. Als sie wieder an der Rezeption vorbeikam, fegte der Dicke gerade die Treppe. Er drehte sich weg, als er Anna erkannte.

Vor dem Eingang des Hotels hielt eine Stretchlimousine. Der Chauffeur stieg aus und öffnete die Türen. Ein Brautpaar stieg aus, baute sich vor dem Wagen auf und wurde fotografiert. Anna lief an der Gruppe vorbei, betrat die Lobby des Hotels, durchquerte zielstrebig den Gastraum und steuerte auf den Kellner zu, der in der offenen Tür stand, die zum Biergarten führte.

Diesmal war der Kellner schneller. Diesmal zwinkerte er zuerst.

Anna drückte sich an ihm vorbei und lief unter den großen Sonnenschirmen zwischen den festlich gedeckten Tischen hindurch.

«Fräulein, das dürfen Sie nicht. Das ist keine Abkürzung hier», rief der Kellner ihr nach.

Ohne sich umzudrehen, winkte sie ihm zu.

Sie verließ das Grundstück des Hotels, lief an der Nidda entlang, nahm den kleinen Steg, der das Flüsschen überquerte, und stellte sich in die Schlange der Badegäste, die sich vor der Kasse des Schwimmbads gebildet hatte.

Als sie ihre Eintrittskarte bezahlt hatte, ging sie zu den Umkleidekabinen und zog ihren Badeanzug an. Sie umrundete das langgestreckte Schwimmbecken und suchte sich auf dem hinteren Teil der Liegewiese einen Platz im Schatten eines Baumes.

Sie bat zwei Jungen, die ihre Decke in der Nähe ausgebreitet hatten, einen Blick auf ihre Sachen zu werfen. Die beiden sahen sich an, grinsten, nickten dann aber gleichzeitig.

Anna stellte sich kurz unter die kalte Dusche, dann sprang sie ins Becken und schwamm ein paar Bahnen. Als sie außer Puste war, kraulte sie an den Rand, stemmte sich hoch, setzte sich auf die Fliesen und ließ ihre Füße ins Wasser hängen.

Sie schloss die Augen, lauschte dem Lärm der Kinder und den Stimmen zweier alter Frauen, die hinter ihr auf einer Bank saßen und sich unterhielten. Sie sog den Geruch des gechlorten Wassers ein.

Nach zehn Minuten kehrte sie zu ihrem Platz zurück. Sie lief an den Jungen vorbei, bedankte sich und legte sich auf ihr Handtuch.

Als sie die Träger ihres Badeanzuges über die Arme streifte und das Oberteil auf die Hüften rollte, merkte sie, dass einer der Jungen auf ihren Busen starrte. Sie lächelte dem Jungen zu. Er errötete und drehte sich weg. Keine zwei Minuten später schaute er schon wieder verstohlen zu ihr herüber.

Anna legte sich auf den Bauch. Sie öffnete den Rucksack und zog den verschnürten Karton mit der Hinterlassenschaft von Hannelore Wilke hervor. Sie knotete die Kordel auf, nahm den Deckel ab und warf einen ersten Blick hinein.

Ganz oben lag eine Plastikhülle mit Fotos. Es war dieselbe Art von Bildern, die auch Annas Vater in seinen Alben aufbewahrte. Aufnahmen von Familienfesten, von Ausflügen und von Urlaubsreisen. Auf einigen Fotos war ein Mädchen zu sehen, in dem Anna die jüngere Katja Wilke zu erkennen glaubte. Einmal war sie vor der Losbude eines Jahrmarktes zu sehen, wie sie einen großen Plüschlöwen im Arm hielt. Ein andermal saß sie auf dem Ast eines Baumes und streckte dem Betrachter ihre Zunge entgegen. Es gab Fotos von ihrer Einschulung und von ihrer Konfirmation und eines, das sie auf einem Kostümfest als Pippi Langstrumpf verkleidet zeigte.

Anna steckte die Fotos zurück in die Hülle. Sie nahm sich vor, die Bilder an Katja Wilke zurückzuschicken, auch wenn diese keinen Wert darauf legte.

Es gab ein paar Briefe in Kinderschrift und Postkarten, die Katja ihrer Mutter geschickt hatte.

Dann zog Anna ein schwarzes Notizbuch hervor. Auf den ersten Seiten waren Adressen und Telefonnummern aufgelistet. Anna ging die Namen durch, aber außer Margarete Hielscher gab es niemanden, der ihr etwas sagte.

Weiter hinten hatte Hannelore Wilke eine Art Haushaltsbuch geführt. Es wurden Ausgaben für Miete, Telefon, Kleidung und Benzin verzeichnet. Auch hieraus waren keinerlei

Schlüsse zu ziehen. Anna klappte das Büchlein zu und legte es beiseite.

Ganz unten in dem Karton stieß sie auf mehrere kleine Stapel mit Kontoauszügen. Die querformatigen Blätter wurden von bunten Heftstreifen zusammengehalten und waren nach Jahren geordnet. Alle Auszüge gehörten zu demselben Konto, das Hannelore Wilke bei der Sparkasse Offenbach unterhalten hatte.

Der erste Stapel stammte von 1980, der letzte aus dem Jahr 1989, dem Jahr ihres Verschwindens.

Anna blätterte Jahrgang für Jahrgang durch. Die monatlichen Zahlungen an den Vermieter, die Stadtwerke und die Versicherungen hatten sich über die Jahre nur unwesentlich verändert. Überweisungen auf das Konto gab es in den ersten Jahren fast gar nicht. Die Beträge, die als «Haben» verzeichnet waren, stammten aus mehr oder weniger regelmäßigen persönlichen Einzahlungen. Anna vermutete, dass es sich dabei um das Geld handelte, das Hannelore Wilke von ihren Freiern erhalten und das sie dann selbst zur Bank gebracht hatte. Diese Beträge hatten von Monat zu Monat abgenommen.

Anna legte sich auf den Rücken. Sie dachte nach.

Hannelore Wilke war im Dezember 1947 geboren. Als sie verschwand, war sie nicht ganz zweiundvierzig Jahre alt gewesen. Das heißt, dass sie bei den Freiern wahrscheinlich längst nicht mehr so gefragt gewesen war wie noch zehn Jahre zuvor. Doch dann war offensichtlich ein Wunder geschehen. Denn ab August 1987 waren am Anfang jeden Monats zweitausend Mark auf das Konto überwiesen worden. Wer der Absender des Geldes war, ließ sich nicht erkennen. In der betreffenden Zeile waren lediglich ein Nummerncode und eine Bankleitzahl aufgeführt.

Lange dachte Anna über diese merkwürdige Entwicklung

nach. Sie kam zu keinem Schluss. Wieder und wieder blätterte sie die Auszüge der letzten beiden Jahre durch.

Plötzlich merkte sie, wie sie ein Schauer überlief. Sie hatte etwas entdeckt. Sie richtete sich auf. Unwillkürlich pfiff sie durch die Zähne.

«Das gibt's doch nicht», sagte sie leise. «Das gibt's doch echt nicht.»

Sie griff in die Seitentasche ihres Rucksacks, zog ihr Handy hervor und wählte Marthalers Nummer.

Von der Klinik aus war Marthaler direkt zum Weißen Haus gefahren.

Er öffnete die Tür und betrat den Gang. Er wunderte sich über die Ruhe, die im Kommissariat herrschte. Obwohl die Türen zu den Büros seiner Kollegen wie üblicherweise offen standen, war nichts zu hören. Niemand war zu sehen. Er ging durch bis zum Besprechungssaal, aber auch dieser Raum war leer.

«Robert, du?», fragte seine Sekretärin, die auf dem Flur stand und ihn erstaunt ansah.

«Ja, ich. Hier ist mein Arbeitsplatz, falls du das vergessen haben solltest.»

Elvira hob den Kopf. Zwischen ihren Augen hatte sich eine Falte gebildet: «Ehrlich gesagt dachte ich, dass *du* das vergessen hättest … Wie geht es Tereza?»

«Ich komme gerade von ihr. Es geht ihr besser. Sie ist vorhin zum ersten Mal kurz aufgewacht. Der Arzt ist sehr zuversichtlich.»

«Schön, das freut mich.»

«Wo sind die anderen?», fragte Marthaler.

«Im Präsidium. Es ist eine dringende Einsatzbesprechung einberufen worden. Es sind Leute vom LKA da. Soviel ich gehört habe, ist man den beiden Motorradfahrern auf die

Spur gekommen, die den Überfall im Stadtwald begangen haben.»

«Erzähl!», forderte Marthaler sie auf.

«Was soll ich erzählen? Ich erfahre ja nichts. Ich schnappe nach den Brocken wie der Hund unterm Tisch. Angeblich sind die beiden irgendwo an einer Raststätte gesehen worden. Jetzt wird beraten, wie die Fahndung nach ihnen aussehen soll.»

«Gut», sagte Marthaler, drückte sich an ihr vorbei und betrat sein Büro. «Ich will nicht gestört werden!»

«Robert!»

«Was?»

«Es rechnet niemand mehr damit, dich hier anzutreffen. Es ist niemand da, der dich stören könnte.»

Marthaler schloss die Tür hinter sich und schaltete seinen Computer an. Er warf einen flüchtigen Blick auf die Post, die sich auf seinem Schreibtisch angesammelt hatte und nun darauf wartete, bearbeitet zu werden. Er packte sie auf einen Stapel und schob ihn beiseite.

Im Nebenzimmer hörte er seine Sekretärin telefonieren.

Als der Rechner hochgefahren war, loggte Marthaler sich in das Intranet der Kriminalpolizei ein. Im System der Einwohnermeldeämter suchte er nach den vier Namen:

Sebastian Haberstock
Philipp Lichtenberg
Klaus-Rainer Stickler
Hubert Ortmann

Anschließend ließ er die letzten drei Namen auch durch das POLAS-Programm laufen. Die Ausbeute war mager. Er schrieb die Ergebnisse in sein Notizbuch.

Als Marthaler sein Büro verließ, hielt ihn seine Sekretärin auf. «Deine Cousine hat angerufen», sagte sie.

«Wer?»

Elvira sah ihn misstrauisch an. «Robert, was ist das mit dieser Cousine? Ich wusste nicht mal, dass du eine hast.»

«Alles in Ordnung. Wenn sie nochmal anruft, sag ihr, wir treffen uns in zwei Stunden bei mir. Nein, sag ihr: in einer Stunde.»

«Du machst keinen Unfug, oder?»

Marthaler sah Elvira verständnislos an. Dann lachte er: «Nein, ganz bestimmt nicht! Keine Sorge!»

FÜNFZEHN Marthaler steuerte den Wagen über die Homburger Landstraße stadtauswärts. Am Ortseingang von Bonames sah er rechts die schöne Anlage des Palais Metzler liegen. Er fuhr die enge steile Straße durch den alten Ortskern hinauf, bog auf die abschüssige Landstraße, ließ Harheim rechts liegen und hatte kurz darauf Nieder-Erlenbach, den nördlichsten Frankfurter Stadtteil, erreicht.

An einer Bäckerei hielt er an, kaufte sich ein Streuselstück und fragte nach dem Weg. Als er den Ort schon fast wieder verlassen hatte, sah er die beiden dicht beieinander stehenden Fachwerkhäuser, die man ihm beschrieben hatte. Sie lagen in einer Senke zwischen der schmalen Straße und dem kleinen, von alten Bäumen umgebenen Flüsschen, das dem Dorf seinen Namen gegeben hatte.

Marthaler steuerte den Wagen auf den geschotterten Hof des Grundstücks, stellte den Motor ab und stieg aus. Sämtliche Fensterläden der Häuser waren geschlossen. Er ging zum Eingang des größeren Gebäudes und schaute auf das schlichte Messingschild. *Haberstock Design* stand dort. Er drückte zweimal auf die Klingel, aber es meldete sich niemand. Er sah sich um.

So möchte man leben, dachte er. In einem alten gepflegten

Haus, das von Wiesen umgeben ist, auf denen Obstbäume stehen. Man könnte Kräuter anbauen und ein paar Himbeerbüsche pflanzen, man könnte Katzen halten und sich im Sommer einen Stuhl unter die Erlen am Bach stellen und seine Zeitung lesen.

Als er hinter sich das Geräusch eines Motors hörte, wurde er aus seinen Gedanken gerissen. Unter den großen Reifen eines schwarzen GMC Canyon knirschte der Schotter. Der Pick-up zog einen Anhänger, auf dem eine Harley-Davidson stand. Die Scheibe des Wagens wurde heruntergelassen. Aus den Autolautsprechern kam Bob Dylans *Standing in the Doorway*. Der neugierige Blick des Fahrers schweifte von Marthalers Gesicht zu der Aktentasche, die er in der Hand hielt: «Versicherung, Immobilienmakler oder Anlageberater?», fragte der Mann.

Marthaler lachte. «Weder noch. Ich möchte zu Sebastian Haberstock.»

«Und wen darf ich melden?»

«Marthaler, Kripo Frankfurt!»

Der Motor erstarb. Der Mann stieg aus und reichte Marthaler die Hand. Er trug einen weiten Leinenanzug und Espadrillos. Das rechte Handgelenk zierte ein geflochtenes Lederband. «Dann will der Herr Inspektor zu mir!»

Marthaler stutzte kurz, schließlich erwiderte er mit gespielter Empörung und im wienerischen Dialekt: «Inspektor gibt's kaan!»

Sebastian Haberstock kicherte: «Ich merke schon, wir haben dieselben Fernsehserien geschaut.»

«Na ja», sagte Marthaler, «*Kottan ermittelt* war sozusagen Pflichtprogramm für jeden halbwegs gewitzten Polizisten. Und wenn es irgendwo eine Wiederholung gibt, versuche ich, sie nicht zu verpassen. Aber … Sie sind wirklich Sebastian Haberstock?»

Der schlanke Mann lachte ihn schelmisch an: «Seit neunundfünfzig Jahren. Was spricht dagegen?»

«Nun, dass Sie jünger aussehen, als ich Sie mir vorgestellt habe. Sie sehen so … erholt aus, als würden Sie gerade aus dem Urlaub kommen.»

Haberstock lächelte. «Dort komme ich her; und dort fahre ich am liebsten hin. Ich schwimme gerne, ich faulenze gerne, ich fahre gerne Motorrad, ich trinke gerne guten Wein, und ich esse gerne gut. Kurzum: Ich lebe gerne.»

«Ja», sagte Marthaler. «wenn man es sich leisten kann … Vielleicht hält das jung.»

«Also, was ist?», fragte Haberstock. «Gehen wir ins Atelier? Trinken wir einen Schluck? Dann sagen Sie mir vielleicht endlich, was mir die Ehre verschafft.»

Ohne auf eine Antwort zu warten, ging der Mann auf das kleinere der beiden Fachwerkgebäude zu, schloss die Tür auf und machte sich sofort daran, von innen sämtliche Fensterläden zu öffnen.

Marthaler betrat das Haus und sah, dass es aus einem einzigen, riesigen Raum bestand, dessen Wände weiß getüncht und mit Bildern behängt waren. In der Mitte befand sich ein riesiger Schreib- und Zeichentisch aus einer langen, aufgebockten Holzplatte. Am gegenüberliegenden Ende des Raums gab es zwei Sessel und eine Couch mit einem kleinen Rauchtisch davor. Nicht weit davon waren drei Staffeleien um einen Arbeitstisch gruppiert, der über und über mit Farben, Pinseln und anderen Malutensilien bedeckt war. Haberstock machte eine Handbewegung, bat Marthaler Platz zu nehmen, bevor er sich selbst entschuldigte, den Raum verließ und kurz darauf mit einer Flasche Rotwein und zwei Gläsern zurückkam.

«Also», sagte er, «ich fahre manchmal zu schnell, ich rauche ab und zu einen Joint, Steuern zahle ich nur so viel wie unbedingt nötig, und die Musik ist nicht immer auf Zimmerlautstärke. Ist es das, was Sie mir vorwerfen?»

Marthaler verneinte. «Ich komme, um mit Ihnen über Karin Rosenherz zu sprechen.»

Haberstock hob sein Glas und schaute lange hinein. «Das ist kein schönes Thema», sagte er. «Und ich hätte nicht gedacht, dass nochmal jemand an diese Sache rühren würde.»

«Erzählen Sie mir etwas über die Frau!»

«Da gibt es nicht viel zu berichten. Ich bin ein paarmal mit ihr essen gegangen. Was sie von mir wollte, weiß ich eigentlich nicht. Ich durfte ihren Mercedes fahren, sie hat bezahlt, wir haben geplaudert. Das ist alles.»

«Das haben Sie damals bereits der Polizei erzählt. Haben Sie mit ihr geschlafen?»

«Nein. Ich dachte zunächst, dass sie das will. Und ich wäre nicht abgeneigt gewesen. Aber sie hat mir nie ein Signal in diese Richtung gegeben. Sie hat mir gefallen, ich fand sie interessant. Und ein wenig hat sie mich auch eingeschüchtert. Sie war eine extravagante, kapriziöse Frau. Ich war zwanzig und fühlte mich noch wie ein Junge. Sie war eine erwachsene, weltgewandte Dame. Jedenfalls auf den ersten Blick. Ich mochte sie wirklich gerne.»

«Das kann man nicht von allen sagen, die mit ihr zu tun hatten», erwiderte Marthaler.

Haberstock machte eine wegwerfende Handbewegung: «Ich habe gelesen, was die Zeitungen über sie geschrieben haben. Aber Karin war hinter ihrer mondänen Fassade ein ziemlich unsicherer Mensch. Sie hatte Angst. Sie wirkte auf mich wie jemand, den man schützen muss. Aber dafür hatte ich damals wirklich nicht das Format.»

«Kann es sein», fragte Marthaler, «dass Karin Rosenherz ihre Unsicherheit nur gespielt hat?»

Lächelnd schüttelte Haberstock den Kopf. «Nein», sagte er. «An so etwas glaube ich nicht. Jeder ist auch das, was er spielt. Karin war beides: Sie war ordinär und sensibel. Sie war herrisch und ängstlich. So etwas gibt es.»

«Ja», sagte Marthaler, «da haben Sie wohl recht. Ich weiß, dass Sie Fotos von ihr gemacht haben ...»

Haberstock lächelte. «Ja. Ein paar Wochen vor ihrem Tod hat sie mich gebeten, sie zu fotografieren. Wollen Sie die Bilder sehen?»

«Darum wollte ich Sie bitten!»

Marthaler schaute dem Mann nach, der mit federndem Gang aus dem Raum eilte. Dann stand er auf und stellte sich vor das größte der Bilder, die hier an den Wänden hingen. Es war eine gerahmte Zeichnung, deren Untergrund aus braunem Packpapier bestand. Zu sehen war nichts als ein unregelmäßiges, auf die Seite gekipptes rotes Kreuz und ein paar weiße Flecken und Linien. Je länger er es anschaute, desto besser gefiel ihm das Bild.

«Interessieren Sie sich für Kunst?», fragte Haberstock, der jetzt hinter ihm stand und ein großes Fotoalbum in der Hand hielt.

Marthaler machte eine hilflose Bewegung. «Das Bild ist schön, aber ich weiß nicht, warum. Es interessiert mich, aber ich verstehe nichts davon. Mir fehlen die richtigen Worte.»

Haberstock lächelte. «Das geht den Künstlern genauso. Wenn sie Worte dafür hätten, müssten sie nicht malen.»

Ja, dachte Marthaler, diesen Satz hätte Tereza genauso sagen können.

«Zeigen Sie mir die Fotos!», sagte er.

Haberstock ging zu dem langen Schreibtisch, schaltete die Leselampe an und öffnete das Album.

«Sie wollte, dass ich zu ihr in die Wohnung komme. Sie wollte, dass wir die Aufnahmen in ihrer vertrauten Umgebung machen. Und sie bestand darauf, dass es Schwarz-Weiß-Fotos werden.»

Die Abzüge waren so groß, dass auf jede Seite des Albums nur ein Bild passte. Das erste zeigte Karin Rosenherz vor ihrem Kleiderschrank. Sie hatte einen Minirock und eine helle Bluse an. Man sah sie von der Seite. Sie bückte sich, als wolle sie gerade einen ihrer Pumps abstreifen. Ihr Gesicht war dem Betrachter zugewandt. Sie lachte.

Auf dem nächsten Foto hatte sie ein schwarzes Kleid an. Ihr Haar war hochgesteckt. Um den Hals trug sie eine mehrreihige Kette aus großen Perlen. Sie hatte die Augen weit geöffnet und hielt eine lange Zigarettenspitze an ihre Lippen.

«Erinnert Sie das Foto an etwas?», fragte Haberstock.

«Ja», sagte Marthaler. «Sie sieht aus wie Audrey Hepburn in *Frühstück bei Tiffany*.»

«So war sie», sagte Haberstock. «Sie wollte posieren. Sie wollte die berühmten Porträts ihrer Vorbilder nachahmen.»

Er blätterte weiter. Mal hatte Karin Rosenherz sich eine Filmszene mit Marilyn Monroe als Vorlage ausgesucht, dann wieder sah sie aus wie Jean Seberg auf dem Plakat von *Bonjour Tristesse* oder wie Anita Ekberg im Trevi-Brunnen. Mal hatte sie kurzes, mal wallendes Haar, mal trug sie eine dunkle, mal eine blonde Perücke.

«Und das?», fragte Haberstock. «Erkennen Sie das auch?»

Karin Rosenherz war nackt. Sie saß auf einem Holzstuhl, der verkehrt herum stand. Ihre Ellenbogen hatte sie auf die Lehne gestützt, die geschlossenen Arme verdeckten den Busen. Ihr Kinn lag in den locker geballten Fäusten.

«Ja», sagte Marthaler. «Es kommt mir bekannt vor.»

«Das will ich meinen», sagte Haberstock. «Die Vorlage für diese Aufnahme gehört zu den Ikonen der Popfotografie. Auf dem Original sieht man ein Callgirl namens Christine Keeler.

Die Dame hatte ein Verhältnis mit dem britischen Kriegs-minister John Profumo ...»

«Natürlich, der Profumo-Skandal. Das war ...»

«Im selben Jahr, als auch das Originalfoto entstand: 1963. Nach der Veröffentlichung des Bildes wurden die beiden noch ein wenig berühmter, als sie ohnehin schon waren.»

«Und Karin Rosenherz wollte *so* fotografiert werden?»

«Sie bestand darauf. Und da sie nun schon einmal nackt war, habe ich sie gebeten, ein paar Fotos von ihr machen zu dürfen, auf denen sie nicht irgendeine Berühmtheit nach-äfft. Sie hat sich gesträubt, schließlich aber eingewilligt unter der Bedingung, dass ich alle Abzüge vernichte, die ihr nicht gefallen.»

«Aber Sie haben sich nicht daran gehalten?»

«Es ist nicht mehr dazu gekommen. Sie hat all diese Fotos nie gesehen. Bevor ich sie entwickelt hatte und ihr zeigen konnte, war Karin bereits tot.»

Marthaler setzte sich auf den Schreibtischstuhl und zog das Album näher zu sich heran. Tatsächlich schienen die Aktfotos eine völlig andere Person zu zeigen als jene Aufnahmen, die er gerade gesehen hatte. Karin Rosenherz schien kleiner, dünner und blasser. Es kam Marthaler vor, als sei sie auf diesen Fotos im doppelten Sinne nackt: Unbekleidet und ohne den Schutz einer geliehenen Pose. Sebastian Haberstock hatte immer dann auf den Auslöser gedrückt, wenn sie eine unbeholfene Bewegung machte, wenn sie nicht lächelte. Auf einem dieser Fotos stand sie vor einer Wand. Rechts und links ihres Kopfes waren zwei gerahmte Bilder zu sehen. Ihr weißer Körper mit den kleinen Brüsten wirkte wie ausgemergelt. Die knochigen Arme hingen kraftlos an ihm herab. Sie sah unendlich traurig aus.

Haberstock hatte recht. Seine Fotos zeigten es – Karin Ro-senherz war beides zugleich gewesen: kokett und schutzlos, eitel und ängstlich. Und Marthaler war überzeugt, dass die Frau nicht gewusst hatte, wer sie war. Sie wirkte wie zerrissen zwischen all den Posen, die sie sich anzueignen versucht hatte.

Marthaler schob das aufgeschlagene Album beiseite. Er legte seine kleine Aktentasche auf den Schreibtisch. «Und jetzt möchte ich Ihnen etwas zeigen.»

Er breitete die Privatfotos aus, die Fausto Albanelli fast vierzig Jahre in seinem Besitz gehabt hatte. Das Bild, das Karin Rosenherz zusammen mit Philipp Lichtenberg zeigte, ließ er weg. Haberstock schaute sich die Fotos an. Sein Interesse schien nicht groß zu sein. «Keine besonders gelungenen Aufnahmen», sagte er.

«Darum geht es nicht. Ich will nur, dass Sie mir sagen, ob Ihnen irgendetwas auffällt.»

Haberstock ging die Fotos ein zweites Mal durch. «Nein, nichts. Ich erkenne Karin, aber die anderen Leute habe ich nie gesehen.»

Marthaler griff noch einmal in die Aktentasche. «Ich muss Sie vorwarnen. Was Sie gleich sehen werden, sind die Fotos, die der Polizeifotograf damals am Tatort gemacht hat. Sie zeigen die verwüstete Wohnung und die Leiche von Karin Rosenherz. Ich möchte Sie bitten, sich auch diese Bilder anzuschauen. Wenn Sie allerdings Nein sagen, werde ich das akzeptieren.»

Haberstock zögerte. Schließlich nickte er. Marthaler legte ihm den Stapel kleinformatiger Fotos in die ausgestreckte Hand.

Sebastian Haberstock ging zurück zu der Sitzgruppe. Er ließ sich in einen der Sessel sinken, dann begann er, die Fotos anzusehen. Er ging langsam vor. Es war, als wolle er sich jedes Detail einprägen. Immer wieder kniff er die Augen zusammen und schüttelte den Kopf. Von einer auf die andere

Minute wirkte er um Jahre gealtert. Sein Gesicht war fahl, seine Hände zitterten.

Als er versuchte zu sprechen, klang seine Stimme brüchig. «Ich hätte nicht gedacht ...»

Marthaler wartete, dass der andere seinen Satz vollendete. «Was hätten Sie nicht gedacht?»

«Entschuldigen Sie, ich ... hätte nicht gedacht, dass mich das so mitnehmen würde. Nicht nach all der Zeit, die seitdem vergangen ist.»

Haberstock starrte weiter auf eines der Fotos. Er runzelte die Stirn. «Haben Sie das gesehen?», fragte er leise.

Er stand auf, kam langsam auf Marthaler zu und hielt ihm das Foto hin. Es war im Schlafzimmer von Karin Rosenherz aufgenommen worden. Auf der rechten Seite sah man ein Stück des Himmelbetts, links eine Ecke des Kleiderschranks. Die Mitte des Fotos zeigte die Wand mit einem großen verschmierten Blutfleck.

«Ich weiß nicht, was Sie meinen», sagte Marthaler.

«Schauen Sie doch hin, Mann. Die Bilder ... Die beiden Zeichnungen sind weg!»

Er nahm das Album mit seinen eigenen Aufnahmen und zeigte auf das Foto mit der nackten Karin Rosenherz. «Rechts und links neben ihrem Kopf sieht man zwei Bleistiftzeichnungen von Paul Klee. Ich habe Karin gefragt, ob die Skizzen echt sind, aber sie hatte keinen Schimmer, wovon ich rede. Sie hatte den Namen Paul Klee noch nie gehört. Ich habe sie überredet, die Echtheit von einem Experten überprüfen zu lassen. Einen Tag nach unserer Fotosession haben wir die beiden Bilder in ihren Wagen gepackt und sind nach Mainz zu einem Kunsthistoriker gefahren.»

«Und?»

«Der Typ wollte es selbst nicht glauben. Er war ganz aufgeregt. Zwei Stunden lang hat er die Zeichnungen untersucht.

Er war sich hundertprozentig sicher, dass es sich um echte Klees handelt. Es gibt ein berühmtes Aquarell von Paul Klee. Es heißt *Engel im Garten* und hängt heute im Guggenheim-Museum in New York. Karins Zeichnungen waren kleine, bis dahin vollkommen unbekannte Vorstudien zu diesem Aquarell.»

«Und wo hatte sie die Bilder her?»

«Angeblich hatte ein Freier sie ihr geschenkt. Der Typ hatte offensichtlich ebenso wenig Ahnung wie sie selbst.»

«Das heißt, in der Wohnung von Karin Rosenherz hingen noch eine Woche vor ihrem Tod zwei Handzeichnungen von Paul Klee. Zeichnungen, die wahrscheinlich einiges wert sind.»

«So ist es», sagte Sebastian Haberstock.

«Am Abend, als die Polizeifotografen den Tatort dokumentiert haben, waren diese Bilder verschwunden.»

«Ich wollte Karin überreden, die Zeichnungen nicht so ungeschützt an der Wand hängen zu lassen, aber sie hat mich ausgelacht. ‹Wer in mein Schlafzimmer kommt, hat Augen für mich, aber nicht für meine Wände›, hat sie gesagt.»

«Was offensichtlich ein Irrtum war», sagte Marthaler. «Also hatte der kleine Bruno recht …»

Haberstock sah ihn verständnislos an: «Welcher kleine Bruno?»

«Es gibt die Aussage eines Mannes, der behauptet hat, bei dem Mord an Karin Rosenherz sei es um Bilder gegangen.»

«Das wusste die Polizei und hat sich nicht darum gekümmert?»

«Nein, nein, nein. Diesen Hinweis haben wir erst vor ein paar Tagen erhalten. Nach dem Überfall im Stadtwald, bei dem das *Paradiesgärtlein* geraubt wurde.»

«Sagen Sie das nochmal!», forderte Haberstock ihn auf.

«Stimmt», sagte Marthaler. «Sie waren ja im Urlaub. Vor

einer Woche ist im Wald zwischen Schwanheim und dem Flughafen ein Kunsttransport überfallen worden. Es gab einen Toten und eine Schwerverletzte. Dabei ist ein Bild mit dem Titel *Paradiesgärtlein* geraubt worden. Ein Gemälde, das dem Städel gehört ...»

«Ich kenne das Gemälde», unterbrach ihn Haberstock. «Jeder, der in Frankfurt lebt und ein wenig von Kunst versteht, kennt es.»

«Kennen Sie auch einen Mann namens Philipp Lichtenberg?»

«Andere Frage, ähnliche Antwort. Ja, ich kannte ihn, wir sind uns gelegentlich über den Weg gelaufen. Wir sind im selben Alter und haben zur selben Zeit in Offenbach an der Hochschule für Gestaltung studiert. Allerdings ...»

«Allerdings?»

«... waren wir nicht gerade Freunde. Wir gehörten unterschiedlichen Fraktionen an.»

«Das heißt?»

«Er war ein Schnösel, der einen guten Geschmack, aber auch zu viel Geld hatte. Nein, eigentlich war er nur ein verwöhntes Würstchen. Er wusste, dass er kein Künstler war, obwohl er unbedingt einer sein wollte. Wenn er merkte, dass einem von uns etwas gelungen war, ist er ins Atelier gekommen, hat ein paar Scheine auf den Tisch gelegt und das Stück gekauft. Nur, um es sofort verschwinden zu lassen. Seine Eltern hatten eine Galerie und ein Auktionshaus in der Innenstadt. Beides gibt es schon lange nicht mehr. Er soll einen ziemlich guten Preis dafür erzielt haben.»

«Wissen Sie, was er heute macht?»

«Gesehen habe ich ihn seit damals nicht mehr. Schon in den sechziger Jahren war die Familie wohlhabend, aber inzwischen soll er sehr, sehr reich sein. Ich habe gehört, dass er eine ganze Reihe von Firmen und unzählige Immobilien besitzt. Angeblich lebt er völlig zurückgezogen, gibt keine Interviews, lässt sich nicht fotografieren. Aber verlassen Sie sich nicht auf meine Auskunft, auch diese Nachrichten sind inzwischen viele Jahre alt.»

Erst jetzt zog Marthaler das Foto hervor, das Karin Rosenherz und den jungen Philipp Lichtenberg vor dem blühenden Rhododendron zeigte.

«Ja, das ist er», sagte Haberstock. «Ich hatte keine Ahnung, dass er und Karin sich kannten.»

«Hubert Ortmann? Klaus-Rainer Stickler? Kennen Sie die ebenfalls?»

Haberstock dachte nach. Dann schüttelte er den Kopf.

«Die beiden waren Freunde von Philipp Lichtenberg.»

«Doch! Natürlich, jetzt erinnere ich mich. Sie sind immer mit ihm rumgezogen. Aber Freunde waren das nicht, das waren seine Lakaien. Er hat sie ausgehalten und rumkommandiert. Wenn er ein Witzchen gemacht hat, haben die beiden wie auf Befehl angefangen zu lachen. Trotzdem hatte man bei Ortmann immer das Gefühl, er liege auf der Lauer. Als ob er darauf wartete, die Führung in dem kleinen Rudel zu übernehmen.»

«Nicht schlecht», sagte Marthaler, «ein lauernder Lakai.»

Haberstock lachte. «Ortmann war so ein bulliger, verschlagener Typ, der sich die meiste Zeit an irgendwelchen Flipperautomaten rumgedrückt hat. Aber er war gerissen. Und brutal. Einmal kam es bei einem unserer Hochschulfeste zu einer Schlägerei. Ortmann hat einem Mitstudenten, der bereits auf dem Boden lag, so fest gegen den Kopf getreten, dass der einen gebrochenen Kiefer hatte. Stickler dagegen machte auf Feingeist, ein farbloser Stotterer, der sich immer weggeduckt hat, wenn er angesprochen wurde. Gott, was für eine Bande! Mich schüttelt es noch heute, wenn ich an diese Burschen denke.»

«Sie wussten also nicht, dass Philipp Lichtenberg und die anderen beiden Männer vor neununddreißig Jahren genau wie Sie als Zeugen im Fall Rosenherz vernommen wurden?»

«Ist nicht wahr, oder?»

«Doch», sagte Marthaler, nahm seine kleine Aktentasche, packte die Fotos hinein und lief zur Tür.

«He, Herr Inspektor!», rief Sebastian Haberstock ihm nach. «Wollten Sie nicht noch etwas sagen?»

Marthaler drehte sich um und tat ihm den Gefallen: «Inspektor gibt's kaan!», sagte er. «Aber: danke! Haben Sie vielen Dank. Sie ahnen nicht, wie sehr Sie mir geholfen haben!»

SECHZEHN «Anna, wo bist du? Wir müssen reden! Es gibt Neuigkeiten!»

Marthaler schrie in sein Handy. Für den Rückweg in die Stadt war er auf die Bundesstraße gefahren und hatte es sofort bereut. Er war von drei Sattelschleppern eines Bundeswehrkonvois umgeben, deren Fahrgeräusche so laut waren, dass er Mühe hatte, Annas Antwort zu verstehen.

«Robert, was ist mit dir? Hörst du mich?»

«Du musst lauter sprechen, Anna!»

«Ich versuche seit Stunden, dich zu erreichen. Ich habe etwas entdeckt!»

«Wo bist du?»

«Auf dem Campingplatz. Ich wollte gerade in die Werkstatt, um meinen Wagen abzuholen.»

«Dafür ist jetzt keine Zeit! Bleib, wo du bist! Ich bin gleich bei dir!»

In Preungesheim bog er auf die A 661. Er nahm die Abfahrt Riedberg und fuhr die Olof-Palme-Straße entlang in Richtung Heddernheim.

Als er seinen Wagen auf dem Parkplatz des *Sandelmühlen Camps* abstellte, hatte er kaum mehr als fünfzehn Minuten gebraucht.

Vor der Rezeption stand ein dicker kleiner Mann, der an seinem Hosenstall nestelte. «Wo wollen Sie hin?»

Marthaler hielt seinen Dienstausweis hoch: «Marthaler, Kripo Frankfurt», sagte er. «Ich will zu Anna Buchwald.»

Der Mann drehte sich wortlos um und verschwand in seinem Häuschen.

«Was machst du?», fragte Marthaler, als er an Annas Zelt ankam.

Sie kniete vor ihrem Rennrad. Sie hatte eine Plastikflasche mit Speiseöl und einen Lappen in der Hand.

«Ich vertreibe mir die Zeit. Das Olmo will gestreichelt werden.»

Sie tränkte den Lappen mit Öl und fuhr damit mehrmals über die Fahrradkette. Dann hob sie das Rad an, drehte die Kurbel und wiederholte den Vorgang.

Marthaler wartete, schließlich verlor er die Geduld. «Anna, verdammt, muss das ausgerechnet jetzt sein? Wir müssen dringend reden.»

Anna stand auf und wischte sich die Hände an dem Lappen ab. «Bitte sehr, ich höre! Aber *du* warst es, der nicht zu erreichen war. Ich habe deine Sekretärin angerufen. Sie hat mir ausgerichtet, dass wir uns im Großen Hasenpfad treffen wollen. Dort warst du aber nicht. Also bin ich wieder hierher zurückgefahren.»

Erschrocken sah Marthaler auf die Uhr. «Mist! Du hast recht! Das habe ich total vergessen.»

Anna grinste, als sie sein zerknirschtes Gesicht sah. «Wenn du mich zum Essen einlädst, könnte ich mir vorstellen, dir ein letztes Mal zu verzeihen.»

«Gute Idee, ich habe einen Riesenhunger! Komm, ich

weiß, wo wir hinfahren. Ob es dort allerdings kalorienredu-
zierte Paella gibt, wage ich zu bezweifeln.»

Marthaler drückte auf die Klingel des «Club Gourmet», hob
die Hand und winkte in Richtung der Videokamera. Kurz
darauf öffnete sich das Tor.

Marthaler ließ Anna vorgehen und beobachtete ihr
Gesicht. Sie betrat das Gelände und sah sich staunend nach
allen Seiten um. «Scharf», sagte sie. «Und hier kann man
essen?»

«Und wie! Warte ab!»

Mirko stand vor dem Bauwagen und sah ihnen misstrau-
isch entgegen. Als er Marthaler erkannte, hellte sich seine
Miene auf. «Hat's dir was geschmeckt, Alter? Bringst du neue
Kundschaft.»

Er hielt Marthaler seine Rechte hin, zog sie aber gleich
wieder zurück, um sie Anna zu reichen. «Erst mal das Dämchen. Bin ich der Mirko», sagte er.

Anna machte keine Anstalten, ihm ebenfalls die Hand zu
reichen. «Bin ich kein Dämchen. Bin ich die Anna», sagte sie
und sah Marthaler an.

Mirko spitzte den Mund, zwinkerte mit dem rechten Auge
und schüttelte kurz den Kopf. «Nix für ungut! Spatz muss
sein! Kommt ihr erst mal rein.»

Sie nahmen denselben Tisch, an dem Marthaler eine Woche zuvor mit Arne Grüter und dem Justizangestellten aus
dem Butzbacher Gefängnis gesessen hatte.

«In Frankfurt zwinkern die Männer gerne», sagte Anna.

«Komm», versuchte Marthaler sie zu besänftigen, «lass
Mirko leben.»

«Ja. Aber er soll sich benehmen.»

«Was gibt es zu essen?», fragte Marthaler, als der Wirt zu
ihnen an den Tisch kam.

«Machen wir schön mal bisschen was Lachs vorweg, hab ich vorhin noch geräuchert. Dann Pfännchen Colorado mit Steak und Kartöffelchen. Und hinterher was Palatschinken mit Heidelbeeren. Wird schon was lecker werden.»

Ohne Anna anzusehen, wartete er auf Marthalers Reaktion.

«Mirko!», sagte Anna.

Er drehte sich zu ihr. Sie streckte ihm die Hand entgegen. «Ist okay, ja?! Wir nehmen das Essen.»

Mirko schlug ein. Dann lächelte er und zog ab.

Außer ihnen waren lediglich vier andere Gäste da: ein Mann und drei Frauen, die Bier tranken, auf den Fernseher schauten, wo eine Sendung mit Volksmusik lief, und nur ab und zu ein paar Worte wechselten.

«Wer zuerst?», fragte Anna.

«Du!», sagte Marthaler.

Sofort rötete sich ihr Gesicht vor Eifer. «Hannelore Wilke ist ermordet worden», platzte sie heraus.

Marthaler legte den Kopf schief: «Wovon redest du?»

«Die Zeugin, die diesem Philipp ein Alibi gegeben hat … Sie ist nicht einfach verschwunden. Man hat sie umgebracht. Ich war in Offenbach bei ihrer Tochter …»

«Und diese Tochter hat dir erzählt, dass ihre Mutter ermordet wurde?»

«Ja … nein!» Anna ließ resigniert ihre Schultern sinken.

«Anna, bitte!», ermahnte Marthaler sie. «Langsam und der Reihe nach.»

«Verflucht, dann unterbrich mich nicht dauernd. Lass mich einfach erzählen. Katja Wilke hat mir eine Schachtel gegeben. Es waren Sachen ihrer Mutter drin: Fotos, ein Notizbuch, Ansichtskarten, alles unwichtiger Kram. Aber ich habe Kontoauszüge gefunden. Hannelore Wilke hat fast zwei Jahre lang jeden Monat zweitausend Mark überwiesen bekommen. Dann ist sie verschwunden, und die Zahlungen hörten plötzlich auf.»

«Würdest du jemandem, der verschwunden ist, weiter Geld überweisen?»

«Aber Robert, verstehst du denn nicht? Die Zahlungen wurden umgehend eingestellt. Die Polizei hatte überhaupt noch nichts unternommen. Offiziell galt die Frau noch nicht einmal als vermisst.»

Anna zog die schmalen Bündel mit den Kontoauszügen aus ihrem Rucksack, legte sie auf den Tisch und begann darin zu blättern.

«Schau hier und hier und hier: Seit August 1987 hat sie am Ersten jedes Monats diesen Betrag bekommen. Am 28. April 1989 ist sie abends verschwunden. Zwei Tage später ist ihre Tochter zur Polizei gegangen. Schon im Mai ist keine Überweisung mehr verbucht.»

Langsam begann Marthaler zu begreifen. «Und du meinst, derjenige, der ihr das Geld überwiesen hat, wusste bereits vorher, dass sie verschwinden würde.»

«Anders kann es nicht sein», sagte Anna. «Der Dauerauftrag ist storniert worden, als Hannelore Wilke noch zu Hause war. Und es gab nur einen Menschen, der wusste, dass sie am 28. April verschwinden würde.»

«Derjenige, der für ihr Verschwinden gesorgt hat. Ihr Mörder», sagte Marthaler. «Aber warum sollte ihr Mörder ihr knapp zwei Jahre lang Geld überweisen?»

«Denk doch nach, Robert!»

«Du meinst, sie hat jemanden erpresst?»

«Was denn sonst?»

«Vielleicht, vielleicht auch nicht. Jedenfalls wissen wir nicht, von wem das Geld stammt?»

«Nein, hier stehen nur Zahlen. Es ist ein Dauerauftrag, der von einer österreichischen Bank ausgeführt wurde, so viel habe ich in Erfahrung bringen können. In Österreich gibt es genau wie in der Schweiz keine Gesetze über die Kontobezeichnung. Aber die Polizei muss doch herausbekommen können, wer der Inhaber dieses Depots ist. Im Falle eines Verbrechens muss man die Bank doch zwingen können, diese Informationen herauszugeben.»

«Das sagst du so einfach», erwiderte Marthaler. «Ich glaube, ich würde leichter die Genehmigung bekommen, die Villa des Bundespräsidenten zu durchsuchen, als das Bankgeheimnis irgendeines Kontoinhabers zu lüften. Aber ich werde Sendler anrufen und ihm Druck machen. Es ist die Aufgabe der Staatsanwaltschaft, das in die Wege zu leiten.»

«Aber du bist überzeugt?», fragte Anna. «Du stimmst meinen Schlussfolgerungen zu?»

Marthaler dachte lange nach. Dann legte er beide Handflächen auf den Tisch. «Verdammt nochmal, ja! Was auch immer diese Sache mit unserem Fall zu tun hat, du hast recht! Hannelore Wilke ist ermordet worden. Es gibt keine andere Erklärung. Und wir werden dafür sorgen, dass ihre Leiche gefunden wird.»

Marthaler stand auf. Er zog sein Handy aus der Tasche und ging auf die gegenüberliegende Seite des großen Grundstücks. Er telefonierte zehn Minuten lang, dann kam er zurück.

«Morgen früh um sieben!», sagte er.

«Was ist morgen früh?»

«Ab morgen früh um sieben wird am Schultheisweiher nach Hannelore Wilke gesucht. Oder nach dem, was von ihr übrig ist.»

Ohne weiter über den Fall zu reden, aßen sie das Hauptgericht. Beide waren sich einig, selten so gute Steaks und niemals so gelungene Rosmarinkartoffeln gegessen zu haben.

Als Mirko kam, um die Teller abzuräumen, formte Anna

Daumen und Zeigefinger ihrer rechten Hand zu einem Kreis und küsste die Fingerspitzen. «Echt scharf, dein Essen», sagte sie.

«Zu scharf?», fragte Mirko.

Anna lachte. «Nein, es hat wunderbar geschmeckt.»

Verlegen und geschmeichelt schaukelte er seinen Oberkörper. Strahlend sah er Anna an. «Was ein süßer Käfer aber auch, die kleine Anna.»

Anna verdrehte die Augen, protestierte aber nicht.

«Also», sagte sie zu Marthaler, als Mirko wieder gegangen war, «jetzt du! Wo warst du? Was hast du gemacht?»

«Was der kleine Bruno vor seinem Tod zu dir gesagt hat … wahrscheinlich stimmt es. Jedenfalls waren die Bilder eine Woche vorher noch da, auf den Tatortfotos sind sie verschwunden. Also muss sie irgendwer …»

«Robert!»

«Was?»

«Langsam und der Reihe nach! Wie du es von mir verlangt hast. Bitte!»

«Ja, entschuldige, ich bin auch nicht besser», sagte er und versuchte, seine Gedanken in eine logische Reihenfolge zu bringen. «Heute Nachmittag habe ich Sebastian Haberstock aufgesucht, den Mann, der damals an der Offenbacher Hochschule für Gestaltung studiert hat, der ein Nachbar von Karin Rosenherz war und ein paarmal mit ihr ausgegangen ist. Wir haben lange über sie gesprochen. Was er zu berichten hatte, hörte sich anders an als das, was wir bislang über sie erfahren haben. Aber egal, jedenfalls habe ich ihm …»

«Nein», unterbrach Anna ihn wieder. «Es ist nicht egal. Ich will wissen, was er über sie denkt.»

Ihre Schultern waren nach hinten gebogen. Sie saß aufrecht und schaute Marthaler mit gespannter Erwartung an.

«Er sagt, sie sei ängstlich gewesen. Er hat sie als sensibel und schutzlos beschrieben. Er hat Fotos von ihr gemacht, auf denen sie nackt zu sehen ist. Sie wirkte auf diesen Fotos wie ein ganz hilfloses Wesen.»

Marthaler sah, wie es in Annas Kopf arbeitete. Was sie gerade erfahren hatte, schien ihr überaus wichtig zu sein. «Du meinst also, dass sie doch keine Schlampe war?», fragte sie.

Marthaler lachte. «Jedenfalls hatte sie auch eine andere Seite. Haberstock meinte, sie sei ein widersprüchlicher Mensch gewesen. Aber er hat sehr freundlich, fast liebevoll von ihr gesprochen. Er sagt, er habe sie gemocht, und ich hatte den Eindruck, dass er ein wenig in sie verliebt gewesen ist. Der Anblick der Tatort-Fotos hat ihn mehr erschüttert, als ich erwartet habe.»

Anna schnaubte: «Na, weißt du, wem das nicht an die Nieren geht, der müsste aber auch ein ziemlich stumpfer Bock sein, oder?»

«Jedenfalls hat er eine Entdeckung gemacht. Sagt dir der Name Paul Klee etwas?»

«Robert! Ich habe mir vorgenommen, Journalistin zu werden. Eine gewisse Allgemeinbildung darfst du also ruhig voraussetzen.»

«Dann weißt du mehr, als Karin Rosenherz wusste. In ihrem Schlafzimmer hingen bis zu ihrem Tod zwei Buntstiftzeichnungen von Paul Klee an der Wand. Sie hatte lange keine Ahnung, was sie da besaß. Als der Polizeifotograf seine Aufnahmen vom Tatort gemacht hat, waren diese Zeichnungen verschwunden.»

«Es ging um die Bilder, hat der kleine Bruno gesagt. Dann war es also nicht der letzte Freier, der sie getötet hat, sondern jemand, der scharf auf die Bilder war. Dann wäre dieses Rätsel also gelöst», sagte Anna.

«Jedenfalls zum Teil. Bleibt die Frage, woher der kleine Bruno davon wusste.»

«Und wer ihn umgebracht hat.»

«Ich habe noch etwas von Sebastian Haberstock erfahren. Er kannte sowohl Philipp Lichtenberg als auch Stickler und Ortmann. Alle drei waren Mitstudenten von ihm. Er beschreibt sie als ziemlich unangenehme Gesellen. Philipp Lichtenberg sei der Wortführer gewesen. Seine Eltern waren Inhaber einer Galerie und eines Auktionshauses. Er hatte das Geld, die anderen beiden waren seine Lakaien.»

«Ist dir klar, was du da sagst?», fragte sie.

Marthaler nickte, wollte aber, dass Anna ihre Gedanken selbst ausführte.

«Karin Rosenherz ist am Nachmittag vor ihrem Tod auf einer Party bei Philipp Lichtenberg, also bei einem Mann, der mit Kunst, mit Bildern zu tun hat. Am nächsten Abend wird ihre Leiche entdeckt. Die beiden Zeichnungen von Klee sind verschwunden. Albanelli erinnert sich, Philipp Lichtenberg im Hausflur gesehen zu haben. Dieser bestreitet aber, in der Kirchnerstraße gewesen zu sein, und benennt dafür vier Zeugen, von denen wir annehmen können, dass ihre Aussagen nicht viel taugen. Seine beiden Freunde waren in irgendeiner Weise abhängig von ihm, anders ist das Wort ‹Lakaien› nicht zu verstehen. Die beiden anderen Zeuginnen waren Prostituierte, das heißt, sie sind bezahlt worden. Die eine ist an Leukämie gestorben, die andere wahrscheinlich umgebracht worden. Damit ist das Alibi von Philipp Lichtenberg weniger wert als das Papier, auf dem es protokolliert wurde.»

Marthaler sah Anna an. «Willst du es dir nicht noch einmal überlegen?», fragte er.

«Was soll ich mir überlegen?»

«Ob deine Entscheidung, Journalistin zu werden, wirklich so klug ist?»

«Robert, red nicht drum herum. Sag mir einfach, wenn ich falsche Schlüsse gezogen habe.»

«Nein», erwiderte er lächelnd, «alles, was du gesagt hast, ist vollkommen richtig. Du hast argumentiert wie eine erfahrene Kriminalistin. Darüber hinaus hast du es so klar und folgerichtig formuliert, wie ich es selbst nie gekonnt hätte. Wenn du wirklich Journalistin wirst, geht uns eine vielversprechende Kollegin verloren.»

«Aber?», fragte Anna, die offensichtlich immer noch zweifelte, dass Marthaler seine Worte ernst gemeint hatte.

«Nichts aber», sagte er. «Trotzdem werde ich dir nicht den Gefallen tun, mein Lob zu wiederholen.»

«Schade eigentlich. Ich hätte gerne noch einen Nachschlag genommen.»

Marthaler merkte, dass Annas Aufmerksamkeit abgelenkt wurde. Sie schaute an ihm vorbei. Dann hörte er schon Arne Grüters rasselnde Stimme hinter seinem Rücken.

«Was für eine Überraschung, der Herr Hauptkommissar! Noch dazu in so netter Begleitung. Darf ich mich zu euch setzen?»

«Zu *Ihnen*!», sagte Anna.

Grüter zeigte seine gelben Zähne und schaute sie fragend an.

«Wir kennen uns nicht, also bleiben wir erst mal beim Sie!» Anna schien auf Anhieb eine Abneigung gegen den Chefreporter des *City-Express* gefasst zu haben und gab sich keine Mühe, diese zu verhehlen.

«Wie auch immer», sagte Grüter an Marthaler gewandt. «Da Sie ja offensichtlich wieder in besserer Verfassung sind und Ihre Zeit auf angenehme Weise verbringen» – er warf einen Seitenblick auf Anna –, «darf ich wohl damit rechnen, mal wieder ein wenig Futter zu bekommen.»

«Deswegen bin ich hier», sagte Marthaler. «Ich hatte gehofft, Sie hier zu treffen. Darf ich vorstellen: Anna Buchwald, eine Cousine aus Hamburg! Sie ist Juristin und berät mich im Fall Rosenherz. Arne Grüter, Reporter beim *City-Express*. Ich habe ihm versprochen, ihn auf den neuesten Stand der Ermittlungen zu bringen.»

Anna runzelte ihre Stirn und schaute Marthaler an, als sei er im Begriff, eine Dummheit zu begehen. Durch einen kurzen Blick gab er ihr zu verstehen, dass er sehr wohl wusste, was er tat.

«Heißt das, wir können offen reden?», fragte Grüter, der sich auf die Bank neben Anna schob, die sofort ein Stück zur Seite wich.

«Das können wir», sagte Marthaler.

Grüter warf den Rest seiner gerade gerauchten Zigarette auf den Boden, klopfte eine neue aus der Packung und steckte sie an.

«Ich darf doch?», fragte er, ohne auf eine Antwort zu warten. Er hielt die Packung in die Runde, doch sowohl Marthaler als auch Anna lehnten ab.

«Ich höre», sagte Grüter.

«Philipp Lichtenberg – was wissen Sie über ihn?», fragte Marthaler.

Die Augen des Reporters verengten sich zu Schlitzen. Er verzog das Gesicht zu einer Grimasse, so, als habe er plötzlich starke Schmerzen.

«Grüter, was ist los? Ich habe Ihnen eine einfache Frage gestellt.»

«Nein, haben Sie nicht! Sie legen mir etwas nahe. Sie legen nahe, dass Philipp Lichtenberg etwas mit Ihren Ermittlungen zu tun hat. Dass es einen Zusammenhang zwischen ihm, dem Mord an Karin Rosenherz und dem Überfall im Stadtwald gibt. Ich weiß nicht, was Sie vorhaben. Aber ich merke, dass Sie versuchen, mich zu benutzen.»

«Danke, gleichfalls», erwiderte Marthaler. «Aber wenn Sie

nicht wollen, bitte schön …» Er war aufgestanden und hatte sein Portemonnaie aus der Hosentasche gezogen. «Mirko, die Rechnung!», rief er.

Grüter hob beide Handflächen. «Warten Sie! Ich … ich sage Ihnen, was ich weiß. Aber viel ist das nicht … Und ich muss Sie warnen: Wenn Sie sich mit ihm anlegen, dann haben Sie sich einen Gegner gesucht, dem Sie nicht gewachsen sind …»

«Schon gut», sagte Marthaler, «Sie glauben nicht, wie oft ich diesen Spruch schon gehört habe. Schießen Sie einfach los!»

«Philipp Lichtenberg hat seit Ende der Sechziger ein weitverzweigtes Netz von Firmen aufgebaut. Inzwischen gilt er als einer der reichsten Männer Hessens. Er besitzt eine Gebäudereinigungsfirma, er hat einen großen Buch- und Zeitungsverlag gekauft, er hält Anteile an einem Sicherheitsunternehmen, an mehreren lokalen Radiosendern und an einer sehr erfolgreichen Supermarktkette, die mit Lebensmitteln aus biologischem Anbau handelt. Ihm gehören Mietwohnungen und Bürohäuser, und er selbst hat so viele private Wohnsitze, dass niemand weiß, wo er sich gerade aufhält. Sein Elternhaus im Mummschen Park soll er angeblich einem Penner vermacht haben.»

«Können Sie mir eine Liste dieser Wohnsitze erstellen? Und ein Dossier mit allem, was über ihn und seine Firmen in den letzten Jahren veröffentlicht wurde?»

Grüter wiegte den Kopf. «Wissen Sie, was Sie da von mir verlangen?»

«Ja oder nein?»

«Ich könnte in der Wirtschaftsredaktion nachfragen. Kann sein, dass die Kollegen mehr über ihn wissen … Sie haben vielleicht von seinem Haus in Danzwiesen gehört?»

«Nein, was ist damit?»

«Danzwiesen ist ein kleines Kaff in der Rhön, direkt am Fuß der Milseburg. Dort hat er sich vor zwanzig Jahren ein riesiges Haus bauen lassen. Ein ziemlich spektakulärer Bau. Sieht aus wie drei Bungalows, die man versetzt übereinandergestapelt hat. Die Fotos waren damals in allen Zeitschriften zu sehen.»

«Nie davon gehört», sagte Marthaler. «Aber wenn er so reich ist, warum weiß man dann so wenig über Philipp Lichtenberg?»

«Weil er scheu wie ein Reh ist. Eine Eigenschaft, die er mit vielen Großverdienern teilt – denken Sie an die beiden Albrecht-Brüder. Irgendwann in den Achtzigern ist er aus der Öffentlichkeit verschwunden. Es gibt keine aktuellen Fotos von ihm, er verweigert jeden Kontakt zu den Medien. Und wer versucht, ihm zu nahe zu kommen, dem schickt er ein Heer von Anwälten auf den Leib. Übrigens ist er einer Familientradition treu geblieben: Er kauft Kunst. Er soll eine der größten privaten Sammlungen mit Gemälden vom frühen Mittelalter bis zur Moderne besitzen. Und jetzt will ich wissen, was Philipp Lichtenberg mit diesen Verbrechen zu tun hat!»

Marthaler zögerte. Er wusste, dass er vorsichtig formulieren musste. Er war im Begriff, einen Geist aus der Flasche zu lassen, den er womöglich nicht mehr würde einsperren können.

«Philipp Lichtenberg ist 1966 im Fall Rosenherz vernommen worden. Er hatte ein Alibi, aber es gibt Hinweise darauf, dass dieses Alibi gekauft gewesen sein könnte.»

Arne Grüter ließ ein heiseres Lachen hören: «Sie haben Hinweise, aber keine Beweise? Verstehe ich das richtig?»

«So ist es!»

«Aber Sie wollen, dass ich das veröffentliche? Sie haben nichts Verwertbares gegen ihn in der Hand. Deshalb wollen

Sie Philipp Lichtenberg aus der Reserve locken. Er soll einen Fehler machen, nicht wahr?»

Marthaler lächelte, ohne die Frage zu beantworten. «Es gibt einen Zeugen, der ihn zur Tatzeit gesehen hat», sagte er.

«Dann sollten Sie dafür sorgen, dass die beiden gegenübergestellt werden.»

«Das hätte damals geschehen müssen. Aber die Staatsanwaltschaft ist zurückgepfiffen worden. Die Aussage dieses Zeugen ist aus den Akten verschwunden. Verschwunden ist auch eine Frau, die damals behauptet hat, in der Tatnacht mit ihm zusammen gewesen zu sein. Es spricht einiges dafür, dass sie ermordet wurde, vielleicht, weil sie gedroht hat, die Wahrheit zu sagen.»

«Das alles soll morgen in der Zeitung stehen?», fragte Grüter.

«Nicht erst morgen. Ich möchte, dass Sie die Meldung sofort schreiben und dass sie als Vorabveröffentlichung umgehend an alle Agenturen geht. Die Nachricht sollte noch heute Abend im Radio und im Fernsehen gesendet werden.»

«Sie wissen, dass wir damit eine Bombe zum Explodieren bringen.»

Marthaler nickte.

«Und Sie wissen auch, was dann passiert? Wir werden uns umgehend eine Gegendarstellung einfangen. Es wird eine Unterlassungsklage geben und eine einstweilige Verfügung, die uns untersagt, diese Behauptungen weiterzuverbreiten.»

«Das ist Ihr Problem. Entweder Sie sagen Ja oder Sie sagen Nein.»

Grüter schüttelte den Kopf. Ihm war anzusehen, wie sehr er sich mit der Entscheidung quälte.

«Das heißt ‹Nein›?», fragte Marthaler.

«Es heißt, dass ich es machen werde. Aber unter einer Bedingung!»

«Die wäre?»

«Ich kann mich bei einer solchen Sache nicht auf eine anonyme Quelle berufen. Ich muss Ihren Namen nennen. Sie sind derjenige, der das alles behauptet. Und genau das werde ich schreiben. Aber Sie wissen hoffentlich auch, dass Sie das den Kopf kosten wird.»

«Sie meinen, es *könnte* mich den Kopf kosten?»

«Nein, Marthaler, nicht *könnte*. Es *wird* Sie den Kopf kosten. Sie sind schon so gut wie tot.»

Marthaler grinste. «Wenn das so ist, dann ist es so.»

Vierter Teil

EINS «I'm gonna make a mistake, I'm gonna do it on purpose.» Während sich Anna auf der linken Spur der A 66 auf Fulda zubewegte, drehte sie den Ton des CD-Spielers noch lauter und klopfte den Rhythmus von Fiona Apples Song auf das Lenkrad. Sie trat das Gaspedal des MX-5 durch und sah zu, wie sich die Tachonadel der 170-Stundenkilometer-Marke näherte.

Sie hatte sich von Marthaler an der Mazda-Werkstatt absetzen lassen, hatte die Rechnung um einhundert Euro heruntergehandelt und war eine Viertelstunde später auf der Autobahn gewesen. Jetzt wechselte sie noch einmal für wenige Kilometer auf die A 7, bevor sie bei Fulda-Mitte auf die Bundesstraße in Richtung Osten bog.

Hinter dem Ort Dipperz hatte sie das Gefühl, die bewohnte Welt zu verlassen. Der Wald wurde dichter, die Straßen schmaler, und nur noch vereinzelt waren in den hügeligen Feldern ein paar Häuser und Höfe zu sehen. Zwei Rehe tauchten am Waldrand auf, Hasen flitzten ins Unterholz, und über den Wiesen kreisten schwere Greifer.

Noch einmal erreichte sie eine Siedlung, Kleinsassen hieß das Dorf, folgte dem Hinweis zu einem Café und hielt vor dem Haus, durch dessen beleuchtete Fensterfront man einige wenige Gäste an den Tischen sitzen sah.

Eine junge Frau kam aus der Tür und bewegte sich auf einen Schuppen zu.

«Entschuldigen Sie», rief Anna.

Die Frau drehte sich um, warf einen raschen Blick auf das Nummernschild des Mazda und lächelte Anna entgegen.

«Entschuldigen Sie, können Sie mir sagen, wie ich nach Danzwiesen komme?»

Sofort verschwand das Lächeln aus dem Gesicht der Frau. Sie hob die Brauen und wartete, bis Anna sich ihr auf wenige Schritte genähert hatte. «Sie wollen zu dem Fest? Dann sind Sie aber falsch gekleidet.»

«Von welchem Fest sprechen Sie?», fragte Anna. «Ich will nach Danzwiesen.»

«Sag ich ja», erwiderte die Frau. «Im Haus Lichtenberg ist mal wieder Party. Wo sollten Sie sonst hin wollen?»

«Kennen Sie Philipp Lichtenberg?»

Die Frau schnaufte. «Niemand hier im Dorf hat ihn je gesehen. Und inzwischen will ihn auch niemand mehr sehen.»

«Kann es sein, dass Sie nicht gut auf ihn zu sprechen sind?», fragte Anna.

«Seine Leute kaufen Grundstücke und Häuser auf, sie üben Druck auf die Bauern und die Bürgermeister der Gemeinden aus. Sie wollen ein riesiges Kongresszentrum an den Hang bauen, das keiner hier braucht. Sie sind wie unersättliche Hyänen. Aber niemand traut sich, etwas zu sagen. Jeder hofft, ein Stück vom Kuchen abzubekommen.»

«Ist das ein großes Fest?», fragte Anna.

«Sie haben wirklich keine Ahnung, oder? Im Hause Lichtenberg findet zweimal im Jahr eine riesige Party statt. Es kommen dort immer zwei- bis dreihundert Gäste. Es wird sogar jedes Mal ein Shuttle-Service zwischen dem Frankfurter Flughafen und Danzwiesen eingerichtet. Aber machen Sie sich keine Hoffnung; wenn Sie keine Einladung haben, kommen Sie da nicht rein.»

«Ich ermittle in einem Mordfall», sagte Anna.

Sie ließ den Satz wirken. Die Frau starrte sie an. «Sie sind also … von der Polizei?»

Anna machte eine Kopfbewegung, die man als Nicken deuten konnte, und legte den ausgestreckten Zeigefinger auf die verschlossenen Lippen.

«Verstehe», sagte die junge Frau.

«Ich habe eine Idee», sagte Anna. «Haben Sie einen Moment Zeit?»

«Ja, warum … Ich habe gerade Feierabend gemacht. Ich arbeite als Kellnerin im Café … Ich bin schon fast auf dem Heimweg.» Mit einer Kopfbewegung zeigte sie auf ein altes, mit Holzschindeln verkleidetes Haus, das nur dreißig Meter entfernt am Ende einer schmalen Stichstraße stand.

«Wollen Sie sich ein paar Euro verdienen? Ich würde mir gerne ein Kleid von Ihnen leihen. Ich heiße übrigens Anna.»

«Ich bin die Sylvia. Aber was wollen Sie mit einem Kleid von mir?»

Anna lächelte sie verschmitzt an. Dann schien die Kellnerin zu verstehen. Sie kicherte. «Nee, oder? Das haben Sie nicht wirklich vor …?»

«Und ein paar andere Schuhe bräuchte ich auch.»

Sylvias Wangen röteten sich. Sie taxierte Anna. «Klar … ich meine, wir sind ungefähr gleich groß. Meine Schwester hat vor zwei Jahren geheiratet. Das Kleid von damals passt mir sowieso nicht mehr …»

«Also müsste es mir passen, denken Sie? Weil Sie seitdem abgenommen haben?»

«Oh shit, so war das nicht gemeint. Egal … los, kommen Sie!»

«Wow, Sexbomb, Sexbomb!», rief Sylvia aus, als Anna sich zehn Minuten später vor dem Spiegel drehte. Sie trug ein dunkelblaues, tief ausgeschnittenes Kleid, dessen Saum knapp über den Knien endete. Sie schlüpfte in ein paar ebenfalls dunkelblaue Pumps und legte sich eine weiße Stola um die Schultern, die Sylvia aus dem obersten Fach ihres Kleiderschranks genommen hatte.

«Perfekt! Jetzt noch ein bisschen Wimperntusche und Lippenstift und dann: Sesam, öffne dich!»

«Okay», sagte Anna, die nun unversehens zum Du wechselte. «Was willst du dafür haben?»

«Vergiss es! Das Kleid hab ich selbst geschneidert, das schenk ich dir. Die Schuhe und die Stola legst du mir einfach vor die Tür, wenn du sie nicht mehr brauchst. Einverstanden?»

«Ja», sagte Anna. «Danke!»

«Sei vorsichtig!», sagte Sylvia, als sie neben dem Mazda stand, um sich zu verabschieden.

«Worauf du dich verlassen kannst», sagte Anna, startete den Motor, hob noch einmal die Hand und war wenig später hinter der nächsten Kurve verschwunden.

Auf der Hochrhönstraße umrundete sie den hohen Felsen der Milseburg, an deren östlichem Hang der Weiler Danzwiesen lag, ein winziger, aus kaum mehr als zehn, zwölf Häusern bestehender Ort, dessen schmale Hauptstraße als Sackgasse im Feld endete.

Schon ein wenig außerhalb des Dorfes und hoch über den anderen Gebäuden sah sie, halbverborgen zwischen den alten Tannen, das riesige Haus, das Arne Grüter beschrieben hatte: ein moderner Bau aus Beton und Glas, dessen Stockwerke aussahen wie drei flache Quader, die man versetzt übereinandergestapelt hatte. Das Haus war sowohl von innen als auch von außen beleuchtet und wirkte wie ein strahlender Fremdkörper in der verlassenen Ländlichkeit seiner Umgebung. Zu erreichen war es nur über einen asphaltierten Privatweg, der rechts und links von terrassierten Wiesen umgeben war, die man mit Schotter bestreut hatte und die nun als Parkplätze dienten.

Anna warf einen Blick auf die dort abgestellten Wagen, bei denen es sich fast ausschließlich um teure Limousinen handelte: S-Klasse, 7er-BMW und Lexus waren am häufigsten vertreten. Die Lackierung schien nur drei Töne zuzulassen: silbergrau, dunkelblau und schwarz. Dazwischen sahen die wenigen farbigen Sportwagen aus, als hätten sich ein paar Drag Queens unter eine Versammlung von Ordensschwestern gemischt.

Sie stellte den Mazda auf einen der am weitesten vom Haus entfernten Plätze und blieb hinterm Steuer sitzen. Als zwei Taxen auf das Eingangstor zufuhren, stieg sie aus und ging den steilen Weg hinauf. Sie hatte nichts dabei außer ihrem Mobiltelefon. Vom Grundstück hörte man Musik, gedämpfte Stimmen und ab und zu ein Lachen.

Am Tor war ein Tisch aufgebaut, an dem zwei junge Empfangsdamen die Einladungen der Gäste kontrollierten. Rechts und links hatten sich im Halbschatten der hohen Hainbuchenhecke zwei Security-Männer postiert.

Anna schob sich in die Gruppe der Neuankömmlinge und wartete, bis sie an die Reihe kam. Hinter ihr stand ein graumelierter Mittfünfziger im dunklen Anzug. Sie drehte sich um und lächelte ihn an.

Die kleinere der beiden Empfangsdamen begrüßte Anna. «Einen schönen guten Abend und herzlich willkommen. Wären Sie so nett, mir Ihre Einladung zu zeigen?»

Anna machte einen Schritt nach vorne. Ihr rechter Fuß knickte um. Sie ruderte mit den Armen, wollte ihr Gleichgewicht halten, indem sie versuchte, sich an dem kleinen Tisch festzuhalten, bekam aber nur die Tischdecke zu fassen, die sie im Fallen herunterriss. Vor Schmerz stöhnte sie auf. Sie saß auf dem Boden und schnappte nach Luft. Ihre Augen waren mit Tränen gefüllt. Sofort war der Graumelierte bei ihr. Er ging in die Hocke und legte ihr eine Hand auf die Schulter.

«Sehr schlimm?», fragte er.

Anna presste die Lippen zusammen und schüttelte den Kopf. Sie rieb sich den Knöchel.

«Kommen Sie, ich helfe Ihnen auf! Wir gehen ins Haus. Das Gelenk muss gekühlt werden.»

Anna nickte stumm und dankbar.

Der Mann legte seinen Arm um ihre Hüfte und zog sie auf die Beine. Sie durfte sich an seinem Arm festhalten.

Einer der Sicherheitsleute näherte sich ihnen. Er war jung, hatte ein vernarbtes Gesicht und ein kleines, tropfenförmiges Tattoo im Augenwinkel. «Mein Fräulein, ich muss Sie trotzdem um Ihre Einladung bitten!»

Der Graumelierte explodierte auf der Stelle: «Was fällt Ihnen ein, Sie ungehobelter Flegel? Entschuldigen Sie sich augenblicklich bei der Dame.»

Das Narbengesicht senkte den Kopf, stotterte ein paar unverständliche Worte und verzog sich.

Als sie am Haus angekommen waren, ging es Anna schon wieder besser. Es ging ihr bedeutend besser. Man bot ihr an, in einer Ecke der Bibliothek auf der Récamière Platz zu nehmen und ihr Bein hochzulegen. Man brachte ihr ein Kühlkissen und ein Glas Sekt. Nein, sonst brauchte sie nichts. Nur ein wenig Ruhe vielleicht.

Sie schenkte dem Graumelierten ein letztes dankbares Lächeln.

«Dann werde ich Sie jetzt alleine lassen», sagte er. «Aber ich hoffe sehr, dass wir uns heute Abend noch einmal sehen. Darf ich nach Ihrem Namen fragen?»

«Karin», sagte Anna mit immer noch schwacher Stimme. «Karin Rosenherz.»

«Caetano», sagte er und verneigte sich knapp. «Caetano vom Berg.»

Heiliger Schwanz, dachte Anna, auf was hab ich mich nur eingelassen?

Sie wartete, bis der Graumelierte die Tür hinter sich geschlossen hatte. Dann nahm sie ihr Handy und wählte Marthalers Nummer.

«Hat Grüter sich schon gerührt?», fragte sie.

«Ja. Der Hessische Rundfunk wird es als Top-Meldung in den Nachrichten um zweiundzwanzig Uhr bringen.»

«Also in einer halben Stunde.»

«Ja. Warum fragst du, Anna? Wo bist du?»

Sie antwortete nicht. Sie schaltete ihr Handy aus. Dann stand sie auf und öffnete die Tür der Bibliothek. Sie schaute sich um. Das Haus wirkte offen und hell. Niemand schien Notiz von ihr zu nehmen. Sie durchquerte einen großen Salon und trat durch die offene Flügeltür ins Freie. Überall in dem parkähnlichen Garten standen Gruppen von Leuten, plauderten, tranken Sekt und pflückten sich Häppchen von den vorbeischwebenden Tabletts.

Auf der rechten Seite des Gartens stand ein langes, weißes Zelt, in dem ein Büffet aufgebaut war. Die Angestellten einer Cateringfirma, die *Cucina Scarrafone* hieß, füllten die Teller der wartenden Gäste. In der Mitte des Zeltes gab es etwa dreißig runde Tische mit jeweils sechs Stühlen. Fast alle Plätze waren besetzt.

Auf einer kleinen Bühne am hinteren Ende des Zeltes saß eine Frau am Flügel und spielte irgendwas von Satie. Als sie fertig war, trat ein Mann ans Mikrophon und bedankte sich bei ihr. Ein paar Leute applaudierten.

Anna ging zur Bühne. Sie hasste Satie, aber sie klatschte ebenfalls in die Hände. Sie drückte sich am Bühnenrand

vorbei und kam in einen kleinen, durch einen Vorhang abge-
trennten Bereich des Zeltes, wo ein Mann vor einem Misch-
pult saß. Der Techniker hob den Kopf. Er grinste.

«Oh, Überraschung!», sagte er. «Kann ich etwas für Sie
tun?»

«Ja, das wär toll!», sagte Anna.

«Bitte! Alles! Jederzeit!», sagte er.

«Ich weiß aber nicht, ob das geht.»

«Geht nicht gibt's nicht! Also?»

«Können Sie ein Radio an die Lautsprecheranlage an-
schließen?»

«Kein Problem», sagte er und tippte auf ein kleines Notebook, das aufgeklappt neben ihm stand. «Damit krieg ich fast
jeden Sender. Haben Sie an was Bestimmtes gedacht?»

«Ja. Ich habe für den Gastgeber einen Radiogruß bestellt,
der um zweiundzwanzig Uhr ausgestrahlt wird. Es würde ihn
sicherlich freuen, wenn alle Gäste diesen Gruß hören könnten.»

«Welcher Sender?»

«Auf HR 4.»

«Hör ich zwar nie», sagte der Techniker. «Aber kein Problem.»

Er hob das Notebook auf seinen Schoß, hämmerte auf die
Tasten des Keyboards und schaute auf den Monitor.

«Sehen Sie, da haben wir ihn schon.»

Anna stand jetzt schräg hinter ihm. Sie beugte sich ein wenig nach vorn, um besser sehen zu können. Ihr Busen berührte seinen Oberarm.

«Muss ich nur noch den Stecker reinschieben, und ab geht
die Post», sagte er.

«Danke!», sagte Anna. «Sie sind ein Schatz. Und denken
Sie daran: erst um Punkt zweiundzwanzig Uhr!»

«In sieben Minuten! Schon programmiert!», sagte der

Techniker. Dann zog er aus der Brusttasche seines Hemdes eine Visitenkarte hervor. «Und wenn Sie mal einen Stage-Manager brauchen ... immer zu Diensten.»

Anna nahm die Visitenkarte und drückte sie an ihr Herz. Zwei Sekunden später hatte sie den Verschlag verlassen.

Sie nahm sich ein neues Sektglas und ging nach draußen. Inzwischen war es fast dunkel geworden. Umso heller leuchteten die Gesichter der Gäste, die sich in Gruppen unter den hohen Gartenlaternen versammelt hatten.

Sie versuchte, sich so unauffällig wie möglich zu bewegen. Trotzdem vergaß sie nicht, den rechten Fuß ein wenig nachzuziehen, sodass niemand, der ihren kleinen Unfall mitbekommen hatte, Verdacht schöpfen konnte.

«Wieder besser?», fragte eine Stimme hinter ihr.

Sie drehte sich um und lächelte. «Heißen Sie wirklich so? Caetano vom Berg?»

«Ja. Ein schweres Schicksal, nicht wahr?»

«Gibt Schlimmeres. Sagen Sie, haben Sie den Gastgeber schon gesehen?»

Der Graumelierte schaute sie an, als habe er ihre Frage nicht verstanden. «Wen meinen Sie?»

«Na, Philipp Lichtenberg», sagte Anna. «Ihm gehört doch das alles hier.»

«Kann es sein, dass Sie zum ersten Mal hier sind?»

Anna nickte.

«Philipp Lichtenberg zeigt sich nie auf seinen Festen.»

«Nie?»

«Nein! Übrigens hat mich einer seiner Teilhaber bereits nach Ihnen gefragt. Er wollte wissen, ob ich die junge Frau kenne, die sich am Eingang den Fuß verletzt hat.»

Anna merkte, wie ihr Hals eng wurde. Ihr Herz begann zu klopfen. «Und ... was ... was haben Sie gesagt?»

«Ich habe ihm gesagt, dass Sie Karin Rosenherz heißen. Er hat mich gefragt, ob ich weiß, wo sie sich gerade aufhalten. Ich glaube, er würde Sie gerne kennenlernen. Ah, dahinten steht Dr. Ortmann ja.»

Caetano vom Berg schaute zum anderen Ende des Gartens, wo sich ein kräftiger, etwa sechzigjähriger Mann mit einem jüngeren unterhielt. Der jüngere war der Security-Angestellte vom Eingang: Narbengesicht. Beide wirkten aufgeregt.

«Dr. Ortmann?», fragte Anna.

«Ja, Hubert Ortmann ist sozusagen die sichtbare Seite von Philipp Lichtenberg, sein Stellvertreter auf Erden. Soll ich Sie mit ihm bekannt machen?»

Im selben Moment hob Narbengesicht den Arm. Er hatte seinen Zeigefinger ausgestreckt und zeigte direkt auf Anna.

«Nein», stotterte Anna, «entschuldigen Sie bitte … Ich muss schnell mal …»

Die Lautsprecher knisterten. Dann hörte man den Jingle, der die Nachrichten des Hessischen Rundfunks ankündigte.

Anna huschte an der äußeren Wand des Zeltes entlang, bog um dessen hintere Ecke und drückte sich zwischen ein paar große Rhododendren-Büsche. Sie stand einen Meter von der Kabine des Tontechnikers entfernt – von dieser nur durch eine wenige Millimeter starke Zeltwand getrennt.

«HR 4 – Nachrichten. Wie soeben aus einer Vorabmeldung des *City-Express* bekannt wird, ist der hessische Großunternehmer Philipp Lichtenberg offensichtlich in einen Mordfall verwickelt.»

Anna hörte Gelächter. Einige der Gäste schienen die Lautsprecherdurchsage für einen gelungenen Party-Scherz zu halten.

«Unter Berufung auf Polizeikreise berichtet die Zeitung, dass Lichtenberg im Verdacht stehe, mit dem Kunstraub im

Frankfurter Stadtwald zu tun zu haben, bei dem es vorige Woche einen Toten und eine Schwerverletzte gegeben hat.»

Das Gelächter wurde lauter. Gleichzeitig hörte man vereinzelte Rufe: «Geschmacklos! ... Abschalten!»

«Darüber hinaus wurde bekannt, dass der Unternehmer bereits bei einem neununddreißig Jahre zurückliegenden Tötungsdelikt ins Visier der Ermittler geraten war. Damals war die Prostituierte Karin Rosenherz in ihrem Apartment in der Frankfurter Innenstadt erstochen worden. Ein Mord, der auch wegen seiner Parallelen zum Fall Nitribitt über die Landesgrenzen hinaus großes Aufsehen erregte. Weitere Einzelheiten sollen im Laufe des morgigen Tages bekanntgegeben werden.»

Ganz in der Nähe hörte Anna das Trampeln schwerer Schritte. Hinter der Zeltwand brüllte eine Männerstimme: «Was soll das, Sie Idiot? Schalten Sie das sofort ab! Die Lautsprecher aus, hab ich gesagt!»

Ein krachendes Geräusch war zu vernehmen. Die Lautsprecherdurchsage erstarb.

Anna kämpfte sich weiter durch das Dickicht der Rhododendren, bis sie vor einem hohen Zaun stand. Sie zog ihre Pumps aus, warf sie hinüber und begann an dem Drahtgeflecht hochzuklettern. Sofort ertönte die Sirene einer Alarmanlage. Anna wuchtete sich über den Zaun, hielt sich mit beiden Händen fest und ließ sich auf der anderen Seite zu Boden fallen. Sie schnappte ihre Schuhe, schlug einen großen Bogen um das Haus und hatte drei Minuten später den Parkplatz erreicht.

Geduckt lief sie zwischen den Fahrzeugen hindurch.

Als sie hinter dem Steuer ihres Mazda saß, schaute sie sich zum ersten Mal um. Vor dem Haus sah man einige Männer hektisch hin- und herlaufen. Immer noch war das Heulen der Alarmsirene zu hören.

Anna ließ den Motor an. Kurz darauf flammte fünfzig

Meter entfernt ein großer Suchscheinwerfer auf. Die Gestalt eines Mannes sprang in den Lichtkegel.

Anna erkannte Narbengesicht.

«Bingo!», rief sie und trat das Gaspedal durch.

Sie hörte, wie der Schotter von den durchdrehenden Reifen unter das Bodenblech geschleudert wurde.

ZWEI An diesem Morgen spürte man zum ersten Mal, dass sich der Sommer bereits auf dem Rückzug befand. Über Nacht war es um drei Grad kälter geworden. Von Nordwesten wehte ein frischer Wind über den Main. Der Himmel war von schweren Wolken verhängt, und über der Berger Höhe sah man es regnen.

Es war kurz vor sieben.

Die Männer des Technischen Hilfswerkes, die sich an der Südspitze des Schultheisweihers einfanden, trugen Jacken und hatten Thermoskannen dabei. Ein Diensthundeführer saß hinter dem Steuer seines Wagens und war über seiner Zeitung eingenickt.

Marthaler parkte vor der Polizeiabsperrung am Rande eines Feldwegs hinter zwei Streifenwagen und stapfte auf Konrad Morell und Carlos Sabato zu, die ihm mit unbewegten Gesichtern entgegensahen.

Sabato hob die Hand. «Warte, Robert. Bevor ich hier eine Hand rühre, muss ich mit dir reden! Unter vier Augen und außer Hörweite.»

Marthaler nickte Morell zu. Der erwiderte seinen Gruß.

«Sollen wir schon anfangen?»

«Ja», sagte Marthaler. «Macht das! Wir sind gleich bei euch.»

Morell drehte sich um und ging davon.

Sabato hatte Marthaler am Ärmel gepackt und zog ihn mit sich fort. Marthaler wagte nicht zu protestieren. Nach fünfzig Metern blieb der Kriminaltechniker stehen. Seine leise, tiefe Stimme klang bedrohlich: «So geht es nicht!», sagte er. «Du lässt mich von einer jungen Frau anrufen, von der ich noch nie gehört habe. Sie teilt mir mit, dass euer Kind nicht überlebt hat. Nicht nur Elena und ich sind in heller Aufregung. Alle Kollegen machen sich Sorgen. Niemand weiß, wo du bist. Jeder Versuch, dich zu erreichen, endet im Nichts ...»

Marthaler setzte an, etwas zu sagen, aber Sabato ließ ihn nicht zu Wort kommen.

«Warte, ich bin noch nicht fertig ... Gestern kommt kurz vor Feierabend Elvira zu mir ins Labor, schließt die Tür hinter sich und richtet mir aus, dass ich mich heute Morgen hier einfinden soll, ohne dass die Frankfurter Kollegen etwas davon erfahren dürfen. Mehr kann sie mir nicht sagen, weil sie mehr nicht weiß.»

«Carlos, dann lass mich erklären ...»

Sabato hatte seinen Zeigefinger ausgestreckt und stieß ihn auf Marthalers Brust: «Stopp, Robert, nein! Inzwischen habe ich mich selbst kundig gemacht. Morell hat mir in groben Zügen erklärt, um was es geht. Aber damit das klar ist: Das hier ist der letzte Liebesdienst, den ich dir erweise. Sollte sich dein Verhalten nicht unverzüglich ändern, ist unsere Freundschaft beendet.»

Marthaler nickte. Er wusste nicht, was er sagen sollte.

«Dann diese Sache mit Philipp Lichtenberg. Elena und ich waren gestern Abend im Theater. Auf dem Heimweg hören wir im Autoradio die Nachrichten. Weißt du eigentlich, was seitdem los ist?»

Marthaler atmete durch. «Ich weiß es nicht, aber ich ahne es.»

«Die gesamte MK1 ist unverzüglich ins Präsidium beordert worden. Noch in der Nacht hat eine Videokonferenz mit dem Innenministerium stattgefunden. Niemand von uns wusste, was das alles zu bedeuten hat. Wir standen da wie … wie …»

«… mit abgeschnittenen Hosen?»

«Allerdings! Es hat eine Weile gedauert, bis wir endlich kapiert haben, dass nur du es sein kannst, der uns diese Suppe eingebrockt hat. Näheres wird man wahrscheinlich heute aus dem *City-Express* erfahren. Du scheinst dort Freunde gefunden zu haben, denen du mehr vertraust als deinen Kollegen. Wir haben alle in der vergangenen Nacht kaum ein Auge zugemacht. Dir ist hoffentlich klar, dass die Meldung, die du lanciert hast, sofort von oberster Stelle dementiert wurde. Noch gestern Nacht hat der Polizeipräsident eine Pressemeldung rausgehen lassen, in der es heißt, dass es keinerlei Ermittlungen gegen Philipp Lichtenberg gibt.»

«Das habe ich gehofft», sagte Marthaler.

Sabato sah ihn an, als könne er nicht glauben, was er gerade gehört hatte. «Du veranstaltest einen solchen Zirkus, und dann hoffst du, dass alles sofort wieder rückgängig gemacht wird?»

«Es ging darum, Philipp Lichtenberg aufzuscheuchen. Er ist seit vielen Jahren von der Bildfläche verschwunden. Dass er in diese Verbrechen verwickelt ist, steht vollkommen außer Frage. Jetzt weiß er, dass wir ein Auge auf ihn geworfen haben. Ob die Meldung dementiert wurde oder nicht: Er kann sich nicht mehr sicher fühlen. Er muss reagieren, und er wird reagieren.»

Sabato nickte. «Ob dich das allerdings vor einer Suspendierung schützen wird, wage ich zu bezweifeln. Bedank dich bei Charlotte von Wangenheim! Sie war heute Nacht die Einzige, die dich noch in Schutz genommen hat. Sie hat verlangt, mit dir sprechen zu dürfen, bevor du von deinen Aufgaben entbunden wirst. Aber sie wartet auf eine Erklärung. Und ich rate dir: Lass sie nicht zu lange warten!»

«Das geht nicht», sagte Marthaler. «Wenn ich jetzt in die Mühlen einer internen Untersuchung gerate, war alles umsonst. Ich brauche ein, zwei Tage. Und ich wollte dich bitten, so lange noch bei euch unterschlüpfen zu dürfen. Ich fürchte, dass die Meute bereits wieder vor meiner Haustür lauert.»

Sabato sah lange in die Ferne. «Mach, was du willst», sagte er schließlich kopfschüttelnd. «Du hast den Schlüssel zu unserem Haus. Aber sei dir sicher: Meine Geduld ist ziemlich am Ende …»

«Das habe ich verstanden.»

«Das Einzige, was mich noch interessiert: Wie geht es Tereza?»

«Ich komme gerade von ihr. Ich war die ganze Nacht im Krankenhaus.»

«Und sie weiß schon, dass das Kind …?»

«Ja, der Arzt hat es ihr gestern Abend gesagt. Körperlich geht es ihr sehr viel besser. Die Wunden verheilen gut, und ihre Lunge wird wieder gesund. Aber sie hat viel geweint.»

«Das ist ihr gutes Recht. Kann sie sich auf dich verlassen?»

«Carlos, ich bin nicht das Monster, für das ihr mich alle zu halten scheint. Genau wie Tereza habe ich mich auf das Baby gefreut wie auf nichts zuvor in meinem Leben.»

«Es geht nicht um dich. Ich habe gefragt, ob sie sich auf dich verlassen kann?»

«Das kann sie. Und sie weiß, dass sie es kann. Sie hat gesagt, sie habe das Gefühl, dass man ihr ein Leben genommen hat und ein anderes geschenkt.»

Sabato wedelte mit der rechten Hand vor seinem Gesicht, um einen Schwarm Mücken zu vertreiben. «Tereza ist ein Schatz», sagte er.

«Das muss man mir nicht sagen.»

«Doch, das muss man. Wenn es um den Umgang mit Menschen geht, muss man dir immer wieder das kleine Einmaleins beibringen. Tereza ist hinreißend. Einer solchen Frau begegnet man nicht alle Tage. Und solltest du in Bezug auf sie einen Fehler machen ...»

«Dann?»

«Dann springe ich dir mit dem nackten Hintern ins Gesicht.»

Konrad Morell kam schnaufend auf sie zu. Er hatte eine Öljacke übergezogen und Gummistiefel an den Füßen. An den Sohlen klebten dicke Erdklumpen, die er jetzt versuchte, mit einem dünnen Ast zu entfernen.

«Verdammter Mist, Marthaler. Wozu hab ich ein sauberes, trockenes Büro, wenn ich hier für dich knöcheltief im Schlamm waten muss? Und dauernd habe ich diesen Clown da im Nacken.»

Mit dem Kopf zeigte er auf einen bärtigen Mann, der vom Ufer aus mit verschränkten Armen zuschaute, wie sich die Männer des Technischen Hilfswerks Meter für Meter durch das dichte Unterholz des kleinen Waldes kämpften, der die gesamte nördliche Hälfte des Schultheisweihers umschloss.

«Wer ist das?», fragte Marthaler.

«Was weiß ich! Irgend so ein Waldschrat von der Naturschutzbehörde, ein Wichtigtuer. Bei jedem Schritt, den die Männer machen, schreit er ‹Halt›. Du wirst sehen, der Typ wird nachher für jede zertretene Ameise eine Trauerfeier abhalten. Dabei habe ich versucht, ihm klarzumachen, dass ich ein ausgewiesener Freund von Flora und Fauna bin und dass er sich keine Sorgen machen soll. Weißt du, was er gesagt hat?»

«Na?»

«Das sind die Schlimmsten, hat er gesagt. Das sei wie mit den Kinderschändern, die würden auch immer behaupten, ein besonders großes Herz für die Kleinen zu haben. Unfassbar, oder?»

«Aber ihr habt noch nichts?»

Morell füllte seine Wangen mit Luft und riss die Augen auf. «Was soll das heißen: Wir haben nichts», rief er empört aus und ruderte mit den Armen. «Elf Leichen haben wir schon gefunden. Aber ich dachte, ich ruf dich erst, wenn das Dutzend voll ist.»

«Ja», sagte Marthaler und verdrehte die Augen. «Sehr witzig. Wo bleiben überhaupt die Taucher?»

«Die bleiben im Stall. Die brauchen wir nicht.»

«Und warum nicht?»

«Weil Hannelore Wilke wasserscheu war. Und weil sie deshalb niemals die letzten sechzehn Jahre in diesem Badesee verbracht hätte.»

Konrad Morell sah Marthaler erwartungsvoll an. Dann begann er über seinen eigenen Scherz zu kichern.

«Okay, Morchel! Ich habe verstanden, dass du heute den Pfiffikus geben willst. Trotzdem wäre ich dankbar, eine ernsthafte Antwort zu bekommen.»

Das Kichern erstarb. Nervös sah sich Morell um. Dann beugte er sich vor und zischte Marthaler leise an: «Noch einmal Morchel und ich lasse die Suche abbrechen. Und zwar auf der Stelle.»

Marthaler trat einen Schritt zurück: «Also?»

«Der Schultheisweiher ist im Frühjahr 1990 einer Grundreinigung unterzogen worden. Man hat ihn damals komplett ausgebaggert und tonnenweise Müll zutage gefördert. Zu diesem Zeitpunkt war Hannelore Wilke bereits seit fast einem Jahr verschwunden. Oder wie du vermutest: seit fast einem Jahr tot. Wenn ihre Leiche im Wasser gelegen hätte, wäre sie damals gefunden worden.»

Der Hundeführer kam auf sie zu und gähnte. Auch seine Stiefel waren voller Schlamm. Der Deutsche Schäferhund, der neben ihm hertrottete, hob immer wieder den Kopf, als wolle er kontrollieren, ob sein Herrchen ihm noch gewogen sei.

«Was haben Sie vor?», fragte Marthaler. «Wollen Sie schon Feierabend machen?»

Der Mann sah ihn feindselig an. Dann ging er wortlos weiter zu seinem Passat Kombi, öffnete die Heckklappe und ließ das Tier hineinspringen. Kurz darauf hatte er einen anderen Hund an der Leine, kam wieder an Morell und Marthaler vorbei, würdigte sie diesmal aber keines Blickes, sondern lief mit gesenktem Kopf erneut auf das Wäldchen zu.

«Mensch, Marthaler», sagte Morell, «du hast echt ein Talent, dir Freunde zu machen. Anders als du sind Leichenspürhunde extrem sensible Wesen. Sie haben einen äußert empfindlichen Geruchssinn und sind nur begrenzt belastbar. Deshalb führen die Hundeführer immer zwei der kostbaren Tiere mit sich. Während das eine im Einsatz ist, kann das andere sich erholen. – Magst du was naschen?»

Morell zog eine Tüte mit weiß bepuderten Lakritzstäbchen hervor – sogenannte Schulkreide. Marthaler machte große Augen. «Das gibt's nicht! Wo hast du die denn her? Dafür könnte ich sterben.»

«Bitte! Nach dir!», sagte Morell und begann wieder zu kichern.

Plötzlich legte er eine Hand auf Marthalers Unterarm. Beide Polizisten hoben gleichzeitig die Köpfe.

«Hast du das gehört? Da hat jemand gepfiffen.»

Etwa dreihundert Meter entfernt sahen sie einen der Männer des THW aus dem Dickicht treten. Er stand auf der

Spitze einer kleinen Landzunge, die nach Westen zeigte. Der Mann winkte ihnen zu.

«Los, komm», sagte Morell. «Die haben was!»

Sie hielten sich so dicht wie möglich an dem unbefestigten Ufer und steuerten auf den Mann zu. Schon nach wenigen Metern hatte Marthaler nasse Füße. Leise fluchend stapfte er weiter. Mit Erstaunen sah er, wie behände Morell sich in dem unwegsamen Gelände bewegte.

Als sie fast am Ziel waren, rutschte Marthaler ab. Im letzten Moment konnte er sich an einem Strauch festhalten. Er stand bis zu den Knien im Wasser.

Der THW-Mann kam auf ihn zu, reichte ihm einen Arm und stemmte seine Füße auf den Boden. «Halten Sie sich mit beiden Händen fest. Ich versuche, Sie an Land zu ziehen», sagte er. «Und passen Sie auf, dass Ihre Schuhe nicht im Schlamm steckenbleiben!»

Sabato hatte einen Umweg genommen und sich der Landzunge von der anderen Seite des Wäldchens genähert. Trotzdem war er schneller gewesen. Seine Schuhe waren trocken. Er schaute an Marthaler herab, verkniff sich aber einen Kommentar.

Er ging auf die Stelle zu, wo sich drei Männer des Suchtrupps versammelt hatten und immer wieder auf den Boden zeigten.

Er hob die Arme, um sich Gehör zu verschaffen. Während er sprach, streifte er sich bereits seine Gummihandschuhe über. «Okay, Leute, gute Arbeit! Könnte sein, dass da was ist. Jetzt heißt es: keine Spuren zerstören! Geht ein paar Meter zur Seite und wartet bitte, bis ihr neue Anweisungen bekommt.»

Er stellte den eckigen, schwarzen Koffer auf den Boden, klappte ihn auf und entnahm ihm eine stabile Plastikplane, die er neben sich ausbreitete. Er legte ein paar Werkzeuge auf der Plane bereit, dann begann er mit einem Spatel in dem feuchten Boden zu graben.

«Mist», sagte Marthaler zu Morell, «wir hätten die Vermisstenanzeige mitnehmen müssen. Erinnerst du dich: Katja Wilke hat damals zu Protokoll gegeben, welche Kleidung ihre Mutter an dem Abend getragen hat, als sie verschwunden ist.»

Morell schob sich eine neue Stange Lakritz in den Mund, knöpfte seine Öljacke auf, griff in die Innentasche seines Jacketts und zog ein zusammengefaltetes Stück Papier heraus. «Frag Papi!», sagte er. «Ich hab eine Kopie gemacht.»

Marthaler nahm das Protokoll und überflog es, dann las er es laut vor, sodass Sabato ihn hören konnte. «Nach Aussage der Zeugin hat Hannelore Wilke am Abend des 28. April 1989 folgende Kleidungsstücke getragen: Einen kurzen dunkelbraunen Lederrock, eine dünne dunkelbraune Lederjacke, eine weiße Baumwollbluse mit dunkelroten Folklorestickereien und dunkelbraune, geschnürte Stiefeletten der Größe 37 oder 38. Hannelore Wilke ist 1,66 Meter groß. Sie wiegt ca. 60 Kilo. Zum Zeitpunkt ihres Verschwindens trug sie schulterlanges, gewelltes Haar, das die Zeugin als dunkelblond bis hellbraun bezeichnet. Wie Katja Wilke angibt, besitzt ihre Mutter eine große Anzahl Handtaschen, von denen sie eine immer bei sich trägt, wenn sie das Haus verlässt. Welche Tasche sie am fraglichen Abend dabeihatte, daran kann sich die Zeugin nicht erinnern. Sie vermutet, dass sich in der Tasche Schminkzeug, ein Schlüsselbund und eine Brieftasche befanden, über deren Inhalt die Zeugin keine Angaben machen kann. Sie hält es für wahrscheinlich, dass ihre Mutter Schmuck trug, kann dies aber nicht mit Sicherheit sagen.»

Marthaler faltete das Blatt zusammen und gab es Morell zurück. Dann ging er zwei Schritte auf Sabato zu, traute sich aber nicht, ihm über die Schulter zu schauen.

Der Kriminaltechniker drehte den Kopf zu ihm hoch: «Was ist? Willst du nicht fragen, was ich hier gerade aus dem Dreck ziehe?»

«Um mich von dir anschnauzen zu lassen? Um mir sagen zu lassen, dass ich mich gefälligst gedulden soll?»

Sabato grinste und schwieg.

Marthaler trat von einem Bein aufs andere. «Und?», fragte er schließlich.

Sabato nickte. Aus der kleinen Grube, die er gerade mit seinem Spatel gegraben hatte, hob er einen mit feuchter Erde bedeckten Gegenstand und legte ihn auf die Plastikplane. Er nahm ein Rollmaßband und hielt es einmal quer und einmal längs an das verschmutzte Objekt. «Keine dreißig Zentimeter lang, keine zehn Zentimeter breit.»

Er stand auf und hielt das Ding in die Höhe: «Sieht gut aus!», sagte er und ging ein paar Meter weiter zu einer Stelle, wo das Blätterdach der Bäume weniger dicht war und wo er deshalb mehr Licht hatte. «Die Größe kommt hin», sagte er. «Könnte sich um einen Damenschuh handeln. Ein kleiner Stiefel. Das Leder ist ziemlich verrottet, die Gummisohle naturgemäß gut erhalten, die Ösen verrostet.»

Marthaler trat näher heran und sah zu, wie Sabato mit einer breiten Pinzette an einer Stelle das Leder des Schuhs sauber kratzte.

«Dunkelbraun dürfte stimmen», sagte er. «Wenn ihr mich fragt: ein Treffer.»

«Gut», sagte Marthaler zu Morell, «dann soll der Hundeführer jetzt kommen.»

Zwei Stunden später waren sie sicher, die sterblichen Überreste von Hannelore Wilke gefunden zu haben.

Wie es aussah, hatte man ihr den Schädel eingeschlagen.

Keine zwanzig Meter von der Stelle entfernt, an der Sabato

den Schuh aus dem Boden gezogen hatte, hatte der Leichen-
spürhund Laut gegeben.

Erneut hatte sich der Kriminaltechniker an die Arbeit ge-
macht. Das Skelett lag an einer fast unzugänglichen Stelle im
Unterholz. Es war mit verfaulten Blättern und abgebrochenen
Ästen bedeckt, aber das Opfer war nicht vergraben worden.
Die Form der Beckenknochen ließ Sabato darauf schließen,
dass es sich um eine Frau handelte. Die Körpergröße stimmte mit der von Hannelore Wilke überein. Eine Analyse der
DNA und ein Abgleich des Zahnschemas würde ihnen letzte
Sicherheit geben. Wahrscheinlich war sie irgendwo am Ufer
des Schultheisweihers ermordet worden. Dann hatte der Täter ihre Leiche in das Wäldchen geschleift, wobei vermutlich
einer der Schuhe abgestreift wurde.

Den zweiten Schuh fanden sie am Skelett, genauso den
Lederrock und eine billige Halskette. Das Gewebe der
Baumwollbluse war fast vollständig zerfallen, Sabato äußer-
te aber die Vermutung, dass sie später noch einige Knöpfe
entdecken würden. Die Lederjacke lag ein paar Meter vom
Opfer entfernt. Von der Handtasche und ihrem Inhalt fehlte
jede Spur.

DREI Er hatte das Weiße Haus fast erreicht, als er die Licht-
hupe eines Personenwagens wahrnahm. Das Auto stand siebzig Meter weiter oben am Straßenrand, halb verdeckt von einer Litfaßsäule. Marthaler schaute sich um, aber das Zeichen
konnte nur ihm gegolten haben.

Er blieb unschlüssig stehen. Drei weitere Male wurden die
Scheinwerfer kurz hintereinander aufgeblendet.

Als er sich dem Wagen näherte, erkannte er Grüters dunkelroten BMW. Der Reporter öffnete von innen die Beifah-

rertür, lehnte sich heraus und forderte Marthaler auf, einzusteigen.

«Fenster auf und Zigarette aus, sonst setze ich keinen Fuß in Ihren Affenkäfig.»

Grüter blaffte: «Los, zicken Sie nicht schon wieder rum. Es gibt Neuigkeiten.»

Marthaler setzte sich in den Wagen, hielt aber seinen Kopf aus dem offenen Fenster. «Also? Sagen Sie, was Sie zu sagen haben! Ich habe es eilig.»

«Als ich heute Morgen ins Büro kam, hat das Telefon geklingelt.»

«Klasse, Grüter! Dann sind Sie ja wirklich ganz dick im Geschäft.»

«Es war einer der Anwälte von Philipp Lichtenberg. Es ist genau das passiert, was ich vorausgesagt habe. Sie wollen eine ausführliche Gegendarstellung durchsetzen und den *City-Express* auf Schadensersatz verklagen. Sie sagen, dass wir nicht nur dem persönlichen Ansehen von Philipp Lichtenberg Schaden zugefügt hätten, sondern auch seinen Firmen.»

«Vergessen Sie es, Grüter. Unsere Zusammenarbeit ist beendet. Soviel ich weiß, hat das Präsidium bereits ein Dementi rausgeschickt. Es gibt keine Ermittlungen mehr gegen Philipp Lichtenberg.»

«Scheiße, Marthaler. Versuchen Sie nicht, mich zu verarschen. Wir wussten doch, dass man sofort dementieren würde. Aber das genügt den Anwälten nicht. Die versuchen es auf die amerikanische Tour. Die werden Millionen von uns fordern.»

«Ihr Problem, Grüter. Das geht mich nichts an», sagte Marthaler und legte eine Hand auf den Türgriff.

«Bleiben Sie sitzen, verdammt nochmal! Philipp Lichtenberg will mit uns reden.»

Marthaler lehnte sich zurück. Für ein paar Sekunden war er so verdutzt, dass er nicht wusste, wie er reagieren sollte.

«Ich habe dem Advokaten gesagt, dass er mehr haben kann als nur eine Gegendarstellung. Ich habe ihm vorgeschlagen, Philipp Lichtenberg seine Sicht der Dinge in einem ausführlichen Gespräch darlegen zu lassen. Ein Gespräch, das wir anschließend veröffentlichen werden. Der Anwalt hat mich um eine Stunde Bedenkzeit gebeten, weil er Rücksprache halten musste. Nach zehn Minuten hat er wieder angerufen. Philipp Lichtenberg war einverstanden.»

Marthaler hob das Kinn und warf einen Seitenblick auf den Reporter. «Das heißt, Sie wissen, wo er sich aufhält?»

Grüter verzog sein graues Gesicht zu einem triumphierenden Grinsen. «Ich hatte einfach im richtigen Moment den richtigen Einfall.»

«Wo ist er?»

«Ich habe Ihnen doch von diesem Haus in der Rhön erzählt, in Danzwiesen. Dort scheint er im Moment zu wohnen. Er will uns heute Nachmittag um siebzehn Uhr in Gegenwart seiner Anwälte empfangen. Das Gespräch wird aufgezeichnet, dann abgeschrieben und hinterher von allen Beteiligten autorisiert.»

Marthaler schüttelte heftig den Kopf. «Nein. Er wird uns keine Bedingungen stellen. Ich werde ihn ins Präsidium vorladen lassen.»

Grüter schlug mit beiden Händen aufs Lenkrad: «Scheiße, Marthaler. Reden Sie nicht solch einen Stuss. Wenn Sie genügend gegen ihn in der Hand hätten, hätten Sie längst einen Haftbefehl. Da Sie den nicht haben, müssen Sie nehmen, was Sie kriegen können. Also spielen Sie hier nicht den Idioten. Er stellt die Bedingungen, und wir werden sie annehmen. Er will, dass wir zu dritt kommen: Sie, ich und Ihre kleine Freundin.»

«Welche kleine Freundin?»

«Kommen Sie, bitte! Ich ziehe meine Hosen nicht mit der Kneifzange an. Anna Buchwald, das Fräulein, das Sie mir gestern bei Mirko vorgestellt haben und das ein paar Stunden später in Danzwiesen den ganz großen Zauber veranstaltet hat.»

«Tut mir leid, Grüter, ich habe keinen Schimmer, von was Sie reden.»

Der Reporter sah Marthaler prüfend an. «Das ist nicht wahr, oder? Heißt das, die Kleine hat die Nummer abgezogen, ohne dass Sie davon wussten?»

Marthaler hob die Schultern und ließ sie wieder sinken: «Weiter, Grüter! Wir veranstalten kein Ratespiel.»

«Okay. Ich berichte Ihnen, was der Anwalt mir erzählt hat. Gestern Abend hat im Haus in Danzwiesen ein großes Fest stattgefunden. Eine junge Frau, die keine Einladung hatte, ist mit Hilfe eines fingierten Unfalls auf die Party gelangt. Der Beschreibung nach kann es sich nur um Anna Buchwald gehandelt haben. Einem der Gäste gegenüber hat sie sich allerdings als Karin Rosenherz ausgegeben. Denselben Namen hat sie auch in das Gästebuch eingetragen. Sie hat sich an einen Techniker gewandt und ihm erzählt, dass sie im Radio einen Gruß an Philipp Lichtenberg bestellt habe. Um Punkt zweiundzwanzig Uhr hat der Techniker die Lautsprecheranlage auf Radioempfang umgestellt. Knapp dreihundert Leute haben zugehört, wie der Gastgeber beschuldigt wurde, in zwei Mordfälle verwickelt zu sein.»

Marthaler brauchte einen Moment, um die Information zu verarbeiten. Schließlich merkte er, wie sein Zwerchfell anfing zu zittern. Er malte sich die Situation aus. Er holte Luft. Dann begann er schallend zu lachen.

«Von wegen Cousine, Marthaler! Der Anwalt geht davon aus, dass es sich bei Anna Buchwald entweder um eine Polizistin oder um eine Reporterin handelt. Und das ist es, was ich ebenfalls glaube.»

Marthaler wischte sich die Tränen aus den Augenwinkeln. «Glauben Sie, was Sie wollen! Immerhin ist sie Ihnen haushoch überlegen!»

Arne Grüter ignorierte die Bemerkung. «Jedenfalls soll sie mitkommen. Das ist Teil der Bedingung. Sie, ich und Anna Buchwald. Die Anwesenheit eines Fotografen hat Philipp Lichtenberg kategorisch abgelehnt. Leider!»

Marthaler überlegte. Grüter hatte recht. Solange sie nicht genügend Material für einen Haftbefehl hatten, musste er sich mit dem zufriedengeben, was er bekam. Ein Treffen mit Philipp Lichtenberg war mehr, als er noch vor einer Stunde hatte erhoffen dürfen. Sie hatten den Mann unter Druck gesetzt. Und wer unter Druck stand, lief Gefahr, Fehler zu begehen. Marthaler begriff, dass er diese Chance nutzen musste.

Grüter sah ihn an.

Als Marthaler nickte, zeigte sich auf dem Gesicht des Reporters ein zufriedenes Lächeln. «Heißt das, Sie beide ziehen mit?»

«Es heißt, dass *ich* mitziehe. Was mit Anna Buchwald ist, weiß ich nicht. Über sie kann ich nicht verfügen. Aber ich werde sie fragen.»

«Gut», sagte Grüter, «wollen wir gemeinsam hinfahren?»

«Ganz gewiss nicht», sagte Marthaler. «Wir treffen uns um sechzehn Uhr fünfzig in Danzwiesen. Wenn ich Sie richtig verstanden habe, ist das Haus ja nicht zu verfehlen.»

Er öffnete die Wagentür. Bevor er ausgestiegen war, hatte Grüter sich bereits eine Zigarette angesteckt. Marthaler hörte den Reporter noch husten, als er selbst den Eingang des Weißen Hauses schon fast erreicht hatte.

Er hob beide Hände, als er Charlotte von Wangenheim und Arthur Sendler an der Tür des Besprechungsraums stehen sah. Er versuchte, den Vorwürfen der beiden zuvorzukommen.

«Ich weiß», rief er, «ihr seid sauer auf mich. Ich bin euch Erklärungen schuldig. Ich habe eigenmächtig gehandelt. Ich habe euch in Verlegenheit gebracht, und letzte Nacht war ich schuld daran, dass ihr nicht zum Schlafen gekommen seid ...»

«Kommen Sie», sagte Sendler, «ich habe Ihnen etwas mitzuteilen.»

«Ja», sagte Marthaler. «Ich ahne, um was es geht. Sabato hat mir erzählt, dass ich suspendiert werden soll. Über all das können wir in fünf Minuten reden. Ich muss nur rasch ein Telefonat führen, dann bin ich wieder bei euch.»

Die beiden sahen sich an und schüttelten gleichzeitig die Köpfe.

Ohne eine weitere Erklärung verschwand Marthaler in seinem Büro. Elvira war nicht an ihrem Platz, und er war froh, nicht auch noch mit seiner Sekretärin sprechen zu müssen. Er setzte sich auf die Kante seines Schreibtischs und wählte die Nummer von Annas Mobiltelefon. Er wollte bereits wieder auflegen, als sie sich endlich meldete. Ihre Stimme klang, als sei sie außer Atem.

«Anna, hör mir jetzt bitte genau zu. Sag nichts, frag nichts! Tu einfach, was ich dir sage! Wir müssen uns in einer Dreiviertelstunde treffen, nein, sagen wir in einer Stunde. Komm mit deinem Wagen zur Aral-Tankstelle auf der Friedberger Landstraße. Du kannst sie nicht verfehlen, sie liegt stadtauswärts auf der rechten Seite ...»

«Gegenüber vom Hauptfriedhof, ich weiß, Robert!»

«Gut! Du musst das Foto mitbringen, auf dem Karin Rosenherz mit Philipp Lichtenberg zu sehen ist. Und wir brauchen die Kontoauszüge mit den Überweisungen an Hannelore Wilke. Hast du verstanden?»

«Rooobert!»

«Jetzt kommt das Wichtigste: Du musst unbedingt versuchen, Fausto Albanelli zu erreichen. Er soll seinen Laden dichtmachen und mit dir zu der Tankstelle kommen.»

Anna schwieg.

«Was ist los, Anna? Meinst du, das kriegst du hin?»

«Ich ... ich bin gerade bei ihm», sagte sie.

Marthaler stutzte. «Also ... habe ich euch gestört?»

Anna lachte verlegen. «Kann man so sagen. Wir waren gerade dabei ...»

«Bitte, Anna! Verschon mich mit Einzelheiten! Frag ihn einfach, ob er bereit ist.»

«Okay», sagte Anna, «eine Minute!»

«Nein, Moment noch. Lass uns umdisponieren! Wir müssen etwas besprechen. Wir treffen uns nicht an der Tankstelle, sondern im *Café Schneider*. Es liegt gegenüber vom *Frankfurter Hof*, keine fünfzig Meter von der Kirchnerstraße entfernt.»

«Ich weiß», sagte Anna. «Wir haben vorhin dort gefrühstückt.»

Marthaler wartete. Ohne ihre Worte zu verstehen, hörte er, wie Anna und Albanelli sich unterhielten.

«Ja», sagte sie, als sie wieder am Telefon war. «Er fragt sich zwar genau wie ich, was du eigentlich vorhast. Aber wir sind bereit.»

«Perfekt, also bis dann! In einer Stunde!»

Sendler und Charlotte standen noch immer auf dem Gang. Schweigend und mit ernsten Mienen schauten sie ihm entgegen.

«Entschuldigt bitte», sagte Marthaler. «Wo waren wir stehengeblieben … Sabato hat mir bereits den Kopf gewaschen. Er hat mir mehr oder weniger die Freundschaft gekündigt. Ich kann euch um Entschuldigung bitten, aber ich kann nicht …»

Charlotte von Wangenheim lächelte zuerst. «Steh wieder auf!», sagte sie. «Schüttel dir die Asche vom Haupt! Das alles ist wahr, und es galt bis heute Morgen. Aber es gibt neue Entwicklungen, Robert.»

«Neue Entwicklungen?»

«Ja! Komm, lass uns reden!»

Sie hielt die Tür zum Besprechungszimmer auf und wartete, bis die beiden Männer an ihr vorbeigegangen waren und sich gesetzt hatten. Sie selbst stellte sich ans Fenster. Sie schaute hinaus und schien nach den richtigen Worten zu suchen, um das Gespräch zu beginnen.

«Ich weiß, dass du diese Dinge am liebsten mit dir alleine abmachst, aber ich möchte dir sagen, wie froh wir alle sind, dass es Tereza bessergeht. Sabato hat vor einer halben Stunde hier angerufen und berichtet, was er von dir erfahren hat. Er hat uns auch erzählt, dass ihr heute Morgen in Offenbach das Skelett einer Frau gefunden habt. Ich kapiere zwar noch immer nicht, wie das alles zusammenhängt, aber ich weiß jetzt, dass es Verbindungen gibt zwischen dem alten Fall, den du gerade bearbeitest, und dem Überfall auf den Kunsttransport. Das hätte ich zwar gerne von dir erfahren …»

«… nun gut!», sagte Arthur Sendler. «Eure Eitelkeiten könnt ihr später ausfechten.» Der Staatsanwalt rückte seine Krawatte zurecht und wandte sich an Marthaler: «Sie haben mich gebeten, herauszufinden, wer der Inhaber des Nummernkontos war, von dem Hannelore Wilke jene Überweisungen erhalten hat, die dann bei ihrem Verschwinden im Jahr 1989 plötzlich eingestellt wurden.»

Marthaler sah Sendler an. Er hatte Mühe, seine Ungeduld zu zügeln.

«Fragen Sie mich bitte nie, wie ich das herausgefunden habe.»

«Darauf kommt es nicht an», sagte Marthaler. «Hauptsache, die Information stimmt.»

«Davon können Sie hundertprozentig ausgehen.»

«Also?»

«Sagen wir mal so: Es existieren alte freundschaftliche Verbindungen zur österreichischen Bankenaufsicht. Verbindungen, die ich im richtigen Moment aktivieren konnte.»

Marthaler fragte sich, wie viele Pirouetten Sendler noch drehen wollte, bis er endlich mit der Sprache herausrücken würde.

«Es war ein wenig mühsam, meinen Mann an den Apparat zu bekommen, aber schließlich hat es geklappt.»

«Also haben Sie den Kontoinhaber identifizieren können?»

«Ich musste all meine Überredungskünste aufbieten, aber schließlich ist mein Gewährsmann in den Aktenkeller gestiegen. Sie müssen wissen, das Konto existiert schon lange nicht mehr …»

«Aber es hat existiert», sagte Marthaler, «und irgendwer muss es eröffnet haben.»

«Tja», sagte Sendler und hob die Hände, «leider stellte sich heraus, dass es sich um ein Firmenkonto gehandelt hat. Und auch die Firma ist längst liquidiert.»

Marthaler merkte, wie seine Ungeduld tiefer Enttäuschung wich. Er stand auf und lief zwischen den langen Konferenztischen hin und her.

«Die Firma trug den Namen *Trans Mag*, aber was sie eigentlich gemacht hat, wissen wir nicht.»

«Also eine Sackgasse», sagte Marthaler. Dann blieb er vor

Sendler stehen. «Trotzdem vielen Dank für Ihre Bemühungen.»

«Gern geschehen», sagte Arthur Sendler. «Aber ich dachte, es würde Sie vielleicht interessieren, wer der Inhaber dieser Firma war?»

Marthaler sah den Staatsanwalt mit offenem Mund an. Sendler lachte. Er hob den Zeigefinger: «Auch ein Nummernkonto kann nicht von einer Firma eröffnet werden, Herr Hauptkommissar. Es stehen immer Menschen dahinter.»

Marthaler sah zu Boden: «Bitte!», sagte er leise. «Ich flehe Sie an: Sagen Sie es endlich! Sagen Sie mir den Namen!»

Die Lippen des Staatsanwalts kräuselten sich. Er warf einen kurzen, Beifall heischenden Blick auf Charlotte von Wangenheim, die ihm aufmunternd zunickte. «Der Anruf kam vor einer halben Stunde», sagte Sendler. «Sie werden es sich fast gedacht haben: Der Inhaber dieser Firma hieß Philipp Lichtenberg.»

Marthaler setzte sich wieder. «Dann haben wir ihn. Dann ist er fällig, oder?»

Sendler wiegte den Kopf: «Noch nicht ganz. Er ist der Inhaber einer Firma gewesen, die Geld an Hannelore Wilke überwiesen hat. Das heißt noch nicht, dass er sie auch ermordet hat. Für einen Haftbefehl würde das nicht reichen.»

«Aber verdammt, was brauchen wir denn noch? Es passt doch alles zusammen.»

Jetzt war es Charlotte von Wangenheim, die Marthaler beisprang. «Warte, Robert. Bevor du anfängst zu schreien: Wir haben noch mehr. Diesmal geht es um den Überfall im Stadtwald …»

«Ja, was ist eigentlich aus der Fahndung nach den beiden Motorradfahrern geworden? Elvira hat mir erzählt, dass die beiden auf einer Raststätte gesehen wurden.»

«Warte, lass mich der Reihe nach erzählen! Wir haben uns

von Anfang an gefragt, woher die beiden Täter die Strecke kannten, die der Wagen des Städel schließlich genommen hat. Ursprünglich war geplant, über die Kennedyallee und das Frankfurter Kreuz zum Flughafen zu fahren. Aber kurz vorher hatte es diesen Unfall gegeben. Ein Lkw hatte die Leitplanken auf dem Zubringer durchbrochen und war auf die Autobahn gestürzt. Rund um das Frankfurter Kreuz war der Verkehr zum Erliegen gekommen. Der Fahrer des Städel-Wagens musste umdisponieren. Tereza ist nochmal in ihr Büro gegangen, hat einen Stadtplan geholt, dann sind sie, wie du weißt, am Mainufer entlang nach Schwanheim gefahren.»

«Wenn es sich bei den Räubern um Profis gehandelt hat», sagte Marthaler, «mussten sie einen solchen Zwischenfall einplanen.»

«Ja, aber wie konnten die Täter von genau dieser Streckenänderung wissen?»

«Habt ihr euch mal gefragt, ob es eine Verbindung von einem der Insassen des Transporters zu den Tätern gegeben haben könnte? Ob sie während der Fahrt zum Flughafen Kontakt miteinander aufgenommen haben könnten?»

Charlotte von Wangenheim sah Marthaler an. Ihr Blick zeigte Überraschung. «Guter Gedanke», sagte sie. «Vielleicht hätten wir das überprüfen sollen.»

Marthaler runzelte die Stirn. Als Charlotte ihn spöttisch anlächelte, begriff er.

«Mensch, Robert. Hältst du uns eigentlich allesamt für Anfänger? Das ist das Erste, was wir getan haben. In dem Wagen saßen vier Leute. Alle vier hatten Handys dabei. Tereza und der ermordete Wachmann Thomas Dressler befanden sich im Laderaum. Der Fahrer und Ludwig Dormann saßen vorne. Fangen wir bei diesen beiden an ...»

«Ja», sagte Marthaler. «Was wissen wir eigentlich über diesen Dormann?»

«Er ist stellvertretender Direktor des Museums Giersch. Wenn wir davon ausgehen, dass er die Wahrheit sagt, dann hat ihn Tereza am Abend vor dem Überfall gebeten, sie zum Flughafen zu begleiten. Soviel ich verstanden habe, kennen sich die beiden aus dem Studium. Terezas Kollege aus dem Städel, der eigentlich hätte mitfahren sollen, war krank geworden. Sowohl Dormann als auch der Fahrer sagen aus, während der Fahrt nicht telefoniert zu haben.»

«Bleiben Tereza und Dressler.»

«Dressler ist tot, mit Tereza konnten wir noch nicht sprechen. Aber wir haben alle vier Handys dem LKA zur Untersuchung übergeben. Wir haben die Kollegen in der IT-Abteilung gebeten, einen Schnelldurchlauf zu machen. Das Ergebnis ist eindeutig: Mit keinem der Geräte wurde in der fraglichen Zeit telefoniert.»

«Also nichts?»

«Warte! Einer der Kollegen dort hat die Dinger übers Wochenende mit nach Hause genommen und hat sie einfach mal aufgeschraubt. Was meinst du, was er gefunden hat?»

«Bitte, Charlotte!»

«In einem der Mobiltelefone war ein Mini Tracker eingebaut.»

«Ein was?», fragte Marthaler.

«Ein Mini Tracker ist ein kleiner Peilsender. Du kannst ihn einem Kind in die Tasche stecken, unter einem Auto anbringen oder deiner Katze ans Halsband binden. So lässt sich jedes Objekt bis auf zehn, zwanzig Meter genau orten. Alles, was du dazu brauchst, ist ein GPS-fähiges Handy.»

«Das heißt, ein solcher Sender befand sich in dem Transporter. Und die beiden Motorradfahrer waren jederzeit in der Lage, den Wagen zu orten, egal, wo er sich gerade befand oder wie der Wagen die Strecke wechselte.»

«So ist es!», sagte Charlotte von Wangenheim.

Marthaler zögerte einen Augenblick, bevor er die nächste Frage stellte. «Und ... in wessen Handy befand sich dieser Peilsender?»

«Das ist das Seltsame. Das Telefon gehörte dem ermordeten Wachmann. Es war Thomas Dresslers Handy.»

«Du meinst, Dressler hat mit den Tätern zusammengearbeitet und ist dann von ihnen erschossen worden?»

«Ja, es sieht so aus, als hätten sie ihren eigenen Komplizen umgebracht. Allerdings wäre es nicht das erste Mal, dass so etwas passiert.»

«Damit hätten sie sich zumindest einen Mitwisser vom Hals geschafft. Wisst ihr eigentlich, dass Philipp Lichtenberg auch an einem Security-Unternehmen beteiligt ist? Vielleicht gibt es eine Verbindung zwischen Thomas Dressler und dieser Firma.»

«Es sieht nicht so aus», sagte Charlotte. «Wir sind noch dabei, das zu überprüfen, aber bisher spricht alles dagegen.»

«Das heißt, dass wir dem Haftbefehl aber immer noch keinen Schritt näher sind.»

«Geduld, Robert. Wir haben unsere Hausaufgaben gemacht. Allerdings hatten wir lange keine Möglichkeit, mit dir zu sprechen, was nicht an uns lag!»

Marthaler wollte gegen den unausgesprochenen Vorwurf protestieren, besann sich aber im letzten Moment. Er wartete, dass seine Chefin weitersprach.

«Jetzt kommt die Fahndung nach den beiden Motorradfahrern ins Spiel. Gestern hat ein junger Holländer, der sich mit seiner Familie auf der Rückreise aus dem Urlaub befand, auf der Raststätte Rheinböllen eine Pause eingelegt. Er hat seine Frau und die beiden Kinder vor dem neuen Caravan Aufstellung nehmen lassen, um ein paar Fotos von ihnen zu machen. Dabei hat er – vollkommen unbeabsichtigt – auch zwei Motorräder, die in der Nähe geparkt waren, vor die

Linse bekommen. Das allerdings gefiel den Bikern überhaupt nicht. Sie forderten den Mann auf, die Bilder zu löschen. Der Holländer weigerte sich, und es kam zu einem heftigen Streit. Ein paar Lkw-Fahrer kamen den Urlaubern zu Hilfe, und die Biker suchten das Weite. Zwei Kollegen der Autobahnpolizei, die auf Routinefahrt waren, erfuhren von dem Tumult und ließen sich die Kennzeichen der Motorräder geben. Gegen die Biker lag zwar nichts vor, aber wegen einer möglichen Verbindung zu dem Überfall im Stadtwald haben sie die Kennzeichen an uns weitergegeben. Robert, kannst du mir noch folgen?»

«Weiter, Charlotte, weiter! Ich kann dir folgen. Dass ich die Augen geschlossen habe, heißt nur, dass ich mich auf diesen ganzen Wahnsinn konzentriere!»

«Gut. Wir wollten die Halter überprüfen, aber beide waren nicht zu erreichen. Sie arbeiten als Fitnesstrainer für dasselbe Unternehmen. Der Laden heißt *Fit & Healthy* und gehört zu einer Kette gleichen Namens. Das sind nicht etwa irgendwelche billigen Muckibuden, sondern sehr gepflegte Einrichtungen. Wenn man will, kann man dort sogar auf Krankenschein Gymnastik treiben.»

«Aber die beiden waren nicht da?»

«Nein, sie haben angeblich Urlaub. Aber pass auf, was jetzt kommt: Heute Morgen schauen wir uns die Unterlagen des Unternehmens an und stellen fest: Es gehört zum Firmenimperium von Philipp Lichtenberg.»

Marthaler schlug so fest mit der flachen Hand auf den Tisch, dass Arthur Sendler vor Schreck zusammenzuckte. «Na bitte! Was wollt ihr mehr?»

«Wir haben nicht mehr gewollt; wir haben aber mehr bekommen», sagte Charlotte. «Das Erste, was wir letzte Woche gemacht haben: Wir haben uns die beiden Security-Leute angeschaut: ihre Familien, ihr Umfeld, ihre Gewohnheiten.

Wir haben erfahren, dass Thomas Dressler Rückenprobleme hatte und regelmäßig zum Training ging.»

«Zu *Fit & Healthy*!», sagte Marthaler.

«Treffer! Und seit zwei Stunden wissen wir, dass es dieselbe Filiale ist, in der unsere beiden Motorradfahrer arbeiten.»

Marthaler schaute Sendler an. Der Staatsanwalt grinste wie ein Kind unterm Weihnachtsbaum. Er fuhr sich genüsslich mit der Zunge über die Lippen. Es sah aus, als wolle er seinen nächsten Satz in Geschenkpapier einwickeln und mit einer Schleife versehen, bevor er ihn aussprach: «Herr Hauptkommissar, ich habe bereits mit dem Ermittlungsrichter telefoniert. Wir haben einen Termin für heute Nachmittag. Wenn es noch nicht für einen Haftbefehl reicht, dann reicht es allemal für einen Durchsuchungsbeschluss. Alles wird gut.»

Marthaler schaute auf die Uhr und sprang auf. «Meine Handynummer haben Sie», rief er Sendler zu. «Rufen Sie mich sofort an, wenn der Richter seine Entscheidung getroffen hat!»

Die beiden anderen sahen sich erstaunt an.

«Was ist los, Robert? Was hast du schon wieder vor?», fragte Charlotte von Wangenheim.

«Entschuldigt, Leute! Ich muss los!», rief Marthaler, während er auf den Gang lief.

Er stürmte in sein Büro, nahm das kleine Aufnahmegerät aus der unteren Schublade seines Schreibtischs und hatte im nächsten Moment das Weiße Haus bereits verlassen.

VIER Schon als er den langgestreckten Raum des Cafés betrat, sah Marthaler die beiden an einem der vorderen Tische sitzen. Anna hatte die Ellbogen auf dem Tisch aufgestützt und hielt ihre Tasse mit den Händen umschlossen. Sie hatte das Haar hochgesteckt und sah Albanelli an. Albanelli sagte etwas, worauf Anna ein kurzes, lautes Lachen ausstieß. Erschrocken sah sie sich um, schien aber Marthaler nicht zu bemerken. Sie verdrehte die Augen und schnitt eine Grimasse. Nun lächelte Albanelli und strich ihr mit den Fingerspitzen kurz über den Handrücken.

«Hallo?»

Die Bedienung hinter dem Büfett sah Marthaler belustigt an.

«Entschuldigen Sie», erwiderte er verdattert. «Ich habe wohl geträumt.»

«Nein, haben Sie nicht. Sie haben die junge Frau angestarrt, was ich gut verstehen kann.»

«Ich nehme ein Stück Nusstorte ... Oder, nein, ich nehme ein belegtes Brötchen mit Schinken. Ohne Butter, bitte! Und einen doppelten Espresso Macchiato.»

Als er an ihren Tisch trat, stand Anna auf und küsste ihn auf beide Wangen. «Robert, schön, dich zu sehen!»

«Danke gleichfalls. Vor allem: Schön, dich lebend zu sehen. Nach deinem gestrigen Ausflug.»

Anna wurde blass. Sie schaute zu Boden. Dann hob sie den Kopf. «Woher ... weißt du?»

Marthaler antwortete nicht. Er reichte Albanelli die Hand: «Freut mich, Sie kennenzulernen.»

«Was haben Sie mit uns vor?», fragte Fausto Albanelli.

Marthaler setzte sich. «Wie oft haben Sie Philipp Lichtenberg gesehen?»

«Nur einmal. In dieser Nacht, als Fräulein Niebergall getötet wurde.»

«Würden Sie ihn heute noch wiedererkennen?»

Albanelli schüttelte energisch den Kopf. «Nein», sagte er. «Wir sind beide neununddreißig Jahre älter. Das halte ich für vollkommen ausgeschlossen.»

«Umgekehrt würden also auch Sie von ihm nicht erkannt werden?»

«Natürlich nicht. Wir sind uns nie wieder begegnet.»

«Heute werden Sie ihm begegnen! Und ich möchte, dass Sie einen Journalisten spielen. Ihr Name ist Arne Grüter. Sie müssen nicht viel tun. Lassen Sie mich einfach reden. Sie müssen nur in der Lage sein, ein Aufnahmegerät zu bedienen.»

Albanelli runzelte die Stirn: «Wenn es nicht zu kompliziert ist ...»

«Wenn es kompliziert wäre, würde ich das Ding nicht besitzen», sagte Marthaler.

Anna schaute ihn misstrauisch an. «Robert, was soll das werden?»

«Philipp Lichtenberg erwartet uns heute Nachmittag um siebzehn Uhr in seinem Haus in der Rhön: dich, mich und Arne Grüter.»

«Und was bezweckt er damit? Wieso fühlt er sich so sicher?»

«Er will uns in Gegenwart seiner Anwälte auf den Zahn fühlen. Er will herausbekommen, was wir wissen. Wahrscheinlich geht es ihm darum, seine nächsten Schritte zu planen. Und er will sich und seine Firmen in der Öffentlichkeit rehabilitieren.»

«Um siebzehn Uhr?»

«Ja, aber wir werden sofort losfahren und ihn in die Mangel nehmen. Und statt Arne Grüter wird uns Herr Albanelli begleiten. Deine Recherchen zu Hannelore Wilkes Verschwinden waren ein Volltreffer! Wir haben ihr Skelett heute Morgen am Schultheisweiher gefunden. Die Zahlungen an sie kamen vom Konto einer Firma, deren Inhaber Philipp Lichtenberg war. Wahrscheinlich werden wir noch im Laufe des Nachmittags einen Haftbefehl gegen ihn haben. Zumindest aber eine richterliche Verfügung, die uns erlaubt, seine Privat- und sämtliche Geschäftsräume zu durchsuchen.»

«Warum warten wir dann nicht so lange?», fragte Anna.

«Weil das unklug wäre. Weil es nichts Besseres gibt als einen Verdächtigen, der reden will, bevor er offiziell zum Beschuldigten wird. Wenn wir ihm den Haftbefehl vor die Nase halten, wird er gar nichts mehr sagen, dann beruft er sich auf seine Rechte und lässt seine Anwälte handeln. Wer redet, kann sich in Widersprüche verwickeln. So lange er glaubt, unseren Verdacht durch seine Aussagen ausräumen zu können, haben wir noch eine Chance.»

Während Marthaler den beiden seinen Plan erläuterte, beobachtete er, wie Anna und Fausto miteinander umgingen. Obwohl sie sich in seiner Gegenwart nicht berührten, suchten sie doch immer wieder Blickkontakt. Sie schienen unendlich neugierig aufeinander zu sein. Jede Regung des einen spiegelte sich sofort im Gesicht des anderen. Vielleicht hatten sie ebenso viel Angst zu verletzen wie selbst verletzt zu werden. Sie waren vorsichtig und zugleich unbefangen. Der scheue Ernst, mit dem sie einander anschauten, gefiel Marthaler ebenso wie die harmlose Albernheit, in der sich ihre Spannung gelegentlich entlud. Auch wenn die beiden sich bewusst sein mochten, welche Schwierigkeiten sie erwarteten, wirkten sie unerschrocken.

Als sie die Auffahrt zur A 66 erreicht hatten, schaute Marthaler auf die Uhr. Er saß alleine in seinem Dienstwagen, während Anna und Albanelli in dem moosgrünen Mazda vor ihm herfuhren.

Es war kurz nach eins. Die Wolken, die noch am Vormittag den Himmel bedeckt hatten, hatten sich wieder verzogen. Dort, wo es vor kurzem noch geregnet hatte, spiegelte sich die Sonne auf dem nassen Asphalt der Fahrbahn.

In Kleinsassen bog Anna von der Hauptstraße ab, fuhr einen Hügel hinauf und hielt vor einem mit Holzschindeln verkleideten Haus.

Als sie ausstieg, ließ Marthaler die Scheibe herunter. «Was ist los?», fragte er.

«Nichts», erwiderte sie und hielt eine Plastiktüte in die Höhe. «Ich muss nur rasch etwas zurückbringen, das ich mir ausgeliehen hatte.»

Keine zehn Minuten später parkten sie in Danzwiesen vor dem Haus von Philipp Lichtenberg. Sie stellten die Wagen nebeneinander. Gleichzeitig stiegen sie aus. Schweigend gingen sie auf das Gebäude zu.

Anna pfiff leise durch die Zähne und zeigte mit dem Kopf auf einen Wagen, der zwanzig Meter weiter an der Hecke geparkt hatte und dessen schwarzer Metallic-Lack in der Sonne glitzerte.

«Was ist?», fragte Marthaler.

«Nix!», sagte Anna. «Scharfer Wagen. Ein Porsche Cayenne Turbo. Nagelneu. 450 PS, Lederausstattung, Bordcomputer, elektronische Einparkhilfe, Traktionskontrolle, Panoramadach. Nicht schlecht. Wenn nur der Preis nicht wäre.»

«Nämlich?», fragte Marthaler.

Anna verzog die Mundwinkel. «Hunderttausend … eher mehr. Ich weiß, du interessierst dich nicht für Autos.»

Das große Eingangstor stand offen. Niemand versuchte, sie aufzuhalten. Direkt vor der Haustür standen zwei Transporter mit der Aufschrift *Cucina Scarrafone*. Die Männer der Cateringfirma schleppten Kartons aus dem Haus.

Marthaler gab Anna ein Zeichen, dass sie vorgehen solle. In der großen Eingangshalle blieben sie unschlüssig stehen. Aus dem Garten kamen zwei Männer in Overalls. Sie trugen übereinandergestapelte Stühle, durchquerten den großen Salon und gingen auf die Haustür zu.

Anna sprach die beiden an. «Entschuldigen Sie, wir sind mit Philipp Lichtenberg verabredet. Können Sie uns sagen, wo wir ihn finden?»

Einer der beiden drehte den Kopf in Richtung Garten. «Keine Ahnung. Fragen Sie mal draußen.»

Im selben Moment hörten sie das Klappern von Absätzen. Marthaler drehte sich als Erster um. Eine etwa fünfundvierzigjährige Frau mit blondem Haar kam auf ihn zu. «Was soll das? Was haben Sie hier zu suchen?», fragte sie mit schneidender Stimme.

Marthaler klappte seinen Ausweis auf und hielt ihn in die Höhe. «Kripo Frankfurt. Mit wem spreche ich?»

«Corinna Draisbach. Ich leite dieses Haus. Ich darf Sie bitten, unser Grundstück unverzüglich zu verlassen.»

«Wir haben einen Termin bei Ihrem Chef. Melden Sie uns bitte an!»

Die Augen der Frau wurden schmal: «Tut mir leid, das ist ausgeschlossen. Soviel ich weiß, sind Sie erst um siebzehn Uhr verabredet.»

Marthaler begann zu brüllen: «Spielen Sie nicht die Idiotin! Sie wissen genau, um was es sich handelt. Tun Sie, was ich Ihnen gesagt habe! Ihr Chef will uns sprechen. Er hat uns bestellt. Entweder ist er bereit, uns zu empfangen, oder hier wird es in einer halben Stunde von Polizisten wimmeln. Sagen Sie ihm das!»

Im selben Moment klingelte das Mobiltelefon, das Corinna Draisbach in der Hand hielt.

Sie ging ein paar Meter beiseite. Sie sprach leise und eindringlich. Sie nickte mehrfach. Dann kam sie zurück.

«Folgen Sie mir! Der Chef hat Ihren Auftritt mitbekommen. Er ist bereit, Sie auch jetzt schon zu empfangen», sagte sie leise. Sie ging an ihnen vorbei, eilte durch den Salon, betrat den Garten und lief – ohne sich nach ihren Gästen umzuschauen – über den Rasen auf eine große, von wildem Wein überwachsene Pergola zu.

Sie schlugen einen kleinen Bogen und umrundeten ein mit Sträuchern bepflanztes Beet. Als sie auf die offene Seite der Pergola zugingen, sahen sie einen Mann, der ihnen mit finsterem Blick entgegenschaute. Er stand vor einem weißen Holztisch, um den vier Stühle gruppiert waren. Auf dem Tisch ausgebreitet lagen Papiere, die der Mann jetzt rasch zusammenraffte.

«Das ist Ortmann», flüsterte Anna.

«Dann können wir uns den auch gleich vorknöpfen», raunte Marthaler.

Ein zweiter Mann lag auf einer breiten, dick gepolsterten Liege. Weil ihnen das angewinkelte Kopfteil der Liege zuge-wandt war, konnten sie nur die linke Hand des Mannes sehen, die schlaff über den grauen Granitfliesen hing.

«Kommen Sie, kommen Sie», sagte der Mann. «Ich kann Sie leider nicht im Stehen empfangen.»

Marthaler ging um die Liege herum. Als er das Gesicht des Mannes sah, erschrak er.

Philipp Lichtenberg hatte weder Augenbrauen noch Wimpern. Die gesamte obere Gesichtshälfte war mit wuls-tigen Narben übersät. An einigen Stellen sah die Haut aus wie versengtes Pergamentpapier, das man über der Schädel-decke versucht hatte glattzuziehen. Sein rechtes Ohr war nur noch zum Teil vorhanden. Obwohl er den Mund geschlossen hatte, sah man die obere Reihe seiner Zähne. An der Stelle, wo seine Oberlippe hätte sein müssen, gab es nur eine schma-le, längliche Narbe.

Lichtenberg verzog den Mund zu einem schiefen Lächeln. «Sie sind früher gekommen, um mich zu überraschen. Nun habe ich *Sie* überrascht, nicht wahr. Sie glauben gar nicht, wie gut ich diesen Gesichtsausdruck kenne. So wie von Ihnen werde ich von allen angeschaut, die mich zum ersten Mal sehen. Sie können sich denken, dass man nicht allzu viel Vergnügen daran findet, sich dieser Reaktion immer und immer wieder auszusetzen.»

Marthaler versuchte, seine Verunsicherung durch Routine zu überspielen. «Dann darf ich vorschlagen, dass wir gleich anfangen. Wie vereinbart wird unser Gespräch aufgezeichnet. Die Gesprächsführung werde ich übernehmen. Ich möchte, dass jeder der Anwesenden zunächst seinen Namen nennt, wenn das Wort an ihn gerichtet wird, sodass wir am Ende alle Stimmen zuordnen können.»

Lichtenberg machte eine müde Handbewegung in die Runde. «Aber bitte, nehmen Sie doch erst mal Platz. Darf ich Ihnen etwas zu trinken kommen lassen?»

Marthaler lehnte stellvertretend für die anderen ab. Dann setzte er sich auf einen der Stühle und zog sein Notizbuch hervor. Anna nahm neben ihm Platz.

Albanelli stellte das Aufnahmegerät auf den Tisch, schloss das Mikrophon an und schaltete den Recorder ein. Er wirkte nervös. Er klopfte zweimal mit der Spitze des Zeigefingers gegen das Mikrophon. Dann gab er Marthaler ein Zeichen.

«Mein Name ist Robert Marthaler. Es ist Mittwoch, der 17. August 2005. Wir befinden uns in Danzwiesen auf dem Grundstück von Philipp Lichtenberg, auf dessen Wunsch dieses Gespräch stattfindet. Herr Lichtenberg, ich möchte Sie bitten, sich an einen Tag vor neununddreißig Jahren zu erinnern ...»

«Nein, nein, nein», unterbrach Lichtenberg. «Ich möchte, dass zuerst das junge Fräulein, das gestern Abend schon mein ungebetener Gast war, seinen Namen sagt.»

Anna schaute rasch zwischen Marthaler und Lichtenberg hin und her. Schließlich nickte Marthaler ihr zu.

«Ich heiße Anna Buchwald.»

«Gestern Abend haben Sie sich in mein Gästebuch eingetragen. Dort haben Sie sich Karin Rosenherz genannt.»

Anna nickte.

«Aber das war nicht Ihr richtiger Name?»

«Nein», sagte Anna.

«Würden Sie mir den Namen Ihrer Mutter verraten?»

«Ich habe zwar keine Ahnung, warum Sie das wissen wollen. Aber meine Mutter heißt Birgit, Birgit Buchwald.»

«So hieß sie nach der Hochzeit. Aber wie war der Geburtsname?»

«Tut mir leid», sagte Anna, «ich habe meine Mutter kaum
kennengelernt. Ich habe keinen Kontakt zu ihr. Ich weiß auch
nicht …»

«Doch, Sie wissen!», sagte Lichtenberg. «Sie wissen es
sogar sehr genau. Der Geburtsname Ihrer Mutter lautet Birgit Niebergall. Sie ist die Tochter von Karin Niebergall, die
wiederum eine geborene Rosenherz war. Sie sind die Enkelin
der Frau, deren Tod Sie mir anlasten wollen.»

Marthaler hatte das Gefühl, ihm werde der Boden unter
den Füßen entzogen. Ein Blick auf Anna genügte, um zu
wissen, dass der Mann die Wahrheit sagte. Marthaler merkte,
wie ihm die Situation zu entgleiten drohte. In seine Enttäuschung mischte sich die Furcht, dass das Gespräch eine
Richtung nehmen könnte, die es keinesfalls nehmen durfte.
«Das hätten wir also», sagte er und versuchte, so ungerührt
wie möglich zu klingen. «Dann schlage ich vor, dass wir jetzt
zur Sache kommen.»

Aber Lichtenberg wusste, dass er einen Treffer gelandet
hatte. Er ließ sich seinen Triumph nicht nehmen. Er klatschte
in die Hände. Er kicherte. «Ich wusste es», stieß er hervor.
«Als ich die Eintragung im Gästebuch sah, bin ich misstrauisch geworden. Einen solchen Scherz hätte sich weder eine

Polizistin noch eine Reporterin erlaubt. Als ich Sie vorhin vor mir stehen sah, war ich mir sicher. Wissen Sie, dass Sie Ähnlichkeit mit Karin haben? Es ist nicht so sehr das Aussehen. Es sind die Bewegungen, die Gesten, die Mimik. Ich wusste es.»

Marthaler warf Anna einen wütenden Blick zu. Sofort senkte sie die Lider.

Er musste versuchen, Boden gutzumachen. «Sie scheinen Karin Rosenherz besser gekannt zu haben, als Ihre damalige Aussage vermuten lässt», sagte er zu Lichtenberg.

«Papperlapapp. Ich habe nie bestritten, sie gekannt zu haben. Sie hat mir erzählt, dass sie eine Tochter hat, die in einem Kinderheim lebt. Ich habe ihr sogar mal hundert Mark gegeben, damit sie der kleinen Birgit etwas zu Weihnachten kaufen kann.»

«Dann erzählen Sie jetzt bitte, was an jenem 3. August 1966 geschehen ist.»

«Es ist das geschehen, was ich schon damals gesagt habe. Karin Niebergall war nachmittags auf meiner Party. Ich wollte sie überreden, über Nacht zu bleiben. Sie hat abgelehnt. Gegen zwanzig Uhr hat sie mein Fest verlassen. Das war's. Danach habe ich sie nicht mehr wiedergesehen.»

«Sie waren die ganze Nacht zu Hause?»

«So ist es. Und dafür habe ich vier Zeugen benannt, die alle von der Polizei befragt wurden und die mein Alibi bestätigt haben.»

«Wer waren diese Zeugen?»

«Zwei Mädchen, die wir sozusagen als Ersatz für Karin hatten kommen lassen. Und zwei Freunde, die zu Besuch waren. Einer davon steht neben mir.»

Er zeigte auf Hubert Ortmann, der sich neben der Liege postiert hatte. Ortmann trug einen dunklen Anzug. Er wirkte gut trainiert. Sein Haar war erst mit wenigen grauen Strähnen durchsetzt. Auf der Wange hatte er eine lange Narbe, die aussah, als stamme sie aus der Mensur einer schlagenden Studentenverbindung. Er hatte die Arme verschränkt und das Kinn auf die Brust gelegt. Es war ihm anzumerken, wie unbehaglich er sich fühlte.

Marthaler sprach ihn an: «Würden Sie bitte ebenfalls deutlich Ihren Namen sagen!»

«Hubert Ortmann.»

«Welchen Beruf üben Sie aus?»

«Ich bin Generalbevollmächtigter der *Philipp Lichtenberg Unternehmensgruppe*.»

«Was sagen Sie, wenn ich Ihnen vorwerfe, gelogen zu haben, als sie Ihrem jetzigen Chef ein Alibi gegeben haben? Und dass Sie bis heute gut von dieser Lüge leben?»

Ortmanns Augen waren gerötet. Er schnaufte. Seine Antwort kam leise und bestimmt. Man spürte seine unterdrückte Wut. «Dann würde ich sagen, dass Sie sich das aus den Fingern saugen!»

«Herr Lichtenberg, wie hieß der andere Mann, der in jener Nacht in Ihrem Elternhaus war?»

«Das war Klaus-Rainer Stickler, ebenfalls ein Freund. Er ist in den Siebzigern nach Australien ausgewandert und dort vor einigen Jahren gestorben. Wir hatten bis zuletzt Briefkontakt.»

«Er ist also tot. Genau wie Margarete Hielscher, die 1986 an Leukämie gestorben ist. Diese beiden können wir nicht mehr befragen. Und was ist aus Hannelore Wilke geworden? Sie erinnern sich doch an sie?»

«An den Namen, ja!», sagte Lichtenberg. «Sie war das andere Mädchen. Keine Ahnung, was aus ihr wurde.»

«Das heißt, Sie hatten danach keinerlei Kontakt zu ihr?»

«Natürlich nicht. Ich habe sie weder vorher noch nachher getroffen.»

«Sie wissen, dass es jemanden gibt, der Sie in der Nacht am Tatort gesehen hat?», sagte Marthaler.

Lichtenberg hatte seine wimpernlosen Lider geschlossen. «Unsinn!», sagte er langsam. «Es gab angeblich jemanden, der einen großen, blonden Mann gesehen hat. Wer dieser Zeuge war, weiß ich nicht. Es ist nicht einmal zu einer Gegenüberstellung gekommen.»

«Anna, würdest du bitte Herrn Lichtenberg die Aufnahme zeigen.»

Anna zog den Umschlag aus ihrem Rucksack, dann stand sie auf und reichte dem Liegenden das Foto, auf dem er als junger Mann gemeinsam mit Karin Rosenherz zu sehen war.

«Ja. Hübsches Bild. Das sind Karin und ich. Aber was soll das? Wollen Sie, dass ich meiner verlorenen Schönheit nachtrauere?»

Er gab das Bild an Anna zurück, die es nun vor Fausto Albanelli auf den Tisch legte.

«Würden Sie uns ebenfalls sagen, wie Sie heißen.»

«Mein Name ist Fausto Albanelli.»

Ortmann runzelte die Stirn. Er machte eine rasche Bewegung, hielt aber plötzlich wieder inne. «Was soll das? Der Reporter, der Kontakt mit uns hatte, hieß anders.» Er ließ seine Hand in die Jackentasche gleiten, zog einen Zettel heraus und faltete ihn mit einer raschen Bewegung auf. «Der Typ heißt Grüter. Nicht Albanelli.»

Marthaler hob die Hand, um Ortmann zum Schweigen zu bringen: «Herr Albanelli, Sie haben damals als Kellner im *Frankfurter Hof* gearbeitet und im selben Haus wie die Ermordete gewohnt. Würden Sie uns bitte sagen, wen Sie auf diesem Foto sehen?»

«Hier im Vordergrund ist Fräulein Niebergall. Und der Mann ist derselbe, dem ich in der Nacht im Hausflur begegnet bin.»

«Sicher?»

«Ja, natürlich. Ganz sicher.»

«Das heißt, Sie behaupten, Philipp Lichtenberg in der Nacht vom 3. auf den 4. August 1966 in der Kirchnerstraße 2 gesehen zu haben.»

«Wenn der Mann auf dem Foto Philipp Lichtenberg ist, dann habe ich ihn dort gesehen, ja!»

Lichtenberg hatte die Arme über seinem Schoß gefaltet. Seine Augen waren geschlossen. Er atmete so gleichmäßig, als schliefe er.

«Wollen Sie etwas dazu sagen, Herr Lichtenberg?», fragte Marthaler. Der Mann reagierte nicht. «Gut, dann mache ich weiter: Dass Sie zu Hannelore Wilke später keinen Kontakt mehr hatten, entspricht nicht der Wahrheit. Sie haben ihr von August 1987 bis zum April 1989 jeden Monat zweitausend Mark von einem Ihrer Firmenkonten überwiesen. Wir haben die Bankunterlagen mitgebracht.»

Anna war aufgestanden und wollte Lichtenberg die Kontoauszüge reichen. Aber dieser ignorierte sie.

«Hannelore Wilke brauchte Geld für das Studium ihrer Tochter», sagte Marthaler. «Und sie hat sich an eine Quelle erinnert, die wahrscheinlich einige Jahre zuvor schon einmal kräftig gesprudelt hat.»

Lichtenbergs Mundwinkel zuckten. Er öffnete kurz die Augen, wechselte einen raschen Blick mit Ortmann, um kurz darauf wieder bewegungslos auf seiner Liege zu verharren.

«Hören Sie, das lässt sich sicher aufklären …», sagte Ortmann.

«Nein, Herr Ortmann, Sie sollten sich nicht zu weit für Ihren Chef aus dem Fenster lehnen. Auch der Versuch einer Strafvereitelung ist strafbar. Es ging nicht nur um diese Überweisungen. Ich bin sicher, dass sich dafür irgendeine windige Erklärung finden lässt. Was sich aber nicht erklären lässt:

Die Überweisungen hören genau zu dem Zeitpunkt auf, als Hannelore Wilke verschwindet. Aber sie verschwindet nicht nur, sie wird ermordet. Ihre sterblichen Überreste haben wir heute Morgen am Ufer des Schultheisweihers in Offenbach gefunden.»

Marthaler merkte, dass sein Handy in der Jackentasche vibrierte. Er zog es hervor und schaute auf das Display. Es war die Nummer der Staatsanwaltschaft.

«Sendler? Ja, Moment!»

Marthaler trat unter der Pergola hervor und entfernte sich einige Meter.

Keine Minute später kam er zurück; er hatte das Telefonat noch nicht beendet. Er wandte sich an Ortmann: «Gibt es im Haus ein Faxgerät?»

Ortmann zog eine Visitenkarte hervor und zeigte auf die Nummer. Marthaler gab die Nummer an Sendler weiter. Dann steckte er sein Telefon wieder ein.

Er trat an das Fußende der Liege. Lichtenberg lag mit geschlossenen Augen auf dem Rücken.

«Schauen Sie mich bitte an!», sagte Marthaler. «Ich habe gerade einen Anruf der Staatsanwaltschaft erhalten. Seit einer halben Stunde liegt gegen Sie ein Haftbefehl vor. Außerdem haben wir einen richterlichen Beschluss zur Durchsuchung all Ihrer Privat- und Geschäftsräume. Beides wird Ihnen in diesem Moment zugefaxt. Sie werden beschuldigt, in den frühen Morgenstunden des 4. August 1966 die Prostituierte Karin Rosenherz ermordet zu haben, um sich in den Besitz zweier Handzeichnungen von Paul Klee zu bringen. Sie werden beschuldigt, am 28. April 1989 die Prostituierte Hannelore Wilke in Offenbach erschlagen zu haben ...»

Über Lichtenbergs Gesicht huschte ein blindes Lächeln. Er hob die Hand, als wolle er etwas sagen.

Marthaler kam ihm zuvor: «Ich bin noch nicht fertig. Ihnen wird außerdem zur Last gelegt, Anstifter des Überfalls auf den Kunsttransport im Frankfurter Stadtwald zu sein, bei dem vor gut einer Woche ein Mann getötet und eine Frau schwer verletzt wurden.»

Erst jetzt öffnete Philipp Lichtenberg die Augen. Die Narben auf seiner Stirn traten noch deutlicher hervor. Er drehte den Kopf und schaute Ortmann lange prüfend an. Mit dem Kinn gab er ihm ein Zeichen. Ortmann trat an die Liege und beugte sich hinab. Sein Chef flüsterte ihm etwas ins Ohr.

Ortmann nickte mehrmals. Dann richtete er sich vor Marthaler auf: «Herr Lichtenberg möchte gerne den Haftbefehl sehen. Ich werde ins Büro gehen, um ihn zu holen. Außerdem meint er, dass es klug wäre, nun doch einen Anwalt hinzuzubitten.»

«Ja», sagte Marthaler, «das halte ich für eine gute Idee!»

«Herr Ortmann!», rief Anna.

Ortmann, der bereits auf dem Weg zum Haus war, blieb stehen und drehte sich um. «Ja?»

«Ich komme mit Ihnen. Würden Sie mir vielleicht zeigen, wo die Toilette ist?»

Hubert Ortmann nickte.

Und Anna folgte ihm.

FÜNF Marthaler schwitzte. Er stand auf, zog sein Jackett aus und hängte es über die Stuhllehne. Er warf einen Blick auf Albanelli. «Läuft das Band noch?»

Fausto Albanelli nickte.

Marthaler nahm seinen Stuhl und stellte ihn direkt neben Lichtenbergs Liege.

«Sollen wir warten, bis Ihr Anwalt hier ist?»

Der Mann öffnete die Augen: «Die Kleine ist eine pfiffige Person. Schlafen Sie mit ihr?»

«Haben Sie verstanden, was ich Sie gefragt habe? Sie haben das Recht, die Aussage zu verweigern. Sie müssen nichts sagen, was Sie belasten könnte.»

Lichtenberg wedelte mit der Hand. «Wann wurde die Frau getötet?»

«Sie meinen Hannelore Wilke? Sie ist am Abend des 28. April 1989 zum letzten Mal lebend gesehen worden. Wir vermuten, dass sie noch am selben Tag ermordet wurde.»

Lichtenberg zeigte auf sein vernarbtes Gesicht. «Einen Monat vorher ist das hier passiert. Ich lag fast ein halbes Jahr in der Klinik. Seitdem kann ich mich nur noch unter Mühen und für kurze Zeit auf den Beinen halten. Was sagen Sie jetzt, Herr Hauptkommissar? Sind Sie immer noch der Meinung, dass ich die Frau umgebracht habe? Ich habe ihr weder Geld überwiesen, noch habe ich sie getötet.»

«Dann hat es jemand in Ihrem Auftrag getan. Das Geld kam von Ihrem Konto.»

Lichtenberg drehte seinen Kopf zur Seite. «Ich wusste nicht einmal etwas davon. Vielleicht habe ich zu viel Wert darauf gelegt, unangenehme Dinge nicht zur Kenntnis zu nehmen ... Aber wie ich schon sagte: Die Kleine ist eine pfiffige Person. Sie ist schon recht lange auf dem Klo, finden Sie nicht?»

Marthaler starrte Lichtenberg an. Und endlich begriff er. Mit einem Satz sprang er auf.

«Albanelli, Sie bleiben hier! Achten Sie auf Lichtenberg!»

Während er auf das Haus zurannte, hörte er hinter sich den keuchenden Husten des kranken Mannes.

«Wo ist das Klo?», schrie er Corinna Draisbach an, die in der Eingangshalle stand und ihn mit regloser Miene ansah. Sie antwortete mit einer Handbewegung.

Marthaler öffnete die Tür zur Toilette, sah, dass sie leer war, und machte wieder kehrt.

«Haben Sie Ortmann gesehen? Wissen Sie, wo Anna Buchwald ist?»

Die blonde Frau schüttelte den Kopf. Sie hob die Schultern und ließ sie mit gespieltem Bedauern wieder sinken.

Marthaler stürmte aus dem Haus, lief die wenigen Treppenstufen hinunter und stand Augenblicke später auf der Straße.

Er sah, dass Annas Wagen verschwunden war. Ebenso fehlte der große Porsche, den sie eine Stunde zuvor noch bewundert hatte.

Er zog sein Handy aus der Tasche und tippte Charlottes Nummer. Sie meldete sich sofort.

«Charlotte, stell keine Fragen! Du musst eine Fahndung rausgeben! Gesucht wird nach einem dunkelgrünen Mazda MX-5, Hamburger Nummer, die Halterin heißt Anna Buchwald. Außerdem soll nach Dr. Hubert Ortmann gefahndet werden. Er ist mit einem metallicschwarzen Porsche Cayenne unterwegs. Kennzeichen weiß ich nicht. Der Wagen dürfte entweder auf seinen oder auf den Namen Philipp Lichtenberg zugelassen sein. Beide Autos sind wahrscheinlich noch im Landkreis Fulda unterwegs. Mobilisier alle verfügbaren Kräfte! Benachrichtige auch die Kollegen der Autobahnpolizei! Es ist äußerste Vorsicht geboten. Es kann sein, dass Ortmann bewaffnet ist. Er hat nichts zu verlieren!»

«Robert, wo bist du?», wollte Charlotte von Wangenheim wissen.

«In Danzwiesen bei Lichtenberg. Ich denke, ihr solltet herkommen.»

Marthaler beendete das Gespräch, bevor Charlotte noch weitere Fragen stellen konnte.

Er ließ die Arme sinken und schaute in die Ferne. Unter

ihm lag die weite, hügelige Landschaft der östlichen Rhön. Die Luft war klar. Weit hinten konnte man zwei Segelflieger sehen, die langsam und lautlos über die Felder glitten.

Marthaler atmete durch. Dann ging er zurück ins Haus. Er lief durch den Garten und setzte sich auf den Stuhl neben der Liege.

«Ortmann ist weg?»

«Ja. Und Sie haben es dazu kommen lassen!», sagte Marthaler.

«Das war ich ihm schuldig. Ich habe ihm viel zu verdanken. Wenn er schlau ist, werden wir ihn nicht wiedersehen.»

Marthaler merkte, dass mit Lichtenberg eine Veränderung vorgegangen war. Es war, als ob ihn Ortmanns Abwesenheit erleichterte, ihn zugleich aber noch ein wenig hilfloser machte.

«Ortmann konnte über Ihre Konten verfügen?»

Lichtenberg schlug die Augen auf. Er stemmte sich mit beiden Händen ab, setzte sich auf und sah Marthaler aufmerksam an.

«Ja. Ich hatte das Kapital, aber ich war nie ein Geschäftsmann. Es war Ortmann, der die Unternehmensgruppe aufgebaut hat. Er hatte ein geradezu triebhaftes Verhältnis zum Geld. Wenn er vor einem Bild stand, hat er immer zuerst gefragt: Was ist es wert? Ich brauchte mich um die Firmen nie zu kümmern. Alles lief wie von selbst. Ich weiß nicht einmal, womit wir das ganze Geld verdienen. Ortmann hatte seit den siebziger Jahren volle Prokura. Er hat den Laden geschmissen.»

«Also hat er auch das Schweigegeld an Hannelore Wilke gezahlt. Und er hat die Überweisungen im April 1989 plötzlich eingestellt!»

«Ein folgenschwerer Patzer, würde ich sagen.»

«Dann hat er die Frau getötet, um Sie zu decken.»

Lichtenberg sah Marthaler an: «Sie haben es noch immer nicht begriffen, Herr Hauptkommissar. Wenn er es denn war, dann hat er es getan, um *sich* zu schützen.»

«Was soll das heißen: um *sich* zu schützen? Verdammt, Lichtenberg, so reden Sie endlich!»

Der Kranke atmete aus. Durch seinen Körper ging ein leichtes Zittern, als würde er trotz der wärmenden Sonne frieren. «Ja», sagte er endlich. «Ja, das werde ich jetzt wohl machen.»

«Einen Moment noch!», sagte Marthaler, dann wandte er sich an Albanelli: «Versuchen Sie, Anna zu erreichen! Sie müssen Sie vor Ortmann warnen!»

Albanelli wählte Annas Nummer. Gleich darauf hörten sie ihr Handy klingeln. Es steckte in ihrem Rucksack, der neben ihnen unter dem Tisch stand.

Marthaler fluchte, dann sah er Lichtenberg an. «Also, los! Erzählen Sie, was am 3. August 1966 und in der darauffolgenden Nacht passiert ist! Erzählen Sie der Reihe nach! Und lassen Sie nichts aus!»

Philipp Lichtenberg schloss seine Augen wieder. Er schwieg lange. Dann begann er zu sprechen.

«Der 3. August war mein zweiundzwanzigster Geburtstag. Meine Eltern waren im Urlaub, und ich wollte am Nachmittag eine größere Gartenparty feiern. Gegen Mittag bin ich in die Kirchnerstraße gefahren, um auch Karin noch eine Einladung vorbeizubringen. Als ich vor dem Haus stand, kam ein Bote vom *Kranzler*, um ihr Frühstück zu bringen.»

«Das stimmt», sagte Albanelli. «Sie ließ sich oft Kuchen oder belegte Brötchen bringen. Manchmal vom *Kranzler*, manchmal auch vom *Café Schneider*.»

«Sie hatte eine Vorliebe für Männer, die deutlich jünger waren als sie», fuhr Lichtenberg fort. «Ich hatte es ein wenig eilig und hab dem Jungen die Einladung in die Hand gedrückt und ihn gebeten, sie ihr zu übergeben. Dass sie den Jungen dann gleich mitbringt zur Party, war zwar nicht vereinbart, aber so war sie.»

Marthaler erinnerte sich, in den Akten eine Aussage des Café-Boten gelesen zu haben. Der Junge war während seiner Vernehmung so aufgeregt gewesen, dass er zugegeben hatte, den Mercedes-Benz von Karin Rosenherz gefahren zu haben, obwohl er nicht im Besitz eines Führerscheins gewesen war. Für die Tatzeit konnte er ein Alibi nachweisen.

«Es waren dreißig, vierzig Leute da. Eine Beat-Band hat gespielt. Alle haben getanzt und getrunken. Wir hatten damit gerechnet, dass Karin im Minirock und mit Lackstiefeln aufkreuzen würde, aber sie hat das Gegenteil getan. Sie kam in einem knielangen, hochgeschlossenen Kleid, vollkommen züchtig, wie ein Mauerblümchen. Aber genau das hat die Männer angeheizt.»

«Wie das?», fragte Marthaler.

«Weil es im Kontrast stand zu dem, was wir über sie wussten. Es wurde gemunkelt, dass sie sich von manchen Freiern schlagen ließ und dass sie selbst auch gerne schlug. Wir hatten ja von so etwas keine Ahnung, wir waren viel harmloser, als wir taten. Aber natürlich, die Vorstellung hat uns neugierig gemacht. Und jetzt stand sie da so rum, hat gelacht, hat nur Wasser getrunken, und alle lagen ihr zu Füßen. Sie hat es wirklich verstanden, die Phantasie zu beflügeln.»

Marthaler hatte den Eindruck, als seien Lichtenbergs Züge weicher geworden. Die Erinnerung an Karin Rosenherz schien ihn sanfter zu stimmen.

«Jedenfalls hat man den Eindruck, dass Sie heute noch ins Schwärmen geraten, wenn Sie an Karin Rosenherz denken», sagte Marthaler. «Und dass Sie sich an diesen Tag ziemlich gut erinnern.»

Lichtenberg öffnete die Augen und schaute Marthaler fast versonnen an. «Ja», sagte er. «Ich habe sie sehr gemocht. Ich habe sie bewundert.»

«Bitte! Erzählen Sie weiter!»

«Gegen zwanzig Uhr kam sie zu mir, um sich zu verabschieden. Ich wollte sie überreden, über Nacht zu bleiben, aber sie hat abgelehnt. Sie habe schließlich einen Beruf und dürfe ihre Kunden nicht enttäuschen, hat sie gesagt. Zum Abschied hat sie mich ins Ohrläppchen gebissen.»

«Sie haben ausgesagt, Karin Rosenherz um zwanzig Uhr zum letzten Mal gesehen zu haben. Aber hier sitzt ein Mann, der behauptet, Ihnen in der Nacht im Hausflur der Kirchnerstraße begegnet zu sein», sagte Marthaler und zeigte auf Albanelli.

«Warten Sie», erwiderte Lichtenberg. «Seien Sie ein wenig geduldiger. Karin ist gegangen; wir haben weitergefeiert. Als um kurz vor Mitternacht zum zweiten Mal die Polizei auftauchte, weil sich irgendwelche Nachbarn wegen der Musik beschwert hatten, habe ich die Gäste gebeten zu gehen. Danach waren wir nur noch zu dritt: Ortmann, Stickler und ich. Ortmann hat gedrängelt. Er war scharf auf sie. Eine Woche vorher war er schon mal bei ihr gewesen. Er meinte, wir könnten in die Kirchnerstraße fahren und als ganz normale Freier bei Karin auftauchen. Wir haben ein paarmal versucht, sie telefonisch zu erreichen, aber sie hat nicht abgenommen. Ortmann sagte, dass er weiß, wo sie sich normalerweise rumtreibt. Er hat sich ein Taxi gerufen und ist in die Stadt gefahren. Gegen halb zwei hatte er sie gefunden.»

«Erinnern Sie sich, wo er ihr begegnet ist?»

«Ich glaube, am Hauptbahnhof.»

«Das würde sich decken mit der Aussage eines Kellners, der damals gesehen haben wollte, dass am Hauptbahnhof ein südländisch aussehender Mann in ihr Auto gestiegen ist. Die

Beschreibung dieses Kellners ist dann in das Phantombild eingegangen.»

«Ja», sagte Lichtenberg, «und über dieses Bild hat Ortmann immer sehr gelacht. Er fand, der gesuchte Mann habe mehr Ähnlichkeit mit dem Schlagersänger Abi Ofarim als mit ihm. Egal ... Ortmann rief uns dann von ihrer Wohnung aus an. Er hatte ihr dreihundert Mark versprochen. Sie war bereit, uns zu dritt zu empfangen. Stickler und ich sind ebenfalls in die Kirchnerstraße gefahren ... Tja, so war das.»

Lichtenbergs Mund bebte. Marthaler hatte den Eindruck, als wolle er seine Erzählung hier beenden. «Herr Lichtenberg! Machen Sie weiter!»

«Wir sind zu ihr hochgegangen. Sie bestand darauf, das Geld im Voraus zu bekommen. Sie sah wunderschön aus. Ich mochte die Atmosphäre in dieser Wohnung. Es roch nach Parfum aus ihren Kleidern. Alles wirkte so ein bisschen plüschig und verrucht. Ich muss noch heute, wenn ich das Wort ‹Boudoir› höre, jedes Mal an Karins Wohnung denken. Ich habe ihr die drei Scheine gegeben, und sie hat sie sofort in einer kleinen Holzkassette im Küchenschrank verstaut. Dann hat Ortmann ihr gesagt, was wir wollen.»

«Und was wollten Sie?»

«Wir wollten, dass *sie* bestimmt. Wir wollten von ihr lernen. Sie sollte mit uns machen, was sie will. Und ich glaube, ihr gefiel die Idee. Sie hat uns aufgefordert, uns auszuziehen und vor ihr zu knien. Ich weiß noch, dass ich wahnsinnig nervös war. Stickler hat gleich einen Rückzieher gemacht. Er hat sich nackt auf einen Sessel gesetzt und zugeschaut. Er war noch nie mit einer Frau zusammen gewesen, und wir haben vermutet, dass er eher auf Jungen stand, was sich später auch bestätigt hat. Karin ging zu einer Truhe, in der sie ihre Utensilien aufbewahrte. Sie holte einen Tischtennisschläger heraus und versohlte Ortmann und mir abwechselnd den Hintern. Nicht sehr fest. Wir haben gelacht. Ich fand es eher komisch als erregend. Aber Ortmann fing irgendwann an zu schnaufen. Man merkte, er war in seinem Element. Na ja, und dann ...»

Lichtenberg hielt inne. Er schüttelte den Kopf, als wolle er die Erinnerung loswerden.

«Was war dann?»

«Sie hat etwas von uns verlangt, wovon ich bis dahin noch nie gehört hatte.»

Wieder machte Lichtenberg eine Pause.

«Nämlich?»

Lichtenberg sah Marthaler an, hielt aber dessen Blick nicht stand.

«Sie wollte, dass wir sie ... würgen», sagte er leise.

Marthaler dachte nach. Auch das stimmte mit den Informationen überein, die er aus der Akte kannte. Im Bericht des Gerichtsmediziners war davon die Rede, dass am Hals des Leichnams deutliche Würgemale zu erkennen gewesen waren.

«Ehrlich gesagt war ich ziemlich schockiert», fuhr Lichtenberg fort. «Ich wusste damals noch nicht, dass es sich um eine Vorliebe handelt, die gar nicht so selten vorkommt.»

«Ja», sagte Marthaler. «Die Verringerung der Sauerstoffzufuhr löst bei manchen Menschen Erregungszustände aus.»

«Aber es war genau meine Ahnungslosigkeit, die Karin Spaß zu machen schien: Dass ich ein bisschen schüchtern und linkisch war, dass ich mich geziert habe. ‹Der Stier und die Jungfrau› hat sie Ortmann und mich genannt.»

Marthaler merkte, dass Lichtenberg sich scheute, weiterzuerzählen, dass man ihn aber jetzt auch nicht drängen durfte.

«Schließlich haben wir gemacht, was sie wollte. Sie hatte sich auf ihrem Himmelbett ausgestreckt. Sie lag auf dem Rücken und hatte die Beine gespreizt. Ihren Kopf ließ sie nach hinten über die Bettkante hängen, sodass ihr Hals freilag. Ortmann war zwischen ihren Beinen.»

«Und Sie?», fragte Marthaler.

Lichtenberg schluckte. «Ich ... ich stand neben dem Bett ... über ihrem Kopf. Ich war nicht erregt, aber das schien ihr egal zu sein. Ich habe gezappelt vor Aufregung. Sie nahm meine Hände und legte sie um ihren Hals. Ich fand das alles nur schrecklich, aber ich wollte mir auch keine Blöße geben. Das Ganze glich einem Kampf. Und ich habe mitgemacht. Sie hat uns ermuntert und immer wieder angefeuert. Ortmann und ich haben sie abwechselnd gewürgt. Dabei ist es passiert ...»

«Was ist dabei passiert?»

«Auf einmal hat Karin sich nicht mehr bewegt. Sie hat keinen Ton mehr von sich gegeben. Wir dachten, sie ist ... tot.»

Marthaler sah Lichtenberg an und wartete.

«Ich bin vollkommen panisch geworden. Stickler ging es nicht anders. Wir haben unsere Kleider geschnappt und sind aus der Wohnung gestürzt. Erst im Treppenhaus haben wir uns angezogen. An der Haustür hat Ortmann uns zurückgehalten. Er sagte, wir hätten einen Fehler gemacht. Wir müssten es aussehen lassen wie einen Raubmord, er wolle nochmal hochgehen. Stickler hat das nicht ausgehalten, er hat sofort das Weite gesucht, er hat geschlottert vor Angst. Aber ich habe unten im Treppenhaus auf Ortmann gewartet. Ich hörte Geräusche aus der Wohnung. Ich wurde immer nervöser. Es war bestimmt eine Viertelstunde vergangen, als plötzlich die Haustür von außen geöffnet wurde.»

«Und dort stand dieser Mann», sagte Marthaler und wies mit dem Kopf auf Fausto Albanelli.

«Ja. Wir waren beide erschrocken. Er hat mir zugenickt,

dann ist er an mir vorbei nach oben gegangen. Ich habe gebetet, dass er und Ortmann sich nicht auf der Treppe begegnen. Aber es ist gutgegangen. Fünf Minuten später kam Ortmann. In der einen Hand hatte er einen Beutel mit Schmuck und Geld. In der anderen hatte er zwei Bilder.»

«Die beiden Zeichnungen von Paul Klee?»

Lichtenberg schaute Marthaler erstaunt an. «Davon wissen Sie? Wir haben uns damals gewundert, warum von den Bildern nie die Rede war. Ortmann hatte ja darauf spekuliert, dass ihr Fehlen sofort bemerkt würde. Und dass deshalb sein Versuch, das Ganze wie einen Raubmord aussehen zu lassen, gelingen könnte. Aber die Bilder schien überhaupt niemand zu vermissen. Offensichtlich wusste niemand, dass es sie gab.»

«Bis jetzt», sagte Marthaler. «Und jetzt sind die Zeichnungen Ihnen zum Verhängnis geworden.»

«Wir sind zu Fuß zu mir nach Hause gelaufen. Erst dort habe ich gesehen, dass Ortmann im Gesicht eine lange, tiefe Wunde hatte. Ich habe ihn gefragt, was er gemacht hat. Er wirkte vollkommen ruhig. Er erzählte, er habe Karins Schlafzimmer verwüstet. Er habe den Kleiderschrank ausgeräumt und den Inhalt der Schubladen auf dem Boden verstreut. Er habe sich an einer der Schranktüren verletzt … Den Rest kennen Sie. Ich bin vernommen worden. Stickler und Ortmann haben ausgesagt, dass wir die ganze Nacht bei mir zu Hause waren. Und um die Sache wasserdicht zu machen, haben wir uns zwei Mädchen gekauft, die dasselbe behauptet haben.»

«Ich frage mich, ob Sie jemals eine Frau hatten, die Sie nicht kaufen mussten?», sagte Marthaler.

Lichtenbergs Lider zuckten. Offensichtlich hatte ihn die Frage an einer empfindlichen Stelle getroffen. Als er schließlich antwortete, klang es, als habe er den Kampf gegen die Wahrheit aufgegeben. «Zu zwei Dingen hat es in meinem

Leben nicht gereicht: zum Künstler und zu einer Familie. Und so wie ich jetzt aussehe, wird sich mir auch keine Frau mehr nähern, die ich nicht dafür bezahle.»

«Darf ich fragen, wie es zu Ihren Verletzungen gekommen ist?»

«Sagt Ihnen der Name Henri Matisse etwas?»

«Wenn Sie den Maler meinen, sicher!»

«In den letzten Lebensjahren des Künstlers hatte sich mein Vater mit ihm angefreundet. Matisse hatte ein kleines Atelierhaus in den Bergen oberhalb von Nizza. Als er dort auszog, hat es ihm mein Vater mitsamt einiger Bilder abgekauft. Ich habe das Häuschen von meinen Eltern geerbt. Jedes Jahr im Frühjahr habe ich dort ein paar Wochen verbracht. Manchmal kam Ortmann für ein, zwei Tage, um mit mir ein paar geschäftliche Dinge durchzusprechen und sich Unterschriften geben zu lassen. Auch am 26. März 1989 waren wir dort. Es war der Ostersonntag, und ich bin früh ins Bett gegangen. Ortmann saß noch im Sessel, trank Wein und rauchte seine Pfeife. Er ist eingeschlafen. Die brennende Pfeife fiel zu Boden, der Teppich fing Feuer, und binnen kurzem breiteten sich die Flammen aus. Wir haben es beide geschafft, unverletzt ins Freie zu kommen, aber ich wollte die Bilder retten. Ortmann versuchte mich abzuhalten, die Gemälde seien gut versichert, sagte er. Ich habe das brennende Gebäude trotzdem noch einmal betreten. Fast im selben Augenblick ist ein Deckenbalken auf mich herabgestürzt und hat mir die Beine zerschmettert. Ortmann hat es im letzten Moment geschafft, mich an den Armen nach draußen zu ziehen. Ich hatte am ganzen Körper schwere Verbrennungen.»

Marthaler nickte. «Karin Rosenherz ist nicht erwürgt, sondern erstochen worden, das wissen Sie. Wenn Ihre Geschichte stimmt, dann war die Frau nicht tot, als Sie zu dritt die Wohnung verlassen haben.»

«Ja. Aber damals wusste ich das nicht. Ich habe zehn Jahre lang geglaubt, Mitschuld an Karins Tod zu haben. In den Zeitungen war nie etwas über die Todesursache zu lesen. Erst als in den siebziger Jahren wieder in dem Fall ermittelt wurde, ist öffentlich bekannt geworden, dass man sechzehn Stichwunden an Karins Leiche nachgewiesen hat. Ich habe Ortmann zur Rede gestellt, und schließlich hat er mir die Wahrheit gesagt.»

«Dass sie noch gelebt hat, als er das zweite Mal in die Wohnung kam?»

«Ja.»

«Darüber musste er doch froh sein», sagte Marthaler. «Damit wäre das Ganze ja noch glimpflich ausgegangen.»

«So würden *Sie* denken», sagte Lichtenberg. «Und so hätte auch ich gedacht.»

«Aber?»

«Ortmann ist ein vollkommen empathieloser Mensch. ‹Einer musste es zu Ende bringen›, hat er gesagt.»

Marthaler runzelte die Stirn. «So hat er es genannt? Zu Ende bringen?»

Lichtenberg schluckte. Er wandte sich ab. Marthaler meinte, in seinem Augenwinkel eine Träne zu sehen.

«Er sagt, als er zurück in die Wohnung kam, sei er an den Küchenschrank gegangen, um sich die dreihundert Mark aus der Kassette zu holen. Plötzlich habe er hinter sich ein Geräusch gehört. Karin sei auf ihn losgegangen wie eine Furie. Sie hat ihm mit den Fingernägeln quer durchs Gesicht gekratzt. Er hat sie zurück ins Schlafzimmer gedrängt. Er hat sein Pfeifenbesteck aus der Tasche gezogen und immer wieder auf sie eingestochen. Er sagt, dass sie sich lange gewehrt hat. Aber irgendwann war sie dann wirklich tot. Ortmann hat das Zimmer verwüstet, hat ein paar Schmuckstücke zusammengerafft und die beiden Klees von der Wand genommen.»

«Aber das alles hat er Ihnen erst zehn Jahre später erzählt?»

«Ja. 1976 ging der Fall wieder durch die Presse, weil ein neuer Staatsanwalt die Ermittlungen nochmal in Schwung bringen wollte. Erst dann wurden Einzelheiten über die Todesursache bekannt.»

«Und Sie hatten beide Angst, dass Sie nun doch noch zur Rechenschaft gezogen würden. Dass man diesmal der Aussage Albanellis mehr Beachtung schenken würde.»

Lichtenberg nickte müde. Er wirkte erschöpft.

«Und wie haben Sie es geschafft, dass diese Aussage dann aus den Akten verschwand?»

Der Mann schaute Marthaler verwundert an. Dann schüttelte er den Kopf. «Davon weiß ich nichts. Ich habe Ortmann gesagt, er soll die Sache ein für alle Mal aus der Welt schaffen. Um die Einzelheiten habe ich mich nie gekümmert. Aber wie es aussieht, wäre ihm das fast gelungen.»

«Und der Kunstraub im Stadtwald? Der tote Wachmann? Das gestohlene *Paradiesgärtlein*?»

Lichtenbergs Augen leuchteten kurz auf: «Ein wunderschönes Bild. Ich habe es viel zu lange nicht mehr gesehen. Ich habe es immer sehr gemocht.»

«Wollen Sie mir erzählen, dass Sie auch damit nichts zu tun haben?»

Ärgerlich schüttelte Lichtenberg den Kopf. «Wissen Sie, mir ist egal, was Sie glauben. Ich sage die Wahrheit, also werden Sie mir nichts anderes nachweisen können. Es sei denn, Sie finden Ortmann, und er entschließt sich, mich zu belasten. Aber beides halte ich, offen gestanden, für ziemlich unwahrscheinlich.»

SECHS Er hat Angst, hatte Anna gedacht, als sie Ortmann aus dem Garten ins Haus gefolgt war. Er hat so viel Angst, dass er stinkt.

«Bitte!», hatte er gesagt und auf eine Tür direkt neben dem Hauseingang gezeigt.

Bevor sie in der Toilette verschwand, drehte Anna sich noch einmal um. Ortmann stand in der Mitte der Eingangshalle und schaute ihr nach.

Anna schloss die Tür und legte ihr Ohr von innen an das Futter. Zehn Sekunden lang geschah gar nichts. Dann hörte sie Ortmanns Schritte. Sie näherten sich. Er ging nicht ins Haus. Er war nicht auf dem Weg ins Büro.

Anna hörte, wie die Haustür geöffnet wurde und kurz darauf ins Schloss fiel. Sie drehte den Wasserhahn auf und wartete einen Moment. Dann verließ sie die Toilette.

Als sie vor dem Haus stand, wurde hinter der Hecke ein Motor angelassen. Kurz darauf verließ der Cayenne das Grundstück. Ortmann saß am Steuer. Er drehte seinen Kopf und schaute zum Haus. Sie sahen sich direkt in die Augen.

Der Cayenne beschleunigte und fuhr mit hoher Geschwindigkeit die asphaltierte Zufahrt hinunter.

Im selben Moment spurtete Anna los. Sie rannte über die Parkplätze, zog den Autoschlüssel aus der Tasche ihrer Jeans und sprang in den Mazda.

Sie startete den Motor und trat das Gaspedal durch. Sie riss das Lenkrad nach rechts. Das Heck des Roadster geriet kurz ins Schlingern, dann hatte sie den Wagen wieder im Griff.

Aber der Cayenne war bereits aus ihrem Blickfeld verschwunden.

Anna raste über die Dorfstraße. Sie wusste, dass Ortmann

nur zwei Möglichkeiten hatte. Sechshundert Meter hinter dem Ort würde er unweigerlich auf die Hochrhönstraße stoßen. Dort würde er nur nach rechts oder nach links fahren können. Bis dahin musste sie den Cayenne wieder in Sichtweite haben, sonst standen die Chancen fifty-fifty. Und wenn sie sich falsch entschied, hätte sie ihn verloren.

Links hinter dem Dorf lagen am Hang zwischen den Bäumen ein paar Parkplätze für die Wanderer, die von hier aus die Felsen der Milseburg erkunden wollten. Sie sah, wie ein roter Passat langsam auf die Straße zurollte. Anna drückte mehrmals auf die Hupe, aber der Wagen rollte weiter.

Als sie damit rechnete, ihn links überholen zu können, sah der Fahrer sie kommen und blieb mitten auf der Fahrbahn stehen. Sie steuerte nach rechts, verließ für einen Moment den Asphalt und holperte über den unbefestigten Straßenrand.

Hundert Meter vor der Kreuzung sah sie Ortmanns Bremslichter. Ohne zu blinken, bog er nach rechts.

Der Hochrhönring führte steil bergab. Anna beschleunigte. Als sie sich dem Cayenne bis auf zwanzig Meter genähert hatte, machte Ortmann plötzlich einen neuerlichen Rechtsschwenk.

Anna stieg in die Bremsen, hatte die Abzweigung aber bereits verpasst, als der Mazda endlich zum Stehen kam.

Sie legte den Rückwärtsgang ein und schaute auf das Ortsschild: Oberbernhards.

Sie kam an einer Weide mit Schafen vorbei, passierte ein paar Häuser, sah das Hinweisschild zu einer Jugendherberge, fuhr aber weiter bergab und hatte den Ausgang des kleinen Dorfes schon wieder erreicht.

Dann sah sie ihn. Der schwarze Porsche Cayenne hatte etwa vierhundert Meter Vorsprung. Er raste die schmale Straße zwischen den Feldern und Streuobstwiesen hinab. Anna nahm an, dass Ortmann nur einen Bogen gefahren war, um sie abzuhängen, dass er gleich einen Linksschwenk machen würde, um wieder auf die Hauptstraße zu gelangen.

Stattdessen bog er noch einmal rechts ab. Er verschwand zwischen den Bäumen.

Als Anna die Stelle erreicht hatte, hielt sie kurz an. Sie konnte geradeaus weiterfahren, aber ein Schild zeigte an, dass es sich um eine Sackgasse handelte. Rechts ging es zum Parkplatz eines zwischen den Bäumen gelegenen Ausflugshotels.

Sie entschied sich für das Hotel. Sie fuhr die Auffahrt hinauf und schaute sich um. Das Hotel hieß *Milseburg*. Es war ein großer, weiß verputzter Bau, in dessen Mitte sich ein Turm aus Fachwerk erhob. Links neben dem Haupthaus gab es zwei kleinere Gebäude. Es standen zehn, zwölf Wagen auf dem Parkplatz.

Der Cayenne war nicht dabei.

Anna fluchte.

Sie fuhr ein Stück weiter, dann setzte sie zurück, um auf dem schmalen Weg zwischen den Wirtschaftsgebäuden zu wenden.

Im Rückspiegel sah sie Ortmanns Wagen. Er stand etwa zehn Meter hinter ihr. Es saß niemand am Steuer.

Langsam rollte sie zurück auf den Parkplatz. Sie stellte den Mazda hinter einem weißen Wohnmobil ab.

Sie wartete. Sie wusste nicht, was sie tun sollte. Als fünf Minuten später immer noch nichts geschehen war, stieg sie aus. Vorsichtig näherte sie sich dem Cayenne. Sie legte ihre Stirn an die Scheibe des Seitenfensters und schaute in den Innenraum. Der Wagen war leer.

Vielleicht hatte Ortmann seinen Weg zu Fuß fortgesetzt und war längst in einem der umliegenden Wälder verschwunden. Vielleicht kannte er jemanden in dem Hotel und hatte dort Unterschlupf gefunden. Vielleicht hatte er sich auch nur irgendwo verschanzt und wartete darauf, dass Anna die Aussichtslosigkeit ihres Unternehmens einsah und umkehrte.

Wofür auch immer er sich entschieden hatte, er war im Vorteil. Er lebte hier, er kannte die Gegend, er wusste, was er zu tun hatte. Sie hingegen hatte keine Ahnung, wo sie sich befand. Hinter jeder Kurve, hinter jedem Baum, hinter jeder Mauer begann für sie unerforschtes, feindliches Gelände.

Und jetzt, kleine Anna, dachte sie. Was machst du jetzt? Rufst du den großen Marthaler an und sagst ihm, dass er seine Truppen in Bewegung setzen soll, dass du nicht weiterweißt, dass du mal wieder Mist gebaut hast, dass du aufgibst, dass dieser blöde Eckenpinkler mit seinem schönen, blöden Cayenne dich ausgetrickst und abgehängt hat?

Dann fiel ihr ein, dass sie Marthaler gar nicht anrufen konnte, dass ihr Handy in ihrem Rucksack steckte, der noch immer unter dem Tisch in Lichtenbergs Pergola stand.

In Ordnung, sagte sie sich schließlich, du bist ein kleines, schwaches Mädchen. Dir ist gerade fürchterlich zum Heulen zumute, aber du machst jetzt deine Übungen. Du machst dich locker. Du reißt dich zusammen, und dann tust du, was du zu tun hast: Du machst dich auf die Suche. Der Eckenpinkler ist im Vorteil, er hat die besseren Karten, aber er hat noch nicht gewonnen.

Sie stapfte auf den Eingang des Hotels zu und öffnete die Tür zum Gastraum. Außer einem dünnen, rotgesichtigen Mann, der an der Theke vor seinem Bier saß, war niemand zu sehen. Der Mann hatte Arbeitskleidung an und trug einen Hut aus Kunstleder. Eine Zigarette klemmte zwischen seinen Fingern, eine andere verglühte im Aschenbecher neben dem leeren Schnapsglas.

«Ist hier gerade ein Mann reingekommen?», fragte Anna. «Um die sechzig, dunkle Haare, bulliger Typ.»

Der Kunstlederhut drehte sich schwerfällig zu ihr um. Sein

Blick war glasig. Er machte sich gar nicht erst die Mühe, Anna in die Augen zu schauen. Er starrte gleich auf ihren Busen.

«Enschulljung?», fragte er mit schwerer Stimme.

«Ich habe gefragt, ob hier vor kurzem ein Mann reingekommen ist?»

«Nee, war keiner da», sagte er und glotzte weiter.

«Wollen Sie mal anfassen?», fragte Anna.

«Hä?» Der Kopf des Mannes wankte vor Überraschung.

«Nichts!», sagte Anna. «Schade, dass man Bier nicht ficken kann!»

Sie verließ das Hotel und schaute nach rechts.

Ortmanns Wagen war nicht bewegt worden. «Was ist jetzt mit dir?», fragte Anna leise. «Spielst du Verstecken mit mir?»

Sie überquerte den Parkplatz und folgte der schmalen, abschüssigen Straße, die angeblich in einer Sackgasse endete.

Ein Mann und ein etwa zehnjähriges Mädchen kamen ihr entgegen. Sie schoben ihre Fahrräder den Hügel hinauf. Das Mädchen schnaufte.

«Entschuldigung», sagte Anna, «können Sie mir sagen, wo die Straße hinführt?»

Die beiden blieben stehen.

«Da runter?», sagte der Mann. «Da geht's auf den Radweg!»

«Und in den Tunnel!», ergänzte das Mädchen.

«In den Tunnel?», fragte Anna.

«Ja», sagte der Mann. «Früher gab es hier eine kleine Bahnstrecke, die schon vor Jahrzehnten stillgelegt wurde. Die Schienen hat man abgebaut, jetzt ist der alte Milseburgtunnel ein Teil des Radwegs. Sie müssen ihn sich wirklich anschauen. Er ist kaum breiter als drei Meter, aber über einen Kilometer lang.»

«Und dunkel und gruslig», sagte das Mädchen und riss vor Begeisterung die Augen auf. «Da gibt es sogar Fledermäuse. Und einen Riesen.»

Anna lachte. «Einen Riesen auch noch?»

«Das hat die Kleine gerade im Religionsunterricht gelernt», sagte der Mann. «Aber wir halten Sie sicher nur auf!»

«Nein, überhaupt nicht!», sagte Anna und warf einen Blick auf die Ausfahrt des Hotelparkplatzes.

«Hier auf dem Berg hat nämlich der böse Riese Mils gewohnt», erzählte das Mädchen. «Der war mit dem Teufel im Bund. Dann kam der heilige Gangold und hat ihn besiegt. Und der Riese hat sich das Leben genommen. Da hat ihn dann der Teufel unter den dicken Felsen begraben.»

«Das ist ja ziemlich aufregend», sagte Anna.

«Ja, und fast hätten wir auch noch einen Unfall gebaut.»

«Nun übertreib mal nicht», sagte der Vater. Und als Anna ihn fragend ansah: «Am anderen Ende des Tunnels hat es einen Felssturz gegeben. Wir werden auf dem Rückweg auf der Polizeistation in Hilders Bescheid sagen. Es liegen ein paar große Brocken auf der Strecke.»

«Die hat bestimmt der Teufel geworfen», sagte Anna.

Das Mädchen schaute sie mit offenem Mund an. Dann lachte es: «Aber den Teufel gibt's doch gar nicht!»

«Ist Ihnen gerade jemand begegnet?», fragte Anna. «Ein Fußgänger im schwarzen Anzug?»

«Nein», sagte der Mann und zeigte auf die dunkle Wolkenfront, die sich am Himmel gebildet hatte. «Es ist Regen angesagt, da bleiben die Leute lieber zu Hause.»

«Los, Papa», sagte das Mädchen. «Ich will auch nicht nass werden.»

Anna sah den beiden nach, die ihre Räder den Berg hinaufschoben, schließlich aufstiegen und hinter einer Kurve verschwanden.

Langsam ging sie die kleine Anhöhe zum Parkplatz hinauf. Hinter einem Baum blieb sie stehen. Sie spähte hinüber zu dem Weg zwischen den beiden Wirtschaftsgebäuden. Der schwarze Cayenne stand immer noch dort. Plötzlich merkte Anna, wie sich ihr Nacken versteifte. Sie meinte, im Innenraum hinter den getönten Scheiben eine Bewegung und ein kurzes Leuchten bemerkt zu haben. Es war, als habe sich jemand eine Zigarette angesteckt. Dann war sie sicher: Ortmann saß in seinem Porsche und rauchte.

Anna duckte sich und lief zu ihrem Wagen. Sie startete den Motor und fuhr los. Sie verließ den Parkplatz, bog nach links, machte aber sofort einen U-Turn und blieb mit laufendem Motor quer auf der Fahrbahn stehen.

Keine halbe Minute später sah sie die Front des Cayenne hinter den Bäumen hervorschießen und auf sich zukommen. Ortmann bremste und riss das Steuer nach rechts. Er fuhr die kleine Straße hinab, auf der Anna eben noch die Geschichte vom bösen Riesen und dem Teufel gehört hatte.

Wer weiß, dachte sie jetzt, vielleicht war es gar nicht der Teufel, der die Felsen auf die Fahrbahn geworfen hat, vielleicht war es der liebe Gott.

Sie setzte dem Cayenne nach, der keine hundert Meter weiter eine scharfe Linkskurve nahm und plötzlich abbremste.

Anna kam ebenfalls zum Stehen. Vor ihnen lag das dunkle Portal des Tunnels. Es sah aus, als habe der Berg sein schwarzes Maul geöffnet.

Ortmann schien einen Moment zu zögern, dann schaltete er die Scheinwerfer ein, ließ den Motor aufheulen und fuhr mit quietschenden Reifen los.

Das war es, was Anna gehofft hatte. Dass sie ihn vor sich hertreiben konnte. Dass er ihr die Überlegenheit seines Wagens zeigen würde, indem er ihr mit hoher Geschwindigkeit davonfuhr. Dass er mitsamt seinem blöden, schönen Cayenne an den schönen, dicken Felsbrocken zerschellen würde.

Als sie den Eingang des Tunnels erreicht hatten, zeigte Annas Tacho fast hundert Stundenkilometer. Ortmann beschleunigte weiter.

Und Anna tat es ihm gleich. Sie versuchte, so dicht wie möglich hinter ihm zu bleiben. Die von schwachen Lampen beleuchteten Wände flogen an ihr vorbei. Der Lärm der Motoren, der von der engen Steinröhre reflektiert wurde, dröhnte in ihren Ohren.

Keine Minute später sah sie den hellen, rasch größer werdenden Lichtkreis. Sie hatten den Ausgang des Tunnels fast erreicht. Sie drosselte die Geschwindigkeit. Sie hoffte, dass Ortmann ihr Manöver nicht bemerkte.

Aber der Cayenne kam mit einer Vollbremsung zum Stehen. Im letzten Moment hatte Ortmann das Hindernis erkannt. Die Motorhaube seines Wagens trennte nur ein Meter von den riesigen Felsbrocken, die den Radweg am Tunnelende versperrten.

Anna schlug auf das Lenkrad. Sie fluchte. Ihr Plan war misslungen.

Sie hatte Ortmann in eine Falle locken wollen; jetzt saß sie selbst in der Falle. Als sie den Rückwärtsgang einlegte, sah sie, wie sich das Panoramadach des Cayenne öffnete. Zuerst erschien Ortmanns Kopf, dann sein Oberkörper.

Er hob den rechten Arm.

Er hatte eine Pistole in der Hand und zielte direkt auf ihren Kopf.

Anna duckte sich. Gleichzeitig trat sie aufs Gas.

Sie konnte nicht gut rückwärts fahren. Sie hatte es in der Fahrschule nicht gut gekonnt und hatte es bis heute nicht gelernt. Aber der Tunnel war zu eng, um den Mazda zu wenden. Sie hatte keine andere Chance.

Der erste Schuss pfiff über das Dach hinweg.

Anna schaute in den Seitenspiegel und versuchte, den Wagen in der Spur zu halten. Das Blut klopfte in ihren Schläfen, und ihre Hände zitterten so stark, dass sie Mühe hatte, das Steuer zu halten.

Der zweite Schuss war ein Treffer. Sie hörte, wie er irgendwo in die Motorhaube einschlug.

Endlich fiel ihr ein, dass sie die Scheinwerfer ausschalten musste. Jetzt sah sie Ortmann als Silhouette vor der hellen Tunnelöffnung in seinem Wagen stehen. Wieder hob er den Arm und zielte.

Sein Schuss verfehlte den Mazda. Anna sah aus dem Augenwinkel, wie das Projektil an der Wand des Tunnels Funken schlug.

Endlich hatte sie es geschafft. Sie hatte die Reichweite von Ortmanns Waffe verlassen.

Sie fuhr weiter. Sie rechnete damit, dass er ihr umgehend folgen würde, aber der Cayenne wurde kleiner. Bald konnte Anna ihn nicht mehr sehen.

Drei Minuten später hatte sie den Eingang des Tunnels wieder erreicht. Sie fuhr ins Freie. Kurz hinter dem Tunnelportal stellte sie den Mazda quer auf den schmalen Asphaltstreifen, der rechts und links von einer steilen Böschung begrenzt wurde.

Wenn Ortmann zurückkam, würde er den Cayenne hier stehen lassen müssen.

Anna stellte den Motor ab und stieg aus. Sie ging um das Auto herum, öffnete den Kofferraum und nahm den Wagenheber heraus.

Sie lauschte in das Innere des Tunnels. Es war nichts zu hören.

Sie schaute sich um, bis sie eine Stelle gefunden hatte, an der die Böschung weniger steil war. Den Wagenheber in beiden Händen machte sie sich an den Aufstieg. Einmal rutschte sie aus. Das Werkzeug entglitt ihr. Auf allen vieren krabbelte sie ein paar Meter zurück, bis sie es wieder zu fassen bekam.

Dann hatte Anna es geschafft. Sie hatte die Plattform über dem Eingang des Tunnels erreicht.

Sie wartete. Der Wagenheber lag neben ihren Füßen.

Sie hörte den Cayenne kommen. Es war das Geräusch eines hochtourig laufenden Motors. Auch Ortmann hatte den Tunnel im Rückwärtsgang durchqueren müssen.

Er kuppelte aus. Es war nur noch ein leises Brummen zu vernehmen.

Zuerst erschien das Heck, dann schob sich der Rest des Wagens ins Freie. Ortmann stoppte einen halben Meter vor Annas Mazda.

Sie nahm den Wagenheber und hob ihn auf das Geländer der Plattform.

Das Panoramadach des Cayenne war noch immer offen. Anna konnte direkt auf Ortmanns Kopf schauen. Er befand sich acht Meter unter ihr.

Sie schob den Wagenheber zwei Zentimeter nach vorne. Dann ließ sie ihn in die Tiefe fallen.

SIEBEN Zwei Stunden später glich Philipp Lichtenbergs Anwesen einem Ameisenhaufen. Vor dem Haus parkten zahlreiche Streifenwagen. Das gesamte Grundstück war weiträumig abgesperrt worden. Die Beamten der Spurensicherung durchsuchten alle Räume. Es wurden Computer und große Mengen von Akten nach draußen getragen. Lichtenberg selbst war in Handschellen aus dem Haus geführt worden. Man hatte ihn in einen bewachten Krankentransporter verfrachtet. Er befand sich bereits auf dem Weg ins Untersuchungsgefängnis nach Weiterstadt.

Fausto Albanelli hatte sich in einem Zivilfahrzeug der Kripo mit nach Frankfurt nehmen lassen.

Der große Salon im Erdgeschoss war zur Einsatzzentrale umfunktioniert worden. Die Kolleginnen und Kollegen der MK1 waren fast alle vor Ort. Sowohl Marthaler als auch Anna Buchwald waren eingehend, aber getrennt voneinander über die Geschehnisse der letzten Stunden befragt worden. Annas Wagen hatte man beschlagnahmt. Sie würde ihn nach der kriminaltechnischen Untersuchung zurückbekommen. Ihr war versprochen worden, dass es nicht länger als zwei Tage dauerte.

Hubert Ortmann hatte man mit einem Hubschrauber in die Notfallaufnahme des Klinikums Fulda geflogen. Er war schwer verletzt, aber über seinen Zustand gab es noch keine Informationen.

Als Marthaler Lichtenberts Haus verließ, kam ihm Carlos Sabato entgegen.

«Du siehst schlecht aus, Robert», sagte er zur Begrüßung.

«Ja», sagte Marthaler. «Es reicht für heute. Und trotzdem sind wir noch nicht fertig.»

«Ich muss mich bei dir entschuldigen ...»

Marthaler sah ihn fragend an. Dann winkte er ab: «Vergiss es!»

«Nein! Meine Standpauke heute Morgen am Schultheisweiher ... Ich war unausgeschlafen, ich war zu streng. Ich weiß, dass ich überzogen habe.»

Marthaler zuckte mit den Schultern. «Lass gut sein! Du hast mir klargemacht, dass du mich für ein soziales Monster hältst. Vielleicht bin ich das. Jedenfalls bist du nicht der Einzige, der so denkt. Aber ich kann nicht aus meiner Haut.»

«Du wolltest heute nochmal bei uns übernachten. Bleibt es dabei? Dann können wir Wein trinken. Ich kann Elena anrufen ...»

Marthaler schüttelte den Kopf. «Vielleicht. Ich weiß es noch nicht ... Siehst du, ich muss dir schon wieder eine vage Antwort geben. Aber bald trinken wir Wein, versprochen! Und dann ist auch Tereza wieder dabei.»

«Gut», sagte Sabato. Dann ging er ins Haus.

Marthaler sah Anna hundert Meter weiter an jener Stelle stehen, wo die Straße endete und der Feldweg begann. Sie war allein. Sie rauchte. Sie wirkte müde und verlassen. In den Tagen seit ihrem ersten Treffen hatte sie noch nie einen so verlorenen Eindruck auf ihn gemacht. Er wollte bereits auf sie zugehen, als er einen Mann sah, der außerhalb der Absperrung stand und ihm zuwinkte.

Als Marthaler näher kam, erkannte er Arne Grüter. Er hatte den Chefreporter des *City-Express* völlig vergessen.

«Verdammte Scheiße, Marthaler, was geht hier vor? Ich komme hier an, um auf Sie zu warten, aber hier wird bereits das ganz große Feuerwerk abgebrannt. Und ich habe nicht mal einen Fotografen dabei.»

«Tja», sagte Marthaler und grinste. «Wir sind alle von den Ereignissen überrollt worden. Vielleicht können Sie ja wenigstens mit Ihrer Handy-Kamera ein paar Aufnahmen machen.»

«Ich versichere Ihnen: Wenn Sie mich gelinkt haben, werde ich Ihnen das heimzahlen! Und jetzt rücken Sie mit der Sprache raus.»

«Tut mir leid», sagte Marthaler. «Am Tatort herrscht Nachrichtensperre. Fahren Sie nach Frankfurt zurück und besuchen Sie die Pressekonferenz! Aber beeilen Sie sich. Soviel ich gehört habe, soll sie um neunzehn Uhr stattfinden.»

Er hatte sich bereits wieder von Grüter abgewandt, als ihm noch etwas einfiel. «Sagen Sie, Sie haben doch erzählt, dass in Philipp Lichtenbergs Elternhaus im Mummschen Park ein Obdachloser wohnen soll ...»

«Ja, die Information stammt von einem Kollegen. Aber inzwischen habe ich herausgefunden, dass das Haus Lichtenberg gar nicht mehr gehört. Er hat es schon vor vielen Jahren einem gewissen Dr. Ortmann überschrieben. Dieser Ortmann scheint so etwas wie Lichtenbergs ...»

«Danke», sagte Marthaler. «Ich weiß, wer Hubert Ortmann ist.»

Dann ließ er Grüter stehen.

«He, Mann! Wo bleibt das Wechselgeld?», rief der Reporter ihm nach.

Im Weggehen hob Marthaler beide Arme und zeigte Grüter seine leeren Hände.

Als Anna ihn kommen hörte, drehte sie sich zu ihm um. Sie sah ihn kurz an, dann schlug sie die Augen nieder. «Robert, ich weiß: Du musst mich hassen.»

«Nein», sagte Marthaler. «Ich hasse dich nicht. Als Lichtenberg sagte, dass du die Enkelin von Karin Rosenherz bist, hatte ich das Gefühl, einen Faustschlag in den Magen zu bekommen. Ich habe mich maßlos über dich geärgert. Aber wenigstens dieser Ärger ist fast schon wieder verflogen.»

«Es hat mir auf der Seele gebrannt», sagte Anna. «Ich wollte es dir längst gesagt haben. Aber irgendwie habe ich den richtigen Zeitpunkt versäumt.»

Marthaler zeigte hoch auf die schroffen Felsen der Milseburg, die sich über ihnen erhob. «Was meinst du, wollen wir ein paar Schritte laufen? Wollen wir zusammen da hochklettern?»

«Nein», sagte Anna, «der Berg ist mir zu dunkel und zu deutsch. Manchmal mag ich das, aber heute würde ich es nicht ertragen. Lass uns einfach hierbleiben.»

«Gut», sagte er. «Würdest du mir eine Zigarette spendieren?»

Sie hielt ihm die Packung hin, dann gab sie ihm Feuer.

«Anna, was ist passiert in diesem Tunnel?» Er schaute sie aufmerksam an. An ihrer Reaktion merkte er, dass ihr sofort klar war, was er meinte.

«Was soll passiert sein? Er hat auf mich geschossen.» Ihre Stimme klang trotzig.

«Das weiß ich. Die Kollegen haben mir berichtet, was du ihnen erzählt hast. Er hat auf dich geschossen. Aber erst, nachdem du ihn gejagt hast. Du hast gewusst, was passieren würde, wenn er in diese Felsbrocken rast. Und du hast gewusst, dass sie dort liegen, nicht wahr?»

Anna antwortete nicht. Sie drehte sich weg.

«Als du auf der Plattform über dem Tunneleingang gestanden hast, hat Ortmann dich nicht gesehen, stimmt's?»

«Er hatte immer noch die Pistole», blaffte Anna.

«Ja», sagte Marthaler. «Aber du warst in Sicherheit.»

Sie sah ihn mit einem wütenden Blick an. Ihre Lippen waren schmal. Er merkte, dass sie sich eingeigelt hatte. Sie würde ihm keine Antwort mehr geben. Wenn er das Gespräch mit ihr nicht beenden wollte, durfte er sie nicht weiter bedrängen.

Marthaler schwieg eine Weile, dann wechselte er das Thema. «Du hast gesagt, dass du deine Mutter kaum kennengelernt hast …»

«Sie ist weggegangen, als meine Brüder und ich noch klein waren. Aber ich …»

«Ist das der Grund, warum du etwas über deine Großmutter herausfinden wolltest?»

Sie zögerte. «Wahrscheinlich … ja. Ich habe nicht verstanden, wie man so etwas tun kann, wie man so werden kann. Und dann musste ich in der Akte lesen, dass es meiner Mutter nicht anders ergangen ist. Dass Karin Rosenherz sogar behauptet hat, ihre Tochter sei gestorben. Aber, Robert, ich möchte nicht darüber reden. Irgendwann vielleicht, aber nicht jetzt.»

«Gibt es noch viele Dinge, über die du nicht reden möchtest?»

«Welcher Film?», fragte Anna. Ihr Lächeln war ein wenig verrutscht.

«Kein Film», sagte Marthaler. «Es war dieselbe Frage, die mir Tereza vor langer Zeit einmal gestellt hat.»

«Und was hast du geantwortet?»

«Ich habe gesagt: Nein, ich glaube nicht.»

Anna lachte. «Dann bekommst du von mir dieselbe Antwort.»

Marthaler seufzte. «Dann würde ich gerne jetzt nach Frankfurt zurückfahren. Es wartet noch Arbeit auf mich. Soll ich dich mitnehmen?»

«Sag mal, wie bist du denn drauf? ‹Soll ich dich mitnehmen?› Was für eine blöde Frage. Schließlich sind wir ein Team. Und wir wissen immer noch nicht, wer den kleinen Bruno erschlagen hat. Oder glaubst du im Ernst, dass es ein Streit unter Obdachlosen war?»

«Nein, das glaube ich nicht. Und ich denke, wenn wir die Lösung haben, werden wir auch wissen, wer Fausto Albanellis Aussage aus den Akten hat verschwinden lassen.»

«Also dann», sagte Anna. «Wie heißt der Andi mit Nachnamen?»

Marthaler stutzte. Dann lachte er. «Arbeit heißt er. An die Arbeit!»

«Oh, Mann», sagte Anna enttäuscht. «Du kanntest den Witz.»

«Ja, ich hatte einen Kollegen, der den Spruch bei jeder Gelegenheit von sich gegeben hat. Allerdings war es ein Kollege, mit dem ich mich nicht sonderlich gut verstanden habe.»

Plötzlich bildete sich eine Falte zwischen Marthalers Augenbrauen. Mit einem Mal war er ins Grübeln gekommen.

Auf der Rückfahrt sprachen sie wenig. Beide waren erschöpft, und beide hingen ihren Gedanken nach.

«Meinst du, es stimmt, was Lichtenberg dir erzählt hat?», fragte Anna irgendwann.

Marthaler dachte lange nach. «Ja, ich glaube ihm. Ich glaube, dass er von Ortmanns Machenschaften profitiert hat, dass ihm dieser Mensch aber auch schon lange zuwider war. Als Ortmann vorhin das Haus verlassen hat, wirkte Lichtenberg wie befreit. Und zugleich wie jemand, der Angst vor der Freiheit hat. Die Leben dieser beiden Männer waren seit jener Nacht vor neununddreißig Jahren heillos ineinander verstrickt. Aber damit ist jetzt Schluss. Es wird einen Prozess geben. Und glaub mir, sollte Ortmann wieder so gesund werden, dass er dort eine Aussage machen kann, dann wird er versuchen, Lichtenberg im Gerichtssaal zu zerfleischen.»

«Ja», sagte Anna, «heillos ist wohl das richtige Wort.»

Lange sah sie schweigend aus dem Fenster. Marthaler warf ihr einen kurzen Seitenblick zu. «Was ist mit dir?»

«Ich weiß nicht», sagte sie. «Geht es euch öfter so, dass ihr einen Fall aufklärt und ihr hinterher trotzdem nicht richtig froh seid?»

«Ja», antwortete Marthaler. «So geht es uns fast immer. Man ist erleichtert, dass man die Täter geschnappt hat. Ob sie dann auch verurteilt werden, ist immer noch eine andere Sache. Aber froh ist man fast nie. Man ist erschöpft. Man fühlt sich plötzlich leer. Und manchmal ist man auch traurig. Die Wahrheit, die man entdeckt hat, ist selten angenehm. Oft ist es so, als habe man dem Teufel in die Karten geschaut.»

Sie hatten die Stadtgrenze von Frankfurt bereits passiert, als sich Anna mit der flachen Hand an die Stirn schlug. «Gütiger Mist», rief sie aus, «das habe ich ja völlig vergessen.»

«Was hast du vergessen? Du verlangst nicht von mir, dass ich nochmal umkehre, oder?»

Anna lachte. Sie kramte in ihrem Rucksack und zog ihr Handy hervor. «Nein. Ich habe vergessen, dass ich ein Foto gemacht habe.»

«Ein Foto?»

«Ja. Als ich von deiner Wohnung aus mit dem Rad nach Offenbach gefahren bin, um mit Katja Wilke zu sprechen, ist etwas Merkwürdiges passiert. Vor deinem Haus stand ein Taxi. Es hat mich verfolgt.»

«Anna, bitte!»

«Ich weiß, es klingt verrückt. Aber ich schwöre dir, Robert, das Ganze war echt seltsam. Es saß ein Typ auf der Rückbank, der alles darangesetzt hat, dass ich ihn nicht sehe. Erst als wir am Mainufer waren, konnte ich das Taxi abhängen. Aber vorher habe ich mit dem Handy noch ein Foto von dem Fahrgast gemacht. Ich hatte es völlig vergessen.»

«Okay», sagte Marthaler, lenkte den Wagen an eine Bushaltestelle und stellte den Motor ab. «Zeig her!»

Anna starrte auf das Display ihres Mobiltelefons. «Das gibt's nicht», sagte sie. «Das ist er.»

«Das ist wer? Jetzt lass mich schon schauen!»

Anna reichte ihm das Handy. Viel war nicht auf dem Foto zu erkennen. Man sah den verpixelten Kopf eines Mannes, der auf der dunklen Rückbank des Taxis saß. Offensichtlich hatte er zu spät versucht, sein Gesicht vor der Kamera zu verbergen. Er hatte graues, kurzgeschnittenes Haar und einen Dreitagebart. Er konnte fünfzig, genauso gut aber auch sechzig Jahre alt sein. Am deutlichsten sah man das dünne Metallgestell seiner Brille.

«Das ist derselbe Typ, der mir auf dem Friedhof aufgelauert hat. Als ich den kleinen Bruno im Mausoleum gefunden habe.»

Marthaler antwortete nicht. Er konzentrierte sich auf das Foto. Auch ihm kamen die Züge des Mannes bekannt vor. Er merkte, wie es in seinem Kopf zu ticken begann. Dann war es wie beim *Tetris*-Spiel, wenn sich mit einem Mal alle herunterfallenden Steine zu einer geschlossenen Fläche fügen.

«Anna, ich glaube, ich hab's!», rief er aus.

«Was hast du?»

Hinter ihnen wurde gehupt. Der Linienbus wollte an seine Haltestelle.

Marthaler startete den Wagen und fuhr los. «Ich glaube, ich weiß, wer der Mann ist.»

Anna wartete, aber Marthaler machte keine Anstalten, weiterzusprechen.

«Magst du es mir vielleicht mitteilen?», fragte Anna.

«Nein, später ... Ich bin mir noch nicht ganz sicher. Wir fahren in den Ostpark.»

Marthaler parkte an derselben Stelle wie an dem Morgen vor einigen Tagen, als er schon einmal hier gewesen war. Sie überquerten die Fahrbahn und gingen in den Park.

Vor der Übernachtungsstätte für Wohnsitzlose stand wieder der große Mann mit der Fellmütze. Und wieder hatte er zwei Plastiktüten in der Hand. Als sie sich ihm näherten, drehte er sich zu ihnen um.

«Ich bin der Büffel», sagte er.

«Ich weiß», erwiderte Marthaler. «Erinnern Sie sich an mich? Wir haben schon einmal miteinander gesprochen. Ich habe Sie nach dem kleinen Bruno gefragt.»

Der Oberkörper des Büffels begann zu schaukeln. Aus seinem Mund kam ein kehliger Laut. «Bruno», sagte er.

447

«Sie haben mir erzählt, dass der kleine Bruno eine Freundin hat.»

«Hagenstraße.»

«Ja, ich habe sie gefunden. Sie haben gesagt, dass der kleine Bruno Angst hatte.»

Das Schaukeln wurde heftiger. «Bruno ... Angst.»

«Ich möchte, dass Sie mir noch einmal helfen. Ich möchte, dass Sie sich ein Foto anschauen.»

Der Büffel atmete schwer. Er stellte seine Taschen ab und rieb sich mit seinen riesigen Händen übers Gesicht. Es sah aus, als wolle er sich reinigen. «Fenster ... Geld», sagte er.

«Was meinen Sie mit Fenstergeld?»

Der Berber schaute ihn böse an: «Fenster ... Geld, Brücke ... Geld», wiederholte er nun schon deutlich lauter.

Jetzt begriff Marthaler. Er hatte dem Büffel einen Zwanzig-Euro-Schein gegeben. Auf diesem waren eine Brücke und zwei Fenster abgebildet.

«Ja, Sie bekommen wieder etwas Geld von mir. Aber erst schauen Sie sich bitte das Foto an.»

Anna stellte sich neben den Büffel und zeigte ihm das Display ihres Mobiltelefons.

Der Berber hatte den Kopf gesenkt. Dann begann er zu stöhnen. Es war ein tiefer, langer Laut. Plötzlich taumelte er zwei Schritte zurück. «Polizist», brüllte er.

«Ist das der Mann, vor dem der kleine Bruno Angst hatte?»

«Polizist, Polizist!», rief der Büffel noch einmal aus.

Marthaler zog sein Portemonnaie hervor. Er ging auf den Berber zu und reichte ihm zwei Zehn-Euro-Scheine. «Fenster habe ich diesmal nicht», sagte er, «dafür bekommen Sie zwei Torbögen.»

Der Büffel nahm die Banknoten und ließ sie in seinem Lederwams verschwinden. Dann grunzte er zufrieden.

ACHT Als sie wieder im Wagen saßen, wählte Marthaler die Nummer der Zentrale. «Festnahme im Mummschen Park. Ich brauche vier unserer Leute. Außerdem zur Absicherung ein paar Streifenwagen. Der Täter könnte bewaffnet sein. Wir treffen uns an der Niederräder Landstraße, Ecke Humperdinckstraße. So schnell wie möglich. Es besteht Fluchtgefahr. Alles Weitere vor Ort.»

«Willst du mich jetzt endlich aufklären?», fragte Anna, als er sein Gespräch beendet hatte.

«Es passt alles», sagte Marthaler. «Es war die ganze Zeit da, aber ich habe es nicht gesehen. Alle Fakten lagen auf dem Tisch, aber ich war blind.»

«Robert, ich merke, dass du aufgeregt bist. Aber würdest du bitte trotzdem so mit mir sprechen, dass ich dir folgen kann?»

«Als du gefragt hast, wie der Andi mit Nachnamen heißt, bin ich bereits stutzig geworden. Es war Hans-Jürgen Herrmann, der uns ständig mit diesem Spruch genervt hat. Er war der Leiter beider Mordkommissionen, bis er vor ein paar Jahren entlassen wurde, weil er Beweismittel unterschlagen hatte. Es ist noch gar nicht lange her, seit ich ihn wiedergesehen habe. Es war auf der Beerdigung eines Kollegen. Er hatte sich zwischen den Gräbern hinter ein paar Büschen versteckt und uns beobachtet. Ich habe ihn zuerst gar nicht wiedererkannt. Er sah aus wie ein Obdachloser.»

«Okay», sagte Anna, «aber trotzdem verstehe ich noch immer nicht ...»

«Nun warte, ich hab ja selbst bis eben auf der Leitung gestanden. Seinen Rausschmiss hat Herrmann offensichtlich nicht verkraftet. Es hat ihn aus der Bahn geworfen. Angeblich lebte er danach auf der Straße und hat die Armenspeisungen besucht. Aber Sabato hat mir erzählt, dass Herrmann reich sei, dass behauptet wurde, er habe eine Erbschaft gemacht.»

«Schön für ihn, aber …»

«Aber daran glaube ich nicht. Ich glaube, dass er auf der Gehaltsliste von Lichtenberg und Ortmann stand. Und das schon ziemlich lange. Herrmann ist derselbe, der dir im Mausoleum aufgelauert hat und den du fotografiert hast.»

«Aber der sieht nicht aus wie ein Obdachloser.»

«Nein, weil er sich die Haare und den Bart hat stutzen lassen.»

«Sag nochmal, wie er mit Vornamen heißt!»

«Hans-Jürgen.»

«Hans-Jürgen Herrmann. Sein Name kommt in der Akte vor.»

«Ja. Grüter hatte mir erzählt, dass Herrmann derjenige gewesen ist, der sich Mitte der siebziger Jahre als junger Polizist die Akte Rosenherz nochmal vorgenommen hat. Verstehst du, Anna? Er hat Zugriff auf alle Unterlagen gehabt.»

«Und du meinst, er hat Fausto Albanellis zweite Aussage verschwinden lassen?»

«Natürlich. Und du kannst dir sicher sein, dass er das nicht ohne Gegenleistung getan hat.»

«Trotzdem sehe ich noch keine Verbindung zum kleinen Bruno.»

«Sie kannten sich. 1994 sind aus der Kunsthalle Schirn drei wertvolle Gemälde geraubt worden. Bruno Kürten war Antiquitätenhändler, galt aber auch als guter Techniker. Er war an dem Raub beteiligt. Er war dafür verantwortlich, die Alarmanlage lahmzulegen. Er ist erwischt worden und ins Gefängnis gekommen. Aber er hat nicht geplaudert. Es hieß damals, die Auftraggeber dieses Kunstraubs stammten aus dem Milieu der Jugo-Mafia. Aber geschnappt hat man sie nie. Und jetzt rate, wer die Ermittlungen geleitet hat?»

«Eckenpinkler Herrmann!»

«Exakt!»

«Heiliger Bimbam», sagte Anna.

«Schöner hätte ich es nicht sagen können … Bruno Kürten wusste, dass es bei dem Mord an Karin Rosenherz auch um die Zeichnungen ging. Und er wusste, dass der Raub des *Paradiesgärtleins* etwas mit der alten Sache zu tun hatte.»

Anna schwieg eine Weile. «Und weil er das wusste, musste er sterben.»

Marthaler nickte. «Aber jetzt werden wir uns den Eckenpinkler holen!»

«Aber woher willst du wissen, wo er sich aufhält? Wenn er auf der Straße lebt …»

«Vergiss es, Anna! Philipp Lichtenberg hat sein Elternhaus im Mummschen Park vor vielen Jahren an Hubert Ortmann überschrieben. Es heißt, dort sei vor einiger Zeit ein Berber eingezogen. Was den Bewohnern dieses Viertels ungefähr so willkommen sein dürfte wie eine Notunterkunft für afrikanische Bootsflüchtlinge.»

Anna überlegte. «Das heißt, wir fahren jetzt in das Haus, in dem meine Großmutter vor neununddreißig Jahren am letzten Tag ihres Lebens gefeiert hat.»

«Ja», sagte Marthaler. «Und in dem sie ihrem Mörder begegnet ist.»

Das ruhige Wohnviertel zwischen Mörfelder Landstraße und Kennedy-Allee war benannt nach dem riesigen historistischen Palais, das sich der sogenannte Champagnerbaron Hermann Mumm von Schwarzenstein im Jahr 1902 hier auf einem großen Parkgelände hatte bauen lassen. Später war das Haus von der deutschen Wehrmacht, dann von der amerikanischen Militärverwaltung, der Oberpostdirektion und der Organisation Gehlen genutzt worden. Und als sich Frankfurt

1949 darum beworben hatte, Bundeshauptstadt zu werden, hatte man das Gebäude als Sitz des Bundespräsidenten vorgesehen.

Auf der Rückseite des Anwesens war in den folgenden Jahren jene weltabgewandte Siedlung entstanden, in der mit Vorliebe reiche Frankfurter Kaufleute und die Vorstandsmitglieder der Banken und Konzernzentralen ihre Häuser bauten.

Marthaler nahm an, dass sich der Wohlstand von Philipp Lichtenbergs Eltern in dieser Umgebung eher bescheiden ausgenommen hatte.

Die Humperdinckstraße war eine etwa fünfhundert Meter lange, schmale Einbahnstraße. Marthaler durchfuhr sie im Schritttempo. Als sie das Haus passierten, machte er eine Kopfbewegung. «Da ist es», sagte er.

Es war ein zweistöckiges, weißverputztes Gebäude mit einem schmalen Vorgarten, der zur Straße hin von einem dunklen Metallzaun begrenzt wurde. Das Dach war mit großen Schieferplatten gedeckt. Die unteren Fenster waren durch geschwungene schmiedeeiserne Gitter gesichert. Auf der rechten Seite befand sich eine Doppelgarage.

«Nobel, aber ein bisschen heruntergekommen, findest du nicht?», sagte Anna.

«Er ist zu Hause», sagte Marthaler. «Hast du gesehen, im ersten Stock brennt Licht.»

Ein paar Häuser weiter stieg ein Mann aus seinem Auto. Als sie an ihm vorbeifuhren, drehte er sich um und schaute ihnen misstrauisch nach.

«Hier rufen sie wahrscheinlich schon die Polizei, wenn ein fremder Wagen vorbeikommt», sagte Anna.

Marthaler bog nach rechts in die Richard-Strauss-Allee, die direkt am Damm der S-Bahn entlangführte. Über die Mörfelder Landstraße schlug er einen Bogen zurück zur Humperdinckstraße.

Drei Streifenwagen hielten am Straßenrand, dicht gefolgt von zwei Zivilfahrzeugen der SoKo Süd.

«Du bleibst im Wagen», sagte Marthaler zu Anna. Dann stieg er aus und wartete, bis die Kollegen sich um ihn versammelt hatten.

Er erklärte ihnen die Lage. Er gab Anweisung, die Straße zu sperren und die Rückseite des Hauses zu sichern.

Als alle Vorbereitungen getroffen waren, näherten sie sich zu fünft dem Hauseingang.

Je zwei der SoKo-Leute postierten sich an der rechten und linken Grenze des Grundstücks.

Die Lampe im ersten Stockwerk des Hauses brannte noch immer.

Marthaler zog seine Waffe. Dann klingelte er am Gartentor.

Als das Licht im Haus ausgeschaltet wurde, duckte er sich hinter den gemauerten Pfeiler des Gartenzauns.

Er beugte den Oberkörper weit nach vorne, streckte die Hand aus und klingelte noch einmal.

Dann hörte er, wie ein Fenster geöffnet wurde.

«Ist da jemand?»

Es war die Stimme Hans-Jürgen Herrmanns.

«Kommen Sie raus, Herrmann!», rief Marthaler. «Das Haus ist umstellt. Kommen Sie mit erhobenen Händen raus!»

Der Mann am Fenster fluchte.

Drei Minuten lang herrschte Ruhe.

In einem der gegenüberliegenden Häuser wurde eine Balkontür geöffnet. Zwei Jugendliche kamen heraus, stellten sich an das Geländer und beobachteten das Geschehen. Einer der beiden begann, mit seinem Handy zu fotografieren.

«Verdammt nochmal, verzieht euch!», zischte Marthaler ihnen zu.

Die beiden maulten einen Moment, dann verschwanden sie wieder.

«Marthaler, hören Sie zu!», brüllte Herrmann. Er hatte sich seitlich hinter dem Fenster verschanzt.

«Ich höre!»

«Kommen Sie ins Haus! Ich werde mit Ihnen reden. Aber nur mit Ihnen!»

«Es gibt nichts zu reden, Herrmann. Kommen Sie raus, und ergeben Sie sich!»

«Wenn ihr eine Aussage wollt, wenn ihr mich lebend haben wollt, dann macht ihr, was ich sage», schrie Herrmann.

Geduckt lief Marthaler zu den beiden SoKo-Leuten, die auf der linken Seite des Grundstücks standen. Beide wirkten nervös.

«Verdammt nochmal, wir hätten das SEK kommen lassen sollen», sagte der Jüngere der beiden. Die Dienstwaffe in seiner Hand zitterte.

Marthaler sah ihn an. «Wie heißen Sie?», fragte er.

«Reuter. Florian Reuter. Aber ich …»

«Nein, Reuter! Ich habe das Sagen, und Sie halten jetzt den Mund. Ich will hier keine Schießerei. Wir wissen nicht, ob er alleine im Haus ist. Wir wissen nicht, ob er bewaffnet ist. Ich will diesen Mann haben! Ich werde tun, was Herrmann verlangt. Es gibt nichts mit ihm zu verhandeln, aber ich will, dass er sich ergibt.»

Reuter duckte sich unter Marthalers Worten. Gleichzeitig verzog er trotzig den Mund. «Sie wissen, dass das gegen die Vorschriften ist. Sie wissen, dass Sie uns damit alle gefährden.»

«Okay», sagte Marthaler. «Sie geben mir jetzt Ihre Waffe und gehen zurück zum Dienstwagen. Dort setzen Sie sich rein und warten, bis das hier vorbei ist.»

Der SoKo-Mann protestierte.

«Das war keine Aufforderung zur Diskussion. Das war ein Befehl, Reuter!», herrschte Marthaler ihn an. «Haben Sie das verstanden?»

Florian Reuter nickte. Marthaler nahm die SIG Sauer, die ihm der junge Polizist nun hinhielt, und steckte sie unter sein Hemd in den hinteren Hosenbund.

«Was ist da los, Marthaler?», rief Herrmann von seinem Fenster.

«Ich komme zu Ihnen!»

«Gehen Sie bis ans Tor! Machen Sie keine unbedachten Bewegungen!»

Marthaler ging zurück zum Gartentor.

«Legen Sie Ihre Waffe auf den Boden!», rief Herrmann.

Marthaler öffnete sein Holster. Er bewegte sich langsam. Vorsichtig zog er die Pistole heraus und hielt sie gut sichtbar zwischen Daumen und Zeigefinger. Er ging in die Hocke und legte sie auf den Bürgersteig.

Das Fenster im oberen Stockwerk wurde geschlossen.

Kurz darauf war das Summen des Türöffners zu hören.

Marthaler durchquerte den Vorgarten. Über den schmalen Plattenweg ging er bis zum Eingang. Er legte seine Hand auf den Griff der Haustür und wartete.

Er hörte Herrmann die Treppe herunterkommen.

Noch einmal ertönte der Summer.

Als Marthaler die Tür geöffnet hatte, sah er Herrmann am anderen Ende der dunklen Diele stehen.

«Machen Sie Licht, sonst komme ich nicht rein. Ich werde nicht im Dunkeln mit Ihnen reden.»

Herrmann schaltete das Flurlicht ein.

Jetzt sah Marthaler, dass er in der rechten Hand eine Pistole hielt. Der Lauf war auf Marthalers Brust gerichtet.

«Folgen Sie mir langsam ins Wohnzimmer!», sagte Herrmann. Er ging rückwärts durch eine offene Tür und knipste die Deckenlampe an.

Marthaler sah sich um. Der Raum wirkte verwahrlost. Es roch muffig. So, als sei lange weder gelüftet noch staubgewischt worden. Vor dem Fenster standen eine alte, wuchtige Couchgarnitur und ein niedriger Glastisch, der mit Akten bedeckt war. An der Wand ein großer Schrank aus dunklem Holz mit abgestoßenen Ecken. Vor dem Schrank lag eine Matratze mit zerwühltem Bettzeug. Auf der anderen Seite gab es einen Esstisch mit vier alten Stühlen. Auf dem Tisch standen benutztes Geschirr und eine halbvolle Flasche Schnaps. Die schweren Vorhänge waren zugezogen.

«Drehen Sie sich um, und stellen Sie sich an die Wand!», sagte Herrmann.

Er ging in die Hocke. Mit der linken Hand tastete er Marthalers Fußgelenke ab, dann die Beine.

Marthaler hielt die Luft an. Er spürte, wie Herrmann unter sein Jackett fuhr und über seinen Rücken strich.

«Drehen Sie sich um!»

Herrmann ließ seine Hand über Marthalers Brust und Bauch gleiten und griff ihm kurz in den Schritt. Der Atem des ehemaligen Leiters beider Mordkommissionen roch nach Alkohol.

Irgendwas stimmt nicht, dachte Marthaler, irgendwas ist hier seltsam.

«Was wollen Sie?», fragte er. «Wenn Sie glauben, dass ich Ihnen irgendwelche Angebote machen kann, täuschen Sie sich.»

«Halten Sie Ihr Maul! Setzen Sie sich!»

Herrmann zeigte mit dem Lauf seiner Pistole auf einen der Sessel.

Marthaler folgte der Aufforderung.

«Geben Sie auf, Herrmann!», sagte er. «Wir beide haben

nichts zu besprechen. Ich brauche nicht mal ein Geständnis von Ihnen!»

Herrmann blieb vor ihm stehen. Er hatte den rechten Arm sinken lassen. Er grinste. «Sie glauben nicht, wie lange ich auf diesen Moment gewartet habe. Sie sind das größte Arschloch, das ich kenne, Marthaler. Sie haben mein Leben zerstört.»

Marthaler schüttelte den Kopf. «Dafür haben Sie mich nicht gebraucht, Herrmann. Das haben Sie ganz alleine geschafft. Sie sind ein korrupter Bulle gewesen! Ich kann mir kaum etwas Mieseres vorstellen. Und jetzt haben Sie auch noch einen Menschen getötet.»

Herrmann ging rückwärts zum Tisch, ohne Marthaler aus den Augen zu lassen. Er angelte sich mit dem Fuß einen Stuhl und setzte sich. Dann legte er die Pistole vor sich auf den Tisch. Jetzt erkannte Marthaler, dass es eine Glock 19 war.

«Bruno Kürten? Er war ein Idiot. Er sollte für uns das *Paradiesgärtlein* aus dem Städel holen. Er war derjenige, der das geschafft hätte. Er war der Beste. Wir haben ihm ein gutes Angebot gemacht. Aber er wollte nicht. Er hatte Angst, nochmal in den Knast zu müssen. Wir mussten umdisponieren.»

«Also habt ihr diese beiden Motorradfahrer engagiert ...»

«Grauenhafte Amateure, ja!»

Marthaler hob langsam die rechte Schulter. Er tat, als müsse er sich auf dem Rücken kratzen. Mit einer vorsichtigen Bewegung zog er Reuters SIG Sauer aus dem Hosenbund und ließ sie hinter sich auf die Sitzfläche des Sessels gleiten.

«Woher wusste Bruno Kürten, dass bei dem Mord an Karin Rosenherz die beiden Klee-Zeichnungen gestohlen worden waren?»

Herrmann nahm seine Brille ab und rieb sich die Nasenwurzel. «Er kannte die Rosenherz. Er wusste, dass sie die beiden Zeichnungen hatte. Und als Ortmann kurz nach dem

Mord zu ihm kam und fragte, ob er einen Abnehmer für die Bilder weiß, musste der kleine Bruno bloß eins und eins zusammenzählen.»

«Und hat er einen Abnehmer gewusst?», fragte Marthaler.

Herrmann zog den Korken von der Schnapsflasche, hob sie an die Lippen, nahm einen Schluck und stellte sie wieder auf den Tisch.

«Klar. Bruno Kürten war damals schon gut im Geschäft. Für Ortmann war es erst der Anfang. Aber durch den Verkauf der beiden Klees ist er auf den Geschmack gekommen.»

«Und Sie?», fragte Marthaler. «Wann sind Sie ins Spiel gekommen?»

«Viel später. Mitte der Siebziger. Sendler kam höchstpersönlich zu mir, parkte einen Aktenwagen neben meinem Schreibtisch und wies mich an, mir den Fall Rosenherz nochmal anzuschauen.»

«Und Sie haben gemerkt, welches Potenzial da für Sie drin steckt.»

Herrmann lächelte. Er fuhr sich mit der Zunge über die Lippen. Offensichtlich fühlte er sich geschmeichelt. «So könnte man es ausdrücken», sagte er. «Ich war nicht dumm. Ich habe gesehen, wie dünn Lichtenbergs Alibi war. Und wie viel Glück er hatte, dass man Albanellis Aussage nicht weiterverfolgt hat.»

«Sie haben Lichtenberg aufgesucht und ihm gesagt, was Ihnen aufgefallen war.»

«Das war nicht nötig», sagte Herrmann und nahm einen weiteren Schluck aus der Flasche. «Wir hatten die Presse gebeten, das Phantombild noch einmal zu veröffentlichen. Also brachten alle Blätter die Meldung, dass im Fall Rosenherz neu ermittelt wird. Kurz darauf hat sich Ortmann bei mir gemeldet. Und wir sind ins Geschäft gekommen.»

«Sie haben die Albanelli-Aussage verschwinden lassen und stehen seitdem auf Ortmanns dreckiger Gehaltsliste», sagte Marthaler.

Herrmann runzelte die Stirn, dann verzog er das Gesicht zu einer Grimasse. «Nein, Herr Hauptkommissar. Es sollte ein einmaliges Geschäft bleiben. Alles andere wäre selbst mir damals zu riskant gewesen. Ich wollte ja meinen Job nicht verlieren. Es war nicht geplant, dass Ortmann und ich eine dauerhafte Beziehung eingehen. Dass es dazu viele Jahre später schließlich doch gekommen ist, daran sind Sie schuld.»

Marthaler schüttelte den Kopf. «Ich?»

«Ja. Als Sie meinen Rausschmiss durchgesetzt hatten, stand ich nackt im Regen. Kein Gehalt, keine Pensionsansprüche. Ich hatte nichts. Irgendwann ist mir sogar mein Reihenhaus unterm Hintern weggepfändet worden. Also blieb mir gar nichts anderes übrig, als meine alten Kontakte zu Ortmann zu mobilisieren. Zuerst war es nur eine lockere Liaison …»

«… aus der mit der Zeit aber eine feste Bindung wurde, denn einen Exbullen kann jemand wie Ortmann immer gebrauchen. Und irgendwann hat er Sie sogar hier einziehen lassen.»

«Ja. Er hat mich buchstäblich aus der Scheiße gezogen. Und das zu einem Zeitpunkt, als ich schon nicht mehr glaubte, noch einmal festen Boden unter die Füße zu bekommen.»

«Und jetzt komme ich und mache zum zweiten Mal alles zunichte. So sehen Sie es doch?», sagte Marthaler.

Herrmann antwortete nicht. Stattdessen bedachte er seinen ehemaligen Untergebenen mit einem langen, toten Blick.

«Aber was wollen Sie von mir?», fragte Marthaler. «Selbst wenn Sie vor Gericht alles widerrufen, was Sie mir gerade erzählt haben, werden wir genügend Material haben, um Sie lebenslang hinter Gitter zu bringen. Es wird keinen Deal geben, Herrmann. Was also wollen Sie?»

Hans-Jürgen Herrmann stand auf. Sein Oberkörper schwankte ein wenig. Er hielt sich mit der linken Hand an der Tischkante fest.

«Haben Sie das immer noch nicht kapiert?», fragte er.

Marthaler warf die Stirn in Falten. Er schüttelte den Kopf. Er merkte, wie seine Schultern sich versteiften. «Nein, ich …»

Weiter kam er nicht.

Herrmann schnappte mit seiner Rechten nach der Pistole, die neben ihm auf dem Tisch gelegen hatte.

Blitzschnell zog Marthaler die SIG Sauer hinter seinem Rücken hervor.

Herrmann riss den Arm hoch und zielte auf Marthalers Kopf.

Sie drückten gleichzeitig auf den Abzug.

Aber es war nur ein Schuss zu hören.

Hans-Jürgen Herrmann ging vor Marthaler auf die Knie. Seine Halsschlagader war aufgerissen. Er kippte vornüber auf den Boden. Unter seinem Kopf bildete sich eine Blutlache, die sich rasch auf dem Parkett ausbreitete.

Für einen Moment stand Marthaler wie versteinert. Er hatte auf Herrmanns Schulter gezielt. Aber Herrmann hatte sich im letzten Augenblick ein wenig nach rechts geduckt. Dadurch hatte er seinen Hals direkt in die Flugbahn von Marthalers Projektil bewegt.

Als Marthaler endlich begriff, was geschehen war, wurde ihm schlecht.

Herrmann hatte aufgehört zu atmen. Sein Blick war gebrochen, und die Muskeln waren erschlafft.

Marthaler ging zur Haustür. Er öffnete sie vorsichtig und rief nach draußen. «Ich bin's. Aktion beendet! Hans-Jürgen Herrmann ist tot.»

Zurück im Wohnzimmer, wartete er, bis der erste SoKo-

Mann neben ihm stand. Marthaler zeigte auf die Pistole, die noch immer in der Hand des Toten lag. «Ziehen Sie Schutzhandschuhe an, und öffnen Sie das Magazin!»

Der SoKo-Mann schaute ihn skeptisch an.

«Tun Sie, was ich Ihnen sage!», drängte Marthaler.

Der Mann riss ein Päckchen auf, zog die dünnen Latexhandschuhe heraus und streifte sie sich über.

Er hockte sich neben den Toten und hantierte an der Pistole. Dann hielt er das Magazin in die Höhe: «Es ist leer!», sagte er.

Marthaler nickte. «Stecken Sie's zurück!»

Er ging nach draußen.

Er stellte sich vor die Eingangstür.

Er schaute in den dunklen Himmel, ohne etwas zu sehen.

Einer der Schutzpolizisten sprach ihn an. Er wollte Marthaler gratulieren.

Marthaler schüttelte den Kopf und schob den Mann beiseite.

NEUN Als er am nächsten Tag aufwachte, schien die Sonne in sein Gesicht. Marthaler hatte verschlafen. Er hatte den Wecker nicht gehört.

Er hatte das Haus im Mummschen Park verlassen und war zurück zu seinem Wagen gegangen. Anna hatte gefragt, ob sie noch einmal bei ihm übernachten dürfe. «Ja», hatte er gesagt. «Und wenn wir ausgeschlafen haben, lade ich dich ins *Lesecafé* zum Frühstück ein. Dann erzähle ich dir alles. Fahr schon mal vor. Ich muss noch ins Präsidium.»

Zwei Stunden lang hatten ihn die Kollegen in der Nacht vernommen. Immer und immer wieder waren sie die Ereignisse in der Humperdinckstraße durchgegangen. Erst dann hatte man ihn gehen lassen. Als er endlich nach Hause gekommen war, hatte Anna auf dem Balkon gelegen und fest geschlafen. Er war ins Bad gegangen, um eine Dusche zu nehmen. Dann hatte er drei Baldriandragees geschluckt und sich ins Bett gelegt.

Anna war nicht mehr in der Wohnung. Auf dem Küchentisch lag ein Zettel. «Bin schon vorgegangen. Treffen uns im *Lesecafé*.»

Als er eine halbe Stunde später dort ankam, sah er Carola hinter dem Tresen stehen. Sie wischte sich die Hände an einem Geschirrtuch ab und kam, um ihn zu umarmen.

«Wie geht es dir, Robert?»

Marthaler zog die Stirn in Falten, ohne zu antworten.

«Ich war heute Morgen bei Tereza», sagte Carola. «Schaffst du es, sie heute noch zu besuchen? Ich glaube, sie hat Sehnsucht nach dir.»

«Ich will gleich zu ihr. Ich muss nur rasch etwas essen. Mir ist schlecht vor Hunger. Aber erzähl: Wie geht es ihr?»

Carola war seit einigen Jahren Terezas beste Freundin. Als Tereza nach Frankfurt gekommen war, hatte sie selbst eine Zeitlang als Bedienung im *Lesecafé* gearbeitet. Hier hatten sich die beiden Frauen kennengelernt, und hier trafen sie sich oft, um anschließend gemeinsam durch die Stadt zu schlendern, einzukaufen oder ins Kino zu gehen.

Carola sah Marthaler prüfend an. «Sie macht sich Sorgen um dich. Sie sagt, dass sie Angst um dich hat. Außerdem hat sie im Radio gehört, was gestern passiert ist.»

«Es geht nicht um mich», sagte Marthaler. «Ich habe dich nach ihr gefragt.»

«Doch», erwiderte Carola. «Es geht um dich. Wenn du in Ordnung bist, wird es ihr bald wieder bessergehen, Robert. Sie wird das verkraften. Du weißt, dass fast ein Drittel aller

Frauen schon einmal eine Fehlgeburt hatte. Es geht ihnen schlecht, aber sie werden damit fertig.»

«Ja», sagte Marthaler. «Nur dass es bei uns keine Fehlgeburt war.»

«Trotzdem. Es wäre besser, wenn ihr es so sehen würdet. Ich glaube, dann kommt ihr leichter darüber hinweg!»

Marthaler nickte. «Jedenfalls bin ich froh, wenn Tereza endlich wieder zu Hause ist.»

«Übrigens hat eine junge Frau nach dir gefragt.»

«Anna? Ja. Wir waren verabredet. Hat sie eine Nachricht für mich hinterlassen?»

«Sie will nochmal wiederkommen. Sie sagt, sie sei deine Cousine.»

Marthaler spürte das Misstrauen in Carolas Stimme. Er lachte. «Sie ist nicht meine Cousine, aber ich kann dir das jetzt nicht erklären. Sie hat ein paarmal bei uns auf dem Balkon übernachtet. Ich mag sie sehr gerne, aber ich schlafe nicht mit ihr, und ich werde nicht mit ihr schlafen. Und jetzt bring mir bitte ein großes Frühstück mit allem.»

Carola nickte. «Übrigens ist sie gegangen, ohne zu zahlen.»

«Ja, das ist in Ordnung, ich übernehme das.»

Marthaler wollte sich gerade den letzten Bissen seines dritten Brötchens in den Mund schieben, als ihm von hinten die Augen zugehalten wurden.

«Humphrey Bogart?», fragte er.

«Falsch!»

«Bart Simpson?»

«Wieder falsch!»

«Pippi Langstrumpf?»

«Fast richtig, nur nicht so dünn», sagte Anna und ließ sich auf den freien Stuhl an seinem Tisch fallen.

«Magst du mein Croissant noch essen?», fragte Marthaler. «Ich glaube, ich habe mir zu viel vorgenommen.»

«Nee, ich bin pappsatt. Entschuldige, dass ich dich vorhin nicht geweckt habe. Aber du hast geschlafen wie ein Baby.»

«Gut so», sagte Marthaler. «Ich bin froh, verschlafen zu haben.»

«Los jetzt, erzähl! Was ist passiert gestern Abend? Keiner von den Polizisten, die dort herumgeschwirrt sind, wollte mir sagen, was los ist.»

Von einem auf den anderen Augenblick wurde Marthaler ernst. «Sie konnten dir nichts sagen, weil sie es selbst nicht wussten. Ich war alleine mit Herrmann in dem Haus. Ich habe ihn erschossen, obwohl er unbewaffnet war.»

Anna zog die Stirn kraus. Marthaler hatte den Eindruck, dass sie auf seltsame Weise unberührt blieb von dieser Information: «Okay», sagte sie. «Wie ist das passiert?»

«Ich habe Herrmann gesagt, dass es keinen Verhandlungsspielraum gibt. Dass er seine Position nicht verbessert, wenn er gesteht. Ihn schien das nicht zu interessieren. Er hat geredet. Er hat mir all das erzählt, was wir ohnehin wussten oder uns gedacht haben.»

«Was wollte er dann von dir?»

«Das habe ich mich die ganze Zeit gefragt. Aber ich bin nicht drauf gekommen. Irgendwann hat er seine Pistole genommen, hat den Arm hochgerissen, auf mich gezielt und den Abzug gedrückt. Ich habe dasselbe getan.»

«Aber du warst schneller?»

«Das weiß ich nicht.»

«*Du* lebst, und *er* ist tot. Also *warst* du schneller», sagte Anna.

«Das Magazin seiner Pistole war leer, Anna.»

Anna dachte einen Moment lang nach. «Aber das konntest du nicht wissen.»

«Nein. Und genau darauf hat er spekuliert.»

«Er wollte, dass du ihn tötest?»

«Ja. Offensichtlich hat er mich gehasst wie keinen anderen Menschen, weil ich vor Jahren für seine Suspendierung und schließlich für seine Entlassung gesorgt habe.»

«Und er hat nicht versucht, den Mord an dem kleinen Bruno abzustreiten?»

«Nein. Er wusste, dass wir ihn hatten. Er wollte lieber sterben, als bis an sein Lebensende ins Gefängnis zu gehen. Er hatte nur noch eine Chance, sich an mir zu rächen.»

«Und diese Chance hat er sofort erkannt.»

«Er wollte, dass ich einen wehrlosen Menschen erschieße. Er wollte mich ins Unrecht setzen. Und ich habe seine Absicht nicht durchschaut.»

«Aber das hast du nicht erkennen können.»

«Doch! Trotzdem habe ich nicht kapiert, was vorgeht. Er hat mich manipuliert, und ich war zu dumm, es zu merken.»

«Aber Robert, dir ist klar, dass er sich andernfalls selbst das Leben genommen hätte.»

«Das hätte er wohl. Aber du kannst dir denken, dass es mir lieber gewesen wäre, dabei nicht sein Werkzeug zu sein.»

«Okay», sagte Anna und versuchte ein Lächeln, «ich verstehe, dass du daran zu knabbern haben wirst. Aber heb dir das noch ein bisschen auf. Zeig es Tereza nicht. Sie braucht dich jetzt. Jetzt ist sie an der Reihe.»

«Ja. Ich will gleich zu ihr. Ich wollte dich fragen, ob du Lust hast, mitzukommen. Ich denke, es wäre gut, wenn ihr euch kennenlernt.»

«Du meinst, bevor sie aus der Zeitung erfährt, dass eine fremde Frau in deiner Wohnung geschlafen hat, als sie selbst im Krankenhaus war.»

Marthaler lachte vor Verlegenheit. «Ja, so ähnlich. Wenn sie es inzwischen nicht sowieso schon weiß.»

«Ich würde sie gerne bald einmal kennenlernen. Aber nicht jetzt, nicht heute. Erzähl ihr erst einmal von mir. Wenn sie dann mag, können wir uns immer noch treffen.»

«Heißt das, wir sehen uns wieder?», fragte Marthaler.

Anna nickte. «Ja, ich würde gerne», sagte sie. «Und du?»

«Ich auch», sagte Marthaler. «Was hast du jetzt vor?»

«Ich bin mit Fausto verabredet. Ich werde bei ihm bleiben, bis die Kriminaltechniker meinen Wagen freigegeben haben. Dann werde ich meine Sachen packen und nach Hamburg fahren. Ich muss mein Praktikum antreten.»

«Und mit Fausto?», fragte Marthaler. «Meinst du, es geht weiter mit euch?»

Anna lächelte. Dann schlug sie die Augen nieder und zuckte mit den Schultern.

«Weißt du, was Tereza sagen würde? Sie würde euch empfehlen: Lasst das Leben entscheiden!»

«Ja», sagte Anna. «Gute Idee!»

Marthaler schaute den Mann an, der ihm zwischen den Gebäuden des Klinikums entgegenkam.

«Ludwig Dormann?», fragte er, als der Mann schon fast an ihm vorüber war.

«Ja, der bin ich. Sollten wir uns kennen?»

«Ich weiß nicht, ob wir das sollten. Mein Name ist Robert Marthaler, ich bin ...»

Sofort hellte sich Dormanns Miene auf. «Ich weiß, wer Sie sind. Sie sind der Mann von Tereza, der Polizist. Das ist aber wirklich eine nette Überraschung!»

Dormann streckte seine Hand aus. Marthaler schlug ein, ohne zu überlegen, ob er das wirklich wollte.

«Ich glaube, Tereza erwartet Sie schon. Wissen Sie, dass Sie eine tolle Frau haben?»

«Allerdings weiß ich das. Das muss man mir nicht sagen!» Marthaler erschrak selbst über die Schärfe in seiner Stimme.

Dormann sah ihn irritiert an. Marthaler merkte, dass der Mann nach etwas suchte, das er jetzt noch sagen konnte. «Tereza hat mir von Ihnen erzählt.»

«Hat Sie das?»

«Wissen Sie, sie ist wirklich tapfer. Sie …»

«Kennen Sie sich schon lange?», unterbrach ihn Marthaler.

«Ja, schon ewig. Wir haben zusammen studiert. Es gab eine Zeit, da waren wir unzertrennlich. Glauben Sie mir: Ich liebe Tereza.»

«Ah ja? Tun Sie das?»

Dormann schien zu merken, was er gesagt hatte, und rettete sich in ein Lachen. «Nein, nicht so, wie Sie denken. Ich mag sie einfach gerne. Aber es stimmt, es gab eine Zeit, da hätte ich Sie beneidet, da war ich wirklich in Tereza verliebt.»

«Und?»

Dormann schüttelte den Kopf. «Sie wollte mich nicht. Sie hat mir immer unmissverständlich klargemacht, dass ich für sie nie etwas anderes als ein guter Freund sein kann.»

«Schön für mich», sagte Marthaler. Gleichzeitig spürte er, dass die Offenheit des Mannes seinen Widerwillen schwächer werden ließ.

«Ich habe es gerade ein wenig eilig», sagte Dormann. «Ich muss zurück ins Museum. Aber vielleicht haben Sie ja Lust, heute Abend zu mir zu kommen. Ich wohne im Nordend, in der Schwarzburgstraße. Ich würde uns etwas kochen, und wir könnten gemeinsam beraten, wie wir Tereza helfen, wieder auf die Beine zu kommen.»

Marthaler lächelte. «Danke, aber das wird nicht gehen», sagte er. «Allerdings kann es sein, dass ich heute Abend vor Ihrer Haustür in meinem Wagen sitze. Sollten Sie mich dort sehen, muss ich Sie bitten, mich nicht anzusprechen.»

Dormann schaute ihn fragend an.

«Wir observieren seit einiger Zeit jemanden, der in der Schwarzburgstraße wohnt.»

«Ich verstehe», sagte Dormann. «Aber sagen Sie, wie haben Sie mich überhaupt erkannt?»

«Das», sagte Marthaler, «fragen Sie mich lieber nicht!»

Tereza saß in der Nähe einer kleinen Grünanlage auf einer Bank. Als sie Marthaler kommen sah, stand sie auf und ging ihm vorsichtig ein paar Schritte entgegen.

«Tereza, bist du verrückt, was machst du?»

Sie schlang die Arme um seinen Hals und küsste ihn auf den Mund. «Nein, bin ich nicht verrückt», sagte sie lachend. «War ich so voll mit Sehnsucht, dass ich nicht abwarten konnte.»

Er führte sie zurück zu der Bank. Sie setzten sich nebeneinander. Er rückte ein Stück von ihr ab, um sie besser anschauen zu können: «Und? Wie fühlst du dich heute?»

«Kann man sagen frohtraurig?»

«Das kann man sagen, weil es schön ist», antwortete Marthaler.

Ihre Hände lagen locker auf ihren Oberschenkeln. Sie hatte den Kopf in den Nacken gelegt und die Augen geschlossen. Marthaler machte es ihr nach.

«Der Arzt sagt: Brauche ich nur noch Pflaster, sonst ist schon fast alles okay.»

«Ja, fast alles!», sagte er.

Sie wandte sich zu ihm um. Sie nahm seinen Kopf in beide Hände und zog ihn zu sich. «Robert, hör zu!»

«Ich höre dir immer zu, Tereza!»

«*Fast* alles heißt: *fast* alles. Meine Hormone sind ein bisschen dumm. Ich heule manchmal rum. Manchmal oft. Und wird auch noch so bleiben eine Weile.»

«Das ist in Ordnung.»

«Und das mit dem Kind ... Jede Frau weiß, dass es gibt so etwas. Es tut weh, aber es gibt.»

«Gut, ich werde versuchen, nicht zu viel zu jammern.»

Ihre Augen blitzten ihn spöttisch an. Dann strich sie ihm über die Wangen.

«Ich habe gerade Ludwig Dormann getroffen», sagte er.

«Ja?»

«Ja. Er hat gesagt, dass er dich liebt.»

«Robert, er ist manchmal eine Witzmann. Ich wollte euch schon lange vorstellen.»

Marthaler merkte, dass Tereza plötzlich angespannt war.

«Ich habe euch schon einmal gesehen», sagte er. «Es war am Abend vor dem Überfall. Ich hatte dienstlich zu tun in der Schwarzburgstraße.»

Tereza schlug die Hände vor die Augen. «Sag: Das ist nicht wahr!»

«Doch», sagte Marthaler, «es sah schon ziemlich intim aus, als du ihn zum Abschied auf den Mund geküsst hast.»

Tereza senkte die Augen. Es war nicht zu übersehen, dass sie sich schämte. «Ja, hast du recht. Und ich habe noch auf der Straße gedacht: Gut, dass Robert nicht gesehen hat, er hätte bestimmte falsche Enden gezogen.»

«Was hätte ich gemacht?»

«Sagt man nicht: falsche Enden ziehen?»

Marthaler lachte: «Ach so, nein. Du meinst, ich hätte falsche Schlüsse gezogen. Das habe ich dann ja wohl auch getan. Hoffentlich waren sie falsch.»

«Nicht hoffentlich! Ich schwöre.»

«Gut», sagte er.

Tereza hatte ihre Hand auf seinen Oberschenkel gelegt. Sie saßen lange nebeneinander, ohne zu reden. Marthaler konnte sich nicht erinnern, in der letzten Woche einen

Moment erlebt zu haben, in dem er so entspannt gewesen war.

«Und was ist mit deine junge Cousine?», fragte Tereza.

Marthaler schaute sie an. Dann lachte er. «Ich wusste es. Ich wusste, dass es dir irgendwer schon gesteckt haben würde.»

«Gesteckt?»

«Geflüstert, gepetzt, verraten! Egal, wie man es nennt. Es gibt keine Cousine. Sie heißt Anna.»

«Es gibt sie nicht, aber heißt Anna?», fragte Tereza.

«Genau! Sie will Journalistin werden. Sie studiert in Hamburg, und sie ist ein bisschen verrückt. Aber sie ist nett. Sie will dich kennenlernen. Und ich bin sicher, dass du sie mögen wirst. Sie hat mir geholfen in der letzten Woche.»

«Und auf unsere Balkon geschlafen?»

«Das weißt du auch schon?»

«Ein Krankenhaus ist keine Kloster, Robert.»

«Ich merke es. Sonst hättest du hier auch keinen Männerbesuch bekommen dürfen. Also: Ja, Anna hat auf unserem Balkon geschlafen. Nein, in deinem Bett lag sie nicht. Ja, ich möchte sie wiedersehen. Nein, ich habe mich nicht in sie verliebt.»

«Gut!», sagte Tereza. «Dann möchte ich sie auch kennenlernen. Vielleicht können wir sie bekannt machen mit Ludwig.»

«Ich fürchte, Anna steht auf etwas ältere Männer.»

Tereza hob ihren Zeigefinger. «Robert!», sagte sie drohend.

Marthaler lachte. «Nein, ich meine nicht mich. Ich meine: *noch* älter!»

Als Marthaler am Abend langsam durch die Schwarzburgstraße fuhr, sah er seine Kollegin Kerstin Henschel am Straßenrand in ihrem Wagen sitzen. Sie beobachtete wieder die Kellerwohnung Bernd Kirchhoffs.

Marthaler parkte in einer Seitenstraße. An einem Kiosk kaufte er sich die *Rundschau*. Er blätterte sie kurz durch und sah, dass sie voll war mit Berichten über die Ereignisse in Danzwiesen und in der Humperdinckstraße. Er rollte die Zeitung zusammen und steckte sie in seine Jackentasche.

«Robert, du bist mehr als eine halbe Stunde zu früh», sagte Kerstin Henschel, als Marthaler sich neben sie in den Wagen setzte.

«Ich dachte, es ist dir recht, wenn du ein bisschen früher nach Hause kannst.»

Kerstin nickte. «Und du meinst, ich kann dich hier alleine lassen? Du machst keinen Unfug? Auch dann nicht, wenn dieser Dormann auftaucht?»

«Also bitte! Wir sind fast schon Freunde! Er hat mich heute zum Essen eingeladen.»

«Ist nicht dein Ernst, oder?»

«Doch», sagte Marthaler. Dann zeigte er mit dem Kopf in Richtung von Bernd Kirchhoffs Wohnung. «Und was ist mit ihm? Gibt es was Neues?»

«Letzte Woche dachten wir kurz, wir hätten ihn. Es sah so aus, als habe er etwas vor. Er ist ein paarmal auf seinem alten Fahrrad nach Seckbach gefahren. Er hat das Rad an einem Zaun im Industriegebiet angeschlossen und ist immer wieder um das Seckbacher Ried und durch die angrenzenden Kleingärten gestreift.»

«Hört sich doch gut an.»

«Ja, aber wir haben nicht herausbekommen, was er dort wollte.»

«Ihr habt vermutet, dass dort irgendwo das Versteck sein könnte?»

«Ja, vielleicht», sagte Kerstin Henschel. «Aber irgendwann ist er dort nicht mehr hingefahren. Und wir standen wieder mit leeren Händen da.»

«Was ist mit dir?», fragte Marthaler. «Du klingst so mutlos.»

«Na, ist doch wahr. Man macht sich Hoffnung, nach all der Schinderei endlich Erfolg zu haben, und dann kommt wieder nichts dabei heraus. Es ist jedes Mal dasselbe. Und hinterher ist die Enttäuschung noch viel größer.»

«Kerstin, kann es sein, dass du erschöpft bist?», fragte Marthaler. «Dass du Urlaub brauchst?»

«Ja, das auch. Manchmal habe ich das Gefühl, ich brauche Urlaub vom Leben.»

Schweigend saßen sie eine Weile nebeneinander.

Von dem Mann in seiner Kellerwohnung war nichts zu sehen.

Kerstin Henschel ergriff noch einmal das Wort. «Robert, die Kollegen fangen an zu meutern. Diese Observation bedeutet immer eine zweite Schicht. Was wir hier machen, nagt an der Substanz. Langsam wird es allen zu viel.»

«Das kann ich mir vorstellen.»

«Und? Was schlägst du vor? Ich weiß nicht mehr, was wir noch tun sollen.»

Marthaler rieb sich mit den Handflächen über die Augen. «Weitermachen! Was sonst?», sagte er.

EPILOG Am Montag, dem 29. August 2005, wurden die beiden Motorradfahrer Gerhard F. und Rüdiger L. beim Versuch, die Grenze zwischen Deutschland und Polen zu passieren, auf der Europastraße 30 festgenommen. Sie wurden noch am selben Tag den Behörden in Frankfurt am Main überstellt. Beide gestanden, den Überfall auf den Kunsttransport im Frankfurter Stadtwald begangen zu haben. Als ihren Auftraggeber nannten sie Dr. Hubert Ortmann.

In ihrer Aussage entlasteten sie den bei dem Überfall getöteten Wachmann Thomas Dressler. Sie gaben an, ihm das teure Mobiltelefon unter dem Vorwand überlassen zu haben, es handele sich dabei um ein Testgerät in der Erprobungsphase. Einzige Bedingung für die Schenkung: Er müsse es rund um die Uhr bei sich tragen. Von dem Peilsender, der in dem Handy eingebaut war, habe Dressler nichts gewusst.

Das *Paradiesgärtlein* wurde unversehrt in der beheizten und klimatisierten Scheune eines ehemaligen Bauernhofes in Schwarzerden/Rhön gefunden. Dort wurden zahlreiche weitere Gemälde entdeckt, die im *Art Loss Register*, der weltweit größten Datenbank für gestohlene Kunstwerke, geführt wurden. Es handelte sich um Bilder, die aus Museen in Winterthur, Kassel, Stockholm, Graz und Montpellier entwendet worden waren.

Wie sich herausstellte, betrieb Dr. Hubert Ortmann im Rahmen des *Invisible Net* seit einigen Jahren ein Portal, auf dem die geraubten Bilder weltweit angeboten und verkauft wurden. Zu den Abnehmern gehörten sowohl Konzernzentralen und reiche Privatleute wie Personen aus dem Bereich der internationalen organisierten Kriminalität. Es wurde geschätzt, dass Ortmann auf diese Weise Umsätze in zweistelliger Millionenhöhe machte.

Im Prozess, der im Frühjahr und Sommer 2006 in Frankfurt am Main stattfand, versuchten Dr. Ortmann und seine Anwälte immer wieder, Ortmanns ehemaligen Chef als Mittäter oder Anstifter zu belasten. Obwohl fast alle illegalen Transaktionen unter dem Deckmantel der *Philipp Lichtenberg Unternehmensgruppe* abgewickelt wurden, folgte das Gericht dieser Einschätzung nicht. Die Richter gingen vielmehr davon aus, dass Ortmann seine umfänglichen kriminellen Geschäfte zwar mit stillschweigender Billigung Philipp Lichtenbergs, aber ohne dessen aktives Zutun betrieben habe. Wie weit die Mitwisserschaft Lichtenbergs reichte, konnte nicht endgültig geklärt werden.

Während des Prozesses hatten sich Hauptkommissar Robert Marthaler und Anna Buchwald nur einige Male kurz auf den Gängen des Gerichtes gesprochen. An einem Samstag Anfang September 2006 rief Anna in Frankfurt an und berichtete, dass sie sich auf dem Weg von Hamburg nach Ligurien befinde, wohin sie von Fausto Albanelli eingeladen worden sei. Zwei Stunden später stand sie bei Tereza und Marthaler vor der Tür.

DER AUTOR DANKT Adolf Altenburg für zahlreiche Beglei-
tungen im hessischen Norden. Heike und Bernd Binkowski
für wackere Zurufe aus dem Süden. Prof. Heiner Boehnke
für eine furiose Lobrede. Christian Habernoll (der sie *beide*
kannte) für offene Arme und Anrufe aus aller Welt. Grusche
Juncker für ihren unerschütterlich-fröhlichen Langmut, ihre
Hingabe, ihre Kenntnisse und die Bereitschaft, mit mir zu
arbeiten. Silke und Jürgen Knippel für ihre Treue und friesi-
schen Frieden. Atilla Korap und dem *team korap* für die Butterblumen. Jörg Lehrke dafür, dass er sich trotzdem immer
wieder meldet und mir sogar Obdach angeboten hat. Ute
Meyer für vielfältige Kirschenzeiten, roten Wein, proven-
zalische Rezepte und ihren Geleitschutz als Kriminalistin.
Doris Möller-Scheu von der Frankfurter Staatsanwaltschaft
für freundliche Auskunft und einen folgenreichen Tipp. Brigitte Pfannmöller, der wirklich Guten, für rasche und frag-
lose Hilfe in letzter Minute. Manfred Pult vom Hessischen
Hauptstaatsarchiv in Wiesbaden für seine mahnenden Worte und die Überlassung der umfangreichen Akte *Mordsache
zum Nachteil Helga Matura*. Dr. med. Michael Probst für
seinen fachkundigen Rat (kurz vor dem *Tatort*). Sebastian
Richter für das *Sandelmühlen Camp*. Gudrun Schury für die
Wildschweine des Obelix und unschätzbare, munter-mühe-
volle Mitarbeit am Manuskript. Jürgen Weidt dafür, dass er
immer da ist und die Fron auch diesmal wieder auf sich ge-

nommen hat. Allen Freunden, die es geblieben oder wieder geworden sind.

Vor allem bedanke ich mich bei Christiane und Paula. Wie immer für alles und noch viel mehr. Sie wissen schon …

Einen ersten Hinweis auf den Mord an Helga Matura verdankt der Autor Peter Kupers *Hamlet oder die Liebe zu Amerika*.

Der Halbsatz «fließen die Flüsse bergauf» stammt aus einer Reportage Wolf Wondratscheks.

Die Informationen über den Kunstraub aus der Kunsthalle Schirn beruhen vor allem auf zwei Quellen:

– Egmont R. Koch und Nina Svensson: *Nicht zu fassen!*, Süddeutsche Zeitung Magazin, 4. November 2005.

– *Kunstraub aus der Schirn Kunsthalle Frankfurt 1994*, Wikipedia – Die freie Enzyklopädie.

Das erste Kapitel des vierten Teils von *Die Akte Rosenherz* ist eine Hommage an Michael Connelly.

«Die Donna Leon von Bremen.» (Weser Kurier)

Frühmorgens in einem Bremer Park: Zwei Gärtner geraten in eine tödliche Sprengfalle. Am Tatort haben die Attentäter eine perfide Nachricht für die Polizei hinterlassen – eine Landmine. Frank Steenhoff und Navideh Petersen von der Bremer Mordkommission befürchten einen terroristischen Hintergrund. Doch dann kommen sie hinter das wahre Motiv des Anschlags...

«Es ist fast schon ein politischer Kriminalroman, auf jeden Fall aber ein moralischer, zum Glück ohne Zeigefinger. Er arbeitet mit Klischees und verschiebt sie doch geschickt. Er stellt Herkömmliches in Frage, verknüpft Informationen mit Emotionen und bleibt spannend bis zum Schluss.» (SR3)

Auch als E-Book

ROSE GERDTS

SCHATTEN-SCHMERZ

KRIMINALROMAN

rororo 25725